NORA ROBERTS

A escolha

LEGADO DO CORAÇÃO DE DRAGÃO

· LIVRO 3 ·

Tradução
Sandra Martha Dolinsky

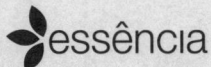

Copyright © Nora Roberts, 2022
Copyright © Editora Planeta do Brasil, 2023
Copyright da tradução © Sandra Martha Dolinsky, 2023
Todos os direitos reservados.
Título original: *The Choice*

Preparação: Ligia Alves
Coordenação editorial: Algo Novo Editorial
Revisão: Natália Mori e Mariana Rimoli
Diagramação: Vanessa Lima
Capa: Renata Vidal
Imagem de capa: getgg / Shutterstock; atk work / Shutterstock; CHAPLIA YAROSLAV / Shutterstock; Vac1 / Shutterstock; Ironika / Shutterstock; andreiuc88 / Shutterstock

Esta é uma obra de ficção. Todos os personagens, organizações e eventos retratados neste romance são produto da imaginação da autora ou usados de forma fictícia.

Dados Internacionais de Catalogação na Publicação (CIP)
Angélica Ilacqua CRB-8/7057

Roberts, Nora
  A escolha: legado do coração de dragão: livro 3 / Nora Roberts; tradução de Sandra Martha Dolinsky. - São Paulo: Planeta do Brasil, 2023.
  464 p.

ISBN 978-85-422-2323-1
Título original: The Choice

1. Ficção norte-americana 2. Literatura fantástica I. Título II. Dolinsky, Sandra Martha

23-3894   CDD 813

Índice para catálogo sistemático:
1. Ficção norte-americana

 Ao escolher este livro, você está apoiando o manejo responsável das florestas do mundo.

2023
Todos os direitos desta edição reservados à
EDITORA PLANETA DO BRASIL LTDA.
Rua Bela Cintra, 986 – 4º andar
01415-002 – Consolação
São Paulo-SP
www.planetadelivros.com.br
faleconosco@editoraplaneta.com.br

Para Griffin,
nossa criança mágica

PARTE I

Perdas

Dai voz à vossa mágoa. Pois a dor que não fala, essa cochicha ao coração pejado em demasia, incitando-o a quebrar-se.

William Shakespeare

A Terra estremeceu com tal ferida; Desde os cimentes seus a Natureza, Pela extensão das maravilhas suas, Aflita suspirou, sinais mostrando Da ampla desgraça e perdição de tudo.

John Milton

PRÓLOGO

Em todos os tempos, é comum que os homens considerem seus mundos singulares. Os que acreditam e aceitam que não estão sozinhos na vastidão tendem a se considerar superiores àqueles que a compartilham.

Mas estão errados, claro, pois os mundos do homem não são nem singulares nem superiores. Eles simplesmente são.

Nos mundos sobre os mundos que giram, alguns proclamam a paz mesmo rufando os tambores da guerra. O fato de rufarem os tambores com uma ganância insaciável por poder sobre os outros, por terras, recursos e riquezas em nome de sua divindade favorita, comumente não lhes parece errado, nem mesmo irônico.

Simplesmente é.

Em alguns mundos, a guerra é a divindade, adorada de maneira sangrenta e feroz.

Há mundos onde grandes cidades surgem de areias douradas, outros onde palácios brilham sob as profundezas dos mares azuis. E há os que lutam pela vida que é pouco mais que uma centelha no escuro.

Quer os habitantes de um mundo escalem as altas montanhas ou nadem nos oceanos, quer vivam em grandes cidades ou se amontoem ao redor de uma fogueira na floresta, quer rufem tambores ou balancem um berço, todos compartilham um objetivo comum.

Ser.

Em um desses mundos, há muito tempo, existiam homens, feéricos e deuses. Nesse mundo cresceram cidades e palácios, lagos e florestas. Altas montanhas, oceanos profundos. Durante um tempo fora do tempo, a magia brilhou sob o sol e sob a lua.

Chegaram as guerras, pois as guerras chegam. Em algumas, a ganância prosperou. E em outras a sede de poder não pôde ser saciada, nem mesmo com o sangue dos derrotados ainda quente na garganta.

Um deus das trevas, enlouquecido pelo poder, sugou profundamente homens, feéricos e mais, e foi expulso do mundo.

Mas isso não foi o fim.

À medida que a roda do tempo girava, assim como deve ser, serpentes de suspeita e medo se esgueiraram na harmonia entre homens, deuses e feéricos. Para alguns, o progresso a qualquer custo substituiu o vínculo entre a magia e o homem, e a adoração por mais assumiu a reverência antes dada aos deuses.

E então chegou um momento de escolha: afastar-se das magias ou preservá-las; abandonar os deuses antigos ou respeitá-los. Ao fazer sua escolha, os feéricos romperam com os mundos do homem e com as suspeitas e medos que os levavam à fogueira, que os caçavam nas florestas e os condenavam ao machado.

Assim, de um mundo, nasceu o mundo de Talamh.

Os Sábios, com visão suficiente, criaram portais de passagem entre mundos, pois, pela lei de Talamh, todos tinham direito a escolher ficar ou partir. Lá, em uma terra de colinas verdes, altas montanhas, florestas e mares profundos, a magia prosperou, e, sob seu líder – que escolheu e foi escolhido –, a paz se manteve.

Mas isso não foi o fim.

O deus das trevas, em seu mundo sombrio, conspirou e reuniu seu exército de demônios e condenados. Com o tempo, e com sangue, reuniu energia suficiente para passar pelo portal e entrar em Talamh. Lá, cortejou uma jovem bruxa, que havia escolhido e sido escolhida como *taoiseach*, e a cegou com amor e mentiras. Ela lhe deu um filho, e, em segredo, enquanto a mãe dormia sob feitiço, ele bebia o poder do bebê, noite após noite.

Mas o amor de uma mãe tem uma grande magia, e ela acordou desse sono forçado. E, despertando, liderou um exército contra o deus para expulsá-lo de novo e selar o portal. Quando isso foi feito, ela se considerou indigna de liderar como *taoiseach*, e por isso jogou a espada de volta no *Lough na Fírinne* e entregou o cajado àquele que levantou a espada da água.

Assim, mais uma vez a paz se manteve, e, na calma das colinas verdes e florestas profundas de Talamh, seu filho cresceu. Um dia, com orgulho e tristeza, ela o viu erguer a espada do lago e tomar seu lugar como *taoiseach*.

Sob o comando dele, a paz se manteve; a justiça foi servida com sabedoria e compaixão. As colheitas cresceram e a magia prosperou.

O destino julgou que ele conheceria e amaria uma mulher, filha do homem. Por escolha sua e dela, ele a fez atravessar o portal para seu mundo, e lá, por amor e alegria, eles fizeram uma criança, uma filha.

A magia da criança brilhava, e durante três anos ela só conheceu o amor.

Mas a sede do deus das trevas não havia sido saciada, e sua raiva só aumentara. Mais uma vez, ele acumulou poderes por meio de sacrifícios de sangue e magia sombria, auxiliado por uma bruxa que havia passado da luz à escuridão.

Ele roubou a criança e a aprisionou em uma jaula de vidro sob as águas perto do portal. Enquanto o pai e a avó da menina e todos os guerreiros de Talamh cavalgavam ou voavam com suas asas ou seus dragões para salvá-la, ela, que só conhecia o amor, conheceu o medo.

E esse medo em uma criança tão radiante se transformou em uma raiva tão selvagem quanto a do deus. Seu poder floresceu e atingiu o deus que era sangue de seu sangue, seu parente.

Ela mesma quebrou a jaula enquanto os feéricos atacavam o deus e seus exércitos. Mais uma vez, o deus foi expulso e deixado sob as ruínas de seu castelo sombrio.

Sua mãe, com seu medo humano que se transformou em preconceito e que, por sua vez, maculou o amor, exigiu levar a filha para o mundo do homem e apagar da memória da criança as magias, Talamh e todos os que ali viviam.

Por amor à criança e à mãe, o pai concordou e atravessaram o portal. Viveu com elas no mundo do homem, voltando a Talamh por amor, por dever, sempre que podia.

Mas, embora o amor pela criança nunca tenha diminuído para o pai, o amor entre a filha dos homens e o filho dos feéricos não pôde sobreviver, e seus esforços para viver em ambos os mundos arrancaram pedaços de seu coração.

Mais uma vez, o deus ameaçou Talamh e os mundos além dela. E, mais uma vez, os feéricos, liderados pelo *taoiseach*, a defenderam.

Os feéricos o expulsaram de novo, mas, com sua magia sombria, com sua espada negra, o deus matou o filho que ele mesmo havia feito.

E houve outro tempo de luto, e outro tempo de escolha.

Um menino, chorando o *taoiseach* como havia chorado o próprio pai, ergueu a espada do lago e tomou o cajado.

Enquanto o menino se tornava um homem, sentava-se na Cátedra de Justiça na Capital ou ajudava seu irmão e sua irmã na fazenda do vale; enquanto sobrevoava Talamh em seu dragão e treinava para a batalha que todos sabiam que um dia chegaria, a filha do falecido *taoiseach* vivia no mundo dos homens.

Lá, devido ao medo e ao ressentimento de sua mãe, aprendeu a sempre dar um passo para trás, nunca para a frente; a olhar para baixo, e não para cima; a cruzar as mãos em vez de estendê-las. Ela vivia uma vida tranquila que lhe dava pouca alegria, e não sabia nada sobre magia. Sua alegria provinha de um amigo que era um irmão em tudo, menos no sangue, e de um homem que era sua mãe de coração.

Ela sonhava, às vezes, com algo a mais e diferente, mas com frequência seus sonhos eram borrados e obscuros. E em seu coração habitava uma dor pelo pai que ela acreditava que a havia abandonado.

Um dia, uma porta se abriu para ela. E essa mulher que havia sido tão rigidamente doutrinada a não arriscar, a não dar um passo à frente, a não buscar, fez uma escolha. Atravessou o oceano e chegou à Irlanda na esperança de encontrar seu pai e a si mesma. E, em sua viagem, encontrou amor por aquele lugar, pelo verde, pelas brumas e pelas colinas.

Em uma cabana perto de uma baía, ela explorou aqueles sonhos, e descruzou os braços para alcançá-los e se encontrar. Um dia, achou uma árvore no meio da floresta que parecia brotar de uma rocha e subiu nos galhos longos e grossos dela.

E saiu do mundo que conhecia e entrou no mundo onde havia nascido.

Sua magia despertou, bem como suas lembranças, com a ajuda da avó, que a amava e ansiava por sua chegada, da fada que fora sua amiga na infância e do menino – agora um homem – que havia levantado a espada do lago.

Ela soube da morte de seu pai e chorou por ele. Soube do sacrifício de sua avó, e a amou. Descobriu seus poderes e a alegria neles. E, embora temesse, sabia de seu lugar em Talamh, da ameaça do deus das trevas que tinha seu mesmo sangue, e treinou para lutar com magia, com espada, com punhos.

As semanas foram se transformando em meses, e, como seu pai, ela vivia em dois mundos. Na cabana, trabalhava por seus sonhos; em Talamh, aprimorava seus poderes e treinava para a batalha.

Ela se permitiu amar seu dever para com Talamh e encontrou a coragem que tatuara no pulso como um símbolo. Abraçou as maravilhas dos feéricos, as fadas aladas, a velocidade estonteante dos elfos, a transformação dos animórficos e muito mais.

Quando o mal chegou a Talamh, ameaçando a tudo e a todos, ela ergueu punhos, espada e magia contra ele. Matou aquilo que queria destruir a luz, enfrentou a mais sombria das magias com ela.

E então se transformou naquilo que era sua essência.

Mas isso não foi o fim.

CAPÍTULO 1

Depois do evento que ficou conhecido como a Batalha do Portal da Escuridão, Breen passou três semanas na Capital. Os primeiros dias foram muito dolorosos; ela ajudou a cuidar dos feridos e a transportar os mortos dos campos de batalha, encharcados de sangue e cobertos de cinzas.

Abraçou Morena enquanto sua amiga mais velha chorava, inconsolável, pela perda do irmão. Fez o possível para confortar os pais de Phelin, sua esposa grávida, o irmão e a família dele, seus avós, também sentindo a dor que a cortava como uma lâmina.

Breen havia acabado de se lembrar dele, de reencontrá-lo depois de tantos anos, e agora ele estava morto por defender Talamh contra as forças desencadeadas pelo avô dela.

Ela ficou ao lado da família na cerimônia de partida, segurando a mão esquerda de Morena enquanto Harken segurava a direita.

Ela sentiu a dor de sua amiga como um maremoto quando as cinzas de Phelin, e tantas outras, voaram sobre o mar até as urnas que seus entes queridos seguravam.

Abraçou Morena com força antes de ela e Harken voarem de volta ao vale. E, sabendo da tristeza deles, observou Finola e Seamus, de mãos dadas, abrirem suas asas e os seguirem.

Estando Keegan ocupado com reuniões do conselho e patrulhas, ela visitou as famílias de luto, até que ficou tão tomada pela tristeza delas que não entendia como não se afogara em lágrimas.

Depois da primeira semana, tentou convencer Marco a voltar à Cabana Feérica.

— Vou ficar com minha menina — disse ele com a mandíbula cerrada sob o cavanhaque.

Como ela já esperava essa resposta, havia se preparado. Estavam na ponte abaixo do castelo, observando o cão d'água, Porcaria, nadar e mergulhar; ela enganchou seu braço no de Marco, seu amigo mais próximo, que sempre estivera e sempre estaria ao seu lado. E que provara isso pulando para outro mundo com ela.

— Sua menina está bem.

— Não muito. Você está exausta, Breen, com tanta coisa nas costas.

— Todo mundo está sobrecarregado, Marco. Você...

— Eu ajudei, claro.

Marco olhou para um campo onde havia gente treinando com espada, punho e arco. E se lembrou do sangue e dos corpos antes espalhados ali.

Jamais se esqueceria disso.

— Eu ajudei — repetiu —, mas você assumiu mais coisas que qualquer pessoa. E leva tudo para seu coração.

— Odran fez tudo isso para chegar até mim. Eu sei que não é culpa minha — retrucou antes que ele pudesse falar. — Nem minha, nem de meu pai, nem de minha mãe ou Nan. É tudo culpa dele. Mas isso não muda o fato de que tanta gente morreu porque Odran quer a mim, quer o que eu sou, o que eu tenho. Por isso, se eu puder diminuir um pouco a dor deles, mesmo que temporariamente, absorvendo essa dor, é isso que eu preciso fazer.

Ele desenganchou o braço dela e a puxou para si.

— É por isso que eu vou ficar.

— É por isso que eu estou pedindo para você voltar. — Ela acariciou o rosto dele e fitou seus olhos castanhos quentes e preocupados. — Eu mesma quero voltar, mas sinto que preciso ficar mais um pouco. Mas isso não significa que eu não quero dar apoio a Morena, a Finola e Seamus. Eles são uma família para mim, Marco, e não estou lá com eles.

— Você estava, e eles sabem que está aqui agora por causa dos pais de Phelin, a esposa e o irmão dele.

— Isso é um dos motivos de eu ter que ficar. Vá, fique com Morena e os outros no meu lugar, Marco. Pelo vale. Nós perdemos muita gente, volte com Brian.

— Em primeiro lugar, Brian vai partir amanhã ao amanhecer, vai para o oeste no dragão. Nem ferrando que vou voar naquele maldito dragão de novo nesta vida.

Ela sorriu.

— Eu posso fazer uma poção calmante para você.

— Que boa ideia! — Marco revirou seus olhos castanhos. — Vou voar de dragão, mas ficar chapado primeiro. Quer saber? Não.

— E se você for a cavalo? Keegan vai enviar Brian e algumas tropas para o oeste, e alguns vão a cavalo. Você gosta de montar, e monta melhor do que eu, o que é meio irritante. Você iria tirar uma preocupação de mim, Marco. Juro por Deus que essa é a verdade.

— Me deixe ver a sua carinha. — Ele a olhou nos olhos e suspirou. — Droga, é verdade. Mas eu não gosto da ideia de abandonar você.

— Eu sei, por isso eu sei que o que estou te pedindo é difícil. Mas eu tenho Keegan e a minha fera aqui.

Porcaria saltou para a ponte e se sacudiu, todo feliz. Voou água para todo lado; os olhos do cachorro dançavam, mas Breen se lembrou de como ele se lançara à batalha; lembrou-se do sangue no focinho dele e do brilho do guerreiro naqueles olhos felizes.

— E, também — acrescentou —, eu sou uma bruxa muito poderosa.

— *Muito poderosa* é um eufemismo. Eu vou, mas você tem que me prometer que vai mandar mensagem todo dia, Breen. Senão, nada feito. Mande um falcão ou qualquer outra coisa.

— Fui à loja de Ninia Colconnan ontem e comprei um espelho de clarividência para você.

— Um o quê?

— É um recurso para falar com você. Além disso, é bonito. É como uma chamada por Zoom, vou te mostrar como funciona. — Ela passou as mãos pelo cabelo ruivo encaracolado. — Você vai tirar um peso das minhas costas, sério. E, pensando em termos práticos, se Sally ou Derrick tentarem entrar em contato, não vão conseguir e vão ficar preocupados.

Era uma boa estratégia, pensou Breen, usar Sally, a mãe de coração de ambos, para convencer Marco.

— Pois é — ele enfiou as mãos nos bolsos —, eu estava pensando nisso.

— Para evitar problemas, chame os dois no FaceTime quando voltar. E — ela cutucou a barriga dele — volte ao trabalho. Por mim.

Agachando-se, ela passou as mãos sobre Porcaria para secá-lo, fazendo os cachos púrpura dele saltarem.

— E você? Eu sei que não deve estar conseguindo escrever muito.

— Um pouco. — Ela deu um puxãozinho delicado na barba canina de Porcaria e se levantou. — Não estou conseguindo trabalhar na nova aventura de Porcaria; não consigo escrever sobre coisas felizes agora. Mas estou trabalhando um pouco no segundo esboço do romance adulto. Tenho mais informações sobre cenas de batalha agora.

— Ah, Breen...

Ela se aninhou nele. Sempre podia se aninhar nele.

— Está tudo bem, Marco, já falamos sobre isso. Nós lutamos e matamos coisas más. — Ela o encarou com seus olhos cinzentos duros e os ombros firmes. — Quando chegar a hora, vou fazer tudo de novo. E de novo e de novo, até que isso tudo acabe.

Então, seu olhar duro se abrandou, e ela pegou as mãos de Marco.

— Vamos. Vou te ajudar a fazer as malas e te dar uma aula sobre espelhos de clarividência.

Sob as brumas do amanhecer ela o viu partir. Seu amigo Marco, nascido e criado na cidade, estava sentado na sela como se montasse desde criança. A égua, animada, dançava embaixo dele, e Breen ouviu Marco rir enquanto partia trotando com os guerreiros, em direção ao oeste.

Acima, um trio de dragões, brilhantes como joias à luz do amanhecer, sobrevoou um céu cinza de novembro com seus cavaleiros. Um par de fadas voava atrás deles.

Haveria batalha e sangue de novo, provocados pelo deus caído Odran. Seu avô.

Mas Marco estaria seguro, pensou Breen, tão seguro quanto qualquer um poderia estar em uma terra dedicada à paz e ameaçada por um deus determinado a fazer guerra.

E ele, o melhor ser humano já nascido, estaria com o homem que amava. Por enquanto era tudo que ela podia esperar.

— Ele vai ficar mais do que bem — disse Keegan, que ao lado dela assistia desaparecer nas brumas aqueles que enviara ao oeste. — E você fez bem em convencê-lo a ir.

— Eu sei. Eu sei que ele vai levar conforto ao vale. É importante.

— Sim, é importante. Você levaria também. Eu quero você aqui por... algumas razões, mas sei que você serviria a um propósito lá e encontraria conforto.

— Não estou pronta para ser confortada.

Ela estudou Keegan, aquele homem, aquele bruxo, aquele guerreiro que ela passara a amar, a querer, a necessitar quase mais do que podia suportar. Forte e robusto, com seu cabelo escuro e sua trança de guerreiro desarrumada. E ela viu tanto fadiga quanto raiva nas profundezas verdes dos olhos dele.

— Nem você — disse.

— Não, nem um pouco.

— E, com a passagem de Odran selada de novo, não há ninguém com quem lutar aqui neste momento.

Ele a fitou longa e friamente.

— Desejar a guerra é desejar a morte. Essa não é nossa maneira de agir.

— Não é isso que estou dizendo, Keegan. Você treina para a guerra porque Talamh e todos os mundos precisam de proteção e defesa. Você me ensinou isso, da maneira mais difícil, me fazendo cair de bunda muitas vezes no treinamento, todas elas muito doloridas.

Dando de ombros, ele olhou para um dos campos de treinamento.

— Não é tão fácil derrubar você hoje em dia.

— Segura essa onda. Odeio admitir isso, mas nunca serei uma ótima espadachim nem um Robin Hood no manejo do arco.

— São boas essas histórias de Robin Hood. E não vai mesmo.

— A língua você não segura, com certeza.

Ele deu um sorrisinho e enrolou um cacho dela em torno de seu dedo.

— Por que mentir quando a verdade está aí? Mas você está melhor do que antes.

— O que não quer dizer muita coisa.

— Você está sempre evoluindo. Sua magia é... incrível. Essa é e sempre vai ser sua arma mais afiada. E tem isto — ele levantou a mão dela e virou o pulso para passar o dedo sobre a tatuagem —, *misneach*. Coragem, e a sua é tão afiada quanto a sua magia.

— Nem sempre.

— O bastante. Você mandou Marco embora, negou a si mesma o conforto dele pelo bem dos outros. Isso é coragem. Você iria com ele, mas vai ficar porque eu preciso que fique.

— Por algumas razões.

— Por algumas razões.

Crianças se dirigiam ao campo de treinamento, algumas voando com suas asas, outras com sua velocidade élfica, e outras ainda bocejando.

Não era dia de aula, percebeu Breen, pois Talamh prezava muito a educação. Ela olhou nos olhos suplicantes de Porcaria.

— Pode ir.

Ele saiu correndo e latindo de alegria.

— Você não perguntou quais são as razões — observou Keegan.

— Você acha que eu estou mais segura aqui, ao seu lado. Shana tentou me matar duas vezes, e ela é de Odran agora.

— Todos os portais estão vigiados, ela não pode passar. Ela não pode machucar você.

— Ela não vai me matar.

Ele estreitou os olhos.

— Você anteviu isso?

Ela balançou a cabeça.

— Eu sei que não vou dar essa satisfação a ela. Mas ainda resta Yseult. Ela tentou me pegar duas vezes, não para me matar, porque, ao contrário de Shana, ela não é, como diz o Marco, louca de babar. O que ela queria era me neutralizar o suficiente para me levar até Odran. Na primeira vez ela teria conseguido, se não fosse por você. Na segunda vez, bem ali atrás — Breen se virou e apontou —, eu a derrotei. Mas deixei minhas emoções, minha raiva, minha necessidade de machucá-la e puni-la interferirem, em vez de simplesmente acabar com ela. Não vou cometer esse erro de novo.

— Você se tornou feroz, *mo bandia*.

Feroz? Isso ela não sabia; resoluta, sim. Ela se tornara resoluta.

— Eu me considerei comum, menos que isso, durante muito tempo. Mas agora sei o que sou, o que tenho, e vou usar isso. Ficar se preocupando comigo tira o seu foco do que você precisa fazer. Você tem que parar com isso.

Como ela, Keegan ficou observando as crianças se preparando para o treinamento. Tão jovens, pensou, com um misto de orgulho e arrependimento. E, levando a mão à empunhadura de sua espada, ele recordou que já havia sido e feito o mesmo.

— Você acha que a única razão para eu querer você aqui é a preocupação?

— É um fator, mas eu também sou útil aqui, e você sabe disso.

— É verdade. Você ajudou na cura de feridos e deu conforto a todos, mais ainda com suas visitas aos enlutados. E isso a consome muito. Dá para ver.

— Muito obrigada. Vou começar a usar maquiagem.

— Você é linda.

O jeito como ele disse isso, tão casualmente, provocou em Breen uma emoção ridícula.

— Mesmo quando está cansada — prosseguiu ele —, e tão pálida que eu vejo a dor deles em você.

— Você faz o mesmo. Sim, você é *taoiseach*, é seu dever, mas é mais do que isso. Você também sofre, Keegan.

— Não tire isso de mim — disse ele, impedindo que Breen pousasse a mão no coração dele. — Nem uma gota; eu preciso disso, assim como preciso da raiva, como preciso de sangue-frio. Eu sei que você ajudou com os mortos, mas não queria que passasse por isso.

— Eles também são meu povo. Sou tão *talamish* quanto americana. Provavelmente mais, em termos de lealdade.

— Mesmo assim, eu não queria. Você mandou Marco embora e eu não posso lhe oferecer, agora, o mesmo tipo de companhia aqui, em um lugar que não é o seu lar, como a Irlanda ou o vale. Quase não passei tempo com você além do necessário para fazer sexo e dormir; mais dormir que fazer sexo, infelizmente. Acho que esta é a conversa mais longa que já tivemos sozinhos desde a batalha.

— Você é *taoiseach*, e já teve reuniões do conselho, julgamentos... Eu sei que falou com todos os feridos, todos os que perderam alguém.

Eu sei porque eles me contaram. Há reformas, treinamento, e nem consigo imaginar o que mais para fazer. Você acha que eu espero que passe tempo comigo sendo que você tem muito mais coisas para fazer e em que pensar?

Ele a fitou com aquele seu jeito intenso, mas logo desviou o olhar de novo para os campos de treinamento e a aldeia.

— Não, você não espera, e talvez seja por isso que eu gostaria de poder lhe dar atenção. Você ainda é um mistério para mim, Breen Siobhan. E tudo que sinto por você é outro mistério, do qual nem sempre gosto.

Ela sorriu de novo.

— Isso fica bem claro às vezes.

— Preciso de você aqui por todos os motivos que você mesma disse, sim, mas também por mim. Não tenho que gostar disso também, mas... estou tentando explicar como posso.

Breen se emocionou por vê-lo se dar ao trabalho de tentar se explicar.

— Você está ficando melhor nas explicações. Nunca será ótimo, mas acho que, com a prática, pode chegar a ser competente.

Ele contraiu as comissuras da boca.

— Boa vingança.

— Concordo. Mas eu gosto de ser necessária. — Ela passou os dedos pela trança de guerreiro dele. — Durante muito tempo, não fui necessária. Bem, eu era para Marco, Sally e Derrick, mas isso é diferente. Portanto, se só temos tempo para dormir e transar, vai ter que ser suficiente.

— Não tenho mais tempo agora. Maldita reunião do conselho!

— Tudo bem, tenho que ir para o campo de treinamento daqui a pouco. Malditos arco e flecha!

— Ouvi dizer que você já não é mais tão ridícula quanto antes.

— Cale a boca! Vá ser o líder do mundo.

Ele colocou as mãos sob os cotovelos dela e a fez ficar na ponta dos pés. Beijou-a repetidamente enquanto as brumas se dissipavam e o sol surgia.

— Mantenha Porcaria com você, está bem? E leve alguém, Kiara ou Brigid, ou quem quiser, se for à vila ou fazer alguma visita.

— Pare de se preocupar.

— Vou me preocupar menos se você fizer o que estou pedindo.

— Tudo bem. Então se preocupe menos. Vou pegar meu arco e ser menos ridícula. E acho que vou me divertir mais do que você.

— Disso não tenho dúvidas. Mantenha o cachorro por perto — repetiu ele, e seguiu pela ponte em direção ao castelo, onde o estandarte tremulava a meio mastro.

Ela se mantinha ocupada, dia após dia, treinando e ajudando nos consertos — tanto com magia quanto com as mãos —, e passava o máximo de tempo que podia com a família de Phelin.

Era sua família também, ela pensava, enquanto mais e mais lembranças de seus primeiros três anos de vida voltavam à sua mente. As mãos grandes de Flynn jogando-a para o alto e ela gritando, Sinead e seus biscoitos de glacê, ela correndo pelos campos com Morena, Seamus e Phelin, sempre tramando uma aventura...

Ela se sentia tão à vontade com eles quanto na fazenda onde havia nascido.

Mas fora Flynn, guerreiro, membro do conselho, pai, que finalmente rompera a corda que a mantinha amarrada a seu próprio luto.

Ela queria o ar, e queria o silêncio. Depois de se permitir duas horas de manhã cedo para trabalhar em seu livro — esperando ter mais duas à noite —, Breen levou Porcaria para passear.

Só um tempinho, um tempo roubado, como ela pensava, para não fazer nada. Depois trabalharia com Rowan — membro do conselho e dos Sábios —, e com mais alguns jovens bruxos, em poções e feitiços. Tinham que reabastecer os suprimentos usados durante a batalha.

Magia não era questão de abracadabra, e sim de esforço, habilidade, prática e intenção.

Depois, ela ajudaria a repor as plantações destruídas durante a batalha. Esperava convencer Sinead e Noreen a trabalhar com ela na terra, para que tomassem um pouco de ar e sol.

O treinamento vinha depois — sua parte menos favorita de qualquer dia. Treinar com a espada e no corpo a corpo compunha a tortura desse dia, e ela já antecipava as contusões.

Ela ficou surpresa ao notar como seus dias ali eram cheios, como passavam depressa. No entanto, mesmo achando o castelo infinitamente fascinante e a agitação do mar empolgante, sentia falta de sua linda cabana do outro lado, da fazenda no oeste de Talamh, de seus amigos de lá, de sua avó. E podia admitir só para si: sentia falta da rotina de autossatisfação que desenvolvera desde que deixara a Filadélfia, tantos meses antes.

Mas Breen era necessária na Capital, por enquanto, e havia entendido que simplesmente vê-la fazer as tarefas diárias dava esperança às pessoas depois de tantas perdas.

Ela deixou Porcaria brincar na água debaixo da ponte; mas, por meio de seu vínculo com ele, sabia que, embora isso o deixasse feliz, ele sentia falta da baía deles, de correr nos campos com os filhos de Aisling e de brincar com Mab, a lebrel irlandesa que cuidava das crianças.

Ele saiu para se sacudir e ela o secou com um movimento de mãos. O vento de novembro estava forte, cheirava a mar e a terra revolvida. Breen viu algumas pessoas trabalhando nas hortas das colinas e dos campos, trazendo de volta à vida as colheitas de inverno.

Ela havia trabalhado com outros Sábios para curar o solo carbonizado e ensanguentado, e agora via os frutos de seu trabalho nas abóboras cor de laranja e amarelas, nas folhas verdes de couves e repolhos.

Flores e ervas nasciam de novo. Breen viu palha fresca nos telhados das casas, crianças brincando nos quintais, pessoas na aldeia olhando barracas e lojas, fumaça saindo das chaminés.

Vida e luz, pensou, eram coisas teimosas. Tinham que florescer e brilhar contra a escuridão, e assim seria. Eles não seriam apagados como uma vela; continuariam sendo chamas.

Ela tinha participação nisso, e faria o que fosse preciso para manter o fogo aceso.

Porcaria foi saltitando à frente e passou sob os galhos gotejantes de um salgueiro. Ela o seguiu e encontrou Flynn sentado em um banco de pedra, já com a cabeça do cachorro apoiada em seu joelho.

Não precisou ver a dor no rosto do homem, pois a sentiu como uma âncora em seu próprio coração.

Mesmo assim, ele sorriu enquanto acariciava o pelo encaracolado de Porcaria.

— Este cachorro é uma alegria.

— É mesmo.

— E em breve será muito famoso em músicas e histórias. Dá para ver muita coisa daqui. A aldeia e sua agitação, os campos e as colinas, a sombra das montanhas, e, se você prestar atenção, vai ouvir o tempo todo o rufar do mar ao fundo. Sua avó colocou este banco antes de eu nascer. Muitas vezes me sentei aqui com seu pai, pensando no silêncio. E ali — ele apontou e ela se aproximou —, naquela cabana, morava uma garota por quem eu tinha um desejo terrível quando era um jovem selvagem. Antes de Sinead, claro, pois ela colocou um cadeado em meu coração que ninguém pode quebrar. Mas o desejo foi real enquanto durou, e as lembranças dele são inofensivas e doces.

— Onde está essa garota agora?

— Ela se casou com um fazendeiro e eles têm três filhos... não, quatro. Vivem na região central e vêm para cá para fazer trocas e negócios. Sente-se aqui um pouco. Eu queria tomar um pouco de ar.

Ela hesitou, mas seu instinto lhe disse que ele precisava de companhia tanto quanto de ar. E, quando ele pousou a mão sobre a dela, depois que ela se sentou, Breen sentiu o coração dele e soube que estava certa.

— Quando seu pai e eu éramos pequenos, lá no vale, eu ansiava pela Capital, aquela agitação toda. Eu não era fazendeiro como Eian ou meu próprio pai. Nem inteligente como meu pai para construir coisas. Mas tinha a música, claro, e isso foi uma coisa que me ligou fortemente a Eian. Como eu adorava nossos momentos nos pubs, aqui e do outro lado, tocando! Eu, Eian, Kavan e Brian... Eles sempre foram irmãos para mim. Mas eu queria a vida de guerreiro, essa é a verdade. Formar uma família com Sinead no vale trouxe uma época de alegria e paz. Por um tempo. — Ele se voltou para olhar para ela. — Sua mãe o fez feliz. Você deveria saber disso.

— Eu sei.

Por um tempo, pensou Breen.

— Mas você, coelhinho vermelho, era o que fazia o coração dele bater, a luz da alma de Eian. Quando Odran a pegou... um homem menor poderia ter enlouquecido e deixado que a loucura e o medo o dominassem.

Mas seu pai não era um homem menor, por isso trancou aquele coração, usou a mente, o poder e a força. Assim como você, quando era pouco mais que um bebê. Assim como você — murmurou Flynn.

— Sua mãe me levou para casa de novo, e Sinead me embalou e cantou para mim. Lembro de tudo claramente agora, como me fizeram sentir segura de novo depois de ter sentido tanto medo. Quando voltei, Nan me ajudou a ver, no fogo, como meu pai e ela lutaram naquela noite. E... você, com suas grandes asas e a espada. Você lutou por mim, por eles, por Talamh — disse Breen.

— Foi uma noite terrível e brutal, mas eu queria muito ser um guerreiro, e por isso teria morrido por você, por eles, por Talamh. Foi uma escolha que eu fiz. Mas eu sobrevivi. Perdemos Kavan naquela noite.

— Eu sei.

— Ele era um irmão para mim. Depois caiu Brian, e Eian. A morte de meus irmãos arrancou pedaços de mim. Mas eu sobrevivi, como guerreiro, marido, pai, e avô também, aprendendo a viver sem os pedaços que a morte me tirou. Eu honrei a morte deles vivendo, fazendo e permanecendo.

— Eu sei disso. — Ela olhou para longe, como ele.

Um coelho, cinza como os olhos dela, saltou no campo sobre uma fileira de repolhos.

— Eu nunca havia perdido alguém próximo. Pensava que meu pai tivesse me abandonado.

— Ele nunca faria isso. Nunca.

— Agora eu sei disso, como sei que você honra a morte de quem ama vivendo, fazendo e permanecendo.

— Participo do conselho e faço o que posso para ser sábio e verdadeiro lá. Luto contra o que vem contra nós. Agora, Breen, abraço minha esposa, a esposa de meu filho, seu irmão, sua irmã, minha mãe e meu pai. Estes braços precisam ser fortes, porque eles perderam pedaços também. Mas meu menino, meu filho, que deu seu primeiro suspiro em minhas mãos, agora se foi. E a criança que espera para nascer não conhecerá o pai. A esposa dele nunca mais sentirá os braços de seu marido em volta dela. A mãe dele nunca mais ouvirá sua voz nem verá seu rosto. Esses pedaços se foram, e eu não sei viver sem eles.

Ela não sabia o que dizer, então simplesmente o abraçou. Não suportava a dor de Flynn, não havia poder que a ajudasse. Mas ela deixou que a dor avassaladora entrasse nela, e assim, pelo menos, a dor foi compartilhada.

— Você é um guerreiro — disse por fim —, um marido, um pai, um avô. E vai permanecer. O espaço de todos os pedaços que a morte tirou de você é preenchido pela luz dos que se foram. A luz de Phelin está em você agora e sempre.

As lágrimas queriam correr, mas ela não permitiu.

— Eu sinto a luz dele em você. E a de meu pai também. — Ela recuou um pouco para pousar a mão no coração de Flynn e, com os olhos nos dele, injetou nele o que sentia. — É tão brilhante que nem a morte pode ofuscá-la.

Flynn deitou a cabeça no ombro dela e suspirou.

— Ele teria ficado muito orgulhoso de você.

— A luz dele está em mim também.

Flynn ergueu a cabeça e acariciou o cabelo de Breen.

— Eu o vejo em você, e isso é um conforto. Você é um conforto para mim. — Ele lhe deu um beijo na testa. — Agradeço a todos os poderes que me colocaram neste lugar neste momento, com você. Coelhinho vermelho — murmurou antes de beijá-la de novo, e a deixou sozinha sob o salgueiro.

Sozinha, ela queria tremer sob aquela dor compartilhada, desmoronar sob o peso dela.

Não ali, pensou, onde alguém poderia encontrá-la e vê-la. Afastando-se dos galhos, ela chamou seu dragão.

Pelo amor de Deus, ela precisava de ar, de distância, de alívio.

Quando Lonrach pousou, ela subiu nas costas vermelhas com pontas douradas dele.

— Espere aqui — disse a Porcaria antes que ele pudesse subir com ela. — Espere.

E fez Lonrach disparar para o céu. Alto e rápido, para sentir o ar sobre si, agitando seu cabelo e fazendo sua capa voar. O vento aumentava à medida que subiam, cada vez mais alto, por entre as nuvens e a umidade retida dentro delas. Quando viu Talamh, embaixo, espalhada como brinquedos de criança, Breen gritou.

Gritou, berrou a raiva tão firmemente aparafusada à dor. Sentiu o ar tremer, ouviu um trovão, viu um relâmpago, tudo provocado por seu grito. E não se importou.

Era dela, e só dela, por cada gota de sangue derramada, por todas as lágrimas, por todas as perdas. Escuro e claro, lados gêmeos de sua raiva, colidiram de modo que o céu girou e tremeu, as nuvens se quebraram e choraram. Erguendo os braços bem alto, com as mãos fechadas em punhos, ela deu as boas-vindas à tempestade.

— Eu o amaldiçoo! — gritou. — Juro por todos os deuses, por meu pai, por Phelin e por todos, que levarei a morte até você!

Ela fez Lonrach descer cada vez mais, mostrando-lhe aonde precisava ir, para o lugar aonde não tinha forças para ir desde aquele dia sangrento.

Quando o dragão pousou na floresta, em meio aos galhos que chicoteavam, a chuva que açoitava, ela pulou diante da árvore das cobras. Seu sangue havia aberto esse portal, permitindo a entrada do inferno em Talamh; ela, sua avó e Tarryn o haviam fechado com o sangue delas.

Breen puxou poder, mais e mais, ergueu o rosto para a tempestade e se fundiu com ela. E ficou ali parada, acesa como fogo, por dentro e por fora.

— Escute, Odran, o Maldito. Ouça-me e trema. Eu sou Breen Siobhan O'Ceallaigh. Sou filha dos feéricos, do homem e dos deuses. Eu sou luz e trevas, esperança e desespero, paz e destruição. Eu sou a chave, a ponte, a resposta. E, com tudo que sou, vou acabar com você. Seu sangue ferverá em suas veias, sua carne queimará e todos os mundos ouvirão seus gritos de medo e dor. Ouça-me, Odran; assim como os deuses uma vez o expulsaram, eu o farei virar cinzas, que nem mesmo o inferno levará. E você será nada. Este é meu voto. Este é meu destino.

Ela se manteve ali, com as mãos erguidas emitindo luz, seus olhos escuros e ferozes como a tempestade.

— Breen! Afaste-se daí!

Ela virou a cabeça e o poder junto. Keegan precisou levantar as duas mãos para bloqueá-lo e se proteger.

— Dê um passo para trás — repetiu ele. — Você arriscaria abri-lo com sua fúria?

— Não abrirá. Mas ele pode me ouvir.

— Você já disse o que queria, agora dê um passo para trás.

Como ela estava muito perto, lançando onda após onda de poder, ele se aproximou.

Quando pegou o braço dela, o choque quase sacudiu seus ossos, mas ele a puxou para longe.

Porcaria ficou ali, molhado e choramingando, enquanto ela olhava com poder e fúria nos olhos de Keegan.

— Você acha que pode me impedir?

— Se for preciso. — Ele se colocou entre Breen e o portal e viu um pouco da fúria dela se transformar em confusão. — Você tem que deixá-la ir agora.

— O quê? Deixar o quê ir?

— Você trouxe a tempestade, agora deixe-a ir.

— Ai, meu Deus. — Ela levou a mão ao rosto, estremecendo. — Desculpe, foi sem querer. — Tremendo, ela se abaixou. — Desculpe.

O vento parou; a chuva morreu. O poder que estremecia o ar desapareceu.

— Você não tinha nada que vir aqui sozinha — começou ele, mas ela se enrolou em posição fetal e começou a chorar.

Tendo se esvaziado da raiva, só restavam as lágrimas.

Keegan se abaixou quando Porcaria correu para choramingar encostado em Breen.

— Está tudo bem agora.

Ele acariciou seu cabelo, suas costas, seus ombros para aquecê-la e secá-la. E a abraçou, tentando encontrar as palavras. Mas tudo em que conseguia pensar era:

— Está tudo bem agora.

— Desculpe.

— Você já disse isso. Está feito e acabado. Chore se precisar, até esvaziar tudo também.

— Eu estava conversando com Flynn, e ele... Eu não aguentava mais. Não podia mais trancar tudo aqui dentro. Eu precisava...

— Gritar com os deuses.

Quando ela levantou a cabeça, ele inclinou a dele.

— Imagino que tenham ouvido você até no extremo oeste.

— Ai, sou uma idiota! — Ela cobriu o rosto com as mãos. — Eu não deveria... assustei todo mundo quando...

— Assustou? Mulher, nós somos *talamish*, não uns fracotes que se assustam quando um dos nossos libera seu poder. E, do jeito que foi sua liberação, existe certo regozijo nisso. Mas a tempestade foi um pouco demais, as pessoas vão ter que correr atrás das roupas que voaram dos varais e tal.

— Desculpe...

— Não diga isso de novo, pelos deuses. É cansativo! Você me prometeu que não viria aqui sozinha.

— Eu não queria. — Soluçando de novo, ela sacudiu a cabeça. — Digo, não planejei nada. Acho que perdi a cabeça por um instante.

— Uma hora, no mínimo. Demorei para encontrar você, e teria demorado mais sem este aqui. — Fez um carinho em Porcaria. — Ele foi me buscar. Eu estava indo procurar você quando os céus se abriram. Imagino que você esteja cansada, depois de toda a energia que gastou e de tantos litros de lágrimas. Podemos partir agora de manhã, em vez de ir esta tarde.

— Partir? Para onde?

— Para o vale. — Ele se levantou e lhe ofereceu a mão para ajudá-la a se levantar.

— Não, Keegan. — Breen se levantou depressa. — Eu precisava purgar, desabafar, sei lá. — Ela olhou para o portal. — Eu precisava avisá-lo. Mas você não pode simplesmente me mandar de volta porque eu tive um momento de...

— Um momento, é? Foi a primeira vez na vida que eu vi ovelhas voarem.

— Ai, meu Deus!

— Mas nada pior aconteceu. E, embora seja verdade que eu a mandaria de volta, afinal sou o *taoiseach*, a questão é que sou necessário em outro lugar e já dei à Capital tempo suficiente. Por enquanto. Você vai comigo porque eu preciso disso, e sei muito bem que você também.

— Sim. — Ela deu um passo para a frente e deixou a cabeça cair no ombro dele. — Sim, eu preciso disso. Podemos ir agora?

— Podemos. Depois de um banho, você pode se despedir e recolher tudo que precisar levar. Eu não acharia ruim se você avisasse Marco pelo espelho para ele preparar alguma coisa para o jantar. As almôndegas dele cairiam bem esta noite.

— Tudo bem. — Suspirou Breen. — Vou passar um pouco de maquiagem para não parecer que andei chorando.

— Não. — Ele pegou a mão dela. — Eles ouviram sua dor, deixe que vejam. Deixe que vejam você. E saiba que Odran não tem uma oração no céu nem no inferno para se defender da mulher que eu vi ali parada, queimando como mil velas. Nem uma única. Agora venha, estamos perdendo tempo.

CAPÍTULO 2

Ela se despediu e guardou mensagens para Morena e Aisling, de suas mães, em sua bolsa. E, enquanto estava montada nas costas largas de Lonrach com Porcaria, pensou no voo selvagem para a Capital, na urgência e no medo que a fizeram ir para o leste.

Agora estava voltando para casa, mudada para sempre.

Ela conhecia o que se estendia sob a sombra das asas de Lonrach. Conhecia as colinas verdes e os vales férteis, o cheiro das florestas densas, a majestade dos picos das montanhas. As aldeias, cabanas, cavernas e todos os que ali habitavam.

Ali, sob as nuvens, um cavalo e um cavaleiro a galope, e uma mulher usando um manto com uma cesta no braço. Mais além, um cervo, régio, parado à beira de um bosque, e uma mulher nas margens de um riacho, pescando, enquanto um bebê enrolado em um cobertor esperava ao lado dela.

Trolls deviam estar trabalhando nas cavernas profundas das montanhas, e crianças em salas de aula entediadas com as lições e sonhando com aventuras. Fazendeiros observando as plantações de inverno e afiando seus arados; mães pondo os filhos pequenos para dormir.

E guerreiros treinando, treinando, treinando e aprimorando todas as habilidades para proteger as colinas e os vales, as montanhas e os riachos, e todos os que moravam lá.

Ela era parte disso tudo agora, de uma maneira que nem mesmo com a magia, o sangue compartilhado, o conhecimento, jamais havia sido. Porque agora ela havia lutado, matado e sangrado por Talamh.

Ela olhou para Keegan; tão alerta, pensou, tão intenso. Um homem impaciente que, de certa forma, tinha um poço sem fundo de paciência. Um homem duro que era, em essência, feito de bondade. Uma contradição viva.

Fazia sentido, concluiu, porque ele lutaria, mataria e sangraria pelo objetivo mais vital de seu mundo.

A paz.

Ela aproximou Lonrach de Cróga um pouco mais para poder gritar por cima do vento.

— O que nós vamos fazer agora?

Ele a fitou brevemente e voltou a esquadrinhar a terra, o ar, o mar distante.

— Você volta a treinar magia e combate, como antes.

— Não, digo imediatamente.

— Agora, amanhã e depois. Temos tempo, mas não podemos desperdiçá-lo. Odran perdeu mais que Talamh, mas não vai sofrer como nós, pois os demônios e as trevas que enviou para nos destruir não importam para ele. Mas ele perdeu poder.

— E tem que reunir de novo. Pode levar semanas, meses, até anos.

— Anos não. Desta vez, não.

— Porque eu estou aqui.

— Ele acha que está muito perto de pegar você e tudo que você é. A chave, a ponte, a filha de homem e feérico e deus tem tudo que ele cobiça. Ele acha que está muito perto de pegar tudo que quer e fazer chover vingança em todos os mundos. — Keegan olhou para ela de novo. — Mas ele está enganado. Está mais longe do que antes.

— Por quê?

— Por tudo que você é. Quer ir para o vale ou para sua cabana? Vou levar você aonde desejar antes de ir para o sul.

— Você vai para o sul?

— Tenho deveres que não pude cumprir enquanto estava na Capital. Mahon cuidou dos reparos lá, e da demolição da Casa de Oração e da construção do memorial. Mas preciso mostrar ao sul que o *taoiseach* não o esqueceu.

— Então, quero ir para o sul.

— Você está fora de casa há semanas.

— Você também. Eu sei, não sou *taoiseach* — respondeu Breen antes de ele falar —, mas você disse para deixá-los ver minha dor. Isso valia só para a Capital?

Ele não disse nada por um momento, apenas a observou. Então, assentindo com a cabeça, virou para o sul.

— O calor — comentou ele, em tom casual — será uma mudança agradável.

— Não vou achar ruim, mas não ligo para o frio. Gosto de ver o que ele faz com as árvores. O verde dos pinheiros parece se aprofundar em contraste com as cores que irrompem nos carvalhos, castanheiros e bordos. A luz muda e as noites são longas. Os cervos ganham a pelagem de inverno. Quando vim para a Irlanda, e mesmo quando cheguei a Talamh, nunca imaginei que veria o outono aqui, nem que o inverno chegaria tão rápido.

Ela indicou uma dupla de dragões cruzando o céu do norte.

— São nossos — disse Keegan. — Estão patrulhando.

— Nossos... Odran não tem dragões — percebeu Breen.

— Não. Ele não pode convertê-los nem os escravizar como faz com alguns feéricos. Os dragões são puros.

— E se ele converter um cavaleiro de dragão?

— O dragão não vai obedecer a seu cavaleiro. Vai chorar e muitas vezes morrer de tristeza se seu cavaleiro se voltar para Odran. Mas, se o cavaleiro for escravizado contra sua vontade, ele espera. — Keegan passou a mão sobre as escamas lisas de Cróga. — Odran destruiria todos, se pudesse, porque os dragões nunca serão dele. Veja — apontou —, o sul e seu mar.

Ainda estava distante, mas ela viu a mais azul e infinita das águas, e as praias douradas que a cercavam.

Viu fadas voando, ovelhas nas colinas verdes que se erguiam e rolavam em direção ao sol, e uma floresta densa que se estendia além da areia.

Em uma colina acima das praias e da extensa vila, ela viu um grande dólmen, branco como giz.

— Esse é o memorial?

Ele circulou para observá-lo de todos os lados.

Sim, ele não havia esquecido.

— Ali esteve, ano após ano, a Casa de Oração, concedida ao clã dos Piedosos depois que tantos de sua fé... essa não é a palavra certa, pois não foi por causa de sua fé que eles foram torturados, perseguidos e mortos. Mas foi concedida a eles, em tratado, com o juramento de que se dedicariam às boas obras. Toric e sua laia usaram essa dádiva, esse perdão, para trair a todos. Para eles não haverá perdão; a casa que abrigava seu mal se foi, e o solo em que se erguia foi santificado. O dólmen representa o sacrifício dos caídos que deram a vida aqui para proteger todos.

— É lindo! — E triste, pensou Breen. Como dor gravada em pedra. — É tudo lindo, o mar, as praias, a vila. O que nós vimos no fogo do Samhain foi duro, brutal e corajoso. Eu vi você lutar, e Mahon, e Sedric, e todos os outros. Agora está lindo de novo.

— Talamh se levanta, porque é assim que deve ser.

Ele guiou Cróga até a colina, saltou e esperou Porcaria fazer o mesmo antes de estender a mão para Breen. Ela a pegou e, embora sentisse um frio na barriga, desmontou e pulou no chão.

— Vamos deixá-los voar um pouco e arranjar um lugar para descansar. Eles virão quando forem necessários.

— Ele também. Pode ir — disse Breen a Porcaria, que já saltitava.

O cão desceu a colina, atravessou a praia e entrou na água. Um jovem sereiano pulou para fora do mar, rindo, depois mergulhou de novo para brincar com Porcaria.

— Ele sempre encontra diversão. — Breen se voltou para o dólmen. — É poderoso... um símbolo poderoso. Reverente. — Encostou a mão em uma das colunas, mais alta que dois homens. — E quente ao sol.

Deu um passo para trás quando Mahon chegou voando. Keegan trocou um aperto de mão com o cunhado, que fechou as asas quando pousou.

— Bem-vindos! Você calculou bem o tempo. Só levantamos a pedra angular hoje de manhã.

— E o fizeram muito bem — disse Keegan. — Como vão os reparos?

— Quase tudo acabado. Mallo e Rory não ficaram muito felizes quando você roubou Nila. — Mahon sorriu e acariciou sua barba cor de mogno. — Não vou repetir o que eles disseram. Mas fizeram maravilhas, mantiveram o trabalho em ritmo constante. Pode ver por si mesmo, a vila está prosperando de novo, e quem vem passar férias gosta tanto quanto o cachorro lá embaixo.

Assim como Breen, Mahon pousou a mão na pedra.

— E isto serve para lembrá-los do motivo de poderem fazer o que fazem.

— Não sobrou nada de Toric ou sua gente aqui — disse Breen —, onde o solo é fértil e verde de novo e o dólmen se ergue em reverência e memória aos bravos, aos inocentes. E aguentará, para sempre, como os feéricos aguentam.

Tomada pela magia, pelo que sentia, ela caminhou entre as duas colunas para ficar sob a pedra angular.

— Mas quando olharem para esta colina, quando andarem no verde, deverá haver mais que tristeza. Deverá haver...

Ela parou, ergueu a mão, sacudiu a cabeça.

— Não, deixe vir — disse Keegan. — O que está vendo?

— Primeiro, eu sinto. Poder, branco, brilhante e forte, que vive nas pedras, no solo abaixo delas. Sinto o ar e o sol na minha pele, bem quente. Quando a noite chega, as luas gêmeas se erguem sobre o grande monumento aos bravos, aos inocentes, aos perdidos. Esta é a verdadeira fé e honra. Ali, árvores, três que florescem na primavera como a esperança, mesmo quando o vento sacode suas flores para cobrir o chão. Frutificam no verão, pois isso é generosidade, e suas folhas explodem em cores quando a roda gira para o outono, pois esse é o ciclo. Então, enquanto elas caem, dançando no ar, a roda gira e gira, até que florescem de novo.

Breen subiu na pedra.

— A piscina tem água límpida como o vidro, e quem bebe se sente em paz. E, sobre a grande pedra, o fogo eterno, e em suas chamas vivem força e propósito. Todos os que olham para este lugar, ou caminham sobre o verde, conhecem os quatro elementos ligados entre si por magia. Todos os que vêm honram os corajosos e os inocentes, e sentem a esperança renovada, pois sabem que a morte não é o fim, já que a vida, o amor e a luz se renovam.

Ela estremeceu e passou as mãos pelo cabelo.

— Nossa, foi muito... Desculpem, eu não queria...

Ela se interrompeu quando Keegan simplesmente levantou a mão.

— Faremos isso. Mahon, vamos precisar de fadas para trabalhar nas árvores frutíferas e de um pedreiro para construir a piscina. E de bruxas para enchê-la. Mande um elfo com um caldeirão de cobre, por favor. Quando tiver tudo, vá para casa ver sua esposa e seus filhos. Se eu aparecer no vale antes de você, Aisling vai arrancar meu saco, e eu prefiro evitar isso.

— Será um prazer. Vocês vão logo para lá?

— Pela manhã, se não antes.

Mahon se voltou para Breen e lhe deu um beijo no rosto.

— Eu não vejo o que você vê, mas anseio ver.

Depois que ele voou, Breen apertou as mãos.

— Keegan, se eu ultrapassei...

— Eu disse isso? Eu disse que você tem razão, e que vamos corrigir o que precisa ser corrigido.

— Mas isso é o que você queria, o que você viu.

Ele analisou o dólmen, as duras pedras brancas. Sim, pensou, aquilo era o que ele havia visto e nada mais.

— Eu vi em meio à dor e à raiva. As pedras vão ficar, pois fiz bem em mandar erguê-las aqui. Mas não é suficiente, e nisso você tem razão. Sem esperança, a dor perde a força para viver, lutar e suportar. As fadas trarão as árvores, faremos a piscina, e você e eu faremos o fogo eterno.

— Eu nunca... não sei fazer isso.

— Sabe sim, e vai fazer. Afinal, foi sua visão. Mesmo na escuridão, haverá luz. Nós vamos garantir isso.

Quando o rapaz chegou com o caldeirão, grande e reluzente à luz do sol, Keegan o lançou para cima, cada vez mais alto, até que parou no centro da pedra angular.

— Muito bem — disse ao rapaz. — Você escolheu bem.

— Mahon me mandou arranjar um caldeirão grande. — O rapaz sorriu. — Posso assistir, *taoiseach*?

— Claro! — Mas Keegan olhou ao redor. — Espere, chame todos para assistir enquanto o *taoiseach* e a filha dos feéricos acendem o fogo eterno neste memorial.

O rapaz soltou um grito e sumiu.

— Ah, que ótimo. Agora vou ter que fazer isso na frente de todo mundo.

— Breen Siobhan — disse Keegan, com impaciência —, você se preocupa com coisas pequenas. Você veio para ser vista, e agora será. E quem testemunhar isto não esquecerá. Aqueles que testemunharem contarão às crianças que ainda não nasceram. E todos os que vierem aqui se lembrarão de que nós, *taoiseach* e filha dos feéricos, defendemos os bravos, os inocentes e todos. Com eles, lutamos contra a escuridão. E trouxemos a luz.

— Você é bom nisso — murmurou Breen. — Às vezes esqueço o quanto você é um bom *taoiseach*.

— É apenas bom senso.

— Não, é capacidade de liderança.

Ela sorriu quando Porcaria, como se soubesse, voltou correndo colina acima.

— Além disso, se eu estragar tudo, vou culpar você.

As pessoas se reuniram embaixo. Breen as viu saindo de lojas e cabanas, interrompendo o trabalho para olhar para cima. Casais e famílias que passeavam na praia ou mergulhavam nas ondas agora estavam parados, observando. Sereianos flutuavam no azul infinito ou subiam sinuosamente nas rochas.

Homens levavam crianças sobre os ombros; mulheres equilibravam bebês nos quadris. Breen podia ouvi-los em sua mente:

Observem, observem. E recordem.

— Segure minha mão — ordenou Keegan. — Seus nervos estão esgotados, Filha de Eian O'Ceallaigh. Deixe crescer, deixe vir. Diga as palavras. As palavras estão em você.

Estavam, claro que sim. Breen sentia o poder pulsar dele para ela, dela para ele. Fundido, unido, duplicado. E as palavras saíram.

— Esse poder, antigo como o alento, nós conjuramos para honrar a vida e a morte neste momento. Uma faísca vira chama, uma chama vira fogo, que queima, arde e inspira de novo. Uma dívida temos, e jamais a esqueceremos.

— Aqui a luz queima dia e noite — prosseguiu Keegan —, eterna, sobe aos céus. Inundação ou vento não haverá que esta chama acesa apagará.

E, com o poder a atravessando como vento, ela, assim como Keegan, levantou a mão livre em direção ao caldeirão e deixou o poder voar.

— Acenda — disseram juntos —, queime, luz brilhante e eterna.

A luz se ergueu, dourada, pura e forte, como torres de fogo sem fumaça. E sua terrível beleza fez lágrimas brotarem nos olhos de Breen.

— Brilhe para sempre, para que todos vejam — disseram. — Como nós desejamos, assim seja.

Nas praias abaixo, às portas das cabanas e lojas, aplausos explodiram.

— Chega de lágrimas. — Keegan apertou mais firme a mão de Breen. — Isto não é luto, é uma homenagem. É um momento de força, não de choro. Vire-se agora e mostre a eles quem você é.

Ela lutou contra as lágrimas e fez o que ele pediu.

Keegan ergueu sua espada e as pessoas rugiram enquanto o aço afiado de Cosantoir brilhava como o fogo atrás deles.

— Pelos corajosos e inocentes — gritou. — Por Talamh e por todos!

— Não sei o que fazer agora.

— Porque já está feito. — Ele embainhou sua espada. — Chame seu dragão. É hora de ir para casa.

As pessoas ainda aplaudiam quando ela e Keegan voaram sobre a praia e foram embora. Breen olhou para o fogo que havia conjurado.

Não, ela jamais esqueceria.

Foi primeiro ver Marg, e, embora o ar estivesse frio, a porta azul da cabana estava aberta para ela. Porcaria soltou um latido alegre e correu para dentro.

Breen o seguiu e encontrou Marg na cozinha, já dando um petisco para o cachorro. O fogo crepitava, a chaleira fumegava no fogão e o cheiro de algo assando enchia o ar.

Todas as suas emoções surgiram e se emaranharam dentro dela. Estava em casa, pensou, e correu para os braços da avó.

— Minha querida. — Marg a abraçou forte.

— Estava com saudade. Estou muito feliz por vê-la.

— Eu também. Mas há mais coisas que você tem que me contar. — Marg recuou para observar o rosto de Breen. — E vai contar para sua avó agora. Venha, sente-se. Vamos tomar chá com biscoitos de gengibre.

— Eu só me dei conta plenamente quando cheguei aqui. Tem sido tudo muito intenso. Aquele dia, a luta, o sangue, Phelin e todo o resto... Às vezes fica tudo borrado, e às vezes cada momento é como cristal lapidado. E o depois, todo o depois... Fico imaginando, Nan, como as pessoas aguentam. Mas elas aguentam, mesmo sabendo que vão ter que passar por tudo de novo.

— Sente-se aqui, quero mimá-la um pouco. — Marg aqueceu o bule com as mãos. — Quando perdi meu filho... quando Eian morreu, eu achava que não poderia continuar. Você estava do outro lado, não se lembrava de mim, e meu filho, morto pelo próprio pai. Como eu poderia viver? Como poderia andar, falar, comer ou dormir? Mas consegui.

Breen se sentou e observou Marg colocar os biscoitos de gengibre em um prato. Estava com o cabelo ruivo preso e vestia uma calça, um suéter verde e botas que contavam que ela havia estado no jardim.

— Você é tão forte!

— Mas não era. Eu estava arrasada, meu coração, meu espírito e minha mente. Cortei o cabelo — murmurou, olhando para trás —, bem curtinho. À noite eu vagava pela floresta, pela baía, por qualquer lugar, sem rumo. Sedric acha que eu não sabia que ele me seguia em forma de gato, para o caso de eu precisar dele. Nunca falamos disso. Ele também ficou triste, Eian era como um filho para ele. Por um tempo, não consegui dividir minha dor com ele. Eu me recusava a reconhecer que a dor compartilhada seria menor para nós dois, mãe e pai de Eian. Fui egoísta com minha dor.

— Nan...

— Eu precisava ser, por um tempo. Precisava ser egoísta e vagar por aí. Há coisas que são necessárias — disse Marg enquanto levava o bule e as xícaras para a mesa. — Paciente, Sedric esperou que eu me voltasse para ele, que o deixasse se aproximar. Com o tempo, deixei. Assim caminhamos, conversamos, comemos, dormimos. Vivemos.

— Fico feliz por vocês terem um ao outro.

— Ele é o amor da minha vida e além. Agora, conte tudo.

Enquanto tomavam chá com biscoitos, Breen contou que tentara oferecer conforto, trazer vida de volta aos campos queimados, que conversara com Flynn, e contou da tempestade depois disso.

— Acho que eu não estava preparada, munida para tudo isso. Quando olho para trás, vejo que minha vida era protegida e simples. Eu não era feliz, não mesmo, mas levantava de manhã e ia trabalhar, voltava para casa, corrigia trabalhos ou preparava aulas. Eu tinha Marco, Sally e Derrick, e conseguia simplesmente me confundir com a mobília, passar despercebida.

— E aqui você não está protegida e as coisas não são tão simples. Você é notada e observada. Está feliz, *mo stór*?

— Sim. — Breen apertou os olhos com os dedos e deixou cair as mãos. — Sim, mesmo com tudo que aconteceu e que pode acontecer, estou mais feliz do que nunca. Eu tenho tanto! Você — ela pegou a mão de Marg —, tenho você. E o que eu tenho em mim me traz muita alegria. Mas o que eu fiz na Capital hoje cedo — notou ela de repente — foi imprudente. Deixei que o que estava em mim me dominasse. Eu não controlei.

— Há coisas que são necessárias — repetiu Marg. — Alguém se machucou?

— Não, mas...

Marg levantou um dedo.

— Você confia em mim?

— Totalmente, em tudo.

— Então, acredite no que eu digo. O que você tem, o que você é, só fará mal à escuridão, ao que ameaça os outros. Eu sei disso, pois você é meu sangue. É filha de meu filho.

— Mas tenho uma parte de Odran.

— Assim como Eian. Ele pensa que pode usar essa parte, mas está enganado. É essa parte, *mo stór,* que vai acabar com ele. Você tem medo de fazer mal, é isso?

— Não tinha, até hoje de manhã. Foi como aconteceu com Toric no julgamento, algo avassalador. Tanto calor, tanta força...

— Isso a assusta um pouco.

— Sim.

— E com razão. O poder é uma coisa selvagem, e, se deturpado, consome quem o possui. Mas, se amarrado bem apertado, enfraquece e afina. Vamos praticar e trabalhar, mas no final você terá que encontrar seu próprio caminho.

Todos os nós que Breen sentia em seu corpo se afrouxaram.

— Essa é uma das razões de eu ter sentido a sua falta. Você me mantém firme. E o vale... só de voltar, já me acalmo. A Capital é linda e tão cheia de vida, mas...

— Não é sua casa.

— Não é minha casa. Eu vi o sul agora. É lindo, animado e tranquilo ao mesmo tempo, mas... Ah, quase esqueci. O monumento.

— Sedric e eu fomos ao sul há dois dias. Keegan enviou um falcão me pedindo para ir ajudar na criação do dólmen, porque ele ainda não podia sair da Capital. É uma linda homenagem ao que foi perdido e ao que foi derrotado.

— É. — Breen jogou seu cabelo para trás. — Talvez eu tenha cometido um erro; deveria tê-lo deixado como estava, bonito e árido.

— Como assim?

— Quando Keegan e eu estávamos lá, eu senti, eu vi... algo diferente. Algo mais.

— O que mais você viu?

— Eu vi... posso te mostrar no fogo?

Levantando-se, Breen foi até a lareira, estendeu as mãos e esperou que Marg se juntasse a ela.

— Eu vi isto.

Primavera primeiro, com árvores cheias de flores rosa e brancas, uma piscina pequena sob a coluna do dólmen refletindo a pedra e a luz, e o fogo subindo, dourado. Depois, flores caindo no chão e frutas brotando, crescendo, amadurecendo; folhas ficando vermelhas e douradas antes de caírem e os galhos nus, à espera.

E, no meio de tudo, o fogo dourado queimando.

Marg levou a mão à boca, os olhos marejados.

— Você viu isso?

— Com clareza, Nan. Keegan e eu fizemos o fogo antes de partir e...
Marg se voltou para Breen e a abraçou.

— Foi uma visão nascida do amor e da compaixão tanto quanto do poder. Isso é seu pai em você, pois acredito de todo o coração que ele teria visto o mesmo.

— Jura?

— Sim. E que os deuses abençoem Keegan por ser sábio e ter consciência disso. Ele foi sábio quando derrubou aquela casa do mal e colocou em seu lugar as pedras, a força. E mais sábio ainda por ouvi-la e acrescentar a luz. Que dia você teve!

— Pareceu uma semana.

— Então, vou acompanhá-la até a Árvore de Boas-Vindas e você vai para sua cabana.

— Não, ainda não vi Morena, Finola nem Seamus.

— Você terá tempo para isso amanhã. Aproveite a sua noite. — Marg pegou sua capa e a de Breen. — Durma bem e use a manhã para escrever. Respeite suas necessidades — recomendou enquanto vestia sua capa.

Breen não pôde negar a necessidade enquanto subia os pequenos degraus de pedra até a árvore e se voltava para acenar para Marg. A fazenda estava atrás dela, com suas chaminés soltando fumaça sob a luz fraca.

Ela adorava tudo ali; o ar, a terra, mas precisava daquilo que a esperava do outro lado.

Pisou naqueles galhos largos e curvos, na rocha lisa, e entrou na Irlanda.

Porcaria começou a saltitar, balançando o rabo como um metrônomo, imperturbável sob a chuva fina e fria que caía de um céu plúmbeo.

A chuva também não a incomodou quando ela levantou o rosto para o céu e continuou andando. O ar cheirava a terra úmida, a pinho molhado. Em vez de pegar seu desvio habitual para dar um mergulho no riacho, ou de ficar correndo de um lado para o outro, Porcaria seguiu direto pela trilha.

— Está louco para ir para casa, né?

Ele olhou para ela, balançando seu topete.

— Ou talvez seja porque eu estou. Daqui a pouco vamos estar lá.

Ela soltou um suspiro e respirou fundo.

— Está sentindo o cheiro? Fumaça de turfa, a baía, a grama molhada...

Quando saíram da floresta, ela viu a fumaça de turfa, a baía, a grama molhada, suas ervas e flores. E a cabana com seu telhado de palha, as paredes de pedra robusta, o pátio encantador, as luzes nas janelas.

E, como da primeira vez que a vira, sentiu-se plena. Era tudo que ela sempre quisera.

Porcaria não correu para a baía, e sim para a porta. E latiu.

Antes de ela chegar, Marco, com suas lindas tranças amarradas para trás e um pano de prato sobre um dos ombros, abriu a porta. A música tocava alto.

Ele riu quando Porcaria se ergueu nas patas traseiras para dançar.

— Olha a ginga dele! Dance aqui dentro, no seco. Minha Breen!

— Marco!

Ela teria voado para ele se pudesse, mas se contentou com uma corridinha e um salto nos braços do amigo.

Ele a girou e a tirou da chuva e lhe deu um beijo barulhento.

— Keegan mandou suas coisas há pouco. Estou fazendo almôndegas com molho porque seu homem gosta.

— Ele não é exatamente meu homem.

— Ah, por favor! — Beijou-a de novo. — Eu vejo vocês. Brian chega daqui a pouco, e, quando Keegan chegar também, vamos ter um banquete. Mas agora eu tenho você só pra mim.

Ele tirou a capa dela e a jogou no gancho, e pegou Breen de novo para fazê-la girar.

— Eu amo este lugar. Só um louco não amaria, mas não é a mesma coisa sem a minha menina.

— Eu estava com saudade daqui, de você, de tudo, de todo mundo.

— Já deixei seu notebook no jeito para você poder trabalhar quando acordar, antes de qualquer pessoa civilizada. As suas postagens no blog estão em dia. Mas falamos sobre tudo isso mais tarde. Vamos dar comida para este fofo e depois tomar uma taça de vinho.

— Isso!

Ela jogou os braços em volta dele e pensou: *esta é minha casa*.

Era um mistério o fato de Breen ter dois mundos e um lar em cada um deles, mas ela considerava isso uma dádiva.

CAPÍTULO 3

Ela acordou antes do amanhecer e se viu sozinha. Por um instante, ficou deitada no silêncio, no brilho do fogo bruxuleante, curtindo o momento de conforto entre a noite e o dia.

Keegan dormira ao lado dela e Porcaria enroladinho na cama dele. E, na noite antes disso, haviam comido com Marco e Brian, mas não conversaram sobre guerras, batalhas nem preparativos para a luta.

Ouviram música, compartilharam risos.

E, no brilho do fogo bruxuleante, ela e Keegan se entregaram ao desejo e à necessidade antes de dormir.

Era um interlúdio, ela sabia, e uma esperança do que poderia ser.

Mas só poderia ser se eles lutassem, se se preparassem para a batalha e vencessem a guerra.

Então, ela se levantou e vestiu sua roupa de ginástica. Afinaria o corpo e depois se sentaria à sua mesa para afinar a mente com o trabalho. E depois, mais uma vez, atravessaria para Talamh para praticar magia, para ver Morena e todos os outros, para treinar com Keegan para as batalhas que viriam.

Mas, antes disso, pensou: café.

Enquanto descia, ouviu o murmúrio de vozes masculinas e sentiu cheiro de bacon. Bacon queimado.

Encontrou Keegan e Brian na cozinha, Porcaria comendo sua ração e uma frigideira queimada no fogão.

— Algum problema? — perguntou, e foi direto para a cafeteira.

— Este fogão é — Keegan fez uma careta — complicado.

— Nós pensamos em nos revezar no café da manhã — disse Brian, alto, musculoso, com seus olhos azuis inquietos. — Keegan pegou o primeiro turno, e daí apareceram as complicações.

Breen pegou uma caneca e assentiu para a pilha de ovos mexidos, mais marrons que amarelos, na panela chamuscada.

— Estou vendo. Eu recomendo treinamento e prática regulares para melhorar seus esforços patéticos até chegarem a aceitáveis.

— Engraçadinha. — Keegan colocou bacon e ovos em uma fatia de torrada.

— Já está bom — ela avisou, e comeu.

— Bom apetite.

Ela foi até a porta e, quando a abriu, Porcaria saiu correndo. Enquanto ele descia para a baía, ela saiu para o frio da manhã e a luz pálida do amanhecer.

A névoa rodopiava, fina como teia de aranha, sobre as águas cinzentas da baía. Rastejava, com seus pés finos, sobre a grama verde úmida. Ela sentiu o cheiro do alecrim, do cravo, da baunilha das flores.

Lindas frutas vermelhas cintilavam no azevinho, e uma roseira desabrochava desafiadoramente, da cor do sol de verão, no ar sussurrante do inverno.

Breen ficou ali bebendo seu café, observando seu cachorro nadar e espirrar água, que rasgava as brumas enquanto o sol forçava passagem por entre as nuvens.

Antigamente as manhãs eram cheias de correria e pressa. Pegar um café para viagem, esperar o ônibus para chegar a um trabalho que ela não queria e no qual se sentia inadequada.

Ela adorava seu pedacinho da Filadélfia, as cores, as sensações. Mas todo o resto eram sombras cinzentas, e ela era a mais cinzenta de todas.

Agora, tinha tudo com que antes nem sequer ousava sonhar. Tinha um trabalho que amava e um propósito.

Apesar de ser um propósito opressor e assustador, pertencia a ela.

Assim como, pelo menos por enquanto – pensou quando Keegan saiu –, lhe pertencia o homem que estava ao lado dela.

— Eu sei que você e Brian não estavam falando sobre bacon queimado quando eu desci.

— Não estava queimado, só crocante demais.

— Certo. Foi legal curtir a noite passada sem falar de Odran, de guerra e de tudo isso. Mas eu sei que você tem que repassar planos e deveres com seus guerreiros, como Brian.

— Já fiz isso — ele disse simplesmente. — Você vai trabalhar nos seus livros agora de manhã e eu vou dar uma mãozinha a Harken na fazenda antes de cuidar de outras coisas. O sol se põe mais cedo agora, por isso eu quero você no campo de treinamento uma hora antes.

— Tudo bem.

Ele olhou para trás quando Brian saiu.

— Tenha um bom dia, Breen.

— Você também, Brian.

— Uma hora antes do pôr do sol — repetiu Keegan. — Não se atrase.

Ele começou a atravessar o gramado em direção à floresta quando parou e caminhou de volta para ela.

Breen o achou meio feroz quando a envolveu com um braço, puxou-a para si e a beijou.

— Não se atrase — disse ele de novo, e foi embora.

Breen apenas sorriu e ficou vendo o dia florescer.

Era bom, absurdamente bom, suar com os exercícios. E talvez, apenas talvez, ela se sentisse orgulhosa de seus tríceps. Podia não atingir o nível profissional com espada ou arco, mas o treino implacável lhe dera certos benefícios pessoais.

E o banho, depois, foi o paraíso.

Ela se vestiu e, munida de uma Coca-Cola, instalou-se em seu escritório. Ligou seu notebook, respirou fundo e olhou para Porcaria, acomodado em sua cama.

— Sua vez — disse a ele.

Mal havia tocado no novo livro de Porcaria desde a batalha. Simplesmente não tivera coragem para isso.

Mas agora, em casa, com o cachorro na caminha, a cabana ao redor dela, ela mergulhou. E encontrou a alegria.

Quando emergiu, tinha perdido a noção do tempo. Porcaria não estava mais aninhado na cama e havia um cheiro glorioso no ar.

Ela saiu do escritório e viu o notebook de Marco na mesa onde ele trabalhava. Ele estava ao fogão, que obviamente não achava complicado, colocando vinho branco em uma panela grande.

— Que cheiro maravilhoso é esse?

— Oi, menina! Você estava concentrada. Porcaria acabou de sair de novo. Conseguiu comer alguma coisa? Eu desci por volta das nove e você estava imersa já. Parece que ficou um bom tempo.

— Verdade, eu mergulhei mesmo. Eu te falei que consegui trabalhar no romance adulto na Capital, mas simplesmente não conseguia entrar na nova aventura do Porcaria.

Ela foi até a geladeira para pegar outra Coca – uma recompensa.

— E hoje, *bam*! Nossa, foi muito divertido! — Ela deu uma giradinha. — Tudo começou a jorrar, como se eu tivesse apertado um botão.

— Que bom, apesar de você não ter comido nada. Vou te fazer um sanduíche.

— Eu posso fazer meu sanduíche, mas por que não posso comer o que tem nessa panela? O que é? O cheiro está demais.

— Não pode comer porque precisa ferver ainda. Depois você vai fazer aquele abracadabra pra manter a panela cozinhando quando a gente atravessar. Vamos atravessar, não vamos?

— Sim, claro, mas... que horas são?

Ela ficou perplexa quando olhou no relógio do fogão.

— Droga, eu devia ter parado há meia hora. Preciso ir!

— Calma. Faça o negócio que eu preparo um sanduíche pra você comer no caminho.

— Por que eu tenho que fazer o feitiço?

— Acordei todo francês hoje — explicou Marco enquanto cortava o pão. — Portanto, *parlez vous*. Fiz baguetes e frango *en cocotte*.

— O que é frango *en cocotte*? — Breen levantou a tampa da panela.

Ela viu pedaços roliços de frango, delicadamente dourados, pedaços de batata, cenoura, aipo e cebola.

O cheiro era... Ela só conseguia pensar: um orgasmo.

— Nossa! Uma delícia dessas deve ser contra a lei.

— Na França não é. Eu vi essa receita semana passada e ia fazer quando você voltasse pra cá, mas o Keegan queria almôndegas. Então, eu fiz pra hoje à noite.

— Você é uma maravilha, Marco.

— Sou mesmo.

Ele entregou a ela um sanduíche de presunto e gouda defumado no pão integral.

Colocaram botas e jaquetas, Breen enrolou um cachecol no pescoço e partiram.

Porcaria foi atrás deles, correu em círculos e disparou para a floresta.

Com um chapéu de três pontas sobre suas tranças, Marco pegou seu celular.

— Eu trouxe para tirar umas fotos para o blog antes de nós chegarmos lá, onde não dá pra tirar. Tem certeza que não pode resolver isso?

— Eles escolheram a magia, Marco.

— Sim, sim, eu sei. Mesmo assim.

Ele parou para tirar uma foto da cabana, outra da baía, e, enquanto Porcaria estava sentado na beira da floresta, inclinou a cabeça e tirou uma do cachorro.

— Este fim de semana vou comprar uma árvore de Natal pra nós.

— Natal!

— Está chegando. Vou comprar luzes e enfeites, vamos fazer tudo direitinho.

— Vou adorar! Papel de presente, laços... tenho que comprar presentes! Ah, e temos que ajudar a planejar um casamento no Natal.

— Eu não disse nada ontem à noite, porque era hora de celebrar um pouco, mas Morena quer adiar o casamento para a primavera, talvez o verão.

— O quê? Por quê? Ah... — Ele não precisou responder. — Phelin... ela perdeu um irmão, é tão difícil... Queria ter ficado mais tempo com Morena depois, mas ela precisava voltar para o vale, precisava estar aqui com Finola e Seamus.

— Finola me pediu para falar com Morena sobre isso. — Marco parou para tirar mais fotos na floresta. — Disse que tentou, mas a garota se esquivou. Comigo também. Quem sabe você possa tentar.

— Vou tentar. Mas se ela não está pronta, se precisa de mais tempo, Harken vai entender. Ninguém entende melhor que ele. Vou sentir quando encontrar com ela.

Quando chegaram à árvore, ele guardou o celular.

— Vou dar um pouco de espaço para vocês. Às vezes as mulheres só precisam uma da outra, né?

Juntos, eles passaram de um mundo para o outro.

O sol brilhava forte e o céu cobria o mundo com um azul vivo e audacioso. Os campos resplandeciam verdes e dourados atrás de suas cercas de pedra. Sem nenhum interesse pelos recém-chegados, ovelhas pastavam vestindo seus casacos de lã.

Breen viu Harken e Morena em uma carroça puxada por um de seus cavalos robustos.

— Eles estão trazendo turfa dos pântanos — notou Breen. — Aquela que já haviam cortado e secado, agora estão trazendo para estocar para o inverno.

— Finola disse que Morena passa a maior parte das manhãs com eles, fazendo um monte de coisas, e a maioria das tardes aqui, trabalhando com Harken. Ela sai de vez em quando com aquele falcão dela, mas a maior parte do tempo fica...

— Trabalhando — Breen assentiu. — Eu ia direto para a casa de Nan, mas primeiro vou ficar um pouco com Morena.

— Vou avisar Nan, assim vocês conversam sossegadas.

— Tudo bem, obrigada.

Atravessaram o pequeno campo e escalaram o muro.

— Diga a Nan que vou estar lá quando puder; ou se puder. Quero ver do que Morena precisa.

— Pode deixar.

Quando chegaram à estrada, ele desceu e Breen foi até a fazenda. Porcaria olhou para ela, que assentiu, e correu para a carroça, latindo sua saudação.

Seus latidos fizeram um trio de pássaros sair voando em disparada, como flechas azuis.

Morena a viu e acenou. Breen viu Harken dar um beijo em Morena e um cutucãozinho. Ela se afastou da carroça, fez um carinho em Porcaria e correu ao encontro de Breen.

— Harken disse que você havia voltado. Eu queria te ver.

E, quando Morena a abraçou, Breen sentiu a alegria, o alívio e a tristeza.

— Estou feliz por ter voltado. A Capital, bem, é a Capital, mas o vale...

— É o vale — completou Morena. — E o seu *timing* me salvou de empilhar turfa. Quer entrar e tomar um chá?

— Passei a maior parte do dia sentada, trabalhando. Eu adoraria caminhar, se você estiver disposta.

— Um passeio seria legal. — Ela se inclinou para fazer carinho em Porcaria de novo. — E aposto que este aqui gostaria de dar um pulo na baía.

— Está mais quente do que eu esperava — comentou Breen quando começaram a caminhar.

— O está sol forte hoje, mas Harken disse que amanhã vai ter vento frio. — Morena jogou sua trança dourada para trás. — Ou talvez ele tenha dito isso só para me convencer a carregar turfa.

— Onde está Amish?

— Caçando. — Morena virou o boné e olhou para o céu, onde seu falcão sobrevoava. — Andou trabalhando nos seus livros hoje?

— No próximo livro sobre o Porcaria; quando terminei, Marco me informou que vamos comprar uma árvore de Natal e os enfeites neste fim de semana. Meu primeiro Natal na Irlanda, e aqui! Vai ser agitado — comentou Breen, tranquila. — Aisling disse que o bebê deve chegar perto do Yule, e não em fevereiro; talvez ela ganhe até lá. E tem o seu casamento com Harken.

— Pensei em esperar para casar na primavera, ou talvez no verão.

— Ah, é?

— Como você disse, nós temos o Yule, e um bebê chegando, muita correria. Eu queria a primavera, no começo, mas acho que parece... Não posso pedir à minha família que celebre numa hora dessas, Breen. Como posso fazer isso em um momento como este? Harken não se incomoda em esperar.

— Ele é bom nisso — Breen concordou —, e só quer você feliz. Isso é amor. Ele nunca forçaria. Mas eu sim.

— Prefiro que você não faça isso.

— Só vou te forçar a ouvir, e, independentemente do que você decidir, vou estar ao seu lado. Você é minha amiga mais antiga, e estou com você para o que precisar. Esqueci de você por muito tempo — prosseguiu Breen —, até que tudo voltou. Eu tinha esquecido de Phelin, da sua família, e depois tudo voltou. Quando vi vocês de novo, tudo voltou. Sua família era minha família também. Eles são minha família.

Porcaria correu para a água enquanto elas saíam da estrada e entravam na praia.

— Foi muito importante você ter ficado. Minha mãe disse que você passava um tempo com eles todos os dias. Eu queria você aqui, admito, mas fiquei feliz por ter ficado.

— Nós estávamos todos onde precisávamos estar.

Morena fechou os olhos, deixou o ar bater em seu rosto.

— Phelin era o melhor de nós. Eu amo minha família, cada um, mas sei que ele era o melhor de nós. Gentil, engraçado e leal. Um trapaceiro, sim, mas sem nunca fazer mal. Ele amava tanto a esposa, estava louco para ser pai. Agora ele se foi. Eu sei que ele deu a vida por Talamh, por nós, por todos. Eu honro isso, juro.

— Eu sei que sim, mas isso não faz doer menos.

— Será que nunca vai doer menos?

Pegando a mão de Morena, Breen seguiu em direção à água.

— Eu achava que meu pai havia me abandonado, que não me amava e por isso não ficou. E isso doeu profundamente. Quando eu vim para cá e soube que ele tinha morrido, e depois soube como e porquê, foi outra dor profunda. Mesmo entendendo a razão, doía. Agora, passado algum tempo, ainda dói, mas de um jeito diferente. E, quando eu lembro dele, dos momentos que nós passamos juntos, eu sinto alegria. Para você também vai ser assim. E acho que, com o tempo, a alegria alivia a maior parte da dor.

— Eu dei apoio a amigos e vizinhos em cerimônias de partida, mas nunca por alguém tão próximo. Começar minha vida com Harken, pedir à minha família para dançar e celebrar, isso é egoísta.

— Pois eu vou dizer que você está enganada. Só que antes eu vou dizer de novo: estou com você para o que quiser e precisar. Eu passei um tempo com a sua família, por isso sei o que significa para eles você e Harken começarem essa vida nova. Sua mãe falou comigo sobre isso, contou que isso a alegraria tanto...

— Minha mãe sim, mas...

— E Noreen, e seu irmão. Ver sua vida, essa parte da sua vida, começar aliviaria um pouco a tristeza, mas, acima de tudo, seu pai precisa ver a filha feliz no dia do casamento. Na primavera, se você quiser, ou no verão, ou daqui a um ano. Ou no solstício. O casamento vai trazer luz, Morena, e todos eles precisam de luz.

Lágrimas brotaram nos olhos de Morena, que observava o rosto de Breen.

— Tem certeza disso?

— Eu não falaria se não tivesse. Se não estiver pronta para isso, espere. Mas não espere por eles, e não pense que deveria.

— Nan me contou que fala com minha mãe todos os dias no espelho, e que elas falam do casamento, das flores e do vestido, e... ela disse que não vai contar a mamãe que eu quero adiar, eu é que devo fazer isso. Ela me contou que mamãe fica aliviada quando fala sobre o casamento, e que ela não vai tirar isso dela. Que tenho que contar.

— Mas você não tem que fazer isso.

Morena soltou um suspiro e enxugou as lágrimas dos olhos antes que caíssem.

— Não tenho mesmo. Digo a mim mesma que vou contar todos os dias, e não conto, já que ela está cuidando de tudo.

— Porque isso a distrai da dor.

Com outro suspiro, Morena deitou a cabeça no ombro de Breen.

— Não quero esperar. Foi por isso que eu mudei da primavera para o solstício, porque não queria esperar.

— Então não espere. Phelin está na luz, eu sei que você acredita nisso.

— Acredito.

— Então, ele vai estar lá, no dia do seu casamento. Eu adiei por tanto tempo ir atrás do que queria, confiar que era capaz... Mas você não, Morena. Você já tem o que quer. Só falta prometer respeitá-lo e amá-lo.

— Era justamente disso que eu precisava. — Morena a abraçou de novo. — De você, aqui e agora.

— Então, vá contar ao Harken.

— Vou. Depois vou à casa de Nan para conversarmos com minha mãe sobre as coisas do casamento, até minha cabeça explodir de tanto falar.

— Então, mais tarde é melhor você ir até a cabana, tomar um vinho comigo e com Marco e contar tudo pra nós.

— Pode ter certeza de que eu vou. Obrigada. — Ela deu um abraço forte em Breen. — Você tirou uma pedra do meu coração. Eu levo o vinho.

Morena saiu correndo. Breen ouviu o grito do falcão acima.

Ela o viu sobrevoar em círculos e descer para o braço de Morena.

Foi com Porcaria até a cabana de Marg, onde encontrou sua avó cortando rosas no jardim da frente.

— Entre — disse Marg a Porcaria — e peça um petisco a Sedric.

Depois que o cachorro obedeceu, Marg se voltou para Breen e puxou a aba do chapéu para trás.

— Ele e Marco parecem nem estar lá; estão tão absortos assando tortas de maçã que parece que estão tentando resolver todos os mistérios dos mundos.

— E você fugiu para o jardim.

— Exato. O que acha de nos trancarmos na oficina por mais ou menos uma hora?

— Estava contando com isso. Sei que cheguei mais tarde que o habitual, mas...

— Como está nossa Morena?

— O casamento vai acontecer.

— Que boa notícia! — Marg apertou a mão de Breen enquanto caminhavam até o riacho e a pequena ponte. — Ela precisava de você para aliviar os pensamentos; foi o que eu disse a Finola, que estava preocupada. É hora dos felizes e esperançosos. Nós choramos e honramos aqueles que perdemos, mas, se não nos voltarmos para os felizes e esperançosos, vamos menosprezar seu sacrifício, não é?

— A esperança fortalece, e a promessa que Morena e Harken vão fazer um ao outro, bem... é uma promessa para todos, mesmo. Vamos seguir em frente.

— Como você cresceu, *mo stór,* desde que chegou à minha porta!

Breen olhou para a oficina, aninhada nas árvores, cercada por rios de flores.

— Me mostre mais, Nan.

— Você já me ultrapassou em muitas coisas.

— Mas não em todas, não o suficiente. Me mostre mais.

Assentindo com a cabeça, Marg ergueu a mão para que a porta da oficina se abrisse.

— Mostrarei, então.

Elas passaram uma hora na oficina e quase isso na floresta.

— Você é o ar e o ar é você. Ele abraça você como você o abraça. A brisa, a respiração, a vida que brota.

Marg cruzou as mãos sobre o coração observando Breen, que estava a centímetros do chão, de olhos fechados, as mãos em concha como se quisesse segurar o ar.

— A terra a libera e espera seu retorno. Confie no ar; ele a segurará como a terra segura.

Ela se sentia... sem peso. Sentia seu corpo, sua pele, ouvia as batidas de seu coração. Sentia-se quieta, com a mente quieta, como se o ar abaixo, acima, ao redor dela a convidasse a entrar.

E Breen o segurou, não só em suas mãos ou na mente, mas em toda ela.

— Puta merda!

A exclamação de Marco quebrou o momento. Breen caiu para trás com um baque, teve que agitar os braços para manter o equilíbrio.

— Fui eu que fiz isso? Desculpe.

Marco estava ali, ainda boquiaberto, abraçando um prato de torta embrulhado em um pano, com Sedric sorrindo ao lado dele.

— Menina, você estava flutuando, como o Dr. Estranho!

— É levitação. Se eu posso fazer um objeto levitar, posso levitar também. Acho que — disse ela, olhando para Marg — perdi o foco e o controle.

— Você foi bem, e isso é mais que suficiente.

— Como é? — perguntou Marco.

— Como se eu fosse parte de alguma coisa. Não, de tudo. E agora parece que eu tomei uns shots de uma tequila muito boa. Torta de maçã. Estou sentindo o cheiro, só que é mais do que isso. É como se eu pudesse sentir o gosto. Tudo é tão nítido, tão claro! O gato está nos seus olhos — disse a Sedric. — Por que eu não via isso antes? Ele está nos seus olhos.

— Nós somos um só.

— Agora, libere. Solte o ar como a terra soltou você. Já é o suficiente para uma primeira vez.

Breen assentiu para Marg, fechou os olhos de novo, abriu as mãos e soltou.

— Talvez um shot de tequila agora...

— Uma caminhada vai limpar o resto. Keegan estará esperando.

— Claro. Ele e a humilhação que me esperam vão me trazer de volta à terra. Obrigada, Nan. Sedric, queria ter mais tempo para ficar com você.

— Teremos mais, e todos nós usamos bem o tempo hoje.

Os olhos dele encontraram os de Marg por cima do ombro de Breen quando ela lhe deu um beijo no rosto.

— Voltaremos amanhã.

Enquanto eles se afastavam com o cachorro à frente, Sedric foi até Marg e passou o braço em volta dela.

— Você deu um presente a ela.

— Não, ela é o presente. Eu estava preparada para ajudá-la, dar a ela só um gostinho, mas ela não precisava de mim. Ou precisava, mas só como guia, ou uma corda. Ela vai guiar a si mesma antes que tudo acabe, e nada nem ninguém poderá amarrá-la.

— Mas ela ainda vai precisar de você. Venha, esses jovens nos esgotam. Vamos sentar perto do fogo e tomar um uísque.

Ela também passou o braço ao redor dele.

— Sim, isso mesmo.

Marco encheu Breen de perguntas na caminhada até a fazenda. Como havia feito aquilo, como se sentira, se poderia fazer de novo...

Ela não se importou. Não estava mais cavalgando no ar, mas, definitivamente, cavalgava no arrebol do poder percebido.

— Não quero tentar sem Nan — explicou ela. — Não sei se conseguiria controlar sozinha.

— Uau! Quer dizer que você poderia simplesmente sair flutuando?

— Bem, agora que você colocou essa ideia na minha cabeça, talvez. Eu quero praticar mais, tudo. Menos aquilo — ela completou quando viu Keegan colocar alvos no campo de treinamento perto da fazenda.

— Você está ficando melhor no arco e flecha. Eu ainda sou péssimo.

— Tem razão. Você está pior do que eu. Veja, lá estão Aisling e os meninos.

— Essa menina não tem barriga, tem uma montanha.

— Acho melhor você não comentar isso.

— Que idiota você acha que eu sou?

Porcaria correu na frente, pulou o muro de pedra e ficou dançando em círculos ao redor da grande cadela, antes de rolar brincando de lutinha com os meninos.

Tudo que Breen ouviu foi alegria quando Aisling, com a mão na montanha que carregava, caminhou lentamente em direção a eles.

— *Fáilte! Mile fáilte!*

Ela abraçou os dois.

Meio pálida de fadiga, ela olhou para Breen. Mas até sua palidez tinha um brilho, que provinha da luz que crescia dentro dela.

— Você está maravilhosa!

— Ora, estou do tamanho de uma vaca que engoliu outra. E o bebê não para de chutar, está louco para sair.

— Você está radiante — disse Marco, e iluminou o sorriso dela.

— Está chegando a hora de eu ter este bebê nos meus braços, e não no meu ventre, e esse é um pensamento feliz. Falando nisso, você fez meu irmão feliz, Breen.

Quando Breen olhou para onde estava Keegan, preparando-se para o treino, Aisling sacudiu a cabeça.

— Não esse. Harken. Ele está trabalhando e cantando desde que Morena voltou depois de falar com você. Vamos ter um casamento e um nascimento quase um em seguida do outro, pelo jeito, e os dois aqui na fazenda.

— O casamento vai ser aqui?

— Foi o que ela disse quando finalmente decidiu. Sem dúvida a cabana da sua avó é linda, mas nós temos mais espaço aqui. E esta vai ser a casa deles, onde vão viver a vida juntos. Então, será aqui.

— E aqui está o noivo cantor.

Breen o ouviu primeiro – era a voz que ela ouvira uma vez em um sonho –, antes de Harken sair do celeiro. Ele cantava em *talamish*, mas ela não precisava saber as palavras para traduzir a felicidade.

Quando ele as viu, foi em direção a elas. Breen de novo percebeu como os irmãos eram parecidos e, ao mesmo tempo, diferentes.

O mesmo cabelo escuro rebelde, mas um chapéu de fazendeiro em Harken, em vez de uma trança de guerreiro. Ambos tinham o corpo forte e musculoso, mas no bolso de Harken havia luvas de trabalho, em vez de uma espada no flanco.

Os dois tinham o rosto bonito, alongado, de ângulos agudos, mas o de Keegan normalmente tinha a sombra de uma barba por fazer, ao passo que o de Harken estava sempre bem barbeado.

Ele foi direto para Breen e, para sua surpresa, beijou-a calorosamente na boca.

— Agora eu posso atestar que Morena é uma mulher de muita sorte — disse ela, rindo.

— É mesmo. Eu amo minhas irmãs — continuou ele. — Esta aqui, claro. E Maura e Noreen, que são irmãs para mim, e você, como irmã de Morena. Mas hoje, Breen Siobhan Kelly, você é, de todas, minha irmã favorita.

Voltando-se, ele passou o braço ao redor dela, vendo Keegan se aproximar.

— Ela é minha grande favorita hoje, *mo dheartháir;* por isso não seja muito duro com ela, ou vai se ver comigo.

— Vou arriscar.

— Como já tenho problemas suficientes para evitar que meus filhos se batam, vou levá-los daqui antes que vejam os tios agindo como trogloditas. Obrigada pela turfa, Harken. Mahon está empilhando tudo atrás da cabana. Vou guardar um prato para você, se quiser, e um para Morena também; daqui a pouco vou alimentar meus diabinhos.

— Obrigado, mas não precisa.

— Ande — ordenou Keegan. — Você está do tamanho da vaca premiada de Harken.

O soco que Aisling lhe deu na barriga só o fez sorrir.

— Venha me ver quando tiver tempo — disse a Breen, e sorriu docemente para Marco. — E você, claro. Vamos levar Porcaria para brincar um pouco com os meninos, ele é sempre bem-vindo. Mas você não — acrescentou, e desta vez enfiou o dedo na barriga de Keegan.

Chamando os meninos, ela se afastou.

Keegan gritou atrás dela:

— Se os homens tivessem que engravidar, haveria menos gente no mundo.

Isso a fez rir e olhar com doçura para trás.

— Você se saiu bem — observou Marco.

— Ela dá conta. Venha, pegue o seu arco. Harken vai trabalhar com Marco.

— Você e Morena, venham jantar conosco na cabana hoje. Fiz torta de maçã também.

Keegan olhou para Marco por cima do ombro.

— Isso é suborno, irmão.

— Pena que eu não pensei nisso — murmurou Breen, e pegou o arco.

CAPÍTULO 4

Breen entrou facilmente na rotina. Não duraria, ela sabia disso, mas, por enquanto, nenhum sonho assombrava suas noites, nenhuma ameaça espreitava em cada esquina.

Eles voltariam. Tudo voltaria. Por isso ela abraçou a rotina e todos os bons momentos.

Poderia haver um momento melhor que ajudar sua amiga a escolher seu vestido de noiva?

— Tenho três — começou Morena. — Minha mãe os mandou de dragão, porque assim eu não poderia recusar. E a verdade é que ela não confia em mim, tem medo que eu use qualquer coisa que encontrar no meu guarda-roupa. O que eu não faria, porque sei muito bem que o vestido é importante, e eu adoraria ficar maravilhosa no dia do meu casamento.

— Você é a única filha dela — comentou Breen. — Achei estranho ela não ter mandado uma dúzia.

— Se fosse por ela, teria mandado mesmo. Ou só um, tendo certeza de que eu ficaria feliz por não ter que escolher.

— Tome — Marco lhe ofereceu uma taça de champanhe — e prove um vestido. Precisa de ajuda?

— Não, quero que vocês me vejam já vestida. E digam a verdade. — Ela tomou um gole, respirou e tomou outro. — Muito bem, vamos lá.

Ela foi para o quarto de baixo, onde havia deixado os vestidos.

— Tem certeza que Keegan e Brian não vão voltar logo?

— Keegan disse perto da meia-noite — gritou Breen. — Somos só nós.

— Que divertido! — Marco entregou uma taça a Breen. — É demais.

E ela ficou imaginando se seu dia chegaria, o que sua mãe faria, se iria... E se ela desejaria sua mãe lá.

Breen não tinha resposta para nenhuma das perguntas.

— Muito bem, aí vai o primeiro. Só a verdade.

Ela saiu, fazendo Breen suspirar.

O vestido era branco como neve fresca, com uma saia cheia caindo em leves camadas e um corpete justo que brilhava como diamantes ao sol.

— É maravilhoso! Você está deslumbrante.

— Dê uma voltinha. — Marco girou o dedo.

As costas transparentes do corpete mergulhavam em um decote V, e a saia simplesmente flutuava como nuvens de gaze.

— Sua mãe entende de vestidos de noiva. Como você está se sentindo nele? — perguntou Marco.

— Só dá para se sentir bonita, a menos que a pessoa seja uma idiota, não é? Eu me sinto bonita, mas como se fosse outra pessoa.

Breen olhou para Marco e ambos assentiram.

— É mais a cara da Capital que do vale — disse Breen. — É lindo, e você ficou linda.

— O vestido brilha, menina, mas você não brilha com ele. Não parece que foi feito pra você.

— Posso recusar e não parecer ingrata? Breen, o que você acha?

— Claro! É um dos vestidos de noiva mais bonitos que eu já vi, mas... não é o *seu* vestido.

— Graças aos deuses. Acho que Harken não me reconheceria com este vestido.

— Vamos ver o segundo. — Marco fez um gesto para que ela fosse se trocar.

Enquanto ela voltava correndo para o quarto, Marco ergueu a taça para Breen e ela bateu a sua na dele.

— E se nenhum ficar bom? — disse Breen baixinho.

— Vamos ter que encontrar um que fique.

— Faltam poucas semanas.

— Amor, em um mundo cheio de fadas e bruxas e tal, acho que a gente consegue inventar o vestido certo. Como você fez com as fantasias de Halloween.

— Mas eram só ilusões; o vestido de noiva precisa ser real.

— O seu também. Você estará ao lado dela.

— Não posso me preocupar com meu vestido enquanto ela não tiver o dela.

— Muito bem — gritou Morena —, o próximo.

Morena apareceu com um vestido de veludo macio e cor creme, de linhas retas, que lhe davam um ar majestoso.

Breen suspirou de novo.

— Parece uma rainha. A rainha das fadas. Bem acinturado, com brilho no cós e na bainha, e esse decote que mostra os seus ombros...

— Tem elegância em tudo — concordou Marco.

— Mas?

— Não é seu vestido — disseram juntos.

— Vou ficar louca! — Morena serviu mais champanhe em sua taça. — Se pudéssemos só trocar votos e ter uma boa festa! Era o que eu queria. Bem, vamos tentar o último.

Ela saiu de novo.

— Precisamos de um plano se o último não estiver bom — disse Breen, andando de um lado para o outro. — Posso conversar com Nan sobre isso, encontrar a costureira certa e ter uma ideia melhor do que Morena quer, porque ela ainda não disse. Não podemos perder tempo, Marco, mas é possível.

— As pessoas estão sempre se casando na Irlanda, não é? Podemos dar uma olhada em algumas lojas de noivas.

— É uma ideia. Uma boa ideia. Passar um dia em Galway, talvez. Tem que ter...

— Este foi o último que ela mandou.

Breen se voltou. Cobriu um suspiro com a mão.

— Uau!! — foi tudo que conseguiu dizer. — Uau!

O vestido flutuava ao redor de Morena, violeta pálido com fios de prata, chegando logo acima dos tornozelos como uma nuvem de seda.

Marco esfregou os olhos e girou o dedo.

Quando ela girou, a saia ondulou, subindo e descendo. Tiras prateadas cruzavam as costas nuas de Morena, e um laço de longas fitas lhe adornava a cintura.

— Cancele a viagem a Galway — ordenou Marco, sorrindo. — Esse é o seu vestido.

— Você está perfeita. — Breen enxugou as lágrimas. — Absolutamente perfeita. É como suas asas. É seu. É você. É perfeito.

— Tem certeza? Porque, nossa, eu adorei. Não quis dizer porque eu sei que não é tão magnífico como o primeiro, nem tão elegante como o segundo. Mas eu me sinto uma noiva com este. Eu me sinto eu mesma. Eu me sinto como Morena Mac an Ghaill de noiva.

— Porque é o seu vestido de noiva.

Suspirando, Breen enxugou mais lágrimas.

— Botas da mesma cor — decretou Marco. — Com brilho.

— Ah, sim! Vou ficar parecendo uma pintura. Marco, preciso que você faça meu cabelo, por favor, diga que sim! Quero uma cabeça cheia de tranças e só uma coroa de flores por cima. Diga que sim!

— Você... você quer que eu faça o seu cabelo? No dia do seu casamento?! Preciso sentar. — Ele realmente cambaleou. — Preciso de mais champanhe, mas tenho que sentar.

— Isso significa que ele vai fazer?

— Sim, significa — confirmou Breen. — Mais champanhe!

— É melhor eu tirar isto antes que derrame alguma coisa nele. E depois vou beber com vocês.

※

Dezembro chegou com seu hálito frio, fazendo as árvores tremerem e a baía gelar. Uma fina camada de gelo estalava sob os passos das botas e fazia os cascos parecerem sinos nas estradas endurecidas.

Na Cabana Feérica, reinava o Natal. Brian levara para Marco uma árvore da região montanhosa, que brilhava de luzes, derramando enfeites. Breen fez uma permuta com Aisling e pendurou quatro meias de tricô na lareira.

Quando Keegan comentou que meias de Natal eram para as crianças, Breen afirmou, com firmeza, que todo mundo era meio criança no Natal.

O ar cheirava a pinheiro e às comidas de Marco.

Em Talamh, Breen encontrou praticamente o mesmo: o brilho das luzes, as árvores carregadas, as meias penduradas cheias de esperança.

E mais a tradição das fadas: sininhos de prata amarrados em galhos e postes; e a contribuição élfica: nozes e frutas, um banquete e guloseimas para a vida selvagem.

Passado um tempo de tristeza, a alegria se espalhou por ali. Breen trabalhou escrevendo, treinando, praticando magia. Trabalhou em Talamh, na oficina de Marg, fazendo presentes para compras e trocas.

E, quando os sonhos voltaram, foi um choque, como um golpe de escuridão contra a luz.

Ela viu Yseult em uma oficina. Seu cabelo ruivo escuro tinha mechas grisalhas, e ela se movia devagar, rígida. Mesmo dormindo, Breen sentiu uma onda de satisfação.

Ela havia provocado aquilo na bruxa das trevas.

Mesmo durante o sono, ela sentiu as picadas de magia sombria, ouviu o sibilo da cobra de duas cabeças adormecida enquanto a bruxa a ordenhava, enquanto o veneno pingava, grosso e cinza como uma lesma, em uma tigela.

A seguir, ela colocou a cobra em uma cesta com um par de ratos trêmulos. A cobra atacava e os ratos gritavam. E então ela os devorou.

— Descanse agora, minha querida.

Ela atravessou uma sala, iluminada com cem velas, em direção a umas gaiolas empilhadas. Breen viu jovens veados, coelhos, cabras, cordeiros e, para seu horror, uma criança. Uma criança humana, percebeu quando Yseult puxou o garotinho, de não mais de três anos, para fora.

Ele não chorou nem se debateu, simplesmente a encarou com olhos vazios. Estava enfeitiçado, notou Breen, com dor no coração. E seu coração quase parou quando Yseult pegou um *athame*.

Yseult passou a lâmina na palma da mão do menino, fazendo um corte profundo onde cicatrizes de outros cortes já marcavam a pele jovem. O sangue se derramou na tigela. Depois, ela virou a criança para recolher suas lágrimas.

Como faria com um pote de ervas, Yseult colocou a criança de volta na gaiola.

A seguir, escolheu um pássaro e o cortou para tirar seu coração, que acrescentou à tigela.

Reuniu outros ingredientes: beladona, cristais negros, acônito, três dentes pequenos, afiados como navalhas.

Quando Yseult levantou os braços, Breen a ouviu ofegar de dor. Teve que se curvar, pálida como um lençol, para recuperar o fôlego.

Seus olhos estavam pretos como ônix quando ela se endireitou de novo.

— Você vai me pagar, vadia mestiça — disse.

Com o rosto endurecido, ela ergueu os braços de novo.

— Deuses das trevas e dos malditos, ouçam-me! Conceda-me, servo de Odran, sua força. Preencha-me com seu poder, sombrio e terrível. Esta bebida farei, e a vontade dela tomarei. Filha do filho do deus profano, com esta poção lhe causo dano.

"Sangue e lágrimas de uma criança, coração de um pardal sem esperança, dentes de um filhote de demônio para morder, cristais escuros moídos para sua luz vencer. Ervas para sufocar sua respiração e fazer parar seu coração. Leite da cobra de cabeças gêmeas para fazê-la adormecer, e com este feitiço de dor morrer.

"Agora o fogo queima, a fumaça sobe. Tudo borbulha e ferve, e agita e mexe. E, com isso, toda a luz morre. Este será o fim dela."

Ali, em meio à fumaça que nublava a sala, o cinza de seu cabelo começou a desbotar. E a dor que cortava seu rosto se transformou em poder.

— Pela glória de Odran e em nome dele este feitiço está feito, e maldita seja a filha do filho. Com seu fim, nós cavalgaremos rumo à vitória. Assim desejamos, assim seja.

Sem fôlego na fina fumaça, Yseult apoiou a mão em sua mesa de trabalho. Mas em seus olhos brilhava um tipo terrível de alegria.

— Que fedor!

Ela se voltou ao ouvir a voz e levantou a mão.

— Para trás, fique longe da fumaça.

Shana estava à porta, elegante e radiante em um vestido dourado. Seu cabelo louro platinado caía em cachos intrincados, presos para trás para destacar os gordos rubis em suas orelhas.

— Eu fico onde quiser, bruxa. Veja como fala comigo, ou Odran irá puni-la. De novo. Você é fraca e quase imprestável.

Sorrindo, Shana brincou com um de seus cachos.

— Ele vai torturá-la se eu pedir. Você falhou com ele, eu não.

Ela deu mais um passo, e Yseult a empurrou com o ar. Quando a fúria explodiu, Shana sibilou como uma cobra.

— Como se atreve?

— Atrevo-me para proteger a criança que você carrega, filha de Odran. A fumaça é tóxica, e, embora não faça mal a você, pode prejudicar o bebê. Ele tem o mesmo sangue de Breen O'Ceallaigh — Yseult sorriu. — Se prejudicar a criança, Odran ficará descontente com você.

Shana deu de ombros, mas recuou.

— Podemos fazer outro. Sou fértil, o que já é ser mais do que você.

— Sua criatura tola! Eu dei três a ele; três ele drenou como vai fazer com o que está em você. E com o poder, com o sangue deles, ele atravessou o portal para fazer o filho com Mairghread, e de novo para pegar a Filha. Eu abri o caminho para ele, ano após ano.

— E falhou com ele, ano após ano. — Shana fez um movimento de desdém com a mão, que brilhava cheia de anéis. — Eu não falharei, e governarei ao lado de Odran depois que ele transformar Talamh em cinzas. Mas, por enquanto, tenho uma tarefa para você. Não quero ficar gorda e carnuda enquanto o filho de Odran cresce em mim. Você vai fazer um feitiço para isso não acontecer.

— Será apenas ilusão. Qualquer outra coisa poderia prejudicar a criança.

— Então faça isso! — gritou Shana. — E seja rápida.

— Amanhã, então. Venha a mim amanhã.

— Vá você até mim. Eu sou a consorte de Odran, você é apenas a bruxa dele.

— Como quiser.

O sorriso agradável desapareceu do rosto de Yseult quando Shana se afastou.

— Posso arranjar para Odran uma dúzia como você, criança ingrata. Juro, o primeiro suspiro do bebê será seu último.

Mais uma vez, a sala se encheu de fumaça. E Breen acordou.

À luz do fogo, Keegan se sentou ao lado dela na cama. Porcaria, com as patas dianteiras na cama, a observava.

— Conte tudo.

— Só um minuto.

— Você não estava em perigo, senão eu a teria acordado, ou acompanhado. Foi um sonho de observação.

— Sim, mas preciso de um minuto. Sei que não dá para esquecer a escuridão, a maldade, o horror, mas talvez consiga por um instante.

— Tome. — Ele estendeu a mão e fez aparecer um copo de água. — Beba um pouco, espere um minuto.

— Obrigada.

Ela se sentou e pegou a água. Quando viu Breen estremecer, Keegan acenou com a mão em direção ao fogo para ativá-lo.

— Eu vi Yseult em um lugar que deve ser a oficina dela. Ela não está totalmente recuperada, e eu gostei de saber disso. Um ano atrás eu não seria capaz de gostar de ver alguém, qualquer um, sofrer. Mas foi bom.

— Um ano atrás você não conhecia Yseult.

— É verdade. — E a verdade eliminou todo sentimento de culpa. — Ela é quase pior que Odran. Nasceu na luz, foi treinada na luz e deliberadamente escolheu abraçar a escuridão. Ela estava fazendo uma poção, um veneno. Para mim.

— Para você, especificamente?

— Sim. — Breen bebeu mais água. — Bem especificamente. Há um ano ninguém planejava me matar; ou com certeza eu não sabia disso.

— Você viu tudo que ela usou para fazer a poção?

— Acho que sim. Foi veneno de uma daquelas cobras horríveis.

— Adormecida?

— Sim. Por Deus, Keegan, ela tem gaiolas! Animais novinhos, bebês. E uma criança. Um menino humano. — Breen começou a chorar enquanto falava. — Ele tinha dois ou três anos, estava catatônico. Ela fez um corte na mão dele, e eu vi as cicatrizes de cortes antigos. Juntou o sangue do menino ao veneno, depois as lágrimas dele. E um pardal bem novinho. Ela abriu o pássaro e pegou o coração dele.

Depois de enxugar as lágrimas com as costas da mão, Breen continuou o relato.

— Que palavras ela usou? Você ouviu?

— Ouvi tudo. Foi como assistir a uma peça no centro da primeira fileira.

Ele saiu da cama para pegar uma caderneta e uma caneta.

— Anote cada palavra, do jeito que se lembra.

— Por quê? Era magia sombria, e nós nunca...

— Não seja boba. É para fazer um feitiço de bloqueio. Sabendo o que ela fez, nós podemos rebater.

— Ah, como um antídoto!

— Não, os antídotos vêm depois. Nós... — Respirando fundo de impaciência, ele procurou a palavra certa. — Imunidade, entende? Vamos conjurar imunidade contra esse veneno.

— Genial. E reconfortante.

Breen começou a escrever.

— Ela não me viu nem me sentiu, eu sei. Vai ver foi porque não se recuperou totalmente. Ela ficou mais forte durante o feitiço, mas a força desapareceu depois. Está com dor, furiosa e amarga. Não é só Odran agora; ela também quer se vingar de mim.

— Pois você vai decepcioná-la.

Breen ergueu os olhos e sorriu.

— Essa é a ideia. Mas não só de mim. — Breen parou e ficou de frente para ele. — Shana entrou logo depois que Yseult terminou o veneno. Keegan, Shana está grávida do filho de Odran.

— É uma pena.

— Você não está surpreso — notou Breen. — Por quê?

— Você achou que Odran mandou Yseult levar Shana para esfregar o chão ou cozinhar?

— Não, mas pensei que ele a quisesse pelo conhecimento dela. O pai dela fazia parte do conselho, ela dormiu com você. Ela sabia... sabe... muitas coisas.

— Sim, ele quer tudo isso, claro. Somado ao fato de que ela é jovem, bonita e certamente madura para o plantio. Ela dará à luz um semideus para ele, e você sabe por quê. Não preciso dizer que ele drena os próprios filhos ainda bebês e os sacrifica, mata, pelo poder. Yseult lhe deu três. Você sabia disso.

— Não sabia quantos, mas logicamente ela teria servido Odran desse jeito.

Compreendendo que não conseguiria dormir, Keegan se levantou e vestiu a calça.

— Eu mando espiões para o mundo de Odran de tempos em tempos, como seu pai fez, como fizeram os líderes antes dele. — Ele passou a mão pelo cabelo e pegou uma camisa. — Você deve estar se perguntando por que não encontramos uma maneira de salvar aqueles inocentes.

— São bebês, Keegan. Tem que haver um jeito. Além de Odran aumentar o próprio poder por meio deles e enfraquecer os lacres do portal com o sangue que tira, eles são bebês.

— O *taoiseach* que veio antes do seu pai perdeu três guerreiros em um resgate como esse. Dois, ambos feridos, trouxeram três crianças pela cachoeira. Elas viveram em nosso mundo menos de uma hora. Ele as marca no nascimento — disse Keegan — para que não possam sobreviver à passagem. Elas morrem lá, pela mão dele, ou aqui, por sua marca. Mesmo assim, Eian tentou, na época. Nós íamos rebater a marca, desfazer aquela maldição antes de trazer a criança. Ele mandou uma bruxa para se passar por babá e, quando ela começou a desfazer a maldição, o bebê morreu em seus braços. Foi Rowan; ela faz parte do conselho, e ainda não consegue falar daquele momento e de sua tristeza.

Isso provocou um grande mal-estar em Breen, no corpo e no espírito, mas ela se obrigou a levantar.

— Ele errou com meu pai; não marcou seu filho, não viu necessidade. E, quanto mais tempo ele mantivesse a pretensão de ser marido e pai, maior teria sido a chance de conceber outro filho com Nan; outro cálice de onde ele poderia beber.

— Sim, você viu isso claramente. Ele não vai cometer esse erro de novo.

— Por que ele não me marcou quando me pegou?

Keegan bateu com um dedo na têmpora dela.

— Use a cabeça, mulher. Você não provém da semente dele.

— Entendi; a linhagem não é suficiente para esse tipo de infanticídio. Você não pode salvá-los, e eu sei que isso lhe pesa.

— Nós achamos que a morte dele vai quebrar a maldição e remover a marca, mas só saberemos quando acontecer.

— Shana nem ligou. — Breen pegou uma faixa para prender o cabelo. — Eu acho que, embora Yseult tenha entregado seus bebês de boa vontade, ela sentiu alguma coisa. Acho que foi difícil para ela. Ela não hesitou em pagar o preço, embora tenha sido difícil. Mas para Shana, não.

No espelho, seus olhos encontraram os de Keegan.

— A gravidez está dando status a ela, e Shana está gostando disso. A criança não significa nada além disso. Como ela disse, os dois podem fazer outros. A preocupação dela era com a aparência. Ela ordenou que Yseult criasse uma ilusão para ela não parecer gorda, como ela mesma disse.

— Isso é a cara dela.

— Ela se gabou de ter matado Loren. Não estou contando tudo isso para castigá-lo por ter tido um relacionamento com ela.

Assentindo com a cabeça, ele pousou a mão leve e brevemente no ombro de Breen.

— Eu gostava dela. Não vou negar que era mais pelo sexo, mas eu me importava com ela, ou com o que eu conhecia dela. Eu via seus defeitos, pensava com bastante clareza. Mas foi aí que me enganei, pois não eram simples defeitos, e sim rupturas profundas e amplas. Lamento não ter visto o que era claro.

— Acho que não estava claro; além disso, o sexo e a beleza obscurecem a visão. Alguma coisa explodiu dentro dela, e todas aquelas rupturas, suavizadas pelo charme e pela beleza, mataram a pessoa de quem você gostava. Se ela tivesse convencido você a se casar com ela...

Ele soltou uma risada.

— Isso eu posso garantir que nunca teria acontecido. Eu gostava dela, não mais que isso.

Como parecia importante, Breen ficou de frente para ele.

— Ela acreditava no contrário. Estou dizendo que, se ela conseguisse puxar mais poder, teria abusado dele e perdido o limite. Não havia como você ganhar com ela, Keegan.

Ele pensou nisso enquanto prendia sua espada.

— Tem razão, e isso prova que as mulheres são um maldito mistério mais da metade do tempo. — Ele se aproximou para pegar o rosto dela e beijá-la. — Nosso dia começou cedo. Por acaso você não usaria parte do seu para fazer o café da manhã, já que sou muito ruim nisso?

— E os homens são simples demais durante mais da metade do tempo.

— É verdade. É só nos dar comida, sexo e uma cerveja que ficamos felizes.

— Ah, se isso fosse verdade... Mas eu posso fazer uns ovos mexidos pra você antes de malhar.

— Ficarei grato. — Ele pegou o papel onde ela havia escrito o feitiço e o enfiou no bolso. — Acho que ficaria mais grato ainda se você fizesse aquelas panquecas com mirtilo que o Marco faz.

Ela olhou para ele enquanto saíam do quarto.

— Assim você está forçando a amizade. E, acredite, você não ficaria grato. A menos que goste de comer borracha pastosa.

— Eu pego os ovos.

Ela fez ovos para Brian também, para quando ele descesse, e conseguiu não cozinhar demais o bacon. Em seguida, saiu com seu café para ver Porcaria brincar na baía sob as estrelas desbotadas.

O conteúdo do sonho a deixou perturbada, mas o fato a fortaleceu. Ela havia observado sem ser detectada, e descobrira informações vitais. E poderia fazer o mesmo de novo, preparar-se primeiro e observar, ouvir, aprender.

Isso por intermédio de Yseult, decidiu. Esse era o elo fraco agora.

Quer me envenenar, é? Me envenenar para me jogar aos pés de Odran, indefesa e derrotada? Usar o sangue de uma criança para isso?

Fraca e malvada traidora de sua espécie, vamos ver quem é que vai pagar.

A noite foi desaparecendo, e ela ouviu os primeiros acordes de uma cotovia. Sua respiração saía em nuvens, a geada se quebrando sob seus pés. Assim que ela chegou à porta, Keegan e Brian saíram.

— Tomou o café da manhã depressa — comentou ela.

— Caiu bem.

— Já que era minha vez — disse Brian —, minha gratidão é dobrada.

— A família de Morena vem hoje da Capital. Minha mãe e Minga vêm com eles.

— Vai ser bom ver todo mundo.

Keegan observou o amanhecer e assentiu.

— Sim. Mantenha o cachorro e Marco por perto hoje, até que tenhamos conjurado a imunidade.

— Tudo bem. Vou falar com Nan sobre isso quando chegar lá.

— Vou lá agora. Não — disse ele antes que ela pudesse objetar —, você nos deu o necessário. Faça suas coisas, depois vá. Talvez Marg também queira a ajuda de minha mãe. — Ele se abaixou e a beijou. — Não se atrase para o treinamento.

Foram em direção à floresta, e Porcaria, jogando água para todo lado, correu para vê-los partir.

— Proteja-a direitinho hoje. — Keegan passou as mãos pelo cão para secá-lo.

— Eu posso ficar — disse Brian quando já entravam na floresta —, ou mandar alguém vir.

— Isso só vai irritá-la. Ela não é tola, vai tomar cuidado. Mas vou enviar um falcão à minha mãe pedindo que ela venha imediatamente com um cavaleiro de dragão. Quanto mais cedo combatermos esse veneno, melhor.

— Nada nem ninguém passa pelos portais.

Keegan balançou a cabeça.

— Existem outros portais em outros mundos. Se Yseult pretende encontrar uma maneira de passar, ou mandar um assassino, vai dar um jeito. Pode levar tempo, mas vai dar um jeito.

— Mas Breen disse que Yseult estava fraca.

— Sim, e que fazer o feitiço a deixou mais forte para aquele momento. No lugar dela, eu usaria tudo que tivesse para abrir uma janela. É preciso poder e força para abrir um portal temporário, mas eu investiria nisso, em um dos mundos desprotegidos. Eu mandaria o veneno com um assassino que pudesse atravessar de um mundo para outro.

— Mas qualquer assassino teria que passar pelos nossos guardas.

— Ele poderia tentar pegá-la deste lado. Marg colocou um feitiço de proteção reforçado ao redor da cabana, mas ele poderia tentar. Mas do nosso lado... um animórfico seria melhor. Uma coruja passando sob o manto da escuridão, um cachorro escavando a neve no norte... É como eu faria, ou tentaria.

Chegaram à árvore e Keegan pulou em um galho.

— Ou pode ser que o assassino já esteja em Talamh, e Yseult só precise achar um jeito de entregar o veneno a ele.

— Seria alguém que vive entre nós.

Keegan e Brian entraram em Talamh.

— Mais um deles em nosso mundo. — Keegan olhou para o vale, todos os verdes e dourados despertando sob a luz suave do amanhecer. — E vamos fazê-lo se arrepender por isso.

CAPÍTULO 5

Keegan procurou Harken primeiro; encontrou-o na cozinha, já com a roupa de trabalho, servindo-se de uma xícara de chá tão forte que poderia jogar a vaca premiada dele a um quilômetro de distância.

— Chegou bem na hora da ordenha matinal.

— Não posso, desculpe. Preciso falar com Marg, mas queria falar com você primeiro.

— Problemas?

— A caminho. Breen teve um sonho de observação, viu Yseult preparando uma poção e um feitiço. A bruxa ainda não está totalmente curada, segundo ela disse.

— Morta estaria melhor — disse Harken, e bebeu um pouco de chá.

— Em honra a nosso pai, esse dia chegará. Breen anotou o que Yseult usou no feitiço e as palavras que pronunciou.

Ele entregou o papel para Harken, que deixou o chá de lado e leu. Seu rosto endureceu, seus olhos azuis ficaram gélidos.

— Como a bruxa má nos livros de contos, ela gosta de atormentar crianças.

— Ela é um arquétipo, a base dos contos.

— Ela tece magia sombria pura.

— Isso eu posso ver, irmão.

— Você precisa de um escudo contra isso, que entre e aja ao redor. Aisling...

— Eu sei que é superstição — interrompeu Keegan —, mas não quero envolvê-la em algo tão sombrio tão perto do parto.

— Não... superstição ou não, você tem razão. Precisamos de uma poção e um feitiço de proteção, para o interior e o exterior, e das palavras para alimentar os dois. Breen é mais forte que Yseult, por isso ela criou um feitiço perverso e profundo para atacá-la.

— Não para matar, mas pior. Uma morte em vida, cheia de dor, para que Odran possa sugá-la até secar. E a dor é a vingança de Yseult.

— Ela deve ter um plano para usar esse veneno.

— Sim, e em breve, eu acho. Que melhor momento para atacar que na alegria? O solstício e o Yule, um casamento, um nascimento... — Ele pegou o papel de volta. — Shana carrega o filho de Odran.

A dura raiva no rosto de Harken desapareceu.

— Lamento. Não por ela, não consigo sentir pena dela. Ela tentou enfeitiçar você, machucou uma amiga, tentou tirar a vida de Breen e quase tirou a vida de um menino. Ela matou o homem que a amava. As escolhas que fez foram dela.

— Foram, e ela vai pagar um preço terrível por isso. Por enquanto, vamos lidar com o que podemos. Vou enviar um falcão à nossa mãe para que ela venha nas costas do dragão ajudar a fazer os escudos.

— Eu faço isso. Amish está aqui perto. Morena ainda está dormindo, mas ele virá até mim e levará o recado.

— Ótimo. Vou falar com Marg. Voltarei quando puder.

Quando Keegan saiu, Harken se sentou para escrever a mensagem. Em seguida, pegou seu chá refrescante e foi chamar o falcão antes da ordenha da manhã.

Keegan passou uma hora reunido com Marg, depois chamou Cróga e foi negociar com os *trolls* os ingredientes que Marg queria para a imunidade.

Quando voltou, encontrou sua mãe sentada à mesa da cozinha de Marg, ambas discutindo os detalhes.

— Chegou depressa!

— Sim. — Tarryn ergueu o rosto para receber o beijo do filho. — E confesso que havia quase esquecido a emoção de voar de dragão. Conseguiu o que Marg pediu?

— Sim, e eles não aceitaram nada em troca.

Surpresa, Tarryn riu e se recostou.

— Os *trolls* recusaram uma troca?

— Pois é. Sula não aceitou. Não querem nada em troca de qualquer coisa necessária para manter a filha dos feéricos segura.

— Breen os impressionou. — Marg sorriu. — E como está Sula?

— Muito bem, ela disse, e parece mesmo. Ela já está... — Ele colocou as mãos na frente da barriga. — E perguntou quando Breen terá tempo para visitá-la.

— Ela irá — disse Marg. — E precisamos dela também.

— Para ajudar?

— Para mais poder — confirmou Tarryn —, mais luz. Harken também, e você. E mais dois de sua escolha, mas Aisling não.

— Não, Aisling não. E, quando estiver feito, nós sete iremos às ruínas onde vagam os espíritos, presos. É hora de liberá-los, mandá-los para a luz ou para a escuridão.

— Não era assim que eu queria vê-la voltar para casa.

— Mas eu estou em casa. — Tarryn estendeu a mão e pegou a dele. — E, quando tudo estiver acabado, vamos desfrutar de toda a alegria.

— A que horas você quer todos reunidos, e onde?

— Queremos que esteja concluído durante o dia, portanto uma hora antes do pôr do sol. — Marg olhou para Tarryn e assentiu. — Eu sei que é seu horário de treinamento com ela, mas é o momento certo.

— Ela irá.

— Claro, e você cuidará disso. Acha que perto da baía está bom, Tarryn, em área totalmente aberta?

— Sim, a céu aberto, com o elemento água, a luz, a terra embaixo, o ar ao redor e o fogo que faremos. Vou ver Aisling e as crianças agora. — Dando um tapinha na mão de Marg, Tarryn se levantou. — Voltarei para ajudá-la a se preparar. E não se preocupe, sua neta estará segura.

— Eu sei disso.

— Venha comigo, Keegan, antes que seja abduzido por todos os seus deveres.

Ele a ajudou a vestir a capa e, já que estava ali, pegou um biscoito do prato.

— O dia está excelente — disse Tarryn enquanto saíam. — Frio, revigorante, exatamente como deveria ser. Não vou perguntar como vão os planos para o casamento, porque você não sabe nada sobre isso.

— Sei algumas coisas.

Ela enroscou o braço no dele.

— Então, conte para a sua mãe.

— Harken anda cantando como um passarinho o dia todo e metade da noite. E Morena, que nunca ligou para essas coisas, anda preocupada com botas, bobes de cabelo e tal. Enchem meus ouvidos com isso quando estou por ali. Haverá música, e Marco vai participar dessa parte. E comida, e ele também vai participar disso.

— Ele já é parte do vale.

— Ele é um bom homem. E a família de Morena?

— Esse casamento é um presente dos deuses, juro. Estão sofrendo, mas essa união eleva o coração. Fico alegre em saber da vida feliz que meu filho terá com a mulher que ele ama, que eu amo, e você também.

— Ela foi uma irmã para mim a vida toda, e o casamento só vai oficializar isso. Obrigado por ter vindo tão rápido, mãe. Mas tem certeza de que quer fazer tudo isso de uma vez? Os espíritos vagam e gemem naquele lugar amaldiçoado há muito tempo.

— E poderiam estar caminhando entre nós, tirando vidas no Samhain, se Breen não tivesse ido ao túmulo do pai naquele dia e sentido o que sentiu. Nós o selamos, sim, mas aquele lacre não deveria durar muito mais tempo. Eu planejei o solstício, e agora um casamento. Então, vamos acabar com isso e pronto. A menos que você deseje de outra forma, *taoiseach*.

— Não. É melhor fazer, você tem razão. Preciso ir. — Ele beijou as duas faces dela, não achou o suficiente, então a abraçou. — Vou escolher mais dois antes de fazer o que precisa ser feito.

Chamou Cróga, pois pretendia verificar o extremo oeste, e voou. Tarryn continuou andando, mas parou, com as mãos nos quadris e um sorriso enorme, quando viu seu neto mais velho trotando ao redor do pasto no cavalo que ganhara de aniversário.

Ele montava bem, pensou ela. E lá estava sua filha, olhando, com uma mão sobre a criança que esperava e a outra no ombro do menino ao lado dela.

Na sela, Finian a viu e acenou freneticamente.

— Nan, Nan, Nan! Olhe, Nan!

Ah, estava olhando, pensou ela.

Kavan deu um grito e se afastou de Aisling. Saiu correndo, e logo abriu suas asinhas.

Tão rápido, pensou Tarryn, levando a mão à boca. Eles crescem tão depressa!

Ela estendeu os braços para que ele pudesse voar para eles.

Aisling ficou olhando, com lágrimas nos olhos.

— É a primeira vez que ele voa de verdade. Ai, mãe, é a primeira vez!

— Mas não a última. — Tarryn cobriu de beijos o rosto do menino e foi com ele até o cercado. — Nem seu último voo, nem o último trote feliz de seu irmão. É só o começo para vocês, meus queridos meninos. E juro por todos os deuses que vamos preservar o futuro para vocês.

❦

Quando Breen entrou em Talamh com Marco e Porcaria, viu a chegada dos cavalos e dragões, fadas e cavaleiros da Capital. Pensou na primeira vez que os vira chegar e em seu nervosismo ao conhecer a mãe de Keegan e os demais.

Era muito diferente agora, quando já reconhecia os rostos.

Ela viu Tarryn segurando a rédea do cavalo, enquanto Minga desmontava, e Flynn tirava a viúva de seu filho e o bebê das costas de um dragão.

— Lá está Hugh — disse Marco, acenando. — Queria saber como está a esposa dele no norte.

— Vá lá e pergunte.

— Vou esperar que esses dragões gigantes se afastem.

— Cagão!

— Sou mesmo.

Rindo, ela o deixou ali e subiu no muro para cumprimentar Sinead.

— Bem-vinda ao vale — disse, e a abraçou.

— Senti sua falta, mesmo em tão pouco tempo. E veja só ela — Sinead abraçou Morena —, já radiante como uma noiva.

— Mãe...

— Está radiante mesmo. E aqui está o noivo sortudo.

Sinead ergueu os dois braços para acolher Harken.

— O homem mais sortudo dos mundos — concordou ele. — E seja bem-vinda, mãe. Noreen deve estar cansada da viagem; o chá está pronto e todos os quartos estão arrumados; se quiser, leve-a com o bebê para dentro e acomode-os.

— Você tem bom coração e bom senso. Farei exatamente isso. Essa menina é um tesouro para mim.

Com os olhos marejados, Harken a beijou de novo.

— E para todos nós, assim como você.

— Vou com você — disse Breen.

— Na verdade, você é necessária em outro lugar. Mas espero que possamos falar com Marco... — Olhando ao redor, Harken apontou para ele com um sorriso tímido, dando de ombros. — Ainda preocupado com os dragões, não é? Vou até ele, então. Morena, você ajuda a acomodar a família?

— Sim, claro. Nós queremos um banquete esta noite — disse, cutucando Sinead. — Se Marco estiver disposto.

Flynn foi abraçar Breen, junto com Seamus, Maura e as crianças. Enquanto os cumprimentava, Breen notou que Harken estava conversando seriamente com Marco.

E, apesar dos dragões, Marco escalou o muro baixo de pedra.

— Estamos impondo a Marco que ele faça um de seus famosos banquetes.

Harken deu um soco fraterno no ombro de Marco.

— Finola está vindo para ajudar, e Sinead também.

— Cozinhar nunca é uma imposição para Marco. — Havia algo ali. — O que está acontecendo?

— Você é necessária em outro lugar. Ah, e aqui está minha mãe!

— Você é uma visão bem-vinda, Breen Siobhan; e você, Marco. Disseram que vamos ter o prazer de seu talento na cozinha esta noite.

Como ela sempre o deslumbrara, Marco pegou a mão dela e a beijou.

— Você está linda!

— Ah, como eu gostaria que você fosse morar no castelo para me dizer isso todos os dias! Conversamos mais tarde tomando um chá, mas por enquanto sou necessária em outro lugar.

— Está acontecendo alguma coisa — murmurou Breen.

— Sim, está. Venha. — Ela deu um tapinha nas costas de Breen e fez um carinho em Porcaria, que estava todo animado. — É melhor seguirmos nosso caminho.

— Eu gostaria de saber o que está acontecendo.

— É hora da magia — disse Tarryn enquanto os dragões subiam ao céu batendo suas asas. — Tem a ver com o seu sonho, minha querida. Marg e eu conversamos sobre isso, sobre o que necessitamos para combater Yseult.

Breen olhou para trás e viu Marco ainda ali, observando-a.

— Vocês não queriam que Marco fosse comigo.

— Ele seria bem-vindo, claro, como é em qualquer lugar de Talamh. Mas será mais útil na fazenda, distraindo Sinead e a família.

— Morena sabe — acrescentou Harken —, mas achamos que afligir a família não ajudaria em nada. Vamos deixar que passem momentos felizes sem se preocupar, por enquanto.

— Sim, claro. E Noreen parecia cansada. O que vocês querem que eu faça?

— Seremos sete — antecipou Tarryn, e explicou tudo.

Quando se aproximaram da curva para a casa de Marg, Breen parou.

— Querem fazer os dois, um depois do outro? A imunidade ou escudo, ou sei lá, para mim, e a libertação e a santificação na antiga Casa de Oração do clã dos Piedosos?

Tarryn ergueu uma sobrancelha, imperiosamente.

— Você acha que não damos conta dos dois?

— Não, é que... são duas conjurações poderosas. A minha pode esperar. Sou cuidadosa, e já a venci uma vez, então...

— Não, e estou falando como mãe do *taoiseach* e representante dele. Você teve o sonho de observação, foi um aviso; e um aviso deve ser atendido sem demora. Você arrisca tudo aceitando seu dever e destino, e nós a protegemos tanto quanto possível. Pedi para fazer o segundo porque estaremos reunidos, teremos convocado os poderes e os seguraremos, e só ficaremos mais fortes com isso. Pedi porque Yseult pode fazer de novo no solstício o que planejou para o Samhain. Meu filho terá seu casamento, minha filha terá seu filho, e nenhuma bruxa das trevas interferirá. Não permitirei isso.

Harken deu um beijo na cabeça de sua mãe.

— Melhor aceitar, *deirfiúr*. Se ela diz que não vai permitir, não vai mesmo.

Breen aceitou.

Com o sol ainda brilhando, ela caminhou da cabana até a baía. Já entendera o feitiço e sua participação nele. E confiava no grupo que Tarryn e Keegan haviam escolhido.

Ela viu as crianças que chamava de Gangue dos Seis jogando com uma bola vermelha e bastões em um campo inculto, e uma corça com seu filhote de pelo desgrenhado correndo para as árvores. Na borda da montanha, acima, os *trolls* voltavam para casa depois de um dia nas minas.

Em uma cabana ali perto, cristais e sinos cintilavam nas árvores, já enfeitadas para o Yule.

Coisas corriqueiras, pensou Breen, em uma tarde de dezembro.

Mas o que eles fariam na praia, perto da baía, não seria nada corriqueiro.

Com a brisa agitando seu cabelo, Marg se aproximou de Breen e esperou.

— Isto é para você — disse Tarryn a Marg, e Keegan assentiu.

— Isto é para você.

Marg também assentiu e deu outro passo à frente.

— Agradeço por emprestar seu poder e sua fé, trazendo sua luz aqui para atacar as trevas. Esta filha dos feéricos é preciosa para todos, e mais ainda para mim como filha de meu filho. Sou grata a todos vocês que estão aqui.

Rowan, da Capital, deu um passo à frente.

— Somos sete e apenas um aqui.

Um por vez, cada um fez e disse o mesmo. E cada um depositou na praia de xisto a vela que segurava, para formar um círculo.

Lançaram o círculo, chamando os Guardiões do leste, oeste, norte e sul. Ao formar um círculo dentro dele, as velas se acenderam. Enquanto ardiam, Breen sentia o poder nela, ao redor dela, começar a pulsar.

Keegan colocou uma pedra no centro.

— E aqui está a pedra, trazida das cavernas profundas e sagradas para a tribo *troll*. Uma oferenda de força.

Tarryn colocou um caldeirão de cobre na pedra.

— E aqui está o caldeirão forjado pela tribo deles para ser usado em alto ritual. Uma oferenda de propósito.

Harken colocou três cristais brancos e um punhado de pó de fada na pedra ao lado do caldeirão.

— E aqui estão o pó e os cristais, dados pelos *sidhes*, oferendas de luz.

— E aqui está um galho de pinheiro e três bolotas do Bosque Silente e da tribo dos elfos. Uma oferenda de vida — disse Rowan, depositando seus elementos.

— E aqui estão penas e pelos, dados pela tribo de animórficos. Uma oferenda de espírito.

— E aqui estão três conchas, com suas pérolas, preciosas para a tribo dos sereianos — disse Tarryn. — Uma oferenda de fé.

Mais uma vez, Keegan deu um passo à frente e colocou uma pedra vermelha.

— E aqui está um coração de dragão, colocado aqui por minha mão de cavaleiro. Uma oferenda de lealdade.

— E aqui — disseram os sete juntos —, nós, os Sábios, oferecemos o poder, sagrado e precioso, que nos foi dado para unir todos. Uma oferenda de unidade.

Quando Breen deu um passo à frente, o poder que subia dentro do círculo pulsava sobre e sob sua pele.

— Sou a filha dos feéricos, filha do homem, filha dos deuses. Sou de Talamh e sou a ponte para o mundo além dela. Sou uma criança e uma serva da luz. Sob a luz, peço proteção contra a magia sombria conjurada contra mim por alguém que corrompe o ofício e o dom. Não peço por minha própria vida, mas por todos, para que eu possa lutar contra a escuridão e trazer paz aos mundos. Se este é o meu lugar, meu propósito, meu destino, eu me junto, uma de sete, sete em um, para lançar este feitiço.

Enquanto ela falava, a pedra sob o caldeirão se transformou em chamas.

O vento aumentou, girando em torno dela, mas a pedra flamejante e as velas brilhavam.

— Deuses da luz — gritou Marg —, testemunhem nossa fé, uma de sete, sete em um, e o que fazemos aqui não pode ser desfeito.

— Não pode ser desfeito por magias nascidas nas trevas. — Sem hesitar, Tarryn estendeu a mão para a chama para pegar a pedra ofertada e colocá-la no caldeirão.

— Nem por quem tenha a marca de Odran. — Keegan fez o mesmo.

E um de cada vez pronunciou as palavras e levou a mão ao fogo.

O fogo corria tão quente e forte através dela que Breen sentiu que se tornou a chama quando estendeu as mãos para ela.

Mas ela não sentiu a queimadura, só o poder abrasador.

— Venha terra, venha ar, venha água, venha fogo, para proteger e resguardar sua humilde filha de novo. Mexa e ferva para um escudo conjurar contra o sonho de veneno que ela viu se revelar. Nesta hora e neste lugar, toda a minha fé vem ajudar. A luz defendemos; contra a escuridão lutamos. Um de sete e sete em um somos, tribo por tribo juntos estamos.

— Como Talamh inteira deseja, assim seja.

Ouviu-se um trovão. As chamas subiram pelos braços de Breen, engolfaram-na, douradas, vermelhas, azuis. O calor foi como um abraço para ela, tão forte que lhe tirou o fôlego.

Mil vozes cantavam em seus ouvidos.

Até que as chamas morreram, e a pedra era só uma pedra. Mas o poder ainda pulsava dentro dela.

Keegan pegou uma caneca e, levantando o caldeirão, derramou nele o líquido – estranhamente verde como o lago, como o rio perto da cachoeira.

— Beba, filha. Isso também é fé.

Ela pegou a caneca e, com os olhos nos de Keegan, bebeu.

— Como os deuses desejam — disse Marg. — E, assim, o feitiço está feito e não será desfeito.

— Que se feche o círculo, e levemos conosco o poder surgido aqui. — Tarryn tocou o ombro de Breen. — Você fez mais do que bem.

— A sensação foi indescritível. — Não como ser um de sete, mas ser um de todos, de tudo.

— O sol se pôs.

— Demoramos.

— Não pareceu. — Ela levou a mão ao cabelo e notou que havia escapado da faixa.

— Gosto dele solto. — Keegan pegou a mão dela. — Venha, chame seu dragão. Vamos terminar o trabalho. Como era o gosto da poção?

— Gosto de poder. Isso não é um gosto, mas...

— Eu entendo.

O poder a acompanhou enquanto voava da costa da baía para as ruínas, cinzentas e corroídas e assustadoramente bonitas sob a luz das meias-luas. Ambas, espelhadas, navegavam em um céu cujas estrelas haviam despertado e brilhavam, brancas e fortes, sobre as lápides, as flores, a grama alta do cemitério, sobre a dança de pedras no alto da colina, a lança da torre redonda.

Para o lugar onde o clã dos Piedosos, obscurecido pelo fanatismo, torturou, atormentou e sacrificou feéricos.

Breen estava de frente para as pedras que ela e Tarryn haviam selado com magia, com o sangue delas, e, para completar o trio, com o sangue da pata de Porcaria.

Ao lado dela, Porcaria soltou um grunhido de advertência. Ela colocou a mão na cabeça do cachorro para acalmá-lo, mas ele estremeceu.

— Um dia, este lugar foi sagrado — disse Tarryn. — Há muito, muito tempo. Era um lugar de oração e boas obras, de intelecto e compaixão, mas onde todos se voltaram para o fanatismo e a brutalidade em nome da falsa fé e dos falsos deuses.

— E, em nome da falsa fé e de um deus das trevas, magia sombria deu forma aos espíritos encharcados de sangue, mais uma vez para destruir a luz. Nunca mais — Marg prosseguiu —, disseram os feéricos muito, muito tempo atrás. Nunca mais, dizem os sete esta noite.

— Será sagrado de novo — disse Keegan, com a mão no punho de sua espada. — Não vamos derrubar as pedras daqui, e sim limpá-las; purificar o solo abaixo delas, o ar ao redor delas e deixar que este lugar, como está escrito, seja um lembrete da corrupção das trevas. Assim dizem os sete esta noite.

— Viemos para liberar os espíritos presos aí dentro — declarou Harken, ao lado de Keegan e sua mãe. — Para enviá-los à luz ou às trevas, segundo a vida que levaram. Assim dizem os sete esta noite.

— E com este coração puro, cujo sangue se uniu ao meu e ao da mãe do *taoiseach* para fazer o lacre como testemunha deste ato, viemos quebrá-lo. Assim dizem os sete esta noite.

Breen fez outro carinho em Porcaria e o mandou sentar e ficar, enquanto ela, com os outros, lançava o círculo.

Ela ouviu os gemidos e gritos dos atormentados, os uivos e rosnados dos torturadores. E todos eles, ali dentro, forçaram e bateram e empurraram o lacre.

E com isso, dentro do círculo, os sete deram-se as mãos, juntaram suas vozes e seu poder.

O poder vibrava dentro dela enquanto pronunciava as palavras.

— Viemos esta noite trazer a luz, e aqui ela se espalha para alcançar os mortos. Espíritos das trevas presos aqui, colham a escuridão que escolheram. Seus pecados são grandes; agora, conheçam seu destino.

— Almas inocentes, seu sofrimento termina, e para a luz os sete enviam todos os torturados e mortos pela crueldade. Esta noite, com a luz, acaba a miséria de vocês.

E a luz se espalhou, varreu a colina, cobriu o solo, deslizou pelas pedras, fazendo-as brilhar forte como o meio-dia.

A luz respirava, cantava, e no alto da colina, a dança de pedras cantou junto.

Com o vento batendo em sua capa, Marg ergueu a voz, forte e clara.

— O que a magia fechou, agora a magia abre. Que se rompa o lacre. Que todas as almas se liberem, para a luz ou para o fogo, como puderem.

Quando as antigas portas se abriram, quando o solo tremeu e gritos rasgaram o ar, Keegan desembainhou sua espada.

— Eu sou *taoiseach*, e isto é um julgamento. Saiam para receber sua paz ou punição.

As chamas envolveram Cosantoir, vermelhas como sangue, enquanto ele a brandia em direção às pedras.

— Deste mundo estão livres. Como desejamos, assim seja.

Todos saíram das ruínas, lindos e terríveis. Formas brancas e escuras. As brancas subiram, e Breen sentiu o alívio desesperado, a alegria delas, enquanto saíam das ruínas em direção à dança de pedras. As escuras correram ou rastejaram, soltando gritos estridentes, não mais humanos, e se transformaram em fogo, depois em cinzas, depois em nada.

O círculo de pedras entoou uma saudação na alta colina, e embaixo o fogo rugiu. E como uma estátua Keegan ficou, com a espada do *taoiseach* erguida e flamejante.

E então o silêncio caiu como um trovão.

— Está feito. — Keegan embainhou sua espada.

Rituais de purificação e santificação levavam tempo, mas, depois do pulsar selvagem do poder, Breen achou o trabalho gentil.

Pela primeira vez, ela caminhou dentro das ruínas, entre as grandes paredes de pedra com seus pilares e túmulos, suas escadas em espiral e altares.

— Ainda posso senti-los.

— São ecos apenas — explicou Keegan. — Memórias e nada mais. O que estava aqui, tanto a luz quanto a escuridão, se foi, mas as pedras permanecem e permanecerão. Não esqueceremos.

— Eu vi... alguns espíritos que foram à dança eram tão pequenos, Keegan, crianças. E eu pensei... pensei ter visto a forma de uma mulher segurando uma criança. O que leva alguém a torturar e matar crianças?

— O poder move tudo — disse ele simplesmente. — Para o bem ou para o mal. Eles descansam agora porque nós tínhamos o poder. Não se esqueça disso.

Como Breen poderia esquecer, se esse poder era uma coisa viva dentro dela?

— Vou ver meu pai.

Quando se afastou, Breen percebeu que podia sentir de novo o cheiro da grama, das flores, de maçã. Com Porcaria ao seu lado, foi até o túmulo do pai.

— Você por acaso imaginou que eu viria aqui um dia, que ajudaria a fazer isso? Eu queria saber. Mas você estava lá para dar as boas-vindas aos que lançamos. Senti isso, e assim eu me senti perto de você.

Ela viu Marg andando pela grama, em volta das lápides, e esperou.

— Você o sentiu, Nan?

— Senti, sim. E senti o orgulho dele por você, *mo stór*, como senti o meu próprio.

— Nunca fiz parte de uma coisa tão abrangente. Havia muita bondade aqui esta noite, muito amor e carinho. Sei que temos que lutar com espadas e flechas, sei que a violência é necessária, mas é essa bondade que vai vencer no final. Eu acredito totalmente nisso agora, mesmo que pareça ingenuidade.

— Não, é verdade. Agora, vá comer a comida que Marco fez. Tenho certeza de que está maravilhosa.

— Você não vem?

— Prefiro minha própria cabana, Sedric, que me espera, e um uísque em frente à lareira. Quero meu homem esta noite, o conforto e a bondade dele.

— Então, vejo vocês amanhã.

— Abençoada seja, Breen Siobhan.

— Abençoada seja, Nan — disse Breen enquanto o dragão de Marg descia para a estrada.

A seguir, ela se voltou e viu Keegan, com seu casaco de couro esvoaçando, caminhando em direção a ela.

Não sabia se chamá-lo de seu homem era correto, mas ela o queria essa noite. Queria seu conforto e sua bondade.

CAPÍTULO 6

O dia do solstício amanheceu fresco e brilhante. Na Cabana Feérica, Marco, excepcionalmente madrugador, estava na cozinha criando o que chamou de Brunch Sofisticado de Casamento.

Breen optou por não atrapalhar, mas, em vez de seguir sua rotina habitual, resolveu fazer uma limpeza na casa.

Iam receber a noiva, sua mãe, avó, cunhadas, sogra, Marg e Minga para o brunch, para fazer os penteados, vestir-se, beber vinho e qualquer outra coisa que se encaixasse no dia.

Ela queria que a casa brilhasse, por dentro e por fora, e queria muitas flores por todos os cantos também. Nunca haviam recebido tantas pessoas na cabana ao mesmo tempo, e Breen admitia que receber o grupo da Capital a deixava nervosa.

Nada menos que perfeito serviria para o dia do casamento de sua amiga mais antiga, nem para a casa que Marg lhe dera.

Marco, o único do sexo masculino (além de Porcaria) permitido, estava na cozinha havia horas, claramente preocupado com seu brunch.

Em dado momento, ele abandonou a concentração para olhar, por cima do fogão, a mesa que ela havia acabado de arrumar.

— Santa Martha Stewart, Breen, parece coisa de revista!

Ela deu um passo para trás para observar o centro de mesa: uma tigela de vidro transparente cheia de flores e ervas sobre um leito de cristais; além de pequenas velas cuidadosamente espalhadas, taças de champanhe e copos de água, um arco-íris de guardanapos coloridos artisticamente – e dolorosamente – formado sobre placas brancas como a neve.

— Não ficou *over*?

— Menina, é um casamento! Nada é *over*. — Ele saiu da cozinha para ver a sala de estar.

— Uau!!

— Mas não está exagerado? Flores demais? Exagerei na quantidade?

— Parece um jardim, maravilhoso. E, cara, tudo brilha. Você acendeu o fogo, as velas, pôs flores por todo lado, afofou as almofadas... a árvore de Natal está cintilando. É uma reunião só de meninas, e eu tenho o privilégio de participar. — Ele passou o braço em volta dos ombros dela. — E bem a tempo, porque elas estão chegando. Vou começar a servir as mimosas.

Breen saiu para recebê-las; Tarryn parou para ver a cabana.

— Não poderia ser mais encantador! E seus jardins! Florescendo em dezembro!

— Você tem uma vista linda — disse Sinead, juntando as mãos e olhando para a baía. — Uma linda vista em um lindo dia. E o cachorro mais doce do mundo. — Ela se abaixou para beijar o focinho de Porcaria, que se balançava todo em delírio.

— Entrem, sejam bem-vindas.

Elas entraram tagarelando, eufóricas e felizes, com muita coisa a contar.

— Mimosas para minhas damas — anunciou Marco ao passar por elas. — E, para quem trouxe o bebê, um dia de casamento especial.

— Um brinde à noiva — propôs Tarryn.

— Posso fazer o primeiro brinde? — Morena ergueu sua taça. — Aos melhores amigos e parentes, que são os mesmos, que alguém poderia ter. Obrigada por fazer este dia inesquecível para mim. *Sláinte!*

Elas beberam, conversaram um pouco mais e levaram as roupas do casamento para os quartos que Breen designou. E colocaram o bebê adormecido na cama.

— Ela é tão linda, Noreen.

— É um anjo. — Afastando-se da cama, Noreen se voltou para Breen. — Tem os olhos do pai. Eu o vejo neles, e isso me conforta. Sinto tanto a falta dele, todos os dias... mas me conforta vê-lo nos olhos de nossa filha. E hoje eu carrego em mim sua felicidade pela irmã dele. — Ela olhou ao redor. — Foi gentil de sua parte ceder este quarto, onde você conta suas histórias para nós durante o dia.

— É nossa primeira festa de verdade. Espero que você esteja com fome.

— Se não estivesse, ficaria com certeza, com todos esses aromas no ar.

— Venha, vamos sentar e comer.

Elas se deliciaram com *fritatas* de abóbora e bacon caramelizado, pãezinhos fofos, frutas vermelhas com chantili, rabanadas assadas e muito mais.

— Como vou caber no vestido de noiva agora? Marco — Morena suspirou —, você é um mago na cozinha.

— É mesmo, e, nessa condição, não tem permissão para lavar um único prato — Finola determinou, balançando o dedo para ele. — Nós temos mãos mais que suficientes para cuidar de tudo isso. O cozinheiro e a noiva estão isentos.

— Eu apoio. — Morena ergueu a taça.

— Se vocês têm certeza, vou começar a fazer o cabelo de Morena.

— Já está na hora? Por favor, deixe-me linda, Marco.

— Moleza. Você já é linda.

Isso gerou um coro de *ahhs,* enquanto Marco saía com Morena. Quando, no quarto ao lado, o bebê deu uma gemidinha, Maura acenou para que Noreen relaxasse. Alta e morena, com sua trança de guerreira sobre o cabelo curto e liso e uma espada no flanco, disse:

— Vou trazê-la para você, mas apertá-la um pouco primeiro.

— Deve ser a fralda.

— Eu lembro como se troca.

— Eu vou. — Sinead sacudiu a cabeça. — E vou apertá-la quando estiver trocada e alimentada. Você, Aisling, faça companhia a Noreen. Depois, sentem-se com minha linda neta ao lado do fogo enquanto nós arrumamos tudo.

Como estavam acostumadas, elas cuidaram das travessas, tigelas, pratos, panelas e frigideiras. Breen colocou uma música baixinha, para dar uma melodia de fundo às vozes, e riu quando Finola e Marg executaram uns passinhos de dança.

— Vocês sabem dançar isso! Têm que me ensinar.

— Claro! Mas você não parece tão feliz quanto a nossa noiva.

— Eu nunca tive tudo isto. — Colocando outra garrafa de champanhe no balde de gelo sobre a mesa, ela olhou ao redor. — Nós temos amigos na Filadélfia, mas eu nunca tive amigas que eu amasse assim juntas, em minha casa. Tantas flores, as velas, uma árvore de Natal e um bebê mamando em frente ao fogo... minha amiga lá em cima, que meu amigo está penteando para o casamento dela...

— Ela nunca vai esquecer que você lhe propiciou esta reunião. — Tarryn bateu palmas. — É hora da batalha, meninas. Vamos nos cobrir de elegância.

Breen ouviu os risos quando Tarryn levou a mãe e a avó da noiva, e a mãe do noivo, para seu quarto.

Morena estava sentada em um banquinho alto, de costas para o espelho, enquanto Marco meticulosamente fazia tranças e mais tranças no cabelo dourado dela. Por entre elas, ele passava uma fita prateada com uns sininhos.

— Meu Deus!

— Isso é bom ou ruim? Ele não me deixa ver.

— Está maravilhoso — garantiu Breen, enquanto Sinead se abanava com a mão.

— Minha menina! Estou chorando de novo. Você já parece uma pintura, querida. Minga fez o meu e o de Tarryn esta manhã, e confesso que fiquei com medo de que você não estivesse à altura da tarefa, Marco. Mas você está deixando minha menina a noiva mais bonita de todos os mundos.

— Mãe...

— Ah, me deixe chorar neste dia. Tarryn, me arranje um pouco de maquiagem, por favor, à prova de lágrimas.

Minga entrou carregando uma maleta.

— Para seu cabelo, Breen, se quiser.

— Ah, que bom. Nunca sei o que fazer com ele.

— Para quem não sabe, até que você o arruma muito bem. Não tem nenhuma ideia?

— Não...

— Então me mostre seu vestido; e, se confiar em mim, vou arrumar seu cabelo.

Como o cabelo de Minga caía sobre seus ombros em perfeitos cachos escuros, Breen lhe deu um voto de confiança.

Mais tarde, ela classificaria tudo aquilo como um caos perfumado. Cabelo e maquiagem, ferramentas, mulheres se despindo sem titubear enquanto Marco trabalhava.

Minga ajeitou o cabelo de Breen, deixando alguns cachos macios ao redor do rosto e o restante preso com um par de fivelas de flores, e depois perambulou com seu estojo para dar os toques finais em quem quisesse.

Por fim, Marco deu um passo para trás e soltou um grande suspiro.

— Agora pode olhar. Espero que goste. Você tem muito cabelo, menina.

— Finalmente! — Morena girou no banco e levou as mãos ao rosto. — Deuses, oh, deuses. Marco!

— Gostou ou não?

Dezenas de tranças caíam sobre suas costas, cintilando pela fina fita prateada. As camadas eram como uma cachoeira de luz solar.

— É exatamente o que eu queria. Não, não, mais ainda. — Ela deu um pulo e se jogou nos braços dele, e a seguir deu uma voltinha. — Vejam, elas balançam! Obrigada, mil vezes obrigada. Tome, tenho uma coisa para você. — Ela tirou uma caixinha do bolso. — Um presente da noiva. Espero que goste e use.

— É... uma harpa, como a que Breen me deu! Como minha tatuagem! Um broche de harpa. Não precisava... Dane-se, que bom que eu ganhei. Adorei. Agora eu vou sair daqui, ficar lindo também e colocar o broche.

Ele olhou ao redor e viu Breen, com um vestido de veludo de um violeta profundo e rico que chegava quase até os tornozelos. A bainha e os punhos largos das mangas compridas brilhavam.

— Nossa, você já está maravilhosa! Todas vocês. Vai ser difícil eu conseguir chegar perto da elegância dessa turma.

Ele saiu correndo, e Morena estendeu uma segunda caixa.

— Um presente da noiva — disse a Breen —, com mil agradecimentos por me dar este dia em sua casa com tanta gente que eu amo.

Dentro, Breen encontrou um pingente circular com o símbolo de um dragão no centro.

— É lindo!

— Achei que ficaria bom com o coração de dragão, o anel de seu pai, na corrente. Afinal, você cavalga um dragão.

— Sim, vou usá-lo assim — ela abriu sua corrente e acrescentou o pingente —, e com orgulho. Mas o dia de hoje foi um presente para mim também.

— Antes que todo mundo comece a chorar de novo — disse Tarryn —, vamos vestir a noiva.

Houve mais choro enquanto as mulheres ajudavam Morena, e um pouco mais quando Sinead colocou a coroa de flores que ela e Finola haviam feito.

Um pouco mais ainda, acompanhado de suspiros, quando a noiva desceu as escadas. Porcaria, usando um colar de flores, abanou o rabo em aprovação.

Como não haveria fotos em Talamh, Breen colocou seu tablet na mesa do pátio e, com todos juntos, inclusive Porcaria, uniu poder e tecnologia para eternizar o momento.

Juntos, eles atravessaram a floresta em direção a Talamh.

— Breen vai esperar com você enquanto passamos. — Sinead acariciou o rosto de Morena. — Vamos nos certificar de que Harken está onde deveria estar, para que não veja você antes de seu pai e eu a levarmos ao altar. Amo muito você, minha querida menina.

— Eu amo você.

Quando todos passaram, Porcaria olhou para Breen.

— Vá com Nan e Marco. Não vamos demorar.

— Está realmente acontecendo. Vou me casar daqui a pouco!

— Está nervosa?

— Nem um pouco. Ah, vamos passar, Breen, e começar logo. Não vejo a hora de começar.

— Dois minutos. Prometi à sua mãe quando ela disse que você diria exatamente isso.

— Ela me conhece muito bem. Já lhe contei que vou dar um cachorro de presente a Harken no Yule? Um cão d'água americano, como Porcaria. Eu sei que nenhum cachorro é como Porcaria, mas é filhote da prima da mãe dele. Uma menina de olhos doces.

— Você não me contou! Ele vai adorar.

— Vai mesmo. Tem acontecido tanta coisa que eu esqueci de contar. Deuses, já se passaram dois minutos?

— Quase. Você está tão cheia de luz que não sei como não está fazendo a floresta inteira brilhar.

— Estou quase explodindo de luz.

— Falta pouco. Vamos devagar para compensar.

Breen sabia o que esperar, mesmo assim ficou sem fôlego.

Pilares de velas brancas, da altura de um homem, criavam uma trilha ao redor da casa, cobertos de flores. No céu, rosa contra o azul da noite, fadas jogavam uma chuva de poeira cintilante. Dragões voavam com elas e rugiram enquanto Morena abriu suas asas e voou até seus pais, que a esperavam.

Flynn beijou as faces da filha e Sinead lhe entregou um buquê de flores e ervas. E chorou de novo.

— Bênçãos brilhantes, minha irmã — disse Breen, e seguiu em direção à trilha.

A música começou quando ela pisou nela. Flautas e harpas encheram o ar, e pó de fada salpicava todo o seu cabelo.

No final da trilha, com as colinas e campos atrás, com os picos das distantes montanhas cobertas de neve, estava Harken, com Keegan e sua mãe. Os homens usavam gibão e couro, com camisas brancas formais, e Tarryn estava vestida de prata suave e fosca.

Enquanto Breen sorria para Harken, que tinha olhos apenas para a mulher que caminhava atrás dela, ladeada por seus pais, ela percebeu que nunca o havia visto com roupas que não fossem de trabalho.

Ela se colocou ao lado de Keegan. Do outro lado, Tarryn segurou a mão dele e a de Harken por um instante, e logo as liberou.

— Eu sou a mãe de Harken, e por isso a recebo, Morena, como minha filha.

— Somos mãe e pai de Morena, e por isso recebemos você, Harken, como nosso filho.

— Venho a vocês em amor, mãe, pai, esposa. — Harken estendeu a mão para Morena.

— Venho a vocês em amor, mãe, marido.

Morena deu a mão a Harken, e, juntos, caminharam sob um caramanchão de flores e pararam um de frente para o outro.

— Lá vamos nós — murmurou Morena.

Rindo, Harken a puxou e a beijou.

— Deixem isso para depois!

— Cuide da sua vida, Seamus — replicou Morena a seu irmão, sem tirar os olhos de Harken. — Tem alguma coisa para me dizer, Harken?

— Tenho, e lhe dou isto também — ele tirou uma aliança do bolso —, esta aliança, um círculo que nunca acaba. Aceita recebê-la de mim, Morena, e a mim com ela? Eu a amo desde que você nasceu, e me comprometo aqui, diante de todos, a amá-la pelo resto de nossa vida e além. Você é tudo que eu quero em todos os mundos, e, aqui, prometo valorizá-la nos dias claros e nas noites escuras. Eu lhe dou tudo que sou e sempre serei, e aceitarei tudo que você é e sempre será, se estiver disposta. Seja minha, como eu sou seu.

— Aceito. Ah, caramba, você é melhor que eu nisso. Esqueci o que ensaiei dizer.

Ela esperou as risadas acabarem e pegou a aliança que estava enfiada em seu buquê.

— Muito bem... Esta aliança, um círculo que nunca acaba. Você a aceita de mim e a mim com ela, Harken? Eu o amo desde que me lembro, e muitas vezes isso me contrariava. Não sei por quê, pois nunca estive mais feliz que neste momento em toda a minha vida. Você sempre foi paciente comigo, o que só me fez amá-lo mais. Prometo a você tudo que você me prometeu. Não vou prometer cozinhar, pois você é melhor nisso, mas vou trabalhar nesta terra ao seu lado e cuidar de tudo.

— Melhor assim, para nós dois — disse ele.

— É isso. Prometo que testarei essa sua paciência, pois não serei capaz de evitar, mas vou amá-lo, Harken, apesar de tudo que vier. Você é tudo que eu quero também, e lhe dou tudo que sou e serei, e aceito tudo de você, se estiver disposto. Seja meu, como eu sou sua.

— Aceito você, Morena.

Sob o caramanchão, Keegan se aproximou para enrolar um cordão branco em torno das mãos unidas do casal.

— Irmão, irmã, vocês estão aqui unidos como marido e mulher. Um voto e uma promessa de amor e unidade. Bênçãos brilhantes sobre vocês e todos os que vierem dos dois.

Eles se beijaram, diante dos aplausos de todos os presentes, e se beijaram de novo antes de se voltar e levantar as mãos unidas.

— Sou esposa dele!

— Sou marido dela!

Morena riu quando ele a pegou e a girou.

E começou a festa e a música, as taças erguidas e os brindes. Tochas e velas foram acesas conforme se aproximava a noite mais longa do ano.

Morena e Harken abriram a primeira dança, e logo outros se juntaram a eles. Alguns se sentaram ao redor de mesas que cercavam o fogo do solstício, e outros entraram para beber um uísque perto da lareira ou embalar um bebê para dormir.

Quando as luas começaram a navegar, fez-se silêncio.

— Não me diga que temos que fazer discurso. — Levemente em pânico, Breen agarrou o braço de Keegan. — Ninguém me falou sobre discurso.

— Não. Olhe. — Ele indicou o oeste.

Uma luz florescia, fria e branca, e se espalhava para cima e para fora do extremo oeste.

— A dança de Fin — ela se recordou.

— Sim; como eu lhe disse, as luas dão sua luz às pedras para marcar o solstício de inverno, a noite mais longa. Agora, escute.

No silêncio, ela ouviu as pedras, embora a quilômetros de distância, cantando baixinho. E a música, como o bater das asas dos anjos, se espalhou como a luz conforme cada dança em Talamh respondia.

Era uma canção de paz e promessa.

Marco se aproximou dela e procurou sua mão. Quando olhou para ele, ela viu lágrimas de admiração nos olhos dele e sentiu as suas em suas faces.

É por isso – pensou, com o coração cheio de emoção –, é por isso que lutamos. Para que duas pessoas possam jurar seu amor e espalhá-lo. E pela luz, pela música, pela maravilha, pela beleza.

E ela era parte disso; parte da maravilha e da música.

O fogo do solstício ardia, assim como as tochas e velas. Por um momento parado no tempo, Talamh inteira permaneceu unida. Lentamente, a luz do oeste foi se acalmando e a música terminando.

— A roda gira na noite mais longa — Keegan olhou para ela —, sua primeira em Talamh.

— Sim, a primeira para mim, aqui e em qualquer lugar. E agora?

— Agora? Vamos dançar.

A música tocou de novo e ela dançou, e dançou.

E olhou com alegria para sua avó e Sedric, dançando cheios de energia. Bebeu vinho, o suficiente para concordar em cantar alguns duetos com Marco antes de dançar de novo com o pequeno Kavan, que uivava junto com a música, em seu quadril.

Porcaria dançava nas patas traseiras para entreter as crianças, e ganhava mais migalhas do que um único cachorro poderia comer.

A noite foi passando, e ela se sentou a uma mesa perto do fogo do solstício, ao lado de Aisling.

— É meu primeiro casamento em Talamh. Acho que nenhum outro poderá se igualar a este. Eles sempre ficam tão loucos de felicidade?

— Bem, um casamento é uma promessa com uma bela festa depois. Mas o que vem depois é o trabalho. E eles vão trabalhar para que dure. Vão discutir um pouco, como todo mundo, e amar muito, e depois brigar um pouco mais. Mas vão se esforçar.

Sorrindo, ela passou a mão em círculos sobre sua barriga.

— Será que posso lhe pedir um favor?

— Claro!

— Pode buscar Mahon para mim? Ele está lá fora dançando com Mina e os demais; e traga minha mãe também, por favor.

— Claro! Algum problema?

— Problema nenhum. É que chegou a hora.

— A hora de... Ah! Não se mexa, eu vou...

— Espere. — Aisling ergueu a mão. — Espere esta comigo. Bloqueie, pois vou pegar sua mão. Bloqueie!

Breen não bloqueou a tempo e sentiu a contração aumentar. O aumento da dor e da pressão a chocou tanto que fez o escudo subir instintivamente quando Aisling agarrou sua mão e tentou controlar a respiração.

— Você está em trabalho de parto! Qual intervalo, como... não sei por que estou perguntando isso, não tenho a menor ideia do que fazer. Vou buscar Mahon.

— Só mais um instante. Começou quando atravessamos, mas agora se intensificou. Pronto, por enquanto passou. Chame Marg também. Ela será a parteira.

— Vou buscá-los.

— Ah, e pergunte a Keegan se ele pode cuidar dos meninos. Eles têm mais uma ou duas horas de energia.

— Vamos cuidar deles, não se preocupe. Não se preocupe com nada.

— Ah, não estou nem um pouco preocupada. — Aisling riu e jogou o cabelo para trás. — É minha terceira vez, eu sei o que esperar.

Preocupada pelas duas, Breen saiu em disparada entre os pares dançantes e chegou a Mahon.

— Aisling. Aisling disse que está na hora. O bebê, hora do bebê.

— É mesmo? — O sorriso desapareceu de seu rosto. — Vou buscar a mãe dela e Marg.

— Não, vá. Eu vou buscá-las e cuidar dos meninos. Vá.

— Obrigado.

Enquanto ele ia até Aisling, Breen saiu correndo, com Porcaria saltitando em seus calcanhares. Viu Tarryn levando mais duas jarras de vinho para a mesa do banquete.

— Aisling, o bebê! Ela disse que está na hora.

— É mesmo? Ah, que coisa boa. Veja, Mahon a está levando voando para a cabana. Pode segurar isto para que eu possa ir até ela?

— Sim, sim. E vou buscar Marg, e nós vamos cuidar dos meninos. Vá depressa, ela estava tendo contrações.

— É a única maneira de dar à luz um bebê, afinal. — Suspirando baixinho, Tarryn olhou ao redor. — Novas vidas começando. Harken e Morena começando a deles, e um bebê chegando ao mundo...

Ela entregou os jarros a Breen e foi se afastando.

— Que grande solstício!

Breen abraçou os jarros contra o corpo e olhou para Porcaria.

— Encontre Nan. Encontre Nan para mim.

Como viu Keegan com uma caneca de cerveja na mão e um grupo de homens, ela correu direto para ele.

— Sua irmã vai ter o bebê.

— Agora? — Ele pegou os jarros dela e os colocou no chão. — Que noite movimentada para os O'Broins!

— Agora ou daqui a pouco, não sei. Tenho que encontrar Marg, e nós precisamos cuidar dos meninos. — Uma lança de pânico a atravessou. — Não sei onde eles estão!

— Por aí — disse ele, tranquilo. — Finian está com Liam e alguns outros no estábulo, mostrando seu cavalo, e Kavan... — Ele parou e olhou em volta. — Ah, ali, no colo de Sedric, comendo bolo.

— Graças a Deus. Tenho que encontrar Nan. Fique de olho neles, Keegan!

Quando ela saiu correndo, ele só sacudiu a cabeça e bebeu sua cerveja.

Obviamente orgulhoso de si, Porcaria se aproximou com Marg a seu lado.

— Aisling.

— Ah, eu já estava esperando.

— Mahon a levou para casa. Tarryn também foi.

— Vou também. Pode avisar Sedric para mim? E, se ele quiser dormir antes de eu terminar... não sei a que horas vou voltar.

Com os olhos meio arregalados, Breen foi direto para Sedric.

— Onde está Kavan? Ele estava aqui agora mesmo.

— O rapazinho me trocou por uma linda garota de cabelos louros — disse ele, indicando com a cabeça Kavan, que batia as asas e dançava com a noiva.

— Ah, que bom. Aisling vai ter o bebê e Nan foi para lá.

— Um bebê no solstício! Que boa sorte!

Ela ficou olhando para ele.

— Ninguém se preocupa em uma hora dessas?

— Os feéricos são criaturas da natureza, e dar à luz é uma coisa natural.

— Disse um homem.

Rindo, ele se levantou e lhe deu um beijo no rosto.

— Não posso dizer que você está errada, mas é natural. — Ele pousou a mão no ombro dela e olhou para a cabana, onde as luzes brilhavam nas janelas e a fumaça se enroscava no céu noturno. — O que está acontecendo lá é vida, luz e promessa. No fim do trabalho, pois isso é um trabalho, há alegria. Agora, quero outra caneca de cerveja e um brinde final aos noivos antes de ir para casa. Aceita?

— Não, não, obrigada. Preciso cuidar de Kavan e Finian.

— Muita gentileza sua; eles são bons garotos. Não deixe o pequeno convencer você a comer mais bolo. Ele vai ter dor de barriga, com certeza.

— Nada de bolo. Entendi. Merda, lá vai ele. Porcaria, vá atrás dele, fique com ele.

— Mab está por aí também — disse Sedric quando Porcaria saiu. — A cadela é uma ótima babá, não se preocupe.

Ele deu um tapinha no ombro dela e se afastou.

Antes que ela pudesse correr atrás do menino – e ela realmente precisava encontrar o irmão mais velho dele –, Morena a interceptou.

— Por que você não está dançando em meu casamento?

— Eu estava, mas Aisling vai ter o bebê, e estou tentando cuidar dos meninos, e...

— Vai ter o bebê? Você ouviu isso, Harken? Sua irmã... nossa irmã — ela corrigiu — está roubando a cena e vai ter o bebê.

— Aisling nunca fica por baixo.

— Preciso reunir os meninos e ficar de olho neles.

— Eles estão se divertindo muito — disse Harken. — Veja, Finian está saindo dos estábulos com Liam, e Liam é bom com crianças. Vejo que Kavan está ficando esgotado, embora pense o contrário. Daqui a uma hora ele vai estar enrolado no colo de alguém dormindo.

— Vou pegar uma taça de vinho para você.

— Depois que eu tiver os dois na mira.

Ela os deixou, e quase correu direto para Marco.

— Outra música agora — disse ele. — Nós temos pedidos.

— Não posso. Estou tentando cuidar dos filhos da Aisling porque ela está parindo.

— Tudo bem, depois a gen... O quê! Agora? O bebê? Agora?

— Finalmente uma reação normal! — Breen ergueu as mãos. — Estou tentando não pirar, mas o pessoal não está nem aí, e isso me faz ter que me esforçar mais para não pirar.

— A gente tem que fazer alguma coisa? Alguém já pôs água pra ferver?

— Não sei, Nan está com ela. — Estranhamente, a reação de Marco a acalmou. — Nan, Tarryn e Mahon estão com ela. Tudo bem — soltou um suspiro —, está tudo bem. Eu só tenho que cuidar dos meninos, e... estou vendo Finian. Ele está montando nos ombros de Keegan, que está pegando Kavan, finalmente sob controle. Preciso ir fazer a minha parte.

— Vou contar ao Brian. Vamos mandar vibrações. Isso é uma coisa boa, né?

— Claro... deve ser.

Ela foi até Keegan.

— Eles não estão nem um pouco cansados — disse ele enquanto a cabeça de Kavan caía em seu ombro e os olhos pesados de Finian lutavam para não fechar.

— Não mesmo!

— Estou vendo — apontou Breen, transferindo Kavan para seu ombro.

— Mamãe disse que nós podíamos ficar acordados quanto quiséssemos porque todos nós nos casamos. E agora o bebê está vindo.

— E como você sabe disso? — perguntou Keegan a Finian.

— Sabendo. — Seus olhos pesados se fecharam e ele descansou a bochecha na cabeça de Keegan. — Antes da meia-noite, e eu posso ficar acordado e dizer bem-vindo.

— Vou levá-lo para casa. — Keegan tirou o menino dos ombros e o pegou nos braços.

— Não sei quanto falta para a meia-noite, mas ele não vai conseguir. Já está dormindo.

— Falta menos de uma hora. Ele vai dar as boas-vindas de manhã.

Eles os carregaram para casa; Keegan foi na frente para o quarto que os meninos dividiam.

— Vou tirar os casacos e as botas dele. Avise Aisling que já os colocamos na cama.

— Tudo bem. Nós temos que ficar com eles depois?

— Não precisa; eles estão dormindo profundamente. Mas é bom que ela e Mahon saibam que os filhos estão seguros na cama.

Ela desceu por um corredorzinho, até onde ouviu vozes e viu a luz do fogo crepitando.

E, parando diante da porta aberta, observou.

Aisling, com os olhos vidrados de dor e concentração, estava sentada nua na cama com Mahon atrás dela, Marg entre seus joelhos dobrados e Tarryn segurando sua mão.

— Muito bem — disse Marg —, faça força, querida, empurre!

Aisling respirou fundo e empurrou.

— Assim mesmo, minha guerreira — disse Tarryn, pousando os lábios na mão de Aisling.

— Só mais um pouquinho. Isso, assim! Agora, pare e respire.

Aisling fechou os olhos e se recostou em Mahon; Tarryn secou o rosto úmido da filha com um pano. Breen começou a se afastar, mas Tarryn acenou para que entrasse.

— Não, venha. Pegue a outra mão dela. Está quase.

— Louvados sejam os deuses — murmurou Mahon, e deu um beijo no ombro de Aisling. — Você é uma guerreira, minha querida.

Aisling agarrou a mão de Breen.

— Não me tire nada disso, entendeu? É meu. É meu, mas vou empurrar bem forte. Agora. Marg, eu tenho que empurrar!

— Tudo bem, força! Mais, isso mesmo — disse ela enquanto Aisling apertava os dentes e empurrava. — Respire um pouco agora, espere. Na próxima, sairá a cabeça.

Nesse momento, Keegan apareceu à porta. Olhou, simplesmente disse "não" e saiu de novo.

— Típico. — Aisling se recostou em Mahon. — Deuses, deuses, tudo bem, mais uma vez.

Breen observou, atordoada, enquanto a cabeça do bebê – uma cabeça cheia de cabelos escuros e olhos com grandes pálpebras – escorregava para fora.

— Respire agora! Espere, espere!

— Olhe esse rostinho! Está vendo, Aisling?

— É a cara do Mahon, e o cabelo dele. Deuses, deuses, o resto quer sair, e agora!

— Empurre seu bebê para o mundo, para a luz, mãe.

Marg segurou a cabecinha do bebê e a girou suavemente enquanto Aisling empurrava. Apareceram os ombros, e o torso, e a nova vida soltou um grito.

— Nem esperou para avisar o mundo de sua chegada!

Nas mãos de Marg, na luz, veio o bebê, com um punho trêmulo.

— É um menino saudável — anunciou Marg enquanto limpava o rosto do bebê e o beijava. — Com um bom par de pulmões.

— Meu destino é dar à luz meninos, lindos meninos. Mahon, nosso filho!

Ele chorou com o rosto colado no dela.

— Um guerreiro. Meu amor, meu coração, minha vida, obrigado pelo nosso filho.

Apoiando-se sobre os calcanhares, Marg enxugou a testa com as costas da mão.

— Venha cortar o cordão, Tarryn.

— Sim. Você nasceu do amor e é acolhido com alegria.

Com luz, ela cortou o cordão, levantou o bebê, deu-lhe um beijo na testa e o colocou nos braços de Aisling.

— Estávamos esperando você, meu amor. — Aisling o beijou e o virou para que o pai pudesse fazer o mesmo. — E aqui está, finalmente. Seu nome é Kelly. — Ela sorriu para Breen, cujos olhos estavam úmidos e atordoados. — Em homenagem àquele que cuidou de nós quando meu pai foi para os deuses. Vai lhe dar um beijo de boas-vindas, Breen?

— Bem-vindo a Talamh e a todos os mundos, Kelly.

Era por aquilo, pensou Breen enquanto se abaixava para pousar os lábios naquela bochecha macia. Era por aquilo que lutavam.

Era por aquilo que venceriam.

CAPÍTULO 7

Breen adorou o jeito como os feéricos celebravam o Natal. Para Talamh, era um momento de alegria e comunidade, de encontros e doações – e, como sempre, de luz.

Na véspera, do pôr do sol ao amanhecer, as árvores tanto de dentro como de fora brilhavam. Familiares e amigos trocavam presentes e meias cheias de guloseimas para as crianças.

No vale, muitos se reuniam ao pôr do sol para compartilhar a alegria e beber sidra; e um representante de cada tribo participava do canto à Árvore de Boas-Vindas.

Mas seu primeiro Natal em Talamh, e na Irlanda, não podia deixar de fora a família do outro lado do mar.

Na Cabana Feérica, com a árvore deles ao fundo, ela e Marco estavam sentados, com Sally e Derrick na tela.

Eles usavam gorros de Papai Noel cheios de glitter. Atrás deles, a árvore – uma dentre a meia dúzia que tinham em casa – brilhava, desde a base de tapete vermelho até o topo de globo de discoteca.

Separados por quilômetros, eles brindaram.

— Estamos com saudade. — Marco abraçou Breen um pouco mais. — É o primeiro Natal em um milhão de anos que não passamos no Sally's.

— Mande a todos um Feliz Natal por nós — acrescentou Breen. — E mandem fotos!

— Pode deixar — prometeu Sally. — Adoramos as fotos do casamento que você postou no blog. Peça à sua avó para contar o segredo da fonte da juventude dela. O prêmio de avó mais gata é dela!

— Vou dizer a ela que você falou isso. Nós vamos nos encontrar mais tarde para... para fazer a iluminação da árvore de Natal. — Breen achou melhor falar desse jeito. — É uma tradição da comunidade.

— Como vai o seu livro, Breen? — perguntou Derrick. — O de fantasia. Você sabe que eu amo fantasia.

— Muito bem, eu acho. Tenho esperanças.

— A agente dela quer que ela mande alguns capítulos já prontos. — Breen deu uma cotovelada em Marco.

— Ainda não está pronto.

— Ela também não me deixa ler — acrescentou ele.

— Ainda não está pronto. Marco está criando a música dele, mas não vai mandar nada.

— *Touché* — disse Marco, e deu de ombros. — Ainda não está pronta.

— Ah, nossos filhos... — Sally olhou para Derrick, com um suspiro exagerado.

Passaram uma hora feliz conversando e abrindo presentes. Marco desfilou com sua jaqueta de couro marrom chocolate.

— Não acredito! É maravilhosa.

— Breen disse que você adorava a do Keegan.

— Verdade. Vou dormir com ela!

— Muito sexy — comentou Sally. — Aposto que aquele seu artista poderoso também acha.

— Espere só até ele me ver.

— Não tenho maturidade para estas botas! — Breen deu uma volta com as botas de couro preto, que chegavam até acima do joelho e tinham laços na lateral para esconder o zíper. — São maravilhosas. Eu me sinto uma general.

— Uma general gostosa — disse Derrick. — Olhe essa nossa fofura, Sally! Ela foi embora e cresceu.

— Menina — Marco passou o braço em volta da cintura dela e fez uma pose —, nós estamos arrasando. Vamos usar os presentes esta noite.

— Pode ter certeza. — Breen se jogou de volta no sofá. — Agora vocês. É de nós dois pra vocês.

— Eu não via a hora. — Derrick rasgou o papel de presente e Sally estremeceu.

— Você sabe que isso me mata! Tanto trabalho para embrulhar, para ficar lindo, e você rasga como uma criança de três anos!

— Todo mundo tem três anos no Natal.

Breen riu.

— É o que eu sempre digo. Mas tomara que o que está aí dentro seja o mais importante.

Da robusta caixa da transportadora, eles tiraram outra. Era polida, tinha um brilho quase espelhado, de cedro, com reluzentes dobradiças de cobre e um trinco ornamentado. Na tampa, um entalhe intrincado, meticulosamente pintado com cobre, com os nomes deles dentro de um símbolo do infinito.

Era igual à gravação da aliança deles.

— É linda! — Sally passou o dedo sobre os nomes. — É artesanal, simplesmente linda.

— Sedric... já falei sobre ele... nos ajudou a fazer o projeto, e Seamus, que é um artesão incrível, construiu. É uma caixa de memórias — acrescentou Breen. — E um pouco mais. Vocês têm que abrir pra ver.

Quando a abriram, Sally soltou um riso emocionado ao ouvir a música.

— É a música do nosso casamento! Nós escolhemos um clássico. — Sally beijou Derrick. — Amo você, querido.

— Eu te amo, meu bem.

— Sempre tenho que deixá-lo muito bêbado ou tocar essa música para fazer este homem cantar comigo.

— Eu tenho uma voz horrível! — Derrick limpou a garganta. — É maravilhosa, crianças. Uma preciosidade.

— E o melhor, é o Marco que está tocando a música.

— Não acredito! Menino, que coisa maravilhosa! Como você fez isso? — perguntou Sally.

— Digamos que foi com um pouco de mágica.

O que não era mentira.

※

Afinal, era uma noite de magia, pensou Breen enquanto caminhava para Talamh com Marco e Porcaria.

Por insistência de Marco, Porcaria estava usando um gorro de Papai Noel. E, para surpresa de Breen, ele estava adorando.

As pessoas já estavam reunidas na estrada, nos campos, nos muros baixos de pedra quando os três passaram.

Alguns tocavam música, claro, enquanto outros distribuíam canecas com sidra. Morena os cumprimentou com um abraço e um assobio.

— Uau, vocês estão lindos. Mas seu gorro é o mais bonito — ela disse, olhando para Porcaria antes de ele sair correndo para brincar com o enxame de crianças. — E esse casaco! Macio como bunda de bebê — proclamou depois de acariciar Marcos. — Mas, acima de tudo, estou morrendo de inveja dessas botas. Quem não estaria? Feliz Natal, ou Abençoada Noite de Luzes, qualquer um serve. Peguem uma caneca de sidra, o sol logo vai se pôr.

— Quero ver o bebê primeiro.

Breen abriu caminho pela multidão, satisfeita por reconhecer rostos e conhecer tantos pelo nome. Encontrou Tarryn ao lado de Aisling, com o bebê nos braços.

— Uma Abençoada Noite de Luzes para você, Breen Siobhan, e Feliz Natal também. Vejo um pouco de desejo em seus olhos — acrescentou Tarryn, e estendeu o bebê.

— Obrigada. — Ela respirou o perfume do bebê e se aninhou nele. — Você se parece com seu pai mesmo. Quando suas asas nascerem, verdes como as colinas, você vai voar sobre a terra e o mar, elevando a voz em canções de pura alegria.

Ela pestanejou e ergueu os olhos.

— Desculpe, eu só...

— Não, não, é lindo de ouvir. Eu vi a luz dos *sidhes* nele, mas não o resto. Ele será musical, então? — Aisling passou o dedo pela bochecha de Kelly. — Isso me agrada.

— Muito bem, me dê aqui o bebê agora — disse Finola, chegando toda pomposa com um manto vermelho-cereja e botas combinando. — Preciso treinar, porque eu espero que Morena e Harken não me façam esperar tanto por um bebê como fizeram para casar. Ah, os bebês cheiram a magia!

— Os irmãos dele dizem o contrário quando eu preciso trocar a fralda. — Aisling olhou ao redor e viu seus filhos brincando, observados por Mab. — Ah, Bridie já pôs as garras em Marg, e com certeza está derramando suas últimas queixas no ouvido dela. Breen, vá salvar sua avó; diga que eu estou chamando. Mães recentes têm direito a algumas indulgências.

— Pode deixar.

Ela foi cumprimentando pessoas enquanto caminhava, sentindo a energia à medida que o sol escorria pelo céu. Em breve, pensou, as árvores se acenderiam e vozes se ergueriam, cheias de boa vontade e união, no ar frio e claro.

— Feliz Natal, Breen Siobhan.

Ela parou e sorriu para a mulher. Jovem, bonita, o cabelo castanho macio formando uma trança grossa. Achou o rosto dela vagamente familiar; tentou lembrar o nome, mas não conseguiu.

— É como se diz do seu lado.

— Ah, do outro lado — disse Breen, porque ambos eram dela. — E Abençoada Noite de Luzes para você.

— Sou Cait, Caitlyn Connelly, da cabana perto das ruínas.

Breen recordou.

— Sim, eu vi você ali quando visitei meu pai.

— Eu também vi você. Tome uma caneca de sidra. O sol vai se pôr daqui a pouco.

— Obrigada.

— Um brinde, então, a Talamh e a uma noite alegre.

A caneca quase tocou seus lábios antes que Breen visse, sentisse, soubesse. Ia jogá-la no chão, mas sentiu e resolveu fazer diferente.

Era um momento e um lugar para a fé.

Então ela bebeu, e viu o sorriso duro brilhar nos olhos de Cait.

Depois de beber bastante, abaixou a caneca e disse:

— Você escolheu justo uma noite assim para fazer seu trabalho sombrio? E aqui, com tanta gente reunida em paz e companheirismo, com crianças brincando? Você faria isso com minha morte que não seria uma morte?

— Ela virá com dor, e ninguém poderá salvá-la.

Porcaria correu para o lado dela e rosnou, mas Breen manteve o olhar fixo no de Cait.

— Não virá de forma alguma, e você enfrentará o julgamento por profanar seus dons. Aguarde!

Ela estendeu a mão e lançou um poder que nem sabia que possuía. Prendeu a elfa no lugar antes que ela pudesse correr.

Com um olhar ardente de fúria, Cait se contorceu contra as amarras.

— Por que não caiu ainda?

— Porque minha luz sufoca a escuridão de Yseult, e assim sempre será. Você traiu seu povo, Cait Connelly.

— Odran é meu deus, e o deus de tudo. Ele tomará de volta o poder a que tem direito e queimará este mundo e tudo que há nele.

As pessoas começaram a murmurar e algumas a se aproximar.

A respiração de Breen estava pesada, mas não por causa do veneno, e sim pela raiva e pela tristeza. Em uma noite de luz e bondade, Odran havia lançado sua sombra.

— Fiquem longe, por favor. Mantenham as crianças afastadas e mandem chamar o *taoiseach*.

— Ele está aqui. — Keegan se pôs ao lado dela. — O que é isto?

— O veneno de Yseult. Ela é de Odran.

— Você foi feita para ele. Feita por ele. — Cait cuspiu. — E ele vai ter você.

— Eu conheço você — disse Keegan. — Mas agora a vejo e sei da sua verdade.

— Odran, deus das trevas, deus de tudo, vai drená-la até secar, e, quando Talamh for cinzas, ele encharcará o chão com seu sangue.

— Durma — ordenou Keegan, e a mulher caiu no chão. — Você precisa soltá-la para que eles possam levá-la. — Voltando-se, ele sinalizou a dois guerreiros de tranças e se abaixou para pegar o frasco do bolso de Cait. — Uma coisa tão pequena... — murmurou, e se levantou de novo. — Vou precisar da caneca também — disse a Breen. — Levem-na e a vigiem. Ela pretendia envenenar a Filha com uma poção para dormir, por ordem de Odran.

Suas palavras provocaram não murmúrios, mas gritos de indignação e de choque.

— Depois do ritual — prosseguiu Keegan —, levem-na de dragão, com tudo isto, à Capital e a mantenham presa para julgamento.

Ele pegou a mão de Breen e ergueu sua voz acima da multidão.

— Ela será julgada pelas nossas leis, mas não esta noite. Esse ato sombrio não diminuirá a luz, não silenciará os sinos. — Ele gesticulou para o oeste, onde o sol se punha. — Talamh brilhará na Noite das

Luzes. Venha comigo — murmurou para Breen. — Onde está meu sobrinho? Onde está Finian, filho de Mahon e Aisling?

— Estou aqui. — Finian se levantou, de olhos arregalados.

As pessoas foram se separando para deixar Keegan passar.

— Aqui está um filho dos feéricos, um filho de Talamh. — Ele colocou Finian nos ombros. — Ponham seus jovens nos ombros para que vejam nossa luz. Eles e todos verão este filho de Talamh lançar a primeira luz à Árvore de Boas-vindas.

Finian se inclinou para falar no ouvido de Keegan:

— Eu só fiz isso umas vezes com a mamãe, mas com uma vela.

— Lembre-se que é luz, e não fogo, que você está lançando. Ela está em você, brilhante como o dia. Mas, se precisar de ajuda, você a terá. Lance a luz, rapaz, só uma.

Finian se endireitou, olhou para sua família e depois para a Árvore de Boas-Vindas.

— Eu... lanço uma luz esta noite para brilhar...

— Por tudo que é bom e certo — soprou Keegan.

— Por tudo que é bom e certo.

Finian estendeu a mão meio trêmula para a árvore. Uma luz pequenininha cintilou em um grande galho, e logo se fortaleceu e brilhou forte.

— Você sabe o resto? — perguntou Keegan.

— Acho que sim, mas...

— Repita comigo, Fin, alto e forte, agora, para que todos possam ouvir.

Juntos, eles disseram:

— Agora, todos os que estão nesta terra, todos os filhos e filhas que nadam nas águas, todos os que voam pelo céu, lancem sua luz nesta noite. Assim, cada árvore brilhará com a alegria que é de vocês e minha até que venha o sol e esta noite acabe.

A árvore resplandecia de luz, bem como as florestas, os pomares, os castanheiros ou carvalhos solitários nos campos.

Vozes se ergueram em uma canção de paz, alegria e companheirismo.

Com essa energia fluindo ao seu redor, Breen pensou que não poderia haver nada tão puro nem tão bonito quanto Talamh na véspera de Natal, em nenhum lugar de nenhum mundo.

— *Maith thú.* — Keegan tirou Finian de seus ombros e o jogou para cima. — Muito bem mesmo. Você ganhou um passeio de dragão.

— Agora?

Keegan ia deixar para depois, mas pensou melhor.

— Se for agora, Kavan também vai dar uma volta.

— Tudo bem, eu não ligo.

— Chame seu dragão — disse Keegan a Breen. — Você leva Kavan.

— Eu... eu...

— Vá buscar seu irmão — disse Keegan, colocando Finian no chão. — Que eles nos vejam, a nós dois e à luz que vamos derramar sobre o céu. Que Odran e Yseult sintam e saibam que fracassaram. É um presente que daremos a Talamh e um chute no saco de Odran.

Com Porcaria e Kavan montados com ela nas costas de Lonrach, Breen voou ao lado de Cróga. Kavan soltou seus gritinhos e balbucios e, levantando os braços e girando as mãos, lançou uma chuva de pó de fada.

Keegan fez um movimento com o braço e um arco-íris branco floresceu no céu. Breen fez o mesmo, e, embaixo, Talamh brilhava com incontáveis pontos de luz.

※

Como o incidente com Caitlyn Connelly não colocara Breen em perigo, ela estava na Cabana Feérica para fazer a troca de presentes, tomando vinho. Já havia visto alguns esboços de Brian e notado seu talento, mas a pintura que ele lhe dera, da baía ao nascer do sol, a deixara sem fôlego.

— Que lindo! Todas essas cores, as brumas... Você pintou até Porcaria brincando na água!

— Achei que o amanhecer era um de seus momentos favoritos e quis lhe dar esse momento, por gratidão por você abrir sua casa para mim.

— A casa é de Marco também. Mas isto? — Ela viu Brian e Marco espremidos em uma das grandes cadeiras perto do fogo. Como crianças, pensou; como amantes. — Vou ser egoísta — decidiu. — Vou pendurar no quarto que uso para escrever; será uma inspiração constante.

Ela se levantou e lhe deu um beijo antes de lhe entregar um pacote.

— Agora que ganhei seu presente, talvez o meu tenha segundas intenções.

Brian o abriu e encontrou um estojo cheio de lápis, tintas, giz, um bloco de desenho e duas telas pequenas.

— Maravilhoso!

— Achei que seria útil para você ter um pouco de material aqui na cabana.

— É maravilhoso, de verdade.

Ela pegou outro embrulho e se voltou para dá-lo a Keegan.

— Feliz Natal.

— Obrigado. — Assim como Derrick, ele arrancou a fita chique e rasgou o papel bonito.

Com um cuidado considerável, ela havia feito uma faixa de couro com uma única pedra central, uma labradorita, que com magia esculpira na forma de um dragão em voo.

— Eu sei que você geralmente não usa...

— Vou usar — interrompeu ele.

— É Cróga. Tive muita ajuda de Sedric e Nan.

— É muito parecido com ele e valioso para mim. — Ele colocou a pulseira e torceu os laços para fechá-la. — Ele ficará satisfeito também. Vou lhe dar o seu, então. — Levantando-se, ele pegou um grande saco de pano atrás da árvore. — Não sou de fazer embrulhos.

— O saco bonito era meu, então?

Ela desamarrou o cordão e tirou uma espada embainhada.

— Esse vai ficar no topo da lista de presentes incomuns. — Marco riu, e bebeu mais sidra.

Divertida, Breen passou o dedo sobre os entalhes da bainha.

— Bonito, intrincado...

— Brian e Sedric me ajudaram com o projeto também. Tem os símbolos das fadas, todas as tribos representadas, e o símbolo do homem e da deusa.

— E as luas gêmeas de Talamh. — Ela passou o dedo sobre elas. — Ah, e um trevo, representando a Irlanda! — Encantada, ela observou os símbolos. — Marco, tem o Sino da Liberdade, rachado e tudo, representando a Filadélfia.

— Ponto para ele.

— A maçã — disse Keegan —, representando Nova York, como você tem negócios lá, e o dragão, pois você tem um. Você precisa de uma espada própria, não emprestada. Segundo a tradição, a espada é passada de geração em geração, mas a do seu pai é pesada demais para você. Esta foi projetada para sua mão e seu braço, é do seu tamanho.

Ela pegou a empunhadura para sentir a diferença. Era só um pouco menor que a que ela usava para treinar, e, quando a puxou, sentiu também a sutil diferença de peso.

— Cuidado, menina. Você pode furar o olho de alguém com isso!

Mas ela só olhou para a lâmina e a palavra ali gravada: *Misneach*.

— Obrigada. — Ela embainhou a espada e o beijou. — Adorei.

Mais tarde, quando o fogo baixou, eles subiram. Ela se sentou para tirar as botas.

— Isso é inteligente, não é? — comentou Keegan quando ela abriu o zíper escondido. — Facilita para pôr e tirar. E são... provocantes.

Ela olhou para cima.

— São?

— Bem... fico imaginando como você ficaria só de botas.

— Marco me mandou usar uma camisa masculina bem grande com elas. Talvez eu experimente uma das suas um dia.

— Ficaria muito bem, com certeza. — Ele foi até a janela e voltou. — Breen, eu sei que o dia de Natal é importante para você, mas tenho que ir à Capital para tratar do julgamento daquela mulher. Não posso deixar para depois.

— Claro, tem razão. Nós partimos amanhã cedo.

— Você não precisa ir. Temos o frasco, a caneca, as próprias palavras condenatórias dela. E a verdade é que ela não vai negar, pois se orgulha do que fez.

— É verdade — murmurou Breen.

— Por que você bebeu o veneno? Por que se arriscou, se você sabia?

— Eu não ia beber — ela se levantou para guardar as botas —, mas entendi que precisava confiar. Você, Marg, a legião, a magia e a luz... eu tinha que confiar no que sentia dentro de mim, acreditar que era mais forte que Yseult. E acreditar no que me tornei. Então, fiz a escolha.

— Eu a teria impedido, e isso seria errado. Mas eu faria isso mesmo assim.

— Não posso desempenhar o papel necessário para lutar contra Odran, para defender Talamh e o restante, se eu não acreditar.

— Tem razão, mas mesmo assim...

— Você está dizendo que não preciso ir amanhã porque acha que estou mais segura aqui?

— Não. Se você for necessária, mandarei um falcão e esperarei que você chegue. Ela tem família, sabe, e um homem que esperava lhe fazer um juramento. Agora estão de coração partido. Nunca saberei como ele a converteu. Nunca sei, com certeza, como qualquer um de nós pode ser convertido.

Ele estava triste, ela notou. Pela perda de um dos seus e pelo que precisava fazer para corrigir essa perda.

— Você vai bani-la, e isso pesa em você.

— A irmã dela, Janna, usava uma trança de guerreira e veio do vale para a Batalha do Portal da Escuridão. E deu sua vida lá. Agora, a família dela perdeu duas filhas para Odran, e uma delas é responsável pela morte da outra. Quanto Janna contou a Cait sobre patrulhas, estratégias, planos, como seria natural entre irmãs? Quanto Cait passou para Odran, e quanto disso acabou provocando a morte de sua própria irmã? — Ele sacudiu a cabeça. — Não vai pesar tanto.

Mas pesaria, ela sabia, independentemente do que ele dissesse.

— A família dela vai para a Capital para o julgamento?

— Eu lhes dei tempo para vê-la e falar com ela aqui antes que fosse levada para o leste. Aisling ainda precisa de nossa mãe, e nossa mãe precisa ficar com Aisling e as crianças. Vou ser obrigado a ficar na Capital pelo menos até a virada do ano.

— Você tem deveres, Keegan, eu entendo. Precisa partir esta noite?

— Quero passar esta noite, o que resta dela, com você. Quero deitar com você. — Ele tirou a blusa dela e a jogou de lado. — Quero sentir você embaixo de mim, em cima, ao meu redor. — Passou as mãos pelo cabelo dela. — Eu gosto dele solto. Gosto que seja tão cheio. Gosto quando fica meio selvagem.

Ela se lembrou de quando passava horas tentando dominar seu cabelo, cobrindo o vermelho com castanho porque sua mãe a convencera de que não devia chamar a atenção, devia simplesmente desaparecer.

Nunca mais.

Ela pulou e travou as pernas ao redor da cintura dele. E beijou sua boca.

— Quero você em cima de mim, e embaixo, e dentro de mim. As noites ainda são longas — ela mordiscou o pescoço dele —, vamos aproveitá-la inteira. Vamos nos curtir.

Pegando-o pelo cabelo, ela colou sua boca na dele de novo.

O desejo era enorme, quase o levou ao chão. O gosto dela, de repente tão poderoso, tão forte, tão rico, só aumentou sua vontade.

Com um único pensamento ansioso, ele a despiu e depois a si mesmo e, pele quente com pele quente, encostou-a na parede. Cravou os dedos nos quadris dela, mas não pensou em hematomas enquanto mergulhava nela. Os suspiros dela só alimentavam o fogo que queimava nele, levando-o cada vez mais fundo.

Com os olhos nos dela, ele viu o cinza escurecer, viu cada onda de prazer neles. As pernas dela, correntes de veludo, apertavam seus quadris, que bombeavam forte.

O ar girava, quente, ao redor deles, e ela não conseguiu mais se segurar. Na lareira, o fogo ardente se transformou em chamas, que soltaram um rugido.

Cada vela do quarto se acendeu.

Ao respirar fundo, ela o respirou. E ele a encheu com seu poder e necessidade, abrasadores, excitantes, perigosos.

Ela se entregou a ele, correu para encontrá-lo, para tomar tudo, sensação por sensação.

O fogo e a chama a rasgaram por dentro. Ele sufocou o grito dela com a boca, banqueteando-se ali enquanto ela estremecia e seu corpo ficava mole. E ele foi bombeando dentro dela até que esvaziou.

E, mesmo vazio, ela o preenchia.

Mesmo com seus músculos se desmanchando, ela continuou enroscada nele. Seu coração batia tão forte que ela chegou a pensar que podia ser ouvido em todos os mundos.

Enquanto tentava recuperar o fôlego, viu Porcaria na cama dele perto do fogo, enroscadinho, deliberadamente de costas para eles.

— Nós acendemos todas as velas, o fogo ainda está rugindo. E acho que deixamos o cachorro constrangido.

— Gosto de ver você à luz do fogo, das velas. E o cachorro vai aprender a conviver com isso. — Keegan escondeu o rosto no cabelo dela. — Claro que esse não era o plano.

— Você tinha um plano?

— Pensei em ir devagar, com cuidado. Mas você me seduziu. Esse era seu plano, não é?

Ah, como ela adorava saber que era capaz de seduzi-lo!

— Não aproveitamos a noite toda. Ainda há muito tempo para colocar o seu plano em prática.

Ele a ajeitou para poder fitá-la.

— Eu sei de onde você veio, mas muitas vezes me pergunto que curva do caminho a fez chegar até mim.

— Muitas vezes me pergunto que rumo pôs você no meu caminho. Mas decido que não preciso saber, porque gosto disso — respondeu Breen.

— Estou melhor do que jamais pensei estar, e mesmo assim fico imaginando. Mas, como parece que estamos no mesmo caminho, vou lhe mostrar meu plano.

CAPÍTULO 8

Como precisava de tempo e da sensação de seu cavalo embaixo de si, Keegan foi montado em Merlin para a Capital. Saiu antes do amanhecer, antes mesmo de Harken começar suas tarefas diárias, e, com Cróga sobrevoando, partiu na escuridão fria a galope.

Ele queria a solidão e a velocidade, ouvir apenas o som dos cascos do garanhão ecoando na estrada batida. No silêncio, podia pensar.

Odran havia encontrado uma maneira de colocar a poção de Yseult em Talamh e nas mãos de um de seus discípulos. Os portais, embora bem vigiados, continuavam vulneráveis. Ele podia ter mandado um corvo, ou um animórfico na forma de seu animal espiritual. A própria Yseult podia ter enfeitiçado os guardas por tempo suficiente para entrar e sair de novo.

Talamh poderia, e conseguiria, conter um exército, mas um espião ou um mensageiro solitário representava um desafio diferente. Afinal, Keegan mesmo já havia mandado espiões ao mundo de Odran.

Eles enfraqueceram as forças de Odran na Batalha do Portal da Escuridão, mas a vitória total ainda lhes escapava.

E, pensando no longo rio da história, continuaria escapando até a morte de Odran.

Enfraquecê-lo não fora suficiente; contê-lo apenas oferecia tréguas da guerra. Não acabaria, não poderia acabar, enquanto Odran não estivesse acabado.

E somente Breen poderia acabar com ele.

A espada do *taoiseach* e tudo que ela representava não poderia desferir o golpe, pelo menos não pela mão de Keegan. Os deuses sabiam que Eian a havia usado com propósito e habilidade, mas fracassara e dera sua vida no esforço.

Cada música, cada evento naquele longo rio da história colocava o peso de tudo na filha dos feéricos, e nada que ele fizesse mudava isso.

E agora, como ele a amava, mesmo jurando que não amaria, temia por ela. E o medo obscurecia o julgamento que devia permanecer aguçado; abalava o coração que devia estar firme e perturbava a mente que devia se manter fria e clara.

Então, ele seguiu a galope rumo ao primeiro raio de luz no leste até que a distância dela, do outro lado, inclusive do vale, ajudou sua mente a ficar aguçada e firme, fresca e clara.

Ao redor dele, que ia a trote forte, a terra começou a acordar. Luzes brilhavam em cabanas e fazendas; animais se agitavam nos campos. Os pássaros cantavam em coro ao amanhecer.

Ele viu o sol despertando e brilhando sobre a neve que congelava as altas montanhas, e a névoa subindo dos riachos e formando uma cortina diante dos bosques profundos. Um cervo com galhada de seis pontas, majestoso com seu casaco de inverno, atravessou as brumas e levantou a cabeça para farejar o ar. Quando cruzou para o riacho, foi seguido por um pequeno rebanho que atravessava silenciosamente a cortina.

Um par de falcões, chamando um ao outro, circulava pelo céu em busca do café da manhã. Uma raposa vermelha atravessou um campo e adentrou as sombras da floresta para chegar a sua toca, encerrado seu trabalho noturno.

Pequenas magias – pensava ele frequentemente – tão essenciais à vida, a uma boa vida, quanto a respiração.

Ele viu um menino atrás de seu pai em direção a um celeiro, ainda meio adormecido, sem dúvida, a caminho de suas tarefas. E uma mulher vestida de azul, que jogava comida para as galinhas e carregava no ombro uma cesta ainda vazia para recolher os ovos.

Libertado da baia, um potro de pelo cor de camurça brincava no campo com uma alegria contagiante.

Ele sentiu o cheiro de fumaça de turfa, ouviu uma voz de mulher (meio desafinada) cantando enquanto trabalhava, o mugido do gado, o suspiro do vento.

Tinha sido uma boa decisão ir a cavalo, pensou. Nas costas de Cróga, ele podia ver Talamh inteira, mas, nas de Merlin, era parte de tudo. E precisava desse tempo para ajudá-lo a se lembrar, independentemente de seus medos, de que lutava para defendê-la. Ele daria sua vida por Talamh.

Inclinando-se, ele acariciou o pescoço forte de Merlin.

— Está pronto?

Em resposta, o cavalo saiu a galope.

❁

Embora ele não houvesse mandado um falcão e tivesse entrado na Capital sem escolta, as pessoas saíram para cumprimentá-lo, tirando o boné e acenando boas-vindas.

As crianças, sem aula até a virada do ano, fervilhavam, e aqueles que se reuniam ao redor do poço, tanto para fofocar quanto para beber água, pararam enquanto ele passava.

Bran, o sobrinho de Morena, correu em sua direção. Depois que cruzou a ponte, Keegan diminuiu o galope de Merlin.

— Disseram que você viria, mas não hoje com certeza. Eu vi Cróga, por isso saí para esperar.

— Esperar a mim ou ao meu dragão?

Bran baixou a cabeça, mas não conseguiu disfarçar o sorriso.

— Os dois, e o garanhão também, já que você não estava no dragão. Posso levá-lo ao estábulo e dar uma boa escovada nele. Vocês fizeram uma longa viagem.

— Pode fazer isso agora?

— Claro que posso. — Sempre ansioso, Bran trotou ao lado do cavalo. — E posso dar água e comida para ele.

— E qual seria a troca por seus serviços?

— Esse serviço para o *taoiseach* não precisa de troca. — Mas olhou cheio de esperança para Keegan. — E Merlin suou bastante.

— Nós dois suamos, apesar do frio. — Keegan desmontou e entregou as rédeas ao rapaz. — Cuide bem dele, ele merece. Dê a ele uma cenoura também. Você poderá voar em Cróga, se conseguir autorização de sua mãe ou seu pai.

— Eles não vão negar!

— Provavelmente não, mas tem que perguntar mesmo assim. Como vai sua família, Bran? E você?

Bran acariciou a bochecha de Merlin.

— Meu tio era corajoso e verdadeiro, e sei que ele está na luz. Mas... sinto falta da risada dele.

— Assim como eu. — Keegan pousou a mão na cabeça do garoto. — Assim como todos nós.

— Estamos tristes, e às vezes minha barriga dói quando penso que nunca mais o verei. Mas minha mãe disse que, se eu olhar para as estrelas, verei uma em especial, e essa é a luz dele. Eu sei que é só uma história, mas...

— Uma boa história, e verdadeira, porque, quando você olhar para essa estrela, pensará nele. E isso a torna verdade. Cróga virá quando você chamar.

Bran arregalou os olhos.

— Quando eu chamar?

— Ele saberá, vou avisá-lo. Cuide bem do meu cavalo, peça permissão e o dragão atenderá a seu chamado.

— Vou cuidar, prometo! — Ele partiu em direção aos estábulos, voltou-se e foi andando para trás, sorrindo para Keegan. — Treinei hoje de manhã com minha mãe, não tenho aula. Treinei duro, *taoiseach*, e estarei pronto para tomar meu lugar contra Odran e todos os trevosos que vierem contra Talamh.

— Por favor, deuses — murmurou Keegan enquanto Bran levava Merlin embora —, por favor, todos os deuses e deusas, que ele nunca seja chamado para isso.

Ele passou pela fonte em direção ao castelo e seu estandarte balançando ao vento. E tentou, como sempre fazia, não se sentir confinado no instante em que passasse por aquelas portas.

Reservou-se um tempo em seus aposentos para se lavar e se trocar, antes de se reunir com membros do conselho e outros que tivessem necessidades ou reclamações, esperanças ou ideias. E soube, antes do final do dia, depois de uma refeição com a família de Morena – sua família agora também –, que teria que ficar mais que alguns dias.

Sua mãe precisava, merecidamente, de mais tempo com Aisling e as crianças.

Assim, ele se fechou em mais reuniões, tomou decisões sobre o dia a dia, as tarefas rotineiras que tantas vezes deixava nas mãos muito capazes e mais pacientes de Tarryn. Recusava-se a chamar Mahon, que, como pai recente, também precisava de tempo, mas se reuniu com guerreiros e estudiosos na sala de mapas.

Usou sua própria oficina para conjurar feitiços, preparar poções, procurar visões para ajudá-lo a manter Talamh, todos os seus habitantes e todos os mundos seguros.

No último dia do ano, convocou o julgamento.

— A sala está cheia — disse Flynn —, como esperávamos. Muita gente espera ver Breen e, sem dúvida, testemunhar sua manifestação, como ela fez no dia do julgamento de Toric, do clã dos Piedosos.

— Eles vão se decepcionar, não era necessário que ela viesse — disse ele, como já havia dito antes. — Você mesmo foi testemunha, e ninguém duvidaria de sua palavra. Eu trouxe outras pessoas que viram o mesmo. E ela não vai negar, Flynn. Tem orgulho do que fez.

— Falei com ela, como você pediu, por isso sei que tem razão. Ainda assim, eles vão ficar chateados por não ver Breen. Não tenho vergonha de admitir que lamento um pouco também. Ela é maravilhosa.

— É verdade.

Ele havia tentado não pensar muito nela nos últimos dias, com pouco sucesso. Levou a mão a seu cajado.

— Traga-a para que todos possam ouvir as palavras.

A sala, cheia como Flynn havia dito, caiu em silêncio quando Keegan entrou. Jovens e velhos ocuparam seus lugares.

Quando se sentou na Cátedra da Justiça, Keegan sentiu o peso cair sobre si. Ali, independentemente de seus sentimentos, da raiva que ardia em suas profundezas, tinha que manter o sangue frio e a mente clara.

Ali, o dever não deixava espaço para mais nada.

Murmúrios se espalharam quando Flynn entrou com ela.

Tão jovem, pensou Keegan. Uma jovem bonita, de boa família, que, pelos deuses, parecia estar gostando de ser o centro das atenções.

O que será que se distorcera dentro dela para causar tanta maldade?

Os dons élficos dela estavam bloqueados, mas ele ficou imaginando, olhando para o rosto ansioso da moça, se ela os teria usado para tentar escapar do julgamento.

E achava que não.

— Caitlyn O'Conghaile, você é acusada de traição a Talamh, a todos que vivem aqui. Você é acusada de trair seu direito de primogenitura e nossas leis por cumprir as ordens de Odran. Você é acusada de tentar envenenar Breen O'Ceallaigh com uma poção feita com magia sombria que a teria levado à beira da morte. E depois pretendia entregá-la a Odran para que ele a destruísse. O que tem a dizer?

— Sou uma serva de Odran, o Magnífico. — O rosto dela brilhava, ardente, enquanto ela falava. — O que ele quer é a lei. Não há lei além da lei de Odran, nenhum caminho além do caminho de Odran.

Na plateia, a mãe enterrou o rosto no ombro do marido, que tremia devido às lágrimas.

— Você não nega essas acusações?

— Por que negaria? Você não é nada para mim com seu cajado tolo e sua espada fraca. Odran poderia transformá-lo em cinzas com um pensamento.

— Mas não fez isso.

— Fará, no tempo dele — disse Cait, com malícia.

— Embora você admita tudo, ouviremos o relato de uma testemunha. Flynn Mac an Ghaill, você pode falar?

— Sim. Na noite anterior ao Yule, quando estávamos reunidos no vale em comunidade, para compartilhar a música e a celebração, testemunhei essa mulher oferecendo uma caneca a Breen O'Ceallaigh, como se fosse amiga. Eu vi você, *taoiseach*, ir depressa em direção a elas como se estivesse alarmado quando Breen hesitou e bebeu. Eu vi, como todos viram, e ouvi, como todos ouviram, o choque da acusada, sua surpresa diante do fato de que Breen não caiu, sua raiva porque a luz de Breen foi mais forte que a magia sombria contida na caneca.

— Foi culpa da bruxa, não minha! A magia da bruxa era fraca!

— De quem você está falando? — perguntou Keegan.

— Yseult! Ela fracassou, e vai pagar por isso. Eu fiz o que me mandaram, mas ela fracassou, não eu! É o que vou contar a Odran.

— Como você sabe que a poção veio da mão de Yseult?

— Ora, ela a enviou para mim, não foi? — Cait sacudiu a cabeça, contrariada. — Mandou o corvo pelo portal, e em meus sonhos

Odran falou comigo e me prometeu tudo que eu desejasse se eu cumprisse essa tarefa.

— Como você sabe que foi Odran, e não apenas um sonho? Como conhece o rosto, a voz dele?

Como se estivesse falando com crianças, Cait pôs as mãos na cintura.

— Claro que eu estive diante dele! No mundo dele, no castelo sombrio que brilha coberto de joias, e onde o trovão estoura quando ele o chama e o mar ferve ao seu capricho.

— Como você passou? Por qual portal?

Ela suspirou.

— Vocês com seus guardas e sua mente fracos! Torian me conduziu. Procure as batatas na terra, colha o repolho — disse ela, cantarolando e olhando para sua família com um sorriso de escárnio —, dê comida para as galinhas. Sempre a mesma coisa! Mas Torian apareceu e disse que havia mais, e me mostrou, e me fez voar pelos portais, um por um, para me mostrar. E fui até Odran, que me abençoou e me prometeu ainda mais; eu seria esposa de Torian quando Odran governasse, não de um fracote de Talamh. Mas você o matou.

— Eu matei quem?

— Torian, seu maldito! Quando ele voou, forte e corajoso, e agarrou a bruxa mestiça, que só sabia espernear e gritar, lá no túmulo daquele pai fraco dela. Você cortou a cabeça dele, e eu o amaldiçoei. Seu dragão o transformou em cinzas, e eu o amaldiçoei. E eu amaldiçoo você agora.

O homem-fada das trevas, lembrou Keegan, com quem ele lutara da primeira vez que vira Breen.

— Torian estava com você quando viu Breen no túmulo do pai dela?

— Sim, e teríamos sido recompensados por entregá-la. Ele devia ter matado você. Eu o teria vingado e servido a Odran, a magia da bruxa era pequena demais. Eu estava comprometida com Torian. Agora, estou comprometida com Odran, e você vai pagar, Keegan O'Broin, eu juro. Todos vocês vão pagar. — Ela encarou sua família e todos os outros. — Vocês serão escravizados e sacrificados, e eu dançarei ao som de seus gritos.

— Chega, *taoiseach*! — disse a mãe de Cait, caindo de joelhos. — Eu imploro, chega.

— Sim, já basta. Caitlyn O'Conghaile, por suas próprias palavras e suas ações voluntárias, amaldiçoou a si mesma. Você quebrou confianças sagradas, quebrou as leis sagradas.

— Eu cuspo em suas leis. — E ela literalmente cuspiu no chão, aos pés de Keegan, arrancando o fôlego dos espectadores.

— Você será banida ao Mundo das Trevas. Será levada para lá e presa para sempre. Este é o veredito.

Ele baixou seu cajado.

— Ele vai esmagá-lo e me libertar, e todos os que você mandou para aquele lugar vão se erguer contra vocês.

— Você traiu sua família, que a amou. Sinto pena de você. Levem-na agora para o dólmen.

Com pesar, ele baixou seu cajado de novo e se levantou.

— Está feito.

— Vocês vão sangrar e queimar — gritou Cait enquanto Flynn a puxava para fora da sala. — Odran drenará a filha dos feéricos e governará.

Ignorando-a, Keegan foi até a mãe de Cait e a ajudou a se levantar.

— Você não tem culpa. Sua família é inocente.

— Ela é minha filha.

— Não mais, e lamento por isso, *Máthair*. Ele levou sua filha, e juro por tudo que sou que vou fazê-lo pagar por isso. Peço que não vá ao dólmen. Vá embora com sua família, voltem para o vale; eu irei assim que puder.

— Ela estava perdida — disse sua mãe, chorando. — Ela estava perdida.

— Sim, ela estava perdida. Eu sofro com você por essa perda. — Keegan fez um sinal para dois cavaleiros de dragão. — Levem-nos para casa, e garantam que fiquem seguros.

Ele usaria o espelho para falar com sua mãe para que ela os esperasse para lhes dar conforto.

Keegan voltou para a Cátedra. Não se sentou enquanto a família não saiu da sala.

— Não há culpa — repetiu. — Se alguém acender uma vela esta noite, que seja para aqueles que sofrem com o coração partido. Vão para suas próprias famílias agora, para aqueles que amam, e agradeçam por eles. O julgamento está concluído.

Ele cumpriu seu dever e mandou a mulher, desafiadora, para um mundo de escuridão e miséria. A seguir, chamou Cróga e voou para o alto no ar rarefeito, acima das nuvens, onde poderia simplesmente estar, onde não via nada além do surpreendente azul frio e da camada de branco abaixo.

Ele sempre quisera ser guerreiro, pensou, e treinara com orgulho e determinação. Teria trabalhado na terra com Harken com orgulho também, e com a mesma determinação de seu irmão.

Mas o destino lhe entregara a espada e o cajado, e ele os carregaria, com tudo que representavam, até a morte.

Havia, porém, dias como esse, em que desejava, de todo o coração, uma vida mais simples.

Ansiava por voar para o oeste, para casa, para o vale e, não podia negar, para Breen.

Queria simplesmente se enterrar nela e esquecer todo o resto por uma bendita hora.

Enquanto voava naquele ar frio e rarefeito, ele ouviu a voz dela, clara no silêncio.

A escolha acaba sendo um dever para nós dois. Mas estou aqui e vou esperar. Isso também é uma escolha, não é um dever. Eu amo você. Isso me assusta e me faz forte, mas, de qualquer maneira, amo você. Por isso estou aqui, e vou esperar.

— Deuses, ela falou comigo, disse essas palavras agora! Ou não — decidiu, pois poderia ter sido sua mente a evocando. — Vamos descer, Cróga. Os deveres de hoje ainda não acabaram.

❦

O banquete e a celebração de fim e início de ano faziam parte de seu dever, ele não podia fugir disso.

Sentou-se à longa mesa da frente na sala de banquetes. Comeu, bebeu cerveja, conversou sobre coisas que esqueceu cinco minutos depois. E dançou por dever.

A filha de Minga, Kiara, deu-lhe uma mão.

— Você está linda, como sempre.

Sorrindo, ela sacudiu a cabeça, e seus cachos pretos e as fitas de veludo que desciam em cascata dançaram, como as pessoas ao seu redor.

— Pelo elogio, vou perguntar se podemos tomar ar, em vez de dançar.

— Agora eu lhe devo uma dúzia de elogios.

— Eu disse a Aiden que o ajudaria a escapar por alguns instantes.

— Está feliz com ele? — perguntou Keegan quando chegaram a um terraço enfeitado com luzes coloridas para a celebração.

— Muito feliz. Achei que fosse só flertar, mas ele conquistou meu coração. E eu o dele. — Ela olhou para a fogueira dourada. — Tudo é diferente para mim agora. Sei o que é o amor, mas antes não sabia, acho. Não desse tipo. Eu pensei... estive no julgamento hoje.

— Sim...

— Pensei, quando olhei para ela, quando a escutei... que ela é igual a Shana. Toda a minha vida pensei que conhecia Shana e a amava como a uma irmã. Achava que ela sentisse o mesmo por mim, mas nunca sentiu de verdade. Era como se aquela garota no julgamento não sentisse amor por sua própria família.

— Odran a corrompeu.

— Sim, sim, mas não precisa haver algo dentro delas, como dentro de Shana, para fazer que se abram para ele desse jeito?

— Eu acho que sim. Não somos todos iguais, Kiara.

— Eu achava que fôssemos sim, por dentro. Claro, alguns riem mais ou choram mais, ou falam mais. Eu sou uma dessas.

Ele deu um beijo na mão dela.

— Jamais.

E a fez rir.

— Eu achava que, de coração e espírito, fôssemos todos bons. Somos feéricos ou, como minha mãe, apenas bons. Mas sei que não é assim, e, por isso, as palavras que você disse hoje à família mexeram comigo.

— Com você?

— Você falou que não havia culpa. Eu me senti culpada por Shana, pois muitas vezes a ajudava com seus pequenos esquemas. Pareciam inofensivos, uma diversão. Mas no fundo não eram nada inofensivos. Ela não é inofensiva.

— Você não tem culpa disso.

— Não, e senti isso hoje com clareza. Os pais dela não têm culpa. Claro que eles a mimaram, mas como forma de amor. Ela nunca foi minha amiga de verdade, nunca foi amorosa. Eu só era útil para ela.

Voltando-se para Keegan, ela pegou as mãos dele.

— Estou lhe dizendo isso, Keegan, para que seja cuidadoso, vigilante. Ela vai machucá-lo, se puder. Ela machucaria você acima de todos os outros. Fará tudo que puder para fazer mal a você, a Breen, à sua família. Ela vai atacar tudo que você ama. Eu vi isso tarde demais nela, mas vi claramente.

— Como eu, tarde demais. Digo o mesmo para você, Kiara; tenha cuidado, seja vigilante.

— Sim. Minha mãe voltará logo para cá?

— Só mais alguns dias e ela estará em casa, prometo.

— Meu pai e eu sentimos falta dela. Bem, já o prendi por tempo suficiente. Mande a Breen meus bons votos quando a vir.

— Sim, claro. Eu sei que o vale não é sua casa, mas você é sempre bem-vinda na minha.

Ele lhe deu um beijo no rosto e ela sorriu.

— Agora vá dançar. Seu lindo vestido vermelho foi feito para isso.

— Assim foi. E é quase meia-noite, vou encontrar Aiden. Feliz Ano-Novo para você, *taoiseach*.

— E para você.

Em vez de voltar para a música e a dança, Keegan caminhou até a fogueira. Sobre seu crepitar, ouviu as vozes se erguendo em música e celebração. Como deveria ser, pensou.

Ele se juntaria a eles, como deveria. Mas guardaria para si mesmo um ou dois momentos nos últimos suspiros do ano que acabava.

Acima, as estrelas brilhavam no frio do inverno, e as luas pairavam no céu negro como faróis, presenteando com sua luz Talamh inteira.

O mar subia e descia, subia e descia, com sua canção própria.

Dentro das chamas douradas, o núcleo do fogo brilhava, vermelho como o coração de um dragão.

E ali, sem perceber que estava olhando, ele a viu.

Estava com um vestido cor de esmeralda, que deixava a maior parte de suas pernas nuas e brilhava como pó de fada. Seus sapatos, dourados, tinham saltos finos.

Ele nunca a vira usar algo tão... provocante.

Ela cantou com Marco e... ah, com Harken também. Ele não podia ouvir, mas pela luz no rosto dela sabia que era uma melodia feliz. Estava com aquele cabelo glorioso solto para que seus cachos maravilhosos caíssem como desejassem.

Ele viu sua irmã dançando com Mahon, e sua mãe acompanhando o ritmo e rindo.

Imaginou que a música na casa da fazenda, os pés batendo no ritmo e as vozes altas cantando atrairiam os espíritos perdidos.

Isso o aqueceu, assim como o fogo. Doía nele a saudade de casa, da família, da mulher de vestido verde cintilante. Mas ele a observou e sorriu, partilhando por um momento de sua alegria.

Então, a música e o ano terminaram, e ele imaginou que os aplausos do vale ecoavam os da Capital, saudando o nascimento do novo.

Nesse momento, ela olhou e o viu. Na fumaça e nas chamas, seus olhos se encontraram. Ela sorriu para ele, deu um beijo nos dedos e os estendeu para ele. E ele, que nunca se julgara sentimental, fez o mesmo.

Acima, o céu explodiu com as luzes das fadas como pedras preciosas. No castelo, na aldeia abaixo e em toda a terra, os sinos tocavam.

Mas ele só via Breen.

Marco a levantou e a girou, e a beijou.

E a visão desapareceu na fumaça.

Ele ficou mais um momento, e depois voltou ao trabalho. Mais um ou dois brindes, mais uma ou duas danças, prometeu a si mesmo, antes de fugir para a paz e tranquilidade de seus aposentos.

Seamus, irmão do falecido Phelin, encontrou-o no terraço e lhe ofereceu uma caneca de cerveja.

— Obrigado. Mas por que não está beijando sua esposa?

— Já beijei, e bem. Agora ela está dançando com meu pai. Bem-vindo ao novo, *taoiseach*.

— Bem-vindo ao novo.

— Estavam procurando você lá dentro.

— Ah — Keegan bebeu um gole —, claro.

— Fiz um brinde com meu *taoiseach*, e agora vou falar com meu amigo. Vá para casa, Keegan.

— Já quer se livrar de mim?

— Como seu amigo da vida toda, digo que você fez tudo que precisava fazer aqui, por enquanto, e mais tempo haverá para fazer mais. Vá para sua casa no vale, para a fazenda, sua família, sua mulher. Nós cuidamos da Capital para você e para Talamh.

— Eu sei disso. — Ele bebeu de novo. — Mas ela ainda não é minha.

Sacudindo a cabeça, Seamus ergueu sua caneca e deu um gole grande.

— *Mo dheartháir,* você pode dizer isso e, do seu jeito, até acreditar, mas isso não muda a verdade. O que estou lhe dizendo é que tome um tempo para si mesmo. Você deu muito e dará de novo. Quando perdemos Phelin, que Deus o tenha, você nos deu seu ombro, sua mão, seu coração.

— Ele era meu amigo da vida toda também, como você.

— Eu sei. Você deu a todos o que eles precisavam. Nós nos levantamos quando precisamos, lutamos e resistimos. E faremos tudo de novo. O julgamento de hoje foi um maldito dever, e bem-feito. E pronto, Keegan. Foi sua casa que você viu na fogueira?

— Foi, sim, e isso vai me dar forças por mais um ou dois dias. Três, acho, para mais reuniões e diplomacia. Mas, além dessa merda toda, quero mais uma vez seu conselho, e de seu pai e de outros que conheço e em quem confio, sobre o que a traidora disse no julgamento. Temos muitas escolhas a fazer. — Ele olhou para o fogo. — Existem outros como ela, de mente pequena e fraca ou coração ganancioso, ou simplesmente com alguma necessidade obscura por dentro. Temos que extirpá-los, Seamus. E os deuses sabem que não sinto prazer nenhum em mandar alguém para a escuridão eterna.

Por um momento, reinou o silêncio. Até que Seamus falou.

— Eu também pulei no lago naquele dia, e tive inveja, muita, quando você ergueu a espada. Brilhava tanto ao sol da manhã! Mas foi a inocência da juventude que me fez sentir isso. — Seamus apertou o ombro de Keegan. — Agora, por todos os deuses, não invejo a espada nem o cajado. Vamos desenterrar essas raízes podres, *taoiseach*, e, quando você baixar o cajado em julgamento sobre elas, será com honra.

— As famílias vão chorar, como a de Shana e a de Cait.

— Vão, sim, e a culpa é daqueles que traíram suas famílias e os feéricos.

— Verdade. Então, vamos nos reunir. Não amanhã, pois muitos estarão com dor de cabeça e arrependidos por terem se embriagado hoje. Que inveja — comentou. — Acho que eu também gostaria de uma boa bebedeira.

— É só dizer — Seamus bateu firmemente no ombro de Keegan de novo — que eu o acompanho.

— Hoje não — disse Keegan, dando uma risadinha. — Tenho os deveres do Primeiro Dia, entre outros. Mas em breve vamos fazer isso, com certeza. Agora, tenho mais duas danças antes que possa fugir.

— Bridie Mag Aoidh está torcendo para que uma seja com ela.

— Aquela de cabelo avermelhado e uma risadinha estranha?

— Essa é a irmã dela, Maveen. Bridie é a loura com voz de taquara rachada.

— Ai, deuses, ela tem pés enormes que não sabem onde pisam.

Seamus deu outro tapinha no ombro de Keegan enquanto eles voltavam à festa.

— De fato, não tenho inveja nenhuma de você.

CAPÍTULO 9

Os ventos de janeiro sopravam frios e úmidos. Breen passou as primeiras manhãs do Novo Ano aconchegada em seu escritório. Escrevia no blog e alternava entre a segunda aventura de Porcaria e a fantasia para adultos. Estava confiante – e como ela amava essa sensação! – de que o livro de Porcaria estaria pronto na primavera.

Ela se questionava sobre a fantasia toda vez que se sentava para escrever, mas acabava mergulhando fundo até que chegava a hora de ir para Talamh.

Lá, ela preenchia suas tardes com magia e treinamento, com voos em Lonrach e cavalgadas no sempre confiável Boy. À noite, tinha a cabana e Marco, e muitas vezes Brian.

Às vezes ficava uma ou duas horas em seu quarto trabalhando um pouco mais, com Porcaria dormindo perto do fogo.

Não podia dizer que suas noites eram solitárias, embora fossem longas, mas sentia falta de Keegan dormindo ao seu lado.

Tirava um tempo para si, ia visitar Aisling e seus meninos, Finola e Seamus, e passeava com Morena observando o voo do falcão.

Pensava em seu futuro; deixou de pensar em Odran e na guerra e imaginava como poderia ser sua vida depois.

Depois.

No final da primeira semana do Novo Ano, ela foi com Marg, Tarryn e Minga caminhar pelas ruínas.

Ecos permaneciam, pensou, mas a escuridão não.

— Ficará como está — disse Tarryn —, como um memorial. Aquilo que esquecemos de lembrar, acabamos repetindo com muita frequência, penso eu. Assim, recordaremos o que foi feito aqui em nome da fé e não esqueceremos de jamais permitir que aconteça de novo.

Ela girou, com suas botas altas, seu cabelo dourado preso em um rabo de cavalo simples que descia pelas costas.

— Mais pessoas vão caminhar por aqui agora, e recordar.

— Em meu mundo, a história fala — disse Minga, com sua calça larga esvoaçante, ao sair de trás de uma colunata. — E fala de um tempo em que os governantes e os governados eram julgados pela cor. — Ela passou os dedos pela pele luminosa das costas de sua mão. — Uma cor poderia estudar e crescer, ser dona de terras e das riquezas que desejasse. Outra cor teria que trabalhar na terra e pagar uma parte aos governantes. Outra costuraria, criaria e construiria. E outra trabalharia como escrava. Ano após ano, isso era lei e costume.

Ela subiu a curva da escada de pedra e olhou para fora por meio de uma abertura.

— Até que gente de todas as cores disse não, chega. Compartilhamos sangue, coração, mundo e terra. Houve guerras e derramamento de sangue em Largus. Sangue vermelho, tudo igual debaixo da pele. E, assim, as leis e os costumes mudaram. Alguns aprenderam e recordam, outros nunca. — Desceu de novo. — Acho que, em todos os mundos, todos os que podem devem aprender, recordar e lutar contra aqueles que são incapazes disso.

— É por isso, *mo dheirfiúr*, que você faz parte do conselho. — Tarryn pegou a mão dela e se voltou. — O que você sente aqui, Breen?

— Uma persistente tristeza por erros cometidos, mas ar puro. E... alívio por estar tudo acabado.

— Os espíritos que libertamos para a luz e a escuridão — acrescentou Marg — estão em sua próxima jornada. Como deveria ser. E, se a hora deles chegar de novo, haverá o fresco, o novo, e uma jornada que ofereça mais opções.

Ela sorriu, assentiu e pegou a mão da neta e a de Minga; Tarryn pegou a outra mão de Breen.

— Fizemos um bom trabalho de justiça e bondade. Um trabalho de luz. Abençoados sejam todos — disse Marg — nesta nova jornada, neste Novo Ano.

Com Porcaria à frente, as mulheres foram embora de mãos dadas.

Breen se espantou por não o ter sentido nem reconhecido. Keegan estava montado em seu grande garanhão preto, atravessando a grama alta no cemitério.

Seu coração deu um pulo, e, por mais tolice que fosse, o dia lhe pareceu mais brilhante. Ele desmontou e deixou Merlin pastar com os outros cavalos e se abaixou para cumprimentar o cachorro feliz.

O vento invernal agitava seu cabelo e sacudia sua jaqueta enquanto ele caminhava por entre as pedras.

Cumprimentou sua mãe primeiro, como era apropriado, com um beijo que ela transformou em um abraço rápido.

— Bem-vindo a casa, *mo chroí*. Fez uma viagem rápida.

— As estradas estão firmes e secas no oeste.

Ele deu um beijo em Marg, depois em Minga, e olhou para Breen.

— Pelos deuses! — Tarryn olhou para os céus. — Beije a garota, seu grande idiota.

— Farei isso agora.

Ele a ergueu, e ela se sentiu como a heroína de todos os romances que já havia lido. E o mundo girou quando a boca de Keegan tomou a dela.

— Muito bem — aprovou sua mãe. — E agora, Breen, vou me despedir. Até a próxima.

Ela tomou o rosto corado de Breen nas mãos e o beijou levemente.

— Você está indo?

— Já está na hora.

— Deaglan e Bria estão na fazenda com seus dragões para levá-la de volta — disse Keegan, abraçando sua mãe. — Aisling vai me amaldiçoar por levá-la embora.

— Ela entende. E nós temos o fogo e o espelho até a próxima visita.

— Cuide-se, e você também, Minga — acrescentou Breen. — Mande um olá para Kiara por mim.

— Pode deixar.

— Vou com você para me despedir. — Marg apertou com carinho a mão de Breen. — Até amanhã.

Breen ficou com Keegan enquanto as outras mulheres montavam e as observou partir a galope com suas capas esvoaçantes.

Porcaria correu atrás delas, latindo em despedida, e depois correu de volta.

— Não sabia que você estava vindo, nem que elas estavam indo embora.

— Eu queria ter voltado anteontem ou ontem, mas tudo demorou mais. Houve... circunstâncias.

— Não precisa explicar.

Ele bufou, frustrado.

— Como vou saber o que devo explicar ou não? — ele disse, batendo o dedo na lateral da cabeça.

Ela apenas sorriu.

— Que tal se eu disser que estou muito feliz por ter você aqui? Aí você pode me beijar de novo.

— Acho ótimo.

Ele a ergueu de novo e ela enlaçou o pescoço dele com os braços, e se beijaram de novo.

Apoiando a testa na dela, ele a segurou um pouco mais.

— Já ficou um pouco com seu pai?

— Sim, antes de entrarmos. Está tudo limpo, Keegan. Triste ainda, mas limpo. Quer passear ou ficar um pouco com seu pai e o meu?

— Hoje não.

Ele olhou para além da estrada, além do campo, para a cabana.

— Ah, os Connelly. Você precisa ir falar com eles.

— Já fui, antes de vir para cá. Eles disseram que você esteve lá com a minha mãe. Estão gratos, assim como eu.

Ele deu um passo para trás.

— Podemos caminhar um pouco? Já fiquei sentado tempo demais em cima do cavalo.

— Eu adoraria. — Ela deu um tapinha na cabeça de Porcaria. — Nós adoraríamos dar uma caminhada.

Eles foram até os cavalos e os puxaram pelas rédeas para longe das lápides.

— Eu vi você na véspera de Ano-Novo. Bem à meia-noite.

— Sim! Fui tomar um pouco de ar perto da fogueira, e lá estava você. O *ceilidh* parecia estar bom.

— Estava mesmo.

— Seu vestido daquela noite... nunca o vi antes.

— Foi presente de despedida de Sally e Derrick quando vim pela primeira vez à Irlanda. Marco fez questão de que eu o usasse. "Menina, se você não pode usar aquele vestido matador na véspera de Ano-Novo, vai usar quando?" — Ela inclinou a cabeça para cima. — Não gostou?

— Gostei bastante. Do pouco de pano que tinha, gostei bastante.

— A comemoração na Capital deve ter sido maravilhosa.

Ele deu de ombros e pegou o graveto que Porcaria caçara, e o jogou longe.

— Foi uma boa festa para a maioria. Sem dúvida, dancei mais e bebi menos do que queria. Kiara mandou lembranças.

— Como ela está?

— Está bem, de verdade. Acho que a julguei mal, como fiz com Shana. E talvez tenha feito isso por causa de Shana. Eu achava Kiara doce, sim, mas muito tola. Ela é doce, com certeza, mas nada tola. É cheia de vida.

Ele se lembrou dela com aquele lindo vestido vermelho e fitas esvoaçantes. Cheia de vida, pensou de novo, e de uma força surpreendente.

— O que Shana fez com ela a fortaleceu.

Ele jogou o graveto mais uma vez, e depois andaram mais um tempo em silêncio.

— Quando fui para lá, pensei que passaria poucos dias, uma semana no máximo. E pretendia voltar depois e passar alguns dias em casa, para dar mais tempo à minha mãe com Aisling e as crianças. Mas...

— Circunstâncias.

— Sim. Vou lhe falar sobre elas. Não vou explicar, só contar.

— Tudo bem.

— Algumas foram coisas pequenas, mas necessárias. A maldita política e a diplomacia...

Ele jogou o graveto com mais força desta vez, como se estivesse jogando a política e a diplomacia.

— Minha mãe lida com isso com leveza, mas eu tenho que me esforçar mais. Não precisamos falar de tudo isso; as reuniões com estudiosos, guerreiros e treinadores são necessárias para preparar ou refinar estratégias. É do julgamento que vou falar, como você deve saber.

— Ela não negou nada nem implorou por misericórdia.

Ele a fitou de cenho franzido.

— Você já sabia?

— Naquela noite, eu vi nela o fervor, como em Toric. Não tão violento nem evidente, mas senti o fervor.

— Tem razão. Ela demonstrou orgulho de suas ações e desprezo pela família, sem constrangimento. Desprezo por Talamh inteira, mas um tão grande por sua família que quase ouvi o coração da mãe dela se partir.

Breen pegou a mão dele. Porcaria, com o graveto entre os dentes, acompanhava-os.

— E, com orgulho e fervor, como você disse, e desprezo, ela contou muita coisa. Falou espontaneamente mais do que eu achava que conseguiria arrancar dela. Yseult enviou a poção pelo corvo, por isso ficaremos o mais atentos possível.

— Como ele a converteu? — perguntou Breen. — Como Odran a encontrou para saber que poderia convertê-la?

— Acho que Yseult, com seus vários disfarces, passou para cá muitas vezes ao longo dos anos. Além de olheiros e espiões. Ninguém com intenção de fazer o mal pode passar pela Árvore de Boas-Vindas, mas esse é o único portal que não pode ser violado. Está protegido — explicou. — Porém, a proteção pode se desgastar, como o mar desgasta a rocha, com tempo, magia, foco e propósito.

— Como a brecha embaixo da cachoeira.

— Isso. E assim eles vêm atrás dos fracos, infelizes ou raivosos. Só os deuses sabem. Aquela garota disse que entrou no mundo de Odran.

— Ele a levou para lá?

— Foi o que ela disse, e com verdadeiro orgulho. Ele a atraiu com promessas de riquezas e do amor daquele homem-fada das trevas que tentou levar você no dia em que Marg a trouxe para ver o túmulo de seu pai.

— Ele...

Ela estremeceu ao se lembrar de ser puxada para cima, do choque ao ver Keegan, brandindo sua espada sobre o dragão... da queda no chão e da cabeça decepada que saíra quicando e rolando.

— Faz meses — murmurou.

— Ela está com eles há mais tempo, com certeza. Ele viu você e deixou que ela se aproximasse.

— E você o matou. Culpa minha, culpa sua — concluiu. — Ela nos culpava, e avisou Odran. Por isso ele sabia que eu estava aqui e mandou Yseult. Mas...

Ela parou e se voltou para ele.

— Tem que haver mais gente como ela e a do Samhain, mais como Toric e os do clã dos Piedosos que estavam com ele.

— Tem razão também. Por isso demorei mais. Agora, vamos caçá-los, encontrar aqueles que traíram suas tribos e famílias. E, ao encontrá-los, vamos usá-los ou bani-los, como acharmos melhor.

— Use-os como contrainteligência. Passe informações falsas ou coisas que queira que Odran saiba.

— Sim. — Ainda andando, ele a fitou. — Você pensou rápido, e isso me poupa a explicação.

— Mas é ruim saber que pessoas que você jurou proteger, pelas quais lutou, por quem meu pai e o seu morreram, traíram tudo isso por um deus idiota que as abriria ao meio em sacrifício sem pensar duas vezes. E por quê? — disse Breen, furiosa, e quando jogou as mãos para cima, pequenas faíscas saíram, chiando. — Porque elas querem mais poder, mesmo tendo recebido tanto. Mais riquezas, mesmo tendo uma vida que é como o paraíso. Ou porque são sugadas e convencidos a adorar a crueldade que Odran representa.

— Você está bem furiosa — disse Keegan depois de um instante.

— Pode ter certeza! Os feéricos são pacíficos, generosos, alegres. Sei disso porque sinto isso em mim. Eu sou parte deles. Somos corajosos e leais; temos defeitos, claro, como qualquer coisa viva, mas escolher Odran? — Ela respirou fundo. — Alguns aprendem e recordam — disse ela, pensando nas palavras de Minga —, outros nunca.

— Sim... em resumo, é isso.

Ele levantou a mão e mexeu os dedos. Ela entendeu ao que ele se referia e se acalmou.

— Mas até os deuses cometem erros, e ele se enganou com Cait. Ela tinha mais raiva que inteligência. Vamos encontrar os outros.

Ele a fitou longamente por um momento.

— Que estranho, estou caminhando e falando, e isso não está me incomodando. Você é muito sensata na maior parte do tempo, Breen Siobhan.

— Na maior parte do tempo?

— Sim, na maior parte do tempo — repetiu ele. — Fiquei feliz por ver todos vocês no fogo. Você principalmente. Não consegui ouvir a música que estava cantando, mas senti o prazer que provinha dela. Você me viu antes disso?

— Na véspera de Ano-Novo?

— Depois do julgamento, depois que tranquei a garota no Mundo das Trevas. Eu estava voando acima das nuvens com Cróga. Você me viu, falou comigo?

— Não. Por quê?

— Eu a ouvi. Você falou comigo, como fez no lago anos atrás. Eu a ouvi, mas não a vi.

— Eu não... o que foi que eu disse?

— Você disse... — Ele hesitou, fez rodeios. — Você disse que, para pessoas como nós, a escolha acaba sendo um dever. Disse as palavras que eu precisava ouvir naquele momento, naquele lugar. Ou foi imaginação minha.

— Você sempre escolherá o dever. Você é assim.

— E você?

— Acho... que eu sou assim agora. Espero. Eu só disse isso?

Ele deu de ombros e, embora soubesse que estava desviando da pergunta, decidiu que já havia falado mais que o suficiente.

— Você disse o que eu precisava ouvir. Vamos cavalgar agora e ver como você se sai a galope.

Ela se saiu muito bem, mas, como sempre, ele foi mesquinho com seus elogios.

Ela encontrou Morena com os dois sobrinhos mais velhos; ela os estava iniciando na arte da falcoaria enquanto a nova cachorrinha de Harken, Querida, saltitava e corria em volta de Mab, sempre estoica.

— Bem-vindo ao lar — disse Morena a Keegan. — Seu irmão está no celeiro fazendo as coisas dele, e Mahon está patrulhando. Estou me divertindo com os meninos para Aisling poder descansar com o bebê.

Ela se abaixou para fazer um carinho em Porcaria, que saiu correndo para brincar com a cachorrinha.

Em sua cabeça, Breen ouviu o suspiro de alívio de Mab.

— E estou fugindo do que Harken está fazendo no celeiro — disse Morena — e cuidando da filhotinha, que raramente sai do lado dele. Vimos Tarryn e Minga partindo. Depois Marco reuniu minha avó e a sua, Breen, e Sedric. Estão fazendo um concurso de culinária do outro lado. Não fui convidada.

— Mas eu convido você para experimentar os resultados.

— Aceito!

— Suponho que ele não esteja pensando em fazer comida, já que está ocupado com isso — comentou Keegan.

— Ele está sempre pensando em fazer comida. Colocou alguma coisa no fogo antes de passarmos para cá.

— Estou ansioso para saber o que é, supondo que também estou convidado.

— Senti sua falta — Breen disse simplesmente.

— Que bom — ele respondeu, simplesmente também, e se afastou.

— Agora Porcaria tem duas namoradas — observou Breen.

— Querida é um furacão. E muito doce, por isso estou me esforçando para perdoá-la por fazer um buraco em uma das minhas melhores meias. E talvez perdoe Harken por apontar que ela não a teria comido se eu não a tivesse deixado no chão. Coisa que eu não teria feito se não tivesse me despido com pressa para fazer sexo com ele.

— E assim vai sua vida de casada.

— Estou valorizando cada momento, essa é a verdade. Fin, muito bem! Agora, deixe seu irmão tentar.

Breen observou enquanto o menino ajudava seu irmãozinho a pôr a luva. Kavan saltitava, tão encantado que suas asinhas saíram e começaram a bater. E Porcaria, igualmente encantado, rolava na grama com a cachorrinha incansável.

Simplesmente perfeito, pensou Breen enquanto Kavan, ainda saltitando, levantava o braço com a luva. O falcão voou em direção a ela com um movimento de suas asas largas, e as dobrou quando pousou. O braço de Kavan desceu alguns centímetros por causa do peso, mas ele aguentou firme e olhou para Morena com um sorriso que teria iluminado o mundo.

— Muito bem, rapazinho, muito bem mesmo.

— Amish está se divertindo.

Morena assentiu.

— Você o leu bem, está mesmo. Olhe lá! — Ela apontou quando Kavan, inopinadamente, levantou o braço para mandar Amish embora. Depois, correu para longe do irmão, voou e ficou pairando, rindo, com o braço levantado para o falcão.

— Isso eu ainda não havia ensinado — disse Morena ao ver Amish voar de volta e se sentar calmamente no braço do menino. — Só o teria feito daqui a um ano ou mais.

— Ele nasceu para isso. — E, na cena diante de si, Breen viu outra. — Os dois vão voar um dia, Kavan com suas asas e Finian em seu dragão, com falcões que partirão de seu braço para os deles.

— Você viu isso?

— Claramente, só por um instante. — Um instante que fez seu coração se aquecer. — Não conte para eles. Acho... acho que algumas coisas devem simplesmente acontecer.

— Não vou contar.

Empurrando o boné para trás, Morena ficou observando os meninos.

— Mas, sabendo disso, vou dedicar mais tempo a treiná-los para o que está por vir.

— Breen Siobhan...

Ela se voltou e, mais por sorte que por habilidade, pegou a espada desembainhada que Keegan lhe jogou.

— Defenda-se — ordenou ele, e a matou antes que ela conseguisse tomar sua posição.

— Vou para bem longe daqui — decidiu Morena.

— Eu não estava preparada!

— Por isso está morta. Tem que estar sempre preparada. Pegue sua espada, mulher. Defenda-se.

Dessa vez o aço encontrou o aço, e o choque ecoou no ar do inverno.

Ele foi implacável; ele e os inimigos fantasmas que conjurava para ela combater. Fadas das trevas, cães demônios, elfos enlouquecidos apareciam o tempo todo.

Estava sendo divertido, a ponto de fazer Harken sair do celeiro e parar ao lado de Morena, com Finian, a filhotinha – finalmente cansada – entre suas pernas e Kavan no colo.

O suor escorria nos olhos de Breen. Em dado momento, Mahon desceu e se juntou à plateia. E, mesmo com os espectadores torcendo por ela com entusiasmo, não ajudou muito.

Ela perdeu a conta do número de vezes que morreu.

Lutou com espada, com magia, com punhos e pés. As lâminas que a golpeavam não cortavam, as presas e garras não perfuravam sua pele, mas tudo ardia.

Quando chegou o crepúsculo, seu corpo inteiro doía.

Ela estava ofegante, com a espada abaixada, pois temia não conseguir levantar nem um punhado de penas com aquele braço. Keegan embainhou sua lâmina.

— Você está sem prática.

— Mas eu treinei todos os dias!

— Com esses aí. — Indicou o público. — E eles são muito moles com você, é evidente.

— Você a fez atacar cinco de uma vez! — gritou Aisling, que, com o bebê em um sling, saíra para assistir com os outros.

— Ora, ela é o grande prêmio, não é? E, se houver uma chance de pegá-la, é o que eles farão. Mimar não aguça habilidades.

— Mimar o cacete! — objetou Harken. — Ela treinou duro.

— Não duro o suficiente. Ela vai se sair melhor amanhã.

— Ah, foda-se você, Keegan. Entre, Breen — convidou Aisling. — Venha se aquecer perto do fogo que vou preparar algo para aliviar as dores que você está sentindo.

— Estou bem, mas obrigada. — O orgulho não lhe permitia aceitar o *mimo.* — Preciso ir para casa.

— Você lutou muito bem contra o homem-urso e o demônio com presas também.

— Obrigado, Mahon. — Ela entregou a espada a Keegan de má vontade. — Boa noite a todos. Vamos, Porcaria.

Ela seguiu pela estrada, rezando para conseguir escalar o muro baixo sem gemer.

Keegan chegou por trás e simplesmente a levantou.

— Você deveria já estar treinando com sua espada. Comece a trazê-la quando vier para Talamh.

— Eu não sou guerreira. — Ela apertou os dentes enquanto subia os degraus até a árvore, forçando suas pernas a se erguer até o galho baixo e curvo. — Não preciso desfilar por aí com uma espada.

Ele atravessou com ela. Havia chuva e névoa do outro lado.

— Ainda temos raízes podres para arrancar, Breen. Andar armada não é desfilar.

— Estou armada. — Ela sacudiu uma mão e fez surgir uma bola de fogo, que logo apagou. — O tempo todo.

— Tem razão, mas a espada é uma proteção a mais. — Ele parou e, na penumbra, pegou-a pelos ombros. — Eu lhe dei a espada porque você fez por merecer. Em nossa tradição, é muito significativo forjar uma espada especialmente para alguém.

— Eu agradeço e valorizo, mas...

— Você não está me entendendo. Eu não teria dado a espada se você não a merecesse. Isso menosprezaria a lâmina e a você mesma. Você treinou, e realmente nunca será um gênio com a espada, mas se sai bem. Você enfrentou uma batalha com coragem; não, você não é uma guerreira por escolha, mas se levanta e luta, treina e tenta. Você mereceu a espada, feita para sua mão, que traz sua marca. Eu peço que a use.

Ele amenizou as dores dela enquanto falava, e nem seu orgulho e ressentimento persistentes conseguiram evitar que sentisse o alívio.

— Eles não me mimaram. Não são tão duros comigo quanto você, como ninguém é. Mas isso está muito longe de ser mimo.

— Vemos isso de maneiras diferentes. Concordo com Mahon: você enfrentou bem os animórficos.

Ela o olhou nos olhos. Porcaria estava sentado, virando a cabeça de um lado para o outro.

— Está dizendo isso porque quer comer e transar.

— Claro que quero, e pretendo conseguir. Mas você enfrentou bem os animórficos.

Ela decidiu aceitar o elogio.

— Não tenho cinto para usar a espada.

— Leve a espada amanhã. Vou fazer um para você. — Ele levou as mãos aos quadris dela. — Eu sei o seu tamanho.

Um pouco mais calma, ela continuou andando. Lançou um pouco de luz, e Porcaria soltou um latido feliz e correu à frente.

Luzes dançavam pelo caminho, e vozes as seguiam.

Ela ouviu Marg.

— Aí está nosso bom garoto! Sim, você é um bom garoto. E onde está nossa garota?

Ela os observou atravessar as brumas com luzinhas piscando ao redor deles.

Porcaria foi trotando orgulhosamente para Marg. Finola ria, com Sedric logo atrás deles. Todos carregavam cestas, e o cheiro do conteúdo pairava no ar, sedutor.

Breen pensou que pareciam adolescentes indo a uma festa.

— Vocês perderam uma ótima tarde — disse Finola.

Com bastante vinho, certamente, pensou Breen.

— Quem ganhou? — perguntou.

— Decidimos pelo empate — disse Sedric, bem sério. — Depois de muito debate e discussão, e de provar nossas próprias criações.

— Experimentamos bastante, provavelmente vamos pular o jantar. — Marg levantou sua cesta. — E ainda temos o suficiente para encher de doces metade do vale.

— Eu mesmo não iria reclamar de provar um.

— E com certeza comerá bastante na cabana. — Finola bateu o dedo no peito de Keegan. — Vamos deixar um pouco na fazenda, e para Aisling e os meninos também.

— Ainda tem um pouco de farinha aqui — disse Keegan, beijando seu rosto.

— Ah, seu malandro!

Rindo, ela levou a mão para dentro de sua cesta.

— Um biscoito, nada mais que isso.

— Guarde o doce para depois — aconselhou Sedric. — Marco fez um tal de *pozole*. Provamos um pouco também.

— Apimentado — opinou Finola, mexendo as sobrancelhas —,

como o próprio cozinheiro. Estou levando um prato para meu Seamus. Ele gosta de coisas picantes.

— E, com o picante e o doce, acho que bebemos um barril de vinho. — Marg inclinou a cabeça para Sedric. — Que bons momentos passamos! Agora saiam da garoa e divirtam-se.

Seguiram pelo caminho, mas Keegan olhou para trás.

— Estão meio alegrinhos e felizes.

— Alegrinhos?

— Completamente bêbados. — Ele mordeu o biscoito. — E cozinham como deuses.

Ele ofereceu a metade do biscoito a Breen, mas ela recusou.

— Vou esperar. Já comi o pozole de Marco, vou jantar primeiro.

— E o que é esse pozole?

— Incrível — afirmou ela.

No instante em que ele entrou na cabana e sentiu os aromas, teve certeza de que ela estava dizendo a verdade.

— Marco, parece que você se superou de novo.

— Bem-vindos!

Com o pano de prato sobre o ombro, Marco saiu da cozinha para dar um abraço apertado em Keegan.

— Irmão, estou molhado.

— Então, tire o casaco. Você também, Breen. Vinho ou cerveja?

— O que for mais fácil — disse Keegan.

— Tenho um vinho que combina com o pozole; vamos começar com ele. Espero que esteja com fome.

— Se eu não estivesse, sua comida mudaria isso. Fez torta também, pelo que vejo.

— De maçã com groselha. Fiz um flã também, porque combina com pozole e eu não queria competir com Sedric nos biscoitos; os dele são os melhores. Sobraram alguns, e um pouco do bolo de creme de Finola, e das tortas de frutas de inverno de Nan. E mais. Jesus, que dia!

Quase balbuciando, ele serviu vinho enquanto Breen enchia as tigelas de comida e água de Porcaria.

— Vamos fazer isso todo mês, como um torneio. Aqui, não na casa de Nan nem de Finola.

— É um vinho *sidhe* — comentou Keegan depois de beber.

— Finola trouxe. Ela disse que combina com tudo.

— Ela tem razão. Não há nada melhor em Talamh.

— Eu que o diga. Bebemos duas garrafas enquanto cozinhávamos. Só falta nascerem asas em mim. Foi *maravilhoso*.

Breen arrumou a mesa enquanto conversavam e bebiam. Observou Keegan, encostado no balcão e rindo enquanto Marco contava sobre o grande concurso de confeitaria. Como ela imaginava, houve música durante a tarde toda.

Ela acendeu as velas quando Porcaria foi se enroscar perto do fogo para tirar uma soneca.

Jantaram e comeram praticamente a torta inteira. Mais tarde, Keegan dividiria a cama de Breen com ela e, quando voltasse do serviço, Brian faria o mesmo com Marco.

Apesar do treinamento e das incontáveis derrotas que sofrera, ela tinha que concordar: havia sido um ótimo dia.

Como Morena, ela valorizava cada momento.

CAPÍTULO 10

Choveu durante cinco dias seguidos, encharcando tudo de ambos os lados do portal. As estradas viraram lama; as baías tinham um tom de cinza plúmbeo, como o céu.

E o verde brilhava como esmeraldas polidas.

Keegan ia, a cavalo ou de dragão, todos os dias, verificar os portais de oeste a leste e vice-versa. Dedicava-se um pouco a Harken e à fazenda quando tinha tempo e consultava sua mãe diariamente pelo espelho.

A caça aos espiões e olheiros de Odran permanecia constante.

Mesmo preferindo ficar aconchegada na cabana com seu trabalho, com a música e a magia culinária de Marco, Keegan fazia Breen treinar diariamente.

Todas as noites, ela voltava para a cabana molhada, enlameada e machucada. Usava sua espada, e já estava quase acostumada com ela.

No primeiro dia, um pouco de azul conseguiu atravessar o cinza e ela saiu do escritório e foi até Marco, que estava trabalhando.

Pegou uma Coca-Cola, deixou Porcaria sair correndo para a baía e se sentou. Esperou quando Marco levantou um dedo.

— Mais um minuto. A propósito, o blog está ótimo.

Ela não disse nada, ficou só olhando enquanto ele trabalhava.

Ele estava com suas longas tranças amarradas para trás e com o suéter vermelho que Finola tricotara para ele. Com seus tênis de cano alto preto nos pés, batia o ritmo de alguma melodia interna enquanto seus dedos ágeis corriam sobre o teclado.

— Prontinho. Seus posts diários nas redes sociais estão feitos. Estava pensando... se pudessem trazer Querida um dia, eu tiraria umas fotos dela com Porcaria, porque aposto que você logo vai colocá-la em uma de suas aventuras.

— Você me conhece tão bem! E é uma ótima ideia. Eu não conseguiria fazer tudo isso sem você, Marco Polo.

— Ah, menina, você iria escrever os livros e o blog, sim. — Ele pegou seu copo alto de água com gás. — Mas com certeza não iria brilhar tanto no Twitter.

— Você vai fazer um livro de receitas.

— Vou?

— Você com certeza lê os comentários no blog, e os pedidos de receitas sempre que eu menciono algum prato que você fez. Eu posso te ajudar; não com a cozinha, mas com o texto e as fotos. E já perguntei à minha agente o que ela acha.

— Jesus, Breen! — Ele esfregou o rosto. — Você sabe como eu cozinho. Um pouco disso, um pouco daquilo, vejo a cara, o cheiro e tal.

— E é assim que você deve escrever, e Carlee concorda. Não quero acumular mais trabalho pra você; acho que você poderia se divertir fazendo isso. Pense a respeito.

— Acho que eu poderia pensar, mas...

— Sem *mas*. Apenas pense. E eu queria falar de mais algumas coisinhas, se você tiver tempo.

— Nós precisamos atravessar daqui a pouco.

— Eu sei, mas nós temos que ver umas coisas primeiro. O novo livro do Porcaria deve estar pronto para ser apresentado daqui a umas seis, oito semanas. Talvez. Com certeza. Espero.

— Que bom!

— E eu tenho uma ideia que eu posso esboçar, acho, para o terceiro. E, sim, vou apresentar a Querida.

— Eu sabia! — Ele sacudiu os ombros. — Você precisa me deixar ler esse que está terminando. Eu posso jogar umas dicas nas redes. Nada importante, porque nós ainda estamos promovendo o primeiro, e queremos que esteja firme antes de promover o segundo.

— Olha só, todo especialista em marketing!

— Eu gosto. Nunca pensei em fazer isso pra viver, mas gosto.

— Estou vendo. E que bom, porque isso nos leva a outra coisa. Acho, espero, que, talvez, no início de abril, vamos poder tirar uns dias. Nós poderíamos fazer uma visita-surpresa no aniversário de Sally.

Marco arregalou os olhos.

— Vamos para a Filadélfia?

— A princípio, sim. Vamos ver Sally e Derrick, e eu vou ver minha mãe.

Ele pegou a mão dela.

— Vou com você.

— Não, tudo bem, eu vou estar pronta. Depois, nós pegamos o trem para Nova York.

Ele arregalou os olhos de novo, e dessa vez abriu a boca.

— O quê? Nova York? Está me zoando?

— É hora de você conhecer pessoalmente as pessoas com quem trabalha, e elas a você. E, se a gente já tivesse o conceito básico do seu maravilhoso e único livro de receitas...

— Até abril. — Ele se levantou e começou a andar em círculos. — Você está me assustando um pouco.

— Eu disse *se*. A gente poderia abrir o portal para o apartamento e ir por ele, já que Keegan abriga uma feérica lá. E eu também quero conhecê-la. Isso iria economizar tempo e evitar problemas, e nós iríamos passar um dia com Sally e Derrick, um dia em Nova York. Tudo depende...

— Da guerra e da paz.

— Não vou poder ir, nem por poucos dias, se precisarem de mim aqui. Só falei sobre isso com você, até agora. Tenho que conversar com Keegan e Nan, mas queria saber o que você acha. E o que Brian acha também.

— Sim, sim.

— As coisas estão tranquilas, mas não vão continuar assim. Pensei em irmos agora, enquanto está tudo calmo, mas sinto que não é o momento certo. Não sei se é porque não é mesmo, ou se é porque eu quero terminar o livro primeiro.

— Quando você quiser, nós vamos. Brian vai entender. Cada um tem seu trabalho, né? Esse é meu trabalho com você. Agora... eu tenho uma pergunta.

— Eu ia falar outra coisa.

— Eu primeiro. E o outro livro? Quando você vai entregar?

— Não está pronto.

— Faz tempo que estou ouvindo isso. — Ele ergueu a mão antes que ela pudesse falar. — E eu sei, como você bem sabe, que Carlee te pressionou, do jeitinho gentil dela, a mandar uma parte. Quando você vai mandar? Arranque o band-aid de uma vez, meu amor.

Dessa vez foi Breen que se levantou e ficou andando de um lado para o outro.

— Estou muito nervosa, Marco. Nunca pensei que ficaria tão nervosa de novo. Não me sinto assim em relação ao segundo livro juvenil, porque esse é um território familiar e muito divertido pra mim. Mas o outro... Não consigo nem decidir o título.

— Qual é o título agora?

— Bem, esta semana é *Magia de luz e trevas*. Mas talvez...

— É forte. Deixe assim. E me deixe ler uma parte. O primeiro capítulo. Não, os dois primeiros. Quero ler hoje à noite.

— Não está... — Breen sibilou quando ele apontou para ela. — Preciso de mais duas semanas. Vou deixar você ler daqui a duas semanas.

Ele se levantou e estendeu a mão com o dedo mindinho levantado.

— Jure.

— Merda! — ela sibilou de novo, mas enganchou seu dedo mindinho no dele. — Mais duas semanas.

— Jurado e selado. Agora, vamos. Talvez o tempo tenha melhorado em Talamh também. Coloque o feitiço no assado de panela, tá?

— É isso, então? O cheiro está ótimo. Mas eu tinha outra coisa...

— Fale no caminho.

Ela prendeu a espada, ainda se achando estranha, pegou uma jaqueta e um cachecol.

— Está mais quente — comentou quando saíram. — Ainda é inverno, mas já está ficando mais quente.

Quando Porcaria se aproximou, ela o enxugou e parou por um momento.

— A baía está azul-clara em vez de cinza, e tudo cheira a fresco, limpo. — Ela pegou a mão de Marco e a apertou antes de seguirem para a floresta.

— Você e Brian já conversaram sobre como vai ser depois de tudo?

— Sim, estamos juntos para o que der e vier. Mas eu preciso que seja aqui, não em Talamh, do outro lado. Preciso da minha maldita banda larga e de um chuveiro quente. E de uma máquina lava-louça.

Mas você está aqui, e eu sei que vai ficar, não vai? Acho que eu sabia disso desde que você viu a cabana pela primeira vez. Você chorou porque era exatamente o que queria.

— Verdade.

— Sally e Derrick estão na Filadélfia, e minha irmã, mas nós podemos visitá-los. O resto da minha família... bem, eu tive que aceitar que nunca vão me aceitar. E também nunca aceitariam Brian. Então, conversamos um pouco sobre encontrar um lugar deste lado, perto de você, perto de Talamh, onde eu tenho tantas pessoas queridas agora.

— Você seria feliz aqui, na Irlanda?

— Adorei este lugar desde a primeira vez que o vi. Nunca imaginei morar aqui, mas também nunca imaginei Brian. Ele é meu tudo, e eu sou o tudo dele.

— Que lindo ver, sentir e saber isso, Marco.

— Foi amor à primeira vista. — Ele suspirou, feliz. — Nunca acreditei nisso, até que aconteceu comigo. Pensando no lado prático, desde que eu tenha internet, posso trabalhar de qualquer lugar. — Ele apertou rápido e forte a mão dela. — E eu estou com você até o fim.

— Eu sei disso, e amo você. E, se você tem certeza sobre o resto, pensei em falar com Nan sobre ampliar a cabana.

— Breen...

— Ouça. Vocês teriam seu próprio espaço. Ou, se for melhor, e acho que seria pra você, tem terreno suficiente para construir outra casa só sua e de Brian. Nós seríamos vizinhos.

— Vizinhos — murmurou Marco.

— Você poderia ter um cavalo do outro lado, Harken cuidaria dele na fazenda. Eu sei que sim. Você adora andar de bicicleta, pode ter uma. Pode projetar sua cozinha e ter o chuveiro mais incrível. Pode ter uma sala de música para escrever e tocar.

Ele parou no caminho e a envolveu nos braços.

— Amo você, Breen.

— Eu amo você, Marco. Por favor, diga que sim. Se você ficar, fique perto de mim e de Talamh.

— Só posso dizer sim depois de falar com Brian, mas não há nada que eu queira mais do que isso. Droga, vou chorar.

— Não tem nada que eu mais queira também. — Ela deu um beijo no rosto molhado dele e o abraçou apertado. — Vamos resolver o resto, Marco. Vamos ter o que a gente mais quer.

Encontraram Marg e Sedric na cozinha. Ambos estavam usando calça e suéter; o cabelo prateado de Sedric brilhava, e o glorioso cabelo vermelho de Marg estava escondido sob um gorro de tricô. Quando se aproximou, Breen viu uma enorme panela fumegando no fogo e os dois cortando em cubos uma montanha de maçãs.

— Bem-vindos. Breen, *mo stór*, entre e pegue o biscoito de Porcaria, estamos com as mãos ocupadas.

— Molho de maçã? — chutou Marco quando Breen foi pegar o pote.

— Vinho de maçã — disse Sedric. — Meu jovem primo trouxe maçãs para escambo, e eu achei um bom uso para elas.

— É mesmo? — Marco olhou a panela e viu, aparentemente, água pura. — Como se faz? Não pode ser simplesmente fervendo as maçãs.

— É mais que isso, e é um bom trabalho agora que a chuva finalmente nos deixou em paz por um tempo.

Breen pegou o biscoito. Porcaria decidiu que o melhor lugar para comer era debaixo da mesa, aos pés de Marg.

— Querem ajuda?

— Estamos quase acabando com as maçãs, mas a companhia é bem-vinda.

— Isso é uma espécie de fermentador, né?

Marco passou pela mesa, caminhando até outra panela que tinha uma torneirinha na parte de baixo.

— De fato. Você é bem esperto.

— Nós vamos amarrar as maçãs nesta peneira de pano aqui — explicou Sedric —, bem apertado, e colocar no fermentador. Depois, colocamos a água fervente, e água para esfriar. E tudo fica parado enquanto a ciência age.

— E depois da ciência, e de um pouquinho de magia, vem a paciência. Um bom vinho leva tempo.

Assim que amarraram as maçãs cortadas em cubos, Sedric as colocou no fermentador.

— Vou pegar umas luvas para trazer aquela panela grande. Deve estar pesada.

— Não é necessário. Afaste-se um pouco, Marco.

Então, Marg ergueu as mãos em direção à panela. Um arco de água borbulhante se formou no ar, indo de uma panela a outra.

— Você poderia encher aquele balde ali no poço — indicou Sedric. — Assim, terá participado da criação do vinho.

— E, logo que Marco acrescentar a água fria, vamos à oficina e deixaremos os homens com seus equipamentos.

— Eu queria falar com você sobre algumas coisas primeiro. Mas depois de eu me recuperar do choque e da diversão de ver Marco tirar água de um poço. Sem dúvida, ele faz parte deste lugar — decidiu Breen. — Porque acho que não vai ser a última vez. Ele vai ficar na Irlanda. Ele e Brian conversaram sobre isso; vão morar do outro lado, na Irlanda, para que Brian possa ir e voltar com facilidade.

— Nossa, estou muito contente, muito mesmo. Estávamos esperando isso, não é? — disse Marg, pegando a mão de Sedric.

— Sim, estávamos. Aqui, vizinho, despeje devagar.

Sedric supervisionou, assentindo enquanto Marco vertia a água do balde.

— Agora é só esperar.

— Eu ia cavalgar. Posso voltar daqui a umas duas horas para ver a continuação?

— Eu também gostaria de cavalgar. Vamos, e depois voltamos para dar andamento.

— Estou muito feliz por saber que você vai ficar perto de nós, com Brian — disse Marg, segurando o rosto de Marco. — Estou feliz por saber que vou ver seu rosto sempre, e feliz por saber que estará perto de Breen. Ela não poderia ter um amigo melhor.

— Eu gostaria de poder ficar bem perto dele. Você concordaria em fazermos uma cabana para Marco e Brian na baía, perto da Cabana Feérica?

— É a melhor ideia que já ouvi. E você, Sedric?

— Se já ouvi, não me lembro.

— A terra é sua, *mo stór,* faça o que quiser.

— Eu não teria a terra nem a cabana se não fosse por você.

— Nossa, será muito divertido construir a cabana, perto o suficiente para os amigos e vizinhos, mas longe o bastante para dar privacidade a todos. Seamus vai cuidar disso, ele sabe como. Marco, converse com ele sobre o que você e Brian querem na casa, e pode acreditar, Finola vai dar muitos palpites. Assim como este aqui.

— Opiniões, apenas, mas as corretas — disse Sedric com firmeza. — A cozinha, com certeza, será no meio. Você deve querer um lugar para sua música, e outro para a arte de Brian e tal...

— Vou chorar de novo. — Marco enxugou os olhos. — Mas preciso dizer uma coisa antes. Na Filadélfia, minha família é Sally e Derrick porque a minha de verdade, exceto minha irmã... eles... eu sou gay, e eles simplesmente não aceitam isso.

— É uma pena para eles — murmurou Marg. — E espero que um dia os cadeados do coração deles se abram.

— Eu não conto com isso. Mas o que estou querendo dizer é que eu tenho uma família aqui. Vocês dois são de Breen, mas também são meus. É o que eu sinto. Amo vocês de verdade.

— E é amado. Pronto, meu menino. — Marg o abraçou. — Você é nosso *garmhac* agora. Nosso neto. Agora, vá para a fazenda com seu avô pegar os cavalos, e bom passeio.

— Acho que vai ser mais um ótimo dia.

— Sim, sim, e vamos nos agarrar a ele com força.

Breen os observou partir.

— Isso é muito importante para ele e para mim.

— O amor não custa nada. Fico pensando em quem não consegue senti-lo, ou não quer dá-lo ou recebê-lo. Mas nós temos de sobra, não é? — disse Marg a Porcaria quando ele se esfregou nas pernas dela.

— Eu queria falar com você sobre outra coisa — disse Breen enquanto se dirigiam às árvores em direção à oficina. — Queria tirar uns dias de férias com Marco, talvez em abril, para passar um dia na Filadélfia e outro em Nova York.

— Para ver sua mãe do coração e depois tratar de negócios.

— Sim. Se for necessário ficar aqui, eu não vou. Se as coisas não estiverem... tranquilas como estão agora. Eu sei que isso é mais importante.

— Sua família do outro lado e seu trabalho são importantes, e é claro que você deve ir. Por que vai esperar até a primavera?

— É aniversário de Sally, e quero terminar o novo livro de Porcaria até lá.

Ao ouvir seu nome, o cachorro se balançou todo e pulou no riacho.

— Ah, claro. Eu gostaria de mandar um presente para Sally, quando você for. Pelo amor que lhe deu, quando eu não podia. — Na ponte, Marg parou, como sempre fazia. — Agora, me diga o que sente.

— Sinto as árvores descansando antes da primavera, assim como a terra. E... quatro veados com três filhotes... de um ano. Eles vão esperar Porcaria entrar para vir beber água. Há um dragão e um cavaleiro voando do extremo oeste para o leste. E Lonrach... está com Dilis perto do lago. E há...

Ela ofegou.

— Nan. — Ela procurou a mão de Marg. — Odran. Sangue. Magias de sangue. Não consigo ver onde, mas sinto. Profundo e escuro. Não é a cachoeira... não consigo ver.

— Ele sente você?

— Eu... não.

— Mantenha a cortina fechada, *mo stór*.

— É difícil. Ele está mais forte. Eu sinto sua raiva, e isso o alimenta tanto quanto o sangue.

— Afaste-se dele, afaste-se!

— Eu preciso ver.

— Dê um passo para trás e olhe. Estou ao seu lado. A cortina está fechada para ele. Dê um passo para trás e olhe.

Breen sentiu a luz de Marg fortalecer a sua e, de repente, sentiu Porcaria ao seu lado. Sentiu ambos, viu-se com eles como se estivesse olhando através de um vidro. Sentia um grande desejo de dar um passo à frente, mas recuou. E através da cortina, fina, mas firme, ela viu.

Ele estava nu dentro de um círculo de velas pretas. Tinha uma pequena cicatriz no peito, na altura do coração. Fumaça e cânticos enchiam o ar, subindo, e Breen ouviu o som das ondas quebrando com fúria. Sobre um altar de pedra, jazia uma mulher entregue em sacrifício, nua como seu deus, com a pele manchada de sangue.

Breen não sentia medo nela, e sim uma excitação terrível.

Ele a montou e, sob os cânticos que iam ficando mais profundos, mais sombrios, possuiu-a com tal brutalidade que fez a mão de Breen tremer na de Marg.

— Seja forte — disse Marg na cabeça de Breen. — Fique quieta.

Breen viu garras que perfuravam a carne da mulher, tirando-lhe sangue, que pingava na pedra.

A mulher gritou, mas não de dor, e sim de exaltação.

Quando ele terminou, ela ficou ali deitada, com os olhos fixos nos dele, vermelhos e brilhantes.

— Eu me entrego à sua glória, Odran, o Único. Eu lhe dou meu corpo, minha vida, minha alma.

— E assim eu a tomo.

Ele passou uma garra sobre a garganta dela e, enquanto os cantos iam ficando ensurdecedores, bebeu.

Breen sentiu a alegria intensa, e então viu Shana fora do círculo, vestida de dourado, cheia de joias, batendo palmas.

Viu algo mais que se retorcia dentro dela.

E viu a cortina tremer.

— Já chega! — gritou Marg. — Controle, recue. Chega!

— Acabou. Eu preciso sentar.

— Para dentro. Você está fria e pálida. Apoie-se em mim.

Ela acenou com a mão para a porta da oficina para abri-la e, mais uma vez, para acender o fogo da lareira.

— Sente-se — disse Marg, sustentando o peso de Breen. — Vou buscar uma poção para aquecê-la e acalmá-la.

— Você viu? Meu Deus, você viu? Você estava lá comigo. Você e Porcaria. Eu vi todos nós.

— Eu vi um pouco, através de você, mas não tudo, acho. Fique aqui, perto do fogo. Você está tremendo.

Marg colocou uma coberta em volta de Breen e Porcaria deitou a cabeça em seu joelho.

— Estou bem. — Mas o frio a penetrara até os ossos. — Foi pesado demais. Eu poderia ter atravessado a cortina, Nan. Acho que eu poderia ter passado e tentado impedi-lo.

— Teria ido sozinha aonde eu não poderia segui-la, lutar contra tantos? Você não o teria impedido, *mo stór*. Beba isto.

Ela entregou a Breen uma caneca aquecida por suas próprias mãos.

— No fim, eu vi Shana. Você viu?

— Não. A cortina estava afinando, e eu tive que segurá-la para você. O que ela fez?

— O que ela está carregando dentro de si, Nan, não é certo. O bebê que ele colocou dentro dela tem as mesmas trevas que ele, é perverso como ela, e não está crescendo direito... não sei... É deformado... não sei.

— Ela fez uma escolha, Breen.

— Eu sei. — Ela bebeu um gole e a maior parte do frio diminuiu. — Você viu a *sidhe* no altar?

— Sim, vi.

— Ela queria tudo aquilo que ele fez. Ela se sentiu honrada, excitada. Quando Odran estava dentro dela, você viu como ele era?

— Eu sei o que ele é.

— Não, não, você viu os olhos dele, viu as garras?

Marg ofegou.

— Isso não vi.

— Ele não é apenas um deus, Nan, não é só um deus. Ele é um demônio também. Eu vi, e senti. — Com os olhos cheios de lágrimas, Breen olhou para Marg. — Se há demônio nele, há em mim também.

— Tem certeza de que viu isso?

— Tenho certeza. Ah, Nan, e se essa parte de mim vier à tona?

— Não seja tola. — As palavras de Nan deixaram Breen boquiaberta. — Você se engana se pensa que todos os demônios são malignos e das trevas. Como qualquer outra coisa, é uma questão de escolha. Muitos abraçam a escuridão, mas você nunca fez isso e nunca fará.

— Você sabia disso?

— Não, e acho que você temia isso, tanto que o deixou enterrado. Vou lhe dizer uma coisa, e saiba que, como meu amor, é a verdade. Isso a torna mais forte. E lembre-se: se isso passou para você, passou para o seu pai. Isso muda quem ele foi?

— Não. Você acha que ele sabia?

— Acho que não, e você não saberia se não tivesse visto o que deveria ver para que nós soubéssemos dessas coisas. Abra-se para mim, me deixe ver. Eu a mandaria para Harken, que tem mais habilidade nessa área, mas você é minha, e isso é suficiente.

O frio havia se transformado em gelo e cobria sua barriga.

— Se for ruim, você tem que me contar. Temos que encontrar uma maneira de suprimi-lo.

— Me dê suas mãos, agora. — Marg pegou a caneca e a colocou de lado. — Me dê suas mãos e se abra.

— Me prometa primeiro.

— Você tem minha palavra. Jamais vou mentir para você.

Breen colocou as mãos nas de Marg.

— Acho que você tem que me ajudar. Não sei se consigo.

— Você consegue, mas vou ajudar. Olhe para mim, veja só a mim, como eu vejo só você. Abra-se para quem a ama. Isso, assim mesmo.

Breen se sentia flutuar na voz de Marg.

— Isso, minha querida; estou vendo, meu amor. Uma luz imensa. Força, coragem ainda tão nova, poder ainda crescendo, um imenso coração. E há ferocidade nele.

— Isso é ruim?

— Cada parte de você é brilhante e leve. Não há nada em você que deva temer. Não mais do que este doce cãozinho que está olhando para você com amor tem que temer o cão demônio de quem é descendente.

— Eu esqueci... esqueci. — Em uma onda de alívio, ela se abaixou para abraçar Porcaria. — Meu demônio d'água, eu havia esquecido. Mais uma coisa em comum.

— Ele vai querer outro biscoito por isso.

Levantando-se, Nan foi pegar o pote, o que fez Porcaria se balançar todo de novo.

— Conte tudo isso a Keegan, pois é muito útil. Mas primeiro vamos fazer umas magias brilhantes para contrabalançar a escuridão.

Assentindo, Breen se levantou.

— Sim, preciso praticar. Acho que essa calmaria não vai durar muito mais.

— Ouça, minha querida, filha de meu filho, luz de meu coração. Ouça e acredite. Ele não é páreo para você. Minhas entranhas sabem disso.

— Quero acreditar nisso. — Esforçando-se para não cambalear, Breen soltou um longo suspiro. — Vamos garantir isso. Vamos fazer luz brilhante.

Porcaria começou a brilhar dançando nas patas traseiras para ganhar o biscoito.

PARTE II

Vida

*A vida é uma chama pura, e vivemos
por um sol invisível dentro de nós.*

Sir Thomas Browne

*Ser o que somos, e tornarmo-nos o que somos
capazes de ser, é o único objetivo da vida.*

Robert Louis Stevenson

CAPÍTULO 11

Depois de deixar sua avó, Breen chamou seu dragão e, com Porcaria, voou para o oeste por sobre o mar. Estava mais tranquila – Marg cuidara disso –, mas precisava de um tempo, da comunhão com Lonrach e com a alegria ilimitada de Porcaria.

Sobrevoou as colinas e o acampamento dos *trolls*. Num impulso, fez Lonrach descer e pousar logo acima do acampamento.

As crianças pararam de brincar; pessoas ao redor das fogueiras ou trabalhando também pararam.

Ela não desmontou nem deixou Porcaria sair correndo; lembrava-se das formalidades.

— Saudações a todos. Não vim negociar hoje, mas espero ser bem-vinda.

Ela observou Sula se levantar, alta, braços como dois aríetes, com um montículo de barriga sob a camisa e a calça grosseiras.

— Você é bem-vinda, Filha de O'Ceallaigh, filha dos feéricos, guerreira da Batalha do Portal da Escuridão. — Ela inclinou a cabeça, fazendo sua trança de guerreira escorregar. — Assim como seu cachorro. Ouvimos histórias sobre Porcaria, o Bravo e Verdadeiro.

— Obrigada. — Breen desmontou e disse a Porcaria para ficar ao lado dela, como era educado. — Saudações para você, Sula, Mãe dos *trolls*, e para Loga e todos os seus parentes.

Ela olhou para Porcaria enquanto atravessava o acampamento até as cabanas de pedra.

— Porcaria gostaria de cumprimentar seus jovens. Eles têm permissão para tocá-lo, e pedimos que lhe seja permitido o mesmo.

— Concedido. — Sula segurou o antebraço de Breen. — Loga está nas minas. Posso mandar chamá-lo, se quiser falar com ele.

Crianças, e até mesmo *trolls* maiores, cercavam Porcaria para acariciá-lo, rindo.

— Vim para ver você, saber como está. Por favor, agradeça a Loga por mim. Sei que ele e outros membros de sua tribo viajaram para lutar, pois eram extremamente necessários.

— Não há o que agradecer, somos de Talamh. Vinho para a filha — gritou ela, e, sabendo de seu dever, Breen se sentou no chão em frente à cabana de Sula. — Muita gentileza de sua parte tomar seu tempo para vir me ver.

— Sua queimadura está bem curada.

— Com sua ajuda.

Breen aceitou a caneca.

— E no mais, você está bem?

— Forte e bem, assim como esta dádiva de criança, apesar de eu não poder tomar hidromel por causa dela. Você tem minha permissão.

— Obrigada.

Breen colocou a mão em Sula e na criança. Fechou os olhos e suspirou.

— Forte, bom, brilhante. Estava com vontade de conhecer o forte, bom e brilhante se agitando dentro da mãe.

Ela olhou para trás e viu Porcaria correndo incansavelmente atrás de um graveto que as crianças jogavam, mais ou menos se revezando.

— E de ver rostos jovens e felizes. Não posso ficar muito, tenho deveres. Mas, quando eu voltar, trarei doces para negociar.

— Você é sempre bem-vinda aqui. — Sula sorriu. — E seus doces também.

Breen se sentia mais leve quando saiu, e chegou à fazenda uma hora antes do esperado.

Notou primeiro os alvos colocados perto da área arborizada, bem atrás da casa. Isso significava que Keegan pretendia treinar arco e flecha, o que, para ela, era preferível à espada. Mas não viu ninguém por ali.

Nada de Harken no campo, nem de Morena, nem de crianças brincando nem de Keegan. Ela desmontou e, passando a mão sobre as escamas de Lonrach, ficou ouvindo o silêncio.

Havia cavalos pastando, mas nenhum no cercado. Ovelhas, vacas e, prestando mais atenção, o cio dos porcos, o som das galinhas.

Pensou na primeira vez em que pisara – ou melhor, caíra – em Talamh. O silêncio era muito parecido, mas Harken cantava enquanto caminhava atrás de um cavalo que puxava o arado.

Não fazia nem um ano, percebeu, mas parecia uma vida inteira. Uma vida como nunca havia tido na Filadélfia.

Independentemente do que acontecesse naquela vida, ela não se arrependeria, pois lhe dera o que ela procurava quando pusera nome em seu blog.

Ela havia se encontrado.

— E muito mais — murmurou, com uma mão no topete revirado de seu cachorro e a outra nas escamas lisas de seu dragão.

Por um momento, ela aninhou o rosto no pescoço sinuoso de Lonrach. Ele voaria para o topo da montanha, para o Ninho do Dragão. Ela sentia isso. E bastaria chamá-lo para trazê-lo de volta.

— Nós iríamos com você, se pudéssemos.

Mas ela recuou, e ele virou a cabeça para fitá-la com aqueles olhos cor de âmbar brilhantes. E subiu, vermelho contra o azul, e voou por entre as camadas de nuvens.

Ela ia em direção à casa, mas Porcaria saiu correndo em direção aos estábulos, indo e voltando.

— Certo. Então, aos estábulos.

Foi caminhando pela grama densa e elástica e ainda molhada dos dias de chuva. Ao se aproximar, viu as portas do estábulo abertas e ouviu o canto.

Pensou que fosse Harken, que muitas vezes cantava enquanto trabalhava, mas percebeu, antes mesmo de chegar às portas abertas, que era Keegan que cantava suave e lindamente, em *talamish*.

Sentiu cheiro de feno, esterco, suor, couro, e o contentamento da égua grávida, Eryn, em uma baia ali próxima, meio sonhando. Sentiu o prazer de Merlin, duas baias abaixo. E a astúcia de um par de gatos, esperando que um rato se arriscasse a correr para pegar os grãos caídos que cobiçava.

Para seu pesar, o canto parou quando Porcaria chegou correndo antes dela.

— Veio fazer uma visita? — Keegan cumprimentou o cachorro com uma alegria rara e leve. — E bem na hora, pois acabamos de voltar de uma longa e dura cavalgada.

Ele estava ali em pé, com as pernas abertas, botas e calça enlameadas, e sua jaqueta, respingada também, jogada sobre a porta aberta da baia.

Seu cabelo, varrido pelo vento, caía abaixo da gola de sua blusa enquanto ele passava uma escova no flanco de Merlin.

Ele estava feliz, pensou Breen; um homem completamente satisfeito com a lama e o trabalho.

— E vejo que trouxe sua dama também. Que surpresa, chegou adiantada.

Ela sabia que ia estragar essa alegria, esse contentamento, e adiou por alguns minutos.

— Que música era aquela?

— Aquela que conta a história de um coração partido por uma mulher loura. Você deveria aprender a língua. Marg talvez seja a pessoa certa para isso. Eu jamais teria paciência.

— Aprendi um pouco. *Brisfaidh me di magairl.*

Ele parou e se encostou em Merlin, esboçando um sorriso minúsculo.

— E o que foi que eu fiz para você querer chutar meu saco? A pronúncia foi péssima, mas eu entendi o significado.

— Morena me ensinou. É prático.

— Bem, a pessoa só conhece realmente uma língua quando conhece seus palavrões, não é? E você, quer uma cenoura agora? — perguntou a Merlin, pegando uma de um caixote e oferecendo-a ao cavalo. — E merece uma soneca também.

Quando Keegan pegou sua jaqueta e deu um passo para trás, Porcaria saiu disparado atrás dos dois gatos.

— Vai se arrepender, *mo chara,* se eles puserem as garras em você — gritou Keegan.

— *Mo chara.* Meu amigo. Aprendi um pouco mais que palavrões e maldições. — Ela ficou contente quando o rato conseguiu pegar os grãos. — Por onde andou?

— Por aqui, ali e acolá, e de volta de novo. — Ele pegou a jaqueta enlameada e fechou a porta da baia. — Fui à região central dar uma olhada no espião que arrancamos de sua cabana confortável perto de um riacho.

Ela segurou o braço dele.

— Encontraram um? Tem certeza?

— Tenho, eu mesmo o vi, além do santuário para Odran que ele tinha atrás de uma porta trancada. Ele é do outro lado, perto de você. Veio do

Alabama quase uma dúzia de anos atrás. Teve uma mulher uma vez, uma elfa chamada Minia, que o amava; veio com ela e foi bem-vindo.

Ele parou ao lado da égua, olhou-a nos olhos e acariciou sua bochecha. Pegou uma maçã de outra caixa e a cortou ao meio com sua faca.

— Tiveram dois filhos, segundo me disseram, mas ela os pegou e o abandonou, pois ele passou a ser muito rabugento e tinha preguiça de trabalhar.

Ele deu metade da maçã à égua e ofereceu a outra metade a Breen. Ela recusou, então ele mesmo a mordeu, caminhando em direção às portas do estábulo.

— Parece que, devido à sua amargura e solidão, pois tinha pouco contato com seus vizinhos, ele acabou se voltando para Odran.

— Como o encontraram?

Keegan trancou as portas do estábulo.

— Foi Uwin, pai de Shana, que disse a um dos batedores para dar uma olhada lá. Eles foram e viram o homem enviar um corvo e receber outro. É Odran quem usa corvos; nós usamos falcões.

— Sim, eu sei.

Ele olhou para as colinas.

— O destino é uma estrada sinuosa. Se Uwin não tivesse sido tão indulgente, tão confiante e contado coisas do conselho a Shana, tornando-a útil para Odran... e se ela não tivesse tentado o que tentou fazer com você e comigo, eu não teria tirado os pais dela da Capital. Minha mãe não teria arranjado para eles uma cabana, que ficasse perto da desse homem, e Uwin não poderia ficar observando.

— Vai levá-lo a julgamento?

— Sim.

— E bani-lo.

— Talvez.

— Ou o que mais?

— Se não tivermos dúvidas acerca da traição, pode ser o Mundo das Trevas. Mas, como ainda não descobrimos se ele praticou violência contra alguém, talvez o mandemos de volta, enfeitiçado, sem memória sobre o que viveu aqui.

— Como eu, quando era pequena.

Ele se voltou para ela.

— Mais ou menos, mas sem meio de ele encontrar um caminho de volta. Talamh ficará proibida para ele, qualquer que seja o julgamento. Ele poderia ter voltado quando se viu descontente aqui, mas, em vez disso, escolheu seguir um caminho que teria destruído seus próprios filhos. O fato de sua esposa ter pegado as crianças e ido embora já é um assunto bem sério.

— Divórcio... É a primeira vez que ouço falar disso aqui.

— Não é bem assim. — Franzindo o cenho, ele deu de ombros. — Não envolve todas aquelas coisas de leis e julgamentos, porque é uma coisa pessoal, íntima e do coração. Os feéricos não aceitam a promessa ou o fim dela levianamente. Falei com ela pessoalmente, e, embora o amor por ele houvesse morrido nela, ela chorou pelo pai de seus filhos. Chorou, apesar de me dizer, e outros confirmarem, que ele se recusou a ver os filhos nos últimos quatro anos.

— Quando você vai?

— Amanhã, mas tenho que dar tempo para quem souber mais alguma coisa se apresentar; depois, passarei alguns dias na Capital. — Ele olhou para ela. — Mas isso eu não preciso explicar.

— Não.

— Pois bem, vou buscar os arcos e aljavas, e vamos ver se você consegue acertar o alvo.

— Keegan, cheguei cedo por uma razão.

— Porque precisa treinar.

— Não foi por essa razão. Tive uma visão. Eu vi Odran no mundo dele. Preciso lhe contar. Eu... não.

— Não vai me contar?

— Preciso contar ao conselho que você montou no vale. Não sei onde estão os outros.

— Harken e Morena estão mexendo com a turfa. Mahon está em patrulha, Aisling deve estar na cabana, vi os meninos do lado de fora quando voltei. Se você me contar...

— Seria mais fácil contar a todos de uma vez. Posso ir buscar Nan e Sedric.

Os olhos verdes dele, profundos e intensos, perfuraram os dela.

— É tão importante assim?

— Sim. Acho de verdade que é muito importante.

— Então, chame Marg, Sedric e Aisling, que eu trago Cróga e reúno o resto.

Demorou, mas, uma vez mais, estavam reunidos em torno da grande mesa na casa da fazenda. Marco havia chegado esperando ver o treino, então ficou brincando com os meninos e os cães. Aisling acomodou o bebê na sala de estar e, com as mãos na cintura, disse:

— Vocês encheram tudo de lama, e Morena também. Meu filho de três anos faz menos sujeira.

— Vamos limpar tudo. Caramba, Aisling, sente-se. — Keegan puxou uma cadeira para trás. — Temos assuntos mais importantes que um pouco de lama.

Ela cruzou os braços, olhou duro para ele, mas se sentou.

— Você nos convocou, Breen, agora diga por quê.

— Tudo bem. — Ela juntou as mãos debaixo da mesa. — Tive uma visão.

Ela contou tudo diretamente, com todos os detalhes ainda claros como antes.

— Imagino que vá querer contar ao conselho da Capital — disse.

— Sem dúvida.

— Quero perguntar uma coisa antes de prosseguir. Sei que não devemos contar a ninguém o que falamos aqui, mas quero contar a Marco o que eu vi. Não me sinto bem não contando a ele.

— Tenho algo a dizer sobre isso. — Morena se manifestou antes de qualquer outra pessoa. — Temos Minga no conselho da Capital. Ela não é feérica, não nasceu em Talamh, mas é verdadeira. Marco já provou ser o mais verdadeiro possível, e merece saber.

— Sim. — Harken assentiu, assim como todos ao redor da mesa.

— Obrigada. Eu não sabia sobre o demônio que há nele e em mim. Nan olhou e disse que não há escuridão em mim, que nem todos os demônios são das trevas. Eu não sei o suficiente, mas ela olhou. Harken pode olhar agora, para todo mundo ter certeza.

— Ninguém aqui duvidaria da palavra de Marg ou da sua — disse Harken. — E não preciso olhar para saber.

— Chega de bobagens. — Aisling pegou a mão de Breen. — Chega disso.

— Você é o *taoiseach*, responsável por todos os... — prosseguiu Breen.

Keegan apenas levantou a mão.

— Você ouviu minha irmã? Eu pareço um *growl* para você?

— Não sei o que é isso.

— É um nível abaixo do idiota — acrescentou Morena. — Para falar a verdade, todos nós sabemos que às vezes ele é meio *growl*, mas não desta vez. Deixe isso de lado, Breen, para que possamos chegar ao cerne da questão. Não me lembro de nenhuma história que fale de um demônio nele.

— Mas isso explica muita coisa, não é? — Keegan observava Breen enquanto falava. — Não que os deuses não possam se converter às trevas. Outros já se converteram, mas Odran é o pior de todos. Não foi morto pelos deuses por seus pecados, mas sim expulso.

— Sangue de demônio — assentiu Mahon. — Ele nunca foi totalmente um deus, não é digno da morte. E pior que a morte é ser considerado sem importância e deixado de lado.

— E, assim, a raiva, a amargura e a sede de poder e vingança cresceram. — Marg pegou seu chá, mas ficou só olhando a caneca. — Sede de governar todos os mundos, e talvez, um dia, guerrear contra os próprios deuses que o rejeitaram como um ser inferior.

— Mas existem outros semideuses, não?

— Sim, dezenas — disse Harken a Breen, alegremente. — Isso se as músicas e histórias forem verdadeiras. Mas ele quebrou as leis, e quebrou a paz entre deuses e feéricos. Fez sacrifícios de sangue, de feéricos, homens e deuses, para agitar a escuridão, para se alimentar dela.

— Para superá-los — concluiu Keegan —, e governar todos os mundos, inclusive o dos deuses. Ele esconde essa parte de si mesmo por vergonha. Ou não deseja que quem o adora ou segue saiba que ele não é puro.

— Ambas as razões fazem sentido. — Morena franziu a testa, olhando para Breen. — E você só viu sinais do demônio quando ele estava fazendo sexo com a oferenda?

— Sim. Ele cravou suas garras nela e a fez sangrar. Seus olhos ficaram vermelhos e seus dentes mais longos, mais afiados. — Ela fechou os olhos para trazer a lembrança de volta. — Não foi um estupro; ela fazia parte daquilo, e acho... acho que ela viu ou sentiu, mas não se importou. Não se incomodou com que os outros, que assistiam, vissem. Era como... — ela olhou para dentro — como se estivesse embriagada ou hipnotizada. Muita fumaça e sangue, os gritos dela, o canto... um frenesi, e, quando ele a matou, quando cortou sua garganta e bebeu o sangue dela, como um animal, ficaram repetindo o nome de Odran. E ela aplaudiu, como se fosse um espetáculo.

— Ela? — repetiu Keegan.

— Shana. Keegan, aquilo que ela carrega dentro dela não está crescendo direito. É deformado, doente, e muito sombrio. Não é inocente.

— Lamento, pois o bebê não teve escolha. Mas ela teve.

— Ele ficou tão feliz quando Eian nasceu! — Marg deixou o chá de lado. — Fico imaginando, agora, quantos ele tentou trazer ao mundo antes e depois, que não estavam certos, não eram saudáveis, fortes e inocentes. — Voltou-se para Breen. — Aquela vida que ele ajudou a fazer através de mim, que pretendia usar e destruir, será, por meio de você, *mo stór,* a ruína dele.

— Vou falar com o conselho, e também com os estudiosos, quando for à Capital. Vamos ver se alguém ouviu ao menos um sussurro disso, e como poderemos usá-lo.

— Dorcas, a Velha Mãe.

Keegan olhou para Marg, assustado.

— Pelos deuses, Marg, ela vai falar pelos cotovelos e encher você de chá de amora até seus dentes doerem.

— Vai mesmo, já passei por isso; mas ninguém se lembra mais que Mãe Dorcas de nadar nas brumas do tempo.

— Eu tinha esperanças de que acomodá-la em um linda cabana com seu bando de gatos evitaria isso. Vou falar com ela, dane-se, porque você tem razão. Se alguém sabe de alguma coisa, é ela. — Só de pensar, ele esfregou o rosto com as mãos. — Muito bem; sabemos mais que antes, e saberemos mais ainda. Você disse que isso não aconteceu no portal nas cataratas?

— Não, não foi lá. Não sei dizer onde. Estava escuro, mas porque ele puxou a escuridão; foi enquanto eu assistia. Vi umas árvores e ouvi o mar. Fogos, velas, fumaça, o altar... pedras, pedras pretas, velas pretas ao redor do círculo. — Ela inclinou a cabeça, estreitando os olhos, tentando lembrar. — A fumaça... havia algo na fumaça. Como o nevoeiro de Yseult. Eu senti o cheiro! Não pensei nisso, Nan, foi tão visual que não pensei. Eu senti o cheiro de alguma coisa... meio doce demais. Como uma fruta passada, assim... mas não. Eu lembrava da neblina, não tinha percebido.

— Então, ele precisa disso — disse Marg. — Ele precisa da magia de Yseult para se manter nesse estado.

— E pode ser isso que crie a disposição da vítima para o sacrifício — concluiu Keegan.

— As escolhas que as pessoas fizeram não são suficientes para ele. E seu poder sozinho não é suficiente. Ele ainda precisa da bruxa.

— Mais que de qualquer pessoa — apontou Morena. — Nenhuma outra Sábia que já foi até ele tem poder maior que o dela.

— Ela falhou, mas ele não a matou porque precisa dela — afirmou Breen. — Ele ainda precisa dela.

— E, como ela o serve com fervor, tentará de novo entregar o que ele cobiça. E vai fracassar de novo — disse Keegan, com absoluta confiança. — O fim dela vem com o dele, se não antes.

Ele olhou pela janela e viu que o sol já descia em direção ao crepúsculo. Fez um movimento com a mão para acender as velas.

— Perdemos o horário do treinamento. Já que estamos aqui, quero contar a vocês que encontramos um espião na região central.

Contou a todos, e disse quando encerrou:

— Só espero que Marco tenha feito algo para comer.

— Garanto que fez, mas gostaria de falar com ele primeiro, explicar tudo isso.

— Tudo bem. Brian deve estar chegando. Vou esperá-lo.

— Obrigada.

— Preciso voltar para a Capital para o julgamento do espião. Vou deixar os alvos montados, Harken, espero que você ou Morena possam treinar com Breen amanhã.

— Cuidarei disso — disse Morena. — E com Marco também, será bom para ele. Quando vir minha família, transmita meu amor a eles.

— Sem dúvida. Espero passar só alguns dias lá. Não tantos quanto da última vez — olhou para Breen —, só alguns dias.

— Mahon vai com você — disse Aisling. — Eu sei que você o deixou aqui nas últimas semanas, e agradeço. Mas estamos todos bem, e ele deveria estar com você.

— Ela está certa, só disse antes de eu mesmo dizer — disse Mahon.

— Não vou discutir, pois você seria útil. Ao amanhecer, então. Três ou quatro dias — garantiu a Aisling. — Não mais.

— Vou pegar Kelly, e, se você conseguir salvar Marco de nossos diabinhos, Breen, diga a eles que eu e o pai deles estamos indo. Boa viagem. — Ela deu um beijo no rosto de Keegan.

— Obrigada a todos por me darem esse tempo. — Breen pousou a mão no ombro de Marg. — Vejo você amanhã.

Ela pegou sua jaqueta e saiu. Encontrou Marco com Kavan nas costas, dançando como um lunático ao som de uma música maluca que Finian tocava na gaita que ganhara de aniversário.

Será que Marco e Brian um dia formariam uma família? Será que encontrariam uma criança que precisasse de amor e dessa família?

Ela esperava que sim.

— Está na hora de Marco ir para casa.

— Mas ele está me ensinando a tocar!

— Continue treinando — disse Marco, bagunçando o cabelo de Finian e pondo Kavan no chão. — Logo vamos ter outra aula. Você tem habilidades, garoto.

— Eu mesma ouvi. Sua mãe e seu pai estão vindo. Voltaremos amanhã.

— Vou fazer uma música nova.

— Não vejo a hora de ouvir. Vamos, Porcaria.

Ele correu em volta dos meninos, derrubou a filhotinha, deu a Mab um monte de lambidas de adoração e saiu correndo na frente.

— As crianças e os cães são incansáveis — observou Marco. — Conservam bem a energia. Já eu, aposto que vou dormir como uma pedra hoje. Keegan não vem?

— Sim, ele vai logo.

Atravessaram campo, estrada, mais campo, e começaram a subir os degraus, onde Porcaria os esperava.

— Não vai perguntar sobre o que nós conversamos lá dentro?

— Eu sei que é uma coisa supersecreta.

Ela pegou a mão dele enquanto passavam de um mundo a outro.

— Não tanto desta vez. Pegaram um dos espiões de Odran e ele vai ser levado a julgamento.

— Jura? Foi rápido, hein?

— Deram sorte. Ele morava na região central, perto dos pais de Shana. O pai dela os levou até ele. Ele é do nosso lado, Marco. Anos atrás, veio dos Estados Unidos e foi bem recebido, e fez isso. Tem filhos e tudo.

Entre triste e enojado, Marco sacudiu a cabeça.

— Sabe, quando alguém pisa na bola, Breen, não importa onde começa. O que importa é onde acaba.

— Esse vai acabar em um lugar longe de Talamh. Keegan precisa voltar para o leste por alguns dias. Mas eu tenho mais coisas, mais difíceis de dizer.

— Do tipo que exige uma garrafa de vinho?

— Nossa, seria ótimo. Quando eu estava com Nan hoje à tarde, tive uma visão.

— Foi ruim? Você está bem?

— Foi ruim, mas estou bem.

Quando saíram da floresta, ela parou para admirar a cabana. Sua cabana.

— Um dia, em breve, você e Brian precisarão escolher o lugar.

— Ainda tenho que contar para ele. Keegan concordou?

— Com tudo que aconteceu, não tive chance de contar a ele. Vamos contar aos dois esta noite. Mas, enfim, a visão.

Ela começou a contar enquanto caminhavam para a cabana e continuou enquanto acendia o fogo e Marco servia o vinho. E terminou diante do fogo, bebendo.

— Ele não é só mau — concluiu Marco —, é um doente filho da puta. Ele chupou o sangue da garganta dela? Como um vampiro?

— Mais ou menos. Ele não a mordeu, usou as garras para abrir a garganta dela e... bebeu da... fonte.

— Então ele não é um deus vampiro; o que não faria sentido, de qualquer maneira, porque isso o tornaria um morto-vivo, e ele não é. É?

— Não, não, ele é bem vivo. Mas tem um demônio dentro de si, Marco, e isso significa que eu também tenho.

— Sim, entendi, mas existem vários tipos de demônios. Eu achava que eles fossem só coisas divertidas, ficção, mas parece que a ficção tem que se basear em alguma coisa... Bem, o demônio dele quer beber sangue, você não.

— Não! Credo!

Marco gesticulou freneticamente com sua taça, dizendo:

— Você não come nem bife malpassado! Muito menos tartar ou carpaccio.

— Que nojo!

— Não sabe o que está perdendo. Mas o que eu quero dizer é que a parte demoníaca dele quer, ou precisa, disso, e a sua não. — Marco levantou um dedo. — E aquele psicopata se diverte com isso. E você sabe o que Spike diz.

— Spike de *Buffy, a caça-vampiros*?

Ele lhe lançou um olhar mortalmente sério.

— Só existe um Spike, garota. Sangue é vida, ele diz. Sabe por quê?

— Porque ele é um vampiro.

— Sim e não. Porque, quando Odran tira o sangue, está tirando a vida de outra pessoa. Porque essa é a vida dele, vida de psicopata; é poder e ritual. E é todo um espetáculo. Uma maldita apresentação para o público, Breen.

Ela olhou para ele e se recostou.

— Caramba, Marco Olsen, você está absolutamente... certo. É exatamente isso. Ele precisa disso, precisa fazer essas coisas horríveis diante de uma plateia, na frente de seu cultuadores para mantê-los leais, excitados e maravilhados.

— Mas, como você disse, ele esconde o demônio para que vejam só o deus. Alguns membros desse culto são demônios, e, se ele mostrar que é um deles, vai se sentir diminuído.

Ela lhe deu um soquinho no ombro.

— Acertou na mosca!

Todo metido, ele deu de ombros.

— Eu tenho algumas habilidades.

— Eu que sei. Por que você não estranhou quando eu disse que tenho alguma coisa de demônio em mim?

— Talvez porque eu pulei para outro mundo com você, ou porque estou louco por um cara que tem asas e monta um maldito dragão, ou talvez porque você acendeu aquele fogo lá sem fósforo. Por isso. Mas principalmente... — Ele pegou o queixo de Breen e o balançou. — Quem a conhece melhor que eu?

— Ninguém. Ninguém em mundo nenhum.

— Minha melhor amiga é um demônio bruxa. Ou provavelmente uma bruxa demônio, porque tem mais de bruxa.

— De *sidhe* e de humano também.

— Muito poderosa. — Ele deu um tapinha no joelho para que Porcaria deitasse a cabeça nele. — E tem o melhor cão demônio de todos os tempos.

— Que esperou pacientemente pelo jantar até eu acabar de contar. Eu cuido disso e ponho a mesa.

— Maravilha. Quero fazer uns biscoitos, mas não doces, para acompanhar o assado.

Ele se levantou com ela e, sentindo o que ia acontecer, Porcaria correu para a cozinha e se sentou ao lado de suas tigelas.

— Nós formamos uma boa equipe — disse Breen. — Sempre formamos, sempre formaremos.

CAPÍTULO 12

Ela viu Keegan partir antes do amanhecer e observou Porcaria dar seu primeiro mergulho do dia quando a luz começou a brilhar no leste. Imaginou Keegan voando nas costas do dragão, em direção ao sol.

Sentiria falta dele, mas não podia negar que treinar arco e flecha seria mais agradável sob o toque mais suave de Morena.

Levantou-se, enrolou a capa por cima do pijama e foi tomar seu café, enquanto a luz da manhã começava a brincar entre a névoa que subia em espiral da baía.

Breen ouviu a porta da cabana se abrir e olhou para trás. Era Brian. Como fazia sempre que se cruzavam pela manhã, ele levou uma torrada para ela.

— Obrigada.

— Meus deveres começam cedo nos próximos dias; queria falar um instante com você.

— Claro!

— Não consegui encontrar as palavras ontem à noite. Ainda estou procurando. A casa que você ofereceu...

Ela sentiu angústia primeiro.

— Você não quer?

— Quero — disse ele depressa. — Nós queremos. Essa é a solução para tudo, para nós dois. Não encontro palavras para lhe agradecer por fazer isso por ele.

— Não só por ele, mas por você também. E por mim.

— Eu sei. — Ele soltou um suspiro que se transformou em neblina. — E saber disso torna o presente ainda mais... não consigo encontrar as palavras.

— Acho que você já disse o suficiente — completou Breen, começando seu dia com alegria. — Todos nós vamos viver em dois mundos, e isso será um estranho ato de equilíbrio. Mas, ao mesmo tempo, podemos ter o melhor desses mundos. Depois.

— Eu iria a qualquer lugar com Marco. O fato de poder ficar aqui é outro presente. Quero apresentá-lo à minha família. Eles sabem dele, claro. Eu disse que encontrei o homem ideal, e eles querem conhecê-lo. E, quando o conhecerem, vou pedir a ele que façamos a promessa.

Ela estendeu as duas mãos, agitando-as no ar da manhã.

— Espere aí! Você quer se casar com ele? Ai, meu Deus! Ai, meu Deus!

Ela girou duas vezes e fez o resto do café espirrar.

— Agora, quem não consegue encontrar as palavras sou eu. Que maravilha!

Com olhos emocionados, Brian sorriu.

— Você aprova! Imaginei que iria achar rápido demais.

— Ah, que se dane isso. Não posso contar a ele, né? Merda, merda, não posso estragar o grande momento. Me dê um segundo. — Ela entregou a caneca quase vazia para ele e girou de novo. — Tudo bem, minha boca é um túmulo. — Imitou o movimento de um zíper fechando. — Não vou dizer nada, juro de dedinho, fazendo uma cruz sobre o coração, tudo que for preciso.

— Eu queria a sua aprovação porque você é a família dele.

— Selado, carimbado, aprovado. Aprovação grande, gigante. Aprovação embrulhada pra presente com um lindo laço. Ah, mas... Sally, Derrick e a irmã de Marco... eles iriam gostar de estar no casamento.

— Acho que vamos ter que esperar pelo depois, como você diz. Vai ser melhor. Mas vamos dizer nossos votos em Talamh e neste mundo também.

— Marco terá dois casamentos?

Ela jogou os braços em volta do pescoço de Brian e depois deu um passo para trás, saltitante.

— Isso supera tudo! Se alguém merece felicidade em dobro, é o Marco. Droga, por que nunca aprendi a dar cambalhota? Estou dando muitas cambalhotas mentais.

— Você enche meu coração, Breen Siobhan — murmurou Brian.

— Dois casamentos para Marco! E enquanto isso vocês vão ficar noivos. Eu sei o quanto isso significa para os feéricos, e garanto que vai significar tudo para Marco também.

— E você é uma ponte, de novo, Breen Siobhan, que vai estar conosco nas duas celebrações.

— Pode apostar. Estou tão feliz! — Tonta, ela agitou as mãos. — Ai, merda, ele vai me ver, mas posso dizer que o livro está indo muito bem e que estou muito animada. Diga que você vai fazer isso logo pra eu não explodir.

— Preciso perguntar ao *taoiseach* sobre o momento. Marco não voa em meu Hero. Quando tentei convencê-lo, ele disse... — Brian inclinou a cabeça e falou com um sotaque americano, tão parecido com o de Marco que a fez rir. — "Cara! Eu amo você até as bolas, mas de jeito nenhum. Nananinanão."

— Mas você o conquistou.

— E pretendo mantê-lo. Então, vou precisar de um dia para ir até lá a cavalo, um dia para voltar e dois dias para ficar na casa da minha família. Mas vamos ficar preocupados deixando você aqui sozinha tanto tempo.

— Cara! — Ela o fez rir, por sua vez. — Eu morei aqui sozinha a maior parte do verão passado e fiquei bem. Tire sua licença e vão.

Então, ela pressionou os dedos em seus olhos lacrimejantes.

— Brian, eu conheço Marco desde que éramos crianças. Ele é um romântico incorrigível. Tudo que ele sempre quis foi amar e ser amado, e ele tem isso com você. Arrumem tempo e façam essa viagem.

— Vou falar com Keegan quando ele voltar da Capital. Agora, tenho que assumir meu dever.

— Você fez minha manhã começar de um jeito maravilhoso. — Ela pegou a caneca de volta. — Vejo você mais tarde. E...

Mais uma vez, ela fingiu fechar um zíper nos lábios. E chamou Porcaria para começar o dia.

❖

Ela manteve os lábios fechados, mas precisou de muita força de vontade. Manter-se ocupada ajudava, então ela acrescentou mais horas de escrita à noite enquanto Keegan cuidava de seus deveres na Capital.

Quando Mahon voltou, três dias depois, sem Keegan, ela teve que lutar contra a impaciência. Quanto mais cedo ele voltasse ao vale, mais cedo Brian pediria a licença.

E mais cedo ela poderia abrir a boca e gritar parabéns.

Mas o dever continuava, e mais três dias se passaram.

Seamus lhe ensinou a plantar sementes em canteiros para que já estivessem mais fortes na primavera. Morena lhe deu aulas de falcoaria, coisa que Marco evitou cuidadosamente, e com Marg ela praticou religiosamente o ofício.

Não teve mais visões, e disso não reclamou. Enquanto a cortina e os limites se mantivessem, ela poderia se preparar, ficar melhor, mais forte, mais esperta.

Em uma bela tarde, quando a chuva parou e a temperatura subiu, ela saiu a cavalo com Marco. Ele estava montando uma linda égua jovem malhada de preto e branco, que dava passos altos, o que Marco afirmava ser uma demonstração de coragem.

— Harken a chama de Álainn, que significa bonita, o que ela com certeza é.

— E ela sabe disso. Agora está se achando ainda mais bonita com você na sela.

— Sério? O que você acha? — Levantando o queixo, ele fez uma pose. — Estamos brilhando?

— Claro! Ela tem um bom tamanho pra você, e, se entender que ela espera agradar tanto quanto ser agradada, vai se sair bem.

— Quem não gostaria de agradar uma garota tão bonita? — Ele se inclinou para acariciar o pescoço da égua. — Eu estava falando sério quando disse que queria ter um cavalo meu, e, quando conversei com Harken, ele disse para eu montar esta durante alguns dias para ver se nos damos bem. Já sinto que sim, e, se der certo, vou fazer negócio. Mas não sei o que eu tenho para oferecer que Harken queira.

— Está zoando? Primeiro, você poderia ajudá-lo na fazenda. Não sei exatamente como funciona, nem quando, mas o plantio da primavera deve começar em breve. Também poderia cozinhar. Na maior parte das vezes, é ele quem cozinha. Morena só assume umas duas noites por semana. Você já não vive levando comida para eles, e também pães e doces?

— Bem, eu faço isso de vez em quando. É que nós somos amigos e, você sabe, vizinhos.

— É exatamente assim que funciona.

Já quase totalmente apaixonado, ele voltou a acariciar a égua.

— Parece tão simples! Lembra, Breen, que nós estávamos sempre preocupados com as despesas do mês? Agora, temos tudo que poderíamos querer, e só o que precisamos para isso é viver, compartilhar e fazer o que amamos.

— Porque você ainda não negociou com os *trolls* — disse ela, mas riu quando olhou para cima e viu alguns mineiros descansando nas bordas da montanha. — Com eles é difícil.

— Posso fazer mais biscoitos. Vamos até a cachoeira? Sedric e eu fomos lá uma vez, eu gostaria de voltar.

— Quer ver a cachoeira ou Brian?

— Os dois. Nunca tinha visto uma cachoeira antes de vir para a Irlanda, e nunca vi uma como aquela em nenhum lugar.

— É única.

Ele notou a voz de Breen e olhou para ela.

— Se está provocando más vibrações em você, nós podemos deixar pra lá.

— Não! Sim — corrigiu —, ela me provoca todo tipo de vibração, mas vamos lá. Eu devo ouvir essas vibrações, não as evitar.

— Sempre esteve em você — disse Marco, passando o dedo na tatuagem dela. — Você só precisava encontrá-la.

Coragem, pensou ela. Tinha que se lembrar de mantê-la, todos os dias. Deu a Porcaria um olhar sugestivo.

Ele foi correndo na frente.

— Vamos ver como essa garota bonita se sai contra Boy em uma corrida?

Antes que Marco respondesse, ela saiu a galope.

Imagine só, pensou. Os dois correndo a cavalo com o vento soprando e o sol brilhando forte, aquecendo o solo frio do inverno. Ela ficou vendo Porcaria correr para a floresta em busca de seu atalho. Ouviu o chamado de uma pega pouco antes de uma dupla aparecer diante de seus olhos.

Duas pegas são sinal de alegria, pensou.

Chegaram à curva da floresta quase cabeça com cabeça.

— Você saiu na frente.

— Boy e eu seguramos um pouco para que você pudesse recuperar.

— Pode ser. — Marco acariciou a égua de novo, e Breen reconheceu o amor. — Mas a minha garota *corre bem*.

— Ela gosta de maçã.

— Ah, é? Vou pegar uma pra ela.

Andaram com os cavalos por entre as árvores, que começaram a mudar. A luz passou de brilhante e leve para suave e verde, e havia uma espécie de pulsação nos troncos e pedras cobertas de musgo.

A cachoeira retumbava enquanto o rio, estranhamente verde como a luz, abria seu caminho.

— Que lugar sinistro! Mas impressionante. — De olhos arregalados, encantado, Marco olhou ao redor. — Eu sinto vibrações também. Tipo quando eu sento pra assistir a um filme de terror muito bom.

Não havia filme nenhum ali, pensou ela. Odran a havia prendido em uma gaiola de vidro nesse rio, quando ela era criança. Yseult a atraíra até ali com a névoa entorpecente.

Mas fora ali que ela vira Lonrach pela primeira vez, em um sonho, e havia participado do fechamento da brecha do portal sob as cataratas – se bem que com relutância.

Não podia negar a beleza do lugar, a luz caindo por entre a copa das árvores, a vida e o líquen nutrindo os troncos que se espalhavam aqui e ali, o vão de outro que formava uma espécie de ponte sobre o rio.

Elfos e outros seres que moravam no local usavam essa ponte natural para atravessar. Esquilos e pássaros faziam ninhos nas árvores de copas densas. Veados iam para beber, raposas e corujas para caçar.

Ela os sentia, o coração pulsante, como sentia o pulsar das árvores, da terra, do rio.

Tudo conectado, tudo parte do todo, como ela mesma.

E a magia prosperava ali.

Um cervo saiu das árvores e se transformou em uma mulher.

— Bom dia para você, Breen O'Ceallaigh, e para você, Marco.

— Olá, Mary Kate! Você me assustou.

Ela jogou para trás suas tranças escuras cor de carvalho – a que descansava sobre seu ombro e a de guerreira também – e sorriu para ele.

— Ah, Marco, querido. Eu sou Mary Kate com duas pernas ou quatro. Seu cachorro já está lá na frente, Breen, por isso sabíamos que você viria. Ele está nadando em volta da catarata como um peixe.

— Está tudo bem, então?

— Está, sim. É um longo dia tranquilo, por isso sua visita é muito bem-vinda. Vou na frente avisar Brian e os demais que vocês estão a caminho.

Com a maior facilidade, assumiu de novo a forma de veado e saiu saltando.

— Nunca vou me acostumar com isso. — Marco sacudiu a cabeça. — Sempre vou me assustar.

— É bom — disse Breen. — Assim você mantém a magia. Fique com Brian. — Ela desmontou. — Vou andar um pouco.

— Tem certeza? Se são memórias ruins...

— Não são totalmente ruins, e estou com vontade de andar um pouco. Mary Kate não está patrulhando a floresta sozinha — disse. — Está tudo bem.

— Você é quem sabe... mas fique perto do rio, certo? Se quiser sair explorando, vá me buscar e nós vamos juntos.

— Só uma caminhada pela margem da água.

Ele saiu trotando e ela ficou ali, escutando.

A água caía e batia no rio como um tambor. Pássaros voavam, pés de elfos em patrulha sussurravam entre as profundezas das árvores.

Ela levou Boy pelas rédeas, acompanhando as curvas do rio, sem pressa, seguindo um instinto que não entendia. Queria um tempo para ficar sozinha, para sentir, para olhar.

E sozinha, sentindo a vida ao redor, ela olhou. E viu um brilho na água verde.

Foi nessa direção e viu a corrente de ouro com sua pedra de um vermelho vivo. Ela já a havia visto antes, recordou, em sonhos, antes de ir para a Irlanda, antes de Talamh.

E... no dia do julgamento, no retrato de sua avó. Nan estava com esse pingente que brilhava e acenava sob a água verde clara.

Breen ia perguntar à avó sobre isso, mas por que não perguntara?

Porque havia esquecido.

Ela se ajoelhou e estendeu a mão. Parecia tão perto, mas estava além do alcance de seus dedos.

Como poderia estar ali, brilhando, se a vira em volta do pescoço de sua avó no retrato?

Será que Nan a havia perdido?

Precisava alcançá-la, tirá-la da água e levá-la de volta a Nan. Era preciosa. Ela *sabia* que era preciosa e importante.

Mas, quando se aproximou, escorregou, e teve que recuar para não cair.

Não podia entrar na água; não ali, sozinha. Não onde havia batido as mãos até sangrar, chorando e chamando seu pai.

Com o coração batendo forte, ela estendeu a mão, trêmula. Tentou focar sua vontade, seu poder, para puxar o pingente e tirá-lo da água.

Mas ele apenas brilhava, esperando.

— Vou chamar Marco. O braço dele é maior.

Ela engatinhou de volta e se levantou. Tomando as rédeas de novo, caminhou em direção ao som da cachoeira.

Ouviu vozes e sentiu o prazer de Porcaria quando alguma alma generosa lhe jogou um pedaço de queijo.

A grande água branca caía de sua grande altura, espumando e fervilhando, e se espalhava no verde sereno do rio.

Duendes esvoaçavam sobre as águas rasas e suas rochas polidas e coloridas. Guardas flanqueavam os dois lados das cachoeiras trovejantes, e havia mais em ambos os lados do rio.

A bela égua pastava enquanto Marco conversava com Brian e Mary Kate, sentado em um tronco.

Ia gritar para pedir que ele voltasse com ela até aquela curva, onde estava o pingente que não conseguia alcançar.

Então, algo chamou sua atenção.

Ela o viu como uma sombra, lá no alto, à beira da cachoeira. Como uma pequena abertura na água, até que desapareceu. Então, viu outra sombra sair das sombras e se transformar em pássaro – um corvo que os sobrevoava.

— Brian! — gritou, e ergueu a mão.

Quando ele olhou para onde ela apontava, levantou-se depressa.

— Duncan!

Na outra margem, um homem — pouco mais que um garoto, com uma mecha de cabelo cor de palha e uma trança que mal lhe chegava à orelha — cruzou os braços e se transformou em falcão.

— Siga-o, mas não o intercepte.

— Eu não vi. — Um elfo se aproximou de Brian. — Juro por todos os deuses que meus olhos são treinados para ver qualquer brecha. Assim como os de Gwain, ao meu lado.

— Eu também não vi — disse Brian, olhando para Breen, que corria para ele. — Quando você me chamou e apontou, por um instante não vi nada. Só céu e árvores. E a seguir o pássaro já voando. Ele atravessou?

— Era como uma sombra, só uma ondulação à beira da cachoeira. Acho que é... preciso me aproximar.

— As pedras estão molhadas e escorregadias. Se confiar em mim, posso levá-la até mais perto.

— Eu confio em você, e se puder ir comigo... Mas acho que preciso... — Fechou os olhos. — Preciso ir eu mesma. Um contra um, luz contra escuridão. Poder contra poder. Encontro entre o dela e o meu.

Enquanto falava, Breen começou a se levantar do chão. Lentamente, lutando contra o medo de cair, ela levitou alguns centímetros.

Marco se levantou.

— Ai, merda! Suba com ela.

— Nunca a vi fazer isso.

Um pé de cada vez, ela sentia o poder batendo nela como a água da cachoeira batia no rio.

Seu rosto e roupas estavam encharcados, o poder a atravessava. De tão forte, o trovão que rugiu dentro dela abafou o ruído da catarata.

— Só uma ondulação, uma rachadura, aberta e fechada, fechada e aberta. — Focou os olhos, abertos e profundos, pairando quase dois metros acima do rio. — As magias sombrias de sangue dela a abrem com garras, e a fecham com garras. Pequena e ensombrada, e encapuzada. Veja a bruma aqui, muito fina. Só o suficiente para cegar os olhos. Eu vejo, eu vejo, eu vejo. Mas ela ainda não sabe.

— Eu não vejo — disse Brian, ao lado dela.

— Eu vejo, eu vejo, eu vejo. Luz na escuridão. A escuridão dela, de Odran. Posso fechá-la como fecho meu punho.

Quando ela levantou o braço e fechou o punho, Brian jurou ouvir um estalo.

Com os olhos ainda escuros e profundos, Breen sorriu.

— Agora se pergunte, bruxa, como sua magia foi falhar aqui. Como a rachadura se fechou, para não mais ser aberta. Maravilha e medo. Tema, pois chegará o dia em que eu a esmagarei. — Abriu a mão e a fechou de novo. — Esmagarei você e seu deus encharcado de sangue. *Ar shaol m'athar, swear mé é.*

Ela revirou os olhos e sua cabeça caiu para trás, mas Brian a pegou.

— Não me deixe cair na água.

— Pode deixar. — Ele a levou voando para a margem do rio.

— Tragam água para ela beber!

— Estou bem, só fiquei meio tonta e perdi o foco.

— Beba um pouco agora. — Marco levou um odre de água aos lábios dela. — Neste momento, você é a mulher branca mais branca que eu já vi. E como foi esquecer de me dizer que sabe voar?

— Não sei voar. É levitação, e nunca fiz isso além de poucos centímetros. E com Nan, lembra?

— Foi muito mais que poucos centímetros desta vez. Você precisa parar de me assustar, menina. E de assustar este menino aqui também.

Ela abraçou Porcaria, bem forte.

— Eu senti lá em cima. Tive que me aproximar.

Percebendo que Brian ainda a segurava, ela pousou a mão no peito dele.

— Estou bem, juro. Muito obrigada por não me deixar cair.

— Você se lembra? — perguntou ele, colocando-a cuidadosamente em pé.

— Sim. Tive que me concentrar. Senti mais... mais que agora. E senti o feitiço dela. Eu sabia que poderia quebrá-lo e fechar a rachadura.

— Foi o que você fez. — Brian pegou a mão dela e a fechou em um punho. — E havia tanto poder nas palavras que pronunciou, como uma música! Você brilhava como o sol, e seus olhos escuros pareciam duas luas novas.

— E quando você sorriu...

— Eu sorri? Não lembro dessa parte.

— Você sorriu como uma guerreira quando a batalha está vencida. E falou em *talamish*.

— Jura? — ela jogou seu cabelo molhado para trás. — Conheço só algumas palavras.

— *Ar shaol m'athar, swear mé é.*

— Não conheço essas. O que querem dizer?

— Você disse, na língua dela, que vai esmagar a bruxa e o deus dela. E depois disse aquelas palavras, que significam: Pela vida de meu pai, eu juro.

— Não lembro, mas acho que estava falando sério.

— Não tive dúvidas disso.

— Vou levar você para casa, nada de treino hoje — determinou Marco, passando o braço em volta dela. — Vou deixar você aconchegada perto do fogo, e não quero ouvir reclamação.

— Melhor fazer o que ele diz — aconselhou Brian.

— Duncan está voltando.

Ela se apoiou em Marco, manteve a mão em Porcaria e olhou para cima.

O falcão dançou por entre as árvores, atravessou o rio e chegou ao chão como um homem.

— Segui o corvo até o acampamento dos *trolls*, até a cabana onde ele pegou um pergaminho. Quem mora lá se chama Thar. Além do pergaminho, Brian, o corvo pegou uma faca. Vi marcas de elfos nela. E ele leu o pergaminho em voz alta, como se quisesse decorá-lo. Dizia para ele usar a faca em Loga, dos *trolls*, e deixá-la nele. Deixá-la e afirmar que viu um elfo atacar e sair correndo. O elfo é Argo, do vale.

— Mara, chame seu dragão e avise o *taoiseach*. Diga a ele que vou para o acampamento dos *trolls* agora mesmo.

— Vou com você. Marco — disse Breen antes que ele pudesse protestar —, eles me conhecem, confie em mim. Sula me ouve, e isso pode ser importante.

— Vou ter que prender um deles, Marco, por isso seria importante. Confia que vou cuidar dela? — perguntou Brian.

— Caraca! Certo, tudo bem. Vamos esperar na fazenda. Vou levar Porcaria e os cavalos.

Brian o beijou.

— Vou trazê-la de volta em segurança.

— Vocês dois voltem em segurança.

— Pode deixar — garantiu Brian de novo, e, pegando Breen, saiu voando.

— Eu sei que você é o guerreiro e um dos braços direitos de Keegan, mas peço que me deixe falar primeiro; pelo menos tentar.

— Está bem, mas, se esse Thar tentar machucar você ou qualquer um, vou impedi-lo. Se ele tentar fugir, vou impedi-lo. E, se algum *troll* se opuser, vou detê-los.

— Precisamos pedir permissão para...

— Não podemos perder tempo com protocolo — Brian a interrompeu, sério. — E eles vão ter que aceitar.

Ele voou direto para o acampamento dos *trolls*. Todos se levantaram; as crianças pararam de brincar e adultos pararam de cozinhar, beber ou martelar.

Estavam todos contrariados.

— Pedimos desculpas pela intrusão — começou Breen. — Temos negócios urgentes a tratar com Loga. Por favor, é urgente.

Sula chegou pelo caminho que, como Breen recordava, levava aos estábulos, e depois às cavernas.

Parou com as mãos na cintura e lançou um olhar duro para Brian.

— Isso não é maneira de chegar.

— É urgente — repetiu Breen. — Onde está Loga? Por favor, a vida dele está em perigo.

— Por que diz uma coisa dessas? Deixei-o há menos de dez minutos, depois que ele concluiu uma troca.

— Onde está o *troll* chamado Thar? — perguntou Brian.

— E o que lhe interessa, *sidhe*?

— Ele pretende matar Loga. Sula, eu juro. Ele recebeu um corvo de Odran e uma faca com marcas de elfo.

— Está chamando meu filho de assassino? — disse uma mulher, dando um passo à frente. — Está mentindo, e não é mais bem-vinda.

Sula se voltou para ela.

— Eu digo quem é bem-vindo aqui. Onde está Thar? Vamos acabar logo com isso.

— Ele desceu em direção às cavernas — gritou um menino.

— Eu o teria visto — disse Sula.

— Estou dizendo, mãe, eu o vi indo para lá antes de eles chegarem.

— Loga está nas cavernas?

Sula assentiu.

— Ou voltando.

Sula girou nos calcanhares e saiu correndo.

Para uma mulher grande com vários meses de gravidez, ela corria bem rápido. Breen foi mais rápida e passou por ela, enquanto Brian voava acima delas. Outros saíram atrás deles enquanto tocava um alarme.

Breen viu, ao fazer uma curva, o *troll* de rosto escuro e cabelo ruivo selvagem pular sobre Loga e enfiar uma faca em seu flanco.

Ainda correndo, ela lançou poder e jogou longe o agressor. Brian desceu e o pegou, fazendo a faca cair de sua mão.

O sangue corria pelo flanco de Loga. Breen estendeu a mão para colocá-la na ferida. No alto, nas mãos de Brian, Thar gritava e xingava. Loga, quase inconsciente, olhou para Breen com os olhos vidrados de dor e choque.

— Eu não lhe dei permissão — disse, ofegante.

— Por favor, Pai dos *trolls*, conceda-me permissão.

— É só... é só um arranhão.

— Conceda-me permissão para que eu possa curar o arranhão e acalmar meus próprios nervos.

— Conceda — disse Sula.

Sula abaixou-se ao lado dele e, segurando-lhe a mão, levou-a à barriga dela.

— Seu velho tolo teimoso! Sinta esta vida chutando em mim e conceda.

— Concedo, então. Para acalmar os nervos femininos — acrescentou, e desmaiou.

— Solte-me, maldito *sidhe*. Ele fez uma aliança com o assassino elfo que atacou Loga! — gritou Thar. — Ele o deixou escapar!

Atrás deles, vários *trolls* prepararam o arco e a flecha.

— Ele está mentindo! — Breen olhou depressa para Sula. — Eu o vi usar a faca. Eu juro.

— Eu não vi. Cure meu homem.

Sula se voltou para os *trolls* prontos para lutar, atacar e defender.

— Esperem, todos vocês! A Filha de O'Ceallaigh acusa Thar dessa traição.

— Está mentindo! Está mentindo! Vai aceitar a palavra dessa forasteira, dessa cria de homem, e não a de um dos seus? Digo-lhe que o elfo Argo matou Loga. Lá está a faca dele, ainda ensanguentada.

— Ele não está morto. — Breen ergueu a voz acima dos gritos e murmúrios. — E não vai morrer.

Então, ela calou as vozes, bloqueou a fúria, a raiva, o medo.

Não era só um arranhão, não; mas a ferida não era tão profunda quanto ela temia. Mas era profunda o suficiente, e ele já havia perdido muito sangue.

Como doeu a batalha para curar carne e músculo, para diminuir o fluxo de sangue! Loga se debatia sob as mãos dela, lutando contra a dor e o calor ardente que ela provocava.

— Você está provocando dor nele — acusou Sula.

— Desculpe, desculpe — insegura, Breen recuou. — Se puder mandar chamar Aisling, ou minha avó...

— Dê-lhe dor se a dor for necessária para salvar a vida dele. Faça o que precisa ser feito. — Com ferocidade, ela agarrou o braço de Breen. — E pare de brincar com isso.

— Pare de bater nela, mulher! — Com os olhos ainda fechados e a respiração curta, Loga conseguiu sussurrar. — É só um arranhão.

— Segure essa sua língua. — Uma lágrima rolou pelo rosto largo de Sula. — Vou bater em quem tiver que bater.

— Está fechando. Tenho que... é lento. Não sou tão boa quanto... Jesus, quanto músculo!

— E eu escolheria um fraco como companheiro, como pai dos meus filhos?

— Quem escolheu quem? — Loga abriu os olhos e olhou para Sula.

— Chega de falatório.

— Só mais um minuto. Se eu não fizer isso, vai abrir de novo. Você é muito forte; o que seria uma ferida mortal para outro é apenas um arranhão para você. Mesmo assim, foi sério. Você perdeu muito sangue, e precisa de uma poção; e, Sula, um bálsamo para a ferida. Não trouxe nada comigo.

— Temos remédios. Diga do que precisa.

— Afaste-se agora mesmo. Acha que eu vou ficar deitado aqui no chão?

Loga empurrou as mulheres para trás e se levantou.

Ele havia perdido a cor, assim como sangue, mas plantou os pés firmes e olhou para Brian e Thar.

— Traga-o para baixo, *sidhe*.

— Ele será levado à Capital para julgamento. Essa é a lei para todos os feéricos.

— Acha que eu não conheço a lei? — Ele olhou para sua tribo, os que haviam corrido da aldeia, saído das minas ao som do alarme. — Conhecemos a lei e a respeitamos. Abaixem essas armas, seu bando de idiotas. Ele vai enfrentar o julgamento, com certeza, e ninguém impedirá. Mas eu vou ter uma palavra com ele primeiro. É meu direito.

— É verdade.

Brian o desceu, mas segurou firme.

— Enfiou uma faca em mim, não é, Thar? Já comeu diante de meu fogo, não é? Eu dividi minha comida, minha bebida, com você, e você enfia uma faca no Pai?

— Você não é meu pai. Meu pai está morto por lutar por essa daqui. — Ele cuspiu aos pés de Breen.

— Ele era um guerreiro corajoso e verdadeiro. — Sula olhou para trás e acenou para que algumas mulheres confortassem a mãe chorosa de Thar. — Você o desonrou e envergonhou aquela que lhe deu à luz.

— Loga é fraco, e todos vocês que o seguem, que seguem o *taoiseach*, são fracos. Só o que ganhamos são cabanas nas pedras e costas quebradas nas cavernas e minas. Quando Odran vier, e ele virá, eu liderarei os fortes, e os fracos implorarão por minha misericórdia.

— Leve-o a julgamento, e diga ao *taoiseach* que eu irei também. Ele não é mais da tribo. Independentemente do veredito da Capital, ele está banido deste acampamento e da tribo. Nós não o conhecemos a partir de hoje.

— Assim direi. Vou chamar meu dragão e levá-lo. Breen...

— Vá. Vou chamar Lonrach. Preciso ver a poção e o bálsamo primeiro. Chamarei Lonrach assim que terminar.

— Ela está sob nossa proteção — disse Loga —, aqui e em toda Talamh. Esta é minha palavra.

Eles amarraram Thar com uma corda e Brian o colocou em cima de Hero.

— Vou dizer a Marco que você vem logo — ele avisou, e voou para o leste.

— Vamos às cavernas — disse Loga a Breen. — Aceite um pagamento pela cura de meu arranhão.

— Não; eu curei um amigo. Não vou aceitar pagamento por curar um amigo.

Ele estreitou os olhos, fitando-a, e ela teve medo de tê-lo insultado. E se preocupou ainda mais quando ele puxou sua faca.

— Pode me dar sua mão?

Torcendo pelo melhor, ela a estendeu. Ele marcou sua palma com a faca, e depois a dela. A seguir, juntaram as mãos, com tal força que a fez estremecer.

— Agora nós compartilhamos sangue. Testemunhem isso, todos vocês! A Filha de O'Ceallaigh compartilha sangue com esta tribo. Ela é uma de nós a partir deste dia. Ela é filha dos *trolls*, e é bem-vinda aqui quando quiser, sem precisar de permissão. Esta é minha palavra.

— Sinto-me honrada.

— É bom mesmo — disse ele, sorrindo. — Agora, vamos acabar com essa cura e tomar uma cerveja. Ah, não, você gosta de vinho, não é? Cerveja para mim.

Ela colocou a poção na cerveja e escolheu o bálsamo. Quando chamou Lonrach, uma jovem se aproximou.

— Sou Narl, filha mais velha de Loga e Sula.

— Vejo sua mãe em seus olhos.

Narl estendeu uma fina faixa de ouro martelado, cravejado com corações de dragão.

— Este é um presente de todos os filhos de Loga e Sula, e do que ainda está por vir, de seus filhos e de todos os que ainda virão. Não é uma troca nem um pagamento, é um presente. Um agradecimento.

— É linda!

— Use-a na batalha, sim? — Ela colocou a faixa na cabeça de Breen. — É proteção e alerta; um aviso de que quem a usa é feroz e tem o sangue dos *trolls*, mesmo que não tenha trança. — Com um aceno de cabeça, Narl recuou. — Somos irmãs agora; por isso, quando lutar, lute ferozmente. Quando ficar em pé, fique forte.

— Usarei seu presente com orgulho. Orgulho *troll* — acrescentou, e fez Narl sorrir.

CAPÍTULO 13

No voo do acampamento dos *trolls* à fazenda, Breen se deitou no pescoço de Lonrach e fechou os olhos. Tudo nela se soltou; cada músculo se afrouxou, cada pensamento ficou nebuloso.

Tinha sido a cura mais profunda que ela já havia tentado fazer, e sugara sua energia. Havia lavado as mãos sujas do sangue de Loga – muito sangue –, mas ainda podia sentir o cheiro.

Sentiu o vento bater nela, e uma rápida umidade quando passaram pelo meio de uma nuvem, mas continuou relaxada. Provavelmente já havia ficado mais cansada na vida, mas, naquele momento, não conseguia lembrar quando.

Confiante de que Lonrach não a deixaria cair, ela cochilou, até que o sentiu descer.

Quando deslizou para o chão, Marco saiu correndo da casa, com Morena e Porcaria em seus calcanhares.

— Brian passou sobrevoando, literalmente, e disse que você estava vindo. Mas faz tempo. Menina, já estávamos pensando em mandar um grupo de busca.

A língua de Breen estava mole, mal conseguia se mexer para ajudar a formar palavras.

— Demorou um pouco.

— Olhe só, você está usando uma coroa... um diadema — ele se corrigiu — de Mulher-Maravilha!

— Com a marca dos *troll* — acrescentou Morena, fascinada. — Só os membros da tribo deles podem usar isso.

— Sou uma *troll* honorária agora.

Ela sentiu sua cabeça girar um pouco quando se abaixou para acariciar Porcaria, porque ele estava choramingando a seus pés.

— Vou querer ouvir essa história, mas não agora — disse Morena, segurando o braço de Breen para firmá-la. — Você está exausta. Entre e se sente. Vamos buscar comida e chá para você.

— Sinceramente, eu só quero ir pra casa e me deitar um pouco. Foi puxado.

— Dá para ver. Leve-a para a cabana, Marco, e faça-a comer um pouco, se puder. Quer que eu ajude?

— Eu cuido disso. — Ele passou o braço pela cintura de Breen. — Nós cuidamos, né, Porcaria? Morena, mexa esse ensopado de vez em quando, depois, quando você e Harken forem comer, finalize como eu ensinei.

— Deixe comigo, você já fez todo o resto mesmo. Descanse, Breen. Conversamos amanhã.

— Amanhã.

Em vez de correr à frente, Porcaria ficou ao lado de Breen enquanto iam para a Árvore de Boas-Vindas. Marco a rebocou escada acima, por cima dos galhos e rochas, e atravessaram para a Irlanda.

— Brian disse que você salvou a vida de Loga. É o chefe dos *trolls*, né?

— Sim, mas não sei se cheguei a salvar a vida dele. Ele estava ferido e precisava de cuidados, mas ele é muito forte. Foi uma dor terrível, Marco, e ele nem se encolheu, nem quando voltou a si.

— Você também sente a dor, não sente? Não é assim que funciona?

— Fiquei assustada. Era tanto sangue! Sangue nas minhas mãos inteiras — murmurou, apoiando-se nele. — Eu tive medo de não ser suficiente. Ainda estava meio atordoada por causa da cachoeira, mas...

— Você fez o que tinha que fazer.

— Quase chegamos tarde demais. Se não fosse pela rapidez de Brian, Thar poderia tê-lo esfaqueado de novo e o deixado ali, sangrando. O resto da tribo poderia até ter acreditado nele.

— Mas isso não aconteceu. Você e Brian não permitiram. Por que ele queria acusar aquele elfo?

Tudo parecia um sonho; caminhar no ar frio, ouvir o borbulhar do riacho...

— Argo e Loga discutiram há poucos dias por causa de uma troca. Trocaram insultos e socos. Parece que isso acontece às vezes, e ninguém liga muito. Mas serviu de bode expiatório. Sula acha, e eu concordo com ela, que Thar deve ter mandado um corvo a Odran contando tudo isso. Está tudo ferrado, Marco.

— Verdade.

Quase em casa, pensava ele a cada passo, e, mantendo a voz alegre, apesar de preocupado com ela, disse:

— E você ganhou uma coroa de *troll*.

— É para eu usar na batalha para mostrar que sou uma *troll* feroz.

— Aham.

Quando passaram pelas árvores, ele a pegou no colo e a carregou pelo resto do caminho.

— Preciso dormir.

— É isso que você vai fazer.

Marco a levou para dentro e a deitou no sofá, onde ele e Porcaria poderiam vigiá-la. Agachou-se para acender o fogo, mas a turfa faiscou e logo inflamou.

Ela sorriu.

— Eu consigo... — murmurou, fechou os olhos e adormeceu.

— Sim, minha Breen, você consegue.

Ele colocou um travesseiro embaixo da cabeça dela e, gentilmente, tirou o diadema. A seguir, cobriu-a com uma manta.

Porcaria se sentou ali para fazer o primeiro turno da vigília.

— Bom garoto! Fique aí, eu vou preparar alguma coisa pra que ela se alimente bem quando acordar.

Ele afastou o cabelo do rosto dela e a observou um pouco mais.

— Toda essa magia dá energia, mas, com certeza, também tira.

❁

Quando Breen acordou, o fogo crepitava, as luminárias lançavam luz fraca e as velas tremeluziam. Música tocava, baixa e quente como as luzes. Sentiu um cheiro maravilhoso, de algo que se fundia com o fogo da turfa e a cera das velas e fazia seu estômago se lembrar de que ela não havia comido nada desde o café da manhã.

E encontrou, aninhado em seu pescoço, o cordeirinho de pelúcia que era o atual companheiro de dormir favorito de Porcaria.

Viu Marco, com a cabeça aureolada pela luz, sentado em uma cadeira, com os pés em cima da mesa de centro e um livro na mão.

Porcaria estava enroladinho perto do fogo, cochilando, mas, quando ela acordou, ele abriu os olhos. E abanou o rabo enquanto se desenrolava para pular nela e lamber seu rosto.

— Acordou! Amor, você dormiu como uma pedra.

Ela se sentou e tentou se espreguiçar e acariciar o ansioso Porcaria ao mesmo tempo.

— Quanto tempo?

Ele pegou o celular na mesa para ver a hora.

— Quatro.

— Quatro *horas?* Isso é um cochilo ao quadrado.

— Você estava precisando. Ficamos preocupados, menina. Harken e Morena vieram mais ou menos uma hora depois de você apagar; ele disse que dormir era a melhor coisa. Acho que estava certo, porque você está corada de novo.

— Desculpe por ter preocupado vocês. Estou me sentindo bem agora, de verdade. Morta de fome, mas ótima. Que cheiro bom é esse que está por toda a cabana?

— Bife bourguignon, à moda do Marco. Está quase pronto. Achei que você ia precisar de um pouco de carne vermelha. Brian não pretende voltar esta noite, então somos só você, eu e o nosso amigo aqui. Fique.

Ele apontou para ela, não para o cachorro, e se levantou para ir à cozinha.

No caminho de volta, carregando uma bandeja de suas famosas entradas, ele abriu a porta e jogou um pedaço de carne para Porcaria, que saiu correndo.

— Ele não saiu enquanto você dormia — disse Marco. — Só subiu para pegar o cordeirinho dele e colocar em cima de você quando eu sentei aqui para ler. É o melhor cachorro da história canina.

— Eu tenho os melhores amigos da história dos amigos.

— Fique aí — repetiu ele, e voltou para pegar vinho e taças. — Vamos tomar um vinho enquanto você enche o buraco da sua barriga com essas entradinhas. Assim dá tempo de o nosso jantar ficar pronto enquanto você me conta que diabos aconteceu lá em cima com os *trolls*.

Ela pegou um petisco e o enfiou na boca.

— Delícia. Muito bom. Antes de mais nada, que bom que Brian estava comigo. Não sei como teria conseguido sem ele. E Thar era muito parecido com aquela garota, Cait Connelly. Amargo.

Ela pegou a taça de vinho, tomou um gole e contou a história toda.

※

Na Capital, Keegan jantava em seus aposentos com Brian.

— Assim você me dá um pretexto para comer em paz aqui, não no salão de banquetes. Se bem que o fato de você ter trazido o *troll* vai me fazer ficar mais um dia ou dois dias aqui.

— Lamento por essa parte.

— Você vai testemunhar no julgamento, e vamos esperar Loga chegar. Acha que ele está em condições de viajar?

— Ele estava em pé e firme quando eu parti. Acho que o ferimento não seria fatal, de qualquer maneira. O assassino mandado por Odran só esfaqueou Loga uma vez antes que Breen o impedisse. E ela o deteve fazendo-o voar longe. Isso me ajudou a pegá-lo e imobilizá-lo. — Ele engoliu um pedaço de costela de cordeiro com cerveja. — Ela tinha razão, Keegan, quando disse que eles confiariam nela. Sula fez exatamente isso; se ela não tivesse ido, eu teria que enfrentar as flechas dos *trolls*.

— O pai de Thar lutou com Eian contra Odran e, como ele, tombou. Eu me lembro disso, mas não o conhecia bem. E lembro que Thar entrou no lago no dia em que levantei a espada.

— E ele esperava tirá-la de você.

Keegan deu um leve sorriso, mas sem humor.

— Bem, ele vai ter que continuar esperando, não é? Há apenas um veredito para quem tenta tirar uma vida. Mas você poderá dar sua opinião, assim como Loga e qualquer outro que ele decida trazer. Assim como o próprio Thar.

— Já são três; não, quatro com a do Samhain, além de Toric e sua gente. Quantos mais como eles há vivendo conosco?

— Espero que não muitos. Você disse que o corvo passou pelo portal?

— Eu vim direto do acampamento dos *trolls* para a Capital — disse

Brian —, já que você precisava saber sobre o atentado de Thar contra a vida de Loga. Foi Breen quem viu o corvo, e eu mandei Duncan segui-lo para descobrir alguma coisa.

— Como foi que ela viu e vocês não?

— Yseult, disse ela.

Enquanto Brian contava, Keegan se levantou, andou de um lado para o outro, abriu as portas para respirar, sentou-se de novo. Bebeu de novo.

— Nunca vi ninguém fazer o que ela fez. Bem, ninguém sem asas — esclareceu Brian. — Você consegue?

— Nunca tentei. É algo bastante simples; basta foco para subir alguns centímetros. É mais uma questão de se doar ao ar, de se misturar ao elemento, e não de propósito. Mas o que ela fez exigiria poder, vontade e propósito.

— Foi o que ela disse, Keegan, que se sentia cheia de poder, vontade e propósito, em si mesma e fora ao mesmo tempo, se é que isso faz sentido.

Keegan já havia visto isso nela.

— Bastante sentido.

— E, quando ela disse as últimas palavras em *talamish*, juro para você, fiquei impressionado. E confesso que, se tivessem sido ditas para mim, eu teria medo.

Misneach, pensou Keegan. Significava coragem e espírito. Ela tinha os dois.

— E a brecha está selada. Vamos verificar todos os outros portais em busca de rachaduras como a que ela viu, que abrem e fecham.

— Mesmo quando eu estava ao lado dela, voando, não via o que ela via.

— São as magias de Yseult. Sabendo disso, não fecharemos as outras brechas que encontrarmos. — Ele ergueu uma sobrancelha quando Brian assentiu. — Você concorda comigo?

— Se as fecharmos, os corvos não poderão passar e não poderemos segui-los como Duncan fez hoje.

— Sim. — Keegan bebericava sua cerveja, analisando a situação. — Poderíamos evitar que uma mensagem chegasse a um espião, mas não acharíamos o espião tão fácil. Nem impediríamos um plano como o de tirar a vida de Loga e incriminar outra pessoa. Odran pretende nos colocar uns contra os outros, isso está bem claro. E isso me diz que ele não tem tanta certeza de que pode derrotar os feéricos enquanto formos unidos.

— Ficaremos unidos.

— Isso mesmo. — Keegan ergueu sua caneca para brindar. — A todos.

Mais tarde, bem tarde da noite, e sozinho, Keegan estava vagando por seus aposentos. Pensou em chamar Cróga para romper esse confinamento, mas ele se conhecia, e sabia que, uma vez nas costas de Cróga, voaria para o oeste.

Voaria para o vale e atravessaria o portal.

Iria até ela.

Embora quisesse isso, apenas isso, mais que qualquer coisa, era parecido demais com o que ele havia feito com Shana.

Era uma comichão, uma necessidade. Mútua, sim, mas mesmo assim...

Ele não voaria até Breen para ter uma ou duas horas com ela, pelo prazer do sexo, pela sensação agradável de seu corpo sobre o dela, ou ao lado durante o sono.

Ela significava mais que isso; embora ele não entendesse muito bem, ela simplesmente significava mais.

Então, ficou vagando por seus aposentos como um tigre enjaulado, pensando na reunião do conselho que ele havia convocado para a manhã seguinte, no julgamento que esperava a chegada de Loga, nas patrulhas, no treinamento e em todo o resto.

Por curiosidade, ficou parado, fechou os olhos e se deixou levar pelo leve transe exigido para a autolevitação.

Colocou o foco dentro e depois fora. Ele era o ar; o ar era ele.

Deixou o calor entrar, o frio sair.

Dentro e fora, ao redor e embaixo.

Sentiu-se subir uns dois centímetros. Ergueu as mãos, com as palmas para cima.

Mais dois centímetros, e mais dois enquanto ele se mesclava com o ar.

Abriu os olhos e se encontrou à altura do topo dos castiçais da lareira; concentrou-se mais e subiu mais trinta centímetros.

Sua mente continuava clara, mas seu coração começou a bater forte; ele ficou ofegante, como se carregasse um grande peso subindo uma colina bem alta e íngreme.

Sentiu o suor correr por suas costas enquanto se esforçava para manter o foco. Mas o quebrou, e caiu de quase dois metros de altura. Ficou agachado quando aterrissou até que sua respiração se estabilizou de novo.

— O preço é alto. Mas vou praticar; pode ser útil.

Ele se serviu de água, em vez de cerveja, e bebeu.

Breen tinha um pouco de *sidhe*, pensou, mas ele também. Quando tentasse de novo, faria o possível para explorar essa parte de seu sangue e ver aonde o levaria.

Despiu-se e se deitou na cama, sob o mural de Talamh.

Encontrou o vale e a saudade doeu fisicamente. Observou a Árvore de Boas-Vindas pintada acima dele, toda verde verão.

Imaginou-se passando por ela e indo até a cabana de Breen. Estaria dormindo? Certamente, com o bom cãozinho perto do fogo, pois era tarde.

Imaginou-a dormir, o cabelo solto sobre o travesseiro, com o luar entrando pelas janelas e brilhando no rosto dela.

Ele via isso em sua mente.

E, então, ela estava ali. Não dormindo na cama dela, e sim ao lado dele.

— Estou sonhando — disse ela. — Você também?

— Eu estava acordado, pensando em você.

— Estou sonhando com você. Estou aqui?

Ele se sentou. Ela estava com a calça e a camiseta larga com que costumava dormir. Certamente não era coisa de sonho.

E ele a queria tanto quanto queria respirar.

— Estou aqui? — repetiu ela, e estendeu a mão para tocar o peito dele. — Sinto você, sinto seu coração batendo. Devo estar aqui. Está sentindo minha mão?

— Sim. — Ele a cobriu com a sua. — Se é um sonho para nós dois, não vamos desperdiçá-lo. Estou com saudade de você, Breen Siobhan.

Ela se ajoelhou na cama e enroscou os braços ao redor do pescoço dele.

— Me mostre o que podemos fazer em sonhos.

Lábios se encontraram, buscando suavemente o calor, o sabor, a promessa já feita. E, com o beijo, o sonho foi girando, girando... Pertinho, corpo a corpo, eles se entregaram ao sonho, um ao outro, enquanto o fogo ardia e as luas gêmeas lançavam luz sobre a escuridão.

Murmurando, ele tirou a camiseta dela; pele com pele, carne quente com carne quente. Acariciou as costas dela, aspirou o cheiro do cabelo dela... Estava tudo lá, tudo real, tudo dele.

Permitindo-se, ele provou mais, passou seus lábios sobre o rosto, a garganta, os ombros de Breen, sorveu o suspiro dela quando seus lábios se encontraram de novo.

Os seios dela em suas mãos, tão macios, tão firmes... um suspiro baixinho de prazer quando ele a tocou, em todo lugar que tocava. A doçura dos lábios dela roçando os dele e se abandonando ali.

Tudo dele.

Ela virou o corpo e ficou sobre Keegan, esfregando-se nele. Por um longo momento, ficou deitada sobre ele para sentir o corpo daquele guerreiro duro sob o dela. A forma, a força, o cheiro da pele dele a seduziam. Ela sentia o coração dele bater dentro do seu e mais uma vez colou seus lábios nos dele.

Permitiu-se mais e tomou mais. Lentamente, flutuando no sonho, passou as mãos e os lábios por ele todo.

Ombros largos, músculos tensos, mandíbula forte sob a barba áspera. Pele surpreendentemente suave sobre um corpo duro e disciplinado.

Tudo dela.

Enquanto ela explorava, dentro de seu coração a pulsação dele acelerava. As mãos dele a acalmavam e seduziam ao mesmo tempo, e dentro de seu próprio corpo ela sentiu a necessidade dele. Ele queria, mas esperava, e nada poderia tê-la excitado mais.

Com um pensamento, ela se despiu e montou nele.

Ela viu os olhos dele à luz da lua, o jeito como a fitavam. Só viam Breen. Pegando as mãos dele, ela as colocou em seus seios, em seu coração. E o tomou dentro de si, devagar, devagar, devagar... sua respiração e seu corpo estremeciam.

Ela o segurou lá, segurou os dois, saturando-se com a sensação.

Ainda assim, ele esperou.

Ela começou a se mexer, ondulante, fluida como água, assumindo o comando. O corpo dele doía, seu sangue ardia, e o prazer tomou conta de tudo. Enfeitiçado, ele a observou, viu seus cabelos de fogo brilhando na luz fraturada. E os olhos dela presos nos dele, escuros pelo poder que ela detinha.

Ela ergueu os braços bem alto e jogou a cabeça para trás, tomando-o como ninguém jamais havia tomado, de uma maneira que ele nem sabia que existia. A luz brilhava ao redor dela, um sonho dentro de um sonho. Ela o levou para além dos desejos, além das necessidades, além do eu.

Mais que sexo, foi uma espécie de fusão, e ele sentia o prazer dela ao mesmo tempo que sentia o próprio. Ele se levantou com ela e sentiu, dentro de si mesmo, a longa, aguda e bem-vinda liberação dentro dela.

Quando ela passou as mãos por seu próprio corpo, ele se sentou, pegou-a pelos cabelos e colou sua boca na dela.

Ela respondeu e o acorrentou com seus braços, ainda mexendo os quadris, deixando-o louco, levando-o até as profundezas.

Palavras enlouquecidas saíram dele, palavras que ela não conhecia, que sua mente obnubilada mal entendia.

Por fim, ele chegou ao clímax. Quando ela caiu sobre ele, parecia ter caído dentro dele.

Keegan a abraçou e se deitou com ela sobre seu corpo.

— Sei que temos que acordar — disse ela, suspirando as palavras —, mas não quero.

Ele enroscou as mãos no cabelo dela de novo. Ali estava a paz, pensou, a paz absoluta que ela lhe trouxera.

— Você fez um feitiço para trazer o sonho?

— Não. — Ela levantou a cabeça. — Eu não...

— Se tivesse feito, eu agradeceria. Estava pensando em você, como eu disse. Pensando em você.

— Achei que você voaria de volta para ficar algumas horas comigo, assim.

— Para fazer sexo, como eu fazia com Shana? Não. — Ele enrolou o cabelo dela em torno dos dedos, soltou e enrolou de novo. — Você não é Shana, não tem nada a ver com ela.

Sorrindo, ela inclinou a cabeça.

— Em todo esse tempo que te conheço, essa foi a coisa mais romântica que você já me disse.

— Então, sua ideia de romance é bem estranha.

— Pode ser. Mesmo assim... — Ela olhou para o fogo. — Ouviu isso?

— O quê?

— Eu... ah, é Porcaria. — Ela se voltou para ele. — Volte logo.

— Espere.

Mas ela se foi, e ele ficou ali, com o fogo baixo e o mural de Talamh acima de sua cabeça.

Levou dois dias para realizar o julgamento; dois dias para Keegan ouvir as palavras – ardentes, mas claras, de Loga, e ardentes e amargas do assassino, Thar.

Dois dias antes que, mais uma vez, baixasse seu cajado decretando um banimento.

Quando terminou, quando o portal para o Mundo das Trevas foi aberto e selado de novo, ele se encontrou com Loga na vila, em O Gato Sorridente.

— Já negociei a cerveja, pode beber até cair.

— Agradeço. — Keegan se sentou com ele à mesa toda machucada e robusta, onde uma caneca já o esperava. — E espero que ela tire o gosto do julgamento de minha garganta.

— Você escolheu uma carga pesada ao levantar a espada, não foi? — disse Loga à sua cerveja.

Estava com um elmo polido e sem amassados e uma couraça, em respeito à solenidade do dia. Seu rosto largo e sulcado carregava sombras sob os olhos.

— Conheço Thar desde seu primeiro suspiro. Cheguei a pensar que ele e minha Narl poderiam fazer a promessa, mas ela estava de olho em

Neill. Narl e Neill?, eu questionei. — Revirando seus olhos ensombrados, fez Keegan rir. — Mas ele é um bom companheiro, um bom pai para seus filhos. E os deuses sabem, como eu sei agora, que Thar teria partido o coração dela como partiu o da mãe.

— Ela não esteve presente no julgamento.

— Não podia. Sula me disse que ela chora a noite toda, mas não fala mais o nome dele à luz do dia. Ele estava debaixo de meu nariz, e eu nunca notei nada. Mas, olhando para trás, vejo que estava lá, bastante claro.

— Caitlyn O'Conghaile tinha pais, um irmão e uma irmã. Não compartilhavam só um acampamento, viviam na mesma casa. Ela tinha um homem que a amava, e ninguém notou nada nela. Alguns escondem muito bem a verdade sobre si mesmos.

— Quantos mais você acha que há por aí? Todos os *trolls* de Talamh vão caçá-los com você.

— Não sei dizer, essa é a dura verdade.

Alguém tocou uma melodia em uma flauta, e palmas começaram a marcar o ritmo.

— Sem a Filha de O'Ceallaigh, não saberíamos de Thar, e eu estaria morto. Ela é a chave, e não há dúvida disso. Não aceitou pagamento pela cura de meu arranhão. — Ele ficou pensativo. — Acho que isso me deixa em dívida para com ela; não estou acostumado a isso. — Deu de ombros e bebeu um pouco mais. — Sula disse que, se o bebê que está carregando for menina, terá o nome de Breen. Discutir com uma mulher, na maioria das vezes, dá mais dor de cabeça que uma noite bebendo cerveja ruim. Mas discutir com uma grávida é pôr em risco a integridade física de seu saco.

— Como minha irmã engravidou três vezes, não tenho como discordar. Sula está bem? Ela não veio com você.

— A gravidez já está avançada demais para uma viagem tão longa, e arrisquei meu saco dizendo isso, pois ela queria vir. Porém, por mais temperamental que seja, ela é uma mulher sensata. Tive que trazer três comigo para que parasse de me importunar, mas eles me fizeram companhia na viagem.

— Você e seu grupo comerão comigo esta noite, e se hospedarão no castelo até voltarem para o oeste.

— Aceitamos a refeição, mas não somos de dormir em castelos. Vamos montar nossas barracas nos campos e cavalgar de volta ao amanhecer.

Ele olhou ao redor, viu que um bandolim se juntara à flauta e o ar cheirava a carne temperada e pão fresco.

— Faz alguns anos que não venho à Capital. Muito perto do chão para o meu gosto, e há muita gente, mas este pub serve uma boa cerveja. Não é meu primeiro julgamento, mas o primeiro em que vejo você segurando o cajado. Você se sai bem lá; crédito para seu pai, que eu conheci. Kavan O'Broin sabia tocar uma música e brandir uma espada.

— É verdade.

— Mais uma rodada — Loga chamou o atendente —, e um brinde a ele.

CAPÍTULO 14

Num dia em que a chuva ia e vinha, Breen foi caminhando com Porcaria da casa de Marg até a fazenda.

Havia se despedido de Marco e Brian naquela manhã; eles iam conhecer a família de Brian.

— Marco já deve ter chegado, ou quase — disse a Porcaria. — Ele estava tão nervoso! Quantas vezes ele mudou de ideia sobre o que vestir, o que levar? Perdi a conta. E esta noite, ou amanhã com certeza, Brian vai fazer o pedido.

Ao lado dela, Porcaria sacudiu o corpo inteiro para mostrar entusiasmo.

— Também estou entusiasmada! Mas não contamos nada, né? Como eu prometi. Graças a Deus está quase acabando. Seremos só você e eu esta noite. — Ela se abaixou para fazer um carinho no topete do cachorro. — O que acha de pipoca e um filme? Vamos ficar aconchegadinhos e...

Ela parou quando Porcaria começou a saltitar e soltar latidos alegres, e então saiu correndo.

Lá estavam os meninos de Aisling no campo.

E Keegan.

Assim como os alvos para arco e flecha.

Enquanto ela observava, Harken saiu do celeiro com a filhotinha saltitando ao lado dele.

Querida e Porcaria correram um para o outro como se houvessem se passado semanas, e não horas, desde a última vez que se viram. Enquanto rolavam e os meninos corriam para eles para participar também, Keegan se virou.

— Ele já preparou tudo para você; mal voltou, e já cuidou disso — disse Harken enquanto atravessavam o campo.

— Eu vi. Ele acabou de chegar?

— Não faz nem uma hora. Ele está cansado; não vai confessar, mas posso ver isso claramente. Tenha um pouco de paciência, pois ele fica mal-humorado quando está cansado.

— Entendi.

— Vou ficar bem longe. — Ele deu um tapinha no ombro de Breen. — Morena está ajudando Finola e Seamus hoje; a avó dela está com pena de nós e vai mandar um pouco do frango assado dela e tal. Portanto, tenho o pretexto de que preciso entrar para limpar as coisas. — Ele esfregou uma mancha de graxa na calça. — Boa sorte para você.

— Obrigada.

Ela acenou para os meninos enquanto caminhava até onde Keegan a esperava.

— Está atrasada — disse ele no lugar de cumprimentá-la.

— Brian achava que você só voltaria amanhã ou depois, por isso planejei trabalhar com Aisling minhas habilidades de cura.

— Você foi habilidosa o suficiente para curar Loga.

— Não sei se seria se tivesse sido mais que um arranhão, e em alguém não tão forte quanto o touro premiado de Harken.

— Você foi habilidosa o suficiente, por isso Aisling pode esperar mais um dia. No arco e flecha, você está aquém.

Cansado, ela recordou a si mesma, porque podia notar da mesma forma que Harken. Mesmo assim...

— Como você sabe que estou aquém? Passou uma semana longe daqui.

— Tudo bem, então. Me mostre.

Ele entregou a ela uma aljava de flechas e, quando ela a prendeu, um arco.

— Eu tinha deveres. — Meio mal-humorado, como Harken avisara, Keegan enfiou as mãos nos bolsos de sua jaqueta. — Teria voltado antes, se pudesse.

— Eu sei.

Ela foi pegar uma flecha, mas ele segurou seu rosto em suas mãos e colou seus lábios nos dela.

— Você esteve lá, ou o sonho foi só meu?

— Estive lá.

Ele descansou a testa na dela.

— Muito bem. — Recuou. — Agora me mostre suas grandes habilidades.

Ela encaixou a flecha, posicionou-se e, lenta e suavemente, puxou a corda do arco. Soltou a flecha, mas atingiu de raspão o anel externo do alvo.

— Eu não disse que estava ótima — murmurou ela.

— Por todas as doces deusas, você tem olhos! Use-os.

— Não há nada de errado com meus olhos. É que você está em cima de mim. — Ela acenou para ele se afastar.

Tentou de novo e atingiu a outra borda do alvo.

— Já vi crianças de menos de oito anos fazerem melhor, e na primeira tentativa. Firme esse braço, mulher. Acerte essa postura!

— Firmar o braço. Acertar a postura — repetiu ela.

Sentira saudades dele, recordou a si mesma. Queria que ele voltasse.

Ela lançou mais seis flechas e conseguiu acertar entre a borda do alvo e o centro duas vezes.

— Me poupe — retrucou ela. — Eu me saio melhor com Morena, pode perguntar a ela. É você.

— Sou eu?

— É você aí parado me encarando de cara feia.

— Ah, claro! Quem for atacá-la vai exibir o mais agradável sorriso enquanto a fere.

Ela não precisava de um maldito arco e flecha para deter um atacante, pensou. Tinha outros meios.

Outros meios; e então ela caiu em si.

Ela respirou fundo algumas vezes para se acalmar e preparou outra flecha. Pensou no ponto, pensou no centro do alvo.

Na mosca!

Lançou a Keegan um olhar presunçoso ao vê-lo franzir a testa.

— Engula essa, *mo chara*.

— Qualquer um pode ter um pouco de sorte. Faça de novo.

Ela repetiu mais duas vezes, acertando as flechas no centro do alvo.

Divertindo-se, ela pegou outra flecha. Keegan baixou a mão dela.

— Você está usando poder.

— E está dando certo. Não sei por que não pensei nisso antes. Por que não me disse para usar?

— Eu nunca... porque não é assim. É...

— O quê? Trapaça? Talvez em uma caçada, sim, ou em um concurso, seria trapaça. Mas na guerra vale tudo, não é? Se eu tenho que defender a mim ou a outra pessoa, por que não usaria toda e qualquer arma?

Ela notou que o havia confundido.

— Não é como deve ser — repetiu ele.

— E você não é mandaloriano. Funciona.

Ela deu um passo lateral diante do próximo alvo e puxou outra flecha. Nem se incomodou com o arco dessa vez, apenas estendeu a mão e fez a flecha atingir o alvo.

Bem no meio!

Atrás dela, os meninos aplaudiram. Ela se voltou para fazer uma reverência e viu que Harken havia saído e estava com as crianças, sorrindo.

— Se confiar na magia, você não aprende a habilidade — argumentou Keegan.

— Então vou treinar sem magia, mas sei que posso usá-la se precisar. Às vezes, *taoiseach*, fazemos as coisas de outro jeito.

Ela usou um alvo para treinar com poder e o outro sem.

Sem magia, melhorou um pouco até o final do treino. Mas com ela, decidiu que o Gavião Arqueiro dos Vingadores não poderia fazer melhor.

— Você está com sorte — disse a Keegan enquanto se dirigiam à cabana, no crepúsculo.

— Ah, é?

— Marco fez jambalaya ontem à noite e sobrou.

— Nunca comi. É bom?

— Maravilhoso. Que bom que você deu folga a Brian para ele apresentar Marco à família.

— Ele fez por merecer. Acho que eles vão concordar em fazer a promessa.

Ela quase tropeçou em um galho quando passaram para a Irlanda.

— Por que está dizendo isso?

— Brian o levou para conhecer a família, e de um jeito que deixou o significado bastante claro. E estava nervoso. Brian não fica nervoso. Então, provavelmente os dois vão se comprometer.

— Graças a Deus! Não preciso fechar o zíper, já que você sabe tanto.

— Fechar o quê?

— Brian pediu minha aprovação. Foi uma graça! — Lembrando, ela cruzou as mãos sobre o coração. — Eu prometi que não contaria a ninguém, e prefiro atirar flechas durante seis horas que ter que esconder um segredo de novo. Ele vai fazer o pedido, talvez esta noite. E nós vamos ter dois casamentos! — Emocionada, ela passou o braço pelo de Keegan; Porcaria corria para a frente e para trás. — Um aqui ou em Talamh, e um na Filadélfia para Sally, Derrick e a irmã de Marco.

— E os pais de Marco.

— Não, eles não iriam. Vou falar com a mãe de Marco sem contar a ele, mas eles não vão.

— Os errados são eles.

— Não importa. Vamos fazer o casamento no Sally's. Eu sei que é o que Marco vai querer. E todos que o amam estarão lá. Ah, vai ser incrível. Você vai, não é? Vai estar lá para prestigiar os dois.

Ele hesitou, então ela explicou.

— Vai ser depois, quando tudo acabar. Não importa quanto tempo leve, esse casamento, pelo menos, será depois.

— Eu gostaria de ir.

— Que bom.

— Vai programar algumas coisas quando for para lá, na primavera?

— Pode ter certeza.

Eles saíram da floresta; Porcaria foi direto para a baía.

— Obrigada por não ter criado nenhum obstáculo.

— Você tem sua família e seu trabalho.

— Sim, mas não vou, se for necessário.

— Você já disse isso.

Lá dentro, ele jogou sua jaqueta no cabide e pegou a dela para fazer o mesmo.

— Podemos tomar um vinho, ou uma cerveja para você, se preferir, enquanto eu esquento a comida.

Ela nem acabou de falar quando ele a pegou no colo.

— Isso pode esperar. Acenda o fogo, *mo bandia*. Aqui. — Ele parou diante do sofá da sala. — Aqui está bom.

— Para mim serve.

— Eu queria ter voltado antes.

— Eu sei.

Isso era tudo que ela precisava saber, pensou enquanto ele a deitava no sofá.

※

Mais tarde, nessa mesma noite, Marco estava sentado em uma colina, enrolado em uma manta com Brian, bebendo vinho espumante *sidhe*. Uma fogueira ardia em um círculo de pedras, e as luas – duas metades que ele imaginou se unindo e formando uma grande bola branca – competiam com as estrelas para ver quem tinha mais luz.

Um piquenique à meia-noite, dissera Brian, e Marco pensou que havia uma primeira vez para tudo.

— Gostei da sua família.

— Eles já amam você.

— Com certeza amam você. Me fizeram sentir muito bem-vindo. Dois minutos depois eu esqueci de ficar nervoso. Dez minutos depois, era como se os conhecesse desde sempre.

Ele se voltou e roçou os lábios nos de Brian.

— Você os encantou dizendo a meu pai que entende agora de quem puxei minha boa aparência, e à minha mãe de quem puxei meu bom cérebro. Muito inteligente de sua parte.

— É a verdade, isso facilita.

Ele encostou a cabeça na de Brian, observando a névoa e a respiração dos dois se fundir e desaparecer.

— Agora, estou sentado aqui com você, fazendo piquenique à meia-noite, embaixo de um céu cheio de estrelas e luas. Estou olhando para o lugar onde você nasceu, onde foi criado e, lá embaixo, para a árvore que você escalou para se encher de maçã verde até quase morrer de dor de barriga.

— Ah, minha mãe e suas histórias!

Feliz como sempre, Marco se aconchegou mais em Brian.

— Não vejo a hora de ouvir o resto. Assim como não vejo a hora de você conhecer Sally e Derrick pessoalmente, não só pelo FaceTime. Eles vão amar você, Brian, como eu amo. São minha família de verdade, junto com Breen e minha irmã.

— E vão me contar histórias?

— Ah, sim!

— É importante conhecer a família do outro, fazer parte de tudo e da história deles. E para mim foi importante ver a alegria no olhar de minha mãe quando conheceu você, e como olhou para mim dizendo claramente, mesmo que sem palavras: Agora entendo por que você o ama.

— Ela já sabia por que eu amo você.

— Ah, claro. O que foi que você disse? Que não havia como não amar?

Rindo, Marco serviu mais vinho para os dois.

— É importante formar uma família também, com a pessoa que você ama e se vê no futuro. E, aí, a história de cada um se torna parte desse todo. — Ele pegou a mão de Marco e a levou aos lábios. — Forme essa família comigo, Marco, faça parte desse todo e dessa história comigo. Vai se prometer para mim, aqui, onde nasci, e aceitar minha promessa a você?

Marco simplesmente parou de respirar e tudo ficou silente. A noite, o ar, o mundo e todos os mundos além.

— Você... você está me pedindo em casamento?

— Estou, e agora todo o nervosismo que senti parece uma bobagem, pois pedir foi a coisa mais fácil de todos os mundos.

Virando a mão de Marco, Brian beijou o centro da palma dele.

— Prometo amá-lo e ficar com você, e construir uma vida que lhe traga alegria. Eu sei que pode parecer rápido demais, mas...

— Não, não, não. Brian Kelly, meu guerreiro *sidhe*, meu amante, meu amigo, parece que esperei por você minha vida inteira, e, naquela noite em que ficamos na baía, tudo encontrou seu lugar. Você é o homem da minha vida e sempre será.

Ele quase se jogou para beijá-lo, na certeza de que a alegria já estava começando.

— Então você aceita? — perguntou Brian enquanto passava os lábios pelo rosto de Marco.

— Eu ia pedir você em casamento. Me segure um pouquinho, estou tremendo. Depois de conhecer sua família, eu ia falar com a Breen. — Abraçando forte Brian, Marco fechou os olhos. — Ela é minha estrela-guia, sabe? Eu queria ver com ela como pedir você em casamento de um jeito especial.

Afastando-se, Brian segurou o rosto de Marco e viu todo o seu mundo, toda a sua vida naqueles lindos olhos.

— Ia mesmo?

— Toda a minha vida eu quis que alguém me amasse como você ama, e quis amar alguém como amo você. Eu queria te pedir em casamento, mas você pediu primeiro.

— Diga: Sim, Brian, eu prometo a você.

— Sim, Brian, eu prometo a você.

— E eu digo sim, Marco, eu me caso com você.

O beijo selou a promessa e foi um passo de amor rumo ao futuro.

— Eu encontrei você — murmurou Marco. — Encontrei você. Só precisei entrar em outro mundo, e você estava lá.

※

À tarde, quando houve mais chuva, Breen deixou o trabalho de lado e saiu de seu escritório. Deixou Porcaria sair; chovendo ou não, ele queria correr. E foi até a cozinha vazia pegar uma Coca-Cola.

Teria que se acostumar com isso de novo, recordou a si mesma. Ao silêncio, a estar sozinha, a não encontrar Marco à mesa trabalhando, nem na cozinha cozinhando.

Ele teria sua própria cozinha, sua própria mesa, em pouco tempo. E ela queria isso para ele: sua própria casa com alguém que ele amava.

Ela foi até a porta e ficou olhando para a chuva, que, como Porcaria, agitava a baía. Adorava essa vista, debaixo de chuva ou de sol.

Já a havia visto no verão, no outono e agora no inverno. Em questão de semanas, estaria ali vendo a primavera chegar.

Mas sem pressa, pensou. Na primavera, ela atravessaria o portal de novo, mas para a Filadélfia. Queria muito ver Sally e Derrick, mas isso significava enfrentar sua mãe de novo.

E isso significava enfrentar o fato de que não podia continuar enrolando para entregar o livro.

— Bom ou não, Breen — disse a si mesma —, você o escreveu e isso é mais do que jamais pensou que faria.

Se não estivesse bom, tentaria melhorá-lo.

— Como se melhorasse a mim mesma. — Ela virou o pulso. — *Misneach,* não se esqueça disso.

Ela tinha uma vida ali e em Talamh. E nos dois lados se sentia produtiva e feliz. Estava conseguindo muito bem manter essa vida, essa produtividade e essa felicidade.

Só o que ela precisava fazer para manter isso era derrotar um deus.

※

Na tarde seguinte, ainda chuvosa, ela seguiu as receitas de Marco ao pé da letra. Pelo menos para o pão italiano, ele tinha quantidades bem específicas. Já o molho vermelho para a lasanha, que ela pretendia fazer para o jantar de boas-vindas dele, foi mais problemático.

— Eu o vi fazer esse molho um milhão de vezes — disse a Porcaria, que estava sentado vendo-a cortar ervas. — E ele não vai voltar para casa depois de ficar noivo, e eu *sei* que ele ficou noivo, e fazer o jantar.

Ela colocou as ervas, mexeu a panela e resistiu à tentação de fazer um feitiço que transformasse seu molho no de Marco.

— Não é trapaça, mas pode não dar certo.

Retirou o pano de cima das bolas de massa que formara cuidadosamente para acabarem de crescer.

Viu que as duas bolas haviam se fundido em uma só, gorda e inchada, com um leve furo no meio.

— Merda, merda, merda! Por quê? Vou dar um jeito nisso.

Ela começou a usar os dedos, mas imaginou os pães murchando como balões.

— Não é trapaça — insistiu, e estendeu as mãos sobre a massa, gentilmente, separando-a devagar. — Eu segui todos os passos, então não é trapaça.

Colocou a assadeira com os pães no forno sobre outra rasa com água já fumegante – por razões que ela não entendia, mas estava na receita de Marco.

Programou o timer e torceu pelo melhor.

— Agora, vamos limpar tudo isto.

Jesus, ela havia feito uma bagunça.

No momento em que acabou de lavar tudo e tirou os pães – que estavam com uma cara ótima –, soltou um grande suspiro.

— Isso cansa! Como ele consegue gostar de fazer isso o tempo todo? Vamos dar o fora daqui, Porcaria.

Ela pegou sua jaqueta de chuva e puxou o capuz para cima.

Depois do calor e do terror da cozinha, o frio e a umidade foram como uma bênção.

Mas a chuva, se estivesse chovendo em Talamh, poderia atrasar a viagem deles.

Nesse mesmo instante, ele desceu o caminho em direção a ela.

— Marco Polo!

Ela e Porcaria correram para ele juntos. Ela pulou nos braços dele e Porcaria ficou pulando ao lado.

— Achei que talvez vocês demorassem mais por causa da chuva.

— O sol está brilhando em Talamh. Mas claro que aqui está chovendo.

Ele a apertou com força e logo recuou.

E, quando ela viu a luz nos olhos dele, pulou como Porcaria.

— Conte, conte, conte.

— Brian me contou que contou para você. E você não disse uma palavra.

— Quase morri por causa disso. Agora, conte tudo! Como ele pediu, onde, quando?

— Não quer saber se eu disse sim?

— Como se você pudesse ter dito outra coisa.
— Vou deixar a mochila em casa e atravessar com você.

Ela fez um movimento com a mão e a mochila desapareceu.

— No seu quarto. Feito. Me conte antes que eu exploda.
— Piquenique à meia-noite.
— Ai, meu Deus!! — disse ela, batendo a mão no coração a cada sílaba.

Ele contou enquanto caminhavam e as lágrimas dela caíam como a chuva.

— É tudo tão lindo, tão romântico e perfeito! Então, você e Brian...
— A mãe dele chorou como você, esse tipo de choro. Eles são ótimos, Breen. Chorei um pouco também quando ela me pediu para chamá-la de mãe, se eu quisesse.
— Já amo essa mulher!
— Brian me disse que você falou que eu ia querer dois casamentos, um aqui e outro no Sally's. Você me conhece de verdade, menina!
— Como ninguém.
— Estamos pensando em setembro, talvez, para o daqui, mais ou menos quando nos conhecemos, para comemorar.
— E o romantismo não tem fim!
— A mãe dele quer uma grande festa.
— Já disse que amo essa mulher?
— Nossa, eu também! Do jeito que ela falou, deve ser uma coisa muito parecida com a festa de Morena e Harken. Um grande casamento feérico. Para o de Sally, vamos ver se vamos antes ou depois. Depois, né? Porque ele não pode sair daqui antes do depois. Então, talvez seja mais para novembro, ou até janeiro.
— Sabe, antes eu pensava que tenho mais do que jamais pensei que poderia ter, que minha vida é tão grande agora, tão boa, que eu queria poder adiar o resto. Mas agora eu quero que o maldito depois chegue logo.
— Não importa quando, Breen.

Ele brilhava enquanto falava, e isso fez Breen chorar de novo.

— Estamos comprometidos. Brian convidou o irmão para ser padrinho do casamento aqui, e vai convidar Keegan para ser no do Sally's. Você vai ser minha madrinha nos dois, né?

Sob a chuva que caía, ela o abraçou e chorou.

— Ande — ele beijou o cabelo dela —, vamos tomar sol. Quando voltarmos, vamos falar pelo FaceTime com Sally e Derrick.

— Isso!

— Vou voltar um pouco mais cedo — disse ele quando pisaram no galho. — Você poderia me ajudar a negociar uns peixes. Posso fazer peixe com batata frita.

— Não, já fiz o jantar.

Atordoado, ele olhou para ela e mal notou a troca da chuva pelo sol.

— Você?

— Já fiz o molho da lasanha e o pão.

— Agora eu é que vou chorar.

— Pode chorar quando comer, mas, se não estiver bom, minta.

Ela apertou as mãos dele enquanto desciam os degraus. Porcaria já os esperava no muro.

— Que dia lindo! Que dia absolutamente perfeito e lindo! Agora, vamos contar para todo mundo!

Nem mesmo pensar no treinamento estragou seu humor enquanto Breen caminhava, depois de um adorável momento de celebração e magia na casa de Marg, rumo à tortura que Keegan devia estar planejando para ela na fazenda.

Sem dúvida, Marco havia comemorado na fazenda e na casa de Finola. E comemorariam de novo na cabana quando Brian chegasse.

— É um dia muito, muito bom, Porcaria. Como o início de um novo capítulo de um livro que você não vê a hora de ler. Estou louca para ver a cara de Sally quando lhe contarmos.

Animada por esse pensamento, ela continuou andando.

À frente, bem à frente, uma nuvem cinzenta rodopiava na estrada. A nuvem se tornou uma forma – um homem-fada das trevas, com asas bordadas de preto.

Reconhecendo o espectro, ela xingou Keegan e procurou sua espada.

— Breen Siobhan O'Ceallaigh, sou de Odran, deus de tudo.

— Ah, claro.

Ao lado dela, Porcaria rosnou, baixo e feroz.

— Pelos meus olhos ele vê; pela minha boca ele fala.

— Esperto — murmurou Breen. — Sorrateiro e esperto, *taoiseach*.

Ela foi lançar poder em vez de usar a espada, mas ouviu a voz. A voz de Odran.

— A areia da ampulheta está quase no fim, e, quando o último grão cair, tudo isto vai arder em chamas. Arder e sangrar. Quer que lhe mostre agora, com este cachorro tolo?

— Não! Sentado! — ela disse isso tão ferozmente que Porcaria sentou com força, batendo o traseiro no chão.

E ela se colocou na frente dele.

— Você não vai tocá-lo.

— Posso poupar o cachorro e outros que você escolher, se vier até mim agora.

— Você não pouparia nada nem ninguém. Tudo que você conhece é a morte. E eu nunca irei até você.

— Seu poder de escolha se esgota à medida que os grãos de areia caem. Passe pelo portal da árvore das cobras. Abra-o e venha antes da virada das luas, senão todos queimarão e sangrarão. E todos amaldiçoarão seu nome enquanto estiverem queimando e sangrando. Venha, e você vai se sentar ao meu lado, preciosa neta. Alimente-me com seu poder e viva, honrada pela dádiva. Se recusar, tomarei tudo que você é, e você viverá apenas o suficiente para ver seus mundos tão preciosos morrerem.

Ele lhe provocava medo, Breen não ia negar. Mas também não ia ceder.

— Você me ameaça por meio de um fantasma, uma ilusão. Seu poder é fraco e fede a desespero. Esta é minha escolha.

Quando ela atacou o espectro, aço rebateu aço. Ela viu a fúria nos olhos de Odran e algo parecido com prazer.

Antes que ela pudesse bloquear, a lâmina oposta atingiu seu braço e cortou sua carne.

Dor e choque arrancaram um grito dela, e a fizeram cambalear para trás. Porcaria, furioso demais para obedecer, pulou, mas passou direto pelo espectro.

— Seu sangue... Meu poder é forte e o seu, fraco. Agora, veja este vira-lata morrer por você.

— Não!

Quando Porcaria atacou de novo e o espectro ergueu a espada, Breen lançou fogo. Um fogo infernal, que saiu dela em um misto de medo e raiva.

Enquanto o espectro ardia em chamas, ela caiu de joelhos no chão sujo de seu próprio sangue.

— Escolha! — A voz trovejou e o chão tremeu sob ela. — Vida ou morte.

Então, só restaram cinzas fumegantes.

— Não! Não chegue perto.

Choramingando, Porcaria foi até Breen e se aninhou nela, que agarrava o braço ferido.

— Sal, precisamos de sal. Não consigo pensar. Talvez esteja em choque. Preciso levantar. Não posso desmaiar. Tenho que curar isto. Não consigo pensar.

Ela ouviu um cavalo se aproximando depressa e fez um esforço para se levantar.

Defenda-se.

E viu Keegan, montando Merlin sem sela.

— Sal — disse ela de novo, e caiu de joelhos de novo, tombando para o lado antes que o cavalo parasse.

— Sal. Salgue as cinzas.

— Você está sangrando. Deuses, é profundo! Fique quieta, deixe-me fazer o que puder primeiro.

— Achei que... Jesus, isso arde!

— Eu sei, eu sei. Preciso estancar o sangramento. Vamos deixar o resto para Aisling. Fique quieta; você é corajosa, deixe-me fazer o que puder.

Ela fechou os olhos e se acalmou.

— Achei que você havia mandado o espectro como um ataque furtivo para eu treinar. Fiquei fula da vida. Já deu, não é? Dói mais que o corte.

— Quase.

— Temos que salgar as cinzas. Alguém pode vir. Uma criança pode...

— Cuidaremos disso. Harken está vindo.

— Como você sabia? Como sabia que eu precisava de você?

— O desgraçado gritou tão alto que poderia acordar até os mortos. Veja, Marg e Sedric vieram também montando Igraine. Harken! Vá buscar sal para essas cinzas fedorentas. Precisamos enterrá-las nas Cavernas Amargas.

— Quero vê-la primeiro.

Como Keegan, ele desmontou e, com mãos gentis, pegou o braço ferido dela.

— Muito ruim? — E apenas assentiu quando Keegan olhou para ele. — Você fez bem. Marg pode dar uma olhada, pode parar.

— Sim, por favor.

— *Mo stór, mo stór!* — Marg se ajoelhou ao lado dela.

— Estou bem. — Melhor, pensou, já que não queimava mais. Mas, nossa, seu braço latejava.

— Eu mesmo vou mandá-lo para o inferno por causa disso. Foi Odran?

— Não exatamente.

— Estanquei o sangramento, mas ela precisa de mais cuidados.

— Sim, sim, isso é mais o importante. Aisling e eu cuidaremos do resto.

— O sal, Harken, e avise Aisling que precisamos dela.

— Vou levantá-la até você. Não, querida, não tente ficar em pé ainda. — Sedric a pegou no colo. — Vou ficar aqui até terminar a salgação para que ninguém chegue perto das cinzas.

Antes de colocá-la no garanhão na frente de Keegan, Sedric a beijou.

— Você está em boas mãos agora, não se preocupe nem um pouco.

— Porcaria...

— Estamos bem atrás de você — garantiu Marg, e montou em Igraine. — Estamos aqui.

Merlin partiu a galope, e o movimento fez o estômago de Breen revirar.

— Achei que você havia mandado o espectro.

— Sim, você disse, e teria sido uma boa ideia.

— Mas aí eu percebi. Ele mataria Porcaria só para me machucar.

— Aposto que seria mais difícil do que ele pensa. Esse cachorro é um campeão.

A cabeça de Breen, pesada, pendeu para trás.

— O espectro disse que Odran via e falava por ele.

— São necessárias magias fortes para fazer isso, e para a espada cortar.

— O que aconteceu? O que aconteceu? Eu soube que... — Marco passou as mãos sobre o rosto de Breen quando Keegan parou. — Eu não sabia onde encontrá-la.

— Pegue-a, irmão. Ela está ferida, mas já está se curando. Leve-a para dentro, Marg e Aisling cuidarão do resto.

— Pode deixar. Está tudo bem agora, meu amor, Marco está aqui.

— Traga-a e deite-a aqui. — À porta da casa da fazenda, Aisling dava ordens. — Deite-a no divã, Marco, e pegue o bebê.

Ela deixou Kelly choramingando nas mãos de Marco e tirou grampos do bolso para prender o cabelo.

— Ele está agitado, caminhe um pouco e balance-o. Ele quer seu jantar, mas vai ter que esperar um pouco. Vamos tirar essa jaqueta, e o suéter também, e ver como estão as coisas.

— Keegan, a poção; a garrafa azul, a mais baixa com a tampa amarela. Sete gotas em dois dedos de uísque.

— Não gosto de uísque.

— Vai beber mesmo assim. Ah, Marg chegou. Pegue a poção, por favor, assim Keegan não faz besteira.

— Eu não ia fazer besteira.

— Seja útil e segure a mão dela enquanto eu cuido disso. Ah, como gosta de discutir! Marco, por favor, vá dizer aos meninos que eu mandei ficarem fora, senão vão se ver comigo.

— Queria saber dar ordens como você — disse Breen, com um sorriso vago, e fechou os olhos. — General Hannigan.

Ela pegou a outra mão de Breen.

— Quando você vive cercada de homens, aprende. Keegan, pegue uma vela.

— Seguro a mão dela ou pego uma vela?

— Os dois! E Breen, você vai olhar para a chama da vela. Olhe para a luz. Vai doer um pouco.

— Já está doendo.

— Um pouco mais. Agora, olhe para a vela, a luz. Veja, sinta, seja a luz. Olhe para a luz, onde é mais quente. O calor acalma.

Ela sentia dor enquanto Aisling trabalhava, mas distante, como uma dor durante um sonho. Ouviu a voz de sua avó se juntar à de Aisling, ambas calmantes como a chama da vela. Tranquilas, baixinhas, e se sentiu flutuar.

Uma, duas, três vezes ela ofegou quando a dor voltava, até que desapareceu.

— Beba isto agora. Tudinho.

— Queima a garganta. E é amargo.

— O amargo é da poção — concordou Aisling, e passou a mão manchada de sangue pela testa. — Mas funciona bem. Agora, fique quieta um pouquinho.

Ela se concentrou no rosto de Aisling e no de Marg, viu que ambos carregavam o brilho do suor do esforço.

— Isso que você fez doeu em você.

— A cura é um dom — disse Aisling enquanto se levantava. — Mas tem um preço; e o preço é pago de boa vontade.

— Preciso cuidar de meu cavalo. — Keegan se levantou e saiu.

— Ele está furioso — observou Aisling.

— Sei que ele está com raiva de mim, mas eu...

— Não de você. — Como faria com um de seus filhos, Aisling deu um soquinho na cabeça de Breen. — Não seja boba. Marco, pode me entregar Kelly agora.

Quando pegou o bebê, ela abriu a blusa e colocou a boca voraz do filho em seu peito.

— Depois que você descansar um pouco e Keegan trabalhar loucamente, todos nós vamos tomar alguma coisa não amarga e você nos contará que diabos aconteceu.

CAPÍTULO 15

Breen soube que Morena havia voado para a fazenda assim que Marco saíra para avisar os meninos para ficarem fora. Com a certeza de que Breen estava em boas mãos, ela fora ajudar Harken com as cinzas.

Finola e Seamus também saíram correndo de casa. Metade do vale, aparentemente, saíra correndo para defender o que precisasse ser defendido.

Ela já estava sentada à mesa grande, com o braço curado e sem cicatrizes – mas Aisling avisara que latejaria um pouco durante uns dias –, cercada pelas pessoas mais próximas.

A maioria tomava uísque, ou chá com uma boa dose de uísque, mas ela, aliviada, tomava uma taça de vinho. Bebia devagar enquanto contava a história.

— Ele foi ousado — comentou Sedric. — Ousado e precipitado.

— Sim, ele é as duas coisas. Deve ter descoberto os espectros que vocês usam no treinamento por meio dos espiões dele — disse Marg —, e se aproveitou disso. Astuto.

— Ele tentou barganhar com você — apontou Morena. — Faça isso senão eu faço aquilo. Mas se ele pudesse fazer mesmo, teria feito.

— Ele queria me assustar e me machucar. Fez as duas coisas, então, missão cumprida. Mas acho que ele realmente acredita que pode me atrair não só com ameaças, mas com promessas.

— E são muitas.

Ela olhou para Keegan.

— Ele poderia ter me matado... talvez, mas não me quer morta. Não até conseguir o que quer de mim. Mas nem ele nem o espectro puderam me pegar. Eu sei que não fui tão boa com a espada quanto deveria, mas talvez um pouco tenha sido porque eu acreditava que a dele não poderia me machucar.

— Toda arma deve ser tratada com respeito.

— Aprendi a lição. Mas ele não; ou é arrogante demais para aprender. Quando eu era professora, tinha alunos assim, que não faziam o mínimo esforço para aprender, e também não aprendiam com os erros ou as notas ruins.

— Crianças desafiadoras — interveio Marco. — Mas ele não é nenhuma criança.

— Não, mas mesmo assim, desde que existe, continua buscando a mesma coisa e fracassando.

— Essa é a definição de insanidade. — Marco deu de ombros. — Psicopata, como eu já disse.

— Ele nunca teve um prêmio como você na mira. — À cabeceira da mesa, Keegan ficou girando o copo de uísque. — Você é nossa chave tanto quanto dele, e ele sabe disso. Odran age como se fosse uma questão de escolha. E derramou seu sangue hoje para mostrar o que poderia custar a você fazer uma escolha contra ele.

— Ele é feito de mentiras — disse Harken baixinho. — Essa escolha que ele oferece é apenas mais uma mentira.

— Eu não sou guerreiro — Seamus tirou o boné de trabalho para se sentar à mesa — nem tenho grandes responsabilidades como a maioria aqui tem. Mas me pergunto por que Odran falou por meio desse espectro, um *sidhe* das trevas, como você disse, querida Breen. Por que não criou a ilusão de si mesmo? Isso não seria mais poderoso e lhe provocaria mais medo?

— Ora, boa pergunta. — Mahon se voltou da janela onde estava observando seus filhos e os cachorros. — Será que alguém com mais conhecimento sobre o assunto poderia responder?

— Isso ainda está fora do alcance dele — disse Marg simplesmente. — E de Yseult também. Ele está lá, em seu castelo sombrio, incapaz de atravessar. Estou aqui pensando... foi uma boa pergunta, Seamus. O fantasma não era apenas um fantasma.

— Não estou entendendo nada — disse Marco, perplexo —, mas também não entendo a maioria dessas coisas, para dizer a verdade. Breen está bem aqui, então eu posso sair e ficar de olho nas crianças, se vocês quiserem.

— Eles estão bem. — Mahon deu uma última olhada pela janela

antes de voltar para a mesa. — Eles têm Mab, Porcaria e a feroz Querida para cuidar deles, assim como Liam. Ele é um bom rapaz. Você tem um lugar nesta mesa, Marco.

— O que Odran enviou para Breen agora são cinzas salgadas e enterradas — lembrou Morena. — Sou *sidhe*, mas sei o suficiente sobre o ofício para entender que o que apareceu para Breen exigiu muito poder; poder concentrado. Ela o destruiu e, com isso, destruiu o poder. Isso faz sentido?

— Total. — Keegan continuava girando o copo em sua mão. — É verdade, Odran ainda não tem poder para se impor. Mas ele queria trazer uma arma que pudesse cortar carne, derramar sangue. Um espectro sozinho não pode fazer isso.

— Não sei como, porque ele com certeza fez — disse Breen, fechando a mão sobre sua ferida curada.

— Então, estude mais e mais fundo.

Breen sentiu o impacto das palavras de Keegan. Antes que ela pudesse contra-atacar, Harken intercedeu:

— Ela teve meses, não anos. Seria necessária uma fusão — explicou. — O *sidhe* que você enfrentou era real, mas do lado de Odran. Ele deve ter usado um feitiço forte, de sangue, para formar o espectro deste lado, mas isso só é possível se o *sidhe* nasceu aqui. Para se fundir, o *sidhe* se torna apenas um receptáculo que Odran preenche.

— E a espada? — perguntou Finola, e cobriu a mão de Marg com a sua para confortá-la.

Marg virou a mão e entrelaçou os dedos com os da amiga.

— Deve ter origem aqui também. E ele teve que usar outro feitiço para dar a ela o poder de ferir. Não deixa de ser uma ilusão, mas que pode matar. Ele quis passar uma mensagem para você, *mo stór,* e lhe dar uma lição.

— Recebi a mensagem e aprendi a lição. Porcaria o atravessou quando pulou para me proteger. Só que, quando eu ataquei com minha espada, senti o bloqueio da dele. Ouvi o choque do aço. Depois que ele me cortou e eu usei fogo, ele queimou. Como... — e então, se deu conta. — O *sidhe* de carne e osso no mundo de Odran. Eu o matei. Eu o queimei vivo. Eu...

— Finalmente teve o bom senso de fazer o que deveria ter feito desde o início — disse Keegan, categoricamente. — Usou o poder e a lâmina contra um inimigo que também empunhava um poder e uma lâmina.

— Seu próprio sangue estava naquilo que você usou contra ele — disse Sedric, em um tom mais suave. — Odran sabia que, se você usasse seu poder, o espectro, o receptáculo, queimaria. A vida do *sidhe* não significa nada para ele.

— Ele queria observar e avaliar você — acrescentou Keegan —, além de entregar a mensagem e a lição. Ele não conseguiu seu sangue, pois a espada manchada com ele queimou como a mão que a segurava. E está frustrado.

— Meu sangue. Tudo bem, entendi. Ele o quer para usar em um feitiço, para aumentar um pouco seu próprio poder. Para ele, valeria a pena pagar qualquer preço para conseguir isso. E tudo bem, pode me observar e me avaliar, mas isso vale para os dois lados. Eu também o vi. Ele poderia ter atacado quando Porcaria pulou nele... ou melhor, através dele. Mas não atacou porque não esperava por isso, porque estava focado em mim. E ele precisava que eu fosse contra ele, espada contra espada, porque, sim, ele é muito melhor que eu nisso. E ele queria meu sangue. Por cobiça, mas também por necessidade.

— Posso fazer outra pergunta? Como ele sabia onde e quando te encontrar?

— Você seria útil no conselho com essas boas perguntas.

Seamus riu.

— Ah, não, nada de Capital nem de conselho para mim, meu rapaz. Sou apenas curioso.

— Rotina. — Marco deu de ombros quando os olhos se voltaram para ele. — Como os policiais dizem: ela corria naquela trilha todas as manhãs, ou ele passeava com o cachorro naquele quarteirão todas as noites por volta das sete... Por isso o bandido conhecia a rotina da vítima. Breen costuma ir da casa de Nan à fazenda todos dias nesse horário, né?

— Sim. E atravessa com você e o cachorro quase no mesmo horário diariamente. E o treinamento — acrescentou Keegan — é uma rotina também. Então, ela não estava tão preparada quanto deveria estar, pois se acostumou demais com a rotina. Vamos mudar isso, podem ter certeza.

Quanto ao resto, vamos mudar também. Uns dias você vai treinar primeiro, outros trabalhar com Marg. Não vamos manter uma rotina.

— Destruir o padrão. Entendi, mas concordamos que fazer o que ele fez hoje foi muito difícil, né? Não creio que ele vá repetir o feito.

— Ele sempre terá um receptáculo, voluntário ou não — disse Marg. — É melhor ter cuidado.

— Então, amanhã, treino primeiro. Vou levá-la até você, Marg, quando ela acabar. — Keegan se levantou. — Vamos para o outro lado agora. Está escurecendo e chovendo.

Ele estava certo sobre a chuva, claro. O vento soprou e trouxe as primeiras gotas quando Breen saiu.

Ela observou Aisling e Mahon pegarem seus filhos e Liam sair correndo, em duas pernas que se tornaram quatro.

E sua avó, ágil como uma adolescente, montando a égua enquanto Sedric se transformava em gato e pulava na sela com ela.

— Eu ajudo você a cozinhar, Morena, enquanto seu avô dá uma mãozinha a Harken na ordenha e tal. Está uma noite chuvosa. — Finola abraçou Breen e sussurrou em seu ouvido: — Tome cuidado, querida.

— Pode deixar.

Ladeada por Marco e Keegan, ela foi caminhando pela chuva – que aumentava rápido – e pensando na travessia de horas antes, quando viera do outro lado embaixo de chuva.

E pensando que, quando passara da Irlanda para Talamh, encontrara ar puro. Fresco, úmido, mas sem chuva.

Ela tinha coisas a dizer, mas ficou calada durante a caminhada de volta.

— Está se sentindo bem, querida? — Marco pegou a mão dela.

— Claro!

Mas seu braço latejava um pouco, como Aisling havia avisado.

— Fiquei assustada.

— Eu também. Mas foi ele que acabou virando cinzas; e aquele receptáculo.

— Mas chega de se preocupar, porque esta noite é de celebração. — Ela lançou pequenos feixes de luz. — Você não vai para a cozinha; vai subir direto e tomar um banho. Eu sei que está querendo isso desde que voltou. Vai desfazer as malas, porque fica louco se não desfaz, e, quando Brian chegar, vamos jantar a comida que eu preparei.

Quando saíram da floresta, ela olhou para Porcaria, que ficara com ela, em vez de sair correndo para a baía.

— E você também, pare de se preocupar. Vá nadar, ande.

Ele correu, mas olhou várias vezes para trás antes de pular na água.

— O cheiro está bom — disse Marco no instante em que entraram na cabana.

— Não. — Cruzando os braços, ela bloqueou o caminho. — Nem um pé na cozinha.

— Só vou...

— Não. Você vai subir.

— Mandona. — Ele lançou um olhar ansioso para a cozinha, mas obedeceu.

— Você pode acender o fogo — disse a Keegan enquanto tirava a jaqueta, que sua avó havia remendado e limpado, pois sujara de sangue. — E, depois, pode explicar por que achou necessário me agredir daquele jeito.

Ela foi pisando duro para a cozinha; Keegan balançou a mão para acender o fogo e a seguiu.

— Agredir como?

— Afinal, eu fiz o que deveria ter feito. Fiz o melhor que pude.

Ela pegou uma panela e a jogou na pia para enchê-la de água para a massa.

— Não fez, e, não fazendo seu melhor, deixou que ele a cortasse daqui até aqui. — Ele passou o dedo, não gentilmente, do cotovelo dela quase até o ombro.

— Eu fiquei firme, lutei, reagi. E queimei alguém vivo. Que diabos eu deveria fazer?

— Defender-se por todos os meios.

Ele pegou uma garrafa aberta de vinho, que ela havia usado para fazer o molho, e encheu uma taça. A seguir, pegou uma cerveja para si mesmo.

— Diga-me como foi que você lutou em uma batalha na qual muitos caíram dos dois lados, e saiu com apenas um arranhão, mas hoje enfrentou um só e seu sangue manchou o chão.

— Porque ele é um *deus*, caralho!

Ela pegou a taça e bebeu o vinho.

— Assim como você.

— Não é a mesma coisa, você sabe disso. Você sabe disso! Esse sangue está misturado em mim com todo o resto.

— Você o temia.

— Claro que sim. Ainda temo.

— Não há vergonha nisso. Mas você pensou em seu medo, sua preocupação, suas dúvidas, e não agiu.

— Agi sim.

— Não com o que está dentro de você, com sua arma mais afiada. O que você me disse quando fez as flechas atingirem o centro do alvo?

— E o que você respondeu? — rebateu ela.

— Estou dizendo agora que eu estava errado. E estou dizendo que a culpa, pelo menos parte da culpa, pelo que aconteceu hoje é minha.

Isso fez Breen parar de andar de lá para cá como uma louca.

— Como assim?

— Sou responsável por seu treinamento e encontrei você sangrando no chão. O que ele enviou não deveria ter sido suficiente para machucá-la desse jeito, mas... Quer dizer que eu não fiz um bom trabalho de treinamento.

— Que bobagem!

Ela foi tirar a panela da pia, mas ele a empurrou de lado e pegou a panela.

— Onde vai isto?

Ela o encarou.

— Adivinhe.

Dando de ombros, ele a colocou no fogão. Ela colocou sal na água, como Marco fazia, e ligou o fogo.

Ela apertou os olhos com os dedos e pegou sua taça de novo.

— Se você fosse ainda melhor no treinamento, eu ficaria cheia de manchas roxas da cabeça aos pés todos os dias. Não, não, isso era antes. Eu consigo evitar melhor isso agora por causa do treinamento. E eu estudo, Keegan. Estudo magia tanto quanto treino.

— Talvez eu tenha sido duro demais.

— Talvez? — Ela suspirou de novo e mexeu o molho. O cheiro estava ótimo. — E, se eu ainda não sei o suficiente sobre magia sombria, vou estudar mais e mais profundamente.

— Eu estava errado, não devia ter dito isso. É que eu fiquei furioso com o que aconteceu.

Ela passou por ele para pegar os queijos para o recheio.

— Você não estava completamente errado.

Ele tomou um gole de cerveja, devagar.

— Não, não estava.

— Eu estava distraída, pensando em Marco e em Brian, e estava um dia lindo. Não posso viver no limite a cada minuto, Keegan. Ninguém pode. Nem mesmo você. — Ela se voltou para ele de novo. — Eu pensei demais. Quando vi os olhos, quando ouvi a voz dele... pensei demais, quando deveria ter lançado poder contra poder. Mas eu pensei que um espectro não poderia me machucar.

— No entanto, você ficou na frente do cachorro. Aí você agiu.

— Tem razão. Foi instinto. E foi instinto e choque que me fez usar o poder depois que ele me machucou. Não me deixei enganar pelas mentiras dele, mas a ilusão... Bem, truque é truque, e aquele era muito bom. E eu caí.

— Ele terá outros truques, outras maneiras de tentar.

— Mas eu o vi. Vi e senti uma espécie de desespero, além de ganância, orgulho e necessidade. Ele não sabe o que eu vejo. Quando ele olha para mim, Keegan, vê o grande prêmio, como você disse; a chave, o poder que ele deseja. Mas ele não vê mais que o suficiente para conhecer algumas fraquezas minhas, como Porcaria.

Sentindo-o à porta, ela acenou com a mão para abri-la.

— Você pode secá-lo? Ele sabe que eu amo Porcaria, mas não entende o amor — prosseguiu. — Para ele, é só um ponto fraco para explorar.

Depois de secar o cachorro, Keegan encheu as tigelas dele.

Ela colocou a massa na água fervente.

— Mas não é só um ponto fraco — acrescentou. — É força, é motivação. Se eu cometi um erro hoje, bem, também sou humana. Você vai ter que engolir.

— Seu lado humano faz você ser o que é. Não é um defeito, e sim outra força, outro poder. Mais um dom.

Ele colocou as mãos nos ombros dela enquanto ela cozinhava.

— Eu estava com seu sangue em minhas mãos, Breen. E sentindo, vendo isso, pode ser que eu tenha pensado demais.

— Eu diria que tudo está bem quando acaba bem, mas ainda não acabou.

— Por esta noite, sim. — Ele a virou. — Dê um tempo, beba seu vinho e depois me diga o que eu posso fazer para ajudar com esse negócio que você está fazendo aqui.

— Sabe fazer lasanha?

— Não, mas gosto de comer.

— Estamos na mesma posição, então. Você pode mexer a massa para que não grude.

Quando ele girou o dedo para mexer a panela, ela revirou os olhos.

— Não desse jeito. Ah, inferno, desse jeito serve. Você pode fazer a salada.

— Posso?

— Vou orientando você, salada eu sei fazer. E vou fazer esse jantar — ela foi pegar um escorredor e uma vasilha —, e depois devolver a cozinha para o Marco, por enquanto.

Ela tinha tudo sob controle quando Marco desceu, por isso apenas apontou o dedo.

— Fique aí fora.

— Vou só pegar uma taça de vinho para esperar esse belo jantar.

— Keegan leva o vinho para você. Fique aí.

Demonstrando certa solidariedade, Keegan serviu o vinho e o entregou a Marco.

— Deixe com ela, irmão. Melhor deixá-la fazer o que ela quiser.

— O cheiro está ótimo.

No entanto, Marco ficou andando pela sala de jantar. Antes que ela pudesse gritar para ele parar, o rosto dele se iluminou.

— Brian chegou!

Breen parou só para ver o casal recém-comprometido se cumprimentar com um beijo forte.

— Breen está cozinhando.

— Eu vi. — Brian sorriu para ela e foi se aproximando. — Está se sentindo bem?

— Só porque estou cozinhando não me sinto bem?

— Não! É que a notícia do ataque de Odran se espalhou por toda parte. Está se recuperando bem?

— Sim, obrigada.

— Ouvimos o berro dele. Devem ter ouvido até no extremo norte. Eu não podia deixar meu posto, mas mandei Duncan, e ele voltou cheio de relatos. Disse que, mesmo ferida, você queimou o espectro até virar cinzas, derrotou o deus e o fez voltar rastejando, com o aviso de que no próximo encontro ele arderia em chamas.

— Não foi exatamente isso...

— Mara fez uma música: *A balada de Breen e o espectro*.

Ela não podia afirmar que o som que Keegan emitiu foi uma risadinha, mas chegou bem perto.

— Eu não...

— Fez sim. — Keegan serviu vinho para todos. — Ou quase. E os feéricos precisam de suas canções e histórias. Portanto, um brinde a Breen Siobhan por sua vitória no campo de batalha e, esperamos, na cozinha.

— Hahahaha — riu ela e, mentalmente cruzando os dedos, tirou a lasanha do forno.

— Está... — com certo espanto, Marco concluiu — perfeita.

— Íamos comer à luz de velas se não ficasse boa.

Quando ela foi pegar uma faca longa, Marco grunhiu.

— Que foi?

— Tem que deixar descansar um pouco, senão vai desmanchar tudo.

— Ah, é, esqueci. Vamos comer a salada enquanto isso.

— Eu fiz a salada, e quero o crédito. — Assim dizendo, Keegan levou a vasilha de salada à mesa. — Sentem-se, e vamos fazer outro brinde. Aos amigos, aos homens que têm todo o meu respeito e meu carinho. Que a alegria e o contentamento os envolvam, e que os deuses lhes enviem suas bênçãos agora e sempre.

— Vou chorar de novo. Este jantar, o brinde... significam muito para mim. — Marco ergueu a taça. — Mas principalmente os amigos. *Sláinte!*

Breen não duvidava de que a salada estivesse boa – fazer salada não era exatamente saber cozinhar –, mas prendeu a respiração quando Marco provou o pão. Ele olhou para ela estreitando os olhos.

— Garota, onde você andou se escondendo?

— Deu certo! — Finalmente, ela mesma arriscou provar. — Deu certo! Tem que crescer *três* vezes. Por que uma vez não é suficiente?

— Química. Que lindo você fazer tudo isso por mim e Brian...

— Não é todo dia que meu melhor amigo e meu primo ficam noivos. Para o grande teste, ela se levantou e foi buscar a lasanha.

— Sua família está bem, Brian? — perguntou Keegan. — E feliz por você?

— Tudo bem, e não poderiam estar mais felizes. Eles se apaixonaram por Marco, assim como eu.

— E eu por eles. E as histórias que a mãe dele me contou!

— Ah, não comece.

— Tenho que contar!

Atacaram a lasanha com risos e garfos.

— Está muito boa, Breen. Muito boa.

Ela assentiu para Marco, satisfeita.

— Não chega ao nível da sua, mas está boa. Pelo menos não deixei queimar e não precisamos comer pizza congelada.

— Marco tem uma magia própria na cozinha — disse Keegan, servindo-se mais. — Mas, se eu nunca tivesse provado a dele, diria que esta é a melhor lasanha que já comi.

— Isso é um grande elogio, e vou aceitar.

— Comida com amor. — Brian ergueu a taça para Breen de novo. — Dá para sentir em cada mordida.

— Agora eu é que vou chorar.

CAPÍTULO 16

Ela treinou, estudou e praticou durante os ventos e a chuva de fevereiro. Fiel à sua palavra, Keegan mudou a rotina dela. E, fiel a si mesmo, continuou sendo implacável.

Ela lutou contra espectros na floresta, afundando as botas na lama. Atirou flechas montada no dragão, brandiu a espada a cavalo e correu quilômetros com aljava, arco e espada.

Então, ele a levou à base de uma montanha rochosa ao norte do vale. Apontando para cima, disse:

— Escale.

— Quer que eu suba uma montanha? Não sei escalar. Não tenho equipamento.

— Há inimigos lá em cima. Eles têm prisioneiros, crianças pequenas — acrescentou, e ela revirou os olhos. — Você ficaria aqui e deixaria os pequeninos à própria sorte? Eles serão sacrificados, a menos que você encontre um jeito de subir e derrote os inimigos.

— Ah, merda! Por que eu não chamaria meu dragão, voaria até lá e acabaria com eles?

— Porque não é esse o treinamento aqui. Você tem que chegar ao topo com o que tem.

— E se eu cair e me esborrachar?

Ele deu de ombros.

— Não caia.

— Não caia — murmurou ela. — Nossa, como eu não pensei nisso antes?

Ela procurou um apoio para as mãos e depois para os pés. Levou cerca de quinze minutos, com os dedos já machucados, para subir um metro.

— Quando você chegar lá, eles já terão assado e comido as crianças. E os bebês minúsculos e chorosos de sobremesa.

— Cale a boca!

Ela estendeu a mão, com os músculos tensos. Não segurou o grito quando escorregou um pouco. Não via razão para aquilo.

— Agora eles sabem que você está subindo. Cuidado com as flechas que vão jogar em sua direção, e as fadas voando com espadas para cortar suas mãos.

Ela encostou o rosto na rocha fria e respirou fundo. Então, apertando os dentes, conseguiu avançar mais um metro.

O suor escorria por suas costas, rosto e olhos. Também cobria suas mãos, e ela sibilou quando viu seus dedos machucados sangrando um pouco.

Deveria ter recusado, pensou. Ele não poderia forçá-la. Mas, como de costume, ela tinha ido na dele. E agora estava presa na face de uma maldita montanha. Ao olhar para baixo, agarrou-se às rochas como um lagarto, e sentiu o coração pulsar descontrolado em sua cabeça.

Não estava tão alto para se espatifar se caísse, mas com certeza quebraria alguma coisa.

Possivelmente o pescoço.

— Talvez sejam crianças malcriadas e bebês birrentos. Talvez sejam todos como aquele meu aluno, Trevor Kuhn, o capeta...

A pedra em que ela se agarrava cedeu, e ela também.

Ela sentiu o choque de cair para trás, uma rajada de ar e desamparo. Mas, de repente, estava flutuando, segurando-se no ar como havia feito com as pedras.

— Pronto.

Para sua surpresa, Keegan chegou à altura dos seus olhos.

— Você... você também sabe levitar?

— Andei treinando.

— Por que não disse para eu fazer desse jeito?

— Eu disse para chegar ao topo apenas com o que você tem — ele a fez recordar. — Você escolheu o caminho mais difícil, mas o processo lhe fez bem. Porém, quando escorregou, você chamou seus poderes.

— Meus dedos estão sangrando e eu bati o cotovelo duas vezes.

— Eles vão se curar. Mas você está aqui, reclamando, enquanto as crianças choram por socorro.

Ela olhou para cima.

— É muito alto. Nunca fui tão alto.

— Nem eu, mas vamos juntos agora.

Ele estendeu a mão para a dela.

— Isso realmente suga energia.

— É o preço; mas é mais fácil se você respirar o ar e pedir para ele o levantar.

Eles levitaram juntos, passaram por cabras de chifres curvos que balançavam nas rochas, e ninhos de falcões e águias. Ela viu uma caverna e ficou imaginando o que haveria ali, e sentiu uma estranha emoção quando passaram por entre nuvens finas.

Quando chegaram ao topo, aterrissaram em um planalto rochoso, que, em vista da quantidade de excrementos, devia ser frequentado pelas cabras montanhesas.

— Qual é a altura? — perguntou. — Uns quinze metros?

— Perto de vinte. Pensei bem alto para uma primeira vez.

— Não me sinto tão instável como fiquei depois da cachoeira, mas talvez isso se deva a uma combinação de coisas.

Havia algo... na água, no rio, que ela não conseguira alcançar com a mão, e agora não conseguia alcançar com a memória.

Deu de ombros.

— Mas me enfraquece. Apesar da vista incrível, tiraria um cochilo aqui mesmo.

— Fique alerta. Defenda-se.

Mais tarde, ela pensaria que acabaria virando o cachorro de Pavlov. Keegan disse *defenda-se* e ela puxou a espada. E, suporia mais tarde, esse era o objetivo.

No momento, porém, ela estava ocupada demais para pensar, lutando contra espectros. Fadas das trevas, um animórfico que se transformou em gato da montanha, dois cães demônios e uma bruxa que lançava fogo.

Ficou surpresa ao se ver lutando lado a lado com Keegan.

— Viemos juntos — disse ele —, lutamos juntos. Na batalha, sabemos quem luta conosco e contra nós. Abaixe-se — acrescentou, e a surpreendeu ao pular por cima dela, pousando e eliminando os dois últimos espectros com um golpe só.

— Feito.

Em resposta, ela se deitou nas rochas e fechou os olhos.

— Você está deitada na merda das cabras.

— Não ligo. Tudo dói. Meus dedos estão ardendo, meus pulmões estão queimando. Você disse feito, então nós salvamos as pobres crianças inocentes e os doces bebezinhos. Vou ficar aqui deitada uns minutos.

Ele se agachou ao lado dela.

— E se houver mais inimigos escondidos atrás das rochas ali?

— Você cuida deles. Como nós fazemos para tirar essas crianças imaginárias da montanha?

— É mais uma colina que uma montanha, e chamaríamos dragões para levá-los em segurança para casa de novo.

— Então, imagine que estou fazendo isso enquanto você destrói o último inimigo.

Ela abriu os olhos e olhou para ele. Achou que ele estava meio sem fôlego, mas poderia ser só impressão.

— Diga que o treinamento acabou por hoje.

— Bem, ainda temos que descer, depois voltar ao vale. Depois disso, acabou.

— Aleluia! Quero o banho mais longo do mundo, beber um galão de vinho e comer a carne que Marco está marinando.

— Então, é melhor levantar. — Ele se levantou e pegou a mão dela para puxá-la para cima. — Você fez direitinho. Houve melhora. Pequena, sim, muito pequena com a espada, mas melhora no todo.

— Estou tentando pensar menos e agir mais. Nunca vou ser uma guerreira, mas...

— Um guerreiro treina. Um guerreiro luta, arrisca a vida para proteger e defender. Você já fez isso e vai fazer de novo. Você já fez por merecer a trança, se quiser.

Atordoada, ela o encarou. Ficou emocionada e, inesperadamente, entusiasmada. Deixou-se sentir isso enquanto olhava para Talamh, os aclives e declives, o verde e o marrom, o dourado e o azul.

Breen Siobhan Kelly, pensou, guerreira dos feéricos.

— Jamais pensei que ouviria essas palavras de você.

— Quando começamos, jamais pensei que lhe diria essas palavras. Mas você treina, e treina há meses. Quando fracassa, tenta de novo. Reclama, é verdade, mas continua tentando. Você lutou e sangrou e, mesmo assim, ainda pega a espada. O que é um guerreiro se não isso?

— Eu estou... surpreendentemente lisonjeada. Mas não, não vou usar a trança. Quando tudo isto acabar, espero poder pendurar minha espada; em um lugar de honra, claro. Acho que um guerreiro não faz isso.

— A escolha é sua.

— Decepcionei você...

— Não, não, pode acreditar. Agora, venha. — Ele tomou as mãos dela de novo, beijou seus dedos e os curou. — Vamos descer como subimos.

— Você disse que andou treinando. — Com absoluta confiança, ela foi até a borda e além com ele. — Nunca havia levitado?

— Só alguns centímetros, como a maioria pode e faz. Mas eu pensei no que você disse. Eu tenho todas as tribos dos feéricos em mim. Então, convoquei o *sidhe* que há em mim, e o Sábio, sempre, pois esse é o dominante.

Foram descendo flutuando, por entre as nuvens.

— Poucos centímetros no início, e era muito cansativo, admito. Depois mais, já não tão cansativo. Gostei de ter essa habilidade, e talvez nunca tivesse pensado em aprimorá-la se você não dissesse aquilo.

— Eu gosto dessa habilidade — concordou ela quando seus pés finalmente tocaram o chão. — Mas prefiro voar com um dragão embaixo de mim, ou ficar em terra firme. Acho que você vai começar a experimentar outras habilidades, de outras tribos.

— Falando nisso...

Ele olhou para a floresta em direção ao oeste e saiu correndo.

Em segundos, Breen o perdeu de vista entre as árvores, e então ele disparou de volta para ela.

Ela soltou uma risada, surpresa e encantada.

— Que rápido!

— Não tanto quanto um elfo, mas certamente o dobro do que poderia fazer antes de treinar. Você é rápida também; não tão rápida assim — acrescentou enquanto iam até os cavalos —, mas é rápida, e tem resistência. Isso é por causa dos pulos que fica dando todas as manhãs, bem como pelo que o destino lhe deu.

— Faço cardio, e não é só pular.

— Você fica bem quando está fazendo isso, vestindo aquelas coisinhas confortáveis. Belo treino.

Divertida, ela montou.

— Você consegue se "tornar" uma árvore? Ou melhor, entrar na energia dela?

— Não por falta de tentativas. Mas consigo sentir as árvores, as pedras, a terra, de um jeito que não podia antes nem nunca pensei que poderia.

— E consegue se transformar em algum animal?

— Não, esta é minha forma, a única.

— É uma boa forma.

Ele sorriu para ela.

— Sou ligado ao dragão, assim como você. Acho que, com prática e esforço, eu poderia chamar outros, não só Cróga. Se bem que é diferente. Com ele é...

— Íntimo. Um só coração e uma só mente.

— É. Já consigo chamar outros, que não estão ligados a ninguém, e eles vêm. Acho que é por causa de meu sangue de animórfico. Não consigo assumir a forma deles, mas consigo ser um deles, de alguma maneira. Sou grato a você por colocar esse pensamento em minha cabeça.

— Eu adoraria ver você os chamar.

— Encontraremos tempo para isso, se você quiser.

— Quero muito. Só faltam *trolls* e sereianos.

— Quanto aos sereianos, prefiro esperar que esquente mais para testar as águas, por assim dizer, e ver o que pode dar. E prefiro manter minhas pernas. Em relação ao sangue *troll*, acho que a força está vindo. Se eu me concentrar, consigo levantar e carregar mais peso. Um pouco, por enquanto. Mas... — Ele olhou para ela enquanto cavalgavam pela floresta e em direção à estrada além. — Dizem que um *troll* é incansável no sexo. Dizem que eles se recuperam tão rápido que nem se nota a pausa.

— Isso é verdade?

— É o que dizem as histórias, e as músicas obscenas. Pode ser só eles se vangloriando, mas acho prudente testar isso logo.

— Razoável. Suponho que, sendo leal aos feéricos, eu devia ajudar você com a prática.

— Eu agradeceria. Especialmente se você tomar banho primeiro, *mo bandia,* pois está cheirando a bode.

Ela cheirou a si mesma e estremeceu; riu e incitou Boy a sair a galope.

Se ela esperava que a rápida viagem de volta à fazenda dissipasse um pouco o cheiro, Morena a desiludiu.

— Você está cheirando como Finnegan, o pastor de cabras, que nunca se lembra muito de tomar banho.

— Vou tomar banho, e o mais rápido possível. Onde está Porcaria? Deve estar com Marco, já que os deixei juntos.

— E juntos eles foram para o outro lado há pouco. Algo a ver com batatas, e Keegan disse que você chegaria um pouco mais tarde hoje, já que ia treinar fora do vale.

Para ajudar, Morena tirou do bolso um limpa-casco, apoiou-se na perna de Boy e começou a limpá-lo enquanto Breen desmontava.

— Ele me fez lutar para salvar crianças imaginárias das garras malignas do inimigo, que ia assá-las e comê-las.

— Duvido que eles se incomodassem em assá-las primeiro, malditos diabos.

Enquanto escovavam o cavalo, Breen contou a Morena sobre a escolha do treinamento do dia.

— Você deve ter ficado exausta mesmo, para deitar bem na merda das cabras! E subiram alto! Só consegue subir e descer, ou já tentou ir para a frente ou para trás depois de levitar?

— Sinceramente, não sei. Ainda demoro bastante para subir. Descer menos, não sei por quê.

— Acho que você conseguiria e, se conseguisse, seria quase como voar. Você queria tanto asas quando nós éramos pequenas! — Vigorosamente, Morena escovava a pelagem de Boy. — Eu conseguia levantar você do chão um pouquinho, e voar alguns metros, e você adorava. Minha avó fez asas de arame para você e...

— Eram de tecido verde brilhante — lembrou Breen. — Com bordas azuis. Como uma borboleta. Eu corria pelos campos e fingia que estava voando com você.

— E Phelin... — Morena se interrompeu e encostou o rosto no pescoço de Boy.

— Ele provocava a gente — disse Breen suavemente.

— É verdade. Mas ele não queria fazer você chorar quando a provocava por causa das asas de mentira.

— Ele achou que eu ia ficar brava e revidar, mas, quando viu que eu tinha ficado chateada, ele me pegou e me fez voar de um lado para o outro. Disse que eu era uma *sidhe* honorária. E que, sempre que eu quisesse voar, ele me levaria.

— Que linda lembrança. — Morena assentiu e continuou escovando Boy. — Ele era tão bom... A tristeza ainda vem e vai, e ontem mesmo encontrei minha avó chorando e meu avô a consolando. Ela começou a limpeza de primavera e encontrou um desenho que ele fez para ela quando era pequeno. — Suspirando, ela deixou a escova de lado. — São tantas boas lembranças!

Breen deu a volta no cavalo.

— Estou cheirando a bosta de cabra, mas vou abraçar você.

Morena retribuiu o abraço.

— Nossa, está fedida mesmo.

— Provavelmente com algumas notas de suor para acompanhar.

— Vá tomar seu banho. Vou levar Boy para comer. Estou levando Merlin — avisou a Keegan.

— Ele vai querer a cenoura dele.

— Como se eu não soubesse disso. — Morena estendeu a mão para coçar entre as orelhas de Merlin enquanto Keegan o conduzia. — E o treino de amanhã?

— Começa cedo.

— Claro... — murmurou Breen.

— Então nos veremos logo. Vamos, meninos, o jantar está esperando.

Os cavalos a seguiram até os estábulos, enquanto uma fila de vacas seguia Harken, que se dirigia ao celeiro para a ordenha.

— Pode ficar para dar uma mãozinha a Harken. Volto sozinha, tudo bem.

— Fiz a ordenha matinal, e depois comi um pouco do mingau grumoso de Morena. Harken pareceu gostar da gororoba. — Obviamente perplexo, Keegan deu de ombros. — Isso é que é amor.

— Eu queria te perguntar se poderia, ou deveria, negociar Boy com Harken. Será que ele estaria disposto a negociar por ele, e depois pelo estábulo, ração, cuidados e tal?

— Boy é o cavalo que você quer ter, não só para treinar?

— Estamos acostumados um com o outro, nos gostamos e ficamos à vontade um com o outro. Posso ficar com ele emprestado, se Harken não quiser trocar, mas...

— Ele o escolheu para você porque vocês combinam, por isso ele o daria de presente.

— Eu sei, mas gostaria de dar algo em troca. Só não sei o que deveria ser.

— Bem, ele está precisando de uma arreata nova. Consertou e remendou a antiga vezes demais.

— Onde arranjo uma?

Eles atravessaram para a Irlanda.

— Como parte do treinamento de amanhã, faremos uma visita ao elfo que faz essas coisas.

— Ótimo. E quanto à alimentação e o resto?

— Ele não vai aceitar nada por isso. Você é irmã de Morena, então é irmã dele. Ele vai aceitar a arreata e usá-la, vendo isso mais como uma atitude ponderada do que como uma troca. O plantio da primavera está chegando.

— Você vai plantar?

— O que puder, quando puder. Vou precisar passar um tempo na Capital, e logo. Mas, se não aparecer nenhuma urgência, pode ser um dia ou dois aqui e ali. Você pode ir comigo uma das vezes. Ver você seria bom para eles.

— Tudo bem.

— Você vai viajar, eu sei, então seria antes disso, acho. Um ou dois dias.

— Haverá julgamento?

— De pequenas coisas. Ainda não encontramos outros espiões de Odran. Espero, pelos deuses, que não haja mais para encontrar. — Com o rosto sombrio, ele enfiou as mãos nos bolsos. — Eu bani mais gente este ano do que foram banidas em todos os anos antes de eu me sentar na Cátedra. Ainda não me acostumei a isso.

— Seria triste se você se acostumasse.

Quando saíram da floresta, a porta da cabana se abriu. Porcaria correu para cumprimentá-la como se estivessem separados havia meses, em vez de horas.

— Meu amorzinho! Você se comportou com Marco?

— Melhor impossível — disse Marco. — As batatas estão no forno, e vou grelhar os aspargos de Seamus com bife quando Brian chegar. Vamos... Minha Nossa Senhora, que cheiro é esse?

— É cabra, ou o que sai dela, e já estou indo para o banho.

— Entendi. Mas primeiro eu preciso daqueles dois capítulos.

— O quê?

Ele pisou firme.

— Já se passaram mais de duas semanas, mas eu dei uma folga por causa do ataque do deus psicopata e da mudança no treinamento e tudo mais. Mas nós juramos de dedinho, e eu quero os capítulos. Vou ler aconchegadinho esta noite.

— Prefiro que você...

Ele fez a cara mais séria que tinha.

— Você jurou de dedinho, menina.

— Caramba.

Ela foi para o escritório.

— O livro dela? O que é esse juramento de dedinho? Eu quero ler.

— Não — disse Breen com firmeza enquanto voltava com um pen drive.

— Por que ele pode e eu não?

— Porque ele me colocou em uma situação difícil. — Ela segurou o pen drive fora do alcance deles. — Agora jure, Marco Polo. Nem uma página a mais do que nós combinamos. Tem mais coisa aqui, mas você vai parar no fim do segundo capítulo.

— Ah, Breen!

— Jure de dedinho.

— Tudo bem!

Marco enganchou o seu dedinho no dela e pegou o pen drive.

— Isso é um juramento? — Keegan enganchou os próprios dedinhos. — Por quê?

— Por confiança e honra. Dois capítulos só, e nada de ler quando eu não estiver. Vou ficar puta.

E então ela foi direto para as escadas com Porcaria.

— Por que ela está fedendo a cocô de cabra? É cocô de cabra, né? Acho que é a primeira vez que eu sinto esse cheiro.

— Eu te conto depois de convencer Breen a me deixar ler o que você vai ler.

— Ah, boa sorte.

Ela se despiu no banheiro, tentando não pensar em nada além da água quente e do sabonete perfumado.

Mal havia entrado sob a água quando a porta de vidro se abriu.

— Sério? — disse quando Keegan entrou com ela.

— Estou precisando de um banho também. — Ele passou as mãos por ela, abraçando-a por trás. — E de você. A água está uma delícia, assim como você. — Beijou o ombro dela. — Quero jurar de dedinho com você.

— Não. — Mas o jeito como ele disse isso a fez rir. — Não e não.

— Você não confia em mim, acha que não tenho honra.

Ela se voltou. O vapor subiu, jogando o cabelo molhado dela para trás.

— Tenho absoluta confiança em você, e não conheço ninguém com mais honra. Mas não.

— Por que Marco pode?

— Porque ele me encurralou, e, antes que eu pudesse me livrar, ele jurou de dedinho. Estava torcendo para ele ter esquecido.

— Então, vou encurralar você também. — Ele derramou na mão um pouco do gel de banho que ela havia feito com a ajuda de Marg. — E depois nós vamos jurar de dedinho.

— Não — repetiu ela.

Mas não disse não ao que veio depois.

❧

Ela acordou com o fogo crepitando e Porcaria batendo sua cauda de chicote – o sinal dele para ela se levantar.

Relaxada e contente, ela se levantou. Sexo no chuveiro, uma refeição muito boa que ela não havia preparado e um pouco de música antes de uma boa noite de sono. Não poderia pedir nada melhor.

Calçou as botas enquanto Porcaria saltitava ao lado da cama.

— Já vai, estou indo — disse, e pegou seu roupão.

Como era seu hábito, ela desceu e foi direto para a porta. Ele saiu na madrugada e correu para a baía. E ela foi direto para o café. No caminho, aumentou o fogo da sala de estar.

Ainda meio sonhando, saiu com seu café. Estava mesmo sentindo o cheiro dos primeiros indícios da chegada da primavera? Talvez fosse só um desejo, pensou, mas, de qualquer maneira, gostou.

Iria verificar suas mudas mais tarde e começaria a fazer planos para o jardinzinho de flores de corte sobre o qual ela havia conversado com Seamus. E uma hortinha também, em uma parte menor. Talvez fosse um exagero, já que ela conseguia tudo de que precisavam na fazenda ou com sua avó, mas achava que Marco iria gostar de sair e colher seus próprios tomates e pimentões.

Além disso, seria divertido.

E ela gostava, gostava muito, de fazer planos para a vida que queria ter.

O sol despontou no leste enquanto ela bebia seu café e Porcaria nadava na baía. As brumas foram desaparecendo, e a luz matinal transformou tudo em prata com toques de rosa.

O amanhecer sempre elevava seu humor, notou ela. Florescia todos os dias, cheio de promessas e possibilidades.

Imaginou Harken do outro lado se dedicando às tarefas matinais, ou talvez Keegan empoleirado em um banquinho de três pernas ordenhando uma vaca.

Ela pagaria para ver isso.

Em breve, de ambos os lados, os pais acordariam as crianças para irem à escola. Pessoas se vestiriam para trabalhar; famílias compartilhariam o café da manhã.

Tão igual em todos os lugares, pensou. Mas muito diferente. E como parte dos dois lados, ela tinha deveres e prazeres nos dois mundos.

Quando Porcaria correu de volta, ela o secou. E, agachada, com um braço em volta dele, curtiu o raiar de um novo dia.

— Hora do meu treino. Você já teve o seu, né? Agora é hora do meu, tenho que me vestir. Mas café da manhã para você primeiro — prometeu, e beijou o rosto doce do cão.

Voltou e quase deu um pulo quando viu Marco sentado perto do fogo com seu notebook.

— Nossa! Que susto! O que você está fazendo acordado de madrugada?

— Lendo.

Ela se lembrou.

— Ah. — E foi para a cozinha dar comida para o cachorro. Serviu-se a segunda caneca de café, mas concluiu que seu estômago agora inquieto não aguentaria a habitual torrada.

— Vou subir para me trocar para malhar.

Marco apenas olhou para ela e apontou a almofada ao lado.

— Sente.

— Ai, meu Deus, está tão ruim assim? Não achei tão ruim assim.

— Pare com isso! Sente.

— Ok.

Ela se sentou e se preparou, lembrando a si mesma de que havia pedido honestidade.

— Talvez eu tenha começado rápido demais, ou devagar demais. Eu poderia...

— Pare com isso — disse ele de novo, deixando de lado o notebook e pegando seu café. — Eu li os míseros dois capítulos que você autorizou, duas vezes. Estou começando pela terceira vez. Você precisa me deixar ler mais.

— Se os dois primeiros não estão bons...

— Eu disse isso? Não seja a Breen de antigamente. — Ele bateu o dedo no meio da testa dela. — Estou dizendo que estou acordado a esta hora porque quero mais. Porque os dois primeiros capítulos me arrebataram. Porque é bom, Breen. É muito bom. E cale a boca — acrescentou — antes que você diga algo idiota como, talvez, que estou dizendo isso porque te amo.

— Você me ama.

— Sim, e por isso, se não fosse tão bom, eu diria tipo... — Com ar pensativo, ele passou a ponta do dedo pelo cavanhaque. — Já sei. Eu diria: tem potencial, menina, aposto que você consegue melhorar. Seria encorajador, né? Mas não preciso, porque já está ótimo.

— Está falando sério?

— Olhe para a minha cara.

Ele franziu a testa, apertou a mandíbula e os lábios.

— É a sua cara de sério.

— Essa mesma. É bonita, mas séria pra caralho. Vai me deixar ler mais?

— Se você quer mesmo outro capítulo...

— Quero. — Ele estalou os dedos — Mais três, cinco no total. É justo. Assim eu vou ter uma ideia melhor sobre esse mundo maravilhoso que você está construindo aqui. Não é Talamh; vejo partes dela, mas é maior, tem outros países e continentes e mares e tudo mais. Cinco capítulos para me dar uma ideia do mundo, dos personagens; eu sei que vem mais por aí.

— Mais três. — Breen soltou um suspiro. — Mas, se não aguentar, me diga. Só que eu quero algo em troca. Escreva três receitas para o livro de receitas. Do seu jeito, depois eu leio.

— Já tenho receitas escritas.

— Acrescente a diversão, Marco, o charme. Converse com elas, e você sabe exatamente o que eu quero dizer. Se não der certo, eu digo.

Sem dizer nada, ele dobrou o dedinho.

E então ela se levantou.

— Vou me vestir. Preciso malhar, você me estressou.

Quando ela desceu de novo, apenas levantou o dedo.

— Não me incomode.

Escolheu um de seus treinos mais difíceis. Como não exauriu totalmente sua ansiedade, fez meia hora de ioga.

Saiu ao sentir o cheiro de bacon.

— Já que eu acordei, você vai tomar um café da manhã reforçado antes de ir para sua caverna de escritora.

Marco serviu bacon, omelete de queijo e uma pera cozida com mel. Ela ficou olhando, lutando contra o desejo de retorcer as mãos.

Ele colocou os pratos na mesa e a abraçou.

— Isso é para suavizar o golpe?

— Breen, estou tão orgulhoso! Quando você me deixou ler *As mágicas aventuras de Porcaria,* eu ri alto. Vi aquele cachorro claramente, mesmo antes de conhecê-lo. Mas este é diferente. Consigo ouvir você exatamente como no outro, mas o *escopo...* essa é a palavra? O escopo é tão amplo, tão rico... Se Mila não se der bem, vou ficar arrasado. — Ele a soltou. — Menina, você conseguiu. Você tem o dom. Quero ler tudo.

— Marco...

— Não vou forçar tudo de uma vez, mas pode ter certeza de que vou ficar enchendo o saco todo dia. Agora, você vai me ouvir.

— Estou ouvindo.

— Você vai me ouvir e confiar em mim. Quem tinha razão sobre você escrever um blog?

— Você.

— Quem tinha razão sobre você sentar a bunda na cadeira e fazer o que sempre quis, ou seja, escrever livros?

— Você.

— E quem tem razão dizendo para você mandar esses cinco capítulos para Carlee agora mesmo?

— Ah, Marco, ainda não acabei de revisar e...

— Você não pode me dizer que o que eu acabei de ler não está revisado.

Ela acabou retorcendo as mãos, afinal.

— Eu ia repassar mais uma vez depois de acabar de revisar o que falta revisar.

— E quem te conhece o suficiente pra saber muito bem que não é porque você precisa revisar, mas porque tem medo de seguir em frente com isso?

Ela soltou um grande suspiro.

— Você. Eu só ia esperar mais umas semanas.

— Vá lá e faça isso agora. Agora. — E fez aquela cara séria pra caralho, o que a fez rir um pouquinho. — E faça rápido, antes que seu café da manhã esfrie.

— Se eu fizer isso, você vai sentar e escrever as receitas.

— Eu não jurei de dedinho? Vá lá puxar o gatilho, e depois do café da manhã eu puxo o meu.

CAPÍTULO 17

Ela não teve notícias de Carlee durante dois dias, e preencheu seu tempo ao máximo para não ficar obcecada.

Mas ficou obcecada mesmo assim.

Trabalhou com Marco nas receitas, fez alguns ajustes. Quando o assunto era cozinhar, falar e escrever sobre culinária, ele era incrível.

Quando a ligação de Nova York chegou, ela atendeu no escritório enquanto Marco dava os toques finais na pizza caseira que iam dividir.

Só os dois, pois Keegan tinha negócios na Capital e levara Brian junto.

Ela voltou no momento em que Marco estava colocando a pizza no forno.

— Vai ficar ótima.
— Era Carlee.

Ele parou.

— E?
— Ela gostou. Ufa, que alívio! Ela gostou.
— Porque ela não é boba.

Ele abriu os braços e ela se jogou neles.

— Ainda é cedo pra comemorar. Bem, nós podemos comemorar um pouquinho — acrescentou.
— Nunca é cedo demais. Acho que a gente pode abrir o vinho das fadas, não o comprado.
— Não, não, vamos tomar o comprado. Ela disse que vai mandar para a minha editora. "Minha editora", sempre me emociono quando digo isso... se eu mandar uma sinopse do resto.
— Você pode fazer isso, é sua praia. Olha, se quiser pegar sua pizza e ir trabalhar...
— Não, não. Você, eu, Porcaria, pizza, vinho, filme. Foi o que nós planejamos, e é exatamente o que eu quero. Pedi a ela mais duas semanas.
— Ah, menina...

— Não, não. Duas semanas para eu poder lapidar o resto e mandar para ela, só isso. Só preciso de tempo para ter certeza de que é o melhor que eu posso fazer.

Ele sorriu e assentiu.

— Essa é minha garota! Esperta. E você vai me dar mais cinco capítulos para ler hoje à noite, para que eu não me sinta tão sozinho na cama vazia, sem Brian.

— Agora eu preciso mesmo desse vinho.

— É pra já. — Ele sorriu. — Estou tão orgulhoso, Breen!

— Eu também. E eu disse a ela que daqui a duas semanas você vai enviar uma coleção de receitas para ela ter uma noção do estilo que está buscando.

— Ah, menina... — repetiu ele.

Breen apenas balançou o dedinho.

Ela passou duas semanas focada como um laser no livro de manhã, e depois atravessava para Talamh para se concentrar em magia e treinamento. Já que sua vida corria em dois mundos, ela faria o melhor em ambos.

Ao fim de duas semanas, ela deu de presente a Harken a nova arreata. Ele a analisou, passou as mãos sobre ela como outro faria com uma joia preciosa.

— Ah, é boa. Muito boa.

— Boy também. — Breen encostou o rosto na cara do cavalo. — Eu queria ter entregado antes de você começar a arar a terra para a primavera, mas o artesão era muito meticuloso.

— Ele é mesmo. E esta é uma arreata que meus filhos poderão usar um dia, e os deles depois. — Acariciou-a como faria com um de seus amados meninos. — E você colocou nosso nome de família!

— Ideia de Keegan.

— Muito obrigado. — Ele empurrou o boné para trás. — Sabe, Boy tem sido seu desde que você subiu nele a primeira vez.

— Não me faça lembrar daquele vexame. Mas senti essa conexão com ele. Obrigado, Harken, por saber disso antes de mim. Lamento não poder levá-lo comigo amanhã, mas vamos ficar fora só um ou dois dias.

— Cuidaremos bem dele para você. Aproveite a Capital e o voo. A primavera está chegando — disse ele, olhando para seus campos —, e com ela as flores.

※

Confie em um fazendeiro, pensou Breen quando levantaram voo na manhã seguinte. O ar, inquestionavelmente mais quente que em sua última viagem ao leste, carregava a promessa da primavera.

Porcaria, com seu topete esvoaçando ao vento, montava Lonrach com ela, e Keegan ia em Cróga ao lado deles. Do outro lado estava Mahon com suas asas abertas.

E, abaixo, ela viu gente arando a terra, enriquecendo aquele marrom com sementes e mudas. Ela faria o mesmo quando voltasse, pois o ar e a terra haviam se aquecido para dar as boas-vindas ao renascimento.

Teria tempo, pensou, e queria fazer isso, assim como trabalhar no próximo livro de Porcaria, já que mandara o manuscrito para Nova York, junto com a amostra de Marco para o livro de receitas.

Mandara, admitiu, tarde da noite anterior, por isso, com a diferença de fuso, Carlee só o veria na manhã seguinte em Nova York.

E também deixara o livro inteiro para Marco enquanto ele dormia.

Ela havia feito o melhor que podia, e disse a si mesma para parar de pensar naquilo. Tinha trabalho a fazer em Talamh, e deveres certamente a esperavam na Capital.

Quando Cróga desviou para o norte sobrevoando o verde da região central, ela olhou para Keegan. Mas ele estava olhando para baixo e guiando o dragão para descer.

— Ele pretende parar em um portal aqui, para verificar as coisas e o pessoal que está de guarda — disse Mahon. — E, para quem está aqui, é bom ver o *taoiseach* e você.

— Ah...

Ela se vestira para voar, não para ser vista. Estava de legging e botas, suéter e jaqueta, e, embora houvesse prendido o cabelo, sabia que o vento já havia feito um estrago.

Keegan pousou em um campo cercado por uma fileira de árvores de galhos compridos. Seus ramos nus já denunciavam a tênue sombra do verde que logo chegaria.

Havia três de guarda, espadas ao flanco, um com uma aljava às costas. Ela reconheceu uma *sidhe*, um animórfico e um elfo.

— Bem-vindo, *taoiseach* — disse a *sidhe*, dando um passo à frente. Era uma mulher esbelta, com uma touca de cabelo de crochê em ponto colmeia e a trança de guerreira. — E você, Mahon, e a Filha. A paz permanece aqui.

— Que bom.

Keegan observou a fileira de árvores.

— Estamos atentos a corvos ou qualquer outra coisa, mas não apareceu mais nenhum desde o último.

— Vocês vão ficar atentos, eu sei — disse Keegan, e se voltou para Breen, erguendo as sobrancelhas.

Acaso ela deveria dizer alguma coisa?

— Eu... Talamh e todos os mundos estão gratos por sua vigilância.

— É uma honra para nós.

— E como está seu irmão, Lisbet? — perguntou Mahon, e deu um sorrisinho.

— Viajando de bar em bar com sua voz e sua harpa e feliz como dois porcos no cio.

Keegan conversou com os três e, depois, de novo se voltou para Breen.

— Você vê a sombra?

Era um teste? E na frente dos guardas? Mas seu nervosismo passou quando ela olhou.

Ela *sentiu* o portal, sentiu o lacre enfeitiçado fortemente trancado. E ao olhar com atenção, ao se abrir, viu uma sombra tênue.

— Ali. — Apontou para um galho nu. — Aberta pelas garras do corvo para transportar a mensagem. E fechada pelas garras de novo. Não é maior que meu punho, bem fechada de novo. Para abri-la, é preciso sangue e poder, mas o pagamento desejado em troca não aconteceu. Mas eles sempre terão sangue para gastar, por isso fiquem de olho em Talamh e todos os mundos.

— E assim faremos — murmurou Lisbet. — Nossa, subi na árvore até onde o corvo voou e não vi a sombra quando parei no galho, a um palmo de distância do que você vê daqui.

A seguir eles foram para o norte, onde o inverno se aproximava. Keegan repetiu o processo, desta vez com os guardas em uma montanha coberta de neve.

Ela viu a sombra na colina.

Em cada portal, ela percebeu marcas de garras.

— Não entendo de estratégias e táticas de guerra — voltou-se para Keegan enquanto montava em Lonrach, com Porcaria ao lado —, mas sei que é preciso muito esforço para abrir e fechar essas fendas nos portais para que um corvo possa passar. Uma ou duas não seriam suficientes? Poderia levar mais tempo para o pássaro ir e voltar, mas ele conseguiria.

— Eu entendo muito bem de estratégias e táticas. — Ele olhou para trás quando subiram. — Primeiro, é possível fazer essa pequena sombra de brecha? Sim, colocando magia contra magia do outro lado, bem lenta e cuidadosamente. E onde cada portal se abre, acaso ele não tem seus seguidores para ajudar?

— Sim, eu entendo, mas...

— Nós atravessamos para negociar, para viajar, se bem que não tão livre e facilmente nos últimos meses. Se eu fosse Odran, usaria todo esse tempo que ele tem para pensar, planejar, trabalhar a magia. A brecha serviria para espionar, se esse fosse o fim. — Montado no vento, ele olhou para o leste. — Pois eu me faço a mesma pergunta que você me faz.

— E qual é a resposta?

— Se eu descobrisse que sou capaz de abrir essa rachadura do tamanho de seu punho, como você disse, com tempo, propósito e magias de sangue, trabalharia para fazer uma maior, e ainda maior, até torná-la grande o suficiente para que exércitos passem, como fizeram no sul, como fizeram na árvore das cobras.

— Para... romper todos os portais de uma vez?

— É o que eu faria, se tivesse tempo e não me importasse com o sangue derramado.

— E o que você vai fazer?

— O que precisa ser feito. A Capital — disse ele, gesticulando à frente. — Falaremos disso depois.

O castelo de pedra resistente e forte se erguia em sua colina, com sua bandeira do dragão vermelho sobre um campo branco. Atrás dele, o mar se agitava, levantava-se contra as rochas e voltava e investia contra ela de novo.

A vila fervilhava abaixo do castelo e suas torres, além do rio e das pontes que o atravessavam.

Quando ela saíra da Capital da última vez, parte da terra ainda estava maltratada pela batalha. Agora, espalhava-se verde e exuberante, ou marrom e rica depois de arada.

A fumaça subia das chaminés de cabanas e fazendas, lojas e pubs.

Do outro lado do castelo, via-se a floresta onde a batalha havia começado.

Pousaram no gramado, onde naquele dia ela enfrentara, ferira e derrotara Yseult. Mas, devido à sua raiva, não conseguira acabar com ela.

Agora, Breen sabia que por causa daquela raiva e de querer fazer Yseult sofrer mais do que qualquer outra coisa, a bruxa de Odran faria feitiços e tramas para causar mais mortes.

A água subia e caía na fonte, e, embora o ar continuasse frio, as flores haviam desabrochado.

Porcaria olhou com ansiedade para o rio – seu lugar favorito para mergulhar –, mas seguiu com Breen rumo às portas maciças do castelo. Quando se abriram, viram Minga de legging marrom e uma túnica branca com cinto de cobre, que viera recebê-los.

— Bem-vindos, *taoiseach*, Breen e Mahon. — Ela pegou as duas mãos de Breen e deu-lhe dois beijos no rosto. — O ar ainda está frio, vocês devem querer um fogo. E bem-vindo você também — disse, acariciando Porcaria. — Tarryn está mediando um pequeno desentendimento, mas não deve demorar muito. Seus aposentos estão prontos.

Enquanto ela falava, um jovem elfo chegou correndo para pegar a bolsa de Breen e sumiu com ela pela escada central.

— Tenho deveres, e preciso de Mahon para o primeiro. — Keegan se voltou para Breen. — Vamos jantar com minha mãe esta noite, uma refeição tranquila, graças aos deuses.

— Tudo bem. Devo fazer alguma coisa?

— Não por enquanto. Se ficar por perto, eu a encontrarei quando for necessário. Mahon.

Quando os dois se foram, Minga sorriu.

— Ele não é de perder tempo. Venha, eu a levo. Tome um chá e acomode-se. E você vai ganhar um biscoito, claro.

A palavra *biscoito* fez o rabo de Porcaria disparar como um metrônomo.

— E como estão Aisling e os meninos? Tarryn está contando os dias para poder ir vê-los de novo.

— Estão ótimos. Morena está ensinando falcoaria a eles. A Kelly não, claro. A cada dia que passa, ele fica mais fofo.

Foram subindo a escada, que era o grande destaque do saguão de entrada e, como Breen sabia, transformava-se em uma alta plataforma de pedra em tempos de batalha e defesa.

— E sua família?

— Tudo bem — disse Minga —, graças aos deuses. Essa transição do inverno para a primavera é uma época tranquila, por enquanto. E Marco? Devo lhe dizer que houve uma profunda decepção por ele não ter vindo com você, especialmente nas cozinhas.

— Ele ficou noivo.

— Ah, eu soube, de Brian Kelly, um homem tão bom! Quando eles vierem nos visitar de novo, faremos uma celebração.

Minga continuou subindo além da ala onde Breen e Marco ficaram em sua primeira visita, até os aposentos do *taoiseach*.

— Brigid pediu para atender você de novo. Achei que você ia gostar.

— Sim, obrigada. Será um prazer vê-la novamente.

Minga abriu a porta.

— Parece que ela já deixou o fogo aceso e comida e bebida. Pelo que vejo, você já tem uma visita.

— Eu estava contando os minutos — rindo, Kiara correu para abraçar Breen. — Eu vi os dragões e subi logo. Por favor, diga que não se incomoda.

Ela tinha a cor de sua mãe, uma pele luminosa profunda, cabelo preto denso. Mas, no lugar da dignidade firme de Minga, havia em Kiara uma alegria contagiante.

— Pelo contrário! Estou muito feliz por ver você.

— Então, vou deixar vocês à vontade. Kiara, não fale pelos cotovelos.

— Mas eu tenho tanta coisa para contar! — Rindo de novo, Kiara se ajoelhou para abraçar Porcaria. — Nossa, você cresceu! Mas tem a mesma carinha doce. Estava ajudando a cuidar das crianças, por isso estou com estas roupas grosseiras; não tive tempo de me trocar.

Grosseiras, na escala de Kiara, equivalia a calça cor de ameixa com botas combinando e uma camisa lavanda esvoaçante. Gotas douradas pendiam de suas orelhas.

— Você está maravilhosa, é a pura verdade. Adorei seu cabelo desse jeito.

— Jura? — Kiara passou a mão sobre o monte de tranças fininhas que cobriam o topo de sua cabeça e acabavam em uma nuvem de cachos. — Eu quis tentar algo diferente.

— Está lindo. Venha, sente-se, tome um chá comigo e me conte as coisas da Capital.

Ninguém tinha melhores fofocas do castelo e da vila que a filha de Minga.

Em minutos, com as histórias infinitas de Kiara, Breen estava rindo, já esquecida do frio do voo. Satisfeito depois de comer seu prometido biscoito, Porcaria se enrolou perto do fogo para dar um cochilo.

— Agora é sua vez. Quero saber tudo sobre o compromisso de Marco e Brian. Quem pediu, e como e onde? Você sabe?

— Sei. Brian fez o pedido, mas parece que Marco tinha a mesma intenção. Brian o levou para conhecer a família dele.

— Eles o adoraram, claro! Não os conheço, mas conheço Brian, e ele não é tolo; portanto, tenho certeza de que a família dele também não é.

— Não são, e o adoraram, sim. Depois que se conheceram e se amaram mutuamente, Brian fez o pedido.

— Ah, não me diga que foi na frente da família! — Kiara agitou as mãos. — É fofo, mas nem um pouco romântico, não é?

— Não, não foi na frente da família. Foram só os dois, em um piquenique à meia-noite.

— Ah! — Kiara se jogou para trás no encosto da cadeira, com as mãos cruzadas sobre o coração. — Estou derretendo. Diga aos dois que estou muito feliz por eles, e, se Marco não me convidar para o casamento, vou chorar um rio de lágrimas.

— Eu digo, se você prometer fazer meu cabelo.

— Mal posso esperar para pôr minhas mãos em seu cabelo de novo; não poderia haver uma promessa mais fácil. Bem, prometi que não ficaria muito tempo, e já fiquei. Mas tenho algo para você antes de ir.

Ela se levantou, atravessou o quarto e voltou com uma caixa grande.

— É um presente, espero que lhe agrade.

— Um presente?

— Não vai abrir? Quase morri esperando para entregar.

Breen tirou o laço polvilhado de pó de fada e o papel dourado, e abriu a tampa. Sobre um tecido fofinho, ela encontrou um casaco de couro da cor do cinto de cobre que Minga usava.

— Meu Deus!

— Ande, experimente! Ah, não aguento esperar.

Ansiosa, Kiara tirou da caixa o casaco comprido e puxou Breen para se levantar.

— Tem que servir, ou vou dar um chute na bunda de Daryn com tanta força que vou acertar o saco dele. Ah, serve, serve! É perfeito. Ande, olhe-se no espelho. E essa cor ficou perfeita com seu cabelo. Nossa, é o que eu queria para você, e espero que seja o que você quer também.

Atordoada, Breen foi até o espelho alto e se olhou fixamente. O casaco chegava um pouco acima dos joelhos, macio como manteiga, com bolsos fundos e um forro de seda cor de ouro velho.

— Kiara...

— É um casaco digno de uma cavaleira de dragão. Vire, veja como é acinturado nas costas. É feminino também, para mostrar que você tem um belo corpo.

— É absolutamente estonteante. Mas, Kiara...

— Você fez mais do que salvar minha vida. — A empolgação na voz dela desapareceu, e surgiu a dignidade firme de sua mãe. — Você mudou minha vida. Você me mostrou que a verdadeira amizade não fica sempre pedindo e incitando, não mente e não usa o outro, não manipula sentimentos e coração. Sem você, e Porcaria também, eu poderia ter morrido naquele dia e deixado minha família sofrendo. E mais, poderia ter morrido enganada, sendo feita de boba por alguém que achava que gostava de mim. Por favor, aceite, Breen. Vou morrer de orgulho de ver você usar algo que ajudei a fazer. Bem, não fiz muita coisa, verdade seja dita, mas eu disse a Daryn como devia ser e enchi o saco dele.

— É o casaco mais bonito que já tive e jamais terei.

— De verdade?

— De verdade. Obrigada. — Ela abraçou Kiara. — Obrigada por este presente incrível e por ser a primeira amiga que eu fiz na Capital, quando me sentia estranha e deslocada.

Quando já estava sozinha, ela foi pendurar o casaco – com reverência – no guarda-roupa, onde a veloz elfa já havia colocado as poucas coisas que ela levara nessa viagem.

Mas deu um passo para trás.

— Porcaria, vamos levar este casaco maravilhoso para passear. Sim, você pode nadar. Um pouquinho — disse ela quando o viu saltitar.

Caminharam pelo terreno do castelo, observaram as pessoas que ainda treinavam nos campos, lá embaixo. Ela olhou para a floresta. Queria entrar e verificar os portais de lá, mas Keegan lhe pedira para ficar por perto.

Então, ela foi até a ponte e deixou seu cachorro muito feliz pular na água.

Keegan a encontrou lá no momento em que Porcaria subia a margem.

— Demorou mais do que eu esperava, mas sempre demora. Venha, nós... — Ele parou, franziu o cenho e passou um dedo pelo casaco. — Onde arranjou isso? Foi à aldeia? Por que fazer compras é o que a maioria das mulheres faz primeiro, por último e no meio?

— "Breen, você está deslumbrante com esse casaco." Alguns homens pensariam em dizer isso, sabia? — disse ela. — Eu não faço compras primeiro, por último e no meio. Não, eu não fui à aldeia, Kiara me deu este casaco. Foi um presente surpreendente, generoso e carinhoso.

— Ah, ela acertou em cheio. Combina com você.

— Só combina? — Ela revirou os olhos.

— O casaco ficou lindo *em você*. Ele é só um objeto, mas, em você, ganha beleza.

— Tudo bem, até que você se saiu bem. Aonde nós vamos? — perguntou Breen enquanto ele a puxava.

— Você não é do conselho daqui, e em Talamh o conselho não é totalmente oficial. Mas é hora de você conhecer os outros membros.

— Agora? — Instantaneamente ela ficou nervosa. — Mas já não os conheci?

— Não conheceu Neo, o sereiano; Nila, a elfa que substituiu Uwin; Sean, animórfico; Bok, o *troll*. Eu os chamei para a câmara do conselho, onde farei a apresentação, e como minha mãe insiste que é apropriado, haverá uma recepção descontraída. Assim eu posso adiar a maldita reunião do conselho até amanhã de manhã.

— Então, você vai me usar para pular uma reunião do conselho?

— Eu não pulo. Quem pula é criança. Mas é hora, realmente, de você conhecer todos eles, e de eles conhecerem você.

— Tudo bem. Vou só subir para me trocar.

— Por quê? Você está ótima. Está com esse casaco deslumbrante, não é?

— Sim, mas...

— Você vai apenas beber chá, conversar um pouco, deixá-los ficar um pouco com a filha dos feéricos sem que ela esteja fazendo um traidor cair de joelhos no julgamento ou empunhando uma espada em batalha.

Ela viu pela primeira vez a câmara do conselho, com seu fogo crepitante, sua longa mesa e cadeiras de espaldar alto. E as pessoas que se sentavam nelas para aconselhar o *taoiseach*.

Um grupo diversificado, pensou, representando todas as tribos, além de Minga. E Tarryn, mãe de Keegan, como sua substituta.

— Trago a vocês Breen Siobhan O'Ceallaigh, Filha de O'Ceallaigh, filha dos feéricos.

Tarryn, de calça justa e botas, camisa e colete, cabelo dourado formando uma trança grossa, atravessou a sala para pegar a mão de Breen e dar-lhe um beijo no rosto.

— Bem-vinda de volta. Desculpe não poder ir recebê-la. — Ela se inclinou para dar-lhe o segundo beijo. — Está usando o presente de Kiara — sussurrou. — A mãe dela vai ficar muito feliz.

Ela levou Breen para a frente.

— Flynn você conhece, claro. Flynn dos *sidhes*.

— Coelhinho vermelho! — Ele a ergueu do chão, dando-lhe um abraço que fez desaparecer metade do nervosismo dela.

Mas logo deu um passo para trás e, embora apertasse a mão dela de maneira formal, seus olhos brilhavam.

— Os *sidhes* dão as boas-vindas à Filha.

— A Filha agradece aos *sidhes* e... promete sua lealdade.

Pela reação de Tarryn, ela viu que dissera a coisa certa.

— Neo, dos sereianos.

Ele deu um passo em direção a ela com as pernas que usava em terra.

— Os sereianos dão as boas-vindas à Filha.

Assim foi com todos os membros, até que Minga pegou a mão dela.

— Talamh, que me acolheu, acolhe a Filha.

— Agradeço a Talamh, que me acolheu, e prometo minha lealdade.

Depois, Breen achou que se saíra bem, visto que a maior parte da conversa fora formal, e Tarryn interferira sem parecer.

— Até amanhã de manhã — anunciou Keegan. — Obrigado a todos vocês.

Breen esperou até que ele a levasse para longe do alcance dos ouvidos dos demais.

— Não vi você conversando muito.

— Todos já me ouviram bastante. Era a você que eles queriam ver e ouvir, agora estão satisfeitos. E agora, graças aos deuses, vamos comer em paz, e poderei beber uma cerveja.

— Preciso me trocar.

— Que obsessão é essa em trocar de roupa o tempo todo? Por que vestir algo se logo quer tirar de novo?

— Se vamos jantar com sua mãe...

— É uma refeição em família. Você está bem assim.

— Não preciso de casaco para jantar.

Ele lhe deu um olhar impaciente.

— Então tire.

— Você... sempre igual — murmurou ela, enquanto ele a puxava por uma curva de degraus de pedra.

— Eu troco de roupa todos os dias. — Então, ele olhou para baixo. — Ah, entendi o que você quis dizer. Sou sempre igual. E por que eu mudaria se... Não, isso não é a verdade. Eu explico as coisas muito mais do que antes, nisso mudei.

— Você não se deu ao trabalho de explicar que nós iríamos parar no caminho para eu conhecer pessoas e conversar com elas. Ou que eu iria conhecer o conselho e teria que falar com eles. Seria bom saber as coisas com antecedência.

— Não, é melhor sem aviso prévio. Assim você não tem tempo para pensar e se preocupar.

Como não podia afirmar que ele estava errado, ela não disse nada.

— E você se saiu muito bem nas duas coisas. Agora, pode falar quanto quiser, pois estaremos em família. — Ele se voltou para ela. — E aposto um saco de pedras de *troll* que minha mãe não se trocou.

CAPÍTULO 18

Breen não diria que a sala era aconchegante, mas, por ser muito menor que o salão de banquetes, não era intimidante.

Tinha o calor de uma fogueira e o encanto de dezenas de velas. A mesa comportava facilmente quinze pessoas, mas havia apenas quatro pratos em uma das pontas. Brilhava, assim como as cadeiras, o aparador lindamente esculpido e o piso.

E tinha cheiro de laranjas frescas e baunilha.

Keegan foi direto a um balcão, serviu vinho em uma taça e cerveja em uma caneca.

— Nós dois merecemos — disse ele, entregando o vinho a Breen.

Ela pegou a taça e foi admirar os vitrais das duas janelas em arco, que representavam um dragão em voo. E as intrincadas tapeçarias da terra, do mar, das aldeias e das fazendas.

— Uma de cada tribo de Talamh — explicou ele. — Estão penduradas nessas paredes desde que elas foram levantadas.

— Parecem ter sido feitas ontem. As cores são tão vivas! Eu comi aqui quando vim para o julgamento, quando era criança?

— Não. Seu pai deixou esta sala para minha família durante aqueles poucos dias. Foi gentil da parte dele, pois estávamos de luto, e aqui há aconchego e privacidade. E silêncio. Talvez você tenha comido aqui antes, mas isso não sei dizer.

— Pode ser. Não me parece familiar, mas posso imaginar meu pai aqui. Com Nan, quando ela era *taoiseach*, e mais tarde, quando ele ergueu a espada. E seu pai também, porque eles eram irmãos em tudo, menos no sangue.

— Sim, eram mesmo.

Tarryn entrou de braço dado com Mahon, e Breen notou que Keegan teria ganhado a aposta.

— Ah, que prazer esta salinha depois de tudo! Breen, é difícil influenciar ou impressionar Neo, mas ele ficou muito impressionado com você. E aquele casaco lhe deu a aparência de uma mulher segura de si.

Com um sorriso inconfundível, Keegan bebeu um pouco de cerveja.

— O que deseja beber, mãe?

— Vou acompanhar Breen no vinho. Imagino que Mahon está pronto para uma caneca de cerveja.

— Ah, você me conhece...

— É mesmo. Vamos sentar, senão nunca vão trazer a comida, e estou faminta. Perdi o chá, pois estava mediando duas tolas discutindo sobre a lã de uma ovelha que ainda nem foi tosquiada. Pois cada uma receberá metade e ficará feliz. — Ela se sentou e sorriu para Keegan. — Tudo resolvido.

— Você tem mais paciência que um gato, e mais sabedoria que todas as corujas de Talamh.

— Ele me diz palavras doces para não ter que ouvir tolices.

— Ah, mas eu ouço muitas.

Ele deixou o vinho na frente dela quando ela se sentou.

— Venha se sentar ao meu lado, Breen, para que possa me dar notícias do vale. Mahon é um poço seco sobre o tema Brian e Marco e os casamentos que estão por vir.

Foi tranquilo e agradável. A conversa fluía sobre coisas de família e histórias divertidas enquanto comiam frango assado, batatas e legumes frescos de uma fazenda *sidhe*.

Descontraída, Breen bebeu vinho e sentiu o peso do dia derreter.

Quando os pratos foram retirados e os bolinhos recheados com creme foram servidos, Keegan se recostou.

— Lamento ter que falar sobre isso, mas precisamos conversar antes que o conselho se reúna amanhã.

— Estamos aqui — comentou sua mãe — não só porque somos uma família, mas porque defendemos os feéricos, Talamh e todos os mundos além dela. Não vamos evitar conversas difíceis.

— Então, tenho que dizer que, exceto a Árvore de Boas-Vindas e a árvore das cobras, todos os outros portais de Talamh carregam uma sombra, uma abertura feita por Odran e Yseult, e não sei que magia sombria existe lá. E só vou ter certeza sobre as duas árvores quando Breen der uma olhada.

— A Árvore de Boas-Vindas?

Ele deu de ombros.

— Não vejo possibilidade de uma brecha ali; as magias que a protegem são mais antigas que Talamh, e, para desvendá-las, acho que seria necessário mais do que ele tem. Mais do que você ou qualquer um tem.

— Também há a logística — acrescentou Mahon. — A localização dessa árvore está fora do alcance dele. Ele precisaria de uma força poderosa em Talamh ou na Irlanda, que pudesse passar por todas as proteções para começar a desvendar essa. E isso nós saberíamos. Mas a árvore das cobras, bem, ele já a violou uma vez.

— O lacre está mais forte agora — disse Tarryn, mas franziu a testa enquanto se levantava para servir o chá. — E o portal para o Mundo das Trevas?

— Quero que Breen olhe lá também. Nenhum dos banidos que está lá tem poder, mas se eu fosse Odran, insistiria nesse lugar, e com força. Encontrando uma maneira de libertar aqueles que já quebraram as leis sagradas, que tiraram vidas e o seguiam, ele aumentaria seu exército. Direi tudo isso ao conselho amanhã — acrescentou. — E mais. É preciso muito sangue e poder, e o benefício dele é só um punhado de espiões dando e recebendo algumas informações? — Ele baixou uma mão e ergueu outra, para demonstrar uma balança desequilibrada. — É bobagem gastar tanto por tão pouco. Mas e se o objetivo for ampliar essas brechas e romper todos os portais de uma vez? — Ele inverteu as mãos. — Seria um pequeno preço a pagar por um exército que inundasse Talamh provindo de todas as direções. Acho que essas brechas do sul e da árvore das cobras serviram como uma espécie de treino para o que está por vir.

— É possível? — Tarryn pousou a mão no braço de Keegan. — É possível isso que você está dizendo? Tanto poder, coordenação e números?

— Não sei dizer, mas sei que ele derramaria um oceano de sangue para tentar. Quanto aos mundos além dos portais, quantos ali poderiam segui-lo em troca de riquezas, ou pela sede de matar e conquistar, quantos poderiam ser verdadeiros crentes como Toric e sua laia? Por isso digo que temos que agir como se ele pudesse e quisesse isso. Os feéricos não serão pegos desprevenidos.

— Lutaremos até o último suspiro, não há dúvida. Como deseja que nos preparemos? — perguntou Mahon.

— Vamos agir estrategicamente. — Keegan olhou para Breen. — Como fizemos no sul, como fizemos quase tarde demais aqui. Vamos mudar de lugar alguns campos de treinamento e colocar experientes e inexperientes perto de cada portal. Precisamos que os que ainda estão verdes amadureçam.

— Você não está se referindo aos pequenos, não é, Keegan?

— Mãe. — A angústia era nítida em seu rosto. — Ele os mataria, ou pior. Para os jovens ou velhos demais para usar uma espada ou um arco, temos o poder. Já está aflorando em Finian. É melhor que ele aprenda a usar o que tem. Fico muito triste por isso. Queria...

— Não, não, não, você tem razão, claro. Juro por tudo que sou que chegará o dia em que uma criança será apenas uma criança e não se pensará em guerra. Mas e quem não pode lutar?

— Teremos abrigos para eles, tão seguros quanto possível, com escudos ao redor. Passei horas na sala de mapas, repassando tudo isso, onde e como.

— E se... desculpe — disse Breen —, eu não sei nada sobre isso, mas, pelo que entendi, você está apostando na surpresa, como fez no sul.

— Seria uma boa vantagem, que é exatamente o que ele acredita que terá.

— Mas se você movimentar tropas e campos de treinamento, e Odran conseguir fazer passar espiões ou batedores, ele vai saber, não é?

— Boa questão para alguém que diz que não sabe nada de táticas ou estratégias. É para refrescar as coisas, mudar rotinas, deixar uns mais perto de casa, e outros que precisem de disciplina mais longe; a distância pode ajudar. Também para beneficiar áreas que não têm tropas e treinamento perto. Ajudaria na alfândega e no comércio, no plantio da primavera, no estoque.

— Seria uma espécie de rotação.

— Isso.

Ele se levantou e ergueu as duas mãos. Formou-se na parede um mural, não muito diferente daquele que havia acima da cama dele.

— Aqui está Talamh, e aqui, os portais. Aqui há agricultores cujos campos estão descansando, em pousio; vamos aproveitar. Esta vila precisa de ajuda para fazer telhados de palha ou consertar paredes, ou o que for. Vamos treinar lá, e, quando não estivermos treinando, daremos uma mão. Essas matas, aqui, aqui e aqui. Quem vai perceber se mais pessoas acamparem ou caçarem nelas?

— Tropas frescas no sul — disse Mahon, assentindo enquanto estudava o mapa de Keegan. — Isso é primordial. E também no extremo norte, que não é tão quente e agradável, mas onde alguns precisam endurecer um pouco mais.

— E, assim, aqueles que raramente se afastam de casa — acrescentou Tarryn —, terão chance de ver o mundo. Com a rotação, o aumento de números não se destacará tanto.

— E se...

— Ah, fale, mulher — disse Keegan com impaciência diante da hesitação de Breen.

— Eu sei que pode parecer frívolo, mas e se você planejasse festivais e concursos? Arco e flecha, corridas, equitação, esse tipo de coisa. — Ela recordou as feiras renascentistas. — Artesanato, feirinhas, jogos para crianças, música. Um em cada área. Seria uma espécie de recompensa pelo treinamento. Quando eu dava aulas, via que as crianças rendiam mais quando achavam que ganhariam alguma coisa ou poderiam se exibir. E assim vai parecer que estamos seguindo a vida normal, planejando feiras e comemorações.

— Não entende nada de tática, não é? — repetiu Keegan. — Genial. Comida, música, concursos, malabaristas e coisas do tipo. Pareceremos todos cordeiros prontos para o abate, não é? A Capital, a região central, o extremo norte, o vale, o sul, o extremo oeste, os acampamentos dos *trolls*, os acampamentos dos elfos...

— Ele veria, e podemos ter certeza de que ele vê — acrescentou Mahon —, os feéricos dançando e se divertindo.

— Nós o detivemos no sul e aqui — disse Tarryn, analisando o mural. — Salvamos a Filha em cada tentativa feita contra ela. Com a primavera vem a floração, o plantio. Treinaremos, claro, como sempre, mas mantendo a paz.

— E, com o verão, vêm as frutas e a abundância — continuou Keegan. — Então, celebraremos, recompensaremos os habilidosos, dançaremos ao som das gaitas. Um ano se passará desde a volta da Filha, por isso haverá festivais em Talamh. A celebração do retorno da Filha.

— Ah, Keegan...

— É uma boa tática — ele interrompeu o protesto automático de Breen e continuou. — Eu, como *taoiseach*, acaso não celebraria uma data dessas? Demonstra confiança. E Talamh, depois de tanta perda e dor, não quereria um pouco de música e dança? Se ele atacar antes, estaremos preparados. Mas se ele esperar, e eu certamente esperaria, por esse momento alegre, para destruir tudo no momento mais feliz... Se ele esperar, vamos acabar com ele, por todos os deuses, no solstício, quando a luz for nossa.

❈

Às primeiras luzes, ela foi com Keegan e Porcaria à floresta onde lutara, sangrara e matara, onde tantos tombaram.

Conhecia o caminho; percebeu que poderia tê-lo encontrado no escuro. Porcaria estava quieto, não desviou, e ela sentiu que ele também recordava.

Quando chegaram à árvore que não era uma árvore, ele não se sentou; ficou alerta.

— Não há nada a temer aqui agora — disse Keegan, mas ela sacudiu a cabeça.

— Há tudo. Ele está tão perto que quase posso ouvi-lo respirar.

Keegan pegou a mão dela.

— Você não será arrastada como antes. Estou segurando, você está ancorada aqui comigo.

— Nós compartilhamos uma visão do outro lado, do lado dele. Ele estava forçando, era primavera ou início do verão.

— Eu lembro.

— Foi um presságio? Ainda não sei. Mas ele está trabalhando aqui, Keegan, perto. Como na cachoeira do vale. São lugares-chave para ele.

Aqui fica a sede do poder. E o vale é onde meu pai foi concebido, onde eu nasci, onde você nasceu. Ele está começando por aqui.

— Não vejo sombra. Olho toda vez que venho para o leste e não vejo nada.

— Eu sinto, como sinto Odran. Ele precisa desta... posição. E aqui, como na cachoeira, a passagem é direta. Ele não precisa passar por outros mundos, outros portais para chegar a esses dois. Um oceano de sangue, você disse — murmurou ela. — Ele usaria cada gota para abrir este aqui de novo.

— Muito bem, vamos nos preparar para isso. Preciso que você faça o mesmo no portal para o Mundo das Trevas. Não vejo nem sinto nada disso lá.

— Mas você sente alguma coisa? — perguntou ela quando ele começou a conduzi-la.

— Sinto o desespero, a fúria, a amargura, a sede de sangue. E o ódio. Mas nada mais.

Mas os bosques continham tanta beleza, tanta promessa! O cheiro forte de pinheiro, os botões nos galhos ainda não formados, adormecidos. Luz e sombra dançavam juntas ali; um veloz falcão em caça, de rabo vermelho, voou acima deles.

Quando chegaram ao portal e à pedra que o marcava, ela estremeceu. O ar fresco ficou gelado e cortante; a luz diminuiu e as sombras se ergueram.

E ela sentiu tudo que Keegan havia dito e muito mais.

— Dê um passo para trás. Fique aqui. — Ele pousou a mão no coração dela. — Você não suportaria a dor deles. E qualquer um deles cortaria sua garganta para ter uma chance de escapar.

— Quantos são?

— Um já seria demais, mas são mais. Afaste-se, *mo bandia*.

— Eles se matam quando podem. Por esporte.

— Eu sei disso.

— Eles nunca mais verão a luz. — Ela deu um passo para trás. — Ele também sabe de tudo isso. Odran se alimenta da raiva e medo deles. Usa as mentes mais fracas, que são tantas. Sussurra ameaças e promessas na mesma medida. Adorem-me, curvem-se diante de mim, e um dia eu lhes concederei vingança.

— Breen...

Como os olhos e a voz de Breen foram ficando mais profundos, Keegan quis puxá-la para trás. Mas ela não permitiu.

— Ele manda ali. Distante em seu alto castelo, deleitando-se com o sofrimento, todo orgulhoso porque tantos ainda se ajoelham diante dele. Só dele. Sussurros, ameaças e promessas durante o sono inquieto ou a vigília cheia de fúria. Mate o próximo que você vir e pinte as rochas com o sangue dele. Eu liderarei os dignos quando chegar o dia, e você vai estuprar e incendiar em todos os mundos. Você conhecerá minha glória e se banhará em sangue. Diga meu nome — ela gritou —, pois sou Odran, deus de tudo!

Breen caiu de joelhos. Porcaria, trêmulo, tentava apoiá-la. Sem fôlego, ela apontou para cima.

— A sombra... está lá.

— Saia daí agora.

— Estou bem. Ele governa as trevas, Keegan. Não abra de novo; ele quer que você abra. A fenda se alarga a cada vez. Os que você encontrou e mandou para lá depois do julgamento não foram fracassos para Odran, porque ele usou o ritual para aumentar a brecha.

— Então, não abrirei. — Ajoelhando-se com ela, ele pousou as mãos no rosto de Breen. — Você está gelada. Saia daí agora.

— Preciso... — Ela olhou de volta para a pedra. — Eles estão amaldiçoados lá. Alguns enlouquecem, outros apenas existem à força da fúria. Mas ninguém, nem um único se arrepende. Nenhum. Não abra de novo enquanto Odran existir. Ele vai usar tudo a favor dele.

— Eu lhe dou minha palavra. Agora, pelo amor de Deus, saia daí.

Ele a puxou para levantá-la e a levou quase carregada para fora da clareira.

— Ele não pode me ouvir por causa deles, acho. Acho que os gritos e maldições deles são como música para Odran. Devagar, estou bem. Estava frio demais lá, horrível. Estou bem. Estamos bem.

Ela passou as mãos em Porcaria para aquecê-lo e acalmá-lo. E olhou para Keegan.

— Banimentos são raros. Eu sei que você ultrapassou sua cota nas últimas semanas, mas ao longo da história foram raros, não é?

— Sim.

— E, mesmo assim, cada um foi um momento de grande alegria para ele. Acho que Marco está certo, Odran é louco. Mas também é perverso, e o mal aos outros lhe dá alegria. Os dois portais desta floresta levam à escuridão, e ambos são mais dele que nossos.

— Quando tudo acabar, as matas daqui serão limpas e consagradas. E a árvore das cobras destruída.

— Acho que você não vai precisar destruí-la. Eu... ela florescerá de novo, Keegan. Quando a luz vencer a escuridão, ela florescerá de novo. E dará frutos. *Réalta milis*.

Ele parou e olhou para ela.

— Onde você aprendeu sobre *réalta milis*?

— Não faço ideia. É bonita mesmo? Azul como o céu, em forma de pera com uma estrela branca na base quando madura. Existe mesmo?

— Nunca pensei nisso. É um mito, algo sobre uma fruta para os deuses. Não existe nenhuma árvore como essa em Talamh.

— Talvez exista.

— Pode ser. O que eu sei é que rezo a todos os deuses para que, quando tudo acabar, eu nunca mais tenha o dever de mandar ninguém para o Mundo das Trevas. Por enquanto, se houver julgamento que assim exija, vai esperar. — Ele esfregou as mãos dela para aquecê-las. — Foi difícil para você, lamento. Mas você me deu mais informações para levar ao conselho. Vou adiar a reunião para o final do dia.

— Não, estou bem, sério. Para fazer tudo que está planejando, você precisa começar logo.

Quando saíram da floresta, ela olhou para o campo de treinamento.

— Os jovens, Keegan. As crianças...

— Serão defendidos. Mas, se o pior acontecer, Breen, quero que eles tenham meios de se defender. Olhe aqui, olhe aqui agora. — Ele a fez virar de frente para a aldeia abaixo. — Aqui você vê vida; tanta gente amontoada em um só lugar, demais para o meu gosto... mas aqui as pessoas não fazem mal. Há brigas mesquinhas, com certeza, mas não fazem mal. Criam, constroem, fazem crescer coisas, inclusive aquela ali, fazendo crescer outra vida dentro dela, enquanto outra que já fez se agarra à sua mão a caminho do mercado. Você vê carroças prontas para ir negociar, barracas e lojas se abrindo para fazer o mesmo. Cores de blusas, lenços, coisas simples como meias quentes, ou finas como uma tigela de cristal. Pubs que oferecem uma refeição quente para um viajante. E, ali, a fumaça da chaminé da escola, onde os professores a aquecem para as crianças que logo irão se arrastando até lá desejando que fosse um feriado, em vez de dia de estudar. E ali, perto do poço, entre fofocas e água, mais vida.

Ela via como Keegan via, e sabia – por mais que ele dissesse que tinha gente demais – que ele amava e honrava a Capital.

Ele inclinou a cabeça para cima e apontou.

— Dragões e seus cavaleiros em um céu aberto a todos que possam voar. É tão seu quanto meu, Breen, quanto deles. E é tudo importante demais para deixar que Odran tome de nós. Não vamos perder.

— Você me faz acreditar.

— E assim deve ser. Você é a chave, a ponte, mas, tanto ou mais que isso, você é feérica. — Ele sustentou o olhar dela com seus olhos intensos e mais verdes que as colinas. — Esta vida é sua. Além de seu poder e de seu dever, esta vida é um passeio à margem do rio, uma fofoca no poço, uma cavalgada em um bom cavalo. É uma vida bem vivida. Aconteça o que acontecer.

Com amor, sabendo que tudo que ele dissera era apenas uma das razões de o amar, ela levou as mãos ao rosto dele.

— Boa escolha e bem escolhido, *taoiseach*. Vá para sua reunião. Temos um mundo para salvar e uma vida para viver.

— Encontrarei você quando terminar, mas talvez demore um pouco. Espero, por todos os deuses, que estejamos em casa amanhã.

Quando ele a deixou, ela ficou andando perambulando, sentindo aquela vida. Ficou observando Porcaria nadar no rio e, depois, atravessou com ele a ponte para a aldeia.

Estava lotada, supôs ela, pelos padrões de Keegan. Como sempre, achou-a charmosa, colorida, gostou da mistura de vozes. E, quando viu Kiara com um bebê no colo e uma cesta no braço, acenou e mudou de direção.

— E quem é essa menina bonita?

— Ah, esta é Fi, a mais nova de Katie. Eu disse a ela que ia voltar para ajudar com os pequeninos e que podia levar Fi. Está querendo fazer compras? Posso demorar um pouco mais e ir com você.

— Na verdade... queria saber se posso lhe pedir um favor.

— Pode, claro!

— Porcaria poderia ir com você brincar com as crianças e outros cães durante uma hora?

— Nós adoraríamos. E aonde você vai?

— Você sabe me dizer como encontrar a cabana de Dorcas, a Velha Mãe?

— Sei, mas, pelos deuses, Breen, ela vai falar até você ficar inconsciente ou querer morrer. E tem tantos gatos que você vai ter que passar por eles como se atravessasse um rio de pelos.

— É por isso que prefiro que você leve Porcaria. Quero fazer uma pergunta a ela.

— Se ela não souber, ninguém sabe. Estou com dó de você. Bem, está vendo a rua que passa por aquelas barracas e vira à esquerda? Pegue essa, e depois o primeiro caminho que vir à direita, atrás da cabana amarela. Ela vai direto até a floresta, fique nessa rua. Quando bifurcar, vire à esquerda e você verá a cabana de Dorcas. Está aconchegada entre as árvores, e deve haver meia dúzia de gatos se esgueirando por ali. Apesar deles, você verá um jardim bonito e uma porta vermelha brilhante.

— Obrigada. Vá com Kiara, Porcaria, e brinque bastante. Não vou demorar muito.

— Ela vai segurar você lá até o ano que vem, se puder. E vai lhe dar chá e biscoitos — Kiara gritou quando Breen saiu andando. — E todos são horríveis.

Não poderia ser tão ruim assim, pensou Breen. Além disso, seria um passeio bonito. Tudo que ela sabia era que Keegan havia falado com Dorcas e sofrido. A velha havia dito que não sabia nada sobre o demônio de Odran, mas prometera vasculhar seus livros e procurar respostas.

Talvez houvesse encontrado alguma coisa. Talvez mostrassem outra maneira de lutar contra Odran.

Na pior das hipóteses, passaria uma hora ouvindo as divagações de uma mulher muito velha em uma casa cheia de gatos.

Breen gostava de gatos.

Ela gostou da linda cabana amarela, onde uma jovem de vestido azul e xale colorido pendurava roupa para secar. Gostou do campo verde e acidentado onde um burro cinza atarracado vigiava as ovelhas, formando uma nuvem de lã atrás de si.

Seguiu as instruções de Kiara e pegou o caminho para a floresta. A luz estava mais forte já, visto que a manhã avançara.

Ela sentiu a vida na floresta como Keegan havia apontado a vida na aldeia. Uma raposa adormecida, um coelho marrom coçando a orelha com a pata traseira, um rato correndo, dois veados pastando, uma coruja orelhuda cochilando em sua toca na árvore.

Curtindo as pulsações e os movimentos, pegou a bifurcação. Um riacho estreito serpeava ao longo, fazendo música ao cair sobre rochas desgastadas por sua passagem constante.

Um dragão passou voando com suas grandes asas abertas e escamas que pareciam ametista polida. Sob as asas dele estava um dragão bem jovem, notou Breen, testando as suas próprias.

Ela não ouvia os pássaros cantando, mas os sentia nas árvores ou em voo. Um esquilo correndo com uma noz dentro da boca. Correndo de um gato, pensou. Não, de dois.

Quatro. Quatro gatos, percebeu, ao passar por entre as árvores e ver a cabana com sua porta vermelha brilhante.

E mais três gatos enrolados na varanda pequena. Outro empoleirado na beira do telhado de palha como uma gárgula.

E viu a mulher de vestido cinza longo, avental branco e xale azul desbotado, tirando um balde de água de um poço.

Seu cabelo, tão grisáceo quanto seu vestido, caía pelas costas emaranhado. Seus braços, finos como palha, mas cheios de músculos, puxavam o balde enquanto mais gatos a cercavam.

Suas botas pretas tinham bicos pontudos e saltos atarracados como o burro que vigiava o campo. Ela ergueu o queixo igualmente pontudo quando viu Breen. Olhos azuis brilharam em um rosto enrugado como papel velho e marrom como uma noz.

O primeiro pensamento de Breen foi que tinha ali uma história para contar em algum momento futuro. Algo transformado em um conto de fadas clássico. A bruxa com seus muitos parentes em sua cabana na floresta.

Feiticeira ou enfeitiçada?

Algo para pensar depois.

Dorcas falou com sua voz rouca:

— Ora, é a filha de O'Ceallaigh. Ele teve mesmo uma filha bela e boa. Que os deuses o protejam em todas as suas jornadas.

Embora rouca pela idade, sua voz carregava força, assim como seus olhos.

— Você tem a aparência dele e de Mairghread, disso não há dúvida. Faz muito tempo que não vejo Marg. Ela está bem, espero, e Sedric, aquele belo gato?

— Estão bem, obrigada, Velha Mãe. Deixe-me ajudá-la com o balde.

— Sim, você tem braços mais jovens que eu, fique à vontade. Tenho uma chaleira no fogão. Senti uma picada nos dedos esta manhã, e não é que a vassoura caiu? Teremos visita, eu disse aos meus amigos aqui. Por isso, temos biscoitos frescos e chá para acompanhar.

Dorcas passou por entre os gatos, que miavam e ronronavam. Carregando o balde, Breen fez o possível para não pisar em nenhum rabo enquanto seguia Dorcas até a porta vermelha.

Dorcas parou e bateu com os dedos na porta três vezes.

— Três toques para lhe dar as boas-vindas.

— Ah, obrigada.

Esquivando-se dos gatos, Breen entrou pela porta vermelha.

CAPÍTULO 19

Para Breen, parecia uma casa de bonecas, com cômodos minúsculos e móveis pequeninos. E a boneca seria Chucky, tendo em vista a luz fraca que entrava pelas janelas cheias de ervas penduradas para secar. Pedras, pedaços de madeira, livros e gatos empoleirados lotavam as soleiras estreitas.

Mais gatos forravam cadeiras como colchas vivas, enroscados sobre almofadas, enrolados nas pernas frágeis. Dois estavam sentados como estátuas no grosso console da lareira, artisticamente pintado, acima do fogo crepitante, entre as doze velas meio queimadas e mais livros.

Considerando a enorme multidão de felinos, Breen esperava que a pequena cabana cheirasse a eles. Mas cheirava a ervas, velas, poeira e, surpreendentemente, às flores de laranjeira que sufocavam uma árvore de não mais de trinta centímetros de altura, que florescia ferozmente em um vaso sobre uma prateleira. Junto com inúmeros livros.

— Ponha o balde ali — pediu Dorcas, atravessando os gatos e entrando em uma espécie de cozinha, onde o fogão preto atarracado também estava aceso. — Fiz biscoitos fresquinhos esta manhã para a visita. Claro que eu não sabia que seria você, Filha de O'Ceallaigh. Sente-se, sente-se, vamos tomar uma caneca de chá e conversar.

O primeiro pensamento de Breen foi se perguntar onde se sentaria, mas Dorcas apontou o dedo para o gato que estava enrolado na almofada de uma das cadeirinhas de madeira. O gato amarelo e branco escorreu da almofada como água de um copo.

Quando Breen se sentou, o gato pulou em seu colo, amassou pãozinho em círculos e se enrolou de novo para dormir.

— Esse é Rory, um bom caçador de ratos, apesar de dormir dia e noite. Gatos são uma boa companhia — disse Dorcas, enquanto media algo que tirava de um pote e punha em um bule marrom baixinho e despejava nele água da chaleira fumegante. — Acho, em minha idade avançada, que eles têm mais bom senso que algumas pessoas de duas pernas. Uma palavra gentil, um bom carinho de vez em quando, comida quando precisam, e todos nós nos damos muito bem.

De outro pote ela tirou biscoitos, quase tão marrons quanto o bule. Tilintaram como pedras quando bateram no prato verde-escuro.

— Você tem um cachorro, não é? Um cão d'água americano. Foi o que ouvi dizer.

— Isso mesmo.

— Os cães também são bons companheiros, mas não têm a independência de um gato. E a astúcia. Eu admiro a astúcia. Você não tem muita, não é, filha? Aprenda com os gatos e arranje um pouco, pois é uma ótima ferramenta.

Dorcas tirou uma pilha oscilante de livros – e o gato sentado sobre ela – de uma mesa e a pôs no chão, e colocou o prato de biscoitos.

— O jovem Keegan veio me ver há pouco tempo.

— Sim. Ele...

— Falou sobre um demônio no deus, que você havia dito isso. E em você também. Você encontraria um pouco de astúcia nele, se precisasse.

Ela serviu o chá em duas canecas vermelhas e as levou à mesinha.

— Obrigada. Eu estava imaginando...

— Eu disse ao jovem Keegan... nossa, ele é bonito, e eu já vi homens bonitos em meu tempo. Seu pai entre eles. Ah, que voz ele tinha também. Disseram-me que você também canta. Admiro uma boa voz para cantar. Os gatos cantam para mim, muitas vezes. Você aí, Mary, cante uma melodia.

Uma gata preta elegante levantou a cabeça da almofada e cantou. Uivou, na verdade, mas Breen não podia negar que era um uivo melodioso e bem gracioso.

Quando Breen riu, Dorcas abriu um sorriso que deixava ver uma forte dentição.

— Se eu pegar minha sanfona... e até aí vai meu talento musical, todos eles vão me acompanhar. Foi ótimo, Mary, obrigada. Coma um biscoito agora, filha, e tome seu chá. Você veio para aprender o que o jovem Keegan esperava descobrir, é isso?

— Ele disse que você não sabia, mas que ia pesquisar. Eu vi...

— Sim, sim, você viu o demônio nele durante um ritual sombrio, um sacrifício. Odran também é bonito. Pus meus olhos nele mais de uma vez quando Marg era *taoiseach*. Mas aquela beleza é uma mentira. Não é uma máscara, pois isso só serve para enganar. A beleza dele é mentira assim como todo o resto. Ele esconde a besta dentro de si.

Breen sentiu sua garganta se apertar.

— O demônio?

— Ah, você está preocupada com que haja uma besta em você, trevas, uma criatura da crueldade com desejo de sangue. Demônios não são tão simples assim, criança, pois ninguém é simples. Você já teve sangue nessas mãos bonitas, da cura e da batalha também. Pensou em prová-lo? Sentiu desejo disso?

— Não!

Breen ficou chocada com a pergunta e viu a astúcia – sim, era astúcia – nos olhos de Dorcas. Mordeu um biscoito.

Tinha consistência de cascalho e gosto de serragem.

— Nem um golinho, só uma lambidinha?

— Não.

— Pois aí está. Esse que está em você não tem sede de sangue. Odran já tinha essa sede antes do demônio. É um desejo de poder que precisa de sangue, precisa pegá-lo, cuspi-lo, consumi-lo.

— Antes do demônio? Não entendi.

Para tirar o gosto de serragem da boca, Breen tomou um gole de chá – que tinha sabor de folhas embebidas em água barrenta.

— Fiz o que o jovem Keegan pediu. Mesmo se ele não fosse bonito nem *taoiseach*, sou curiosa, não é? Sou estudiosa desde meu primeiro suspiro e serei até o último. E não tenho pressa para isso — acrescentou, e comeu um biscoito com evidente prazer.

— Encontrou alguma coisa, Velha Mãe?

— Sim, mas só hoje de manhã, depois que a vassoura caiu. Aí, comecei a fazer os biscoitos para a visita, o tempo todo pensando: havia alguma coisa, há muito tempo... uma história. Só uma história em um livro antigo. Lendas, diríamos. Mitos encobertos por névoas, com heróis e vilões. Mas algo... senti uma picada na mente e nos dedos... algo que pode ser, como muitas histórias são, enraizado na verdade. — Bebendo seu chá, ela se recostou. — Então, você veio me perguntar, não há necessidade de eu mandar uma mensagem para o belo jovem Keegan. E, embora eu esteja feliz por tê-la aqui, filha, ainda sou mulher, e meu coração é jovem como a primavera. Por isso, lamento que ele não tenha vindo comer meus biscoitos. Você divide a cama com ele, não é?

— Eu... sim.

— Admito que sinto certa inveja, pois vejo beleza e vigor nele, além de um corpo forte. Lembro muito bem como é sexo bom e vigoroso. Um dos avós do jovem Keegan foi meu amante uma noite, quando éramos jovens.

— Ah... O avô dele?

— Avô, tataravô, não sei dizer. Eu teria que fazer as contas dos anos, e isso seria triste. Mas ele era vigoroso, e tivemos um ao outro por uma noite. Uma noite longa e agitada. — Ela soltou uma risada que parecia um cacarejo. — Owain era o nome dele, se não me falha a memória, e ele me deixou um botão de rosa antes de voltar para o vale. Mais chá?

— Não, obrigada. Encontrou algo sobre o demônio de Odran?

— Hoje mesmo de manhã, quando o sol mal havia nascido, e senti uma picada nos dedos e a vassoura caiu. Estava fazendo os biscoitos para a visita e minha mente disse: Espere aí, Dorcas, espere. Não havia uma história, lida há muito tempo? Em minha infância, acho. Então, procurei meu livro mais antigo, pois já havia lido tudo que podia pensar na grande biblioteca do castelo. Mas esse é um dos meus, e escrito há muito tempo por alguém que veio antes de mim. Na língua antiga. — Ela se serviu de mais chá. — Sente-se, filha, termine seu biscoito e eu lhe contarei a história do deus e do demônio que o amava.

Considerando isso um requisito, Breen deu outra mordida sofrida no biscoito.

— Há muito, muito tempo, antes de Talamh ser Talamh, quando os mundos dos deuses, dos homens e das fadas viviam pacificamente e a magia prosperava em todos, havia um ser no mundo dos deuses que se considerava superior aos outros. Superior ao mundo dos homens, dos feéricos e dos deuses. Ele nasceu da luxúria, sem cuidado, sem carinho; um acasalamento por ganância. E nasceu de uma mãe que, embora fosse dos Tuatha Dé Danann, tinha o coração duro e frio como pedra. Mas o menino a fez abrandar o coração, só para ele, e ela o criou com grandes privilégios, contando-lhe histórias de sua grandeza e seu destino de governar.

Dorcas fez uma pausa, o suficiente para sorver seu chá.

— Ele mamou o leite daquele coração duro e cresceu atrevido e orgulhoso. Bem, os deuses normalmente são assim, não é? E, embora sua mãe o amasse, e somente a ele, e o mimasse, concedendo-lhe todos os desejos, isso não era suficiente para ele, veja você. Ela conspirou com a criança para obter mais, mas ele se incomodava com o excesso de carinho dela. Ele não tinha amor por quem o carregara, quem o dera à luz. Tinha apenas ganância, desejo de poder e sangue. Mesmo isso quebrando a lei dos deuses, homens, feéricos, de todos, ela aceitou sacrificar vidas, secretamente, para alimentar a ganância do filho. Contudo, embora bebesse o sangue de homens e feéricos, nada aplacava sua sede.

Odran, pensou Breen, mas não interrompeu.

— Então, apareceu um demônio, uma fêmea graciosa em seu caminho. Jovem e orgulhosa por poder assumir a forma que desejasse. Não havia maldade nela, segundo a lenda, e ela vivia feliz em seu mundo sem fazer mal. E a mãe do deus viu isso e viu o poder dessa jovem demônio, e contou ao filho, que se interessou. Ela era uma donzela, pura, poderosa e jovem. O deus foi ao mundo demoníaco, cortejou-a e a seduziu. Mas ela, embora o amasse, não queria deixar sua família. Ele a levou contra a vontade, e, enquanto o povo chorava pelo sequestro dessa jovem donzela, ele, com a ajuda da mãe, amarrou-a a um altar, e o ritual das trevas começou.

Dorcas parou para beber de novo e apontou seu queixo pontudo para Breen.

— Acho que você já viu esse ritual. A visão que você teve do deus e do demônio nele.

— Ele estuprou a jovem demônio, e a matou e bebeu seu sangue?

— Sim, tudo isso enquanto ela clamava por amor a ele, por misericórdia, por sua família, por sua vida. Até que ela não pôde mais chorar, pois ele a consumira. Entende? O sangue, a carne, os ossos, a essência dela. Tudo. E a mãe, vendo como ele se banqueteava de carne e ossos como uma besta, compreendeu, tarde demais, o que havia gerado e criado. Ela implorou que ele parasse. Insano, ele matou a mãe e bebeu o sangue dela que se derramou no altar. Bebeu o sangue da própria mãe, o sangue de uma deusa, consumiu o corpo de um demônio, e assim, com o ritual, com essa luxúria, com esse festim que quebrava todas as leis, levou o demônio para dentro si, e é parte dele agora. Sangue de demônio em seu sangue, ossos em seus ossos, carne em sua carne.

Breen quis estremecer, porque podia ver isso. Podia ver claramente.

— Acredita nisso? — perguntou a Dorcas.

— Sim, acredito. E digo mais. Os gritos dela foram ouvidos, Filha. Os deuses derrubaram o muro de magia e entraram no local secreto do ritual; encontraram a mãe morta, a besta divina e o vestido simples que havia arrancado da jovem donzela.

Depois de um momento, ela prosseguiu:

— Diz a história que o mataram lá onde ele havia feito o mal, que lançaram a justiça dos deuses sobre ele com raios e fogo. Mas acho que isso não é verdade. Os contos sobre Odran, pelo que sei, falam da expulsão quando descobriram que ele havia violado todas as leis e feito sacrifícios de sangue para ganhar poder. Ele consumia sangue e, como dizem alguns, carne; de homens, feéricos e de outros mundos, tudo por sua sede de poder. É esse, penso eu, o verdadeiro final da primeira história que lhe contei. Não há nenhuma história que eu conheça que fale que Odran é descendente de demônio.

— Você disse que ela era pura, não fazia mal, era jovem e boa. Mas o que eu vi nele...

Ela interrompeu Breen com seu dedo ossudo.

— Foi a corrupção, a escolha, o mal feito aos outros por prazer. A besta que você viu nele é o que ele fez dela. E, embora tenha sido expulso, Filha, o que ele havia feito formou as primeiras rachaduras nos mundos, na confiança, nas eras de unidade. Isso é o que eu sei. Como sei que, enquanto ele não for destruído, nenhum mundo está a salvo dessa cobiça. Ele tem sede de você, Filha.

— Eu sei.

— Sabe como destruí-lo?

— Eu... Você sabe?

— Isso depende de você, não de mim. As canções e histórias clamam por você e dizem que o fim dele está nas mãos da Filha. Mas isso é esperança. O ato deve ser de você, para você. O deus mata o deus, e pode ser que o demônio finalmente liberte o demônio. — Ela sorriu. — Pegue outro biscoito.

— Obrigada, Mãe, preciso voltar. Preciso contar a Keegan tudo que você me disse.

— Bem, então leve o livro. — Ela se levantou e atravessou por entre os gatos, reunidos como crianças ouvindo a história. — E, se o *taoiseach* não souber ler a língua antiga, que vergonha! E o quero de volta — disse enquanto tirava de uma pilha um livro fino encadernado com couro marrom gasto.

— Pode ter certeza.

— Vou me certificar disso. — Dorcas pousou sua mão ossuda na de Breen. — Meus olhos ainda veem, e a veem com clareza. Não é uma donzela, mas pura o suficiente. Use o que você é, pegue o que necessita, confie em seus dons. Ele tem apenas a escuridão e os que caminham nela. Você tem as trevas e a luz, e ambas lhe servirão.

— Obrigada, Mãe. Vou cuidar bem do livro.

— Cuide mesmo.

Ela saiu e sentiu a bênção do ar fresco. Segurando firme o livro, começou a descer o caminho.

— Faça sexo vigorosamente, Filha!

Rindo, Breen olhou para trás e viu Dorcas à porta com um gato nos ombros e outros rondando seus pés.

— Farei o meu melhor.

Ela voltou ao castelo com o livro, a história e um milhão de pensamentos. Antes que pudesse pensar em Porcaria, viu-o com Kiara e outras duas pessoas, além de Sinead, uma ninhada de crianças e uma pequena matilha de cachorros brincando de um jogo que a fez pensar em Lenço Atrás.

Breen foi indo para lá, mas Porcaria correu em direção a ela. Ficou girando ao redor dela e, de repente, parou, arregalando os olhos. E esbaldou-se cheirando suas botas e calça.

— Gatos — disse ela. — Aposto que você já percebeu. Mas nem em sonhos você poderia imaginar tantos. — Abaixou-se para acariciá-lo todo. — Você sempre será meu primeiro amor.

Sinead foi até ela.

— Que belo dia acabou sendo, e que alegria é ver os pequeninos tão felizes!

— É Lenço Atrás?

— Isso mesmo! Lembro de ver você, Morena e todos os outros brincando disso.

— Ela abria as asas e voava ao redor do círculo quando eu a perseguia.

— É verdade. E agora eu lembrei que tenho algo para você, se tiver tempo de vir aos meus aposentos um instante.

— É claro!

Passaria por lá rapidamente, pensou, segurando bem o livro.

— Você saiu para ler em paz?

— Ah, isto? Não. Preciso levá-lo para Keegan. Acabei de falar com Dorcas, é dela.

— Dorcas? Ah, criança, ela encheu você de biscoitos e chá no meio daquele mar de gatos?

— Não sei se poderiam ser chamados de biscoitos e chá, mas sim.

— Bem, eu sei que Keegan está com Seamus e Flynn até agora, por isso você terá tempo para tomar um chá e biscoitos de verdade para tirar esse gosto horrível da boca.

— Não vou recusar. Mas ela é fascinante, Sinead. Os gatos também. — Ela olhou para baixo enquanto caminhavam; Porcaria continuava a cheirá-la. — E parece que meu cachorro também acha.

— Dorcas, a Erudita, é uma fonte de informação, mas juro que prefiro ficar totalmente desinformada a sofrer com uma rodada de chá e biscoitos. Se você for de novo — Sinead continuou enquanto entravam e começavam a subir as escadas —, leve uma garrafa de vinho e uns docinhos, como biscoitos, tortas, bolinhos. Ela ficará grata e honrada em dividi-los com você.

— Ora, por que não pensei nisso?

— Essa é uma lição que aprendi ao longo dos anos. Ouvi dizer que você deve voltar para o vale amanhã. — Sinead enganchou seu braço no de Breen enquanto caminhavam. — Então, fico feliz em roubar um pouco de seu tempo.

— Não é roubar, se eu quero passar meu tempo com você.

Entraram na aconchegante sala de estar de Sinead. Não poderia contrastar mais com a casa de Dorcas.

Tecidos suaves, cores bonitas, almofadas macias. E nenhum gato à vista. E também três vasos com flores e cristais pendurados nas janelas para projetar o arco-íris.

— Sente-se. Vamos comer biscoitos de açúcar e chá com mel.

Breen recordava que Sinead gostava de fazer as honras, por isso ficou sentada com Porcaria a seus pés, ainda farejando.

— É tão bonito aqui! É a sua cara.

Abrindo uma lata, Sinead corou de prazer.

— Flynn diz que eu poria almofadas em cima de almofadas, se pudesse. Ele não está errado.

Ela havia feito uma trança longa e grossa entremeada por uma fita rosa, em seu cabelo cor de sol de verão. Seu vestido, de um rosa mais escuro, descia até os tornozelos e deixava ver as botas que combinavam com a fita. Cristais pendiam de suas orelhas, como nas janelas.

— Você sempre teve as roupas mais bonitas. Lembro que eu pedia para você arrumar meu cabelo. Minha mãe nunca conseguia, e, se Nan não estivesse por perto, eu corria para pedir a você. Sempre me sentia bonita depois que você arrumava meu cabelo.

— Como adorava brincar disso! Ah, eram tão vermelhos os seus cachos! Minha única filha tem o cabelo liso como a chuva. — Sinead acomodou o chá sobre uma almofada. — Está se lembrando cada vez mais?

— Como se nunca tivesse esquecido. Tudo muito claro, mais claro do que você imagina, considerando que eu tinha três anos quando parti.

— Acho que o apagão faz as memórias voltarem com força. Doeu em seu pai tirar essas memórias de você, querida. Mas foi para que você não se machucasse.

— Eu sei. Hmmm, maravilhoso! Seus biscoitos são incríveis.

— Não tenho biscoitos para cachorro, mas acho que só um desses não vai lhe fazer mal, não é?

— Ele adoraria.

— Então, bom apetite para vocês dois. Vou pegar o que tenho para lhe dar.

Felicidade, pensou Breen. Aquela sala continha felicidade. Aqueceu seu coração saber que Sinead pôde encontrar a felicidade depois de sua perda.

— Falei com Morena pelo espelho esta manhã. Ela me disse que você se lembrava disto aqui.

Breen viu as asinhas nas mãos de Sinead. Verde-vivo com bordas azuis. Como uma borboleta.

— Ah! Minhas asas! Você as guardou!

— Claro que guardei. Você gostava muito delas e não podia levá-las para o outro lado. Achei que você gostaria de ficar com elas. É só uma lembrancinha de quando você era pequena.

— Não é só uma lembrancinha!

Breen as segurou nas mãos enquanto as lembranças inundavam sua mente e seu coração.

— Claro que não servem em você agora, mas, bem, um dia você terá filhos.

— Eu me lembro de quando você as colocou em mim pela primeira vez. Disse que fingir era tão bom quanto fazer, e muitas vezes melhor, já que fingindo a gente podia fazer e ser o que quisesse. Você tinha razão. — Ela abraçou Sinead. — Eu tenho uma mãe de coração na Filadélfia. Seu nome é Sally.

— Ouvi falar disso, fico feliz.

— Tenho Nan no vale e tenho você aqui. Tenho aqui como tive antes, quando precisei de você. Quantas mulheres podem dizer que têm três mães de coração?

— Ah, minha doce menina, você está me fazendo chorar.

— Isto é um tesouro. Quando voltar para o vale, vou pedir a Seamus para fazer uma moldura para elas. Uma caixa. E eu vou pendurá-la na cabana.

— Ora, foram feitas com um pano velho e meio desbotado.

— Ah, não! Não, são feitas de amor e brilham como o sol para mim.

Ela passou uma hora com Sinead e depois levou o livro e as asas para os aposentos de Keegan. Mal havia deixado as asas, reverentemente, em cima de uma mesa e finalmente aberto o livro para satisfazer sua curiosidade quando ele entrou.

— Estava procurando você — disse ele.

— Eu estava com Sinead. Ela me disse que você estava com Seamus e Flynn.

— Estava, depois da interminável reunião do conselho. Já que você está aqui, vou tirar um tempinho e tomar uma cerveja. Você quer vinho, suponho.

Ela não tinha ideia de que horas eram, mas decidiu que não importava.

— Tudo bem. Se pudermos conversar um minuto, eu...

— Tenho pouco mais que isso, pois estou determinado a partirmos amanhã, e tenho coisas para fazer durante o resto do dia e metade da noite.

— Você vai querer tirar esse minuto, e mais de um. Fui falar com Dorcas.

— Dorcas, a Erudita? Por que diabos você se submeteu a isso? Queria pagar algum pecado grave?

— Pare! Ela não é tão ruim. Bem, o chá e os biscoitos dela são horríveis, sim.

— Estou com dó de você. Foi atrás de respostas, não é? Eu lhe disse que ela não se lembrava de nada sobre um demônio em Odran, e que estudaria e me diria se lembrasse de alguma coisa.

— Ela lembrou.

A leveza desapareceu e foi substituída pela impaciência.

— E por que ela não mandou me chamar?

— Foi só hoje de manhã, depois que sentiu uma picada nos dedos e a vassoura caiu, o que significa que ia chegar uma visita. E com essa expectativa ela fez biscoitos, que são horríveis, mas se lembrou de um conto antigo de um livro infantil. — Breen o pegou. — É emprestado, tive que prometer devolvê-lo. Está escrito na língua antiga, acho que é anterior ao *talamish*.

— Isso.

Franzindo a testa, esquecendo a cerveja, ele o abriu e virou uma página, depois outra.

— Histórias infantis.

— Se você acha que histórias sobre estupro, assassinato e gente bebendo sangue são adequadas para crianças...

Divertido de novo, ele a fitou.

— E quais você acha que são as raízes dos contos de fadas que vocês contam para as crianças do outro lado?

— Tem razão — murmurou ela, e serviu a cerveja e o vinho ela mesma. — Você sabe ler essa língua?

— Sei e vou ler, apesar da maldita dor de cabeça que vai me dar. Ela lhe contou alguma coisa do que se lembrava?

— Tudo.

— Então, vou ficar mais que um minuto, e o quanto você precisar para me contar. Também vou ler, mas vai ser uma tortura. Sente-se. — Ele pegou a cerveja. — Conte a história.

Ele não se sentou enquanto ela relatava tudo o mais cuidadosamente possível; ficou andando de um lado para o outro. Porcaria o observou por um tempo, depois se aninhou perto do fogo para cochilar.

Ele não a interrompeu, não disse nada, nem mesmo quando ela parou para beber ou pensar na parte seguinte.

— Então, ela me deu o livro — Breen concluiu. — Para que você pudesse ler.

— Vou ler. Por que essa história nunca foi contada, pelo menos que eu saiba?

— Tenho a impressão de que está somente nesse livro, que passou de geração em geração na família dela. Pode ser só isso, Keegan.

Ele sacudiu a cabeça.

— Tem o toque da verdade nele. Existem histórias sobre a mãe de Odran, variadas. Dizem que ela foi raptada e levada à força por um deus lascivo, ou que deu a outro deus uma poção para dormir e roubou a essência dele para fazer um filho. E mais um monte de coisas. Mas nenhuma tem esse toque de verdade.

— Mas essa história termina com ele sendo condenado à morte.

— Essa é a parte infantil, a punição por mau comportamento, por ações malvadas e irreversíveis. Ele não foi condenado à morte, e sim expulso, banido, despojado dos luxos de que os deuses desfrutam. Pode não ser exatamente o que está escrito neste livro, mas é a essência que tem esse toque de verdade. Um demônio e uma donzela.

— E sempre virgem.

— Bem, é uma questão de pureza, por mais injusto que seja. Sequestro, estupro, assassinato, sabemos que os deuses às vezes se divertem com isso. Mas tudo isso e ainda devorar o outro? Tudo pelo poder? — Ele sacudiu a cabeça, andando até a janela e voltando várias vezes. — Não, isso está além do que eles poderiam aceitar, justificar ou punir levemente. Assim como não poderiam aceitar a cobiça por um poder acima deles, os deuses.

— Tenho que perguntar: por que os deuses não o detêm agora? Ou por que não o detiveram antes?

— Isso é por nossa conta — disse ele, como se fosse o mais simples dos assuntos, e deu de ombros. — Os deuses o julgaram pelo que Odran fez a eles, e cabe a nós julgá-lo pelos crimes que cometeu contra o resto. Os mundos estão separados agora. Talvez Dorcas tenha razão, isso foi o começo de tudo. Mas estão separados, e, embora seja possível que os próprios deuses o ataquem se ele nos destruir, isso seria pelas razões deles. Você é a chave, e isso é tudo que eles nos darão.

— Que visão curta e estreita!

— Ou maliciosamente ampla e de longo alcance.

Ela abriu a boca, mas logo a fechou.

Ou maliciosamente ampla e de longo alcance, pensou.

— Vou ler a história quando terminar o que tenho para fazer. E condenar um pobre mensageiro a levá-lo de volta a Dorcas em segurança amanhã.

— Ela e seu avô ficaram juntos uma noite.

— Ficaram juntos onde?

— Eles foram amantes por uma noite.

Ele se mostrou sinceramente horrorizado.

— Meu avô?

— Na verdade, teria sido um tatatara... não importa. Ela acha que o nome dele era Owain. Era muito vigoroso.

Ele apertou os olhos com os dedos.

— Invoco os deuses de toda bondade para me pouparem disso.

Ela riu até suas costelas doerem.

— Ela também disse que você é bonito e com certeza igualmente vigoroso.

— Doces deuses!

— Embora tenha certa inveja de mim por isso, ela nos desejou sexo vigoroso.

Ele olhou para ela e suspirou.

— Vou apagar tudo isso de minha mente e vou embora.

Ele saiu como entrou, e ela sorriu. Não imaginava que ele fosse capaz de ficar envergonhado.

CAPÍTULO 20

Jantaram em família e falaram de todos os assuntos sérios.

— Em um livro infantil... — disse Tarryn, olhando para vinho. — Não em um livro qualquer, como se poderia esperar. E ainda por cima na língua antiga. Mas, como você, Keegan, acredito que tem o toque da verdade. Bem evidente.

— Eu concordo. — Mahon assentiu. — Existem incontáveis histórias sobre deuses que se divertem com outros, com feéricos, homens e além. Até mesmo contos em que eles tiram vidas, ainda que sempre com o disfarce da guerra ou alguma justificativa.

— Pelo que entendi, com sacrifício de sangue e canibalismo ele foi longe demais — acrescentou Breen —, e isso foi suficiente para o expulsarem.

— Assim foi dito — Tarryn afirmou —, e mesmo assim você viu o demônio nele. E você disse, e Marg confirma, ele tinha uma marca aqui. — Tocou seu coração com o dedo. — Isso ele não esconde, ou não pode esconder.

— Não pode, acho. Ele é vaidoso — Keegan apontou. — Carregar uma marca ou cicatriz não é perfeição. Seguindo esse raciocínio, os deuses o expulsaram e também o marcaram. A marca de um demônio, a marca da besta.

— O que podemos interpretar disso? Que é uma fraqueza. — Pensativa, Tarryn ergueu a taça. — Ele não consegue esconder essa marca com seu poder nem com o de Yseult. Você leu a história?

— Li, e atesto que é como Breen me disse, como foi dito a ela.

— Vou ler antes de você devolver o livro a Dorcas.

— Está na língua antiga.

Tarryn ergueu as sobrancelhas.

— E quem lhe ensinou as primeiras palavras dessa língua? Vou ler o livro. Você vai falar com o conselho sobre isso?

— Não vejo como evitar, mas amanhã cedo. Vamos para o oeste ao meio-dia, no máximo.

— Vou levá-lo ao conselho e depois levá-lo em segurança de volta a Dorcas.

— Percorrer os rabiscos e arranhões da história é tarefa suficiente, mãe. Vou mandar alguém pegá-lo e levá-lo.

— Eu levo o livro — insistiu ela —, e uma cesta de doces e um bom vinho.

— Foi o que Sinead me disse para fazer.

Com uma risada, Tarryn se voltou para Breen.

— Nós duas aprendemos isso depois de sofrer demais com os biscoitos dela. Keegan, ela vai gostar de receber a visita da representante do *taoiseach*. O dever é meu. Foi bom você visitá-la, Breen.

— Valeu a pena, pela história e pelo livro. E ela é realmente fascinante. Como não podia evitar, falou da conexão sexual com o avô de Keegan.

— Precisava falar? — disse Keegan enquanto sua mãe gargalhava. — Você sabia disso? — perguntou a Tarryn.

— Como poderia saber? Foi bem antes do meu tempo. Se me lembro bem da árvore genealógica, acho que havia Owain do meu lado, assim como no de seu pai. Portanto, não sei dizer qual lado deu a ela essa... noite vigorosa, e certamente um século atrás.

— Qual é a idade dela? — perguntou Breen.

— Ah, ela é reservada a esse respeito, mas eu diria facilmente que está na metade do segundo século. Ela escolheu não ter filhos.

Breen ficou espantada ao pensar que havia conversado com alguém que poderia ter cento e cinquenta anos. Ou mais.

Tarryn prosseguiu:

— Ela preferia seus estudos e seus gatos. Mas é bem conhecido o fato de que ela teve muitos amantes, e não é surpreendente que um deles possa ter sido de nossa família.

— Ele deixou um botão de rosa para ela quando foi embora.

— Um romântico também.— Tarryn suspirou e deu uma cutucada no braço de Keegan. — Aprenda.

— Juro que, se tiver uma noite vigorosa com Dorcas, a Erudita, deixarei um botão de rosa para ela depois.

— Acho que devo dizer... confessar? Informar — decidiu Mahon. — Conta-se em minha família que meu avô, quando era jovem e ainda inexperiente nos caminhos do... romance, digamos, passou três noites com Dorcas, a Erudita. Ela devia ter idade para ser avó dele na época das aulas. Dizem que ela o levou para instruí-lo sobre as formas de dar prazer a uma mulher. Segundo minha avó, foi uma ótima professora.

— Ah, e essas lições passaram de pai para filho e para filho?

Mahon sorriu para sua sogra.

— Acho indiscreto dizer algo além de que faço tudo que sei para manter sua filha feliz.

— Pois bem, proponho um brinde a Dorcas, a Erudita. À sua longa vida, seu profundo conhecimento e suas excelentes lições.

⁂

Partiram para o vale pouco depois do meio-dia, sob uma leve garoa. A chuva se espalhava por toda Talamh, uma neblina aqui, uma chuva torrencial ali.

Nas estradas, abaixo, já descongeladas e enlameadas pela chuva, as tropas e treinadores designados para os novos campos seguiam seu caminho.

Breen ficou na chuva, grata por seu casaco novo, quando Keegan desviou para outros portais para observar as brechas das trevas.

Mais e mais ela via a sabedoria da decisão dele de estabelecer novas linhas de defesa.

Ao se aproximarem do vale, o sol já atravessava as nuvens e brilhava na chuva que continuava caindo. Um lindo arco-íris cintilava sobre as colinas e campos, sobre o verde e o marrom recém-arado.

Breen tomou isso como um sinal de boas-vindas.

Também foi bem recebida por Morena no momento em que os dragões e Mahon desceram.

— Bem-vindos ao lar, viajantes. — Encharcada até os ossos, ela atravessou o portão da fazenda. — Choveu demais até agora há pouco, vocês trouxeram o sol. O fazendeiro com quem me casei me colocou para espalhar estrume, como vocês podem sentir pelo cheiro.

— Cheiro de primavera — afirmou Keegan.

— Para o fazendeiro e seu irmão. Comprou na Capital? — Morena tocou o casaco de Breen. — Acho que nunca vi melhor.

— Foi presente de Kiara.

— Ah, ela tem bom olho para essas coisas. Imagino que seus dois filhos mais velhos acordarão do cochilo e sairão correndo a qualquer momento, Mahon.

— Vou para minha família, então, Keegan, se não precisar mais de mim.

— Não, só amanhã de manhã. Conte a Aisling o que descobrimos e o que estamos fazendo, uma vez que ela faz parte do conselho do vale.

— Contarei. Até amanhã, então.

— Do que eles estão falando? — perguntou Morena depois que Mahon voou para a cabana dele.

— Contarei a você e a Harken juntos, quando tiver uma cerveja na mão e um lugar seco para ficar.

— Devo chamar Nan e Sedric?

— Estão na casa de minha avó, junto com Marco — disse Morena. — Fazendo um daqueles festins de confeitaria. Como é minha vez de fazer o jantar, ficaremos gratos por tudo que eles nos mandarem.

— Amanhã falaremos com eles. Também tenho outras coisas para fazer de manhã. — Breen — prosseguiu Keegan —, vamos treinar no fim do dia.

— Tudo bem. Quero falar com Seamus. Sua mãe me deu minhas asas, Morena. Espero que Seamus possa fazer uma moldura para elas para eu as pendurar na parede da cabana.

— Nossa, ela vai amar isso. Ele deve estar em sua casa. Queria mexer em seu jardim.

— Perfeito. Vamos lá, Porcaria. Boa sorte com o jantar.

— Ah, para você é fácil, eu sei que Marco já deve ter deixado algo glorioso no fogão. E eu, depois de passar metade do dia espalhando merda...

— Você se casou com o fazendeiro.

— Pois é. O que eu tinha na cabeça? — Rindo, ela jogou para trás seu cabelo úmido. — Vou buscá-lo, Keegan, e arranjar uma cerveja e um lugar seco para nós três.

— Irei quando terminar o que precisa ser feito. — Keegan olhou para a Árvore de Boas-Vindas, onde Porcaria já esperava. — É provável que Marco chegue antes de mim. Conte tudo a ele.

— Que bom. Eu me sentiria melhor assim.

Ele a puxou para beijá-la e a surpreendeu ao passar as mãos sobre ela para aquecê-la e secá-la.

— Não precisa ficar molhada — disse ele, e se afastou.

Ele tinha seus momentos, pensou Breen enquanto atravessava a rua. Se prestasse atenção, ele tinha seus momentos...

Ela atravessou para a Irlanda ensolarada, e, embora o cheiro não fosse de estrume, definitivamente era de primavera. Mesmo tendo se passado poucos dias, ela podia ver o progresso. Os brotos das folhas haviam engrossado e alguns começaram a desabrochar.

Ela pensou em suas mudas, nos planos para uma horta entre sua casa e onde Marco e Brian planejavam a deles.

Ainda molhado de chuva, Porcaria mergulhou no riacho e saiu de novo, e, depois de olhar para ela, disparou para fora da floresta.

Seus latidos felizes foram respondidos com a saudação alegre de Seamus.

— Aí está o cachorrinho! Preste atenção, neste lugar você não pode correr e cavar.

Ela saiu da floresta e, para sua surpresa, viu Seamus, de boné, luvas nas mãos, mãos na cintura, parado diante de um pequeno trecho arado.

O rico marrom formava um quadrado bem na frente de uma cerca viva de fúcsias que separava o largo gramado do campo além.

Enquanto caminhava depressa para ir até ele e Porcaria, ela sentiu o forte cheiro de estrume.

Primavera.

— Ah, Seamus, não esperava que você fizesse tudo isso!

Ele voltou para ela seus olhos azuis alegres.

— Você não me negaria esse prazer, não é? Passei momentos ótimos aqui enquanto minha casa está cheia de confeiteiros. — Ele lhe deu um tapinha no ombro. — Veja aqui. Marco, Brian e eu conversamos nos últimos dias e achamos que ficaria bonito cortar a cerca viva ali e fazer uma espécie de portão, um caramanchão, aberto para a casa deles e a sua. E a sebe dará privacidade a todos. Eles terão uma bela vista da baía e das colinas, e o canteiro que você queria aqui para compartilhar o trabalho e a generosidade. Eles me deram licença, acharam que seria uma boa surpresa para você.

— Sim, é perfeito. E exatamente onde eu achei que deveria ser. Nós nunca tivemos uma horta.

— Você terá seus tomates e pimentões, como pediu. E podemos colocar umas batatas, repolho, feijão e cenoura também. Mas pouco de cada, acho.

— Você vai me ensinar?

— Sim, e com prazer. Mas você sabe mais do que pensa, já está em você. Venha, vamos dar uma olhada em suas mudas. Elas pegaram bem, agora é hora de se fortalecerem. As geadas acabaram — ele olhou para o céu —, pode confiar em mim.

— Confio.

Ele mostrou a ela a fileira de caixas cheias de terra e mudinhas que havia deixado perto da cabana.

— Elas terão o abrigo e o calor da cabana enquanto vão se acostumando com o ar e se acomodam. Quando estiverem prontas, você as plantará como quiser.

Ela passou um tempo delicioso falando sobre jardinagem e plantas, enquanto Porcaria chapinhava na baía.

— Você fez tanto por mim, e agora vou lhe pedir mais uma coisa.

— Peça à vontade.

Ela tirou da bolsa as asas que havia embrulhado cuidadosamente.

— Ah, eu me lembro disso! Você ficava correndo por aí balançando as asinhas.

— Eu me lembro também, e como foram importantes para mim. Queria emoldurar para pendurar na cabana. É uma lembrança tão boa!

— Sim, lindas memórias, muito bom. Você precisa de uma caixa, para que fiquem abertas e apareçam bem, não achatadas como um quadro.

— Sim, exatamente. Imaginei que você saberia que madeira usar e como fazer.

— E fazer isso trará boas lembranças para mim e para Finola também.

Ele tirou as luvas, esfregou as mãos para limpá-las bem e pegou as asas.

Quando ele foi embora, ela levou Porcaria para dentro. E respirou fundo para captar o aroma do que Marco mantinha no forno.

Acendeu o fogo, pendurou o casaco novo e suspirou.

— Quer saber, amiguinho? Você vai ganhar um mimo depois dessa viagem comprida, e eu vou tomar um banho quente. Depois, se ainda estivermos sozinhos, vou escrever um pouco.

Ela se permitiu um banho longo e passou uma maquiagem leve. Prendeu o cabelo e se considerou pronta.

Embaixo, pegou uma Coca-Cola e, como ainda estavam só ela e Porcaria, foram para o escritório.

— Hora de sua aventura — disse, e ligou o notebook.

Passou a hora seguinte desenvolvendo as cenas que havia escrito em sua cabeça quando tivera tempo para pensar, na Capital.

Diversão, um pouco de drama e muitas travessuras.

O som de seu celular tocando tirou sua concentração. Por um momento, ficou olhando para ele, que estava ali carregando, como se fosse um dispositivo estranho e desconhecido.

Já era quase isso mesmo.

Viu o nome e o número na tela e hesitou mais um pouco.

Como conseguira esquecer que havia mandado o manuscrito para Carlee?

Passou a mão na tatuagem de seu pulso e atendeu.

— Alô?

— Breen. É Carlee. Espero ter ligado em boa hora.

— Sim, sem problemas. — Isso desconsiderando o fato de que ela pretendia trabalhar até alguém chegar. — Tudo bem?

— Tudo ótimo. Está com tempo para falar sobre *Magia*?

Breen apertou os olhos.

— Claro.

Quando Marco entrou – desfilou porta adentro, seria mais correto – carregando uma caixa que cheirava a açúcar e baunilha, ela estava sentada à mesa com uma taça de vinho na mão.

— Oi menina! Bem-vinda! Quero saber tudo, vou só olhar meu assado. Porco assado com alho e alecrim.

— Tenho muita coisa pra contar.

— Aposto que sim! Nossa, foi ótimo! Dia de confeitaria na casa de Finola. Trouxe biscoitos de limão de Sedric e muitas outras coisinhas gostosas. Marg fez a magia para deixar o jantar cozinhando, o cheiro está ótimo. Vou pegar uma taça disso que você está bebendo e sentar com você na sala.

— Marco...

— Uau! Onde você arranjou esse casaco? Caralho! — Ele correu direto para o gancho. — Nossa, ele brilha. Menina, como você conseguiu comprar isto sem minha orientação?

— Kiara me deu.

— Ah, claro, ela tem bom gosto. Levante! Coloque que eu quero ver.

— Você pode sentar primeiro?

— Ah, querida, algum problema?

— Não, não. — Ela se levantou e foi até o sofá. — Tenho muitas coisas estranhas para contar, mas vou começar pelo fim porque preciso muito falar sobre isso. Pegue seu vinho e sente para que eu possa clarear meus pensamentos.

Ela ficou acariciando Porcaria, que estava sentado ao lado dela, enquanto Marco pegava uma taça de vinho e se acomodava do outro lado.

— Conte tudo.

— Muito bem, de trás para a frente. Carlee ligou agora há pouco.

— Ela leu, então. E depressa. Tá bom, diga lá.

— De trás para a frente — repetiu Breen. — E a última coisa de que falamos foi sobre as receitas que você mandou. Ela gostou da maneira como você as apresentou, de um jeito divertido, da história ou trechos de música que relacionou a cada uma.

— Você fez a maior parte.

— Não, eu ajudei, mas eram suas histórias, sua música, seu estilo. Enfim, Carlee mostrou a outra agente, Yvonne Kramer, porque ela já representou três livros de receitas bem-sucedidos de cozinheiros profissionais. Carlee disse que Yvonne testou o espaguete com almôndegas e foi um grande sucesso. Depois, testou seu bolo de maçã e foi a mesma coisa. Yvonne quer se encontrar com você quando nós formos a Nova York.

— Puta merda! — Ele arregalou os olhos, boquiaberto. — Você não está me zoando, né?

— Puta merda, não estou zoando! Marco, acho que você arrumou uma agente, e ela quer ver mais.

Ele se levantou e ficou andando pela sala.

— Nunca imaginei que alguém ia querer investir nisso.

— Marco, não me diga que você não quer!

Ele parou e apontou para si mesmo.

— Por acaso eu tenho cara de idiota?

— Não.

E, sorrindo, ela pulou para abraçá-lo.

— Tenho que descobrir o que mais fazer. Meu cérebro meio que — ele fez som de explosão. — Eu nunca... não sei como isso funciona.

— Yvonne sabe. Você não vive me dizendo "confie na Carlee"? Agora você tem que confiar na Yvonne. Eu tenho o número dela, ela quer que você ligue amanhã.

— Certo. Uau! Preciso sentar de novo. Um livro de receitas! — disse enquanto se sentava. — Não é demais? Preciso deixar a ficha cair, depois vou achar divertido, Breen. É isso que vou fazer.

— Você sempre consegue fazer tudo ser divertido.

— Tudo bem — disse ele. — Agora o seguinte, de trás para a frente.

— Tudo bem. Respire fundo. Carlee gostou do livro. Do meu livro.

— Eu não disse?! — Ele cutucou o braço dela. — Não disse?

— Ela gostou muito, Marco. Disse que tem certeza de que consegue vender.

— E por que você está sentada aí, e não pulando de alegria?

— Estou tentando assimilar tudo. Ela disse que não precisamos oferecê-lo à minha editora primeiro porque não é juvenil, não é de Porcaria, mas acha que seria bom fazer isso. Seria o certo, mais ético.

— Não é isso que você quer?

— Não, não, ela entende mais que eu dessas coisas. Além disso, eu gosto muito da minha editora, e conheço todo mundo lá, e eu... Ela gostou muito, Marco. Ela queria minha autorização para encaminhar o livro e eu disse que tudo bem.

— Porque você não é idiota.

— Meu cérebro está igual ao seu fez. Não sei o que pensar.

— Hmmm, deixe eu pensar. — Com a cabeça inclinada, ele levantou um dedo. — Ah sim, entendi. Que tal: "Eu escrevi um livro muito bom"? Dois — corrigiu. — Dois livros bons.

— Calma, ele ainda não foi vendido, não vamos nos precipitar. Mas ela gostou. Ela poderia me falar o que pensasse, por isso sei que gostou mesmo. Marco, há um ano tudo isso ainda era um sonho, que só começou a se abrir quando eu descobri o dinheiro que meu pai e Nan me mandavam. Quando você me perguntou o que eu queria, e eu disse que era vir para cá, para a Irlanda. E tudo aconteceu tão rápido! Tanta coisa, tão rápido!

— Será mesmo, Breen? — Com o vinho em uma mão, ele passou a outra pelo cabelo dela. — Acho que parte desse livro está rondando na sua cabeça há muito tempo. Você só precisava dar o pontapé inicial. O resto estava tudo aí, só que preso dentro de você.

— Eu vejo muito claramente o mundo sobre o qual eu escrevi, Marco. É muito parecido com Talamh, eu sei, mas acho que um pouco veio de lembranças enterradas em mim, ou de desejos. Tudo simplesmente brotou de mim. Não sei se consigo fazer de novo, mas...

— Para com isso! Você não escreveu um livro sobre este cachorro maravilhoso?

Em resposta, Porcaria sacudiu o rabo.

— Sim.

— E não está escrevendo outro?

— Sim, está indo muito bem.

— E não escreve quase diariamente no blog coisas boas que fazem sucesso?

Ela soltou um suspiro enorme.

— Eu precisava muito que você chegasse em casa hoje.

— Podemos pular agora?

— Não quero pular enquanto não soubermos que foi vendido. Vendido de verdade. Daí, eu vou pular e dançar como uma louca, e pelo seu livro de receitas incrível também.

— Tudo bem, vamos adiar os pulos.

— Eu precisava muito que você voltasse pra casa — repetiu ela. — Agora que posso respirar de novo... Quando cheguei, Seamus estava aqui. Ele começou a fazer a nossa horta.

— Ele fez o quê? Jura? — Marco correu para a janela. — Olha isso! Seamus é o *cara*!

— Vai ficar perfeita, e a ideia sobre a abertura na cerca de fúcsias, e onde vocês vão fazer a cabana... tudo perfeito. Eu quero muito tudo isso. Quando vi esta casa pela primeira vez, simplesmente entendi que era tudo que eu sempre quis. Mas não poderia imaginar o resto.

Ela girou com os braços abertos e foi para a janela com ele.

— Você aqui, com Brian, logo ali depois da cerca viva. Eu escrevendo livros e tendo este cachorro maravilhoso. Talamh, Nan e todos. Ter um lugar, Marco, uma família, um propósito. E às vezes, como depois de conversar com Carlee, a ficha cai de novo e não consigo pensar. Ou começo a pensar: será que é mesmo de verdade? Ou estou tendo um sonho estranho? Ou estou em coma?

— Só se eu estiver também. Porque, menina, eu tenho tudo que sempre quis e ainda mais junto com você.

— Bem, se nós estamos em coma juntos, vamos ficar.

Sorrindo, finalmente sorrindo, ela bateu sua taça na dele.

— Tenho muitas coisas mais pra contar, como uma mulher chamada Dorcas que tem uns cento e cinquenta anos de idade...

— Para com isso!

— Pelo menos, segundo Tarryn. Ah, e gosto tanto da mãe de Keegan, Marco! Mesmo que Keegan e eu não fôssemos... sei lá, eu sei que gostaria dela. — Pegando a mão dele, ela se sentou de novo. — É Dorcas, a Erudita. Ela tem um milhão de gatos; bem, é exagero, mas aposto que tem uns cem. E ela mora em uma cabana tipo de conto de fadas assustadora na floresta, perto da vila da Capital.

— Ela é do bem ou do mal?

— Do bem! É esquisita, mas do bem. Uma estudiosa respeitada. É aquela de quem Tarryn falou quando estávamos conversando sobre aquela coisa de deus-demônio de Odran.

— Ah, sim. Keegan comentou sobre uns biscoitos ruins.

— Pior que ruins. Têm gosto de serragem, e o chá dela tem gosto de alcatrão; eu já estava até esperando Chucky começar a gargalhar em um dos cantos sombrios daquela cabana minúscula.

Ele olhou para ela em dúvida.

— E ela é do bem, tem certeza?

— Sim, e, apesar de tudo que eu acabei de dizer, ela é muito interessante. Enfim, ela encontrou uma história em um dos livros que tem desde que era pequena.

— Tipo cento e cinquenta anos atrás.

— Tipo isso. Vou te contar o que ela me disse e por que ela acredita, assim como Keegan e todos os outros que ouviram a história, que fala de Odran e de como o demônio entrou nele.

Enquanto ela falava, Marco levantou a mão, foi para a cozinha e voltou com a garrafa de vinho. Quando ela terminou, ele se levantou de novo para tirar o porco do forno e deixar a carne descansar.

— Estou tentando não perder a concentração para terminar o jantar. Você não acha que a imagem de Odran devorando aquela garota demônio é uma metáfora?

— Não... acho que é literal. Uma demônio virgem, naturalmente, que poderia assumir a forma que desejasse. Ele queria somar esse poder do elemento demônio em si. Não sei se ela foi a primeira que ele canibalizou, mas duvido que tenha sido a última.

— Então, ele é o Hannibal Lecter dos deuses?

— Só você, Marco! Sim, e ele a perseguia com um bom Chianti nas mãos.

— Mas o demônio dentro dele é mau.

— Porque ele é mau, porque a corrompeu.

— E esse negócio de marca, cicatriz ou sei lá o quê?

— Talvez seja... um ponto de entrada e saída. Um ponto fraco.

— Saída pra quê? Para a demônio? Aí, haveria entranhas de demônio maligno com deus maligno por todo lado. Tem como melhorar?

— Seria maligno se saísse, Marco? Não sei.

Ela apertou os olhos com os dedos. Haviam passado de livros de receitas e publicações para demônios.

— Fico pensando se não seria como libertar aquelas almas presas nas ruínas. Se seria uma coisa que deveria fazer. Só vou saber quando... quando eu fizer o que devo fazer, seja como for que deva ser feito. — Ela jogou o cabelo para trás. — Enquanto isso, eu tinha esquecido, eles abriram rachaduras em todos os portais do lado de Odran.

— Como na cachoeira?

— Sim. Menos na Árvore de Boas-Vindas, que não pode ser violada. E Keegan... espere, ele está chegando. Ele vai explicar essa parte de táticas de batalha.

— Tudo bem. Se ele está chegando, Brian não deve demorar. Vamos jantar enquanto ele explica. — Marco se levantou. — E você, conte a ele sobre o seu livro.

— Ainda não foi vendido. E você pode falar sobre seu livro de receitas.

— Ainda não foi nem escrito, quanto mais vendido. Mas vamos falar, sim. É uma boa notícia, tem que ser compartilhada. Já tem muitas coisas esquisitas por aí, vamos compartilhar as boas.

— Tudo bem. Vou contar a ele.

Afinal, ele ficaria argumentando com ela de qualquer maneira, pensou.

— Contar o quê? — perguntou Keegan. — Espero que seja que o jantar está pronto, estou faminto. Vou me lavar. Brian já está chegando.

— Você está com sorte.

Marco colocou o porco em uma travessa e o cercou de batatas, cenoura, aipo e cebola, tudo assado em ervas e no próprio caldo.

— Nossa, está incrível. — Keegan estava lavando as mãos na pia. — Se ia me contar que Seamus começou a fazer sua horta, já percebi pelo cheiro. Portanto, não precisa me contar isso. Algo mais?

— A agente de Breen adorou o livro dela. O novo — Marco acrescentou enquanto Breen revirava os olhos. — O que ela acabou de mandar.

— Que bom. — Secando as mãos, Keegan olhou para Breen. — Você achou que ela não ia gostar?

— Como eu poderia saber se...

— Você não gostou?

— Claro que gostei, mas...

— E você deixou Marco ler; ele é um homem de bom senso e gostou. Parece que você estava preocupada sem razão; mas as mulheres são assim.

— Ah, jura?

Ele deu de ombros.

— Agora não tem mais razão e vai me deixar ler. Mas não na máquina. Eu gosto do papel.

— Eu não...

— Vou imprimir para você. E aí está Brian — disse Marco, levando a travessa para a mesa e dando a Breen um grande e largo sorriso.

Mas ela revidou.

— Marco está escrevendo um livro de receitas e tem uma reunião com uma agente em Nova York que quer representá-lo.

— Muito bem, Marco! É muita generosidade compartilhar seu talento na cozinha com os outros.

— Ainda tenho que pensar como fazer. Mas, enquanto isso — quando Brian entrou, Marco se iluminou —, vamos comer.

PARTE III
Misneach

*Não é o juramento que nos faz acreditar no homem,
e sim o homem que nos faz acreditar no juramento.*

Ésquilo

*Coragem não é simplesmente uma das virtudes,
e sim a forma de cada virtude no ponto de prova;
ou seja, no ponto da mais elevada realidade.*

C. S. Lewis

CAPÍTULO 21

Ela não ficou totalmente surpresa ao encontrar Keegan na cozinha, de manhã, olhando para a cafeteira. Embora na maioria dos dias ele saísse antes de ela descer, ocasionalmente começava mais tarde.

— Quer café?

— Não gosto muito dessa máquina, mas preciso.

— Eu faço — ela soltou Porcaria primeiro, depois cuidou do café. — Não tem ordenha matinal hoje?

— Fiquei com a da noite, e tenho outros deveres.

— Não dormiu bem?

— Não o suficiente. Depois do nosso... sexo vigoroso — disse, e a fez rir — você dormiu rápido e plena, então resolvi ler um pouco de seu livro. Graças a Marco, não tanto a você.

— Hmm. — Ela lhe entregou uma caneca.

— Fiquei lendo até mais tarde do que pretendia. Havia dado uma olhadinha, quando vi umas folhas que você deixou por aí. Mas o livro me prendeu desde o início. Vi meu lar na casa que você criou, e você usou cores fortes nela.

Ela ficou tomando seu café sem pressa.

— Comecei antes de ver Talamh. Antes de voltar, antes de começar a recordar. Escrevi o começo antes disso.

— Porque seu coração lembrava.

Ela olhou para ele.

— Acho que sim.

— A figura central feminina, ou a que me parece central, não é você.

— Não?

Mesmo intrigada, ela deixou a pergunta no ar e se dirigiu à porta. Queria a manhã, a baía, as brumas e o tenro despertar da luz.

— Não é, mas achei interessante tê-la feito assim. Por que não, afinal? Mas não é você.

Ele a seguiu para fora; o sol mal acordara no leste e as brumas pairavam sobre a água como sombras.

— Ela tem mais força de vontade do que você tinha no início das coisas. E mais raiva. É mais nova, acho, ainda em formação. Em busca, como você estava, mas já ciente de seus poderes. Pelo menos do que vê e sente deles. A pessoa que lhe ensinou as coisas não é Marg, nem eu, e sim alguém mais velho e cínico. Gostei dele.

— Por quê?

— Porque ele viu muita coisa e aprendeu mais. Gostei de ele ensinar as coisas a ela não porque quer, mas porque ela incita nele o que foi um dia, o que sente que perdeu e o que ainda pode vir a ser.

Ela tomou um gole de café, devagar.

— Legal você ter entendido e notado nos dois.

— Não sou idiota. Está bem ali, nas palavras.

— Eu queria que estivesse.

— E com certeza está. Pare de se preocupar com isso. É irritante.

Ela teve que rir de novo.

— É diferente. Para você, por mais peso que carregue, é escuridão e luz, certo e errado, o que é e o que não pode ser. O que eu faço é subjetivo. E é muito importante para mim que você tenha gostado do que leu.

Ele girou o pescoço.

— E vou pagar por isso, pois não dormi o suficiente. Você tem um dom, Breen, essa é a verdade. Abrace-o, respeite-o, enquanto faz seu ofício.

Ela tomou outro gole de café, devagar.

— Estou trabalhando nisso.

— Logo você irá para sua Filadélfia e Nova York.

— Logo. A menos que você me diga que eu sou necessária aqui.

— Você vai e volta. Vai ver sua família, como é certo. Vai fazer coisas de seu trabalho, o que é certo, e depois vai voltar.

— Você não poderia ir conosco, né?

— Não, lamento.

— Não se preocupe, eu entendo.

— É uma pena. Gostei de Sally, da casa e da música. Servem uma boa cerveja. Se eu pudesse tirar um dia de folga para ir com você, tiraria.

Porcaria saiu da baía e se agitou, jogando água para todo lado.

— Sally gostou de você também.

— Sei que Brian quer muito conhecer a família de Marco. Sally, digo, e seu companheiro.

— Derrick.

— Sim — ele olhou para ela. — Eu permitiria que ele fosse, se pudesse, mas não é a hora certa.

— Sim, eu entendo. Vou ver minha mãe enquanto estiver lá.

Ele não disse nada por um momento, ficou só observando as brumas competindo com a luz.

— Então, lamento ainda mais não poder ir com você.

Ela notou o pesar na voz dele e ficou emocionada. Essa bondade sorrateira dele sempre a emocionava.

— Não, isso é algo que eu mesma preciso fazer.

— Use o portal que fiz em seu apartamento. Meabh sairá de lá enquanto vocês estiverem na Filadélfia.

— Não precisa. Reservei um hotel para passarmos a noite e vamos pegar o trem para Nova York na manhã seguinte.

— Mesmo assim, ela vai deixar o apartamento para vocês. E podem usar o portal de Nova York para voltar.

— O quê? Há um portal em Nova York?

Ele se voltou para ela.

— É uma cidade importante naquele mundo. Quando estiverem prontos para voltar, Sedric os guiará. Esse é o dom dele; ele poderá trazê-los de volta pela Árvore de Boas-Vindas. Como você não sabe disso?

— Talvez porque ninguém me contou.

Ele bufou e bebeu o resto do café.

— Estou contando agora. Ele chegará para guiá-los quando estiverem prontos.

— Maravilha. Posso cancelar as passagens de trem de Nova York à Filadélfia.

— Quero fazer do portal para a Filadélfia uma coisa permanente, para que você possa ir quando precisar. Mas tenho que discutir isso com o conselho, haja paciência!

Lá estava de novo, pensou ela, a bondade sorrateira. Ela o abraçou.

— Muito gentil, obrigada.

— É eficiente. — Ele a abraçou também. — Tenho que ir, a manhã está acabando.

— E Brian?

— Tem o dia de folga, pegou o plantão noturno. Breen — ele segurou o rosto dela —, vá falar com Marg e Sedric, não terei tempo.

— Sim, vou falar com os dois hoje e contar tudo que nós sabemos.

— Ótimo. Mas não precisa comentar sobre meu antepassado e Dorcas.

Ela sorriu e bateu os cílios.

— Não preciso, mas vou contar porque é uma excelente fofoca.

— Inferno!

Mas ele a beijou e seguiu para a floresta, em direção a Talamh, sem mais palavras.

Talvez esse fosse o motivo de ela ter se apaixonado tanto por ele, pensou. Ele era simplesmente autêntico. Luz contra escuridão, certo contra errado.

Ela ficou segurando a caneca vazia que ele lhe entregara e terminou seu café.

E, com Porcaria já ao seu lado, viu o novo dia amanhecer radiante.

✦

Tendo concluído seu trabalho, Breen passou de um dia brilhante a outro com Marco e Porcaria. O céu de Talamh era azul-escuro, quase sem nuvens, e o sol brilhava sobre os campos.

— Que dia lindo! — Satisfeito, Marco colocou os óculos escuros. — Está quase quente. E esta é uma visão que as pessoas não têm todos os dias; a menos que essas pessoas sejam nós.

Morena, batendo suas asas, jogava sementes em um campo recém-arado enquanto Harken as afundava. Em outro campo, plantas jovens criadas na estufa brotavam por entre o marrom em direção ao azul.

— Andaram ocupados esta manhã.

— Talvez eu dê uma mãozinha para eles enquanto você estiver na casa da Nan. Vou aprender para cuidar do nosso canteiro. O cheiro ainda está muito forte.

— Acho que você se acostuma.

Ao longe, Aisling e seus filhos trabalhavam na horta, ela com o bebê no sling, às costas.

— Acho que Aisling precisa de mais uma mão. Mas esses dois têm ritmo.

— É mesmo.

Ao atravessar a estrada, Porcaria soltou um latido de saudação.

Mãos acenaram, e os meninos gritaram seus olás, que foram levados pela brisa.

— Vou ativar meu lado fazendeiro. Vejo você mais tarde.

— Ele vai se divertir — disse Breen a Porcaria enquanto pulava o muro de pedra. — Quem diria?

Ela caminhou pela estrada e viu mais sinais da primavera na neblina verde das árvores e algumas flores silvestres corajosas bebendo a luz do sol.

— Será minha quarta estação, Porcaria. Há cerca de um ano, minha vida mudou. A de Marco também, como se vê. Aquela viagem de ônibus até a casa de minha mãe para cumprir uma rotina ridícula... separar a correspondência, abrir todas as malditas janelas, regar todas as plantas... A primeira vez que vi Sedric, ele me deixou tão nervosa! Deus, como eu era infeliz!

Ela baixou a mão para acariciar o topete do cachorro enquanto caminhavam.

— Sinceramente, acho que não sabia como era infeliz até sair dali. Até que finalmente me encontrei. E encontrei você, claro.

Ele balançou a cabeça, anuindo, e ela abriu os braços, como se quisesse fazer explodir tudo que tinha, tudo que sabia, tudo que sentia.

— Marco tem razão. Que dia lindo!

Pegaram a curva para a casa de Marg, e ela pensou na primeira vez que havia trilhado esse caminho, ainda meio atordoada depois de cair ao atravessar o portal atrás do cachorrinho.

E o choque do reconhecimento, e tanto nervosismo quando sua avó apareceu à porta aberta.

Estava aberta agora, sempre dando as boas-vindas. Encantado, Porcaria disparou na frente. E Marg apareceu à porta.

Estava com seu glorioso cabelo preso. A calça grosseira e o suéter puído mostravam que ela estivera trabalhando, dentro ou fora de casa.

— Está um lindo dia para fazer jardinagem — gritou Marg. — Acabamos de entrar para tomar um chá, e aqui está você, de volta da Capital.

— Com muita coisa para contar a vocês.

— Entre e sente-se. Temos biscoitos de sobra depois de ontem. E para você também. — Ela se abaixou para acariciar Porcaria. — Como sempre. O casaco combinou perfeitamente com você.

— Você sabia do presente de Kiara?

— Ela me pediu opinião. — Marg deu as boas-vindas a Breen com um abraço e dois beijos no rosto. — E você está radiante como o dia.

— Eu estava pensando na primavera, que chega cedo aqui; mais cedo do que estou acostumada. E com ela terei visto as quatro estações em Talamh e na Irlanda. Tantas primeiras vezes para mim, Nan! Sim, eu me sinto radiante.

Foi para a cozinha, onde Sedric, de calça larga, servia o chá. Cumprimentou-o como Marg a cumprimentara. Ele cheirava a terra fresca e verde.

— Lembro da primeira vez que vi você, no ônibus. Uma parte de mim deve tê-lo reconhecido, ou suspeitou de alguma coisa. Fiquei tão ansiosa! Você fez aquele vento subir e todos os papéis dos arquivos se espalharam. Foi assim que descobri sobre o dinheiro que meu pai e Nan me mandavam. Minha vida mudou naquele momento.

— Não foi tanto o dinheiro em si.

— Não, mas ajudou. Jesus, nós fazíamos as contas na ponta do lápis todo mês. Mas não foi o dinheiro, foi descobrir que meu pai não havia simplesmente me abandonado. Se não fosse essa herança inesperada, literalmente, não teria vindo para a Irlanda. E sem a Irlanda não teria chegado aqui. Por isso estou me sentindo radiante, apesar de ter uma história sombria para contar a vocês. Foi Dorcas, a Erudita, que me contou.

— Você foi à cabana de Dorcas? Sedric, vamos dar chá e biscoitos a essa garota para apagar as lembranças dessa visita.

Breen se sentou e deixou que cuidassem de tudo porque sabia que eles gostavam que fosse assim.

Na cozinha aconchegante, com as janelas abertas para circular o ar, mas aquecida pelo fogo, ela repetiu a história a eles, do começo ao fim.

— Estou admirada de nunca ter ouvido nada sobre isso antes. E você, Sedric?

— Na verdade, lembrando agora, eu ouvi. — Seu cabelo prateado cintilou quando ele abaixou a cabeça para olhar para as próprias mãos. — Há muito tempo, quando eu era criança. Era uma história para assustar as crianças como eu, para que nos comportássemos e não ficássemos andando por aí. Nunca mais me lembrei dela.

— Essa mesma história? — perguntou Marg.

— Não a mesma. Falava de Odran, pois mesmo quando eu era criança seu nome dava medo. Mas não de um demônio, que eu me lembre. Foi contada a mim e a outras crianças por um Velho Pai de passagem. Ele disse que Odran havia nascido de magia sombria, do anseio de uma mãe por um filho. E, como na história de Dorcas, ela o mimou e o exaltou tanto que ele ficou orgulhoso e ganancioso e, tendo a escuridão dentro de si desde o ventre, abraçou-a. Sobre o demônio, dizia apenas que ele aprendera com um maligno sobre o poder adquirido bebendo sangue vivo e o prazer de sentir o gosto de carne viva. O Velho Pai disse que ele tinha uma predileção por carne jovem, por isso caçava as crianças que se afastavam demais de casa ou se recusavam a ouvir suas boas mães. Assim ele se banqueteou, ano após ano, em segredo, até que os outros deuses souberam de seus crimes por meio de uma jovem bruxa que havia escapado das garras dele. Eles o expulsaram, e a mãe, em seu desespero, se jogou atrás dele, mas acabou morta nas rochas do Mar Sombrio.

Ele deu um leve sorriso e prosseguiu:

— Tive sonhos terríveis nas noites seguintes. Minha mãe teve que me acalmar; dizia que era bobagem, só uma história conjurada para assustar crianças. Eu acreditei nela, mas agora vejo que havia alguma verdade na história.

— Fazer essas coisas e mais — disse Marg —, consumir outros, tudo em busca de poder? É verdade que os deuses são frios e inconstantes, mas isso eles jamais perdoariam. Eles o expulsaram, mas o deixaram existir depois de um crime como esse, quebrando a confiança entre os mundos. Uma confiança que não foi recuperada facilmente. E esse foi o começo do fim da unidade dos reinos.

— Foi o que Dorcas disse, e Keegan concordou. O começo do fim.

— O demônio que há nele faz dele um semideus — apontou Sedric. — Assim como você, Breen. Talvez ele não saiba disso, e pode ser por isso que a história é obscura. Os poderes dele diminuíram por causa disso que ele levou para dentro de si. Não aumentaram, como ele desejava, e sim diminuíram.

— Então, ele não tem vantagem sobre nós.

Marg sacudiu a cabeça.

— Nunca teve. Você é a luz para a escuridão dele. A escuridão pode tentar abafar a luz e até escurecê-la, desligá-la por um tempo. Mas a luz encontra seu caminho. Ele teme você porque sabe disso.

Levantando-se, Marg foi até a janela e se debruçou.

— Pensando agora, querida, acho que beber o poder de meu filho não teria sido suficiente. Fico imaginando o que ele teria feito com meu menino se eu não tivesse acordado naquela noite.

— Mas você acordou. — Sedric foi abraçá-la. — E mandou Odran de volta para a escuridão, e Eian cresceu forte. E a filha dele está sentada aqui, agora, mais forte ainda.

— Essa é a fraqueza dele, Nan, e, sabendo disso, vamos dar um jeito de usá-la. Mas tenho mais coisas a dizer.

Ela contou sobre as estratégias de Keegan, os planos para os festivais para disfarçar os movimentos, o objetivo de usar o solstício, e ambos voltaram para a mesa.

— O dia mais longo — observou Marg. — A luz mais forte. Ele deve saber disso tão bem quanto nós, por isso a armadilha tem que ser bem preparada.

— Marg, ele nos considera tolos e fracos, mas acontece que essa visão é um espelho, o próprio reflexo dele. O solstício é sempre celebrado em Talamh, mas temos Breen aqui. — Com um brilho nos olhos, Sedric deu um tapinha na mão de Breen. — Vai fazer um ano, e seria uma maneira de marcar isso. Festivais, em homenagem a ela, além da celebração do solstício... acho que seria irresistível para ele.

— Então, agora, além de chave, ela é isca? — No mesmo instante em que disse isso, apertou a mão de Sedric. — Desculpe, sei que você daria sua vida por ela. É só a fraqueza de uma avó.

— Não. — Beijou a mão que apertara a sua. — É força.

— Isso tudo tem que acabar, Nan. Ele tem que acabar, e esse pode ser o caminho, pelo menos o momento certo. Se Odran vier até nós por meio de todos os portais e não acabarmos com ele nessa oportunidade, quando mais? — Breen pousou a mão sobre as outras duas já unidas. — Se você tem mais coisas para me ensinar, ensine.

— Sim, você tem razão. Sempre há mais. E, se essa história sobre a jovem garota demônio for verdadeira, há mais um caminho a explorar. Vamos dar alguns passos nele.

— Vou falar com Keegan — disse Sedric, e se levantou de novo. — Vou ver se posso ajudar de alguma maneira.

— Você é sempre útil. Tenha cuidado, *mo chroí*. — Marg se levantou e o beijou.

Quando ele saiu, Marg deu um tapinha na mão de Breen e disse:

— Vamos para a oficina, então. Tenho coisas que podem ajudar a trilhar esse novo caminho.

Foram e, ao se aproximar da ponte, Porcaria olhou para Breen cheio de esperança.

— Pode ir!

Breen enganchou o braço no de Marg e disse:

— Não se preocupe, Nan. O dia está lindo demais para se preocupar. Vamos explorar. Tenho boas notícias, boas notícias possíveis, em duas frentes. A agência de Nova York ficou muito interessada no livro de receitas que Marco começou a fazer. Na verdade, é mais que um livro de receitas, pois ele colocou pequenas histórias, casos e músicas relacionados a cada uma.

— Nossa, essa é mesmo uma ótima notícia!

— É sim. E minha agente leu meu livro e gostou. Acha que pode vendê-lo.

— Ah! E você só me conta agora?!

— Não é tão importante quanto...

— Ora, pare com isso. — Marg parou na ponte e segurou os ombros de Breen. — É mais do que importante. É a vida, o brilho dela. Minha neta é escritora e nosso Marco é um cozinheiro famoso. Eu não poderia estar mais orgulhosa.

Ela abraçou Breen com força. Embaixo, Porcaria latiu e rodou e jogou água bem alto.

Rindo, Breen olhou para baixo. E viu.

— Ali está, na água!

— O quê?

— Bem ali. Não vê?

— Vejo apenas o cachorro, a água, o leito de rochas, os peixinhos nadando. O que você vê?

— É o pingente. O coração de dragão em uma corrente de ouro. Brilhante e bonito. Já o vi antes, mas sempre esqueço de comentar com você. Não vê?

— Não — respondeu Marg com a voz suave. — Não vejo.

— Eu... No retrato, aquele seu retrato no Salão da Justiça, você está com ele. Mas eu já havia visto isso antes.

Esforçando-se para lembrar, ela esfregou a têmpora.

— Tive um sonho, lembro agora. Antes de ir para a Irlanda, sonhei que andava na luz verde, na cachoeira, no rio, no musgo. Tudo tão lindo! E vi o pingente na água. Quis pegá-lo, tinha que pertencer a alguém. Mas não consegui alcançá-lo e escorreguei. Ele havia me prendido lá, em uma gaiola de vidro. Eu não sabia, não sabia! Estava me afogando e não consegui chegar à superfície, e aí Marco me acordou. — Ela se voltou para Marg. — Eu sonhei com isso.

— Você nunca falou desse sonho...

— Sempre esqueço. É muito estranho. — Sua cabeça doía de tentar lembrar. — E... e depois, quando voltei, sonhei com isso de novo, perto da cachoeira, no rio. Não consegui alcançá-lo e comecei a escorregar. Não podia cair, estava morrendo de medo de cair.

Imagens circulavam em sua mente, confusas, desconexas.

— Mas aí eu vi, não sonhando. Fui à cachoeira com Marco, no dia em que vi a sombra. Mas primeiro eu o vi de novo, na água, fora de alcance. Mas você o está usando no retrato. É seu?

— Não mais, já faz algum tempo. Você o vê agora no riacho?

— Sim, eu... — Quando olhou de novo, não viu nada além do cachorro. — Sumiu. Eu vi, mas... O que isso significa? Você o perdeu, foi roubado?

— Não. — Marg se afastou alguns passos e escondeu as mãos no rosto. — Eles sempre pedem mais, sempre mais...

— Quem pede?

— Os deuses, os destinos, os poderes além de nós. Sempre mais. Pensei... tinha esperanças de que o que foi dado fosse suficiente, mas agora eles estão exigindo essa última coisa. Tudo isso!

— Não estou entendendo.

Ela se voltou, e o cansaço era como uma capa em volta dela.

— Vá até a fazenda buscar seu cavalo, *mo stór*. Vou selar Igraine. Vamos até onde você viu o pingente em sonhos e acordada. E vendo-o ou não, vou lhe contar o que significa. Por favor, dê-me tempo para me acalmar, depois lhe contarei tudo.

— Tudo bem. Não demoro. Porcaria, fique com Nan.

Sentindo uma urgência em si mesma e ciente do cansaço de sua avó, ela correu para a fazenda. Mas forçou-se a desacelerar antes de chegar.

— Nan quer cavalgar — gritou para Morena. — Vou selar Boy.

— Salve-me! — rindo, no campo arado, Morena juntou as mãos em prece. — Leve-me com você!

— Estamos quase terminando. — Harken puxou a aba do boné de Morena sobre os olhos dela. — Mais uma hora e eu a libero. Ela vai encontrar vocês.

Breen chamou seu cavalo, e, como sabia que estava distraída, prestou bastante atenção ao pôr a sela e o freio. Acenou para eles no campo e partiu a galope.

Marg e Porcaria esperavam por ela no início da curva.

Breen disse ao cachorro aonde pretendiam ir para que ele pudesse pegar um atalho.

— Vou começar enquanto cavalgamos.

Não haviam andado nem quinhentos metros quando Marg começou a falar.

— Não tem nome, pelo menos nenhum que eu conheça, mas alguns o chamam de Manto do Destino e outros de Corrente do Dever. Foi forjado com ouro extraído nestas colinas, e a pedra, a pedra do coração, do Ninho do Dragão. É o coração de um dragão verdadeiro, de um grande dragão; alguns dizem que foi o primeiro de sua espécie. Após sua morte, o coração foi enfeitiçado e transformado em pedra. É mais velho que Talamh, dizem, um presente dos deuses para selar o tratado entre nossos mundos após a queda de Odran.

— É poderoso...

— Tem grande poder e preço alto. Os feéricos o trancaram num vidro para honrar o presente, e, cobiçando-o, como ele cobiça tudo, Odran saiu de seu mundo. O vidro quebrou e o pingente se perdeu. Pelo menos era o que se acreditava.

— E você o achou.

— Não fui a primeira a encontrá-lo. Os deuses ficaram descontentes com a perda, mesmo que se devesse à mão gananciosa de Odran. Foi uma época de inquietação, até que o tratado foi selado de novo. Então, uma legião de Sábios lançou um feitiço para encontrar o pingente, mas não mais para ser trancado em vidro. Decidiram que quem o encontrasse e o tirasse da água deveria usá-lo, se quisesse e jurasse.

— Se jurasse o quê?

Levaram os cavalos para o bosque, onde a luz se espalhava verde como os tapetes de musgo.

— Lealdade a Talamh e aos feéricos, respeito a todos os mundos e às leis de cada um. Defender Talamh e os feéricos em tempos de alegria e em tempos de conflito. — Ela fechou os olhos brevemente. — E dar a vida por Talamh e os feéricos, se for pedido. Oferecer de bom grado, no momento do pedido.

— No momento do pedido?

— Não no calor da batalha, entende? No momento do pedido, um momento de escolha. Uma vida em troca de todas as vidas, uma luz em troca de todas as luzes. Se quem o pegar e usar quebrar essa promessa, terá todos os seus poderes retirados. A pessoa manterá a vida se a julgar mais preciosa, mas tudo que é, todos os seus dons, morrem.

— E você fez essa promessa.

— Fiz. Eu teria dado minha vida. Lutei em batalhas, derramei sangue meu e de outros para defender os feéricos e os mundos. Se o momento tivesse chegado, nunca teria hesitado. Mas não foi o suficiente. Eles levaram você para longe de mim, e ainda assim honrei meu juramento. — Marg desmontou e encostou o rosto no pescoço de Igraine. — E então, meu filho perdeu a vida. Meu precioso menino. Eu o usei uma última vez, no dia em que Keegan tirou a espada do lago. Usei-o para homenagear o novo *taoiseach*. E à noite, depois de lhe entregar o cajado, sobrevoei o mar do extremo oeste e o joguei. Como outros fizeram, seja em cerimônia pela vida dada por vontade própria, ou como eu fiz, em luto por uma vida ceifada. Séculos podem se passar, Breen, antes que ele se mostre de novo, e acreditei nisso quando o joguei no mar. Nunca pensei que seria agora, que seria você.

— Você o jogou no mar, mas lá está ele. — Ela apontou para o pingente que brilhava sob a água verde-clara.

— Não consigo ver. Não é para mim. Era para mim, uma menina mais nova que você que andava não por estes bosques, e sim por outros, e no riacho onde o cachorro nadou hoje, eu o vi e soube. Eu o peguei e fiz o juramento, e, no dia seguinte, entrei no lago com todo o resto e levantei a espada. Ele traz mudanças, dizem; vem em momentos de grandes mudanças. — Ela pegou as duas mãos de Breen. — Você pode deixá-lo onde está, não há vergonha nisso. Vivemos por escolha, e essa é uma escolha. Eu o pegaria e o usaria de novo, se pudesse. Já vivi minha vida, mas a sua está só começando.

— É verdade. Minha vida verdadeira não tem nem um ano de idade. Eu lutei, Nan, derramei sangue meu e dos outros, mas... foi no frenesi do momento, era matar ou morrer. Jurei defender Talamh, fazer tudo que puder para derrotar Odran e trazer a paz. E não é suficiente?

— Ele pode esperar por outra pessoa.

Breen sacudiu a cabeça.

— Antes de vir para cá, sonhei com ele e senti o medo de morrer. Era uma lembrança da infância? Você o usava naquela época e me contou a lenda?

— Eu o usava em batalha, em cerimônias, não para fazer biscoitos para minha neta nem para contar histórias como essa.

— Se eu me recusar a dar minha vida se... quando for perdida, perderei tudo, tudo que sou. Não quero morrer. Quero viver, escrever e rir. Quero ter filhos e vê-los crescer. Mas não posso voltar a ser menos.

— Você nunca será menos. Ah, *mo stór*, você nunca foi menos.

— É mais que acender um fogo ou lançar feitiços. É fazer parte de algo.

Quando Marg segurou suas mãos, Breen sentiu o medo. Em si mesma e em sua avó.

— Deixe-o na água e não perca nada.

— É meu — murmurou Breen. — Se eu não sentia isso antes, sinto agora. É uma das razões do que sou, de estar aqui, do que vim fazer. Tenho medo de tudo isso, por isso recuei todas as vezes anteriores, em vez de pegá-lo. — Ela se voltou. — Odran me colocou dentro de uma gaiola nesta água e teria tomado de mim tudo que sou. E por causa disso, tudo que sou foi tirado de mim durante a maior parte da minha vida. E então o pingente veio a mim aqui. Você sabe que é por isso. Você fez a escolha, Nan, fez a promessa, quando era mais nova que eu, com toda a sua vida pela frente. Mas você aceitou porque é quem você é. Eu não posso ser menos.

Ela ouviu seu próprio coração batendo acima do barulho da cachoeira enquanto ia para a margem, olhando para o pingente.

Uma escolha, ela pensou. A escolha. Se tivesse que dar sua vida, se chegasse a isso, pelo menos teria tido um ano como nenhum outro. Teria vivido.

Ela ouviu Porcaria ganir e Marg soluçar enquanto entrava na água. Abaixando-se, ela fechou a mão sobre a corrente de ouro e a levantou.

— Prometo minha lealdade a Talamh e aos feéricos. Prometo meu respeito a todos os mundos e às leis de cada um. Eu me comprometo a defender os feéricos em tempos de alegria e de conflito. Eu me comprometo a dar minha vida por Talamh e todos os feéricos, de bom grado, se assim for pedido, no momento do pedido. Uma vida em troca de todas as vidas, uma luz em troca de todas as luzes.

Tremendo um pouco, ela ergueu o pingente e colocou a corrente pela cabeça.

— Se eu quebrar algum desses votos, perderei meus poderes e dons merecidamente.

Relâmpagos cortaram o azul-claro do céu, seguidos pelo rugido de um trovão.

E, então, tudo se aquietou de novo quando Breen saiu da água para abraçar sua avó em prantos.

— Não chore, Nan. É meu. Está esperando por mim desde que juntaram a pedra com a corrente. Tudo que Odran fez, por ganância e sede de poder, termina comigo.

De um jeito ou de outro, pensou.

CAPÍTULO 22

Voltaram cavalgando, abandonando a luz verde suave e entrando na clara e brilhante.

— Gostaria de passar pelo túmulo de seu pai; um momento para nós duas, *mo stór*.

— Sim, eu também gostaria.

Breen informou Porcaria, mas, em vez de sair correndo, ele acompanhou os cavalos, sempre por perto.

Breen sentia o peso do pingente, não só do ouro e da pedra, mas também do símbolo e do juramento. Será que se acostumaria com aquilo, perguntou-se, como se acostumara – ou quase – com todo o resto?

Breen ergueu o rosto para a brisa enquanto cavalgavam. Sentiu o ar promissor, assim como a terra ao longo da estrada coberta de estrelas-do-egito, e o amarelo vivo dos botões-de-ouro projetando a cabeça acima do verde dos campos.

Nas colinas, mesclada com o verde profundo dos pinheiros, ela viu aquela nascente onde uma nova vida começava.

Ela se lembraria desse dia, prometeu a si mesma, por isso, por tudo, e pelo que agora levava pendurado no pescoço.

Ela viu a antiga dança de pedras na colina e as ruínas, agora livres da escuridão.

Viu ovelhas de cara preta pastando perto das ruínas como nunca antes. Ficou imaginando se provinham dos campos do outro lado da estrada, onde uma família havia perdido uma filha para Odran.

Desmontou, amarrou os dois cavalos e foi encontrar sua avó no túmulo.

As flores que elas plantaram com amor e magia no verão anterior floresceram ferozmente, como sempre floresceriam, Breen sabia disso. Aquele tapete colorido se estendia sobre o túmulo de um homem que ela tivera por tão pouco tempo, mas que recordava claramente.

— Ele está tão orgulhoso de você! Sinto isso aqui. Sinto o amor e o orgulho dele por você. Quando você tinha poucas horas de vida e sua mãe estava descansando, eu o encontrei com você no colo, cantando para você, adormecida contente nos braços dele. Tenho essa lembrança de meu filho e da filha dele juntos na luz. É uma imagem muito vívida em minha mente, Breen, até a voz dele é forte e clara.

— O que ele cantou, Nan?

— Ah, uma velha canção, doce, de paz e beleza. Uma canção de Talamh e a luz que vem com o amor.

— Vai me ensinar um dia?

— Sim. — Ela pegou a mão de Breen. — Eu lhe dei lágrimas quando deveria ter lhe dado forças.

— Nan, você, mais que qualquer um, me ensinou a ser forte. Ficou de olho em mim enquanto eu crescia ainda fraca.

— Mais forte do que você pensa.

— Eu cedi, abri mão. Nunca me levantei, nunca lutei. Não sabia como lutar. Mas você me fez lembrar e me deu as ferramentas. Este último ano tem sido tudo para mim. Eu já havia escolhido defender, lutar por isto aqui, e isto — ela fechou a mão sobre a pedra — foi só mais um passo.

— Os deuses estão colocando muito peso sobre você — murmurou Marg. — Eu conheço esse peso.

— Então, você tem que saber, tem que acreditar que eu aguento. Nan, você disse que o jogou no mar.

— Isso mesmo.

— Mas ainda tem seus poderes.

— Eu nunca quebraria minha promessa. Nunca. Lutei e lutarei, e morrerei de bom grado se me for pedido. Mas eles levaram meu filho quando poderiam ter me levado. E levaram a filha dele, também, a viver infeliz do outro lado. Não, eu não podia usar esse símbolo. Mas, se eu soubesse que chegaria a você... ah, malditos deuses, eu deveria saber! Eu o teria usado até o fim dos meus dias.

— Mas sempre chegaria a mim, não é?

Ela sentira essa certeza quando estava à margem, olhando para o pingente dentro d'água.

— Tudo sempre se resumiria a mim, a usar isto e honrar tudo que representa.

— Acho que sim. Os deuses são frios, tecem suas teias pegajosas.

— Tenho uma certeza, Nan, e digo o mais friamente possível: vou lutar para viver. Não vou quebrar a promessa, mas vou lutar para viver até o momento do pedido, se esse momento chegar.

Porcaria já estava longe, por isso Breen o chamou. Para aliviar a preocupação dele, porque ela a sentia, parou na baía depois que Marg voltou para casa.

Havia duas sereias sentadas nas rochas, penteando os cabelos, enquanto meia dúzia de crianças sereianas brincavam na água.

— Vá, eles querem brincar com você, e eu gosto de olhar. — Abaixando-se, ela o beijou entre os olhos preocupados. — Eu também preciso da alegria. Vamos aproveitar.

Ele correu para a água, onde a jovem sereia o recebeu.

Breen se apoiou em Boy e ficou admirando tanta beleza, sentindo a alegria dele na água.

— Filha! — chamou uma das sereias, que tinha cabelos de ouro e fogo. — Não vai se aproximar?

Breen foi até a beira d'água e, num impulso, tirou as botas e entrou na parte rasa.

Os olhos da sereia que a chamara eram como poços fundos verde-escuros.

— Sou Alana, mãe de Ala e de outros que estão brincando aqui. Ala às vezes passa para seu lado para brincar com o bom cachorro, lá em sua baía.

— Eu não sabia, nunca a vi lá. Nem sabia que isso era possível.

— Ela é cuidadosa e tímida, mas não com o bom cachorro. — Alana sorriu. — O portal também se abre no mar. Nós o guardamos para Talamh e para os mundos além. Minha irmã Lyra quer saber por que você não nada.

— Não estou vestida para isso, e não sou tão resistente à água fria como os sereianos. Gosto de ver seus filhos nadando e brincando.

— Eles têm curiosidade sobre você — disse Lyra dessa vez, ainda passando um pente branco luminoso por seu cabelo cor de ébano —, assim como todos nós. Eu negociei com seu amigo, o humano.

— Marco.

— Sim; para um humano, ele é muito bonito. Faz as crianças rirem com suas piadas. Ele acasala com o *sidhe* de olhos azuis, que também é bonito, não é?

— Brian. Sim, eles estão comprometidos.

— Uma vida feliz para eles! Não vou me comprometer de novo tão cedo. Meu companheiro, um guerreiro forte, foi levado para as profundezas na batalha do sul.

— Sinto muito por sua grande perda.

— Ela está lhe contando isso — interveio Alana — porque vimos que está usando o Manto do Destino. Você prometeu dar sua vida por Talamh, uma vida em troca de todas as vidas, uma luz em troca de todas as luzes.

— Sim, prometi.

Alana tirou uma pulseira de seu pulso.

— Para você.

Para surpresa de Breen, o bracelete e o pente de Lyra foram boiando até ela sobre a água.

Ela viu que o pente tinha pequenas pedras preciosas incrustadas na madrepérola. E a pulseira tinha pedras polidas, do rosa mais pálido, entre pérolas brancas perfeitas.

— Que lindos. Não tenho nada aqui para negociar.

— Você usa o pingente e fez o juramento. Esses presentes são de agradecimento. Vivemos a vida sob a sombra de Odran. Nossos jovens vivem sob essa sombra. Você se comprometeu a dar sua vida, se necessário, para acabar com essa sombra. Você é filha dos feéricos, mas viveu sua vida do outro lado. No entanto, nos escolheu, e nós honramos sua escolha.

— Vou guardar com carinho seus presentes.

Como se soubesse que era hora, Porcaria saiu da água. Breen o secou, secou-se e calçou as botas.

— Diga a Ala que ela é tão bem-vinda em minha baía do outro lado quanto aqui.

— E a Filha encontrará acolhimento e proteção no mar durante todo o tempo de sua vida.

Enquanto cavalgava em direção à fazenda, Breen achou que, pelo menos por alguns minutos, o peso não parecia tão grande.

Encontrou Keegan a esperando.

— Você está atrasada. Muito atrasada. Marco já foi para...

Ele parou quando ela desmontou.

— Desculpe. Houve circunstâncias...

Ele estendeu a mão e pegou a pedra que pendia do pescoço dela.

— Marg lhe deu isto?

— Não, mas ela me explicou o que é quando eu a levei ao lugar onde o havia visto antes. Primeiro em sonhos.

— Tire, me dê isso aqui.

Ela deu um passo para trás ao notar o tom autoritário e furioso dele.

— Você sabe o que significa!

— Eu sou *taoiseach*, a promessa já é minha, e assim deve ser. Você vai me dar isso e tudo que representa.

— O *taoiseach*, como você me explicou, não é um rei. Eu o tirei da água, do rio onde Odran um dia me enjaulou em vidro. Eu o levantei por escolha, assim como você levantou a espada. Prometi, como você prometeu. Como pode me menosprezar a ponto de esperar que eu quebre essa promessa?

Ele se afastou dela e se agarrou à parte superior da cerca.

— Eu sabia, desde o início sabia, e mesmo assim... — Ele se voltou. — Eu não queria isso para você. Você foi precipitada, devia ter falado comigo primeiro. Devia ter contado para mim que o viu na água.

— Esqueci várias vezes. Acho que estava com medo, por isso talvez eu tenha bloqueado. Não sei, mas me lembrei e fiz a escolha. Não fui precipitada, Keegan. Acho que era... inevitável.

— Ora, nada é inevitável!

— Não é? Aqui estou eu, Keegan. — Ela abriu os braços. — Quando a primavera chegou a Talamh no ano passado, eu ainda era infeliz, tinha medo de ir atrás do que queria de verdade. Estava a poucos passos de toda essa mudança, mas ainda longe dela. E agora estou aqui. Você me ajudou a despertar, bem aqui, neste maldito campo de treinamento, você me ajudou a ser o que sou. Fiz escolhas durante todo esse tempo, e agora fiz esta. Isto é meu, Keegan. Se eu o tirar e o colocar em suas mãos, ainda será meu, assim como a promessa.

Os olhos de Keegan mostravam emoções mistas e ardentes.

— Eu o enterraria nas profundezas do mar. O destino fica nos empurrando de um lado para o outro.

— Pode ser. Ou talvez seja simplesmente a vida, bifurcações na estrada. Você sabia que quando vim para cá, eu poderia não sobreviver. Você me treinou para lutar e ter uma chance, mesmo sabendo que o resultado poderia ser a morte.

— Isso é diferente.

— Por quê?

— Porque é. — Ele a segurou pelos ombros, e ela se preparou para ouvi-lo praguejar.

Mas, em vez disso, ele a puxou para si e a abraçou com força.

— Não vê que isso me deixa sem escolha? Se Odran tirar sua vida, o que vai restar?

— Talamh. Não vou desistir, Keegan. Por favor, não desista de mim.

Ele escondeu o rosto nos cabelos dela.

— Se você morrer, vou ficar muito puto.

— Tudo bem, vou fazer o meu melhor para que você não precise ficar muito puto. Isto tem peso, Keegan, mas também tem poder. Vou aprender a usar.

Ele deu um passo para trás.

— Está muito tarde para treinar hoje. Você vai treinar mais forte amanhã.

Ele estava levando Boy em direção ao portão do cercado quando Harken saía com um balde a caminho do poço.

Algo ocorreu entre os irmãos; ela viu isso claramente. Harken deixou o balde de lado.

— Eu cuido de Boy.

Mas foi até Breen primeiro. Olhou-a nos olhos e lhe deu um beijo no rosto.

— Nada está escrito que não possa ser alterado para ser lido de outra forma. Quem saberia disso melhor que você?

— Venha. — Keegan pegou a mão dela. — Quero atravessar antes que escureça desta vez.

Com Porcaria à frente, ela começou a atravessar a estrada. Mas olhou para Harken de novo, depois para Keegan.

— Há uma coisa que eu não pensei em perguntar até agora. Alguém que usou isto teve uma vida longa e feliz?

— Marg está viva e feliz, como você bem sabe.

— Mas ela perdeu o filho. Não brinque comigo, está bem?

— Só dois, que eu conheço de músicas e histórias, quebraram a promessa. Despojados de seus poderes, dons e honra, a vida deles murchou. Outros, como Marg, não perderam a vida, mas sim uma mais preciosa para eles do que a própria. E outros caíram.

— Então, morte, desonra ou perda de alguém amado. — Ela atravessou para a Irlanda e se sentou em um dos galhos largos e compridos. — Vou ficar aqui um instante.

— O que Harken disse é verdade.

— Tudo bem. E nenhum dos que usaram isto antes tinha sangue de deus nas veias. Isso deve ser uma vantagem para mim.

Ele foi se sentar ao lado dela, mas ela o dispensou.

— Não, não. Não seja gentil nem tente me confortar agora. Há duas maneiras de isso acontecer; digo, duas maneiras mais óbvias. A primeira é tudo isto, desde a queda de Odran até agora, saltando eras, até Nan se apaixonar pelo rosto falso de Odran, ter meu pai e tudo que aconteceu depois disso. Depois, minha mãe entrando no pub em Doolin na noite em que meu pai, o seu, o de Morena e o amigo deles tocavam. Ela vindo para Talamh com ele e eu nascendo. E, anos depois, eu indo ao mesmo pub e todos os passos e escolhas que se seguiram desde então. Tudo isso é uma longa, longa história que acaba comigo dando minha vida para acabar com a de Odran, trazendo paz a Talamh e salvando os mundos.

— Não vou aceitar isso.

A garganta de Breen parecia estar em carne viva, como se houvesse engolido algo abrasivo. Mas ela fez o possível para pensar com clareza e frieza.

— Prefiro não, mas já ouvi dizer mais de uma vez que os deuses são frios e astutos. Mas o outro cenário, que eu prefiro, é tudo que acabei de dizer, e o final continua, em grande parte, o mesmo. Mas nesse eu tenho uma vantagem, porque o demônio é acrescentado na equação; eu uso tudo que sou e o que este pingente me dá e acabo com ele. E sobrevivo. Porque já houve sacrifícios e perdas suficientes, e o tempo dele está acabando.

— Gosto muito mais dessa versão que da primeira.

— Eu também. — Ela fez carinho em Porcaria e se apoiou nele para levantar. — Eu nunca havia pensado em fazer uma tatuagem. Não tinha nada a ver comigo, ou com quem eu achava que era. Mas, naquele dia, entrei naquele estúdio de tatuagem e fiz esta. — Ela virou o pulso. — Por que escolhi *coragem,* por que escolhi tatuar essa palavra em irlandês, que é a mesma em *talamish*? Talvez uma parte de mim soubesse que eu precisaria disso para encerrar esse ciclo.

— Você estará protegida.

Ela assentiu, já andando de novo.

— Você lutaria para me proteger?

— Claro!

— Você morreria para proteger a mim e a Talamh.

— Eu sou o *taoiseach*...

— A resposta seria a mesma se você não tivesse levantado a espada. Esse é você. Você morreria para proteger a mim e a Talamh.

— Sim.

— Não me peça para ser menos. Por mais bobagem que pareça, se há algo que eu temo mais que morrer, é ser menos. Não conte nada sobre isso a Marco. Não quero que ele saiba, vai se preocupar demais e...

Keegan parou.

— Você mentiria para ele? Mentiria para seu amigo, seu irmão?

— Não contar nada não é mentir. Não quero gerar esse tipo de estresse nele.

— Vai protegê-lo como a uma criança? Ele não é uma criança, é um homem.

As palavras dele a fizeram dar um passo para trás.

Já o havia visto com raiva, mas nunca assim. Nunca essa raiva ardente e cortante.

— Keegan, eu...

— Você vai tratá-lo como a um homem, pelos deuses, e com o respeito que ele merece. Vai tratá-lo como o bom homem que ele é, ou envergonhará a ele e a si mesma. Você o torna menos, mesmo sabendo mais que ninguém como isso machuca.

Ela respirou fundo, trêmula, e esfregou o rosto com as mãos.

— Você tem razão. Odeio isso, mas você tem razão. Mas não esta noite, ok? Por favor. Acho que não aguento mais falar sobre isso esta noite. E tenho que falar com umas pessoas nos Estados Unidos... preciso pensar em tudo isso e fazer umas ligações. Provavelmente vou ter que mandar uns e-mails, mas posso fazer isso de manhã, antes de ele acordar. E depois disso eu conto, quando estivermos só ele e eu. Melhor só ele e eu. — Ela tirou o pingente e o colocou no bolso do casaco. — Vou contar a ele amanhã, prometo. Vou contar tudo a ele porque você tem razão. Esconder é uma espécie de mentira e, pior, é menosprezá-lo. Ele não merece isso de ninguém, e muito menos de mim.

Ela respirou fundo quando avistou a cabana entre as árvores.

— Por favor, mantenha-o ocupado enquanto eu subo e faço as ligações, pode ser?

— Com quem vai falar?

— Já que tenho que ter coragem para fazer o que for preciso, além de bom senso, tenho que tomar umas providências. Tenho muito dinheiro que meu pai e Nan me deram. Preciso tomar providências em relação a isso, porque deste lado o dinheiro é importante.

— Tome todas as providências que desejar, mas você vai viver porque não quer que eu fique puto.

— Essa é, sem dúvida, a principal razão de eu querer viver.

❀

Não seria fácil. As conversas que havia tido na noite anterior – gerente de investimentos, contador, advogado – haviam sido tensas, porque tudo isso era muito complicado para ela. Mas contar tudo a Marco seria mais tenso e mais complicado ainda.

De manhã, ela leu minutas de documentos legais, fez alterações e correções, acrescentou algumas coisas, respondeu a perguntas e a e-mails.

Achava que já tinha um entendimento razoável sobre tudo para uma leiga, mas achava que precisaria se aprofundar mais.

Tudo isso consumiu as primeiras horas de sua manhã. Ouviu Marco na cozinha, mas esperou mais um pouco. Ele merecia tomar seu café, pensou.

Finalmente, leu a palavra escrita em seu pulso e aprumou a coluna.

— Oi, fazendo um intervalo mais cedo?

Ele estava com uma blusa de moletom velha com as mangas cortadas. A tatuagem da harpa em seu bíceps estava à mostra. Havia prendido as tranças no alto da cabeça e estava andando pela cozinha de short de ginástica e pés descalços.

— Vou fazer um bom café da manhã pra você. Omelete de queijo e espinafre, um bom e grosso bacon irlandês com batatas. Também tenho uns mirtilos bons.

Ela não sabia se conseguiria comer, mas admitiu que já havia se dado tempo suficiente para reescrever em sua cabeça – de novo – exatamente como contar tudo a ele.

— Maravilha!

— Vamos colocar um pouco de combustível em nós e começar a trabalhar.

Ela assumiu seu papel de assistente de cozinha e o ouviu falar sobre a viagem a Nova York, sobre mais umas receitas para o livro.

Estava tão animado, pensou ela enquanto ele preparava tudo. E ansioso para conhecer pessoalmente as pessoas com quem trabalhava por meio de e-mails, telefonemas e chamadas de Zoom.

Ele não sabia que ela havia comprado ingressos para um musical na noite em que chegariam. Queria fazer surpresa.

— Está nervosa por causa da viagem, Breen? Está calada demais.

— Não, não estou nervosa. Um pouco, talvez, por causa do livro.

Isso não era mentira.

— É um desperdício — declarou ele. — Vamos acabar com esse nervosismo fazendo compras. Compras em Nova York! Faz quase um ano que não fazemos compras de verdade, e agora vamos fazer isso em Nova York. Você precisa de uma roupa nova para conhecer as pessoas.

— Eu tenho roupa pra isso.

— Mas não é nova. Regras de Marco. As lojas estarão abertas no domingo à tarde, quando chegaremos, e vamos atacar com força.

Ela lhe deu trela porque isso mantinha os dois entretidos enquanto comiam.

Tirou a mesa e lavou a louça – regra de Breen – enquanto ele abria seu notebook e começava seu dia de trabalho.

Mesmo sabendo que ele não queria ir, pediu a Porcaria para sair.

E, então, pousou a mão no ombro de Marco.

— Preciso interromper você. Vou pegar uma coisa para te mostrar e depois nós conversaremos.

Ele empurrou o notebook de lado.

— Você está muito séria.

— Eu sei. Só um segundo.

Ela foi a seu escritório, onde havia deixado o pingente, ao lado do globo de labradorita.

Ele fechou o notebook e pegou uma Coca para cada um. E arregalou os olhos quando viu o pingente.

— Puta merda! Puta merda, Breen, que incrível! Parece antigo, de estirpe.

— É muito antigo.

— É seu?

— Sim. É meu.

— Coloque! Aposto que vai fazer aquele suéter preto parecer um look do Oscar.

— Marco — ela pousou a mão na dele —, preciso te contar o que é isto e o que significa. Preciso que você ouça sem me interromper.

O brilho dos olhos dele diminuiu.

— Eu não vou gostar, né?

— Ouça apenas. Lembra o dia em que você voltou pra casa, nós estávamos vindo para a Irlanda, e eu estava tendo um pesadelo?

— Difícil esquecer esse dia. Achei que você estava tendo uma convulsão.

— Eu estava tendo um sonho. E foi com isto aqui.

Ela foi contando, e, enquanto falava, viu-o lutar contra a necessidade de interromper, de protestar. Observou cada emoção que seu rosto deixava transparecer. Raiva, medo, negação, tristeza.

Quando ela terminou, ele se levantou e contornou a mesa. Foi até a porta e abriu para o cachorro, que estava ali esperando, triste e paciente.

Foi até a cozinha e pegou um biscoito do pote.

— Você é o melhor cachorro que existe. Não se preocupe.

Então, voltou, sentou-se e olhou direto nos olhos de Breen.

— Você disse que podia ter deixado isso ali, naquele rio.

— Sim, mas...

— Isso é uma grande bobagem. Você nunca poderia, Breen. Toda essa besteira sobre escolha nem sempre é verdade. Às vezes, na maioria das vezes, é apenas a feitio da pessoa. Talvez você estivesse com medo, e quem não estaria? Mas, quando chegou a hora, você pegou isso e colocou no pescoço. E com certeza não foi porque é bonito.

— Marco...

— Cale a boca um minuto. — Lágrimas brilhavam nos olhos dele, mas ele não as derramou. — Eu te escutei, e não dou a mínima para o que está escrito ou deixa de estar, para o que os deuses idiotas dizem ou deixam de dizer. Eu conheço você, Breen. Você foi reprimida durante anos, mas nunca decepcionou ninguém. E tudo isso antes de saber a verdade. Ninguém vai derrubar você.

Com o biscoito ainda na boca, Porcaria foi ficar ao lado de Marco, balançando o rabo.

— Você tem que aceitar que...

— Eu não tenho que aceitar porra nenhuma, e nem você. Você é uma bruxa poderosa, um ser humano excepcional e muito mais. E me escute, menina, e *com atenção*. Você vai acabar com aquele psicopata filho da puta, e depois nós vamos dançar em cima do que sobrar dele. E então, vamos viver felizes pra caralho. Isso não é só uma coisa em que eu acredito. É uma coisa que eu *sei*. Agora, é melhor você saber disso também.

Ela soltou um suspiro.

— Eu esperava tudo de você, menos isso.

— Outra idiotice. Eu acredito em você, Breen. Eu acredito em você.

Ela levou um momento para se recompor e conseguir falar.

— E todas as coisas que eu precisava ouvir desde que peguei isto, você acabou de dizer. Muito bem, nós vamos vencer.

— Pode ter certeza.

— Está bem, só preciso de um minuto. Tenho que te contar outras coisas. Falei com o gerente de investimentos e com um monte de gente ontem à noite.

— Era isso que você estava fazendo lá em cima ontem?

— Eu precisava tomar providências. Todo o meu dinheiro, Marco...

— Ah, Breen...

— Não, Marco. Eu penso nisso desde que descobri que tinha dinheiro. Um testamento, e isso é questão de bom senso. Eu não gastei quase nada, pelo menos desde que cheguei aqui. E está rendendo parado lá. E agora eu tenho rendimentos, o adiantamento do livro do Porcaria. Tenho usado isso para pagar seu trabalho, mas, se eu tiver sorte e vender o novo livro...

— Você não vai precisar de sorte.

— Enfim, vou ganhar ainda mais, e depois vai haver o próximo livro de Porcaria.

Ela teve que parar, respirar e passar as mãos pelo cabelo.

— Não preciso de todo esse dinheiro. Andei pensando sobre isso e, depois de ontem, decidi criar uma fundação. Posso aplicar um pouco nela, por isso eu precisava falar com as pessoas que sabem como isso funciona. Vou falar com Sally também, que manja tudo de negócios, é inteligente, sabe como resolver essas coisas e tem uma vida de sucesso. Você não está dizendo nada.

— Porque estou ouvindo.

— Ótimo. Então, no começo, pensei em uma espécie de bolsa ou doação ou sei lá, para escritores, pessoas que lutam para sobreviver como nós lutávamos e estão tentando escrever. Mas achei que isso seria limitado e egoísta. E se alguém quiser ser músico, ou artista, ou engenheiro, ou cientista, ou qualquer coisa? Algumas pessoas não podem pagar a faculdade, ou têm dois empregos, como você tinha. Enfim, coloquei parte do dinheiro nessa fundação, e as pessoas que sabem como cuidar disso vão cuidar. E eu espero que Sally ajude. Com isso, eu poderia mudar uma vida, como a minha mudou. E a sua. Aconteça o que acontecer, eu quero fazer isso. — Ela esboçou um sorriso. — Ainda posso comprar uma roupa nova em Nova York.

— Acho que você precisa de um site.

— Sim, eles comentaram sobre isso, depois que estiver tudo formatado e nós tivermos uma declaração de missão. E aí a minha cabeça começou a girar.

— Imagino. Precisa de um nome.

— Pensei em... *Para se encontrar.* Não sei se funciona.

— Funciona. Tudo funciona. Essa é minha Breen! Você é minha Breen, e tudo isso que está fazendo é só mais uma razão para arrasar!

— Você não ficou chateado com o testamento? É só para ser mais prático.

— Já que você não vai morrer, não me importo. Se isso te dá paz de espírito... Agora coloque isso, quero ver como fica.

Ela colocou a corrente e ele a observou.

— A pedra ficou mais brilhante.

— Foi? — Franzindo o cenho, ela olhou para baixo. — Eu... antes não. Está mais brilhante!

— Talvez porque antes eu e este cachorro não estávamos ao seu lado. Você é forte e vai continuar forte. Agora, já que você vai começar a doar dinheiro, é melhor entrar lá e ganhar mais. Faltam poucas horas para a nossa viagem.

Ela se levantou.

— Eu não ia te contar.

O rosto de Marco revelou o choque.

— Não?

— Eu estava errada, e Keegan me deu uma bronca por cogitar pensar em não contar a você. Agora vou ter que dizer a ele, mais uma vez, que ele tinha razão.

Marco acariciou seu cavanhaque.

— Vai doer?

— Ah, vai, mas quer saber? Sou forte. Eu aguento.

CAPÍTULO 23

Seria um daqueles dias, pensou Breen. Um pouco mais frio, chuva intermitente. E treinamento cedo.

— Vamos da espada ao arco e flecha — disse Keegan. — Morena, como você vê — apontou para o alvo onde Morena estava com Marco —, treinará o mesmo com Marco, mas ao contrário.

Aos ouvir os outros rindo, Breen já se sentiu em desvantagem.

— Eles parecem estar se divertindo.

Keegan deu de ombros, como sempre.

— Morena está satisfeita porque pedi a ela que treinasse com Marco, pois Harken e Seamus estão nos campos tosquiando ovelhas.

Keegan levou a mão ao punho da espada.

— Primeiro comigo, depois com espectros.

— Espere. Antes de começar minha tortura diária, quero te falar que você não estava totalmente certo sobre Marco, sobre eu contar a ele.

Ela notou a impaciência nele, mas já estava acostumada.

— Eu estava errado em quê?

— Quer dizer, você estava certo, mas ele não ficou chateado do jeito que eu esperava. Ficou puto, disse que era tudo besteira e coisas assim. Que eu vou acabar com Odran e que ele acredita em mim.

— Pessoas que esperam menos e são tratadas com menos normalmente recebem menos.

— Essa é uma filosofia. Ele me pediu pra colocar o pingente, e quando o coloquei, a pedra ficou mais brilhante. Eu senti, e me senti mais poderosa.

— Mas não o está usando agora.

— Não vou usá-lo para treinar.

— Use-o amanhã, e veremos. Agora, defenda-se.

Ela resistiu por uns cinco minutos. Depois da primeira vez que ele a matou, ela usou poder. Seus ouvidos zumbiram pelo choque do aço, mas ela o feriu duas vezes.

Até que ele a matou de novo.

— Está esquecendo os pés — disse ele. — Está esquecendo a dança.

Quando ele baixou a espada para criticá-la, ela girou e deu um chute alto, quase roçando o queixo dele, e a seguir o empalou.

Foi satisfatório.

— Você esqueceu a guarda.

— Belo golpe.

Ele conjurou um espectro e deu um passo para trás para analisá-lo. Assim que ela derrotou o primeiro, ele conjurou dois. E, depois que ela lutou contra eles debaixo de chuva, quando a fadiga já a deixara trêmula e o braço que segurava a espada doía, ele chamou três.

Com os pulmões quase estourando e as pernas tremendo, ela sentiu a picada de um golpe que roçou seu braço.

— Queimem, seus filhos da mãe!

Eles explodiram em chamas. Ofegante, ela caiu de joelhos. Um cão demônio surgiu no ar e atacou.

E Porcaria pulou e afundou os dentes na garganta dele.

Quando o espectro desapareceu, Keegan olhou para Porcaria com um olhar duro.

— Era para ela lutar.

Porcaria abanou o rabo e foi lamber o rosto de Breen.

— Vamos de novo.

— Seu tempo acabou.

Apoiada no cachorro, Breen viu Morena e Marco fazendo um intervalo. Estavam sentados na cerca, mordiscando biscoitos enquanto a chuva ia embora e o sol mostrava seu brilho fraco por trás das nuvens.

— Um biscoito cairia bem.

— Arco e flecha primeiro. — Keegan se abaixou e a puxou para que se levantasse. — Vamos usar espectros em vez de alvos. Usaremos um alvo em movimento que possa revidar.

Breen estava encharcada, então ela se secou e fez o mesmo com Porcaria.

— E nada de mágica na primeira rodada.

— Por quê? — Ela teve que se segurar para não gemer.

— Para testar sua habilidade, seu *timing*, mira e estratégia.

— Eu tenho que fazer tudo assim, menina — disse Marco, descendo da cerca. — Três flechas de três na mosca.

Morena acabou seu biscoito e se aproximou.

— E, quando passamos para os espectros, como Keegan queria, meu Marco matou dois de cinco.

— Exibido!

— Eu tenho habilidades, garota. Keegan, posso treinar com uma balestra um dia? Eu poderia ser como Daryl. Você sabe, de *The Walking Dead*.

— Isso é uma história? — perguntou Morena.

— É, totalmente selvagem. Breen não assiste.

— Não preciso ver zumbis devorando a humanidade. Mas talvez eu possa tentar uma balestra. Buffy usa uma.

— Para lutar contra os vampiros. Ela é a Escolhida. — Morena acariciou o braço de Breen. — Como a nossa Breen.

— Faça tão bem quanto Marco e veremos. Chega de conversa. Estamos desperdiçando o dia.

Breen revirou os olhos e foi atrás dele. Sentiu algo picar sua pele, como agulhas afiadas e minúsculas.

— Espere. — Ela agitou os braços, tentando pegar o de Keegan. — Alguma coisa está vindo.

E, quando ele se virou e deu um passo em direção a ela, algo a atingiu como um soco.

— Há alguma coisa aqui!

Ela caiu de joelhos, mas Keegan a segurou pelos braços.

Esse contato lhe permitiu ver, e, com a visão, sentiu como uma facada no coração.

— Os dragões! Estão matando os dragões. Está vendo? Está vendo?

— Agora, através de você. Nead na Dragain! — gritou. — Chame Harken e todos os cavaleiros que puder, e todo mundo que voe. Estão atrás dos jovens.

— Lonrach. — Apavorada, ela pronunciou o nome dele, embora já o houvesse chamado na cabeça e no coração.

Ela viu Cróga primeiro, uma faixa dourada subindo do oeste. O nó na garganta que sentia só afrouxou quando ela viu Lonrach voando no céu plúmbeo.

Com um olhar feroz, Porcaria saltou nas costas dele. E, sabendo que ela não poderia impedi-lo, ela montou também. Viu Amish passar como uma bala, então ela levantou voo e se dirigiu ao leste.

Defenda-se, pensou, e rezou para que chegassem a tempo. Desembainhou a espada com uma mão, a varinha com a outra, e, ao perder Cróga de vista nas nuvens, depositou toda a sua fé em Lonrach.

Não conseguia ver nada além do cinza.

No entanto, quando viu o primeiro dragão cair do céu, seu coração se despedaçou.

Queimado e sangrando, ele caiu entre as nuvens. Morto, ela sabia, já morto. Lonrach soltou um grito de fúria, repetido por mais e mais dragões.

Fechando os olhos, ela ergueu a espada e a varinha.

— Vão embora. Diminuam e vão para o mar!

As nuvens foram se dissipando, camada por camada. Mas, em vez do azul, o que se via eram faixas vermelhas e pretas. Fogo e fumaça na montanha onde os dragões faziam seus ninhos.

Por um momento horrível, parecia que toda a montanha estava em chamas. Então, ela viu o que era. Flechas e lanças flamejantes arremessadas de cima para baixo, e fadas das trevas que as lançavam, e duas bruxas nas costas de demônios alados que soltavam rajadas de fogo.

Nas costas de Cróga, Keegan voou direto para eles, enquanto na montanha os dragões respondiam com fogo próprio, lutando para defender seus filhotes.

Ela viu outro cair, atingido por relâmpagos afiados como lâminas. Viu o sangue vermelho escorrer de feridas abertas, as queimaduras negras sobre as escamas cor de safira. E viu Keegan cortar a cabeça de um *sidhe* das trevas enquanto os outros atacantes dispersavam.

Ainda longe demais para usar a espada, Breen imaginou um arco e uma flecha de poder. E a lançou em direção à bruxa e ao demônio alado que cercavam Keegan, tentando atacá-lo por trás.

Os gritos dos atacantes se somaram aos outros, e houve um som curto antes de explodirem e se transformarem em cinzas.

E, com um berro, Lonrach transformou outro atacante em uma bola de fogo.

Mais caíram por entre a fumaça sufocante, dragões e inimigos.

Breen ouviu os rugidos, mais chamados de dragões provindos do leste, e, atrás dela, do oeste também. Com os olhos em Keegan, ela não viu o inimigo chegando por baixo e a lança flamejante que preparara para atirar na barriga de Lonrach. Mas o dragão dela, com sua cauda, rasgou asas e carne e fez o *sidhe* de Odran cair na montanha.

Banrion, companheira de Cróga, esmagou-o com seus pés e soltou um berro.

Lonrach voou mais para cima, e lá, Morena com suas asas e Harken em seu dragão atingiram o segundo demônio alado, que foi parar, junto com a bruxa que o montava, no platô. Dragões jovens e ferozes saltaram sobre eles.

Cróga passou sobrevoando por ali e Keegan gritou:

— Dois fugiram para o leste. Siga-os a distância — disse a Harken. — Veja aonde vão e como passaram por nós.

— Eu vou. — Morena abriu as asas. — Eles não vão me ver, estão esperando que um dragão os persiga. — Ela levantou o braço e Amish pousou. — Esses assassinos filhos da mãe não vão nos ver.

— É melhor mesmo. Vão.

— Cuide-se. — Harken estendeu a mão para tocar a dela. — E volte para mim.

— Eles não vão nos ver — garantiu Morena, e voou para o leste.

Breen olhou para baixo, por entre a fumaça, em direção aos gritos de dor.

Tanto sangue, tantos corpos... dragões pouco maiores que seu cachorro... queimados, sangrando, imóveis.

Ela desceu com Lonrach e pulou. Já chorando, ajoelhou-se ao lado de um dos corpos jovens e colocou as mãos sobre ele.

Um dragão, sangrando pela garganta ferida e com a perna queimada, saiu mancando da fumaça e rosnou.

— Deixe-me ajudar. Deixe-me tentar ajudar, por favor. Posso sentir o coração dele, posso sentir a dor dele. Deixe-me tentar.

Com a mãe do dragão – ela sentiu a raiva da mãe – a observando, Breen tentou curar o filhote. Feridas de flechas; três. Enquanto brincava com seus companheiros de ninho. Além de queimaduras, que deixaram pretas suas escamas verdes e azuis.

Ela invocou tudo que tinha. Se pudesse salvar pelo menos um...

Dores fortes e agudas, choques. Bafo quente sobre a pele, chegando até os ossos. Ela se entregou e, tomada pela dor, foi mais fundo do que seria seguro. Pelo menos um, pelo menos este. Luz com luz, coração com coração, poder com poder.

Ela o sentiu se mexer e chorar, não muito diferente de uma criança.

— Espere, espere, por favor, espere. — Mesmo com os olhos fechados, ela sentiu a mãe se aproximar. — Preciso de mais tempo, um pouco mais. Sinto o coração dele, está forte agora. O sangue dele está em minhas mãos, mas dentro dele está quente. Sei que dói, eu sei, eu sei, mas está quase acabando.

Sua cabeça caiu para trás e soltou um longo suspiro.

— E eu vejo você, Comrádaí, o dragão de Finian, voando com ele nas costas. Sobrevoando Talamh. — Ela abriu os olhos e olhou nos dele. — Conheço você e seu cavaleiro. Mas isso está no futuro. Vá para sua mãe.

Ele subiu na mãe e ela enrolou a cauda em volta dele. Quando seus olhos encontraram os da mãe dragão, ela pôde ler seu coração.

Breen subiu de novo. Se pôde salvar um, poderia salvar outros. Então, viu Marg abraçando outro jovem ferido.

— Nan!

— Alguns estão perdidos, mas não todos. Keegan mandou buscar mais curandeiros, mas acho que vamos ter que fazer isso nós duas. Se esperarmos os outros, será tarde demais. Faça o que puder, *mo stór*. Faça tudo que puder.

Breen curou mais três jovens, abrindo caminho, até que ficou coberta de sangue e cinzas e sentia o gosto deles na garganta. Sabia que Keegan e Harken estavam fazendo todo o possível com Marg, mas os gemidos de dor dos filhotes, os gritos de desespero dos adultos, ecoavam dentro dela.

Passou o braço pelo rosto, mas parou quando um dragão deixou a seus pés um corpo, tão pequenino que certamente não havia abandonado o ninho ainda.

Antes de tocá-lo, ela sabia que o coração dele havia parado, e sua luz se apagou.

— Sinto muito. — Chorando de novo, ela o pegou nos braços e o balançou. — Sinto muito.

— Dê-me aqui. — Marg tirou o corpinho de Breen. — Ah, mãe, eu também perdi um filho. Conheço sua dor, é a mesma que a minha.

Quando a mãe se foi com seu filho morto, Breen se levantou.

— Descanse um pouco — disse Marg.

— Eu esperava salvar apenas um, mas já ajudamos mais. E podemos salvar mais ainda. Os adultos não me deixarão tentar curar suas feridas enquanto não curarmos todos os jovens que pudermos.

Outros curandeiros chegaram com poções, bálsamos e poder, e fizeram tudo que podiam pelos jovens. Só então ela se sentou um pouco, com Porcaria ao seu lado, para se recompor e fazer mais.

Morena se aproximou com um odre.

— Beba. É da Piscina dos Dragões, vai renovar suas energias.

Atordoada, com a mente nebulosa como o ar, Breen olhou para Morena.

— Você voltou.

— Há uma hora. Deixei Amish observando e voltei para contar a Keegan. Ele, Harken e outros cavaleiros foram fazer o que precisa ser feito.

— Como eles passaram, Morena? Como tantos conseguiram passar?

— Eles têm um acampamento nas altas montanhas, nas cavernas, bem escondido e bem estabelecido. Eu diria que estão lá há alguns meses, talvez mais. Assim, não têm que passar pelos guardas, já estão aqui escondidos, com suas bruxas conjurando escudos e... como chama mesmo? Camuflagem. Parece que são uma dúzia, e os dois que fugiram daqui me levaram direto ao acampamento deles. Beba, Breen; e tenho certeza de que nenhum dragão se oporia se você usasse a piscina deles para se lavar.

Ela pegou o odre e bebeu com vontade.

— Isso pode esperar. Muitos ficaram feridos.

— Temos mais curandeiros agora, e lamento dizer, mas não há mais jovens vivos a quem ajudar.

Breen apoiou a cabeça no ombro de Morena, que passou o braço em volta da amiga.

— Nunca vi tanto horror. Que aqueles desgraçados queimem em tormento eterno! Alguns eram ainda filhotes!

— Quantas perdas? Já sabemos?

— Não tenho coragem de contar. Mas, ah, deuses, Breen, Hero, de Brian, caiu.

— Não, não, não!

— Aisling está aqui, ela me contou. Brian o sentiu cair, pois cavaleiro e dragão estão ligados. Foi um dos primeiros a cair aqui mesmo, ele sentiu, e a companheira dele também. Ele caiu lutando para proteger os outros.

— O que ele vai fazer? Ah, Morena! — Ela devolveu o odre à amiga e se levantou. — Não há punição severa o bastante para isso.

Coberta de sangue e cinzas, ela foi até o centro do platô e ergueu a mão. Esperou, esperou, até que a fechou em torno do pingente, que foi até ela.

Colocou-o sobre sua blusa imunda, onde ele ficou brilhando como um sol vermelho sangue.

— Odran, maldito, ouça-me!

— *Mo stór...*

Ela ergueu a mão quando Marg tentou detê-la.

— Ouça-me e saiba. Ouça-me e tema. Ouça-me enquanto estou neste chão ensanguentado e queimado. No terreno onde a magia viveu antes de você, e onde viverá muito tempo depois. Ouça minha voz que viaja além deste mundo e entra no seu.

E ele ouviu; ela sentiu e viu isso. Viu-o em pé, com olhos pretos como fumaça, no alto penhasco de seu mundo escuro. Ele estendeu a mão para ela, como se quisesse atraí-la, mas recuou, como se houvesse se queimado.

— Sinta minha ira e saiba que sou sua destruidora. Por todos os seus pecados ao longo do tempo, exigirei pagamento. Mas por isto aqui, por isto e só por isto, vou fazer você queimar. Nenhum fogo de dragão é tão quente quanto o meu para você.

Ao redor dela, dragões se levantaram e ficaram pairando, observando.

— Ouça-me e saiba. Ouça-me e tema. Aqui estou, fazendo este juramento neste momento e neste lugar: mesmo na morte, acabarei com você e com todos que o seguem. Minha luz queima além desta vida, deste corpo, e veremos as brasas negras de vocês se transformarem em cinzas frias.

E ela sorriu quando viu o chão abaixo dele tremer, e viu o relâmpago – dela – estalar como chicotes no céu das trevas.

— Veja-me e saiba. Veja-me e tema. E em mim você vê seu fim. Eu juro. — Ela tirou a faca do cinto, passou a lâmina sobre a palma de uma mão e juntou as duas. — Eu juro pelo sangue de dragão e pelo meu.

Ela ergueu a lâmina ensanguentada bem alto. Os dragões se ergueram, formando um mar de cores, tomados de raiva e tristeza.

E seus gritos ecoaram como trovões.

Ela passou a lâmina sobre a calça e a embainhou, e então Marg se aproximou. Pegou a mão dela e curou o corte.

— Você o está provocando, Breen.

Nesse momento, seu rosto brilhou tão ferozmente quanto o pingente que ela usava.

— Eu o estou *desafiando*, Nan, pode acreditar.

— Sim, acredito. Venha, já fizemos tudo que podíamos. Outros podem terminar. Você precisa voltar agora.

— Não até que todas as feridas que se possam curar estejam curadas.

A escuridão já havia caído quando ela e Porcaria atravessaram a floresta em direção à cabana. Ela sabia, sem muitos detalhes, que Keegan havia levado dois sobreviventes do campo inimigo para a Capital.

O que aconteceria a partir daí, ela não sabia dizer. Por enquanto, queria um banho, o mais longo e quente que pudesse suportar.

— Ande, vá nadar. — Ela se abaixou para abraçar Porcaria. — Você está imundo, como eu. E foi um amor hoje ajudando a confortar os bebês dragões. Você tem um coração tão bom! Vá dar um mergulho.

Ela foi para a cabana e Marco abriu a porta.

— Breen...

Suja ou não, ela correu para ele e o abraçou.

— Sinto muito! Sinto muito! Ele está aqui?

— Lá em cima. — As lágrimas de Marco molharam o pescoço dela. — Ele não quer comer. E não sei se encontrei as palavras certas. Ele está arrasado, Breen. Eu sabia que você estava bem porque Morena veio uma vez para nos contar o que estava acontecendo. Mas Brian...

— É como perder uma parte de si mesmo, de seu coração. Não sei explicar. Senti um medo terrível quando vi o ataque, até que senti Lonrach chegando.

— Você poderia... Jesus, estou vendo que você está exausta, mas poderia...

— Você quer que eu fale com ele, não é? Sou cavaleira também — disse ela, assentindo. — Claro que vou falar. Porcaria está com fome.

— Eu cuido dele. Ele está sofrendo muito, Breen.

— Eu sei.

Ela subiu as escadas sem saber o que poderia dizer. Mas bateu na porta, e, ao abri-la, viu Brian sentado no escuro perto da janela aberta.

— Sou eu. — Ela entrou e fechou a porta. — Não vou ficar se você quiser que eu vá. Meus sentimentos.

Arriscando, ela foi até Brian e pousou a mão no ombro dele.

Ele apertou a mão dela.

— Eu o senti cair, e parte de mim morreu. Eu o senti voar e receber as flechas flamejantes, como escudo para os jovens. E o senti cair, e seu grande coração parar.

Sem dizer nada, ela apoiou o rosto na cabeça dele.

— E meu coração parou por um momento. Parou como a morte. E eu não queria que batesse de novo. Mas... bateu. Acho que não teria batido de novo se Marco não estivesse nele.

Ela deu a volta na cadeira para se ajoelhar diante dele.

— Não há palavras suficientemente profundas, Brian. Sei disso porque meu coração e o de Lonrach estão ligados. Mesmo sentindo orgulho por Hero ter morrido para salvar os outros, esse orgulho não pode superar a dor. O coração de Marco e o seu também estão ligados, mesmo assim uma parte do seu se quebrou hoje.

— Sim. — Ele pegou a mão dela de novo. — Ele quer me confortar, mas esse pedaço nunca vai se recuperar. Nem deve.

— Não, não deve. Mas o resto de seu coração, e o dele inteiro, serão fortes de novo.

— Quantos caíram?

— Não sei, mas sei que curamos e salvamos muitos. Houve um, tão novinho, tão gravemente ferido, que tive medo de não poder ajudar. Mas, enquanto se curava, eu vi. Já havia visto antes em minha cabeça, e vi enquanto ele se curava. Ele será de Finian, o filho de Mahon. E eles vão voar juntos, Brian.

— Jura?

— Juro.

— E os que fizeram essa coisa tão maligna?

— Mortos, exceto dois. Keegan os levou para a Capital.

— Eles vão enfrentar o julgamento. Um dia talvez eu sinta que isso é o suficiente. Um dia. Mas, por enquanto, nada seria suficiente. E Lonrach? Nem perguntei.

— Ele está bem.

— Isto é sangue deles? — murmurou Brian, tocando o rosto dela. — Sangue de dragão?

Ela assentiu.

— De dragões curados — disse, mas as lágrimas começaram a rolar. — A maioria, acho, a maioria.

— Não chore... — Ele enxugou as lágrimas dela, e limpou o sangue e a fuligem.

— Desculpe, estou cansada, só isso. É melhor eu...

Mas ele segurou as mãos dela de novo e as lágrimas transbordaram.

— Havia tantos! Não podíamos ajudar todos. Peguei um no colo, tão pequenininho, e ele foi se esvaindo, esvaindo, enquanto sua mãe olhava para mim já sem esperanças. E, quando eles choram, quando os dragões choram, Brian, é como mil corações se partindo.

Ele se sentou no chão com ela e se abraçaram, e choraram juntos.

Na Capital, Keegan estava com sua mãe, seu irmão, Mahon e o conselho. O mar batia lá embaixo. Descobriu tudo que precisava descobrir com os dois, a dupla de *sidhes* que conseguira pegar viva.

— Vocês viveram como vermes nas cavernas de um mundo que traíram. Há quase um ano, como disseram, vivem roubando nas fazendas e nas aldeias. Lutaram e mataram gente de sua própria espécie na batalha travada aqui, e voltaram para suas cavernas para planejar o que foi feito neste dia. Vinte e seis dragões, vinte deles ainda crianças, mortos.

— Odran ordenou, e Odran é o deus de tudo.

Keegan lançou um olhar para a mulher, e ela deu um sorriso de escárnio. Era revoltante para ele o fato de ela ainda ter a ousadia de usar uma trança de guerreira.

— Ele vai queimar vocês como queimamos os dragões hoje. Que dia glorioso! Este não é seu julgamento, *taoiseach*, é de Odran. Nem é seu este lugar onde você se senta e finge ter poder sobre todos.

— Vocês confessaram seus crimes. Mais que confessar, vocês se gabaram. Mas não, este não é o julgamento dos feéricos, pois existe uma lei mais antiga. A Lei do Dragão.

O *sidhe* arregalou os olhos.

— Somos *sidhes* e exigimos o julgamento dos feéricos. Nós escolhemos o banimento.

— Vocês são de Odran e rejeitaram seu povo. Não são mais reconhecidos como feéricos, e seus crimes e pecados foram cometidos contra os dragões. Nós respeitamos a lei deles.

Ele baixou o cajado.

— Está feito.

O *sidhe* caiu de joelhos, gritando súplicas de misericórdia, enquanto ela vomitava maldições com a voz trêmula de medo.

Os dragões escolheram a companheira de Hero. Keegan a reconheceu enquanto descia e os dois *sidhes* das trevas se davam as mãos.

A dela tremeu uma vez, mas parou quando o dragão lançou seu fogo.

Foi rápido. Para Keegan, foi um ato de misericórdia. Os *sidhes* passaram de carne e sangue a cinzas em segundos.

E a companheira de Hero soltou um grito cheio de tristeza, sobrevoou o mar e se foi para o oeste.

Por um longo tempo, ninguém disse nada, até que Tarryn deu um passo à frente.

— A Lei do Dragão, embora não tenha sido invocada desde que me lembro, é sagrada. Nós a respeitamos. Talamh terá uma semana de luto, e a bandeira será hasteada a meio mastro durante quinze dias.

— Eles tiveram o destino que mereciam. — Flynn olhou para as cinzas carbonizadas. — Espero nunca mais ver uma coisa dessas.

— Vou levar as cinzas para as Cavernas Amargas.

— Não — Harken colocou a mão no braço de Keegan —, eu vou. Já foi suficiente o que você teve que enfrentar. E quero minha cama esta noite. Vou cuidar disso e depois vou para casa. Você será necessário aqui, e informarei ao vale o que foi feito.

— Tudo bem, então. Tenho alguns arranjos a fazer. Vou mandar chamar todos os cavaleiros que perderam seus dragões. Eles merecem reconhecimento e conforto.

— Boa viagem, querido. — Tarryn deu um beijo no rosto de Harken. — Vamos, Keegan, e todos vocês, entrem. Vamos fazer um brinde aos perdidos.

Mas Keegan ficou ali mais um pouco, olhando a agitação do mar escuro como a noite.

CAPÍTULO 24

No último dia de luto, Talamh inteira estava nos campos, nas colinas, nos cumes das montanhas e nas aldeias, todos reunidos como famílias, vizinhos, como tribos unidas com um só propósito.

Homenagear os mortos.

Dragões de todos os tamanhos, de todas as cores e idades, corriam por um céu que mantinha seu azul primaveril. Era a homenagem deles. Eles voavam – aqueles que voavam já havia séculos e seus filhotes recém-nascidos – de norte a sul, de sul a norte, de oeste a leste, de leste a oeste, tocando Talamh inteira com suas sombras.

Voavam em silêncio.

E em silêncio, como todos os cavaleiros de dragão, Breen montava o seu, sobrevoando a terra. Em uma demonstração de respeito, ela estava com o pingente, o diadema que os *trolls* lhe haviam dado e o bracelete sereiano.

Viu Keegan em Cróga; o coração de dragão de seu cajado brilhava. E Brian, montado na companheira de Hero para essa última viagem solene.

Nada falava, além do vento, e ela sabia que a terra e os mares abaixo estavam igualmente silenciosos.

De pura reverência.

O jovem dragão que ela curara e que um dia seria de Finian voava ao lado de sua mãe, em formação com seus companheiros de ninho que sobreviveram. Mães e parentes carregavam os corpos de seus filhos, e outros formavam filas para carregar os grandes corpos de seus mortos nesse voo final.

Sobre o verde, o céu se enchia de ouro, escarlate, safira, esmeralda, âmbar e prata. Marg voava em seu dragão, e, ao lado dela, o dragão que havia sido de seu filho.

Breen sentia o coração de Lonrach bater com o seu, assim como sentia o dela. E isso, ela sabia, era reconfortante.

O sol se punha no oeste e eles voaram em direção a ele e, finalmente, foram para o mar.

Marg lhe dissera que voariam mais longe do que qualquer barco já viajara, até Eile Dragain, uma ilha de pedras. Era a esse lugar sagrado onde ninguém andava que os dragões levavam seus mortos, onde deixavam seus restos no fogo e permitiam que o vento carregasse as cinzas por sobre o mar, para que descansassem.

O mar rolava abaixo, vazio, em direção ao horizonte distante. Acima desse horizonte, o céu brilhava tanto quanto os dragões, enquanto o sol poente pintava o azul de vermelhos vívidos, roxos cintilantes e dourados impressionantes.

Eile Dragain se erguia no meio do mar agitado. O que Breen julgara ser uma espécie de névoa se tornou sólido, cinza e largo, com saliências afiadas que pareciam torres.

No mar ao redor, além das ondas que batiam contra a rocha com força, sereianos esperavam.

Lonrach ficou sobrevoando com os outros enquanto os que carregavam os mortos os colocavam na ilha.

Tantos, pensou ela, e alguns tão pequenos... Viu aquele que ela segurara nos braços, incapaz de salvar. E chorou de novo quando ela e outros cavaleiros jogaram flores sobre os corpos e a pedra.

Quando o último corpo foi colocado e todos subiram para se juntar aos dragões que sobrevoavam, os sereianos cantaram.

Era um canto triste, e foi levado pelo ar, pelo mar, pela ilha de pedra onde ninguém andava.

Vozes se ergueram, e, no mar, sereianos espalharam mais flores, que flutuavam na água azul cada vez mais profunda.

As vozes foram desaparecendo lentamente, enquanto o último arco do sol se esvaía; então, os dragões, em uníssono, soltaram um rugido ensurdecedor. E o mundo tremeu.

Então, veio o fogo.

Chamas caíram com grande estrondo; parecia que toda a ilha se transformara em fogo, queimando a pedra vermelha. O calor a revestiu, e a fumaça subiu branca, pura, como mais uma torre, como as chamas que lambiam o ar.

As cinzas giraram, abraçadas pelo vento, que o levou embora.

Quando clarearam as chamas, a fumaça e as cinzas, não havia nada embaixo além da pedra e suas altas montanhas.

Os dragões a sobrevoaram uma, duas, três vezes, e depois voaram em direção a Talamh, já com as primeiras estrelas acordando no céu noturno.

A terra estava quieta, mais reverente, quando Lonrach desceu na estrada perto da fazenda. Por um momento, Breen ficou nele, deitada de costas, acariciando suas escamas. Quando desmontou, foi até a grande cabeça dele e o olhou nos olhos.

— Vou esperar você me chamar quando estiver pronto. Voaremos quando e aonde você precisar.

Ele virou a cabeça para olhar para Porcaria, que estava sentado na mureta com Morena.

— Sim, claro, ele irá conosco.

Ela deu um passo para trás e Lonrach se levantou. Com as asas cor de rubi abertas, voou na noite em direção ao Ninho do Dragão.

— Nunca na vida vi uma coisa dessas.

Assentindo, Breen foi se sentar na mureta com Morena, e Porcaria entre elas.

— Nan me disse que esta foi a primeira cerimônia assim de que tem memória. Que, quando um dragão morre, é levado à ilha de maneira privada.

— Sim, mas as mortes, desta vez, não foram por idade avançada ou batalha. Foi... bem, não tenho palavras para expressar. Foi uma homenagem linda.

— Foi mesmo.

— Eles brilhavam. Deu para ver o fogo até aqui, e, juro, nem os filhotinhos fizeram um barulho sequer. — Ela olhou para trás. — Harken precisou dar uma volta sozinho; bem, com sua outra esposa, aquela cachorrinha que não sai de perto dele. O dragão dele perdeu um companheiro de ninho, e ele está triste. Sei que não posso sentir da mesma forma, não tenho a ligação, por isso ele precisava ir caminhar.

Breen pegou a mão de Morena; encontrou e deu conforto.

— Pode não ser da mesma forma, mas Talamh inteira está sentindo. Os dragões sabem disso. Acho que foi por isso que nos permitiram participar.

— Concordo. E, deuses, Breen, embora tenha sido lindo, espero nunca mais ver uma coisa dessas. Ah, Marco foi com Brian. E eu vi Keegan voar para o leste em Cróga. Jante conosco hoje.

— Acho que Harken vai precisar de você quando voltar do passeio. Eu também quero andar um pouco. Porcaria e eu vamos voltar sem pressa para a cabana.

— Vou entrar e esperar Harken. Afinal, ele esperou por mim muito mais que o tempo de dar uma volta.

Espalhando luzes à frente, Breen fez sua caminhada.

— Eu sei que você queria ter ido conosco hoje — disse a Porcaria —, e sei que Lonrach teria gostado. Mas não foi permitido desta vez. Da próxima vez que voarmos, seremos só nós três.

Ela nunca esqueceria as visões, os sons e sentimentos desse dia. Tantos corações batendo, e tantos que nunca mais bateriam...

Quando saíram da floresta, foram até a baía. Enquanto Porcaria nadava, ela ficou sentada nas pedras de xisto, observando as estrelas e a lua crescente.

E agora?, perguntou-se, e desejou poder ver. Mas olhou no fogo, procurou no globo de labradorita, e nada apareceu.

Ela percebera o ataque tarde demais para salvar aqueles que foram descansar. Como era possível que tivesse tamanho poder e dever e não houvesse visto antes que fosse tarde demais?

Quando Porcaria saiu, ela o secou. Ele se sentou com ela mais um pouco, olhando para a água e para as estrelas.

Dentro, Marco esperava sozinho.

— E Brian?

— Acabou de subir. — Marco foi lhe dar um abraço. — Lembra quando fomos à cerimônia de partida no castelo? Achei que nunca veria nada mais bonito e comovente que aquilo, mas hoje vi. — Ele suspirou e a apertou uma última vez. — Você precisa comer.

— Vou comer. Suba, vá ficar com ele.

— Vou sim. Foi difícil para ele, para você, para todos, mas especialmente para os cavaleiros. Mas acho que ele está melhor. Acho que a cerimônia ajudou. Ele comeu um pouco e me disse que sentiu que Hero encontrou a paz. Que ele deu a vida para proteger os outros e encontrou a paz. E... — enfiou as mãos nos bolsos — eu disse a ele que vou ficar quando você for para Nova York.

— Podemos adiar a viagem — Breen começou, mas Marco sacudiu a cabeça.

— Ele disse que não, que de jeito nenhum. Ficou até bravo. Disse que eu vou com você e para eu parar de falar bobagens. Ele falou de Sally e do presente de aniversário. — Marco sorriu. — Eu sei que ele está melhor porque ficou bravo, e está muito orgulhoso do presente.

— É para estar mesmo; orgulhoso, não bravo. Vá para cima, Porcaria e eu vamos jantar e dormir cedo.

Como Marco não estava lá para lhe dar bronca, ela pegou seu notebook e trabalhou enquanto comia. Queria escrever suas impressões e pensamentos sobre o dia. Nada que pudesse usar no blog, lembrou a si mesma, mas talvez um dia, em um livro. Ou só para poder recordar, se e quando precisasse, a razão pela qual lutavam e contra o que lutavam.

Arrumou a cozinha e trabalhou um pouco mais, esboçando o texto do blog para o dia seguinte. Assim, economizaria tempo de manhã para poder trabalhar mais no próximo livro de Porcaria.

— Estou atrasada — disse enquanto ele ia se enroscar perto do fogo. — Acho que não vou terminar até ir para Nova York. E não deveria estar pensando no próximo livro de fantasia se ainda nem vendi o outro. Mas estou começando a ter umas ideias, acho que isso é bom.

Guardou tudo e pegou o globo de sua mesa. Gostava de colocá-lo ao lado da foto de seu pai e os companheiros de banda quando subia para dormir.

— Já é tarde, mas acho que não vou conseguir dormir.

Quando ela fechou a porta do quarto, Porcaria foi direto para sua cama e seu cordeirinho de pelúcia.

— Acho que você não vai ter nenhuma dificuldade.

Ela acendeu o fogo para ele e guardou o pingente e o resto. Vestiu o pijama e pegou o livro que pegara emprestado de sua avó, cheio de histórias sobre o folclore de Talamh.

Precisava saber mais.

Ela esperava que a leitura cansasse sua mente, pois o corpo já estava exausto. Mas as histórias a envolveram e a fizeram virar página após página.

Quando Porcaria levantou a cabeça e deu uma latidinha, ela se levantou em um piscar de olhos e já estava com a espada em uma mão e a outra levantada para usar seu poder.

Keegan abriu a porta e entrou.

— Não está dormindo como deveria. É muito tarde, e você vai treinar amanhã.

Ela não falava com ele fazia dias, mas não ficou brava com o jeito de ele chegar. Ele parecia exausto.

— Eu não esperava você.

— Eu precisava me afastar da Capital. — Ele não foi até ela, e sim até as janelas, e as abriu, como se precisasse de ar. — Você cavalgou bem hoje, filha dos dragões.

— Eu... o quê?

— Eles a chamam assim agora. Filha dos feéricos, do homem, dos deuses, e agora dos dragões. Eu não estava lá, não a vi desafiar Odran e fazer um juramento de sangue no meio daquela carnificina. Dizem que o chão tremeu, assim como ele. — Ele olhou para trás. — Tremeram mesmo? Os dois?

— Sim.

— Por isso agora eles a chamam assim.

— Quem chama? Eu...

— Os dragões, claro. Eu comentei que posso chamá-los, lembra, e parece que eles podem me chamar também. E, ouvindo-os, eu soube o que deveria ser feito hoje.

Ele tirou a espada e a colocou ao lado dela.

— Foi bonito. E correto.

— O mais correto possível. Você o desafiou. — Ele levou a mão ao cabelo dela. — Ainda não sei se foi um ato corajoso ou tolo; talvez os dois.

Tudo voltou à memória dela: as visões, os cheiros, os sentimentos...

— O sangue deles estava em mim, Keegan. Eu segurei um bebê morto nos braços e vi a luz dos olhos da mãe se apagar porque não pude evitar. Não aguentei. E os prisioneiros? Os dois que você capturou?

Ele voltou para a janela.

— Lei do Dragão.

— Não sei o que é isso.

— Rápida, cruel, definitiva. Eu poderia ter impedido? Não sei, e nunca saberei. Mas nem tentei, porque poria em risco o vínculo que temos e seria uma desonra para os mortos.

Ele falava com raiva e repugnância.

— Em nome de Odran, sem motivo além de desmoralizar os feéricos. Uma dúzia ou mais, com dois feiticeiros, contra fogo e garra de dragão? Os dragões teriam erradicado quem sobrevivesse, pois não teriam como escapar de Talamh. Eles atacaram os jovens, e essa é a maior dor para todos.

— O que é a Lei do Dragão? — Breen perguntou de novo, apesar de, pelo pulsar de seu coração, que batia em sua garganta, ela saber.

— Morte. Morte pelo fogo do dragão.

Abalada, ela se sentou na lateral da cama.

— Foi porque eu pedi para você prometer não abrir o portal para banimento? Se eu...

— Não foi por isso. Essa lei é mais antiga que Talamh e a nossa. Está feito.

Mais peso para ele, pensou Breen, e se levantou.

— Segurei nos braços bebês queimados, ensanguentados, e muitos tão mal que não poderíamos fazer nada para salvar. Abracei Brian quando ele chorou por Hero. Tudo isso recai sobre os ombros de Odran, Keegan, não dos seus.

— Eu seguro o cajado — disse ele simplesmente. — E está feito. Eu me dei conta de que aqueles dois nunca entenderiam que Odran não liga para eles. A morte de seus seguidores não é nada para ele. Odran os enviou para a morte, eu sei isso. Os dois se esconderam na miséria daquelas cavernas todo esse tempo e ele os enviou para a morte por interesse próprio.

— Ele não vai vencer.

— Eu me agarro a isso. — Ele suspirou de novo, quase sorriu. — Filha dos dragões.

Ela foi até Keegan e pegou as mãos dele, e ele apertou as dela com força.

— Você precisa comer. Eu posso esquentar...

— Não, não. Ainda não tenho estômago para isso. Eu os senti chorar; queria o dom, não queria? Pois os senti chorar, cada um deles, enquanto deixavam seus irmãos, irmãs, filhos, companheiros naquela pedra ao pôr do sol. Nunca vou esquecer esse som. Não tenho estômago para comida, nem para cerveja. Preciso dormir, e queria você ao meu lado.

— Venha para a cama, então.

Ele assentiu e se sentou para tirar as botas.

— O dragão de seu pai voou ao lado de Marg hoje. Dizem que, desde que Eian caiu, ele só voa à noite e passa os dias em Eile Dragain, esperando seu fim. Mas hoje ele voou.

— Eu o vi, e o conhecia. Já vi meu pai montado nele em visões.

Ela olhou para a fotografia de seu pai e o de Keegan.

Ao lado da foto, imagens começaram a girar no globo.

— Keegan, venha, veja.

— Já vi essa fotografia, é uma boa lembrança.

— Não, no globo. As sombras estão se movendo, as nuvens se dissipando. Está vendo?

Ele foi até ela para olhar.

— Só vejo o globo.

— Há movimento, escuridão e luz. Vozes... há vozes. Alguém está gritando. Consegue ver?

Ele pegou a mão dela e entrelaçou os dedos. Assim, ele podia ver como ela via.

O fogo rugiu na lareira e lançou uma luz vermelha sobre uma cama com pilares de ouro e lençóis de seda. Velas ardiam por toda a câmara; as janelas eram voltadas para a noite.

O mar se agitava além, um som violento e raivoso como os gritos e maldições da mulher que se debatia na cama.

Shana batia os punhos no ar, arranhando a seda. Ela gritava, e seu rosto se contorcia, fazendo desaparecer cada grama de beleza.

— Tire isso de mim! Tire essa coisa de mim!

Uma mulher com o cabelo preso no alto da cabeça e uma coleira em volta do pescoço estava ajoelhada entre as pernas de Shana. Em seu rosto viam-se os arranhões onde Shana havia raspado suas unhas.

— Está na posição errada ainda.

Yseult, de olhos frios e rosto rígido, observava.

— Ainda é cedo. A criança tem que ficar dentro dela.

— Mas a bolsa estourou, não posso impedir que venha. — Seu rosto refletiu a dor que sentiu quando a pedra da coleira começou a pulsar. — Faça o que fizer comigo, não posso impedir que venha. Só posso tentar virar a criança no ventre. Isso dói, como você pode ver!

— Dê mais papoula a ela — ordenou Yseult a uma jovem que estava ali, tremendo.

— Cuidado com isso — ordenou a parteira —, você não pode forçar agora. Não deve forçar, vai machucá-la — disse a Yseult.

— Faça o que deve ser feito.

— Eu vou matar você!

Em sua raiva e dor, Shana atacou a jovem. Jogou uma taça nela e lhe cortou a carne do rosto com seu anel. — Vou matar todos vocês, e Odran vai esmagar seus ossos. Tirem isso de mim!

— Segure-a — ordenou a parteira. — Yseult, você não poderia fazer passar a dor dela com seu grande poder, ou dar-lhe alguns momentos de sono?

— Parto é sangue e dor. Faça o que deve ser feito.

Os gritos, horríveis, tornaram-se desumanos quando a parteira enfiou a mão dentro de Shana para tentar virar a criança. Ela também soltou um grito e tirou a mão, cortada e pingando sangue.

— Ele tem garras. E está rasgando a mãe.

— Vocês duas, segurem-na, ouviram? Você, vá dizer a Odran que o filho dele está vindo. E você — Yseult se aproximou e fechou a mão em volta da garganta da parteira —, faça esta criança nascer, ou vai morrer.

Gritos rasgaram o ar. O cabelo de Shana, cinza e emaranhado de suor, caía ao redor de um rosto torturado pela dor.

Foram necessárias quatro pessoas para segurá-la enquanto a parteira fazia seu trabalho.

Mesmo assim ela praguejava, usava cada respiração para amaldiçoar todos eles e aquela coisa que lutava para nascer.

— Virou! — Pingando suor e sangue, a parteira se curvou sobre Shana. — Empurre agora! Empurre.

Mas Shana começou a rir.

— Mortos, mortos, estão todos mortos. Eu me banho no sangue de vocês.

Mas era o sangue de Shana que manchava a seda enquanto a parteira lutava para ajudar a criança.

— Empurre agora, empurre, querida. Yseult, eu imploro, me ajude. Não posso fazer isso sozinha, e ela não tem mais forças.

Yseult se colocou ao lado de Shana e olhou nos olhos vidrados e loucos dela.

— Empurre essa criança para o mundo. — Manteve as mãos acima da barriga distendida de Shana. — Dê vida a isso.

Mostrando os dentes, Shana se apoiou nos cotovelos e gritou enquanto empurrava.

— A cabeça saiu, segure agora. Por favor, Yseult, segure agora.

A cabeça, coberta de sangue, tinha olhos fendidos e inchados, e uma boca cheia de presas curtas e afiadas que formavam uma careta.

— Que os deuses tenham piedade — murmurou a parteira, e gritou quando sua coleira lhe provocou dor.

— Não há deus além de Odran. Agora, traga o filho dele à vida.

Ele deslizou até as mãos ensanguentadas da parteira, tão pequeno que se encaixava nelas, com um corpo torcido como uma corda. Soltou um grito fraco e choroso, tentando arranhar com suas garras.

Na cama, pálida como a morte, Shana soltou uma risada que deixava ver a loucura em seus olhos.

— Está respirando — disse a parteira —, mas não por muito tempo. Preciso cortar o cordão umbilical e terminar o parto. Ela precisa de cuidados, senão vai morrer também.

— Dê-me a criança.

As mãos da parteira tremeram ao ouvir Odran atrás de si. E, com as mãos trêmulas, cortou o cordão e entregou a criança a Odran.

Ele a olhou.

— Não há poder nisto, apenas doença, deformidade e morte. Você pode mudar isso?

Yseult se aproximou e observou a criança deitada em sua mão.

— Ele não sobreviverá mais que uma hora e está além dos meus poderes.

— E ela?

— Ela nunca vai conceber outro filho.

— Pode ser curada o suficiente para viver?

Yseult olhou para Shana e para a parteira.

— Ela perdeu muito sangue — disse a parteira — e o parto causou muitos danos. Não há muito que eu possa fazer sozinha. Com ajuda, ela pode viver, mas... levará tempo, meu senhor Odran. E muito trabalho.

— Desejo que ela viva, por um tempo. Cuide disso.

Quando Odran deu um passo para trás, Yseult correu para ele.

— Meu senhor, meu suserano, meu tudo, como ela pode lhe servir agora, estéril e louca?

— Ela tem utilidade mesmo louca. Fortaleça o corpo dela, Yseult.

— Farei o que pedir, mas pode levar semanas. Ela está muito perto da morte.

— Deixe-a forte e, quando estiver, encontre uma maneira de mandá-la de volta para Talamh.

— Tudo que você deseja e que meus poderes possam lhe dar, mas...

Ele apertou a garganta dela como ela havia feito com a parteira. Um brilho vermelho surgiu, só por um instante, no cinza dos olhos dele.

— Foi você que provocou o nascimento dessa coisa para que ela morresse dando à luz?

— Meu senhor, eu nunca faria mal ao que é seu. Eu a trouxe para você. Farei tudo que estiver ao meu alcance para lhe obedecer. Sempre servirei a você, e somente a você.

— Então, deixe-a forte. Ela me distraiu nos últimos meses e me foi útil. Por isso, vou lhe conceder seu maior desejo. Um último desejo.

— Meu senhor...

— Ela vai voltar e matar aquele que se afastou dela, que a traiu. Ela vai matar o *taoiseach*. E, com a morte dele, a filha de meu filho virá a mim.

Ele olhou para aquela coisa pequena e retorcida que tinha nas mãos.

— Seu sangue é escuro, fraco e sem poder.

E a jogou no fogo e saiu, deixando Shana deitada ali, rindo.

Na cabana, Breen deu um passo para trás, depois outro e outro, até bater na lateral da cama. E se sentou devagar.

— Meu Deus, meu Deus...

Quando Porcaria plantou os pés ao lado dela, ela enterrou o rosto nos pelos dele.

— Ele... ele o jogou no fogo como... como se fosse um pedaço de turfa!

— Fique com ela.

Keegan saiu, deixando-a agarrada ao cachorro e tremendo.

Voltou com uma taça de vinho.

— Uísque seria melhor, mas você não gosta.

Ela pegou o vinho e ele bebeu o uísque que tinha na mão.

— Você viu? Você viu tudo?

— Sim, e ouvi. Sempre evitei assistir a partos, mas acho que, se fossem assim, nunca ninguém teria um segundo filho.

— Eu só vi um, de Kelly, e só uma parte, mas posso garantir que não é assim.

— Você disse antes que o que estava dentro de Shana era errado, escuro e doente.

— Sim.

— Você tinha razão, e, pelo que vimos, acho que não foi o primeiro a sair tão errado.

Ela estremeceu, assim como seu coração.

— Ele só a queria pelo poder, não tinha sentimentos pela criança.

Keegan se sentou ao lado dela.

— Odran não tem sentimentos por nada nem ninguém, só pelo poder. Você sabe disso.

— Eu sei, mas ver... o próprio filho. — Ela bebeu um pouco de vinho, e logo um pouco mais. — Temos que acabar com isso, Keegan. Chega de sofrimento, de crueldade. A parteira, da tribo dos Sábios, está ali mantida como escrava. Viu o que ele fez com as mãos dela, o que eles fazem com ela? Isso tem que acabar.

— Acha que Shana vai sobreviver?

— Eles acham que sim, mas acho que ela perdeu muito sangue, o estrago foi muito grande para ser curada pela luz. Mas acho que Yseult usará magia sombria. Meu Deus, mais sacrifícios. Tudo isso para matar você. Deus, Keegan, para tentar trazê-la de volta aqui para matar você. Não podemos deixá-la voltar.

Ele ficou ali sentado, frio e pensativo.

— Não seria a coisa mais fácil, longe disso.

— Ela está louca, e provavelmente vai piorar depois disso e depois de tudo que vão fazer para mantê-la viva. Ele mandou Yseult a fortalecer. Você tem que ter cuidado, tem que ter proteção. Vou cancelar a viagem para a Filadélfia e Nova York. Vamos...

— Você não vai fazer nada disso.

Ela se voltou para ele.

— Você acha que eu vou viajar enquanto ele prepara uma assassina insana para matar você?

— Acho que sou capaz de me defender contra Shana.

Ela agarrou os cabelos e teve que resistir à vontade de arrancá-los.

— Você ouviu o que ele disse? É o maior desejo dela, e ele tem razão. Ele é inteligente e sabe que ela quer você morto mais do que qualquer outra coisa.

— Eu diria que você está no topo da lista dela, também.

Ele falou com tranquilidade. Como líder dos feéricos, estava avaliando o terreno, analisando seu inimigo.

— Então, nós dois vamos ter cuidado, pois ela é louca o suficiente para ir contra Odran e tentar matar você de novo. E eles disseram semanas, não foi? Não tenho certeza se, mesmo com magia sombria e luz, vão conseguir curar o corpo dela. E você não acha que, se vimos o que vimos, foi para estarmos preparados?

— Sim, por isso vou ficar.

— Não vai. Eu sou *taoiseach*, guerreiro e Sábio. Conheço o inimigo, Breen Siobhan, e muito bem. Ela é louca, mas não guerreira. E, se você acha que uma elfa louca pode me vencer, eu me sinto ofendido. E você vai passar poucos dias fora. O que vamos fazer é avisar a todos que Odran tentará algum truque em um dos portais. É uma pena que não saibamos qual ele vai usar, mas vamos ficar de olho em todos.

Ele lhe deu um beijo distraído na testa.

— Termine seu vinho e controle-se.

— Estou controlada, caralho!

— Está mesmo. Não está toda trêmula como antes.

— Eu nunca fico toda trêmula. E você está tentando me irritar para eu não discutir.

— Discutir sobre isso é perda de tempo, e precisamos dormir um pouco. — Ele deixou o copo vazio de lado. — Confie em mim; conto com sua confiança.

— Não é falta de confiança.

Ele a beijou de novo e se levantou para se despir.

— Pode se preocupar um pouquinho, mas não muito. Muito me ofende.

— Você não é invulnerável, Keegan.

— Sou bruxo, guerreiro, cavaleiro de dragão e *taoiseach* contra uma elfa louca que nunca lutou em uma única batalha.

— Ela matou Loren.

— Porque ele a amava. Eu não. Vá para sua cama — disse a Porcaria —, eu cuido dela agora.

Ele pegou a taça de vinho dela, ainda meio cheia, e a deixou de lado. Puxou Breen e a fez deitar.

— Sabe o que Han Solo disse a Luke Skywalker?

— Eu gosto dessas histórias. — Ele a puxou para que descansasse a cabeça em seu ombro. — O que foi? "Que a força esteja com você"?

— Não, mas isso também serve. Ele disse: "Não seja metido".

Ele riu e rolou para cima dela.

— Agora você me desafiou. O sono vai ter que esperar um pouco mais.

CAPÍTULO 25

A preocupação não ajudava, mas fervilhava sob a superfície nos dias que se seguiram. E, quando não aguentava mais, ela tentou, pelo globo e pelo fogo, ver mais.

Mas abril explodiu e floresceu e o mundo de Odran continuava nas sombras.

Ela fez as malas com o máximo de cuidado e leveza possível, lembrando a si mesma que iam ficar fora poucos dias. Mas haveria uma festa no Sally's, reuniões em Nova York...

E sua mãe.

— Não posso levar você — disse a Porcaria, que estava amuado. — E você sabe que vai se divertir com Nan, Brian e Keegan. E vai brincar com as crianças, Mab e Querida na fazenda.

Ele baixou a cabeça e ela suspirou.

— De verdade, serão só três dias!

Keegan entrou no quarto enquanto ela acrescentava mais coisas à sua mala atulhada.

Surpresa e culpada, ela fechou a tampa da mala.

— Achei que veria você do outro lado.

— Marg me olhou feio.

— Como assim?

— Olhou para mim com um olhar que dizia que eu deveria vir para cá carregar suas malas. — Ele deu uma olhada na mala, na pasta do notebook e na mochila. — Três dias, você disse, não três semanas, nem um mês ou meio ano.

— Eu tenho... compromissos. Atividades diferentes que exigem roupas diferentes. Pode apostar que Marco vai levar no mínimo a mesma quantidade. Não comece.

— Ele pode levar as próprias malas, ou pedir a Brian.

— E eu poderia, você sabe — ela fez um movimento com a mão —, mandar isto aqui com magia.

— Poderia, mas eu estou aqui, e a magia nem sempre substitui os músculos. — Ele pegou a mala que ela havia fechado. — E haja músculos! Você está levando pedras de presente para todos?

Quando a pessoa tinha roupas de que realmente gostava, pensou ela, era difícil decidir qual levar. Então, em vez de responder, ela pegou sua mochila e o notebook.

Mais ou menos um ano antes, ela poderia ter viajado só com a mochila, porque suas roupas eram bege e sem graça.

Portanto, a mala era prova de uma mudança positiva.

— Já que está sendo tão prestativo, pode levar o presente de Sally.

Ele colocou o pacote colorido debaixo do braço.

— É um belo presente. Vai agradar, tenho certeza. Só isso, então, ou você tem outra mochila escondida?

Breen decidiu se divertir um pouco enquanto desciam, com o cachorro devagar atrás.

— Só isso, e, se você vai ficar reclamando, vou pedir a Marg para poupar seus olhares feios.

— Eu não acharia ruim. Eles são raros, mas ferozes.

Marco e Brian estavam na sala se beijando, com as malas a seus pés.

— Ele não está levando tanta coisa quanto você — comentou Keegan.

— Porque eu tenho o presente, e... coisas de meninas.

— Se eu dissesse *coisas de meninas* para você, acho que receberia outro olhar feio. Está pronto, Marco?

— Sim. — Ele olhou ao redor. — Não se esqueça do ensopado. É só esquentar. E deixei molho vermelho congelado, se quiserem macarrão. É só ferver a água e...

— Não se preocupe com isso; não vamos passar fome. — Brian pegou a mala de Marco. — Não que eu não vá sentir falta de sua comida, mas de você vou sentir mais.

Marco colocou a pasta do notebook no ombro e tirou o presente de Keegan.

Quando saíram, Breen olhou para o jardim que haviam plantado, as fileiras e montículos e o novo verde crescendo.

— Fui criado em uma fazenda. Acho que posso cuidar de um pedacinho de terra como este por alguns dias — disse Keegan, e levou a mala em direção à floresta.

Ela pendurou nos galhos sinos de vento, feitos na oficina de sua avó – para dar beleza e música, além de mais uma camada de proteção. Eles balançavam, tilintavam na brisa leve, refletindo o sol e a sombra.

E os duendes iriam à noite, pensou, e assim saberiam se Keegan ficasse na cabana. Ele teria Harken e Morena na fazenda, e uns vinte guerreiros se fosse para a Capital.

Ah, se ela pudesse ver se Shana havia se recuperado... se pudesse ver se eles encontraram uma maneira de fazê-la passar...

Preciso que você cuide dele, disse a Porcaria, e o cão levantou a cabeça caída. *Preciso muito. Fique perto dele quando puder, ok? Faça isso por mim.*

Ele aumentou o ritmo e começou a balançar o rabo. Não estava sendo deixado para trás, tinha uma tarefa a cumprir. Proteger Keegan.

— Tire fotos para me mostrar quando voltar — disse Brian. — Da festa e da cidade grande. E, Breen, escreva sobre lá para que nós possamos ler na máquina de Marco quando vocês voltarem para casa.

Voltar para casa, pensou Breen, enquanto se aproximavam da árvore. Ela não estava indo para casa, e sim saindo dela para fazer uma viagem curta. E em poucos dias voltaria para casa.

Quando saíram sob a chuva fina de abril, ela viu uma festa de despedida. Nan, Sedric, Morena, Harken, Aisling e os meninos; Mahon estava em patrulha.

A filhotinha, já com o dobro do tamanho que tinha no Natal, pulou alegremente em Porcaria.

— Os viajantes chegaram.

Ágil, Morena se afastou dos cães em festa.

Kavan ergueu os braços para Breen, e ela largou a mochila para pegá-lo.

— Ele está pronto para ir com você — disse Aisling.

— Seria divertido, não é? — ela esfregou o focinho nele. — Um dia, iremos juntos.

Com ele no colo, abraçou Marg.

— Estaremos de volta, aqui mesmo, em três dias.

— Aproveitem e desejem a Sally um feliz aniversário de todos nós.

— Pode deixar. — Ela deu um beijo no rosto de Sedric. — Vejo você em breve.

Breen colocou Kavan no chão e começou a pegar suas malas. Keegan a deitou para trás e deu-lhe um beijo que fez Finian rir e Kavan vaiar.

— Vai sentir minha falta, não vai?

— Talvez... Vou sim.

— Ótimo. Eu também vou sentir a sua falta. Quanta bagagem! — Ele olhou para Sedric, que sorriu.

— Sem problemas. Fiquem de mãos dadas, será mais fácil.

— Ainda dá tempo de pegar um avião — disse Marco, mas pegou a mão dela. — Tem certeza de que vamos sair em nosso antigo apartamento?

— Foi onde eu abri o portal — disse Keegan. — Meabh não estará lá, pois sabe que vocês vão. E você conhece o lugar do portal de Nova York.

— Sim — disse Breen, sentindo os nervos à flor da pele. — Está tudo anotado.

— Muito bem. — Keegan foi até Marg e Sedric. — Imagino que você conseguiria fazer sozinho — disse a Sedric —, mas vou te ajudar.

— Aceito, obrigado.

Ambos levantaram as mãos, com as palmas para fora.

— O que foi aberto foi fechado de novo. O que estava fechado se abrirá para os viajantes que vão para o mundo além. Que passem com segurança.

A luz começou a rodopiar na estrada, espalhando-se acima dela, girando e se ampliando.

Kavan soltou um gritinho de alegria, mas, aos pés de sua mãe, Finian olhava fixo com olhos profundos.

Ele estava jogando seu poder, percebeu Breen. Doce garotinho mágico! Ela respirou fundo.

— Aqui vamos nós.

— Ai, merda — disse Marco, mas segurou a mão de Breen e entrou na luz com ela.

Ela ouviu a voz de Kavan.

— Tchau! Tchau!

Então, tudo era luz, vento e a mão de Marco. O ar que ela havia puxado se perdera. Seu coração deu um solavanco.

Em pouco mais de um flash, estavam no antigo apartamento deles. Marco caiu de quatro.

— Você está bem? Está sim. Estou aqui.

— Estou meio tonto, sem fôlego. Aguente aí.

— Estou aqui; tenho uma poção na mochila.

— Só vou recuperar o fôlego. Jesus, que aflição! Não foi tão ruim quanto da outra vez, mas... nossa!

Ainda ofegante, ele se sentou no chão. Seus olhos corriam para todo lado.

— Estamos mesmo aqui!

— Sim, estamos. — Ela procurou a poção na mochila. — Dois goles, e, se sua cabeça não parar de girar, mais um.

— Não é minha cabeça, é a maldita sala. — Ele bebeu, e bebeu de novo. — Agora sim, melhorou. Viagem rápida, hein?

Ele conseguiu dar um sorriso, e, como sua cor havia voltado, Breen sorriu com ele.

— Nós nos teletransportamos, Scotty.

Ela se sentou ao lado dele e olhou ao redor. Meabh havia acrescentado algumas coisas, mudado alguns móveis, mas era o mesmo apartamento.

Breen notou a nostalgia. Sentia-se nostálgica por todas as boas lembranças que tinha do que vivera com Marco ali. Mas não tinha vontade de voltar.

Nem era mais sua casa, e nunca mais seria.

— O apartamento parece estar em ordem.

— Tem vontade de voltar? — perguntou a ele.

— Eu ficava imaginando se ficaria emocionado, mas não. É bom vê-lo de novo. É como quando uma pessoa visita a escola onde estudou, lembra coisas e tal. Foi bom ou foi ruim, mas, de qualquer maneira, a pessoa não quer voltar.

— Vai querer levar alguma coisa pra lá na volta?

— Não, eu peguei... bem, Sedric pegou tudo que eu queria. E você?

— Quero pegar nossa mesa de dragão, que você pintou pra mim no meu aniversário. Mas não nesta viagem, depois.

— Tivemos bons momentos naquela mesa.

— Verdade. — Ela se levantou e estendeu a mão para ele. — Passou a tontura? Está pronto?

— Pode apostar.

— Então, vamos fazer o check-in no hotel.

— É engraçado e meio chique ficar em um hotel na Filadélfia.

— Vão ser três dias chiques e engraçados. Vamos fazer o check-in, depois vou ver minha mãe.

Porém, antes de tudo ela passaria na casa da mãe de Marco.

— Eu deveria ir com você, menina. Deixe...

— Preciso fazer isso de uma vez por todas. Depois, vamos nos trocar e fazer uma surpresa a Sally. Assim que eu terminar isso, Marco, todo o resto vai ser positivo, feliz e divertido.

— Você não vai pegar aquele ônibus maldito.

— Combinado. Agora, vamos fazer o check-in no hotel como um casal de turistas.

❋

Mais memórias a inundaram quando Breen bateu na porta dos Olsen. Churrascos no quintal, a sra. Olsen fazendo um bolo na cozinha impecável ouvindo música gospel...

Muitas lembranças boas, pensou. Mas ela teve que bloquear as lembranças das lágrimas de Marco derramadas em seu ombro quando a família dele o condenara por ser quem era.

Annie Olsen abriu a porta com um sorriso educado. E, então, pestanejou – seus olhos eram muito parecidos com os de Marco – e bateu palmas.

— Breen! Meu Deus, é Breen Kelly. Juro que não a reconheci. Olhe só para você!

— Que prazer vê-la, sra. Olsen!

Ela era uma mulher baixinha e robusta, de cabelo rigorosamente alisado. Jogou os braços ao redor de Breen.

— Menina! Vamos, entre. Não sabia que você havia voltado!

— Só por um dia.

A casa, exatamente como Breen a recordava, brilhava. A sra. Olsen levava muito a sério a limpeza e a religião.

— Marco e eu viemos para o aniversário de Sally, depois temos reuniões em Nova York e logo em seguida voltaremos à Irlanda.

O sorriso dela vacilou um pouco, mas a sra. Olsen assentiu.

— Que chique! Sente-se, vou preparar um café para nós.

— Posso ir com você, como antes? Sempre gostei de vê-la cozinhar. Sem dúvida, Marco herdou suas habilidades na cozinha.

— Venha, claro. Tenho um pedaço do bolo dos anjos que fiz ontem. Vamos comê-lo com o café. Engordar um pouco lhe faria bem.

Ela nem ia dizer o nome dele, pensou Breen, e sentiu seu coração apertar.

— Como tem passado, sra. Olsen?

— Afinada como um violino. Sente-se ali no balcão, como nos velhos tempos. Reuniões em Nova York, é?

— Sim, com minha editora e minha agente. E Marco vai conhecer o pessoal da publicidade com quem trabalha. E a minha agência está muito interessada na ideia de ele escrever um livro de receitas. Na verdade, ele vai assinar o contrato com eles quando formos a Nova York.

A sra. Olsen preparou o café e tirou a cúpula de vidro de cima do bolo.

— Estamos muito orgulhosos de você por publicar um livro. É uma graça escrever livros para crianças. Nossa, Breen, você está tão bonita e crescida! Como está sua mãe?

— Vou vê-la hoje. Sra. Olsen, passei por aqui para falar sobre Marco.

— Ele está em minhas orações, assim como você.

Ela colocou uma fatia de bolo na frente de Breen.

— Marco vai se casar neste outono — ela falou bem rápido, porque já sabia a resposta. — Com Brian Kelly, que é um primo meu, e...

— Breen, Deus não reconhece essas aberrações, e as condena. Fico desolada por esse rapaz ter rejeitado a palavra e a lei de Deus e rezo todas as noites pela alma dele. Ele fez sua escolha, e eu rezo para que se arrependa e encontre o caminho de volta. — Ela deu um leve tapinha na mão de Breen. — Coma o bolo. Você precisa de um pouco de carne nesses ossos.

— Preciso dizer a você que ele está feliz. Preciso que saiba que ele está feliz e com uma boa pessoa que o ama. Preciso que você saiba que uma parte dele sempre vai sentir sua falta, mas Marco está tendo uma boa vida.

E tudo que Breen viu nos olhos de Annie Olsen foi tristeza.

— Não há verdadeira felicidade no pecado, Breen, e lamento por tudo que ele vai sofrer quando chegar a hora do juízo final. — Lágrimas brilhavam nos olhos dela, mas não caíram. — Eu carreguei aquele menino em meu ventre e em palavra, e vivo por isso. Mas ele escolheu o caminho errado. Vou rezar muito esta noite.

— Desculpe, estou incomodando você, é melhor eu ir. — Breen se levantou. — A senhora sempre foi gentil comigo, e eu nunca vou esquecer isso. Marco tem o coração mais amoroso e o espírito mais gentil que conheço. Acho que isso importa muito nesta vida e no que vier depois.

Ela se foi, e, embora fosse uma longa caminhada até o sobrado de sua mãe, achou que caminhar poderia acalmá-la.

Ela tivera esperanças, e podia admitir, agora, que havia sido tola.

Marco tinha família, lembrou a si mesma. Tinha a ela, Sally e Derrick, e todo mundo em Talamh. E, agora, tinha Brian.

E todos de sua verdadeira família o amavam e o aceitavam, não apesar de quem ele era, mas por causa disso.

Alertou a si mesma para não esquecer isso, porque o mesmo se aplicava a ela.

Breen sabia que sua mãe estava em casa; havia visto no globo. O globo não lhe mostrara o mundo de Shana e Odran, mas mostrara Jennifer em sua casa elegante, cumprindo sua rotina de sábado.

Academia com o personal trainer era a primeira coisa, seguida pelas compras domésticas.

Todo quarto sábado do mês era dia de salão. Cabelo, unhas, tratamento facial. Mas não era esse sábado; ela havia checado isso antes de reservar o hotel e marcar os compromissos em Nova York.

Abril ainda estava começando, por isso devia ser cedo demais para deixar plantas e vasos ao ar livre, mas Jennifer teria aberto as janelas por pelo menos uma hora. Aos sábados ela também lavava a roupa que não mandava à lavanderia e pagava contas pelos aplicativos.

Embora tivesse empregada, percorria a casa afofando almofadas, arrumando as flores que comprara naquela manhã, e assim por diante.

Alguns diriam que ela fazia isso só para se ocupar, pensou Breen, já em frente ao sobrado. Mas, para Jennifer Wilcox, era uma missão. Mais que isso, era uma religião tão inflexível quanto a de Annie Olsen.

Perfeição em tudo – exceto em sua única filha, que estava bem abaixo da marca.

Mais tarde, talvez, Jennifer sairia para beber com uma amiga ou, mais provavelmente, ficaria trabalhando em casa. Sua promoção a diretora de mídia de uma agência de publicidade de sucesso implicava levar muito trabalho para casa.

Perfeição em tudo.

Ela foi até a porta e bateu. E deu um passo para trás.

Não haveria café e bolo ali. Mas, sob aquele verniz educado e caseiro, as duas mães eram iguais.

Eu dei à luz, eu a criei, mas não vou aceitar quem você é. Sendo quem você é, nunca será bem-vinda aqui, a menos que rejeite tudo e entre na linha.

Seja aquilo que eu possa aceitar, ou nem vou pronunciar seu nome.

Ainda tinha luzes no cabelo cortado na altura do queixo, notou Breen quando sua mãe abriu a porta. Estava vestida com roupa de sábado: calça preta, blusa azul-clara, sapatilhas, maquiagem cuidadosa e casual. Brincos de ouro, uma fina corrente com uma fileira de contas de ouro e um smartwatch chique – isso era novo.

Ela notou cada detalhe, incluindo a surpresa no rosto de sua mãe.

— Breen... não sabia que você estava na Filadélfia.

— Só de passagem. Vim para o aniversário de Sally.

— Entendi. Bem, entre.

— Não, não sou bem-vinda. Como sou, sendo quem sou, não sou bem-vinda.

— Vamos falar sobre isso.

— Não adianta falar sobre algo que você não pode aceitar e eu não vou abandonar. — Breen inclinou a cabeça quando viu sua mãe olhar ao redor.

— Está preocupada com o que os vizinhos vão pensar?

— Eles estão viajando este fim de semana, mas não vou conversar sobre isso aqui fora.

Ela começou a recuar para dentro, mas Breen fechou a porta com poder.

— Vai sim, e não vai demorar.

— Não vou aceitar isso, Breen. Já deixei isso claro.

A voz de Jennifer tremeu, pensou Breen, de raiva e de medo.

— Deixou sim, perfeitamente claro. Não vai aceitar quem eu sou. Você só aceita quem eu não sou, quem você se esforçou para criar. Mas eu me tornei outra pessoa e estou feliz. Só queria lhe dizer que estou feliz. Minha vida não é perfeita, nunca será, mas é minha.

— Não é! É o que eles colocaram na sua cabeça. Fui eu que a criei, eu lhe dei um lar, estabilidade, uma direção, um propósito.

— Tudo isso era seu; sua casa, sua versão de estabilidade, sua direção e o propósito que você escolheu. Agora eu escolhi. Meu livro será lançado em breve. Estou indo para Nova York amanhã, provavelmente vou vender outro. Escrever me deixa feliz. É trabalho, às vezes é difícil, mas me deixa feliz. Meus dons me fazem feliz. Dão trabalho, às vezes são difíceis, mas me dão alegria. Eu tenho minha própria direção, meu próprio propósito.

— Isso é uma fantasia perigosa.

— Você não está totalmente errada, mas, ainda assim, é minha. Mas eu sei que você se esforçou para me dar uma vida e um lar. Pensei muito em você, em nós, neste último ano. Agora entendo que você fez o seu melhor, e isso tem que bastar.

— Abra essa maldita porta e entre. Não vou expor esse absurdo em público.

— Vou abrir a porta para você já, já, mas não vou entrar.

Nem agora, pensou Breen, nem nunca mais.

— Você mentiu todos esses anos e, com isso, tirou de mim algo muito precioso. Você sempre me fez sentir inferior, menos, inadequada. E muito infeliz. Você tinha que saber quanto eu era infeliz, mãe.

— Você estava segura, tinha saúde, uma boa educação e uma carreira perfeitamente adequada.

— E era infeliz, lutando para me encaixar no molde que você fez para mim com seus preconceitos e medos. Nunca me encaixei, e quebrei esse molde. Não foi fácil, mas eu consegui. E, agora, sei onde me encaixo. Não posso fazer você se encaixar no meu molde, nem vou tentar. Você fez o seu melhor, eu aceito isso, e sou grata. Mas mentiu, e errou ao mentir para mim, ao menosprezar minha felicidade até eu acreditar que não tinha direito a ela. Não vou voltar mais, mas precisava te dizer isso. Você estava errada e me machucou, mas eu a perdoo.

— Você... eu não fiz nada além de...

— Eu a perdoo — repetiu Breen. — E espero, sinceramente, que você tenha a vida que realmente deseja. — Ela se voltou e foi se afastando. — A porta está aberta.

Aquilo havia sido um grande peso, e agora simplesmente desaparecera de seus ombros. Mais leve, muito mais leve, ela foi caminhando na tarde fria de abril.

Caminhou, leve e livre; quando passou pelo estúdio de tatuagem, olhou para seu pulso.

E de novo, por impulso, entrou. E fez outra tatuagem logo abaixo do ombro, no braço da espada.

Quando saiu, Sedric a estava esperando.

— Eu deveria saber que você viria ver se estava tudo bem.

— Vi que você precisava caminhar, e aí entrou. Quis esperar, e agora não vejo tristeza em seus olhos.

— Não. — Ela se aproximou e o abraçou. — Fui até a mãe de Marco e fiz o que precisava fazer. Disse o que precisava dizer. E percebi, quando encarei minha mãe, como elas são parecidas nesse aspecto. Inamovíveis. Mas eu fiz o que tinha que fazer, falei o que tinha que falar para a minha mãe e a perdoei.

— Ah! — Sorrindo, ele passou a mão pelo cabelo dela. — E assim o fardo desapareceu.

— Eu fiz isso por mim, não por ela.

— Perdão é perdão. — Ele segurou o rosto dela e lhe deu dois beijos. — Agora seu coração tem mais luz. Sua avó ficará satisfeita e orgulhosa também. Mostre o que você desenhou aí desta vez.

— Aqui. — Ela bateu no ombro. — Está meio dolorido ainda. *Iníon na Fae.*

Os olhos dele sorriram primeiro.

— Filha dos feéricos.

— Porque é o que eu sou, e perdoar minha mãe e dizer adeus a ela, e fazer o mesmo com a mãe de Marco, só tornou isso mais verdadeiro.

— Sempre foi verdade.

— Tenho que chamar um carro para voltar. Por que não vai conosco à festa?

— Será uma boa festa, sem dúvida, mas Marg está me esperando. Ela temia que você estivesse infeliz. Agora eu posso dizer a ela para não se preocupar muito. Mas vou ficar com você enquanto espera o carro, e acho que vou comer um pretzel antes de voltar. Adoro.

❖

Ela correu para seu quarto de hotel e encontrou a porta adjacente aberta e Marco andando de um lado para o outro. Já havia separado o vestido de festa dela e, sendo Marco, a roupa íntima apropriada.

— Sim, você mandou uma mensagem dizendo que estava bem, só atrasada, mas...

— Estou bem! Só demorou mais do que eu imaginava. Você já está vestido!

— Nós dissemos que íamos chegar cedo para...

— Eu sei, eu sei. Vou ser rápida.

— Você tem que me contar como foi com sua mãe. Vamos, menina!

— Está tudo bem, está feito.

E ela nunca contaria a Marco que fora à casa da mãe dele.

Não havia razão para contar.

Breen pegou as roupas que estavam em cima da cama e correu para o banho.

— Eu disse tudo que precisava dizer; nada mudou nela, e nada mudará. Eu aceito isso. E disse que sabia que ela havia feito o melhor que podia.

Embaixo d'água, Breen ergueu a voz.

— Eu disse que ela mentiu para mim, que me machucou, blá-blá-blá, e que a perdoo.

— Ai!

Ela riu.

— Deve ter doído mesmo, mas eu falei sério, Marco. Eu a perdoo, e não carrego mais ressentimento. É libertador.

Ela saiu correndo do chuveiro. Usaria o vestido verde de novo, presente de Sally e Derrick. E não tinha dúvidas de que essa era a razão de Marco ter decidido usar uma camisa verde esmeralda com o longo colete de couro que Nan lhe dera.

Fez uma bela maquiagem, pois sabia que Marco encheria seu saco se não fizesse.

Colocou seus brincos de *troll*, a pulseira de sereia e saiu correndo.

— Breen, estou orgulhoso de você!

— Porque eu tomei banho e me vesti em menos de dez minutos?

— Você sabe por quê. Levei muito tempo para perdoar meus pais e meu irmão, por isso sei que não é fácil. Você conseguiu em menos de um ano, eu... Que porra é essa! Você fez outra tatuagem? Sem mim?

— Desculpe, desculpe.

Ela se sentou para calçar os sapatos.

— Foi um impulso. Eu estava andando e me sentindo mais leve, e lá estava o estúdio, e eu tive que fazer.

— Merda! Vou ter que fazer outra agora?

— Não.

— O que ela diz? Não sei ler essas coisas.

— Filha dos feéricos.

Ele soltou um suspiro.

— É, eu entendo por quê. Por que ainda não está tudo vermelho?

— Ainda está doendo, mas eu não queria que ficasse esquisito na festa, então... — Ela mexeu os dedos.

— Bem pensado. Estamos muito gatos.

Ela pegou os presentes.

— Vamos ver nossa mãe.

Foi bom entrar no Sally's e ver o clube loucamente decorado para o aniversário. Apostava que fora tudo ideia do Derrick, pensou Breen.

Chegaram cedo, poucas mesas estavam ocupadas. Sentada em um banco do balcão estava uma mulher com cabelo preto curto e olhos azuis enormes e brilhantes, conversando com outra pessoa.

Parecia uma fada, pensou Breen, com aqueles grandes olhos amendoados e maçãs do rosto altas. Aqueles olhos azuis brilhantes olharam para cima e sorriram.

Ao ver Joey, Marco não hesitou.

— Joey!

— Marco! Não o vejo há uma eternidade! Disseram que você... Breen! — Ele abraçou os dois, cada um com um braço. — Hora do reencontro! Ah, esta é Meabh. Ela é de lá, de onde vocês moram.

— Minha substituta.

Ela olhou cintilando para Marco.

— Ah, mas claro que ninguém poderia substituir o incrível Marco. Estou muito feliz por finalmente conhecê-los.

— Ela faz um Cosmo — disse Joey — que é pura magia.

— Aposto que sim. — Breen estendeu a mão. — Trago lembranças de casa. Obrigada por tudo que você está fazendo — disse baixinho enquanto Marco e Joey conversavam.

— Não há o que agradecer. Gosto muito do apartamento, e aqui é como outro lar. Eles me tratam como da família, isso é uma dádiva.

Observando-a, Breen compreendeu.

— Você vai ficar.

— Por um tempo, pelo menos. — Ela tocou com a ponta do dedo logo abaixo da nova tatuagem de Breen. — Assim como você, encontrei meu lugar.

— Vamos tomar um drinque mais tarde — disse Marco a Joey. — Queremos ver Sally antes de a festa começar.

— Está no camarim — disse Meabh —, se embonecando.

— Estou de volta — Marco apontou para ela —, e vamos fazer um concurso de Cosmos.

— Aceito o desafio, irmão.

Quando estavam indo para trás do balcão, Derrick apareceu. Levou a mão à boca e seus olhos se encheram de lágrimas.

— Não acredito! Não acredito. Ah, meu Deus. Quero olhar pra vocês. Vocês dois!

Depois de abraços, fortes e longos, ele acariciou o cabelo de Breen e o cavanhaque de Marco.

— Vocês estão aqui de verdade! Não sabem como Sally vai ficar feliz. Quanto tempo vão ficar?

— Só esta noite. Vamos pegar o trem pra Nova York amanhã, fazer umas reuniões e ir embora de lá.

— Veja só — ele chorou de novo —, indo para Nova York para fazer reuniões. Não sei o que é isso — apontou para o pacote maior —, mas nenhum presente é melhor que ter vocês dois aqui, mesmo que só esta noite.

— Não poderíamos perder o aniversário de Sally, mas — Marco deu um tapinha no pacote — acho que isto aqui vai fazer sucesso.

— Vamos descobrir. Jesus, vocês têm que nos contar tudo! Onde está aquele seu noivo lindo, cara?

— Ele não pôde vir desta vez. É uma viagem rápida, mas vou trazê-lo aqui pra conhecer vocês antes do casamento.

— Não faça Sally começar a falar sobre o casamento. — Ele parou em frente ao camarim. — Se começar, o negócio vai sair do controle. — Deu uma batida na porta. — Meu bem, já se vestiu?

— Espero que não — disse Marco.

Derrick assomou a cabeça.

— Tenho uma surpresa para você.

Sally estava diante do espelho iluminado do camarim, com uma touca no cabelo, aplicando cílios postiços com precisão.

Parou com a mão no ar quando encontrou os olhos de Breen no espelho.

— Caralho, lá se vai minha maquiagem!

CAPÍTULO 26

Abraços, lágrimas e mais abraços.

E lar, pensou Breen, nem sempre era um lugar. Às vezes poderia ser uma pessoa.

— Vou buscar champanhe. Não abra esses presentes até eu voltar — advertiu Derrick.

— Esse homem me conhece. — Sally se sentou de novo, enxugando os olhos. — Ver vocês dois aqui é o melhor presente de aniversário do mundo. Meu Deus, veja só meus lindos filhos!

Sally chorou de novo e Breen se sentou a seus pés, deitando a cabeça em seu joelho, como Porcaria fazia com ela.

— Estava com saudade.

— Eu também. E você, noivo... Ele está lá fora?

— Não desta vez. É só um bate-volta, mas prometo que você vai conhecê-lo logo. Ele é maravilhoso, Sally. Eu o amo tanto!

— Não me faça chorar de novo. Vou ser a melhor mãe do noivo do mundo. Tive umas ideias. Fraque, gravata branca... E Breen de vestido dourado, porque eu vejo preto, dourado, e toques de branco em tudo. Flores brancas em todos os lugares e...

— Você deixou Sally começar, não foi? — disse Derrick, entrando com uma bandeja com o champanhe, já aberto em um balde de gelo, e as taças.

— Primeiro eu pensei em arco-íris, mas depois me ocorreu a elegância do preto e dourado. — Sally girou as mãos no ar. — E as flores brancas. É melhor que ele seja digno de você.

— Eu garanto que é. — Breen pegou uma taça de Derrick. — Feliz aniversário, Sally.

— Muito feliz, pode acreditar. Agora, tenho que ver isso que vocês me trouxeram da Irlanda.

— Abra este primeiro. — Breen lhe entregou a caixa menor e estreita. — É de Nan.

— O quê? Sua avó me mandou um presente de aniversário? Quase com reverência, Sally abriu o cartão.

Sally, meu bem
Você deu muito a Breen quando eu não pude, e nenhum
presente brilha mais que uma família. Você é a família dela
e de Marco, por isso é minha também. Este pequeno presente
é acompanhado de votos de feliz aniversário para a mãe de
coração de Breen.
Lá breithe shona duit, Marg

— Vou precisar de uma caixa de lenços.
Pestanejando por causa das lágrimas, Sally abriu a caixa.
— Nossa, que lindo!
Dentro havia um trio de estrelas penduradas em uma corrente de prata. Elas refletiram as luzes da penteadeira e explodiram em cores.
— Ela fez pra você.
— Ela *fez*?
— Nan é... habilidosa.
— E muito. É simplesmente lindo.
— Ela disse que você é uma estrela, por isso deveria ganhar estrelas.
Sem conseguir conter a emoção, Sally enxugou os olhos de novo.
— Sua avó é apaixonante.
— Ela é mesmo! — Derrick pegou o pingente e o virou para um lado e para o outro. — Coloque na janela do quarto, meu bem, para que nós possamos acordar com as estrelas todos os dias.
— Perfeito. Vou escrever um bilhete de agradecimento a Marg, mas diga a ela que adorei.
Sally deixou sua taça de lado de novo e começou a desembrulhar pacotes.
— Isso vai longe — advertiu Derrick a Breen e Marco. — Eles vão para Nova York amanhã, têm reuniões.

— Nossa, como eles estão profissionais! Que orgulho! Veja, está embrulhado duas vezes. — Sally revelou o papel pardo. — Não é minha culpa que está demorando.

— Pode rasgar o papel, Sal, ande.

— Tudo bem, tudo bem. Derrick não suporta suspense.

Rasgando o papel, suas mãos pararam quando vislumbrou a pintura.

— Meu Deus, o que é isto?

— Rasgue, rasgue, rasgue! — insistiu Breen. — Eu também não suporto suspense.

— Ah, amor, é você. É você como sua incomparável Cher. Lindo demais!

— Sou eu. — Sally engoliu em seco. — Foi... foi Brian que fez isto?

— Foi. É maravilhoso, não é? Ele é muito bom. Foi ideia de Breen, pegamos a foto do site. Brian brincou um pouco em cima dela. Ajudei a fazer a moldura, também quero o crédito.

— O mesmo artesão que fez aquela caixa fez a moldura, com Marco. Nós dois queríamos participar da confecção do presente.

Na pintura, Sally era o centro das atenções do palco, com seus longos cabelos pretos caindo pelas costas de um vestido vermelho justo de lantejoulas. Segurava um microfone em uma das mãos, e a outra estava apoiada no quadril. Rosas cobriam o palco em volta de seus sapatos altos vermelhos.

— Estou sem palavras... e isso nunca acontece. Acho que ele é digno de você, Marco. Com certeza é talentoso. Eu... não estou acreditando que vocês pensaram nisso tudo e que fizeram essas coisas lindas pra mim. E que vieram de tão longe pra me dar este presente e ficar um pouco com a gente. Eu amo vocês dois mais que... mais que minha coleção de Louboutins.

— Puta merda! — Sorrindo, Marco balançou as sobrancelhas para Breen. — Nós vencemos os Louboutins!

— É um presente para mim também — disse Derrick. — Vamos pendurar na sala de estar. Quero exibi-lo aqui hoje, vou colocar na parede, mas depois desta noite ele vai para casa com a gente.

Sally assentiu.

— Vou levar. Você precisa se maquiar de novo — inclinando-se, Derrick deu um beijo em Sally. — Tem que fazer sua entrada triunfal.

— Eu vou também. Eu e a menina nova vamos fazer um concurso de Cosmos.

— Ela é maravilhosa. Você vai gostar dela.

— Já gosto. — Curvando-se, Marco deu um beijo no rosto de Sally. — E eu gostei da ideia do preto, dourado e branco.

— Posso conversar com você enquanto se maquia? — perguntou Breen.

— Você sabe que sim.

Quando a porta se fechou, Sally se voltou para ela.

— Tem alguma coisa específica para contar, além de pôr a conversa em dia?

— Algumas.

Ela contou que fora ver a mãe de Marco, depois a sua própria, e, quando terminou, Sally assentiu e largou o delineador.

— Ótimo, nos dois os casos, porque eu sei que você tinha mágoa e ressentimento em relação à família do Marco, e agora pôde se livrar disso. Eles são quem são.

— Eu tinha que tentar. Mas não vou contar a ele.

— Ele já superou, já virou a página. Contar só ia remexer coisas do passado. E a sua mãe? — Sally fez uma pausa e tomou um gole de champanhe. — Você sabe que um pouco de loucura faz bem à saúde, querida, mas poder nos livrar do louco nos deixa mais limpos por dentro. Eu lamento por ela. Pelas duas. E sou grato a elas porque tenho você e Marco.

— Parece Nan falando.

— Então eu devo ser muito inteligente, porque me parece que ela é. O que é isso?

Breen passou suavemente o dedo sobre a tatuagem.

— Significa filha dos feéricos. Os feéricos são...

— Querida, eu sei o que significa feérico. É mitologia. São pessoas mágicas, como as fadas. Faz sentido, já que você mora na Irlanda. E a Irlanda combina com você. E agora, o que mais?

— Tem a ver com dinheiro. Primeiro, minha agente acha que consegue vender o romance; está terminado, ela o leu e...

— Meu Deus, menina! Mais champanhe!

— Tudo bem, mas não... não quero falar muito sobre isso, dá azar.

— Feéricos. — Sally revirou os olhos fortemente delineados. — Supersticiosos.

— Enfim, sobre o dinheiro...

Breen contou sobre a fundação que queria criar com parte de sua herança.

— Eu sei que os especialistas em finanças entendem disso e sabem como fazer tudo, inclusive como administrar uma fundação. Mas queria que você e Derrick... Vocês entendem de dinheiro e negócios, queria saber se poderiam ajudar. Disseram que eu vou precisar montar um conselho, e nós teríamos que fazer reuniões. Nós poderíamos fazer por Zoom, Marco e eu, e, se você e Derrick...

— Breen. — Sally pegou a mão dela e a apertou. — Seria uma honra. Eu não conheci seu pai, e lamento por isso. Mas aposto que ele ficaria orgulhoso do que você está fazendo.

— O que ele fez por mim mudou minha vida. Obrigada, de verdade, obrigada. É meio assustador, coisa demais pra mim, mas saber que você e Derrick podem ajudar faz parecer factível.

— Combinado. — Sally delineou os lábios. — E aquele irlandês gostoso?

— O que tem ele? — Ela riu. — Acho que nós estamos meio que morando juntos.

No espelho, Sally estreitou os olhos.

— E isso significa o quê?

— Só isso. Está dando certo e está tudo bem por enquanto.

— Você o ama?

Ninguém jamais havia lhe perguntado isso; a pergunta a pegou desprevenida, e ela respondeu sem pensar.

— Sim. Ah, Deus! — Ela apertou o estômago. — Eu o amo. Eu já sabia, não sou idiota, mas nunca disse isso em voz alta.

— Ele te ama?

— Não tenho tanta certeza. Ele gosta muito de mim, e nenhum dos dois esteve com mais ninguém desde que... desde que nós começamos. Ele é honesto comigo, e isso é muito importante. Trata Marco como a um irmão, considera-o um irmão mesmo. E isso é muito importante.

— Está feliz?

— Estou.

— Isso é muito importante.

Mais tarde, ao ver Sally no palco, homenageando a favorita do público – Cher –, enquanto participava do júri do concurso de Cosmos, dançando com Derrick, ela tomou uma decisão.

No trem na manhã seguinte, com Marco colado na janela para captar o primeiro vislumbre de Nova York, ela contou a ele.

— Decidi uma coisa ontem à noite e quero sua opinião.

— Claro! Que noite, hein? E ainda tem mais. Vamos largar as malas e sair, menina. Vi a previsão do tempo: ensolarado a maior parte do dia, e quinze graus. Não é tão ruim.

— Vou contar a Sally e Derrick.

— Sobre o tempo?

— Marco, preste atenção.

— Desculpe. O quê?

Com esforço óbvio, ele se afastou da janela.

— Quero pedir para eles irem lá depois. Tem que ser depois, mas eu quero eles lá. — Se ela sobrevivesse, pensou, mas não disse. — Talvez no outono, talvez para o seu casamento. Seu primeiro casamento.

— Mas vai ser em Talamh, na casa de Brian... — Ele agarrou as duas mãos dela. — É isso que você está querendo dizer?

— Não suporto esconder isso deles. É como mentir. *É mentir*. Eles são minha família. Acho que decidi quando saí da casa da minha mãe. Mas decidi bem decidido só ontem à noite. Se você acha que é errado, diga.

De olhos fechados, Marco soltou um longo suspiro.

— Eu carrego esse fardo o tempo todo. Toda vez que falamos com eles, quando Brian se sentou ao meu lado a primeira vez para que eles o conhecessem... eu quero que eles o conheçam de verdade, e conheçam a família dele, Nan e todo mundo. Mas eu sei que contar tem que ser decisão sua.

— Não só minha. Tenho que falar com Keegan. Ele não é só o cara com quem eu durmo, é o *taoiseach*. Pode ser demais, e eu... nós... vamos ter que aceitar isso. Mas vou apresentar um argumento bom e sólido.

— Conte comigo. Isso alivia minha carga, Breen. Mas, quando for contar e mostrar a eles, poderia ser com menos...

Ele simulou sua cabeça explodindo e fez um som de bomba.

— Sem dúvida.

— Ótimo. Ei, eu ainda vou ter dois casamentos?

— Sem dúvida também. Eu quero um vestido dourado mais do que quero ver você de gravata branca e fraque. E lá está Nova York.

Tão emocionante quanto da primeira vez, pensou Breen; não, mais ainda, pois estava com Marco e a excitação desenfreada dele. Havia reservado o mesmo hotel em que ficara em sua primeira e única visita, mas sem economizar dessa vez.

Marco ficou boquiaberto com a pequena e adorável suíte conjugada, bem como com a vista da janela.

— Menina, você ficou chique!

— Vão ser duas noites, e nós merecemos essa sala bonita quando não estivermos andando pela cidade.

A sala tinha um sofá cheio de almofadas e duas cadeiras aerodinâmicas. Na mesa de centro, longa e baixa, havia uma fruteira cheia, uma garrafa de vinho tinto de cortesia e duas taças.

E as grandes janelas se abriam para o centro de Nova York.

Como já havia repassado todos os detalhes, ela pegou o controle remoto da TV.

— Veja isso — disse a Marco, e apontou para o grande espelho em frente ao sofá.

E o espelho virou uma TV.

— Agora sim! — Em êxtase, ele ergueu o rosto e os braços para o teto. — Tecnologia, voltei! Preciso de uma dessas. Quando nós fizermos a cabana, preciso pôr uma dessas coisas lá. Tenho que tirar uma foto para Brian. Fotos de tudo. Vamos fazer um vídeo. Quero sentar nesse sofá, e naquelas cadeiras, e na do meu quarto, pular na cama, dançar no chuveiro. E no seu quarto também. Mas temos que sair daqui.

— Vou desfazer as malas — disse ela, apontando para ele. — Nós temos o dia todo, desde que estejamos de volta e vestidos às cinco e meia.

— Depressa, então. Nós precisamos conhecer a cidade. O que temos às cinco e meia?

— Temos que sair às cinco e meia porque temos reservas em um restaurante chique e teatro depois.

— O quê? Restaurante chique? Teatro? Vamos ver um show?

— Não, Marco, não é um show qualquer. — Ela enfiou a mão na bolsa e tirou um envelope. — O que eu tenho aqui são dois ingressos no meio da terceira fila, para... veja só. Uma reapresentação de... que rufem os tambores! *A gaiola das loucas*.

Ele caiu em uma das cadeiras aerodinâmicas.

— Não brinque comigo, menina.

— Carlee me ajudou. Como eu poderia vir para Nova York com meu melhor amigo gay e não conseguir ingressos para *A gaiola das loucas*?

Ele se levantou e saiu dançando pela sala. Depois a pegou pela mão e saiu dançando de novo.

— Está ficando cada vez melhor. Obrigado, eu te amo! Meu Deus, vamos ver *A gaiola* na Broadway, Caralho!

Ele a beijou com força enquanto ela ria.

— Desfaça as malas porque eu vou retribuir. Seu melhor amigo gay vai te ajudar a encontrar as roupas perfeitas para amanhã.

— Dez minutos — ela prometeu, e foi indo para seu quarto. — Roupas? No plural?

— Você tem um almoço de negócios e um jantar de negócios. São duas.

— Mas eu trouxe...

Ele levantou a mão.

— Não me faça fazer minha cara séria pra caralho.

E, cantando "Downtown", ele foi para o quarto.

Marco era um furacão que não podia e jamais seria detido. Nem mesmo arrefecido, descobriu Breen. Ele a levou a várias lojas, onde conversou com os balconistas até fazê-los cair sob seu feitiço.

Ele tirou inúmeras fotos e fez dezenas de vídeos nas ruas, conversou com vendedores ambulantes e operários como se fossem velhos amigos. Fez questão de que fossem de metrô a Midtown porque queria de todo jeito andar na Quinta Avenida com ela como Fred Astaire e Judy Garland.

Ele a arrastou para lojas de souvenirs e butiques com igual fervor, parando só para comer a pizza de Nova York – uma obrigação em sua longa lista –, que ele classificou como excepcional.

Breen também caiu no feitiço dele, e acabou comprando coisas demais e tendo um dos melhores dias de sua vida.

Era hora de ela dar a ele a melhor noite.

Jantar para dois, luz de velas, uma boa garrafa de vinho e comida servida com floreios elegantes.

Era outro mundo para ambos, pensou ela. Não passariam muito tempo ali, mas era perfeito para um dia e uma noite.

Quando ele pegou a conta, ela bateu na mão dele.

— Não, Marco, é meu presente.

— Não. Você me deu Nova York. E me deu Irlanda e Talamh, e isso me deu Brian. Estou escrevendo um livro de receitas e vou assinar um contrato com uma agente por sua causa. Você está me dando a Broadway, não me faça mostrar minha cara séria pra caralho neste lugar chique, Breen. Vou pagar um jantar em Nova York para minha melhor amiga e meu primeiro amor.

Ela retirou a mão.

— Obrigada, Marco.

Ele sorriu e pegou seu cartão de crédito.

— Ainda bem que você me paga bem, e em dólar, e eu não preciso pagar aluguel. Nunca na vida imaginei que poderia fazer uma coisa dessas. É uma delícia. Tudo isto não é nossa vida, por isso é especial.

— E nossa vida, aquela à qual nós vamos voltar... é isso que você quer?

— Vou trazer Brian aqui um dia, e quero conhecer outros lugares também, como sempre falamos. E quero um daqueles espelhos-tevê incríveis. Mas eu tenho você, e tenho alguém que me ama e quer formar um lar comigo. Isso foi o que eu sempre quis na vida.

O espetáculo foi demais. Breen perdeu a conta das vezes que ele olhou para ela com admiração no olhar. Havia todos os tipos de magia, pensou, em todos os tipos de mundos.

E, nesse, ele se deleitou com cores e alegria, vozes e movimento. Ela voltaria de novo, se pudesse, para testemunhar essa magia.

E quando caiu na cama, já bem tarde, enquanto tomavam um vinho e conversavam sobre o dia, a noite e o espetáculo, Breen levou a magia de tudo aquilo consigo.

✤

Quando Marco acordou, na manhã seguinte, entrou na sala e viu Breen sentada diante de um carrinho de serviço de quarto.

— Café! Você pediu café da manhã pra nós? Achei que fôssemos conhecer uma *delicatessen* ou algo assim.

— Só bagels. O almoço é à uma e meia, e já passa das dez.

— Não me diga que você acordou de madrugada e malhou.

— Hábito. Preciso falar com você.

— Tudo bem. Podemos ir a pé até a agência, como você disse. Vou conhecer Carlee pessoalmente — bebeu um gole —, e falar com Yvonne sobre o livro de receitas. Estou tentando não pensar muito nisso. Depois vou até a editora e faço meu tour antes de nos encontrarmos para almoçar. Não vejo a hora de conhecer a turma da publicidade e a Melissa do Marketing. Hmmm, muito bom este café!

— Marco, Carlee ligou hoje, há cerca de uma hora.

— É mesmo? — Ele tirou a tampa que mantinha seu bagel aquecido. — Frutas vermelhas também? Legal! — Então, ergueu os olhos. — Ah, merda, ela teve que cancelar?

— Não. Marco...

— Por que você está com essa cara? É a sua cara de preocupada.

— Não é. Ela disse que tinha acabado de falar com Adrian.

— A editora.

— Sim, e eles... Marco, eles fizeram uma oferta pelo livro.

— Jesus amado! — Ele deu um pulo. — Mimosas! Agora!

— Não, Marco, não. Espere.

Quando ela fechou os olhos, ele se ajoelhou na frente dela.

— Foi uma oferta de merda? Bem, uma oferta de merda ainda é uma oferta, né?

— Não, não foi de merda. Carlee disse que foi boa, mas... Marco, me dê um minuto. — Breen respirou fundo. — Ela disse que achou baixa e me apresentou três opções.

— Diga lá.

— A pré-venda do livro de Porcaria está indo muito bem, bem melhor que o esperado. Isso por causa de todo o seu trabalho nas redes sociais. Foi o que ela disse.

— Tudo bem, eu aceito um pouco do crédito.

— Como está indo muito bem, ela acha que nós podemos fazer uma contraoferta, que eles têm que investir mais. Bem, a primeira opção seria aceitar a oferta; afinal, um pássaro na mão é melhor que dois voando. Eles publicariam meu livro e... nossa, nem consigo respirar pensando nisso.

— Você está indo bem. Imagino que a segunda opção seria pôr a sua agente para trabalhar e pedir um pouco mais.

— Basicamente, isso mesmo. E tem umas coisas sobre direitos autorais e porcentagens. Enfim, essa é a opção número dois. A terceira é permitir que ela mande o original para outras editoras. Ela acha que pode conseguir interessados e obter mais ainda.

— Agora, me diga o que minha Breen quer.

— Publicar o livro.

— Isso é óbvio. O que você quer fazer?

— Eu poderia simplesmente aceitar e pronto. É mais dinheiro do que eu jamais pensei; você nem perguntou quanto ofereceram.

— Vamos chegar a isso. Não é o mais importante.

Ela fechou os olhos de novo; ele a entendia. Claro que sim.

— Se ela o distribuir por aí, existe a possibilidade de conseguir muito mais e tal. Mas...

— Opção número dois, porque você confia nela, conhece sua editora e as pessoas da McNeal Day. E tem um bom relacionamento com elas.
— Seria como colocar todos os ovos na mesma cesta.
— E qual é o problema se você acha que quem está segurando a cesta vai cuidar bem deles?
— É o que eu acho. Ela me disse para pensar, para não achar que tenho que decidir agora porque temos essas reuniões hoje. Disse que foi por isso que Adrian ligou com a oferta, mas para não me sentir pressionada. Passei a última hora tentando pensar friamente. Caralho, alguém quer publicar meu livro!
— É um livro muito bom. Agora, vou sentar, comer meu bagel e tomar meu café, porque eu conheço você e sei o que vai fazer. Vai deixar Carlee negociar, e talvez eles ofereçam mais.
— Acho que sim. Sim, vou fazer isso. E, se não derem mais, vou aceitar oferta. Quero meus ovos nessa cesta.
Ele deu um tapinha no celular ao lado do prato dela.
— Ande, ligue pra ela. Você não vai conseguir comer esse bagel enquanto não ligar.
— Tem razão. Talvez a gente não receba o sim ou não hoje. Aí, vai ser estranho o almoço. E o jantar também.
— Por que estranho? — Ele deu de ombros. — São só negócios, menina.

Só negócios, pensou ela enquanto vestia a roupa que Marco havia escolhido.

Ainda em uma espécie de torpor, ela vestiu a saia lápis cinza escuro que chegava logo acima do joelho e a blusa que tinha uma gola rolê enorme, que parecia uma nuvem cinza. Colocou os brincos que Marco ajudara a fazer para ela no Natal, e um pingente de pedrinhas, tudo escolhido para combinar com uma escritora. E, por fim, as botinhas curtas de saltinho fino – vermelhas, porque Marco decretara que todo mundo precisava de sapatos vermelhos.

Como não conseguia decidir o que fazer com o cabelo, deixou-o solto; e perdeu mais tempo que o habitual com a maquiagem, porque sua mão tremia.

Ele bateu na porta aberta.

— Olha só! Eu sabia, nada de terninho. Esse é o chique nova-iorquino, menina. Está perfeita.

— E você, então?

Ele estava com uma camisa pink e uma gravata preta com flamingos rosa, calça preta, jaqueta de couro e tênis de cano alto pink.

Estava absolutamente incrível.

— Marco. — Ela se aproximou e tomou o rosto do amigo em suas mãos. — Estamos aqui de verdade, nós dois. Aconteça o que acontecer hoje, amanhã ou nos dias seguintes, nós estamos aqui de verdade agora. Você e eu.

— Sempre seremos eu e você e você e eu. Vamos deixar uns queixos editoriais caídos.

— Você não está nervoso? — perguntou ela enquanto iam para o elevador.

— Está vendo a minha roupa? Está vendo como eu fico com esta roupa? Ninguém vestido tão bem fica nervoso.

Ele parou para comprar flores – dois buquês – na curta caminhada até a agência. Breen adorou, e mais ainda quando estavam no escritório de Carlee e ele com um buquê na mão.

— Vou ficar mal-acostumada. Obrigada, Marco, é maravilhoso conhecê-lo pessoalmente, por fim.

— Eu quis trazer flores para a pessoa que está cuidando de minha melhor amiga.

— Ela facilita.

— E por ajudá-la a arranjar os ingressos. Foi incrível, simplesmente incrível.

— Fico feliz. Eu também preciso assistir. Mas a maior parte do crédito pelos ingressos é de Lee.

— Ah, então...

Quando ele fingiu pegar as flores de volta, Carlee riu.

— Vou dividir com ele. Lee vai colocar isto na água e voltar para levar você para conhecer Yvonne, Marco, mas vamos nos sentar juntos uns minutos primeiro. Dez minutos, ok, Lee?

— Claro!

O assistente pegou as flores e saiu discretamente.

Carlee estava sentada diante de sua mesa bagunçada. Usava uma calça preta justa, camisa branca impecável e o cabelo louro com um corte irregular de duende, recordando a Breen a primeira vez que estivera ali.

Tão igual, e tão diferente.

— Está gostando de Nova York?

— Adorando. Fiz Breen andar como uma louca ontem.

— Bem diferente da casa de vocês na Irlanda. Tem dias em que eu invejo aquele recanto sossegado que vocês têm. Obviamente funciona pra vocês dois. Ah, Marco, eu soube que você ficou noivo. Parabéns, muitas felicidades.

— Quer ver uma foto?

Carlee deu uma risadinha.

— Sim, claro.

Ele pegou o celular e procurou a foto que havia tirado, de si mesmo com Brian, com a baía irlandesa ao fundo.

— Meu Deus, tanta beleza assim pode provocar um infarto! Ele é quase tão lindo quanto você. Espero que ele venha da próxima vez.

— Estamos planejando isso.

Ele guardou o celular e se sentou de novo, e Carlee passou a atenção para Breen.

— Bem, falei com Adrian sobre a nossa contraproposta. Acabei de receber uma resposta dela... você devia estar vindo pra cá. Eles aceitaram. Negócio fechado.

— Como é que é?

— Eles aceitaram os termos que nós discutimos, e, pelo que eu percebi, já esperavam uma contraproposta. Negócio fechado, se você quiser.

Breen colocou a cabeça entre os joelhos.

Carlee se levantou correndo, mas Marco acenou para que ela se sentasse.

— Ela está bem — disse, acariciando as costas de Breen.

— Vou pegar um pouco de água.

— Ela está bem, só precisa de um segundo. Não chore. Você se maquiou tão bonito, vai estragar tudo. Ela vai dizer sim daqui a pouquinho — disse Marco a Carlee.

— Não era essa a reação que eu esperava — lamentou Carlee.

— Desculpe. — Devagar, Breen levantou a cabeça. — Desculpe.

— Imagine! Não é a reação que eu esperava, mas foi a melhor. Sem dúvida, está entre as três melhores. Quer um pouco de água?

— Não, estou bem. Estou bem. E obrigada por negociar. *Obrigada* não é suficiente. Você realizou meu sonho.

— Não fui eu que escrevi o livro.

— Mas você acreditou nele e em mim. — Olhou para Marco. — Ter alguém que acredita em você não tem preço. — Pegou as mãos dele. — Como eu acredito em você. Ande, vá conversar sobre o livro de receitas com a sua agente.

— Ela me arranjou uma agente — disse ele a Carlee enquanto se levantava, sorrindo. — Ainda tenho que assinar na linha pontilhada e tal, mas tenho uma agente.

— E nós estamos muito felizes por ter você na casa.

❦

Breen poderia ter andado por aí como se flutuasse, mas havia muita energia ao redor. E os brindes do almoço a ela, a Marco, a Porcaria. A conversa sobre a publicação se passava como mais um sonho dentro de sua cabeça.

Depois, houve o jantar de comemoração, com sua editora entusiasmada com o novo livro, sugestões cuidadosas de mudanças e uma pergunta que ela não esperava.

Ela estaria pensando em uma sequência?

— Na verdade, estou com umas ideias.

Adrian se inclinou sobre a mesa.

— Me diga que Finn está nelas. Ele não era o homem certo para Mila, você fez a escolha correta. Mas eu me apaixonei por ele.

— De fato. É só uma ideia que eu pensei em tentar desenvolver quando terminar o livro atual do Porcaria.

— Pode nos contar alguma coisa?

— Seria uma sequência, com muitos personagens já conhecidos e alguns novos. Giraria em torno de uma bruxa muito, muito velha que vive em uma cabana na floresta com seus gatos.

— É uma bruxa boa ou má?

— Essa é a questão, e Finn vai ter que encontrar a resposta.

Ela era capaz de fazer, pensou Breen enquanto voltava a pé para o hotel com Marco, em uma noite de abril cheia de sons e movimentos. Poderia escrever esse livro. Só precisava de coragem para começar. E de tempo.

E seu melhor amigo, por Deus, ia escrever um livro de receitas!

— Quero te perguntar uma coisa.

— Agora? — Breen ergueu o rosto para o céu. — Eu diria sim a qualquer coisa, de tão feliz que estou.

— Ótimo, porque Yvonne... você sabe, minha agente...

Breen riu ao vê-lo balançar os ombros.

— Sim, eu sei. Acho que a conheci hoje.

— Minha agente cheia de ideias sugeriu que talvez fosse uma boa você escrever um prefácio para o livro de receitas.

Ela parou no meio da calçada.

— Um prefácio? Para o seu livro de receitas? — repetiu ela, saltitando. — Ai, meu Deus, vai ser divertido! Sim, sim, sim! Ah, Marco, eu preciso dizer de novo: veja só nós dois, aonde chegamos!

— Não somos pouca coisa, minha Breen.

E, por diversão, saiu dançando com ela por metade do quarteirão.

Saíram antes do amanhecer e pegaram o metrô para o Central Park. Ela havia anotado as indicações, mas já as tinha gravadas no cérebro. E as seguiu enquanto puxavam suas malas e faziam malabarismos com as sacolas de lojas.

— Existe avião, sabia?

— Talvez da próxima vez — murmurou ela, meio assustada por andar no escuro.

Até que viu o castelo, e as rochas de sua base se abririam e os levariam de volta a Talamh.

Sedric saiu das sombras.

— Cara! Puta merda, quase tive um infarto!

— Ah, você é forte demais para isso. Não há ninguém por aqui agora, mas seremos rápidos e não faremos barulho.

— Como gatos — disse Breen, com um sorriso débil. — Desculpe por tantas malas.

— Não faz diferença. Passe um pouco para mim e vamos dar as mãos.

Ele puxou a luz, uma faísca que se espalhou e cresceu abaixo da ilusão do castelo.

— Rápido e em silêncio, agora — repetiu.

Com a mão de Marco apertando a sua, atravessaram juntos.

E chegaram ao sol e o ar ameno de Talamh.

— Marco? — ela perguntou instantaneamente.

— Tudo bem, não foi tão ruim. Deu só um friozinho na barriga! Vou sentar ali no muro. — Ele se sentou, de costas para a casa da fazenda. — Sedric, eu trouxe uma lembrança para você.

— É mesmo?

— Souvenirs dos lugares aonde nós fomos. Mas eu ainda estou zoado.

Breen pôs a mão sobre o ombro dele e olhou ao redor.

Ela viu Harken e Morena nos campos, Boy pastando com outros cavalos, um dragão e seu cavaleiro sobrevoando.

E, correndo pela estrada, com seus latidos alegres, Porcaria.

Breen correu para encontrá-lo, agachou-se com os braços abertos e riu quando ele a jogou no chão.

CAPÍTULO 27

Ela atravessou portais, ou melhor, Yseult, aquela bruxa inútil, a puxara. Um, dois, três. E a cada um que passava se sentia mais mal.

Shana desprezava os mundos que estava atravessando. Um tinha grossas vinhas vermelhas e um lodo fedorento; o outro tinha uma luz tão brilhante que queimava os olhos. E viu ventos selvagens e cumes pedregosos no mundo dos homens.

E ali Yseult a deixou, aquela vadia feia, com um espião de olhar duro que a levou pelo caminho dos homens em um carro que chacoalhava e gemia, depois em um barco no meio da neblina, e de novo em um carro por estradas que a machucavam.

Ele a levou até uma aldeia com mais carros que fediam e pessoas que mereciam ser queimadas e suas cinzas jogadas ao vento.

Quando isso acontecesse, ela riria muito.

Recebeu instruções para, a partir dali, usar seus próprios pés. E um dia ela cortaria a garganta de Yseult e jogaria seu sangue para os cães. Embora não estivesse mais doente e, de fato, se sentisse mais forte que nunca, ela guardava ressentimentos de cada passo dessa viagem.

Alguém com verdadeiro poder simplesmente a teria levado aonde ela precisava ir. Mas, em vez disso, ela teve que viajar quatro dias e três noites, enfrentar a amargura do frio, a brutalidade do calor, o tédio sem fim das estradas.

Ela nunca questionou por que Odran não a fizera atravessar com facilidade. Odran, esse deus de tudo que ela adorava, mas que colocava tudo aos pés de Yseult.

Nunca pensava na criança, mas se lembrava de cada momento de dor.

E isso – como Odran sussurrara em seu ouvido enquanto lhe dava vinho espumante para beber e carnes finas para comer – era culpa de Keegan O'Broin.

O *taoiseach* a havia alcançado e lhe causado toda aquela dor terrível, e por despeito e ciúme havia destruído o filho que ela fizera para Odran.

Não havia sido culpa dela, dissera Odran.

Keegan O'Broin, o traidor, seu algoz, que a trocara por uma vadia mestiça do outro lado; tudo era culpa dele.

Então, Odran lhe dera a faca conjurada com veneno. Até mesmo um arranhão, o menor corte, mataria qualquer coisa viva. Por diversão, ela experimentou em Beryl, sua escrava pessoal, e viu a garota morrer engasgada com seu próprio sangue.

E riu muito.

Ela via essa arma como se fosse de ouro reluzente, com o punho cravejado de pedras preciosas.

Mas isso era por causa de sua loucura, pois a lâmina era preta e retorcida, como sua mente e como seu coração.

Ela mataria o *taoiseach* e provocaria o caos em Talamh. Em meio ao caos, às lágrimas de luto, aos gritos de desespero, Odran chegaria em seu cavalo alado. Antes de erguê-la, ele poria uma coroa de ouro e joias brilhantes em sua cabeça. E então, juntos, eles queimariam tudo.

Shana tomaria a cadela ruiva como sua escrava e se sentaria em um trono dourado para governar ao lado do deus, como uma deusa.

Ela queria a coroa de ouro e joias, queria o trono dourado, queria que a cadela ruiva que queimara sua mão fosse sua escrava. Queria enfiar a faca em Keegan e vê-lo morrer a seus pés como a escrava que a servira.

Então, caminhou nessa última parte de sua viagem com um sorriso de ódio congelado no rosto. As pessoas por quem ela passava sentiam um calafrio e se afastavam.

Ninguém falava com ela; pais pegavam seus filhos no colo e se afastavam depressa.

Faça isso por mim, minha linda, e tudo que você quer será seu. A voz dele ecoava em sua mente transtornada como quando ele lhe dera o vinho espumante. Vinho que era o próprio sangue dele. Sangue que ela bebeu como vinho para ficar forte de novo.

E o sangue que ela bebeu, que nunca foi vinho, corrompeu a última luz que restava nela.

Ela murmurava enquanto caminhava, e às vezes ria ao se imaginar usando um de seus lindos vestidos, coberta de joias, sentada em um trono dourado.

Seu cabelo havia perdido o brilho e caía emaranhado pelas costas. Seus olhos eram fundos e sem brilho, encravados em um rosto cuja beleza havia fugido.

Em sua mente transtornada, e em todos os espelhos do mundo de Odran, ela via apenas beleza, ainda mais do que tivera antes.

Ela entrou na floresta sentindo-se leve e forte, como um cavalo de trabalho. Para se divertir, correu de árvore em árvore, fundindo-se com elas. Na verdade, não era bem assim. Seu corpo, que ela acreditava flexível e ágil, ainda estava flácido na barriga e nos seios, por carregar e dar à luz à criança em quem ela não pensava.

Ainda era rápida, mas não tinha a velocidade de antes.

Ela viu a cabana entre as árvores, e os sinos de vento cintilantes. Com os dentes à mostra, e com a morte ainda queimando em seu sangue, tentou se aproximar. Mas fortes choques a repeliram e a jogaram para trás, e ela caiu. E, furiosa, bateu os punhos no chão.

Ela viu o jardim e prometeu a si mesma que pisotearia aquelas mudas e arrancaria as flores pela raiz. Atearia fogo ao telhado de palha e dançaria enquanto a cabana que Marg fizera para aquela vira-lata arderia em chamas.

E mataria todos com sua faca de ouro.

Shana ouviu alguém chegando; suas orelhas élficas ainda funcionavam. Rastejou até uma rocha e se fundiu nela.

E ficou observando, esperando.

Tinha que arranjar tempo para aquilo, pensava Keegan enquanto entrava na floresta irlandesa. Ela voltaria logo, e não chovera uma gota desse lado desde que ela viajara.

Ele precisava regar a maldita horta e os vasos, mas não tivera tempo – tudo bem, inferno; a verdade era que não se preocupara com isso nos últimos três dias.

Poderia ter pedido a Seamus, que cuidaria de tudo com muita alegria. Mas não havia feito questão de dizer a Breen que ele mesmo cuidaria das plantas? Então, era culpa dele.

Keegan dormiu a primeira noite na cabana, a seguinte na Capital e a última na fazenda. E todas as noites teve um sono inquieto, pois não dormia com ela.

O que era ridículo, visto que ele passava noite após noite na Capital, quando necessário. A diferença era – e ele admitiu, pelo menos para si mesmo, que era uma idiotice – que antes era ele que se ausentava.

Como ela voltaria em breve, o mais sensato seria deixar tudo de lado e não pensar mais nisso.

E ele preferia ser um sujeito sensato.

Afora as noites agitadas imaginando o que ela estaria fazendo nas cidades americanas, as coisas haviam sido tranquilas e produtivas. O trabalho na fazenda foi tão satisfatório e quase tão desafiador quanto um bom treinamento para manter a forma.

A viagem para o leste, com paradas o tempo todo, permitiu-lhe ver a primavera em Talamh inteira. Os vários potrinhos, cordeiros e bezerros, campos férteis, roupas penduradas nos varais e tudo florido mostravam uma promessa cumprida.

E o silêncio, pensou de novo. Ele ansiava pelo silêncio.

Ele a sentiu antes que ela pulasse da rocha. Não se surpreendeu, pois já havia previsto que encontrariam uma maneira de fazê-la atravessar.

Mesmo assim, vê-la foi um choque. O olhar, toda a beleza dela se esvaíra e murchara como uma flor que ficara muito tempo sem água. O cabelo, de que ela tanto se orgulhara, caía em mechas frouxas e emaranhadas, e seu corpo, os seios altos e generosos, a cintura estreita, as pernas longas e esbeltas, agora caíam frouxas dentro de calças velhas e de uma camisa suja que nunca teriam tocado sua pele mimada no passado.

O passado se fora, e ela também. E ele pensou nisso com pena, superando o choque.

Ela tinha uma lâmina preta e retorcida na mão, e a loucura viva nos olhos.

Ela ria – era um som terrível – enquanto apontava a lâmina para ele.

— Não vai me dar um beijo de boas-vindas? Percorri um longo caminho para vê-lo de novo.

— Largue isso, Shana, e deixe-me fazer o que puder por você.

— O que puder? Por mim? — Ela riu de novo, mas um riso amargo. — Você já fez tudo, não foi? *Taoiseach*. Você me usou e me jogou fora por causa da prostituta que mora logo ali. Ela está esperando você dentro de casa? Pensei em visitá-la, mas o caminho está protegido. Mas depois que matar você, vou abrir caminho, pode ter certeza. Odran vai cuidar disso.

— Não vai, não. — E sentiu dó. — Ele a mandou aqui para morrer.

— Ele me mandou aqui para livrar os mundos de gente como você. Eu poderia ter governado ao seu lado.

— Eu não governo.

— Esse é o seu erro, não é? Sempre foi.

Ela dançou em círculos, e, apesar de levar a mão ao punho da espada, ele não a puxou. Simplesmente não podia.

— Eu teria mudado isso, ah, sim, teria mudado. Mas você me traiu com aquela prostituta que não pertence a lugar nenhum. Não posso matá-la, Odran a quer viva, para sugá-la até secar. Mas pode acontecer um acidente. Ops!

Ela jogou a cabeça para trás e riu.

— Mas talvez a deixe viver, pois Odran a prometeu a mim como escrava quando eu ocupar meu trono dourado. Ah, é lindo lá. Tantas joias, tanto brilho, e tanto sangue e gritos! Ah, e, quando ele faz sexo comigo, é puro gelo e fogo, fogo e gelo, medo e doçura, dor e prazer, escuro como a cegueira. Você nunca me deu isso. — Ela apontou para ele. — E, mesmo assim, não vim aqui para vê-lo? Foram dias, dias e noites atravessando videiras vermelhas, sol ardente, vento frio dos homens, máquinas que chacoalham e zunem nas estradas pretas, e fedem, e barcos por entre a neblina. E, depois de tudo isso, você só fica aí parado... — Ela sorriu. — Me dê um beijo.

E pulou.

Morena chegou voando.

— Bem-vindos, vocês dois. Quanta coisa!

Breen estremeceu diante das sacolas de compras. Mas Marco simplesmente sorriu.

— Tem coisas para você e Harken aí dentro.

— É mesmo? Quero ver.

— Não vamos mexer nisso tudo agora.

Breen sabia que, se não batesse o pé, seria uma loucura. E, para resolver o problema, mandou as malas, sacolas e notebooks para a cabana.

— Vamos organizar tudo e trazer as lembranças amanhã.

— Ela foi dura conosco, não é, Marco? — Morena apoiou o cotovelo no ombro dele. — Mas tudo bem, estou imunda mesmo. Marg está com minha avó — disse, apontando na direção da casa de Finola. — Brian está na cachoeira, e, por acaso, Keegan foi para sua casa há pouco, Breen.

— Já que não posso dar os presentes e não tenho que carregar as coisas, acho que vou dar uma volta e ver Brian. Posso negociar uns peixes no caminho de volta. Tinha umas coisas legais para trocar nessas malas que desaparecem, mas os sereianos vão me dar crédito. Peixe com batata frita esta noite, Breen.

— Perfeito. Vou desfazer as malas, talvez fazer um pouco de ioga. Ou tirar uma soneca.

— Cansei as pernas dela. Nós fizemos compras, fomos à Broadway e... vou falar, Breen... brindamos porque ela vendeu o livro.

— Ah, essa é a melhor notícia! — Morena passou por Marco e abraçou Breen, com as asas abertas, girando-a a cinco centímetros do chão. — Que notícia feliz! Preciso contar a Harken.

Largando Breen, ela saiu voando.

— Estou muito orgulhoso de você, e feliz. — Sedric lhe deu dois beijos no rosto. — Vou contar a Marg, ou quer que eu deixe para você contar?

— Não, pode contar, e diga que Marco está escrevendo aquele livro de receitas. Vejo vocês amanhã. Temos muitas histórias para contar dos últimos três dias.

— E nós queremos ouvir todas. Quer companhia, Marco? Eu também poderia negociar uns peixes, e quero saber tudo sobre seu livro de culinária.

— Arranjei uma agente em Nova York — disse Marco, rindo e apontando para si mesmo. — Sem dúvida, a vida deu muitas voltas. Vamos selar os cavalos e barganhar. Vá pra casa, Breen.

— Vamos, Porcaria. Vamos ver nossa horta e o que Keegan está fazendo por lá. E desfazer as malas, né? — acrescentou enquanto subiam os degraus de pedra. — Não sei o que ele vai achar daquele dragão de vidro que Marco me convenceu a comprar, mas deve ser melhor que o moletom com o King Kong no Empire State que ele insistiu que Keegan tinha que ter.

Atravessaram de Talamh para a Irlanda.

— Indo e voltando de um mundo a outro em... o quê, uns vinte minutos, no máximo? — Inspirando tudo, ela abraçou a si mesma. — Marco tem razão. A vida deu voltas, e tudo que nós vivemos é estranho e maravilhoso, Porcaria. Estranho e maravilhoso.

Ele olhou para ela como se concordasse plenamente e logo saiu correndo para o riacho, em cujas margens brotavam aquilégias selvagens, esperando para florescer.

Mas ele parou; seu olhar mudou e ele mostrou os dentes, rosnando baixinho.

E avançou antes que ela pudesse impedi-lo. Instintivamente, ela levou a mão à espada, que não estava lá. Claro que não estava, pensou enquanto corria. Mas, se houvesse algo esperando ali na frente, ela tinha seu poder, sempre.

※

Ele se esquivou facilmente da faca. Ela era desajeitada, pensou Keegan, e mais lenta que antes.

— Shana...

A mente dela se fora, o coração era escuro como o breu, e ele sabia que também não havia como recuperá-la. Mas tinha que tentar uma última vez.

— Odran não se importa nem um pouco com qual de nós vai morrer aqui. Ele só quer o sangue e a morte.

— Você vai morrer, e Talamh vai queimar. E ele vai me dar a vadia da sua mãe para que eu a mate com minha lâmina de ouro, e terei sua puta, esvaziada de poder, como escrava.

Ela deu um giro, cambaleou e girou de novo.

— Você vai me pagar pela dor, e em dobro. Talvez eu leve seu irmão para minha cama antes de o estripar como a um peixe. Afinal, ele é muito parecido com você, e vou arrancar as asas daquela *sidhe* debochada na frente dele. Sou uma deusa agora, sabia? — Seus olhos loucos brilharam quando ela abriu os braços. — Seus poderes não me tocam. Sou a escolhida de Odran. Venha, serei rápida. Ou não; um arranhãozinho aqui, um cortezinho ali. E, com um bom golpe, acabo com tudo depressa.

Eles ouviram juntos. Ela com suas orelhas de elfo, e ele com seu lado elfo que andara explorando. Alguém se aproximava depressa.

— Temos companhia! — Ela girou e desapareceu.

Será que ela achava que ele não podia vê-la?, pensou Keegan. Será que ela achava que havia desaparecido, que ele não a via escondida atrás da árvore com a faca em riste, pronta para atacar?

Fazendo sua escolha, ele puxou a espada.

Enquanto o cachorro corria pelo caminho, com Breen correndo atrás, ele observou a sombra de Shana na casca do tronco largo. Viu o ódio escuro nos olhos dela e a sede de matar.

Quando ela foi atacar de novo, dessa vez em direção a Breen, ele enfiou a espada nela.

Ela não fez nenhum som, nem mesmo um suspiro, mas, por um momento – interminável para ele –, seus olhos se encontraram. E, neles, ele viu confusão e nada mais.

Ela caiu da árvore aos pés dele, largando a faca.

— Não toque! Pare — gritou para Porcaria. — É feita de veneno. Para trás, bem para trás.

Ele atirou fogo na lâmina e a segurou enquanto borbulhava e fumegava. Ao lado do corpo de Shana, olhou para Breen.

— Não consegui alcançar a alma dela. Não havia nada nela para alcançar.

— Lamento.

— Ele a mandou para cá para isso. Com esperanças de que me matasse, mas sabendo que ela não viveria o suficiente para voltar ao mundo maldito e sangrento que escolheu. Ele é tão obstinado que não pôde ver que ela queria sua morte, Breen, mais que a minha. — Ele embainhou a espada. — Preciso de sal, não costumo carregar sal comigo. É para a mancha que o veneno deixou no chão. E também um pouco para mim e para ela. Vou levá-la para as Cavernas Amargas.

— Vou pegar o sal e vou com você. Vou com você — repetiu ela quando ele sacudiu a cabeça. — Você não vai fazer isso sozinho. Nós vamos com você — disse, e pousou a mão em Porcaria.

— Cróga vai nos levar. Quando tudo acabar, vou trazer você de volta. Vou à região central contar aos pais dela.

— Não. — Ela contornou o corpo e foi até ele. — Não faça isso, Keegan.

— Não quer que eu conte à família dela que ela morreu por minhas mãos?

— Eles já a perderam, já estão sofrendo.

— Eu tirei a vida dela!

— Ela perdeu a vida quando escolheu Odran. Você terminou o que ela começou, e de que adiantaria contar a eles o que aconteceu aqui? Eles a perderiam uma segunda vez e teriam uma dor nova para substituir a antiga. E cada lembrança dela que eles guardam ficaria marcada por isso. Como eles poderiam se recuperar?

— É, você tem razão.

Keegan chamou seu dragão e ficaram esperando enquanto Breen pegava o sal. Abaixou-se para acariciar o cachorro, que ficou ao seu lado.

— Você teria me protegido, como faz com ela. Você é bom, Porcaria, o Bravo; Porcaria, o Verdadeiro.

Quando Breen voltou, ele limpou a mancha de veneno e de sangue. E, com Breen e o cachorro, montou Cróga. Com o corpo de Shana nas garras de Cróga, eles voaram alto sobre Talamh e além. Passaram pelos acampamentos e minas dos *trolls*, e ainda mais alto até uma montanha cinza que se erguia à beira do mar.

Ela descobriu que as Cavernas Amargas tinham esse nome porque o ar dentro delas era frio como o inverno, e duro; dava a impressão de que se quebraria como vidro com um golpe.

Do teto alto da caverna pingavam estalactites de pontas afiadas como espadas. A luz que Keegan conjurou ficou vermelha, de modo que parecia que sangue lavava seu rosto enquanto ele abria o chão para fazer a sepultura.

Ele mesmo deitou Shana ali. Levantou-se, confuso.

— Não consigo pensar em palavras a dizer sobre ela.

— Desejamos a ela a paz que não encontrou nesta vida.

— Você é gentil. Sim, vamos desejar isso a ela.

A seguir, recuou e deu a ordem a Cróga. O dragão lançou as chamas que a transformaram em cinzas.

Keegan pegou o sal e o espalhou sobre eles enquanto falava.

— E aqui fica o que resta, para nunca mais se erguer, nunca mais fazer mal, nunca derramar sangue. O que se foi se foi, e o que resta, cinzas da carcaça, fica aqui para sempre.

Ele fechou com pedras as cinzas e o sal.

— Venha, vamos sair deste lugar.

No entanto, quando saíram da caverna, ele ficou parado ali, no alto. A montanha era de pedra dura, mas o mundo abaixo dela era simplesmente glorioso.

— Eu poderia tê-la impedido de outra maneira. Ela estava louca, ria e dançava e, oh, deuses, já destruída em todos os sentidos. Ela me contou o suficiente, agora sei como a fizeram chegar até aqui. Eu poderia tê-la impedido, mas ela disse coisas que precisamos saber. E disse que ele não quer você morta, mas... — Ele deu de ombros. — Mas Odran prometeu a ela que você seria escrava dela assim que acabasse de sugá-la. E que ia cortar a garganta de minha mãe. Quanto ódio por uma mulher que sempre foi gentil com ela... Eu nunca vi isso nela. Também disse que iria para a cama com meu irmão antes de matá-lo, e que cortaria as asas de Morena.

— Ela faria tudo isso, você sabe. Ela queria o sangue, as mortes, o fogo e o maldito trono dourado que ele prometeu a ela. Ela queria tudo isso no fundo do que se tornou, no fundo das sombras do que foi um dia.

— Mas eu poderia tê-la impedido de outra maneira.

— Não, Keegan, eu a vi. Ela não tinha mais força suficiente para se fundir com a árvore, e eu a vi. Se você não estivesse lá, ela teria morrido pelas minhas mãos. Eu teria feito a escolha, a única escolha, Keegan, por causa das que ela fez.

Eles ainda não haviam se tocado nem uma vez; ela ficou de frente para ele.

— Estava pensando em banimento? Pensou que poderia tê-la detido, amarrado com poder e a banido? Mas ela nunca teria parado; não podia. E, se Odran ainda achasse que ela seria útil de alguma forma, teria encontrado uma maneira de usá-la. O banimento, o Mundo Sombrio a teria destruído de qualquer forma. Ela estava totalmente destruída, eu vi, eu sabia disso. Parece cruel demais, mas a espada foi a escolha mais gentil.

— Tem razão; mas lamento que tenha sido assim. Vou contar tudo ao conselho daqui e da Capital. Mas não sairá dali. Você tem razão sobre os pais dela. Contar a eles tiraria um peso dos meus ombros, mas o passaria para eles. — Ele se afastou. — Não quero tocar em você aqui, perto destas cavernas onde há tanta escuridão enterrada. Não era assim que eu queria ter recebido você.

— Então, vamos deixar o escuro para o escuro e ir para casa.

Montados em Cróga, com o cachorro entre os dois, Keegan se virou e olhou para ela.

— Os canteiros precisam ser regados.
— Sério?

Ele deu de ombros.

— Eu cuido disso.

Ela esperou que sobrevoassem o verde, o marrom e as flores, e então, com o cachorro entre os dois, inclinou-se para a frente para abraçá-lo.

Quando já estavam na cabana, Cróga havia voltado para Talamh e Porcaria corrido para a baía, Keegan a abraçou.

E tomou seus lábios sob a luz do sol, no ar da primavera que cheirava a grama, terra e flores.

O ar frio e duro das Cavernas Amargas e tudo que elas continham se dissiparam com o calor.

— Senti sua falta mais do que queria. — Ele pegou o rosto dela entre as mãos. — Estava com saudade desse seu rosto.

— Que bom. — Ela pegou o rosto dele também, feliz por não ver mais no verde dos olhos dele a tristeza e a culpa. — Vou aproveitar que você está tão feliz por me ver e te fazer uma pergunta.

— Pergunte o que quiser, mas a resposta pode não ser a que você espera.

— Sei disso. Primeiro, fui falar com a mãe de Marco. Não consegui fazê-la entender e aceitar. E não vou contar isso a ele.

— Porque traria de volta a dor e pesaria sobre ele.

— Exatamente. Eu parei de insistir porque só a estava magoando. Depois, fui ver minha mãe e tirei todo o peso das minhas costas.

— Certo. Como você fez isso?

— Perdoando-a.

— Muito sábio.

Ele se voltou e fez chover sobre a horta.

— Fazendo do jeito mais fácil, é?

— Só desta vez, para poder ouvir você. Eu disse que você foi sábia, e acho que não encontraria tanta sabedoria em mim mesmo.

— Tirou o peso dos meus ombros, portanto, de certa forma eu fiz isso por mim mesma. E, depois, fiz isto aqui.

Ela puxou a gola da blusa até abaixo do ombro.

Ele sacudiu a cabeça, mas deu um leve sorriso quando passou o dedo sobre as palavras.

— Você vai decorar o corpo todo, não é? Mas essa é uma boa maneira de fazer isso, Iníon.

— Foi o que eu pensei. Depois, fomos ao Sally's.

— Você está contando coisas, não me perguntando nada.

— Já chego lá. Está tudo relacionado. Percebi isso quando vi Sally e Derrick. Eles já estão planejando o casamento de Marco. Sally, principalmente. — Ela inclinou a cabeça. — Você deve ficar lindo de fraque.

— De quê?

— Fraque. É uma roupa masculina muito formal. Enfim, eu quero que todos eles tenham essa felicidade, que a irmã de Marco possa ir, além de todos os nossos amigos de lá. A propósito, Meabh é maravilhosa. Eu quero que eles tenham tudo isso — prosseguiu —, mas quero muito que Sally e Derrick venham ao casamento de Marco aqui. Eu quero que eles saibam, quero parar de mentir para eles e lhes mostrar Talamh e o que eu sou.

— Tudo bem.

Ela se espantou.

— Tudo bem?

— Eles não poderiam passar pela Árvore de Boas-Vindas se quisessem fazer mal, e tudo que vi em Sally quando nos conhecemos foi amor por você e por Marco. E Sally é uma pessoa inteligente e interessante. Você perdoou sua mãe, não foi? E foi mais que isso. Ao perdoá-la, você aceitou que ela a gerou e criou, mas que não é uma mãe para você. Você quer Sally aqui porque é alguém que faz parte de sua vida e de Marco. E esta é sua vida e a dele.

— Sim, é exatamente isso. Quando for seguro, quero que eles venham pra cá, vejam a cabana... quero explicar tudo a eles e trazê-los para Talamh. E quero que eles conheçam Nan e todo mundo.

— Tudo bem — repetiu ele.

— Tudo bem. — Ela pensou em todos os argumentos fortes que havia preparado, e se limitou a sorrir. — Vou desfazer as malas. Não esqueça das flores e dos vasos.

— Vou fazer isso agora. Você não falou nada sobre os negócios de Nova York, as reuniões e tudo mais.

— Foi ótimo, muito bom. Muita coisa pra contar. Marco assinou contrato com uma agente para representar um livro de receitas com o título provisório de *Diversão na cozinha*.

— Que ótimo. Eu darei toda a ajuda possível provando os pratos que ele quiser pôr no livro.

— Muito altruísta da sua parte. E compraram o meu livro.

— Como eu disse. Mas você não está chorando desta vez.

— Fiquei meio tonta um tempo, mas não chorei. Minha editora vai me mandar um e-mail com algumas alterações.

— Não li nada que precisasse ser mudado.

— Na verdade, são mudanças muito boas. Com poucos dias de trabalho estará melhor e mais forte. — Ela cobriu a boca com as mãos e riu. — Eu vendi meu livro!

E se jogou nos braços dele. Querendo participar da alegria, Porcaria saiu correndo da baía, jogou água para todo lado e ficou correndo em volta deles.

— *Magia de trevas e luz*, de Breen Siobhan Kelly, em breve em uma livraria perto de você.

— Gosto mais disso que do choro.

— Eu também.

— Mas eu lembro muito bem do que veio depois do choro, e acho que vale a pena repetir.

Com os braços e pernas de Breen em volta dele, Keegan foi em direção à casa.

— As malas você pode desfazer mais tarde.

— Posso — concordou ela.

E, já que ele havia esquecido, fez chover sobre suas flores e vasos enquanto entravam da cabana.

CAPÍTULO 28

Breen participou das reuniões do conselho do vale e trabalhou com Marg, Finola e outros nos planos para o festival. Cuidou de seus canteiros e terminou suas revisões (deu tudo certo!). E concentrou o tempo de escrita na próxima aventura de Porcaria.

Se as ideias para o novo livro gritavam em sua cabeça fora de hora, ela as jogava no papel – mas não se permitia mais que uma hora para isso.

Ela treinou duro e praticou seu ofício com Marg.

Com os dias cheios e cada vez mais longos, ela mal tinha um momento sem tarefas específicas a cumprir.

E abril virou maio.

As rachaduras de todos os portais haviam aumentado. Quase imperceptivelmente, havia dito Keegan, mas aumentaram.

Será que Odran ia esperar o solstício?, perguntava-se Breen. Ou chegaria mais cedo? Ou esperaria mais ainda?

Embora valorizasse cada dia, as chuvas e o sol da primavera, o céu claro até cada vez mais tarde em Talamh e na Irlanda, ela queria que tudo acabasse. De um jeito ou de outro, que acabasse.

Ela viu feéricos iniciando os trabalhos na casa de Marco e Brian. Eram muitos doando seu tempo e habilidades – e opiniões.

— Poderíamos ter terminado antes — disse Marg —, como fizemos com a sua, mas temos tempo suficiente, pois os dois dizem que vão ficar com você até acabarmos com Odran.

— Não importa se é rápido ou lento, será perfeita. Adorei a abertura que Seamus fez na cerca viva e o caramanchão. É como ir de uma terra de fadas para outra.

— Seamus leva jeito. — Satisfeita como Breen, Marg olhou para ele e para o alto arco onde rosas fúcsia e brancas se entrelaçavam. — E o perfume das rosas vai de uma para a outra. Suas plantas estão indo bem, *mo stór*. Você tem um jeito próprio.

— Adoro cultivar coisas. Herdei isso de você e de meu pai.

— O amor pela natureza, sim, mas essa forte conexão é coisa sua. Eu tenho um pouco, assim como Eian tinha, mas não é tão profunda quanto a sua. E esse cachorro, hein? Correndo de um lado para o outro, cheirando tudo...

— Ele adora ficar perto de nós. Todos os dias são uma festa para Porcaria. E, quando Morena ou Harken trazem Querida, é uma festa de amor. Ele vai ficar maluco quando puder correr de uma cabana para a outra.

— E na sua, *mo stór*, quer mudar alguma coisa? Isso pode ser feito com bastante facilidade.

— Eu adoro minha cabana, Nan. Desde o primeiro momento em que a vi, adorei. Nem sabia que era minha casa, mas era, e é.

— Sim, mas — ela pegou a mão de Breen e passaram de volta pelo arco — será que você não quer um lugar mais adequado para escrever, ou uma sala de leitura e para os livros?

Breen entrou na frente, deixando a porta aberta, como Marg fazia. Decidiu fazer um chá e servir uns biscoitos de Marco. Poderiam tomá-lo no pátio, ao ar quente, ouvindo toda a atividade do outro lado da cerca viva.

— Se quiser, é bem fácil. Talvez você sinta necessidade de mais um ou dois quartos.

— Vou ficar com o de Marco quando ele e Brian se mudarem.

— É verdade, mas talvez você queira mais de um. Quando tiver filhos. Acho que estou certa em pensar que você deseja ter filhos.

— Quero sim.

Ela esperava que ter filhos e uma vida inteira para criá-los e amá-los fizesse parte de seu destino.

— Mas não posso nem pensar nisso, Nan, enquanto Odran existir. Enquanto ele viver, um filho meu correria perigo. Se eu sobreviver...

— Ah, Breen...

— Faz parte. Se eu sobreviver e ele não, quero pensar em um futuro com filhos.

— Desculpe sua avó por ser enxerida... Você e Keegan conversaram sobre esse futuro?

— Não. — Breen pegou uma bandeja e começou a arrumar as coisas nela. — Não sei o que ele quer depois.

Ah, os jovens, pensou Marg, com um suspiro interior. Muitas vezes fazem as coisas devagar.

— E você não pergunta nem diz o que quer?

— Preciso saber que tenho um futuro, e depois posso perguntar ou dizer. Estou feliz como as coisas como estão, e isso conta muito.

— Sim, claro. Ah, mas do jeito que ele olha para você, minha querida...

— É mesmo?

Marg riu e bateu o dedo no rosto de Breen.

— Eu sei reconhecer um homem apaixonado, quer ele próprio saiba ou não. Então, para agradar a mim mesma, vou pensar em quartos para crianças e naquele verdadeiro espaço para escrita para minha adorável neta escritora. — Ela entrou na sala de jantar. — Ah, e uma espécie de terraço de vidro, para que ela possa mexer com as plantas no quentinho durante os frios invernos.

— Ah, isso é... — controlando-se, Breen ergueu a bandeja — ...sedutor, como você pretendia. Mas vamos esperar. Temos um grande festival para organizar.

— É verdade, e veja só, Finola e Morena chegaram cedo, para ajudar a fazer exatamente isso.

Breen baixou a bandeja de novo.

— Vou pegar mais canecas.

Porcaria disparou pelo caramanchão, visivelmente enlouquecido com a chegada de mais gente. Foi recebido com festa, e Finola lhe deu algo que tirou da cesta que carregava.

— Que dia adorável! Ah, e essas plantas! — Quase tão entusiasmada quanto Porcaria, Finola sorria para todos os lados. — Breen, sem dúvida você tem mãos de *sidhe* para plantas — disse quando Breen chegou com a bandeja.

A própria Finola parecia uma flor com sua legging rosa e uma longa camisa branca de botões rosa.

— Seamus é um professor paciente e maravilhoso. Está muito barulho aqui por causa da obra? Podemos levar isto para dentro.

— Não em um dia como este. Eu trouxe um queijo muito bom da fazenda e um pão que fiz esta manhã — disse Finola, e tirou tudo da cesta. — E algumas ideias para o festival. Vamos discutir isso entre nós quatro antes de contar aos outros, certo?

— Com tudo já definido, como diz Nan, vamos economizar tempo e, mais que isso, o trabalho de discutir — Morena pegou um biscoito. — Ela só não quer Jack e a irmã dele, Nelly, dando palpite enquanto tudo é só ideia.

— É verdade. Vamos passar esta parte deste dia lindo trabalhando nisso, e depois Marg levará o que decidirmos a Michael Maguire e Dek, dos *trolls*.

— Puxa, Fi, logo você, minha amiga de tantos anos, vai me delegar uma tarefa dessas!

— Nenhum deles iria contra Mairghread O'Ceallaigh, e nenhum deles deixaria de argumentar até a morte comigo.

— Especialmente Nelly — acrescentou Morena. — É a bisavó de Mina, Breen, a jovem elfa que administra os campos e bosques com seus amigos.

Depois de colocar um pouco de queijo em um pedaço de pão, Finola agitou as mãos.

— Três anos atrás, em uma feira do vale, minha torta de pêssego ganhou o prêmio, e ela nunca esquecerá que eu a derrotei.

— E a sua geleia de ameixa superou a dela também — lembrou Marg.

— É verdade, mas não sou de me gabar. — Rindo, Finola passou a mão pelo cabelo castanho de corte atrevido. — Com certeza vamos ter concursos de confeitaria no festival, e eu com certeza receio que todos nós vamos perder para nosso lindo Marco. Ele está aí?

— Está aprendendo a não martelar o dedo ao bater um prego.

Finola sorriu para Breen, mostrando suas covinhas.

— Vou passar lá para dizer olá e ver como andam as coisas. E agradar meus olhos olhando todos aqueles homens de martelo na mão.

— Não que não vá agradar os olhos — disse Morena quando Finola se afastou —, mas ela saiu porque quer nos dar tempo para falar sobre o que não podemos falar na frente dela. Marg, acha mesmo que é seguro falar aqui?

— Odran não pode ver nem ouvir nada do que é feito ou dito na Cabana Feérica nem no terreno. Nós cuidamos disso com camadas de vigilância.

— Tomamos cuidado com o que falamos na fazenda, e, quando fazemos as reuniões do conselho, bloqueamos tudo. Sabe, não sei se posso senti-lo observando ou se minha mente está me pregando uma peça. Ele tem que saber que Shana falhou. — Breen olhou para a floresta. — Não sei se ele esperava que ela conseguisse, mas já faz semanas, então ele sabe. E as rachaduras estão aumentando um pouco mais a cada dia.

— Com a magia sombria de Yseult somada à dele, ele vai espiar pelas rachaduras, pelo vidro, pelo fogo e o nevoeiro. Mas o que ele vai ver? — perguntou Marg.

— Talamh — respondeu Breen. — A preparação dos festivais para celebrar o solstício e o retorno da Filha. Aparentemente mais preocupada com a diversão que com qualquer ameaça durante três dias. E guerreiros competindo em feitos de habilidade e força, e não treinando.

— E os feéricos — finalizou Morena — dançando e festejando e prontos para a fogueira do solstício.

— Ele não nos conhece — disse Marg, ouvindo as risadas, as batidas e o movimento atrás da cerca viva. — Em todos esses anos ele nunca soube, e nunca saberá, quem somos e o que faremos para proteger este mundo. Ele mandou aquela jovem malvada para derrubar nosso *taoiseach*, acreditando que, se ela enfiasse aquela lâmina envenenada em Keegan, toda Talamh cairia no caos, medo e desespero. Agradeço todos os dias por ela ter falhado, e não consigo sentir tristeza por sua morte. Os pais dela já estão sofrendo. — Pousou a mão sobre a de Breen. — Convencer Keegan a não contar foi uma gentileza para com eles. Mas, se Keegan houvesse caído naquele dia, no caminho entre os mundos, Odran não teria encontrado caos, medo e desespero.

— Só raiva e força — acrescentou Morena. — Nós encontramos e alimentamos a força mesmo de luto. E ela falou a Keegan, em sua bravata louca, sobre vinhas vermelhas. Nós conhecemos esse mundo e o mapeamos, como fizemos com o de gelo com sua luz abrasadora e seu portal que o conecta a este. Conhecemos o calor e o frio, e o portal que solta fumaça pelo confronto entre eles.

— Sedric voltou hoje para caçar e para ver mais uma vez o portal que deve ligar o mundo de Odran ao das videiras vermelhas.

Breen virou a mão sob a de Marg para segurá-la.

— Você não disse que ele tinha ido de novo.

— Não foi sozinho. Três foram com ele.

— Mas você está preocupada.

— Amor é preocupação. Ele me disse que é um mundo pequeno, com um calor úmido e brutal, vinhas grossas e pântanos. Tem um sol vermelho e uma única lua, pequena e nebulosa. Ele jura que vão encontrá-lo desta vez, pois já cobriram a maior parte da área nas outras.

— Eles vão selar o portal? — perguntou Morena.

— Keegan disse que não. Vão montar uma armadilha.

Enquanto falava, Breen olhava para o caramanchão, pois sabia que Finola não deveria ouvir isso.

— É o portal de conexão que eles vão selar, quando tiverem certeza de que foi por onde Shana passou.

— Ah, entendi, entendi. — Morena provou o queijo. — E assim eles não terão como passar.

— E, além disso, vão ativar as armadilhas. Quando eles vierem e nós soubermos, selaremos o caminho de volta. Ando trabalhando no feitiço para isso — disse Marg. — E, com o dom de Sedric, podemos fazer isso. Não haverá caminho para trás nem para a frente para aqueles que ele enviar por esse portal.

— Eles levariam dias para chegar aqui por esse caminho, Nan. E você protege este lado, pois os servidores de Odran atacariam aqui. Keegan e seus estudiosos acreditam que ela entrou na Escócia pelo Mundo do Gelo, e de lá na Irlanda e nos bosques.

— Os feéricos prometem proteger a todos, e assim faremos. Eu me preocupo, claro. Sedric não divide comigo só minha cama, divide também meu mundo inteiro. Na verdade, ele deu vida ao meu coração de novo. Mas ele é esperto como um gato, por isso tenho certeza de que voltará para mim e estará comigo quando celebrarmos o fim de Odran. Morena querida, vá buscar sua avó. Vamos falar do festival e de diversão...

e, pelos deuses, das dores de cabeça decorrentes da diversão. E falaremos das defesas que mantemos em segredo, pois Talamh inteira deve saber.

Enquanto planejavam o festival e a diversão, Breen pensava que a parte mais complexa da logística bem que poderia não existir. Mas toda competição e jogo para os jovens e os não tão jovens continha uma defesa ou um ataque, ou ambos.

Toda mesa, coberta com uma linda toalha e cheia de comida para os banquetes ou prêmios para os vencedores, teria armas escondidas embaixo dos panos coloridos. Todos os que participassem de competições de habilidade e força estariam preparados para usar o arco, o machado, a clava, o poder e a força para lutar contra o que aparecesse.

Todos os que dançassem ao som da flauta sob a luz do sol e da lua, em Talamh inteira, entrariam na batalha ao primeiro som de alarme.

Camadas de proteção não permitiriam que Odran visse essas tramas e planos, mas também não permitiriam que Breen visse o mundo dele da cabana, nem em sonhos.

Mas ela o sentia empurrando, fazendo o que podia para queimar essas camadas.

— Sim, ele está empurrando — disse Keegan enquanto voltavam pela floresta depois de uma maratona de treinamento que a deixou arrebentada. — Isso é pelo que você chamaria de ego, não é? Ele pensa, "Ah, eles não vão esconder nada de mim".

— Mas será que ele não está se perguntando por que foi bloqueado?

Porcaria chegou com um graveto, e Keegan o jogou longe para ele.

— E, como eu disse antes, é por isso que pedimos a Marg para fazer o feitiço. Sua avó se preocupa com você, ainda mais depois que Shana quase conseguiu chegar até sua porta. E, se ele quiser saber de você, poderá senti-la em Talamh todos os dias na preparação do festival.

Ele parou para pegar o graveto que Porcaria havia levado de volta e o jogou mais longe. Atirou-o no riacho, para distrair o cachorro.

— Não só no vale, mas em todos os lugares aonde vou, tenho que ouvir discussões sobre as cores das bandeiras e bandeirinhas, se haverá corrida de cavalos aqui ou ali, quantos pirulitos serão necessários para as crianças... E que, se houver uma flecha de ouro como prêmio para o concurso de arco e flecha, tem que haver uma lança de ouro para o concurso de arremesso etc. etc.

— Essas coisas são importantes, quase tanto quanto as armas que você vai esconder, a maneira como vai distribuir seus guerreiros e a armadilha que colocou entre os mundos pelos quais Shana passou.

— Isso foi ideia de Sedric. Ele tem uma mente aguçada e astuta.

— E uma visão de mundo ampla. Quanto mal Odran não teria causado neste lado, mesmo que só com dois fiéis atacando aqui enquanto os outros atacariam Talamh?

— Mas agora eles vão viver seus dias, consideravelmente encurtados, entre as vinhas, os pântanos e o calor úmido.

— Vão se virar uns contra os outros — acrescentou ela. — Essa é a natureza das trevas.

Quando saíram da floresta, ele ficou de frente para ela.

— Acho isso uma inversão das coisas.

— Como assim?

— Você tendo que pensar sobre as trevas. Esse é meu lugar habitual, mas você trocou nossos lugares.

— E o que você pensa?

Ele foi indo para a baía, pois Porcaria já havia corrido para lá, e ela o acompanhou.

— Que chegou a hora de acabar com isso, e temos um plano para fazer exatamente isso. Armas e todas as forças que você tem para acabar com tudo. Meu pai morreu tentando, assim como o seu e inúmeros outros desde que a primeira música ou história de Odran chegou a Talamh. Nunca conseguimos acabar com ele, e não foi por falta de coragem, poder ou união. Com tudo isso, nós lutamos contra ele. Tivemos momentos de sossego e paz, mas nunca conseguimos enfiar uma lâmina no coração sombrio dele e matá-lo. Então, ele se fortaleceu e recuperou o brilho do castelo sombrio dele, que haviam virado ruínas. Roubou nossos filhos e os matou em seu altar, e os arrastou para o mundo dele como escravos.

— São pensamentos muito sinistros.

Keegan assentiu, vendo Porcaria nadar e espirrar água.

— Assim tem sido. Mantemos nosso mundo em paz com nossas leis e caminhos. — Ele olhou para ela. — Os caminhos da magia, Breen Siobhan Kelly.

— Eu sei.

— Ele quer nos destruir porque só vê o poder aqui.

— Ele vê o poder como uma torta, como algumas pessoas veem o amor.

Curioso, ele se voltou para ela.

— Como uma torta?

— É, uma torta. Se uma pessoa pega um pedaço, sobra menos para você. Como não acredita nem entende que o poder, assim como o amor, é infinito, que só cresce quando compartilhado, ele o cobiça.

— Uma torta — repetiu Keegan. — Bela analogia. Mas agora vamos acabar com Odran, e ele não terá o que vê como um pedaço da torta. Nem neste mundo nem em nenhum outro. Vamos acabar com ele desta vez, *mo bandia*, para sempre. Sinto isso de uma maneira que nunca senti. Por isso, meus pensamentos não são tão sombrios. A luz está chegando.

— No dia mais longo do ano.

— Em breve vamos saber. Seu cachorro teve uma boa ideia. Dar um mergulho na baía é uma boa maneira de encerrar um dia de maio depois de um treinamento leve.

— Você chama aquilo de leve?

— Sim, foi leve. Se eu pegar leve e Odran vir, verá que você se cansa rápido e cai, e pensará que você tem pouca habilidade.

— Merda! Vou encerrar meu dia com um longo banho quente e uma taça de vinho.

— Mas você não vai precisar de banho depois de nadar.

Ele a pegou e a jogou tão facilmente quanto havia jogado o graveto. Ela só conseguiu praguejar, atordoada, antes de atingir a água.

Encharcada, ela subiu, ficando com a água quase até a cintura. Porcaria nadava em círculos, feliz, ao redor dela, e Keegan estava na margem, sorrindo.

— Jesus! Como os homens são infantis! — disse, e jogou seu cabelo molhado para trás.

— Você pode achar isso, mas eu estou olhando para uma mulher molhada, com as roupas coladas no corpo; roupas que, devo frisar, não tirei sem sua permissão. E meus pensamentos não são nada infantis.

— Ah, que ótimo! Então me jogou na água totalmente vestida. E está gelada!

— Nade.

Ele se despiu com um movimento de mãos e entrou.

— É só nadar.

— Minha bunda.

— Tenho um grande carinho por essa parte sua.

— Pois vai vê-la ir embora. Vou entrar.

— Ah, *mo bandia*, nade comigo um pouco nesta noite clara de primavera.

Ele a abraçou pela cintura e a puxou até fazê-la boiar.

— O que você acha de tirarmos essa roupa e a jogarmos com a minha? Com sua permissão, é claro.

— Não vou nadar pelada na baía. Marco e Brian estão na cabana, saíram antes de nós. E a água está gelada!

— Se nadar, vai esquentar rápido. — Ele girou o dedo no alto e conjurou uma névoa. — E pronto, viu? É como uma cortina. Vamos tirar essas suas roupas molhadas e as botas encharcadas e deixar secando na margem.

Ele a beijava enquanto falava, enquanto a abraçava, já pele com pele.

— Seu corpo não acende o sangue dos que estão na cabana como faz com o meu. Mas eles são homens, e amantes, e provavelmente suspeitarão do que está acontecendo dentro desta névoa.

— Estamos nadando.

— Sim, mas depois, se quiser. Quero afastar esses pensamentos sombrios de você.

— Talvez nos afoguemos.

— Há uma parte de sereiano em mim, e eu andei treinando. Vou lhe mostrar.

Ele beijou a testa, o queixo, os lábios dela.

E entrou nela.

— Entregue-se a mim, Breen Siobhan. Nas águas e nas brumas, entregue-se a mim.

Ele a embalou nas águas e nas brumas, devagar, e ela flutuou. E se entregou a ele.

E, quando ele a levou para baixo, não sentiu pânico, só o prazer das mãos dele sobre seu corpo. Da boca de Keegan, colada na dela, respirando nela.

Embaixo da água, com o sol brilhando na superfície e as brumas subindo, ele a possuiu, tomou tudo que queria. Quando ela gozou, não pensou em nada, só sentiu as sensações que corriam por sua pele e por baixo dela, só o calor que a fazia explodir.

Ele subiu, ainda colado, agarrado nela.

Ela sentiu a corrente de ar, o movimento da névoa, o balanço da água. E ele. Keegan.

Quando chegou ao clímax de novo, ele gozou junto. E flutuaram juntos.

Breen já não podia dizer que estava com frio.

— Andou treinando isso?

Ele riu.

— Não tudo isso, mas andei imaginando. Estou testando quanto tempo consigo ficar embaixo d'água, e é cada vez mais. Mais tempo agora que no dia em que peguei a espada, e naquele dia, a água estava encantada para isso. Não sou tão rápido quanto um sereiano na água, ou como um elfo na terra, mas sou mais rápido do que era antes de desenvolver o dom. Foi um belo treino — disse. — Mas isso com você é uma coisa diferente, um dom diferente.

Keegan dispensou as brumas para que ela visse Porcaria em terra, e ela viu que estavam muito longe quando ele pulou de novo.

— Estamos muito longe. — Sentiu uma pontada de pânico. — Longe demais para ele nadar.

— Porcaria é um cão d'água, mas vamos até ele. Estou aqui se você se cansar, mas sei, pelo rio perto da cachoeira, que você é uma nadadora resistente. Eu apostaria uma corrida com você, mas não seria justo.

— Então me dê uma vantagem.

Ela mirou na costa e pensou que podia atravessar a água facilmente. No instante em que alcançou o cachorro, viu Keegan nadando atrás, rápido como um peixe.

— Você poderia me puxar — disse a Porcaria —, já que ele está ocupado se exibindo.

Até que ela sentiu seus pés tocando o fundo. Caminhando na água, ela chamou Keegan, já em terra.

— Seria uma boa aquela névoa de novo antes de eu sair.

— A filha do homem que há em você se preocupa demais com a nudez.

Ele não se preocupava, como ela podia ver; andava nu, com aquele corpo de guerreiro molhado e brilhando ao sol da tarde.

Ela mesma puxou a névoa antes de sair da água.

Passou as mãos pelo cabelo para secá-lo enquanto Keegan secava Porcaria. Enquanto se vestiam, ela o observava.

— Você acredita no que disse antes? Que desta vez tudo vai acabar para sempre?

— Acredito. Como acredito que ninguém pedirá que você sacrifique sua vida para acabar com ele.

— Por que você acha isso?

Ele deu de ombros.

— Porque não é assim que acaba.

— E como acaba?

— Com Odran destruído, com Talamh em paz, com você vivendo contente em sua cabana e escrevendo suas histórias, com Porcaria cochilando perto da lareira, com Brian e Marco logo ali. Com você entrando pelo portal de Talamh quando quiser.

A cabana dela... isso foi um golpe forte. Dela, não deles.

— É um final feliz.

— Não para Odran. Mas para todos nós, por que não deveria ser? Você é a chave, e, quando abrir a fechadura, estará feito. Lutaremos para que você possa fazer isso, e alguns cairão. Mas só. É nisso que eu acredito, Breen. E acreditar é o que torna a magia forte. Então, acredite.

— Vou trabalhar nisso.

Ela queria dizer que o amava, mas se conteve. Não por medo, percebeu, mas pela mesma razão que teve que o impedir de contar aos pais de Shana sobre a morte da filha.

De que adiantaria se, no fim, acreditar não fosse suficiente? Se ela caísse, seria muito mais difícil para ele aceitar se soubesse tudo que ela sentia, tudo que queria, tudo que esperava.

— Vou trabalhar nisso — repetiu, e pegou a mão dele.

CAPÍTULO 29

A primavera chegou depressa. Breen lembrou que, em sua vida antiga, maio se arrastava, e as últimas semanas de aula antes das férias de verão pareciam intermináveis. Agora, o tempo corria como um elfo. Por mais que ela tentasse segurar cada dia, um simplesmente passava para o seguinte.

Junho chegou provocando nela um constante conflito interno. Por mais que quisesse tudo, chance de viver uma vida sem medo e ameaças, tinha receio do que viria.

Do que tinha que vir.

Ela recordou a si mesma que havia vivido um ano repleto de maravilhas, de amor e descoberta, de sonhos se concretizando. Se não pudesse ter mais que esse ano, tinha que bastar.

Ela ainda olhava, procurava, no fogo e na fumaça, no tremeluzir da chama de uma vela, no globo, em seus sonhos.

Mas as visões continuavam caladas, silenciosas e secretas.

Ela trabalhava na horta, sentia verdadeira alegria vendo as flores desabrocharem, limpando os canteiros, plantando batatas e aprendendo a pôr estacas nos tomates.

Ela escrevia, e isso se tornou uma espécie de fuga. Terminou mais um livro sobre Porcaria e se obrigou a mandá-lo para Nova York.

Como queria desesperadamente essa fuga, ela mal respirou antes de começar o seguinte. E isso lhe deu esperanças de que viveria para terminá-lo.

Viveria a maravilha de uma vida em dois mundos.

Ela treinou, e suas dores e hematomas eram a prova que de leves seus treinamentos não tinham nada. Praticou com Marg e sozinha. Cada habilidade que aprendia, cada uma que aperfeiçoava, a deixava mais forte.

Também ajudou no planejamento e preparação do festival.

E então, de repente, o tempo de planejamento e preparação acabou.

Breen não atendeu ao pedido de Marco de usar um dos vestidos de verão que ele a convencera a comprar em Nova York. Se tivesse que lutar até a morte, não seria usando um vestidinho.

Além disso, e ele concordou, a espada no flanco estragaria o look.

— Espero que o sol esteja brilhando por lá.

Marco já havia entregado suas contribuições – um presunto com mel e caixas de pães e doces que Brian carregara –, e ainda estava levando mais.

— Sim.

— Sim o quê?

— O sol. Está um dia lindo em Talamh.

— Como você sabe? Espere aí! Você viu daqui? — Revirando os olhos, ele lhe deu uma cotovelada. — Por que diabos não me disse isso antes?

— Assim que percebi que conseguia ver, também percebi que gostava da surpresa de não saber, por isso não olhei. Mas olhei hoje.

— Menina, tire meus óculos escuros de meu bolso e os coloque neste meu rosto bonito.

Como ela estava carregando menos coisas que ele, obedeceu.

Ele havia prendido as tranças com uma faixa vermelha de couro que combinava com sua camiseta e os tênis de cano alto. Os tênis tinham cadarços prateados que combinavam com o cinto e o brinco.

Havia colocado fitas cor de arco-íris no topete de Porcaria, e o cachorro parecia bem satisfeito.

Também havia se inscrito em concursos – para o desse dia, tinha torta de cereja e de morango –, e ficaria em uma barraca trocando doces quando não estivesse trabalhando no júri das geleias de frutas ou como coordenador de duas corridas para crianças pequenas.

E ele e Breen – visto que ele não aceitara um não como resposta – também ajudariam a proporcionar entretenimento musical.

Marco abraçou totalmente a vida em Talamh e a comunidade do vale, pensou Breen.

— Brian vai sair do portal daqui a pouco. Vai participar da competição de arco e flecha, e tenho que estar lá para torcer por ele. Você sabe que precisei incentivá-lo muito para ele entrar.

— Eu sei, e você fez bem. Manter-se ocupado ajuda a aplacar a tristeza. Sei que será difícil para ele ver os cavaleiros de dragão fazendo seus truques aéreos.

— Pensei que podíamos plantar algo em casa em homenagem a Hero. Uma árvore bonita, sei lá; mas não sei se isso só o fará recordar para sempre.

— Acho que é perfeito, Marco, e, com o tempo, a lembrança será um conforto.

Ela não precisava olhá-lo nos olhos para ver a preocupação que escondiam.

— Acha mesmo?

— De verdade. Uma árvore bonita com um banco embaixo. Um dos pedreiros poderia fazer um desenho de dragão.

— Um desenho de dragão — murmurou. — Isso! Legal, Breen, obrigado.

Quando chegou à árvore, ele mudou as caixas de mão.

— Pronta para começar o festival em sua homenagem?

— Não tanto quanto você, mas estou pronta.

E chegaram à prometida luz do sol e das cores.

Quanta cor!, pensou Breen. Ela havia ajudado com os cartazes, bandeiras, barracas, e as cordas com bandeirinhas brilhantes para dividir os campos em áreas de competição. Mesmo assim, ficou deslumbrada.

Fogueiras ardiam, e a fumaça carregava o cheiro de carne assada. Barracas com seus lindos toldos exibiam pães e doces, frutas, legumes e artesanato.

Uma malabarista estava dançando pela estrada, depois abriu as asas azuis e levou sua performance para o ar. As crianças se aglomeravam, já segurando pirulitos, ou mastigando biscoitos, ou girando argolas em palitos.

Mas ela viu, conforme o planejado, pelo menos três adultos sempre junto com os grupos de crianças. Guerreiros andavam por ali casualmente, junto com fazendeiros, artesãos, camponeses, mas ela sabia que todos estariam preparados se esse fosse o dia.

— Nossa, que lindo! É como um set de filmagem. Escute essa flauta, Breen. É aquela garota que está tocando!

Algumas mulheres usavam vestidos tão brilhantes quanto as bandeiras, outras haviam optado por calças, e outras, como Breen, por leggings – porque lhe permitiria mais movimento caso houvesse uma batalha, pensara quando se vestira. Mas, agora, sentia um desejo puramente feminino de sentir a leveza daquele vestido de verão.

Ela foi indo com Marco e liberou Porcaria. Ele pulou o muro para encontrar Querida, enfeitada com fitas e sininhos.

Finola correu para eles.

— Chegaram! E com mais mimos. Marco, colocamos os biscoitos que você mandou por Brian e não sobraram nem farelos.

— Jura? Eu trouxe mais.

— Eu negociei por você, espero que fique satisfeito. Queremos levar sua torta e seu bolo direto para a área do concurso, pois o julgamento vai começar mais ou menos daqui a uma hora.

Foi levando os dois, apressada, por entre a multidão.

— Vocês perderam a primeira competição de força. Loga ganhou, conforme o esperado, mas o jovem Ban lhe deu trabalho. Ele e mais três passaram para a próxima etapa.

— Sula está aqui? — perguntou Breen.

— Sim, e torcendo por seu companheiro com o bebê no *sling* às costas. Com apenas um mês de idade, a pequena Breen dos *trolls* já parece forte o suficiente para competir sozinha. — Ela parou e uniu as mãos. — É aqui que vamos colocar você, Marco; é um lugar movimentado, como eu disse. E você pode ver os arqueiros daqui quando a competição começar. Gostei dos toldos vermelhos e brancos que nós escolhemos. Ficaram muito bonitos.

— Você também — disse Marco, e recebeu um olhar de flerte em resposta.

— Eu me sentia rosa, por isso me vesti assim. — Ela deu uma voltinha, fazendo seu vestido rosa-claro girar ao redor de seus joelhos. — Que lindo dia! Sentimos falta de Keegan, claro, mas como *taoiseach*, ele é obrigado a abrir o festival da Capital. Mas não faltarão parceiros de dança esta noite, Breen.

Breen apenas sorriu e foi para trás da barraca.

— Leve suas guloseimas para a barraca do concurso, Marco. Vou ver o que você trouxe para reabastecer a barraca, isso se você confiar em mim para negociar.

— Você não se importa?

— Nem um pouco. A vista daqui é ótima. Artigos de primeira, digamos. — Finola deu uma piscadinha. — E chegou Morena para ajudar.

Ninguém a deixaria sozinha, Breen sabia disso. Fazia parte do planejamento ela ter alguém ao seu lado e segui-la quando atravessasse de novo.

Morena havia feito três tranças que, presas no alto, faziam chacoalhar guizos e caíam por suas costas; e estava de legging, como Breen, mas com uma camisa rodada de tons de roxo. Carregava uma espada curta, e Breen sabia que ela tinha uma adaga na bota.

— Graças aos deuses você trouxe mais. Os *trolls* praticamente limparam a barraca, Marco, antes de alguém mais ter a chance de provar. Breen e eu assumimos aqui enquanto você leva o restante para o concurso.

— Obrigado. Eu volto depois!

Morena entrou na barraca e olhou para baixo. Embaixo da mesa havia espadas, arcos e aljavas.

— Começamos bem — disse. — Os pequeninos estão enlouquecidos com tudo isso. Aisling está ocupada separando as crianças em grupos para os jogos, ela é boa nisso. Harken está lá embaixo, está vendo? Ele também está ocupado ajudando com os passeios nos pôneis e organizando a corrida de cavalos de hoje. A linha de partida é perto da casa de Marg.

Ela abria as caixas de biscoitos enquanto falava.

— Marg, que está mais perto da cabana de Nan, está ajudando com a lã, blusas, bonés, cachecóis e tal. Eu tosquiei mais ovelhas do que imaginava nesta primavera.

Ela estava informando onde todos estavam, notou Breen.

— Vou ter que ver isso; não o processo, não sei tricotar, mas as blusas e tudo mais. Sedric está com ela?

— Está perto, na barraca de pães e doces que ele fez. A competição será acirrada, com certeza.

Conversavam como duas amigas sem preocupação nenhuma no mundo, e em pouco tempo já tinham clientes. Como Morena provou-se melhor negociadora, Breen a deixou comandar o show e ela embrulhava a mercadoria.

— Ouvi dizer que Tarryn virá amanhã com alguns cavaleiros de dragão — prosseguiu Morena. — Ficará um pouco com a família. Keegan vai visitar os festivais da região central hoje depois de passar a manhã na Capital, e depois vai para o norte, o sul, o extremo oeste, e volta ao vale para o solstício.

Ela sabia de tudo isso, claro, mas era reconfortante ouvir.

— Lamento que sua família não possa vir para ver como está tudo lindo no vale.

— Eles têm mais que o suficiente para se ocupar lá na Capital.

E a Capital exigia guerreiros de prontidão e outros para manter os jovens seguros.

Mas Breen não sentia nenhuma ameaça ali. Ali era tudo emoção e cor, um festival alegre, onde os pais carregavam os filhos nos ombros, as pessoas aplaudiam e ovacionavam nos concursos, casais passeavam de mãos dadas e as bandeiras e bandeirinhas balançavam na brisa quente.

No meio da tarde, Marco estava andando de um lado para o outro com sua fita de sininhos na manga.

— Sedric me derrotou na torta, mas ninguém supera meu bolo de morango. Esse vai para o livro, com certeza. — Ele passou o braço pelos ombros de Breen e foi com ela assistir às primeiras competições de arco e flecha. — Como vai, minha querida?

— Absolutamente bem, mesmo sabendo que vou ter que lavar muita louça ainda, porque não sobrou nenhum biscoito nem torta.

— Vou fazer pão de soda para o concurso de amanhã. Não tem como vencer Finola, mas tenho que tentar.

Eles viram Brian e Morena passarem para a próxima etapa. Breen riu até ficar com dor nas costas vendo as crianças nas corridas de saco. Aplaudiu com os outros quando Harken sinalizou o início da corrida de cavalos e os animais e seus cavaleiros saíram trovejando pela estrada.

Com Marg, ela visitou as barracas e fez trocas.

Cantou com Marco enquanto a tarde se transformava em noite, e dançou com Sedric, com Brian, e com Kavan, sonolento, que descansou a cabeça em seu ombro.

E, quando o sol se pôs, depois do longo dia, o fogo foi aceso.

Finian pegou a mão dela.

— Minha mãe disse que podemos ficar só mais uns minutinhos.

Ela viu Kavan dormindo nos braços de Mahon, e Kelly no *sling* com Aisling.

— Haverá mais diversão e jogos amanhã.

— Os dragões vão se exibir amanhã. Sonhei com meu dragão de novo, aquele que você disse que montarei um dia.

— É mesmo?

Ele estava morrendo de sono, por isso ela o pegou no colo para que descansasse.

— Acha que será logo? Sei montar meu cavalo muito bem, mas papai disse que para as corridas ainda não.

— Creio que vai ser antes do que você pensa, mas não tão cedo quanto você quer. Ele ainda precisa da mãe dele.

— Você o curou naquele dia. Eu senti — disse ele, com os olhos já meio fechados. — Os das trevas o machucaram e a luz dele quase se apagou. Mas você o encontrou e o fortaleceu de novo.

— Você sentiu ou viu?

— Os dois. Você acha que eu poderia voar com você e Porcaria em seu dragão, um dia?

— Se sua mãe deixar...

Ela foi levá-lo para Aisling, e então viu. No fogo e na fumaça.

Viu o mundo de Odran, viu-se nele. O céu terrível, o mar revolto, o castelo sombrio, os penhascos recortados.

Ela estava ali com Odran, com sua espada manchada de sangue, e os cabelos dourados dele esvoaçavam ao vento selvagem que ele conjurara.

No fogo, ela viu a escolha que fez. E o fim de tudo.

— Eu vi você — murmurou Finian, e bocejou, aninhando-se nela. — Eu vi você lá. Onde era? Não conheço aquele lugar. E não era bom. Eu sei, mas não estava muito claro. Você deveria ficar aqui conosco, no vale, onde é bom.

Finian havia visto porque ela vira, e porque os poderes dele aumentavam cada vez mais. Mas ele era uma criança, ainda não tinha quatro anos, não deveria ver lugares sombrios.

— Voltarei ao vale amanhã.

Ela virou a cabeça, deu um beijo nos cabelos dele e lhe enviou bons sonhos.

Ele dormia como dormem as crianças, confiantes e profundamente. Breen o levou para os pais e viu os dois levando seus três filhos para a cama.

— Não me diga que você já quer ir embora.

Ela se voltou para Marco.

— Quem disse isso?

— É que normalmente...

— Eu queria saber por que você não está dançando comigo.

— Ah, não seja por isso!

Ele a pegou pela mão e a levou para longe do fogo e das visões, e os dois dançaram.

Ela não sonhou naquela noite e afastou os sonhos que queriam se infiltrar naquela hora frágil antes do amanhecer.

Levantou cedo e deixou Porcaria sair para nadar. Jogou luz, que se juntou à dos duendes, e olhou seu jardim. Foi até o caramanchão para admirar o progresso na casa de Marco.

Paredes amarelas como narcisos, como ele escolhera. Porque seriam alegres mesmo em dias mais nublados. Ela o imaginou ali, trabalhando na cozinha, ou na sala de música que teria.

Quantas mudanças em um ano! E mudanças maravilhosas.

Entrou em casa e escreveu um texto para blog, sobre os jardins, a cabana de Marco, e todas as dádivas recebidas em um único ano de sua vida.

Marco também acordou cedo e foi para o fogão. Brian lhe deu um beijo de despedida e Breen foi encarar os pratos e panelas.

Mais uma vez, carregaram caixas para Talamh.

Ela ficou na barraca com ele, enquanto observava Morena dando aulas de falcoaria. Observou os dragões e cavaleiros chegando do leste, e realizou o desejo de Finian e voou com ele para encontrá-los.

— Você me viu, vovó, você me viu?

Quando pousaram de novo, ele correu para Tarryn.

— Claro que vi, voando como o vento. E agradeceu a Breen por levá-lo?

— Agradeci, mas obrigado de novo. Venha me ver ganhar um prêmio lançando a bola!

— Já vou. — Tarryn estendeu as mãos para Breen enquanto Finian corria para longe. — Você colocou luz nos olhos dele.

— Acho que foi Lonrach.

— Você e ele são um só. Estou tão feliz por estar no vale! O festival na Capital é glorioso, mas eu estava ansiosa para passar um tempo aqui. Está gostando de tudo?

— De cada minuto. Minga não veio?

— Desta vez não. Ela é necessária onde está. Assim como Keegan, receio. Mas você o verá aqui amanhã.

No dia seguinte, ela pensou, e viu Finian ganhar seu prêmio, e Morena e Brian passarem para a etapa seguinte. Sentou com Marg em uma mureta e comeu tortas de carne com especiarias.

O pão de soda de Marco perdeu para Finola, mas a torta de merengue de limão venceu.

— Veja só, duas fitas? — Marg soltou um suspiro fingido. — Está nos fazendo passar vergonha, Marco.

— Espere até ver meu clássico bolo inglês amanhã — disse ele, feliz e entusiasmado. — E, por falar em amanhã, tenho que torcer por Brian, porque é amor verdadeiro. Você, Breen, tem que torcer por Morena. Queremos que um deles ganhe aquela flecha dourada. Ainda bem que Keegan não está aqui e nem pode competir. Desvantagens de ser *taoiseach*. Brian disse que ninguém o derrota com um arco. Além disso, você teria que torcer por ele, porque é amor verdadeiro. E nem tente negar.

Ela deu de ombros, e logo percebeu que esse era o movimento de Keegan.

— Solidariedade feminina — disse Marco, balançando as sobrancelhas e dando uma cotovelada em Marg. — E ela não negou.

Ela curtiu cada minuto, mas achou que outro dia passou depressa e as luas nasceram cedo demais.

E, quando amanheceu o dia mais longo do ano, ela estava em Talamh vendo a luz chegar, ouvindo as pedras cantarem.

Sentindo as magias subirem.

Não poderia ter pedido nada mais bonito, nem um sinal mais forte de que fizera a escolha certa. Só podia desejar que, quando o dia mais longo do ano chegasse de novo, trouxesse a luz e as pedras cantassem.

Marco, como sempre, assumiu a cozinha da fazenda e fez um grande café da manhã de solstício. Sentou-se à mesa com tantas pessoas que amava, ouvindo as vozes, olhando os rostos.

Não, ela não poderia ter pedido mais nada.

— Este é o grande dia — disse Marco enquanto voltavam para Talamh depois de pegar a última montanha de pães e doces na cabana. — E sabe de uma coisa? Talvez seja exatamente isso que deveria ser: só uma celebração. Ninguém viu nenhum sinal da última dupla, não é?

— Por favor, não conte com isso, Marco. Você precisa estar preparado.

— Estou preparado. Estou pronto para ganhar minha terceira fita, porque ninguém em nenhum lugar provou um bolo inglês melhor que o meu.

— Não posso contestar, porque já comi seu bolo inglês.

— Você está absolutamente certa! E estou preparado para lutar contra aquele psicopata se ele tentar estragar tudo. Estamos do seu lado, Breen, hoje e sempre.

Atravessaram.

— Ainda bem que chegamos mais cedo hoje — disse. — Quero ver se Loga ganha o campeonato. Veja esses malabaristas, jogando tochas de um lado para o outro lá em cima! Não ficam devendo nada para o Cirque du Soleil.

Ela foi com ele até a barraca.

— Esta é sua casa agora, assim como será sua cabana. Nós dois acabamos vivendo em dois mundos, Marco, sendo que, na maior parte da vida, nunca nos encaixamos sequer em um.

— Só com Sally.

— Sim, só com Sally.

— Vejo sua preocupação bem aqui. — Ele bateu o dedo entre as sobrancelhas dela. — Você... — Ele parou e sorriu. Virou Breen e apontou para cima. — Olhe lá em cima.

Ela olhou e viu Keegan voando com Cróga, ladeado por dois cavaleiros.

Houve aplausos, e ela imaginou que deviam provir do vale inteiro, de ponta a ponta. O *taoiseach* estava em casa.

Breen ficou onde estava. Sabia que demoraria para ele chegar até ela. Deveres, responsabilidades, tradições...

Ela entendia tudo isso.

Quando ele se liberou, as pessoas se afastavam para que ele pudesse se aproximar. Observou os bolos e apontou para uma torta de pêssego.

— Quero esta. O que você quer em troca?

— Acho que para o *taoiseach* não precisa haver uma troca.

— Não é assim que funciona. Esforço e habilidade foram postos nessa torta, e negócios são negócios. Você participou da criação disso?

— Se descascar pêssegos e lavar a louça for considerado participação...

— Claro que sim. Então, eu troco por isto.

Na palma da mão, ele mostrou a Breen um par de brincos de safira, gotas delicadas que caíam de fios de prata em pontas finas.

— São lindos, e demais para uma torta.

— Aceite a troca, mulher. Ninia, lá da Capital, disse que foram feitos para você, portanto pegue-os e coloque-os.

Ele pegou a mão dela, deixou os brincos e pegou um pedaço de torta.

— Liam, venha cuidar desta barraca, por favor. Coloque-os — ordenou, e a pegou pela mão e a puxou para longe. — Quero andar um pouco, longe da agitação. Cinco minutos de sossego.

Ele a ergueu por cima do muro, puxou-a escada acima e atravessaram.

— O que está fazendo? Vão pensar que você me puxou para cá para me comer atrás de uma árvore.

— Por que eu iria comer uma... ah, entendi.

Keegan riu. Passou as mãos no cabelo para trás, o que deixava claro que ele estava exausto.

— Haverá tempo para isso. Mas eles que pensem, e que Odran pense o mesmo. Não tenho dúvidas de que ele já está de olho em nós, pois é hoje. Sei disso tanto quanto sei meu próprio nome.

Ela o olhou nos olhos, tão verdes, tão intensos. E tão cheio de vida e luz.

— É hoje.

— Você já viu...

— Eu sinto.

— Assim como eu. — Ele se afastou. — O solstício de verão é importante para nós, e ele sabe disso. E acha que, por isso, não estamos preparados. Mas está enganado. Eu queria falar com você onde ele não pudesse nos ver nem ouvir. Atrasei um pouco; Harken me disse que chegou o tempo de Eryn, a égua que acasalou com Merlin.

— Ela vai parir? Ele precisa de ajuda? Eu nunca... mas poderia tentar.

— Ele vai cuidar disso, e não vê problemas com o parto.

Ele parou de andar e fez uma careta para ela.

— Por que você não coloca os brincos? Não quer ficar com eles? Não combinam com você?

— Não, claro que combinam comigo. São lindos, mas...

— Então coloque para eu poder parar de pensar nisso, pode ser?

— Tudo bem. O que você precisava me dizer?

— Que é hoje, o que você mesma já sabia, e que você não deve ficar andando por aí. Fique perto. Tenho que ficar no meio do povo, como é esperado, portanto fique perto dos outros e não ande por aí sozinha. — Ele a pegou pelos ombros. — Esteja preparada. Vamos lutar e atraí-lo como planejamos. E conseguiremos, porque ele será mais fraco em Talamh que no mundo dele. Já batalhamos com Odran diversas vezes, e o detivemos, mas nunca acabamos com ele.

— Eu sei.

— Não tenha medo, Talamh inteira está com você.

— Não vou ter medo.

Ele tocou um dos brincos e o fez balançar.

— Combinam com você. Bem que eu gostaria de comer você atrás de uma árvore, e sei que você gostaria também, mas vamos nos contentar sem isso, por enquanto.

Ele a puxou para si e se beijaram.

Ela queria o sabor, a sensação, o cheiro dele, e puxou tudo para si. E o curtiu mais um pouco.

— Vou precisar que você vá comigo à Capital. — Ele recuou e a segurou pelos ombros de novo, para olhá-la nos olhos. — Para sobrevoar Talamh e estar comigo onde todos possam ver, para que saibam que a escuridão acabou.

— Ainda não acabou — ela pôs a mão no rosto dele —, mas eu vou estar com você, e Talamh inteira saberá que acabou.

— Teremos um tempo tranquilo depois de tudo isso. Um tempo tranquilo, é o que eu quero com você.

Ele beijou a mão dela – coisa rara –, mas de um jeito ausente, que indicava que já estava com a cabeça em outro lugar.

Em Talamh, na batalha, no fim.

— Não fique andando por aí — disse ele uma última vez antes de levá-la de novo ao outro mundo.

Voltaram à cor, à música e ao movimento. À magia que mudara a vida dela. Que havia feito a vida dela.

Ela parou em frente a Keegan, já em Talamh, pegou o rosto dele entre as mãos e ficou na ponta dos pés para beijá-lo, onde quem quisesse pudesse ver.

Depois, sorriu para ele.

— Estarei com você, e estou preparada.

Ela viu rostos conhecidos sorrindo também enquanto voltava para a barraca.

— Pode deixar, Liam, obrigada.

Ela viu Keegan atravessar a estrada enquanto dragões sobrevoavam por ali; enquanto as colheitas cresciam em campos férteis e o gado pastava.

Nos estábulos, uma vida nova estava chegando, e, abrindo-se para isso, Breen viu que seria um potro com a mesma pelagem de Merlin.

Pousou a mão na cabeça de Porcaria e observou seu mundo, o mundo deles. E conheceu a maravilha da paz.

Por um momento, um momento cristalino, paz absoluta.

Quando o alarme tocou e atravessou o vale, ela estava pronta. Havia feito sua escolha.

— Proteja as crianças — disse a Porcaria, e desembainhou a espada.

CAPÍTULO 30

Fadas abriam suas asas para levar as crianças a um lugar seguro; elfos saíam em disparada com os pequenos nas costas ou nos braços.

Muitos atravessaram o portal, e ficariam do outro lado até que fosse seguro voltar a Talamh.

Seguro, pensou Breen, se – não, *quando* – vencessem essa última batalha.

Guerreiros e todos os que eram capazes de lutar empunhavam espada, arco, bastão e lança, que pegaram dos esconderijos. Ela pegou um arco e uma aljava e os pendurou nas costas.

Vários Sábios transformariam as barracas em tendas de cura para os feridos. Nos campos onde as crianças costumavam correr, os feéricos formavam linhas de defesa. Assim seria em Talamh inteira.

A emboscada de Odran enfrentaria um exército bem armado e bem preparado.

Ele não tomaria o vale. Não tomaria Talamh.

Ela se abaixou diante do lugar onde os guardara e colocou o pingente e o diadema.

Usaria ambos na batalha.

Enquanto ela chamava seu dragão, cavalos e cavaleiros saíam trovejando pela estrada. Dragões e seus cavaleiros varriam o céu para formar outras linhas, para atuar como reforços na cachoeira.

E batedores se dirigiam ao leste para dar o alerta se o inimigo rompesse as linhas de defesa no próximo portal.

Será que Sedric selara a travessia no mundo das vinhas vermelhas, perguntou-se ela, prendendo o inimigo lá dentro?

Ela confiava nisso.

Quando Lonrach pousou, ela correu atrás de Porcaria para montar.

— Espere! Breen!

Marco chegou correndo com uma balestra e uma espada.

— Vou com você.

— Marco...

— Eu dou conta! Brian está na cachoeira. Está na linha de defesa, merda, vou com você.

Ela não discutiu.

— Não vamos deixar você cair.

— Chegando lá, por mim tudo bem.

Ela o sentiu tremer quando Lonrach alçou voo.

Estavam voando em direção à luta quando Harken e Morena, montados nas costas do dragão, se aproximaram.

— Estamos com você — gritou Morena. — Keegan, Mahon e mais uma dúzia estão bem à nossa frente. Aisling está com algumas crianças, bem seguras, e minha avó está com outras no outro abrigo.

— E Nan e Sedric?

— Lançando a armadilha, conforme o planejado — disse Harken. — Eles não vão passar por esse caminho.

Ela viu cavaleiros e guerreiros alados chegando do extremo oeste. Os sereianos defenderiam o mar, ela sabia, e lutariam na baía também. Podia ouvir os selvagens gritos de guerra dos *trolls*, que corriam para a batalha com seus porretes e lanças, e pensou em Sula e na filha que ela dera à luz em um lindo dia de maio.

Sentia seu coração batendo forte no peito, na garganta. Não seria como na batalha perto da árvore das cobras. Aquilo acontecera muito rápido, mas desta vez haviam planejado, coordenado, esperado.

Ela não estava voando para avisar ninguém, e sim para lutar. Para matar e encerrar essa história.

Havia dito a Keegan que não teria medo, mas tinha. Tinha medo de não ser suficiente, e tinha que ser.

Por um momento, ela fechou os olhos e deixou o poder subir, e o abraçou integralmente.

Ela seria suficiente.

Voaram por sobre a floresta em direção ao trovão da cachoeira, os gritos e estrondos da batalha, o fedor de fumaça e morte.

Porcaria soltou um grunhido retumbante e pulou para afundar os dentes na garganta de um animórfico das trevas em forma de lobo. Breen segurou a mão de seu amigo e o olhou nos olhos.

— Não morra, Marco.

E pulou atrás do cachorro.

Não pense, disse a si mesma. Aja.

Lançou poder em um elfo que chegava a uma supervelocidade para atacar. Bloqueou a espada de uma fada do mal que ia em sua direção, mas que hesitou quando reconheceu Breen.

Então, Breen foi em frente e enfiou sua espada no coração dela.

Ele queria capturá-la viva, lembrou. E isso dava a ela uma vantagem.

Usou a vantagem lutando com espada, com poder, com pés e punhos, como aprendera em cada hora do treinamento implacável com Keegan. Usou tudo que tinha para impedir que o inimigo avançasse.

Mas eles não paravam de chegar, e eram muitos.

Breen decapitou um cão demônio e tremeu de horror ao ver o sangue em suas mãos e sentir o gosto em sua garganta.

Girou e lançou poder contra o poder de uma bruxa das trevas, de rosto e coração escuros, que andava firmemente para a frente enquanto lançava pequenas bolas de fogo e raios cortantes. Breen sentiu a dor quando um raio roçou seu flanco.

— Só um pouquinho de sangue — disse a bruxa, sorrindo. — Odran quer o resto.

— Mas não vai ter.

Breen cruzou os braços e apertou o ferimento com a mão. E, quando os abriu, arremessou poder e sangue.

Em chamas, a bruxa saiu correndo, gritando, e caiu ainda gritando, sufocada pelo fogo e pela fumaça.

Uma gárgula pulou de uma árvore e cravou suas garras nas costas de Breen. Enlouquecida demais com a batalha e o sangue, mostrou suas presas para mordê-la.

Antes que Breen pudesse se defender, a gárgula caiu no chão com uma flecha nas costas.

— Estou com você — disse Morena, e encaixou outra flecha, depois outra, lançando-as nas outras gárgulas prontas para pular da mesma árvore.

Porcaria avançou por entre a fumaça para executar uma que rastejava e mostrava as presas.

— E Marco?

— Lutando como um louco. Ele conseguiu falar com Brian. Fique tranquila.

Breen girou e passou a espada em um inimigo que a atacava.

— Brian está ferido, mas não muito.

Já sem flechas, Morena passou para a espada.

— Harken fechou o corte. Você está ferida também.

— Não é nada. São muitos, Morena.

— Sim. Temos que recuar para que nos persigam e os levemos para a segunda linha de defesa. Keegan... Ah, ele já pensou nisso.

Breen olhou para cima e viu Keegan mergulhando com Cróga. Inclinando-se, ele pegou o braço de Breen e a puxou para cima.

— Morena, recue agora!

Ela abriu as asas quando o alarme sinalizou a retirada.

— Você está sangrando — disse Keegan a Breen.

— Já resolvo isso.

— Então resolva. Reduzimos o número deles, bastante. — Ele girou Cróga e lançou uma linha de fogo para retardar o avanço inimigo. — A segunda linha de defesa vai atacá-los e reduzi-los ainda mais. Você vai ficar atrás da linha agora, pois assim que chegarem à segunda frente eles saberão que preparamos uma armadilha.

— Eu posso lutar.

— E vai lutar, mas atrás da linha. Alguns vão passar, por isso temos uma terceira.

Ele sobrevoou formações de arqueiros, de feéricos armados com espadas e lanças. A cavalo, a asas, a pés mais velozes que ambos.

— Esperem — gritou. — Segurem até que estejam longe das árvores. Quando estiverem, mandem o resgate buscar nossos feridos. Cavaleiros! — Girou de novo em direção aos dragões e cavaleiros que pairavam no ar. — Sem fogo até eu dar a ordem.

Fez Cróga mergulhar e ordenou:

— Vá para trás da linha, Breen. Fique forte, mas atrás da linha.

Ela pulou. A espera era pior, descobriu, muito pior que a luta. Isso fez seu coração disparar de tal maneira que seus ouvidos zumbiram.

A energia emanava dos guerreiros, quente, muito quente e imóvel. Por um longo momento, o mundo também pareceu quente, muito quente e imóvel. Nenhuma respiração agitada sob o sol forte e brilhante do dia mais longo do ano.

Morena, com a aljava cheia de novo, desceu ao lado dela.

— Pronto; eles vão pensar que estamos fugindo, que quebraram nossa linha de defesa.

Harken chegou no dragão e Breen quase chorou ao ver Porcaria com ele. E, atrás deles, gritos tribais e ferozes. Na segunda linha, o espetáculo começava.

Brian chegou pelo céu com um braço em volta de Marco.

— Só quis dar uma mãozinha a ele com nossos amigos lá.

Morena se aproximou e passou o braço em volta de Marco, para aliviar um pouco o peso.

Deixaram-no ao lado de Breen e ficaram pairando acima, Morena com uma flecha no arco e Brian com a espada em punho.

— Brian se machucou, mas está bem. Ele está bem.

Ela segurou a mão de Marco, grata por descobrir que o sangue que tinha no rosto e na camisa não era dele.

— Jesus, Breen, aí vêm eles!

— Arqueiros — Keegan chamou de cima. — Esperem! Esperem!

Os inimigos atacaram, saindo dentre as árvores. No chão e no ar, uma enxurrada deles gritava em triunfo pela retirada.

— Agora!

E foram recebidos com uma tempestade de flechas que transformaram gritos de triunfo em berros de dor.

— Cavaleiros! Lasair!

Fogo foi lançado com um rugido terrível, um calor terrível de ouro, vermelho e azul derretidos. Gritos se transformaram em uivos. O inimigo se transformou em colunas ardentes e retorcidas. A fumaça densa, escura e fétida, sufocava as nuvens com fedor e morte.

E os que escaparam das flechas e chamas atacaram.

Por ordem de Keegan, os feéricos foram de encontro a eles.

— Prepare-se — sussurrou Breen para si mesma.

Ela lutou de novo, atacou todos os que pôde encontrar que atravessaram a linha. Contra alados ou com garras, poder ou mandíbulas famintas, ela lutou enquanto mais e mais atravessavam a linha de defesa.

Mas haviam quebrado o avanço inimigo, ela sentia isso. Por mais que muitos passassem, haveria outros para enfrentá-los e fazê-los recuar ou cair.

Mesmo assim, a vitória não seria o fim.

Será que Odran apareceria? Sua visão não havia mostrado isso. Se aparecesse, se fosse buscá-la em Talamh, qual seria o custo para os feéricos? Mesmo enfraquecido, ele era um deus.

Ela esfregou os olhos, que ardiam; estava cansada, muito cansada do sangue. E ouviu Marco gritar.

Parou de pensar, voltou-se e viu seu amigo cair. Viu seu rosto ficar pálido e o sangue florescer em sua camisa. Viu o elfo rosnando e preparado para desferir o golpe mortal.

Algo explodiu dentro dela, e ela o lançou. Tinha tanta raiva quanto poder. Quando atingiu o inimigo, transformou-o em pó. Ela caiu de joelhos, com lágrimas nos olhos que ardiam por causa da fumaça, e pressionou a ferida de Marco.

Era funda... longa e profunda.

— Vou curar você, vou fechar isso — disse, batendo os dentes, enquanto o medo superava a fúria.

Por toda parte, a batalha se desenrolava. Marco olhava fixo para ela, com os olhos vidrados de choque.

— Não dói muito.

— Mas vai doer, lamento. Vou curar isso.

Ela foi fundo, entorpecida pela dor que tirava dele e sentia em si mesma, cega ao sangue que cobria suas mãos, surda aos sons de aço contra aço ao seu redor.

Estava concentrada só em Marco, seu amigo, seu irmão. Marco, que nunca falhara com ela. Marco, que a abrira para seus sonhos. Marco, que pulara para outro mundo com ela, por ela.

O suor escorria por seu rosto, misturado com lágrimas e sangue, enquanto ela tentava curá-lo.

Mesmo com Breen puxando a dor para ela, Marco a sentia e arqueava o corpo.

— Durma agora. — Seria mais fácil para os dois se ele dormisse. — Durma.

Quando ele relaxou, ela se obrigou a desacelerar.

Ouviu algo gritar e um baque atrás dela, mas não parou. Não podia parar.

— Ah, deuses! — Keegan estava ao lado dela. — Que os deuses os amaldiçoem! Muito ruim?

— Ruim, mas está melhor. — Ela falava arfando. — Acho. Preciso de mais tempo.

— Você não tem tempo aqui; vocês dois quase foram atacados. Chame seu dragão e leve-o para a primeira tenda de cura.

— Se eu o mover...

— Se não o mover, ele morrerá aqui quando um inimigo que passou a linha acabar com ele e levar você. Leve-o daqui. Maldição. — Ele lançou poder e outra coisa gritou. — Ele não está seguro aqui, Breen.

— Tem razão.

Lonrach pousou.

— Fique atenta enquanto eu o levanto. Esteja pronta e defenda-se.

Mais que defender, pensou, ela aniquilaria. Ergueu a espada para empalar um cão demônio que investia contra eles, e, antes que pudesse matá-lo, Porcaria saiu do meio da fumaça e rasgou a garganta do bicho. Sem uma pausa, pulou em Lonrach e colocou as patas sobre Marco.

E soltou um uivo.

— Deixe-o em segurança — disse Keegan. — Não vamos perdê-lo hoje.

— Não, não vamos perdê-lo.

Ela saiu voando; colocou as mãos em Marco de novo para mantê-lo adormecido e continuar a cura. Ao se aproximar da tenda, viu sua avó, Sedric e outros lutando contra inimigos que haviam conseguido passar.

Não tantos, pensou enquanto descia com Lonrach. Mas, ainda assim, muitos.

O mal sempre encontrava mais adeptos.

— Vamos cuidar dele, Filha.

Um dos curandeiros tirou Marco das costas de Lonrach. Um Velho Pai, pensou ela, mais forte do que parecia.

— Você já lhe deu o sono e começou a cura... muito bem. Vamos cuidar de você, Marco.

Dentro da tenda jaziam mais feridos, alguns se recuperando, outros em sono profundo enquanto um curandeiro trabalhava.

— Vamos ver o que temos aqui. Vamos dar uma olhada.

Com os olhos fechados, o velho colocou suas mãos finas sobre Marco.

— A espada foi fundo. Vejo a sombra dela, o corte no fígado também. Mas você o recuperou e começou a fechar.

— Você pode... ele vai viver?

O velho curandeiro abriu os olhos e deixou suas mãos flutuarem, delicadas como asas de borboleta, sobre o corte. Segurando a mão de Marco, ela sentiu o poder e o calor que se espalhava.

— É claro que vai viver. Nosso Marco é jovem e forte, e a própria Filha começou a curá-lo. Deixe comigo agora, deixe comigo. Con, vou precisar de uma poção para a perda de sangue e o choque.

— Obrigada. Preciso ir ajudar. Alguns estão muito perto da tenda. Porcaria, fique com Marco. Fique e proteja-o.

— Filha, você deveria sentar um pouco e recuperar as forças, depois da cura que fez.

— Não posso. Minha avó...

Quando saiu correndo, optou por usar a varinha em vez da espada, porque o velho estava certo. Sua força física havia diminuído.

Correu pela estrada, pela qual andara tantas vezes no último ano, e viu que sua ajuda não era necessária.

Marg e Sedric estavam sozinhos, os outros haviam se espalhado pelos campos depois da retirada do inimigo. E um inimigo morto jazia na estrada.

Chamou sua avó para ajudar o velho curandeiro com Marco.

Aconteceu tão rápido... Num piscar de olhos, num piscar de olhos...

Marg se voltou e teve um momento para olhar para Breen com alívio e levar a mão ao coração para demonstrar.

A neblina rodou atrás dela e Yseult apareceu, lançando uma corrente de poder, vermelho, cruel, afiado, nas costas de Marg. Rápido como um gato, Sedric girou entre as duas, e, com os braços apertados ao redor de Marg, protegeu-a com seu corpo.

E levou o golpe mortal.

Breen gritou e atacou, mas a névoa girou de novo. Yseult havia desaparecido, e Sedric jazia na estrada, com Marg ao lado dele o embalando.

— Não, não, não! Meu amor, minha vida...

— Vamos consertar isso.

Mesmo sabendo que nenhum poder poderia ajudá-lo, Breen se jogou ao lado deles.

— Juntas, Nan.

Marg balançou a cabeça; as lágrimas caíam, e ela levou a mão de Sedric ao rosto, porque ele mesmo não conseguiu levantá-la.

— Marg — disse ele.

— Estou aqui, *mo chroí*. Estou aqui.

Breen pegou os dedos dele, que ficaram flácidos em sua mão, e tentou entrelaçá-los com os dela.

— Minhas lindas... Marg — disse ele de novo, e morreu nos braços dela, na estrada perto da cabana onde haviam feito a vida deles.

O grito agudo de Marg se ergueu no ar, pareceu sacudir o céu. Abaixo dela e de seu amor morto, o chão tremeu.

— Quanto mais? Quanto mais ela vai levar? Ela não sobreviverá a este dia, juro. Juro pelos deuses das trevas e da luz que ela não sobreviverá a este dia.

— Ah, Nan... Nan...

Tremendo por seus próprios soluços, Breen abraçou Marg.

— Ele morreu por mim e por Talamh. — Embalando-o, Marg deu um beijo nos cabelos prateados dele. — Por tanto tempo vivemos um para o outro, e por Talamh. Ela o tirou de mim, como tiraram meu filho. E farei justiça.

Ela se abaixou e pousou os lábios nos de Sedric, e ficou chorando com ele em seus braços.

— Vocês não podem ficar aqui. Vou buscar ajuda para tirá-lo da estrada, Nan. Vou buscar ajuda.

Breen mal havia corrido um metro quando o nevoeiro a cercou. Vagamente, ela ouviu Marg gritar.

Então era assim que ia ser, pensou Breen, fria e calma. Yseult pretendia matar Marg, por rivalidade mesquinha e como distração, mas matara aquele que havia sido um pai para seu pai, um avô para ela.

Sim, pensou, haveria justiça.

— Mostre-se, Yseult.

— Temos uma jornada a fazer primeiro — a voz provinha de todos os lados e da neblina. — Está na hora de você voltar para casa.

— O mundo de Odran nunca será minha casa, e meu verdadeiro avô jaz morto por sua mão.

Breen sabia que estavam se movendo, girando com a névoa, mas deixou Yseult acreditar no contrário.

— Eu não vou com você.

— Ah, criança... criança tola! Você foi feita para esse único propósito, seu destino a espera. Tudo isso foi escrito muito antes de você respirar pela primeira vez.

— Você previu isso? Tudo que aconteceu desde minha primeira respiração até agora?

— É claro.

Mentirosa. Fraca, covarde e mentirosa.

— Se previu, por que me deixou retalhar sua carne?

— Seu poder superou até minhas expectativas. Meu pequeno sacrifício só trará mais recompensas quando Odran tomar seu poder e o tornar dele.

— O exército dele jaz morto, queimado e ensanguentado em Talamh.

— Mas que criança — disse Yseult, rindo. — Que necessidade ele tem deles, se quer você? A chave que abre a fechadura, finalmente.

Já perto da floresta, Breen sentiu. A luta continuava em pequenos grupos. Ela podia ouvir os tambores, o choque, os gritos. Mas estava quase acabando.

Tudo aquilo estava quase acabando.

— Tem medo de se mostrar?

— Logo você verá tudo que precisa ver.

— Você mandou Shana para cá para matar Keegan.

— Ah, aquela garota tola com a mente fraca e transtornada. É uma pena que ela tenha falhado, mas já era esperado.

— Você falhou muitas vezes, e agora está com medo de usar seu poder contra o meu. Você sabe que eu sou mais poderosa.

— Você? Mas não é capaz de limpar o nevoeiro, não é? Não foi capaz de impedir meu poder de ataque, e agora Marg está ali chorando e gemendo. Ah, é como música para meus ouvidos!

Já estavam à beira do rio, da água verde, da luz verde. A batalha ali já havia terminado.

Breen sentiu a pedra sobre seu coração pulsar enquanto seguiam o rio até as cachoeiras.

Por Talamh, ela pensou, e pelos feéricos. E, fechada na neblina, ela atravessou para o mundo de Odran.

As crianças brincavam no gramado da cabana, à beira da baía. Aisling observava, rezando com todas as forças para que os outros voltassem logo.

Rezava para que seu marido estivesse seguro, seus irmãos, sua mãe e seus amigos. Enfim, para que todos estivessem seguros.

Finian se aproximou dela.

— Ela foi para aquele lugar sombrio, mãe; aquele que eu não conheço.

— Do que está falando?

— Breen. Breen Siobhan está lá agora, como vimos na primeira noite do festival, no fogo.

Alarmada, ela se agachou.

— O que você viu, Fin?

— Eu estava com sono, e estava embaçado, mas eu vi Breen em um lugar ruim, e ela viu também.

— Pegue minhas mãos agora e puxe suas memórias; traga o que você viu para que eu possa ver com você.

— Era ruim — repetiu ele, e deu as mãos à mãe.

Os olhos dele ficaram profundos e escuros; o poder brotava forte, pensou Aisling, e ele era só uma criança. E com ele, por meio dele, ela viu.

Levantou-se depressa.

— Liam, Liam, cuide das crianças!

Ele estava irritado por ter sido designado para essa tarefa, e não para a batalha, mas foi correndo até Aisling.

— O que aconteceu?

— Preciso ir, e agora. Preciso contar a Keegan.

— Você não deve ir até que eles venham dizer que é seguro de novo. Ela tirou a faca do cinto com uma mão e com a outra pegou a varinha.

— Acha que não sou capaz de fazer o que precisa ser feito? Cuide das crianças.

❁

Morena voou até Marg.

— Disseram que Marco... Ah, deuses, Sedric... Marg...

— Yseult levou Breen.

— Não, ela está com Marco. Keegan disse...

— Yseult está com ela. Yseult fez isto. Não sei bem quanto tempo se passou, pois o rastro da névoa amaldiçoada me surpreendeu. Não o deixe assim, Morena. Leve-o para um abrigo.

— Vou chamar Keegan.

— Não sei quanto tempo — ela repetiu quando seu dragão pousou na estrada. — Isso tudo começou comigo, e não vou deixar que a levem. Não vou deixar.

Ela montou e saiu voando enquanto Aisling corria pela estrada.

— Traga ela de volta, Morena! Breen atravessou para o mundo de Odran. Traga-a de volta! Ah, não, não, Sedric!

— Maldito inferno! Marg foi atrás de Yseult, que fez isto e levou Breen. Preciso encontrar Keegan, e aí vamos levar a luta até Odran. Por favor, Aisling, não deixe Sedric aqui. A tenda de cura está ali, como você vê. Marco está lá.

— Ele está ferido?

— Sim. Por favor, eu preciso...

— Vá, vá. Vou cuidar de Sedric e de Marco. Vá!

❁

O ar era diferente ali. Mesmo dentro do nevoeiro, Breen podia sentir. Era mais grosso, mais frio. E ela sabia, enquanto a neblina servia de cobertura para ela tanto quanto para Yseult, que alguns guerreiros de Odran haviam fugido de volta para esse mundo.

Movido pelo ódio, ela sabia, ele mesmo havia matado muitos deles ali.

Ouviu o mar furioso e viu o céu agitado.

Conforme seu desejo, ela se viu, envolta no nevoeiro, atravessando os penhascos além dos muros e a piscina de sacrifício desse lado, ainda escorrendo sangue. Viu os penhascos, pontiagudos e altos, e os corpos espalhados sobre eles.

Viu-se passando por cima do corpo de Toric, morto nas rochas, como ela previra. Então, como Keegan esperava, Odran libertou os banidos.

Apenas para levá-los à morte.

Viu-se subir, como se fosse incapaz de resistir ao puxão.

Até que se viu parada na névoa rarefeita, no penhasco mais alto, em frente a Odran.

Ela tinha sangue nas mãos e no rosto. Um pouco de Marco, outro tanto de Sedric. E aquele que havia causado todo esse sangue estava ali, imaculado, vestido de preto, com seus cabelos dourados brilhantes.

— Aí está você, minha neta.

— Meu avô está morto, morreu como herói de Talamh. E você é um assassino de crianças, com seus seguidores derrotados.

— Sempre posso arranjar mais. Yseult, você me agradou muito. Agora vá e sele o portal para que eu tenha um tempo sem interrupções com minha neta.

— Como quiser, meu rei, meu suserano, meu tudo.

Que fizesse isso, pensou Breen. Porque tudo acabaria ali.

— Minha avó vem trazendo a morte. Nenhum lacre vai deter Mairghread O'Ceallaigh.

— Talvez não. — Sorrindo, ele fez um movimento de desdém com a mão. — Mas, como eu disse, sempre posso arranjar mais. Criaturas como Yseult nos servem e, quando não são mais úteis, nós as descartamos. Eu lhe ofereci mundos e poderes; mundos e poderes dos deuses.

— É tudo mentira.

Ele riu e sacudiu sua cabeleira dourada.

— As mentiras também nos servem. Entre em meu castelo e vamos começar.

— Acho que vou ficar aqui, e vamos acabar.

Puxando a espada, ela a enfiou nele.

Ele deu um passo para trás, mas por causa da surpresa. Breen entendeu isso quando ele simplesmente deu um suspiro de decepção e se livrou da espada.

Ele não sangrou. Erro dela, ela admitiu, mas não inesperado. Apenas uma última esperança.

— Uma espada? Você é tão tola a ponto de pensar que uma lâmina, uma lâmina comum, pode me matar ou me marcar? Aqui, eu sou tudo!

Ele ergueu os braços e disparou relâmpagos pelo céu, virou o pulso para trazê-los para baixo e acertou um demônio alado, que caiu, queimado, no mar revolto.

E, com os olhos escuros como ônix, ele a encarou.

— Vou drenar seus poderes, mas devagar, assim você vai aprender e sentir a perda deles, até implorar para me adorar. E, quando sua luz enfraquecer, vou manter você aqui como um bichinho de estimação. Por um tempo.

Ele era capaz disso, Breen sabia, e o faria se ela permitisse. E, se permitisse, Talamh queimaria, e todos os mundos cairiam.

— Esse não é meu destino. Eu vi meu destino na fumaça e no fogo. E o vejo agora. Eu sou Breen Siobhan O'Ceallaigh. Sou a chave, mas não para abrir. Para fechar, para sempre. E, comigo, tudo acaba.

Ela lançou todo o poder que tinha para detê-lo. E pulou do penhasco.

Uma vida por todas as vidas, pensou enquanto caía. Uma luz por todas as luzes. Por Talamh e todos os mundos. Esta é minha escolha.

Ela ouviu o grito de raiva de Odran e fechou os olhos.

Keegan a pegou no ar, a poucos metros da rocha assassina.

— Que diabos você está fazendo?

O mundo girava.

— Eu não esperava isso. — Ela apoiou a cabeça no ombro dele, e teria rido ao ver Porcaria atrás dele no dragão, mas estava tonta demais.

— Eu precisava... manter meu juramento. Eu...

E, então, viu Marg pular de seu dragão para enfrentar Yseult.

— Meu Deus, Nan!

— Ela precisa fazer justiça, e você precisa estar do outro lado deste inferno.

— Não, não, espere.

Pense, ordenou a si mesma. Desta vez pense, não aja.

— A espada não pode machucá-lo aqui. É por isso, sempre foi por isso que nunca acabou.

Ela se agarrou à camisa ensanguentada dele. Havia oferecido sua vida, de boa vontade, mas esse não era seu destino. Ela continuava sendo a chave.

— É o cajado, Keegan, não a espada. O cajado é a justiça. Você tem que o trazer aqui. Chame-o. Traga seu cajado para cá.

— É melhor você estar certa.

Com os olhos nos dela, ele estendeu a mão.

E, abaixo, Marg desceu de seu dragão.

— Você já tentou me pegar antes — disse Yseult —, e falhou. Eu tenho mais poderes agora, profundos e sombrios, e o deus de tudo ao meu lado.

O rosto de Marg era de pedra, seus olhos azuis de gelo.

— Você já tentou me pegar antes, e falhou. Eu tenho mais poderes agora, como você nunca teve. E o sangue do meu amor comigo. Abandonei a espada e o cajado, e mesmo assim você levou meu filho.

Ela andava formando um círculo enquanto falava, ao mesmo tempo que mais guerreiros atravessavam o portal para destruir as últimas forças de Odran.

— Ao tentar destruir a filha de meu filho, tirar tudo que ela é para o deus pelo qual traiu tudo, você levou meu amor e meu coração.

— Eu queria destruir você. — Yseult estendeu a mão e conjurou o fogo.

Marg simplesmente o afastou. O vento ficou mais forte, girando mais.

— Ele simplesmente se colocou no caminho.

— Como você já havia visto.

Yseult acendeu a chama de novo, como uma provocação.

— Eu vejo suas fraquezas, Mairghread. Vejo seu poder e sua luz enfraquecidos. Vejo lágrimas ainda secando em seu rosto. Vou queimá--las para você.

— Tente — desafiou Marg, girando a mão e agitando o vento para dissipar as chamas. — Está querendo brincar comigo para ganhar tempo? Tente. Mostre-me toda a sua escuridão e profundeza, Yseult. Mostre-me tudo que você tem, desta última vez.

— E assim farei.

Também andando em círculo, ela girou as mãos; seus olhos escureceram até ficar da cor da meia-noite e o ar foi ficando denso. Marg esperou.

Quando o poder foi arremessado em sua direção como breu, preto, grosso, ardente, ela continuou esperando. Olhou nos olhos brilhantes de Yseult e a ouviu rir enquanto aquele inferno escuro ia em sua direção.

E, levantando os braços, Marg deixou sua dor se libertar, deixou-a sair de seu coração, seu estômago e seus ossos. Transformou sua dor em luz, ofuscante, branca e clara como vidro. Seu poder agitou o ar; e fez o mar revolto subir em muros de água selvagem.

Quando a escuridão atingiu a luz provocando um som como o de mil canhões disparando, Marg ainda estava ali, inabalável.

— Que maldição para você, Yseult. O que você envia retorna para você três vezes.

E fez o poder das trevas voltar.

Aquela coisa preta, densa e ardente cobriu a bruxa de Odran, e ela foi sufocada por seu próprio mal. Por um instante, ela ficou ali, parada, como um pilar de piche fumegante. Só seus olhos se viam, até que eles desapareceram no escuro.

Quando tudo que restava era uma poça de lodo fervente, Marg olhou para baixo.

— Já fiz minha justiça.

— Nan — Breen murmurou. — Ela...

— Fez o que precisava fazer.

— Depressa, por favor, depressa. Não quero mais mortes hoje.

— Calma, tenho que passar de um mundo para outro. Não é como ir pegar uma caneca na cozinha.

Batendo madeira na carne, o cajado estava na mão de Keegan.

— Desça com Marg, agora!

— Não! Você não entende? Tem que ser eu, sempre teve que ser eu. Deusa contra deus, sangue contra sangue. Justiça contra o mal. Você tem que me dar isso, Keegan. Confie-o a mim. Eu fiz a escolha de dar minha vida e você me salvou. Agora, confie em mim.

— Confio — ele colocou o cajado na mão dela —, mas não vou perder você neste dia, nem em nenhum outro.

— Leve-me para lá. Me deixe fazer com ele o que minha avó fez com Yseult. Me deixe virar a chave e trancar a fechadura. Me deixe acabar com isto.

Ele voou em direção ao castelo sombrio, onde estava Odran, no penhasco, lançando fogo e relâmpagos.

Quando Odran jogou fogo em Cróga, Keegan o puxou para o lado. Mas o poder roçou seu braço.

— Ele é mais forte aqui, *mo bandia*.

— Eu também sou agora. Há inocentes lá dentro. A criança na gaiola, escravos... você precisa tirá-los daqui.

— As correntes enfeitiçadas de Yseult caíram com a morte dela. Eles vão poder sair.

Confiando nele como ele confiava nela, ela pulou. Porcaria pulou atrás. Soltando uma última maldição, Keegan fez o mesmo.

— Ah, o *taoiseach* e o cão fiel. Você trouxe presentes para mim.

— Seu negócio não é com eles. E sua bruxa virou uma poça de lodo.

— Sim, eu vi. Foi por isso que escolhi Mairghread. Que delicioso o poder, a luz, quando virados! Farei dela minha escrava, mais poderosa que Yseult e qualquer outro adorador. E ela o será de boa vontade, se eu prometer poupar sua vida.

— Você nunca mais vai tocá-la, nem a ninguém que eu amo.

— Não? — Divertido, ele apontou o dedo para o cachorro.

Breen estendeu a mão e lançou poder até despedaçar o dele.

— Não.

O poder subiu e se espalhou, ao redor dela, dentro dela. E o que ela lançou o manteve parado no lugar, e o pingente em volta do pescoço de Breen queimava como um sol vermelho.

E o coração de dragão do pingente batia forte contra o dela. A chave encontrou a fechadura, pensou, finalmente.

— Eu sou Odran — rugiu ele —, deus de tudo. Você se curvará a mim ou todos queimarão, todos morrerão, todos amaldiçoarão seu nome.

— Não — repetiu ela, e deu um passo em direção a ele. — Eu sou Breen Siobhan O'Ceallaigh — ela gritou, e seus olhos ficaram escuros e profundos. — Sou filha dos feéricos, filha do homem, dos deuses e do demônio. E eu chamo essa inocente.

— Ela é minha!

Ele conseguiu se libertar e avançou. Ela o empurrou de volta, e brilhou.

— Ela não é sua. Só o que você corrompeu é seu. A marca dela está em você, Odran, o Maldito. Não é a marca dos deuses que o expulsaram, e sim a marca da jovem demônio, da luz e da inocência dela. Eu a invoco hoje, neste dia de luz, o mais longo do ano. Eu sou a chave, abro sua fechadura, demônio da luz, libero suas correntes e acabo com isto.

— Vou devorar você, queimar tudo que você ama.

Odran mostrou os dentes e presas se formaram. Deu um tapa no ar e lançou poder. Luz e trevas colidiram. E arderam, até deixar as paredes do castelo vermelhas e ardentes.

Keegan havia ordenado que esperassem no campo de batalha, e ela esperara até esse momento, em que ele estava quase em cima dela.

— Não — disse ela pela terceira vez.

O calor e a escuridão, os gritos da jovem demônio, dos inocentes e corrompidos, tudo isso a cercava e crescia dentro dela.

Nesse momento, tudo dentro dela despertou. Tornou-se mais. E ela fez a escolha final.

— Eu sou neta do *taoiseach*, filha do *taoiseach*, amante do *taoiseach*. E com o cajado dele, com a justiça dele, eu acabo com você para sempre.

Ela apertou o coração de dragão do cajado contra o peito de Odran, contra aquela marca que carregava.

Ela jurou ouvir um estalo, como uma chave girando em uma fechadura.

E quando ele arregalou os olhos, em choque, ela o girou.

Seu grito foi como o de mil gritos; os gritos de tudo que ele havia consumido.

Ele não sangrou, mas se abriu como um vaso quebrado e vazio onde o coração de dragão o atingira.

Seu cabelo dourado ficou preto e caiu de seu crânio carbonizado. Sua pele rachou como pedaços de vidro, e, das rachaduras, algo escuro saiu rastejando. Houve um rugido no alto, abaixo do solo e da rocha, que estremeceu.

Breen não saberia dizer o que era aquilo que saía dele, mas, quando o esvaziou, queimou no ar como enxofre. Um turbilhão de chamas ardia sobre o mar, erguendo-se em fumaça. E então ele queimou, Odran, o deus, formando um vendaval que soprou contra ela e a atravessou, e Keegan teve que a segurar.

— Acabe com isso, *mo bandia*. Acabe com isso.

Iluminada por dentro e por fora, ela ergueu a voz acima do vento e do trovão.

— Você é Odran, o Maldito, e, pelo sangue de seu sangue, cumpro meu destino. Eu sou a Filha, aqui estou, e pelo sangue de seu sangue os mundos estão livres. Jovem demônio presa há muito tempo, venha para a luz e me ajude a acabar com a noite longa e escura dele.

Ela a viu sair; era um vislumbre, uma sombra, uma faísca.

— Irmã, a luz a espera, a porta está aberta. A escuridão modera ao som da palavra certa. Seu longo cativeiro acaba aqui. Como eu desejo, assim seja.

A faísca começou a brilhar, cada vez mais. E disparou em direção ao céu, tornando-se mil faíscas em erupção, jorrando.

O que era Odran se reduziu a ossos. Os ossos enegrecidos a cinzas. E até as cinzas desapareceram de todos os mundos, para sempre.

Breen deu um passo para trás e entregou o bastão a Keegan.

Ele o bateu contra a rocha para que o som se propagasse.

— Está feito.

Pegou a mão dela e a apertou com força.

— Não vou beijar você aqui.

Ainda com seus poderes borbulhando dentro de si, ela deu uma risadinha sem fôlego.

— Já ouvi isso antes, então vou repetir. Vamos para casa. Meu Deus, Keegan, vamos para casa.

Ele a colocou sobre Cróga e esperou Porcaria subir. E então saiu sobrevoando o local.

— Os detidos estão sendo libertados. Você e eu arrasamos este lugar maligno, aqui e agora. Filha dos feéricos — gritou —, você lutou, sangrou, ficou na luz e por ela. Você viu o fim de Odran, agora testemunhe as paredes desmoronarem e queimarem. Este mundo será purificado e os portais para ele selados. Nenhuma vida virá para cá, nem da luz nem das sombras. — Estendeu os braços. — Suas mãos com as minhas, Breen Siobhan. Seu poder com o meu.

E, com ele, ela viu o castelo sombrio ruir.

EPÍLOGO

O dia mais longo do ano foi celebrado. Sinos repicavam em Talamh, da Capital ao extremo oeste. Ela os ouvia, mesmo tendo atravessado o portal com Keegan.

A notícia havia se espalhado.

Keegan a deixou no bosque verde.

— Eu ficaria com você, mas...

— Ainda tem deveres. Lá.

— Aquilo tem que ser purificado e selado. Uma vez feito, virei. Tenho muita coisa a lhe dizer.

— Eu também tenho muito a dizer. Mas, antes que volte, obrigado por me pegar no precipício.

— Meu coração parou quando a vi cair. Você desceu do penhasco como se... Achei que não chegaria a tempo. — Ele sacudiu a cabeça. — Bem, está feito. Está feito, e eu voltarei para cá. Chame seu dragão. Ele lutou bravamente, como todos. Veja, Marco está chegando, e o mesmo pode ser dito dele.

— Marco!

Tomada de alívio e gratidão, ela quase caiu de joelhos, e foi praticamente voando até o amigo.

Marco pulou do cavalo e a abraçou, e a levantou e a girou.

— Fiquei tão assustado! Você estava iluminada como, meu Deus, como o solstício. — Puxou-a de novo. — Você me apagou!

— Precisei fazer isso, achei que... — Ela levou a mão ao flanco dele. — Quero ver.

— Não há nada para ver, nem uma leve cicatriz. Dagmare disse que vai ficar dolorido um tempo. Ele disse que foi feio e que você salvou minha vida.

— Eu tinha que salvar. Você é minha vida. — Ela o abraçou. — Sedric...

— Eu sei. Eu sei — Com um soluço abafado, Marco deixou cair a cabeça no ombro dela. — Chegaram com ele quando eu estava despertando. Não tenho palavras para expressar minha dor. Estão todas retorcidas dentro de mim. Eu o amava. Eu o amava de verdade.

— Perdemos nosso avô, Marco. Mas vamos ficar ao lado de Nan.

— Claro que sim. — Enxugando os olhos, ele olhou para a cachoeira. — Acabou mesmo?

— Acabou mesmo. Não sentiu?

— Eu vi o que você fez, e todas aquelas coisas que saíram dele. Coisa feia, menina!

— O mal é feio, seja qual for a forma que assuma.

— Tem razão. E aí aquela faísca se transformou em fogos de artifício e simplesmente explodiu. E Odran simplesmente explodiu e morreu. Brian disse que ia ajudar a limpar aquilo. Ele está bem, não se machucou muito. Keegan levou alguns golpes. — Ele ia contando enquanto caminhavam.

— É mesmo? Parte do sangue que havia nele era dele mesmo?

— Levou uns golpes, sim. Ouça esses sinos tocando! Música perfeita. Vamos tomar um banho, depois podemos atravessar e arranjar um vinho para beber. Ou melhor, um monte de vinho. O que acha?

— Sim, por favor!

— Quer uma carona? Minha fiel corcel aguenta nós dois, e Porcaria também. Cachorro guerreiro!

— Chamei Lonrach. Outro guerreiro.

— Eu vou a cavalo mesmo. Andar de dragão duas vezes já foi o suficiente para a vida toda.

Demorou para conseguirem tomar banho. Tantas pessoas com quem conversar, a quem abraçar e confortar...

E Marg.

Breen abraçou sua avó.

— Quer vir para a cabana conosco? Pode ficar lá uns dias, ou o tempo que quiser. Não precisa voltar para casa sozinha.

— Ah, *mo stór*, não estarei sozinha. Sedric estará comigo; o coração dele está comigo, e isso me conforta.

— Ela chegou tão rápido, Nan, tão rápido...

A fúria voltou, queimando junto com a dor.

— Pelas minhas costas, uma covarde — disse Marg.

— Eu vi o que você fez, como acabou com ela. Não sabia que você podia conjurar algo assim.

— Pelas minhas costas, uma covarde — repetiu Marg. — E levou o amor da minha vida, pois ele foi e sempre será meu amor. Eu virei aquilo que Yseult era, o que escolheu ser, contra ela mesma. Nada mais, nada menos. Agora vá. Vou ficar um pouco com Finola, cuidar das crianças... vê-las brincar à luz do sol e sem mais medos. Você fez tudo o que podia por seu pai, por mim e por Sedric, pelos feéricos, e por você mesma. Nunca se esqueça disso.

— Podemos enterrar as cinzas de Sedric ao lado das de papai?

Marg simplesmente colou seu rosto no de Breen.

— Ele ficaria tão feliz de saber que você pediu isso! Sim, é o que faremos, pois eles tinham entre si o amor de pai e filho. Agora vá, para que possamos fazer o que os dois querem.

— O quê?

— Dançar ao sol até que o dia mais longo do ano termine. E, depois, dançar mais.

Breen esperou enquanto Marco levava sua égua de volta à fazenda. Ele abraçou Morena.

— Eu só vi o final, e foi o suficiente. Está ferido?

— Só uns cortes e hematomas, acho. E você?

— Mesma coisa. Mas vamos nos recuperar. Estou louca da vida por Sedric, não consigo pensar que ele nos deixou. Ele era minha família também.

— Eu sei... E Harken?

— Quase nenhum arranhão. Juro por todos os deuses e deusas que, para um fazendeiro, ele luta como um selvagem. Eu o perdi de vista muitas vezes, e o medo que... mas não vamos sentir esse medo de novo. Vamos viver como escolhemos. Acho que vou ter meia dúzia de filhos. Pelo menos é o que acho neste momento. — Ela olhou para trás. — Ele está nos estábulos, cuidando da nova mamãe e do potrinho, que se chama Solas, em homenagem ao dia. Significa luz.

— Lindo nome. Vou tomar um banho, mas volto.

— Eu também estou precisando de um banho. Estou pensando em levar meu marido para tomar banho comigo. Temos que começar logo a fazer esses bebês.

Breen atravessou com Marco e, enquanto Porcaria nadava, tomou um banho bem demorado. Descobriu mais cortes e contusões do que sentira durante o calor de tudo, e passou um tempo os curando.

Depois, colocou um lindo vestido de verão.

Olhou-se no espelho com o lindo vestidinho azul, os brincos que Keegan inexplicavelmente lhe havia dado e as lindas – e impraticáveis – sandálias de verão.

— Você não está parecendo uma guerreira. Nunca mais se sinta uma guerreira, por favor, e espero nunca mais ter que ser ou me sentir um guerreiro também.

Breen desceu e encontrou Keegan sentado à mesa do pátio com uma garrafa de vinho. Uma taça na mão e outra esperando por ela.

Porcaria dormia aos pés dele.

Ele continuou olhando para a baía quando ela saiu.

— Marco voltou. Está todo elegante.

Ele não havia se trocado; ainda estava com sua roupa de batalha coberta de sangue.

— Achei que você não acharia ruim tomar um vinho e ficar uns minutos em silêncio antes de voltarmos. Seria bom um tempo longe da multidão.

— Acho ótimo.

Quando ela deu a volta na mesa, ele a olhou e se levantou.

— Está bonita.

— Obrigada. Queria algo bem diferente do de antes. Acho que vou queimar aquelas roupas.

— Eu devia ter pensado em tomar um banho e me trocar.

— Você esteve ocupado. — Ela ergueu as sobrancelhas quando ele puxou sua cadeira. — Obrigada. Simplesmente perfeito.

— Porcaria, o Bravo e Verdadeiro, lutou muito bem hoje. Está cansado.

— Sei como é isso.

— Cada perda dói, mas Sedric... corta fundo.

— Para todos nós.

— Sim... sinto muito pedir para você voltar, mas é importante. Minha mãe está cuidando das coisas lá, mas... é importante.

— Não, eu quero voltar! Só quero ficar sentada aqui um pouco. Eu quero voltar, fazer parte de tudo. E estar lá, para o caso de Nan precisar de mim, e ver o potrinho.

— Ele é uma beleza.

— Eu o vi em minha cabeça. Puxou ao pai.

— Só podia ser.

— Quero ver todos, quero ouvir música e fazer música, também quero ver o que virá. — Ela bebeu um pouco de vinho. — O que virá, isso é o mais importante.

— Haverá celebrações em Talamh. Vou precisar que você vá comigo à Capital daqui a uma semana. Eles vão querer vê-la e fazer uma festa para você.

— Festa?

Ele pegou a mão dela.

— Eu sei que você não gosta disso mais do que eu, mas é importante, Breen, para todos. As músicas e histórias que eles escreverão sobre tudo isso, sobre você, o fim de Odran, são importantes. Agora, temos a chance e a escolha de viver em paz.

Ele se levantou, andou alguns metros, voltou e se sentou de novo.

— Você pulou do penhasco.

— Foi uma escolha; a escolha certa, a única.

— Aisling disse que você sabia, que viu na primeira noite do festival. Finian viu uma parte com você. Mas você não disse nada.

— O que eu poderia dizer a Marco, a Nan, a você ou a qualquer um? Eu entendi, lá no fundo, que isso aconteceria. Independentemente do que alguém fizesse ou tentasse fazer, tudo se resumiria a esse momento e a essa escolha.

— Poderíamos tê-lo atraído.

— Não. E, se eu tivesse feito outra escolha, nunca teria uma vida de verdade. Não haveria futuro nem coragem enquanto o medo por causa de Odran existisse. — Ela esfregou o pulso. — Eu nunca teria corrido o risco de ter um filho que ele poderia roubar de mim.

— Você fez o que precisava ser feito, e acho que agora entende por que eu não explico as coisas antes de fazer o que precisa ser feito.

Ela bebeu de novo.

— Faz sentido. Eu digo, e acredite em mim, que eu, honesta e simplesmente, sabia que tinha que fazer aquilo.

Ele ficou em silêncio por um momento.

— Eu entendo.

— E acho que justamente porque eu fiz aquilo você estava lá para me pegar.

— Gostei dessa parte. Então, tudo resolvido entre nós.

— Acho que sim, mas... E agora, Keegan? Preciso saber o que você quer, o que espera. Se continuarmos como estamos, tudo bem... Não, você sabe que não está tudo bem. Eu quero mais.

— Mais o quê? Mais de quê?

— Mais do que temos. Quero promessas, planos e votos, e tudo que decorre disso.

Ele a encarou.

— Não lhe dei aquelas coisas de orelha na frente de todo mundo? Você não aceitou?

— Sim, e obrigada de novo, mas...

— Obrigado uma ova! Você aceitou, e está usando, então, está resolvido.

— O que está resolvido?

— Ninguém dá uma coisa dessas, menos ainda uma safira, para alguém com quem está apenas dormindo; não na frente de todo mundo, e a menos que seja uma promessa entre os dois.

— Como é que é?

— Eu trouxe aquelas pedras da promessa para você e as dei assim porque pensei: Não, não vou esperar até depois, ela sempre fala sobre o depois. — Ele deu um soco na mesa, com força suficiente para fazer as taças estremecerem. — Faremos o juramento à luz do sol e antes, pois isso é fé. É uma fé enorme de que estaríamos sentados exatamente como estamos agora, juntos. No depois.

Ela pegou o vinho de novo e bebeu lentamente. Em seguida, deixou a taça cuidadosamente na mesa de novo.

— Está me dizendo que isto é como um anel de noivado?

A impaciência voltou e tomou cada centímetro dele.

— Vocês chamam de anel, não é? Em Talamh, é no casamento que se usam anéis. Mas você também faz parte deste mundo, então, sim, é como um anel de noivado. Eu lhe dei os brincos e você os aceitou, diante de testemunhas. Feito.

— Para mim, isso é uma grande bobagem. — Ela se levantou abruptamente. — Uma grande bobagem.

Porcaria abriu os olhos, mas decidiu ficar quieto embaixo da mesa.

— Ah, deuses, você quer outra coisa, então? Tudo bem, fique com eles. Vou arranjar outra coisa que você queira.

— Você não me perguntou nada! — Quando ele apontou para as orelhas dela, ela rosnou. — Pare com isso! Você nunca me perguntou nada, nunca disse que me amava nem que queria um futuro comigo.

— Por que eu lhe daria as safiras, diante de testemunhas, como um juramento a você, se não amasse?

— Eu quero as malditas palavras! Tenho direito às palavras, e, se você não consegue dizê-las para mim...

Ela começou a arrancar os brincos.

— Não os tire assim. Estou pedindo que você faça a promessa. Vai rasgar meu coração, e meu coração já se feriu o suficiente por hoje. — Ele se levantou, pegou as mãos dela e as abaixou. — E veja você agora, depois de tudo que fez hoje, com esse vestido lindo e essas coisas nos pés que ninguém com bom senso chamaria de sapatos. Com lágrimas quentes nos olhos, mas com raiva demais para deixá-las rolar. — Levou as mãos dela aos lábios. — Você me ama. Eu vejo isso, e sinto isso, e sei. Mas você não me disse as palavras, Breen Siobhan.

— Eu...

— Porque você quer ouvi-las primeiro. Precisa delas primeiro, e tudo bem. Não quero ninguém além de você. Acho que nunca quis de coração, porque sempre soube que você viria. Amo tudo que você é, e isso foi difícil para mim, porque eu sabia que poderia acontecer o que aconteceu hoje, e eu não estar lá para pegá-la. Eu não devia dizer, entende?

Ele levou as mãos dela aos lábios de novo e a olhou nos olhos.

— Eu não podia amar você sem poder ter uma vida ao seu lado. Estava dividido entre o amor e o dever. Fiz um juramento.

— Eu sei disso.

A raiva se dissolveu como a névoa ao sol.

Esse era o homem que ela amava, que sempre se sentiria dividido entre o amor e o dever, que nunca, jamais esqueceria que havia feito um juramento diante de Talamh, dos feéricos, dela.

— E filhos, como você disse. — Ele encostou a testa na dela. — Como poderíamos fazê-los e colocá-los em risco?

Breen fechou os olhos, grata por ele sentir a mesma coisa que ela.

— Mas hoje eu quis que você soubesse, que todos soubessem. Esta é minha escolha. Eu escolho você porque meu coração é seu, e só desejo que você me escolha e me dê o seu em troca. Juro que pensei que você havia entendido quando insisti que colocasse as safiras.

Ela tinha o amor, pensou, maravilhada, bem ali. Tinha amor, uma chance, uma escolha.

— Eu escolhi você na noite em que nos deitamos em sua cama, a cama do *taoiseach*, com o mural de Talamh em cima. Eu escolhi Keegan Byrne, escolhi o *taoiseach*. Escolhi tudo que você é. Mas eu o amo há mais tempo.

— Nós nos amamos. Você me ama e eu a amo. — Ele beijou as mãos dela de novo. — Mas vamos deixar bem claro desta vez. Estou pedindo e você está dizendo que vai se comprometer comigo?

— Sim, pode ter certeza.

Ele foi puxá-la para abraçá-la, mas a empurrou de volta.

— Que foi?

— Estou coberto de sangue e vísceras e só os deuses sabem mais o quê.

— Não faz mal.

— Claro que faz. Inferno!

Ele piscou e, de repente, estava vestido como o que ele consideraria elegância. Camisa e calça limpas e um colete para completar.

— Melhor agora, não é?

Ele a puxou e a abraçou forte, e a beijou forte também.

— Estou gostando do que vem depois, Keegan.

— Teremos mais, muito mais. — Com delicadeza, ele tocou a testa dela com os lábios. — Uma vida inteira pela frente. Uma cabana aqui para você trabalhar, com nossos bons vizinhos, e Talamh para a família, o dever e a magia. E paz. Vou amar muito, muito você nos dois mundos, Breen Siobhan.

Ele a fez girar, até que Porcaria saiu de debaixo da mesa, apoiou-se nas patas traseiras e começou a dançar.

E, no final do dia mais longo do ano, com a batalha vencida e as luas derramando sua luz, ela estava ali com ele, em Talamh, filha de dois mundos.

Pronta para o que desse e viesse.

Editora Planeta Brasil | 20 ANOS

Acreditamos nos livros

Este livro foi composto em Adobe Garamond Pro e impresso pela Gráfica Santa Marta para a Editora Planeta do Brasil em julho de 2023.